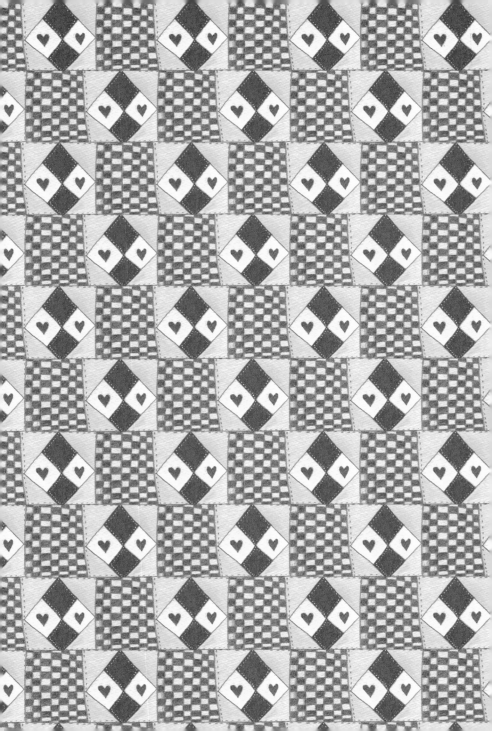

보스의
노골적
취향

1

보스의 노골적 취향 1

이여운 장편소설

Tefface Book

CONTENTS

1권

2권

1. 레드 드레스의 아가씨

"GO!"

그 짧은 한마디는 사람뿐만 아니라 수십 년째 그 자리를 지키고 있는 소나무들도, 푸른 하늘 위 자유로운 구름도 그의 명령에 따라 자라고 흘러야 할 것처럼 단호하고 절대적이었다.

클레이 피전이 빠르게 위로 솟구치자 권태웅 회장은 거침없이 방아쇠를 당겼다.

탕—!

총소리에 천지가 울리는 듯했다. 어릴 때부터 자주 듣던 소리인데도 도혁은 여전히 저 총소리가 싫었다. 하지만 그의 아버지인 권 회장이 가장 좋아하는 스포츠는 귀족 스포츠인 골프가 아닌, 야만의 시대를 연상시키는 사격이었다.

권 회장은 자신이 쏜 총알에 피전이 맞아 산산조각 나는 순간의 희열을 골프공이 우아하게 홀 안으로 굴러 들어가는 순간의 희열보다 몇만 배는 좋아했다.

산탄총에 탄을 채우던 권 회장은 뒤에 대기해 서 있던 도혁을 보지도 않고 마치 부하 직원에게 지시를 내리듯이 말했다.

"최건 의원 딸이랑 12월에 약혼식 해."

아버지의 일방적인 통보에 도혁의 짙은 눈썹이 꿈틀했다. 최건 의원 딸은 올해 갓 스무 살이 된 핏덩이었다. 그러니까 권 회장의 말은 최 의원의 딸이 겨울방학을 맞아 한국에 들어오면 약혼을 하라는 소리였다. 만나본 적도 없고, 만나고 싶지도 않은 어린 여자와 약혼을 하라는 말에 도혁은 기가 막혔다.

최건 의원이 다음 대선에 나가 대통령이 되기 전에 그의 아버지는 두 사람을 결혼시키고자 약혼을 서두르는 것이다. 그 의도를 너무 잘 아는 도혁은 아버지의 명령이 마땅치 않았다. 가장 사냥하기 좋은 때에 맞추어 최건 의원을 쏠 총에 아들인 그를 총알로 쓰겠다는 것이니 말이다.

"제가 싫다면 어쩌실 겁니까?"

"박 실장한테 개 줄이라도 준비시키라고 해야겠군."

그렇게 말하며 권 회장은 장전된 산탄총을 다시 들어 올렸다. 마치 너에게는 싫다고 말할 자격 따위는 없다는 무언의 압력 같은 것이었다. 자식 교육에서도 권력에 대해 철저히 가르쳤던 권 회장은 이번에도 강경하게 나왔다.

그것은 대화가 아니라 완벽한 명령이었다.

다른 일도 아니고 자신의 결혼이었기에 도혁은 개 줄에 묶여 끌려가듯이 그리할 수는 없었다. 아버지와는 언제나 전쟁 중의 적군처럼 이겨야만 하는 관계였지만, 이번은 그 어느 때보다 더 치열할 것 같았다. 그에게는 그의 인생이 달렸고, 아버지에게는 세진 그룹이라는 왕국이 달린 일이었다.

"부디 저한테 약점 보이지 마십시오. 아버지가 가르쳐주신 대로 바로 물어뜯어 버릴 테니까."

아버지는 그런 협박쯤은 우습다는 듯이 사격대를 향해 외쳤다.

"GO!"

도혁은 바로 몸을 돌려 사격장을 나왔다. 그의 뒤로 몇 발의 총소리가 더 울렸다. 아버지가 그의 심장을 향해 쏜 총이었다.

탕-! 탕-!

보지 않아도 알 수 있었다. 백발백중이라는 걸. 차 앞에서 대기하고 있던 박 실장은 도혁이 걸어오자 차 뒷문을 열어주었다.

아버지와 비슷한 연배의 박 실장은 나이는 아버지보다 살짝 많았지만 평생 아버지를 보필하며 살아온 비서였다. 27년간 아버지의 비서로 일하다 3년 전 도혁이 세진 건설 대표로 취임하면서 그의 비서실장으로 자리를 옮겼다. 아버지가 도혁의 일거수일투족을 감시하기 위해 자신의 수족과도 같은 박 실장을 보낸 것이라고 도혁은 믿고 있었다.

"박 실장님이 아버지가 아니라 제 편이 맞다면 이번에 뭔가 보여주십시오. 이제 제 참을성이 바닥나려고 하니까."

만약 박 실장이 아버지의 편이기만 하다면 아버지에게 반기를 든 도혁이 가장 먼저 해야 할 행동은 박 실장을 해고하는 것이었다.

아버지에게 무슨 이야기를 듣고 나온 것인지 이미 알고 있다는 듯이 박 실장은 조용히 도혁의 얼굴을 바라보기만 했다. 아버지가 해주었어야 할 걱정을 박 실장이 대신해주고 있는 듯했다. 도혁은 모든 걸 외면하며 두 눈을 깊게 감았다.

그를 태운 벤츠가 벨벳 위를 달리듯이 부드럽게 출발했다.

홍대의 밤은 살아 숨 쉬는 음악, 그 자체였다. 모든 것에 리듬이 스며들어 있었고 술 취해 비틀거리는 사람들에게서도 흥이 느껴졌다. 그런 홍대 거리를 바삐 뛰어가는 여자가 한 명 있었다. 홍대 어딘가에서 산 듯한 구제 코트 안에 물 빠진 청바지와 하얀 티셔츠만 입었지만 젊음의 절정에 도달한 여자의 몸은 생기가 넘쳤다.

휘익, 휘파람을 날리며 쳐다보는 길거리의 남자들을 무시하고 여자는 홍대 클럽 '반'으로 뛰어들어갔다.

"늦었잖아!"

그녀를 기다리느라 입구에 나와 있던 동우가 그녀를 보자마자 한 소리 했다.

은채는 두 손을 싹싹 빌며 사과했다.

"미안. 팀장이 또 잔소리하잖아. 겨우 빠져나왔어."

곧 공연이 시작될 거라 길게 변명할 시간도 없었다. 그녀는 바로 대기실로 들어가서 화장을 하기 시작했다. 낮에 회사에 출근할 때는 그냥 비비크림에 립글로스만 바르고 다니는 그녀였지만 무대에 오를 때는 립스틱도 가장 화려한 붉은색으로 칠하고, 마스카라로 속눈썹도 한껏 풍성하게 올린다. 그리고 의상도 청바지를 벗고, 붉은 립스틱과 잘 어울리는 레드 드레스를 입는다. 그녀가 움직일 때마다 날리는 붉은 치맛자락은 무대 연출에는 최고였다.

그녀가 노래를 부를 때마다 항상 강렬한 붉은색 옷을 입다 보니 자연스럽게 밴드 이름도 '인디아 레드'가 되었다. 보컬인 그녀뿐만 아니라 국적 불명의 류, 귀여운 외모에 어울리지 않게 와일드한 드럼 보이 동우, 빈티지 미남 호야까지. 노래하는 공주님을 호위하는 세 명의 기사가 인디아 레드의 축을 균형 있게 받쳐주고 있었다.

"이야, 넌 항상 화장이 아니라 변신을 하네. 어떻게 사람이 이렇게 달라지냐."

준비를 끝내고 나온 은채를 보고 호야가 실실 웃으며 놀렸다. 하지만 그녀에게는 그게 당연했다. 노래하지 않을 때의 그녀와 노래할 때의 그녀가 똑같으면 무슨 맛으로 가수를 하겠나.

세상에는 두 가지 가수가 있다. 프로 가수와 아마추어 가수. 노래만 불러서 밥 먹고 살 수 있는 게 프로 가수라면, 은채는 아마추어 가수였다. 하지만 마음만은 '진짜 가수'였기에 그녀는 홍대 클럽에서 노래 부르는 것만으로도 가수로서의 만족을 느꼈다. 그녀의 노래를 듣기 위해 사람들이 모이고, 그녀의 노래를 듣고 사람들이 같이 신나 하면 그것으로 '진짜 가수'가 되는 거라고 그녀는 믿고 있었다.

"안녕하세요! 인디아 레드입니다!"

마이크를 잡은 그녀의 활기찬 인사에 클럽 안에 모여 있던 사람들의 환호가 지붕을 뚫을 듯이 울려 퍼졌다. 인디아 레드는 홍대 비주얼 밴드로도 유명했기에 노래를 부르기 전부터 사람들의 호응은 대단했다.

"당신의 휴일이 되어줄게요."

공부 못하고 말썽만 피운다고 집에서 구박만 받던 못난 여자아이가 나비처럼 훨훨 날고 싶어 시작한 게 노래였다. 그랬기에 은채는 무대 위에서 그 누구보다 빛이 나고 싶었다.

"손해 보는 일은 아닐 거예요. 모든 것이 달라질 거예요."

드럼 소리, 기타 소리, 숨소리, 사람 소리, 도시의 소리, 밤의 소리……. 그 모든 소리 속에 그녀의 목소리가 스며들며 노래가 완성되었다. 이렇게 노래를 할 수 있어서 그녀는 진짜가 될 수 있었다.

"노래 잘 들었어요."

노래를 끝내고 무대를 내려가려는데 가장 앞에서 노래를 듣던 양복 입은 남자가 그녀에게 말을 걸었다. 그녀는 높은 무대 위에 있었기에 남자를 발아래로 내려다보게 되었다. '넌 뭐야'라는 눈으로 그녀가 내려다보자 남자는 명함을 꺼내 내밀었다. 명함에는 이름과 함께 '변호사'라고 적혀 있었다.

"같이 밥이나 한번 먹어요."

고졸 날라리나 배울 만큼 배운 변호사나 여자 꼬시는 방법은 거기서 거기였다. 아니, 적어도 날라리는 놀아볼 만큼 놀아봤기에 무대 위 가수와 여자를 동급 취급하면 안 된다는 기본쯤은 변호사 양반보다 더 잘 알았다.

어쨌든 그녀의 무대를 봐준 관객이었기에 은채는 별말 없이 명함을 받았다. 그걸 그녀가 수락한 것이라 여겼는지 남자가 하얀 이를 드러내며 자신감 있게 웃었다. 혼자만의 착각에 빠진 남자를 뒤로 하고 은채는 대기실로 향했다.

공연을 끝내고 나면 은채는 화장을 다 지우고 드레스도 벗은 뒤 클럽에 들어올 때 입었던 청바지와 티셔츠로 갈아입는다. 이제 집에 돌아갈 시간이다. 언니가 시집을 가고 난 뒤 그녀는 아버지와 둘이 살고 있었다. 신데렐라는 12시 넘어서 집에 가면 재투성이로 돌아가지만, 그녀는 12시 넘어서 들어가면 아버지한테 맞았다.

클럽을 나오니 아까 무대 앞에서 그녀에게 명함을 주었던 남자가 클럽 앞에 외제 차를 세워놓고 그녀를 기다리고 있었다. 그녀는 그 앞을 아무 거리낌 없이 지나갔다. 하지만 남자는 그녀가 지나가도 전혀 알아보지 못했다. 그런 남자를 보며 은채와 같이 나온 밴드 멤버들이 키득거리며 비웃었지만, 남자는 기분 나쁜 눈만 할 뿐 왜 그런지 이유는 알지 못했다. 눈뜬장님 같은 남자를 흉보며 그녀는 서둘러 집으로 돌아갔다.

새벽 3시였다. 그런데 도혁은 아직도 잠이 들지 못했다. 도혁에게 불면증이 생긴 건 학교에 들어가기 전부터였다. 가질 거 다 가지고 태어난 도혁에게 없는 단 하나가 바로 '잠'이었던 거다.

불면증 약을 너무 오래 먹어서인지 이젠 약을 먹어도 잠이 오지 않는 경우가 생겼다. 아무래도 또 병원에 가봐야 할 것 같아서 도혁은 자신의 주치의에게 전화를 했다.

"내일 7시에 갈 테니까 병원 비워놔."

상대의 상황은 배려하지 않는 말이었지만 의사는 불쾌해하지 않고 물었다.

[불면증이 또 심해졌어? 무슨 일 있었어?]

아마도 아버지와의 일이 영향을 준 것 같았지만 그런 걸 다른 사람에게 말하고 싶지는 않았다. 그게 설령 그의 정신과 주치의라고 해도 말이다.

예약만 잡고 전화를 끊은 도혁은 거실 한쪽 벽을 가득 메우고 있는 클래식 음반 앞으로 걸어갔다. 잠이 오지 않는 밤에 주로 틀어놓는 것들이었다. 본가를 나올 때 가지고 온 유일한 물건이기도 했다.

클래식이 가장 마음에 드는 이유는 사람 목소리가 없기 때문이었다. 도혁에게 음악이란 악기의 연주였다. 노래하는 가수의 목소리는 악기만큼 정확할 수 없다는 게 그의 지론이었다. 그가 가장 즐겨 듣는 음악가는 브람스였다. 바그너처럼 웅장하지 않고 리스트처럼 화려하지 못했어도 브람스의 절제된 음악은 응축된 힘을 내재하고 있었다.

브람스가 가장 뛰어난 음악 천재가 아니더라도, 가장 유명한 곡을 쓴 작곡가가 아니더라도, 브람스의 음악에 대한 고집이 마음에 들어 도혁은 그의 음반을 선택했다. 균형과 절도를 중시한 낭만주의적 고전주의자가 만들어낸 묵직한 음을 들으면서 도혁은 64층 밑의 서울을 내려다보았다. 이 거대한 도시가 그의 발밑에 있었지만, 지금 그에게 절실히 필요한 건 한 줌의 잠일 뿐이었다.

12시가 넘으면 하녀로 돌아가는 신데렐라처럼 은채도 아침이 되면 홍대 가수에서 그냥 직장인으로 돌아가야 했다. 아버지는 언제나 그녀가 음악 따위는 그만두고 남들처럼 평범한 직장인이 되어서 따박따박 월급 받고 살기를 바라셨기 때문이다. 설령 밥을 굶는다 해도 노래만 부르며 살면 행복하겠지만, 그렇다고 아버지에게 맞기는 싫어서 은채는 오늘도 출근했다.

"잘하고 와! 이번에도 때려치우면 진짜 혼날 줄 알아!"

언제나처럼 협박성 짙은 아버지의 배웅 인사를 받으며 은채는 집을 나섰다. 그녀에게 몇 번째인지도 모르는 지금 직장은 홈쇼핑 콜센터였다. 음악을 포기할 수 없었기에 은채는 항상 직장 일에는 쉽게 싫증을 느꼈고, 오래 다니지도 못했다. 거의 위장 취업 수준인 것이다.

[1년이나 키웠는데 날 못 알아본다고요! 내가 왜 애완동물을 키우는데! 당장 환불해줘요!]

동물 털 날리는 게 싫어서 거북이를 샀다는 여자 고객은 1년 동안 키운 거북이를 환불해달라고 30분이나 화를 냈다.

"그러게 그냥 개를 키우지 그러셨어요."

은채가 참다못해 한마디 하자 여자 고객은 더 화를 냈다.

[너 이름 뭐야! 손님 상담을 이따위로 해! 내가 당장 컴플레인 걸겠어!]

은채의 말에 꼬투리를 잡은 여자는 오히려 신이 난 듯 말했다. 마치 은채가 실수하길 기다렸다는 듯이 말이다. 결국 여자는 사죄의 의미로 거북이를 환불받았고, 그녀는 또 팀장에게 언제 끝날지 모를 기나긴 잔소리를 들어야 했다. 아버지는 그래도 회초리 한 대로 짧게 끝나는데, 회사는 회초리를 쓰면 안 되어서인지 잔소리가 시작되면 정말 끝이 없었다.

"도대체 은채 씨는 무슨 생각으로 회사에 다니는 거야! 왜 자꾸 은채 씨가 전화 받는 고객들한테서만 컴플레인이 나오는 거냐고!"

세상의 모든 찌질이들이 고해성사를 성당에 가서 신부님에게 하지 않고 콜센터 여직원에게 하는 것 같았다. 그리고 그녀는 독실한 신앙심이 없기에 그걸 참을 수 없고 말이다.

그래도 은채는 팀장 앞에서 그냥 입을 꾹 다물고 있었다. 여기서 억울하다고 한마디 했다가는 30분 안에 끝날 잔소리가 한 시간이 될 테니까.

"서비스업에 종사하려면 친절은 기본이야! 자기 기분 안 좋다고 고객이랑 똑같이 굴 거면 서비스업을 하지 말고 법원 가서 일해!"

법원에서 일하고 싶어도 능력이 부족한 걸 어째.

노래 부르는 거 좋아한다고 목소리로 일하는 일이 맞을 수 있다고 생각한 게 너무 안일했다.

"가족을 대하듯이 고객을 대하란 말이야."

그녀가 잘못하면 아버지는 매로 다스렸다. 그럼 고객이 헛소리를 하면 그녀는 회초리 대신 쓴소리라도 해야 한단 말인가. 하지만 그렇게 한다면 당장 잘릴 게 분명했다. 가족을 대하는 아버지의 모습을 떠올리며 참아야 하는 게 그녀에게는 딜레마였다.

"이번 회사도 별로인가봐?"

그녀가 진료실 문을 열고 들어오는 걸 보자마자 형부인 진우는 안쓰러운 표정을 지으며 물었다. 아버지에게는 자랑거리인 의사 사위였고, 언니에게는 세상에서 가장 헌신적인 남편이었으며, 그녀에게는 답답할 때 이야기 상대가 되는 좋은 형부였다. 언니가 진우 같은 남자와 결혼한 것으로 그녀의 집은 가지고 있는 모든 행운을 다 써버린 건지도 모른다. 오늘 같은 날은 특히 더.

"환자 남았어요?"

직장 일이 힘들어서 은채는 형부에게 술 좀 사달라고 하려고 병원에 찾아왔다.

"아! 마지막 환자가 7시에 온다고 했는데 안 오네."

감히 의사를 기다리게 하다니, 엄청나게 불성실한 환자였다.

"어차피 지각인데 그냥 취소하고 같이 술이나 마실까?"

그녀의 마음을 아주 정확히 맞추는 진우의 말에 은채는 씨익 웃었다. 진우는 정말 그래주려는지 일어나서 의사 가운을 벗었다.

Rrrrrrr~. Rrrrrrr~.

그때 책상에 놓여 있던 진우의 핸드폰이 울렸다. 진우는 잠시 전화를 받고 오겠다면서 진료실을 나가버렸다. 저리 설설 기는 걸 보니 언니 전화인가보다. 언니 전화를 받을 때의 형부는 몸을 정갈히 하고 신께 기도를 드리는 신도 같았다.

오래 걸릴 것 같아서 은채는 아예 맘 편히 소파에 걸터앉았다. 그러다 진우가 벗어놓은 의사 가운에 시선이 갔다. 혼자 있고 기분이 안 좋은 날이어서인지 새하얀 의사 가운을 보자 엉뚱한 생각이 들었다. 저 옷 입으면 나도 좀 똑똑해 보이려나?

그녀는 공부를 못했었기에 공부 잘하는 사람에 대한 경외심이 있긴 했다. 하지만 그녀가 공부해서 의사가 될 가능성은 평생 없을 것이다. 의사 가운이라도 입어보면 어떤 기분이 들까 궁금해진 은채는 자리에서 일어나 형부의 책상으로 걸어갔다. 깔끔한 형부답게 의사 가운은 방금 세탁한 것처럼 주름 하나 없이 깨끗했다. 은채는 옷걸이에서 가운을 벗겨내어 조심스럽게 걸쳐보았다.

거울이 있으면 자신이 어떤 모습인지 확인해보겠는데, 안타깝게도 진료실 안에는 거울이 없었다. 그래서 은채는 거울 대신 커다란 창문에 비친 모습을 확인했다. 무슨 옷을 입어도 예뻐 보이고 싶은 게 여자인가보다. 손으로 머리카락을 귀 뒤로 넘기고 있는데, 진료실 문이 열렸다.

당연히 형부라고 생각하고 고개를 돌리던 은채는 문 앞에 서 있는 남자를 보고 놀라 눈을 크게 떴다. 형부가 아니었다. 유럽의 유명한 장인이 만든 듯이 보이는 고급스러운 슈트와 한 번도 길바닥을 걸어본 적 없는 듯한 윤기 흐르는 구두는 남자의 도도한 인상과 한 몸인 듯 잘 어울렸다. 눈빛은 한 번 마주치면 그대로 갇혀버릴 것처럼 강렬했고, 높게 솟은 콧날은 우아했으며, 입술은 비밀을 많이 간직한 듯이 굳게 닫혀 있었다.

이렇게 잘생긴 남자도 정신병이 있는 거야? 아까워라.

너무나 멀쩡하다 못해 귀공자 같았다. 그런데 정신과 진료를 받으러 온 걸 보니 분명 멘탈에 무언가 문제가 있는 사람이었다. 세상에 완벽한 사람은 없다는 말이 진리 중의 진리였다. 그녀는 예쁘고 노래 잘하는데 머리가 나쁘고, 형부는 공부 잘하고 샤프한데 여자 보는 눈이 없고, 저 남자는 잘생기고 돈 많아 보이는데 정신에 문제가 있고.

"새로운 선생님인가요?"

남자의 질문에 은채는 두 번째로 놀랐다. 내가 의사 선생처럼 느껴질 정도로 똑똑해 보인다는 건가? 이런 기적 같은 일! 사실 바로 아니라고 말하고 곧 진짜 의사 선생님이 돌아올 거라고 말을 해야 했다. 하지만 은채는 어느새 손을 뻗고 있었다.

"우선 앉으세요."

이러면 안 된다고 이성이 외치고 있었지만, 남자가 너무 잘생겨서 제어가 되지 않고 있었다. 그녀에게는 원래 못 먹는 감이라도 찔러보는 악취미가 있었다. 은채의 안내에 따라 남자가 소파에 앉았다.

다리를 꼬고 앉는 폼이 굉장히 위압적이었다. 아픈 사람 같지 않게. 원래 아픈 사람은 좀 주눅이 들어 있곤 한데. 남자는 전혀 그런 게 없었다.

"말씀해보세요. 다 들어드릴 테니까."

눈빛은 당신의 신체 사이즈가 알고 싶다는 뜻을 발사하고 있었지만, 입에서는 그래도 의사 비스름한 말이 흘러나왔다. 지금 이 순간에는 정말 남자의 단점까지 다 들어주겠다는 넓은 마음이 저절로 우러나왔다. 하지만 남자는 잠시 그녀를 빤히 쳐다보기만 했다.

도혁의 입장에서는 의사 가운을 입고 있는 여자가 더 수상한 상황이었다. 당연히 진우가 있어야 할 자리에 엉뚱한 여자가 있었다. 도혁이 받을 치료는 비밀 유지가 우선인 정신과 상담이었다. 그런 점을 생각해본다면 절대 아무도 있으면 안 되는 시간에 상담실에 있는 외부인에게 우선 화부터 나야 하는 게 정상이지만, 그보다 먼저 이 여자는 뭔가 싶었다.

인턴도 없는 개인 병원에서 의사 가운을 입고 있는 걸로 보아 그녀 역시 전문의라는 건데, 그렇다고 하기엔 여자는 너무 어려 보였다. 기껏해야 20대 중반 정도? 그리고 절대 공부 잘할 얼굴도 아니었다. 뭐야, 서진우가 바람났나?

서진우는 첫사랑인 여자와 결혼까지 한 흔치 않은 케이스였다. 어찌나 한 여자에게 목을 매는지 그의 눈에는 서진우가 비정상이라 비정상들을 치료하는 정신과 전문의가 된 걸로 보였다. 그런 서진우에게 다른 여자라니. 자신의 불면증보다 오히려 흥미 있는 일이었다.

"말씀해보세요. 다 들어드릴 테니까."

여자가 눈을 반짝이며 그에게 말하는데, 딱히 결혼한 남자를 몰래 만나러 온 내연녀 냄새는 나지 않았다. 그냥 몸만 어른이 된 철부지 소녀 느낌이었다.

'도대체 넌 정체가 뭐냐?'라는 눈으로 여자를 주시하던 도혁은 툭 던지듯이 말했다.

"제가 섹스 중독입니다."

'그 정도는 되어야 정신과 상담을 받지.'라는 느낌으로 그가 지어낸 병명에 여자의 두 눈이 당황함을 숨기지 못하고 크게 동요했다. 그리고 폭발이라도 할 것처럼 얼굴이 빨갛게 달아오르는데, 구경하는 재미가 있었다.

"그럼 야동 좋아하세요?"

끝까지 의사 노릇을 하려고 던진 여자의 질문에 도혁은 하마터면 웃음이 터질 뻔했다.

"쿡."

박 실장은 뒷자리에서 들린 짧고도 명확한 웃음소리에 고개를 돌렸다. 하지만 도혁은 언제 웃었느냐는 듯이 서늘한 눈으로 창밖을 보고 있을 뿐이었다. 박 실장은 자신이 잘못 들었나 의아해하며 다시 앞을 보았다. 하지만 평소보다 도혁의 날 선 분위기가 좀 가라앉아 있는 것 같기는 했다. 이유는 알 수 없었지만 나쁜 일이 아니었기에 박 실장은 흐뭇한 마음으로 다시 앞을 보았다. 그는 어쩔 수 없이 전천후 비서인 듯했다. 자신이 모시는 보스가 기분이 나쁘면 덩달아 나쁘고, 기분이 좋으면 그도 같이 좋아졌으니까.

"이게 뭡니까?"

박 실장이 그의 책상에 CD 한 장을 내려놓자 도혁은 뭐냐는 눈으로 박 실장을 쳐다보았다.

"한정 판매로 나온 인디 밴드 앨범입니다."

그래서, 설마 나보고 사라고? 무미건조해지는 도혁의 눈빛을 보며 박 실장은 조심스럽게 자신이 이 앨범을 가져온 이유를 설명했다.

"회장님의 지시로, 발매된 앨범 전부를 사들였습니다."

도혁은 눈을 좁혔다.

피도 눈물도 없고, 가족에게도 가차 없는 아버지가 음악 마니아일 리는 결코 없었다. 그것도 메이저도 아닌 마이너 음악을 듣는다고? 말도 안 되는 일이었다. 도혁은 다시 주의 깊게 음악 CD를 보았다.

앨범 사진 속 여자는 레드 드레스를 입고 있었다. 품위 있는 옷은 아니었지만 여자에게 붉은색은 또 다른 피부처럼 어울리며 여름의 폭염을 느끼게 하였다. 무엇보다 여자의 얼굴이 낯이 익었다. 그의 기억보다 더 화려하고 다이내믹하긴 했지만, 짙은 화장을 지우고 평범한 옷을 입는다면 병원에서 본 그 가짜 여의사를 닮은 것도 같았다. 도혁이 앨범 사진을 유심히 보자 박 실장도 그런 도혁의 표정을 자세히 살폈다.

"설마 아버지한테 도연이랑 도진이 외에 또 다른 자식이 있었습니까?"

도혁의 위험한 질문에 박 실장은 난감하면서도 실망한 표정을 지었다.

"제가 알지 못하는 걸 말씀드릴 수는 없습니다. 그저 지난 3년 동안 권 회장님이 제게 내린 유일한 지시라서 말씀드리는 겁니다."

아버지가 아무 이유 없이 이런 걸 살 사람이 아니었고, 박 실장이 아무것도 아닌 시시한 걸 내밀 사람도 아니었다. 도혁은 사진 속 레드 드레스의 여자를 손가락으로 찍었다.

"이 여자, 데려오세요."

아버지를 쏠 총알이 될 수 있을지 없을지는 여자를 만난 뒤에 판단해도 늦지 않았다.

아슬아슬했던 직장 생활, 형부에게 술 얻어먹고 잘해보자고 힘을 낸 다음 날 바로 일이 터져버렸다. 장난 전화를 건 고객을 기어이 참아내지 못하고 112에 신고해버린다고 해버렸고 그게 또 팀장한테 걸려서 잔소리를 듣게 되었다.

"도대체 하루라도 사고 안 치면 심심해서 못 참아? 친절하게 전화받는 게 그렇게 어려워? 이렇게 계속할 거면 차라리 딴 직장 알아봐. 은채 씨한테 이 일은 정말 안 맞는 거 같으니까."

집에 계실 아버지를 생각하며 꾹 눌러 참고 있는데 마침 아버지뻘 되는 부장님이 회의실 문을 열고 들어오며 팀장을 말렸다.

"아이고, 그만해. 신입이 실수 좀 할 수 있는 거지. 자네는 신입 때 실수 안 했어?"

은채에게 큰소리치던 팀장도 자기보다 높은 상사가 나타나자 입을 꾹 다물었다. 그런 팀장의 모습을 보니 은채는 처음으로 그녀에게 동료 의식이 생겼다. 그런데 갑자기 무언가 기분 나쁜 게 은채의 엉덩이에 닿았다.

"너무 힘들어하지 말고. 얼굴도 예쁜데 차라리 쇼 호스트 쪽을 해보지 그래?"

부장은 위로하는 척하면서 뒤에서는 손으로 은채의 엉덩이를 툭툭 쳤다.

이런 개 상사를 봤나.

퍽-.

은채는 말보다 주먹이 먼저 나가버렸다. 그녀의 아버지는 항상 사람은 밥벌이를 꼭 해야 한다고, 그리고 개자식을 보면 다시는 나쁜 버릇 안 나오게 혼을 내라고 말씀하셨다.

"너, 뭐야! 미쳤어?"

은채의 주먹에 얼굴을 맞은 대머리 부장은 언제 친절한 척 굴었냐는 듯이 바로 화를 냈고, 은채는 그런 부장의 행동에 기가 막혀서 더 큰 목소리로 외쳤다.

"당신이 먼저 내 엉덩이 만졌잖아! 팀장님도 똑똑히 보셨죠?"

팀장은 은채의 바로 앞에 서 있었다. 그러니 부장의 손이 어디로 향했는지 분명히 봤을 텐데도 그녀는 종이 같은 표정으로 은채를 보았다.

"아니. 못 봤는데."

손버릇 나쁜 부장보다 같은 여자인 팀장의 말에 은채는 소름이 쫙 돋았다. 그리고 그 순간 또 자신이 사표 쓸 때가 왔다는 걸 직감했다.

그렇게 억울하게 회사를 그만둔 다음 날, 또 회사를 때려치웠다는 걸 아버지에게 말할 수 없어서 은채는 회사에 간다고 거짓말을 하고 집을 나와서는 홍대로 향했다. 그녀가 공연하는 홍대 클럽 '반'에서 아르바이트를 하는 동우는 그녀에게 직접 만든 오므라이스를 내주면서 위로했다.

"그냥 똥 밟았다고 생각해."

"이번엔 단순히 밟은 게 아니라 뒤에서 누가 밀어서 그 위에 주저앉은 꼴이다."

아무리 생각해도 그녀의 엉덩이를 만지고도 적반하장으로 그녀를 폭행죄로 고소한 대머리 부장보다 그녀가 당한 일을 빤히 보고도 모른 척한 여팀장이 더 이해가 되지 않았다. 그깟 직장이 인간성을 버릴 정도로 중요하단 말인가.

"그나저나 당장 합의금 삼백만 원 구하지 못하면 아버지도 알게 될 텐데. 어쩌지."

합의금이 턱없이 비싸다는 것보다 더 큰 문제는 그녀가 성희롱당한 걸 알면 아버지는 불같이 화를 내며 2차 폭행죄를 저지를 게 뻔하다는 것이었다. 대머리 부장을 찾아가서는 그의 남은 머리카락을 다 뽑아놓을지도 몰랐다. 아버지까지 험한 꼴을 당하게 하기 싫었기에 은채는 어떻게든 빨리 합의를 봐서 끝내버리고 싶었다.

"하아, 백수라 대출도 안 되는데."

합의금으로 이 사태를 마무리하기 위해서라도 빨리 직장을 구해야만 했다. 그것도 당장 삼백만 원을 줄 수 있는 직장으로 말이다. 돈과 인연이 없는 그녀에게는 정말 '미션 임파서블' 같은 일이기는 했다. 동우가 도와주겠다고 했지만, 같이 음악 하는 친구들 사정은 뻔했다. 집세도 겨우 내는 그의 처지에 남한테 빌려줄 그런 큰돈은 없을 게 분명했다.

은채에게는 돈 잘 버는 의사 형부가 있었지만 형부도 언니한테 용

돈 받고 사는 처지였다. 지난번 그녀의 생일 선물로 비싼 명품 구두 한 켤레 사준 걸로도 언니의 폭풍 잔소리가 이어졌는데 합의금 삼백만 원의 여파는 분명히 더 어마어마할 것이다.

은채가 지금 당장 데미지 없이 구할 수 있는 돈은 아버지가 그녀의 결혼을 위해 모아둔 적금뿐이었다. 하지만 아버지 몰래 그 돈에 손을 대면 그녀는 아버지의 손에 죽을지도 몰랐다.

"저기."

그때 점잖은 남자의 목소리가 들려왔다. 같이 고민하고 있던 은채와 동우는 동시에 소리가 나는 쪽으로 고개를 돌렸다. 거의 환갑에 가까워 보이는 아저씨가 영국 신사처럼 차려입고 서 있었다. 주로 젊은 사람들이 많이 찾는 홍대에 이렇게 나이 많은 아저씨가 웬일인가 싶었다.

"저희는 술밖에 안 파는데, 어떻게 오셨어요?"

할아버지인지 아저씨인지 애매한 남자에게 동우가 물었다. 홍대에 어울리지 않을 법한 아저씨의 등장도 놀라운데 그보다 더욱 놀라운 건 그 남자가 가방에서 꺼낸 물건이었다. 그의 손에 들려 있는 건 분명 인디아 레드 앨범이었다.

전국적으로 딱 오백 장 팔린 인디아 레드의 유일한 앨범.

"이 밴드가 여기서 공연을 한다기에 만나고 싶어서 왔는데."

바로 옆에서 앨범 사진의 주인공인 여자가 앉아서 밥을 퍼먹고 있었지만, 화장도 거의 안 하고 옷도 청바지에 티셔츠를 입고 있어서인지, 아니면 그의 노안 때문인지 남자는 그녀를 알아보지 못했다. 동우는 섣불리 그들의 존재를 밝히지 않고 낯선 남자의 목적을 물었다.

"혹시 음반사 다니세요?"

"아닙니다. 전 이런 사람인데, 이 밴드 여자 보컬을 꼭 만나야 해서."

남자가 꺼낸 명함에 찍힌 '세진 건설'이라는 회사명을 보고 동우와 은채는 놀라서 서로를 번갈아 보았다. 세진 건설이면 세진 그룹에 속한 대기업이었다. 조금 전까지 삼백만 원을 줄 수 있는 직장을 부르짖던 그녀에게는 그 어느 때보다 위용이 느껴지는 명함이었다. 그래서 은채는 남자의 명함을 두 손으로 부여잡으며 아까와는 다른 눈빛으로 노신사를 보았다.

"제가 '수' 아는데."

'수'는 은채가 인디아 레드에서 쓰는 닉네임이었다. 아버지 몰래 활동을 하는 터라 자연히 닉네임으로 공연을 시작했었다.

"아, 그래요? 만나게 해줄 수 있습니까?"

동우가 어쩌려는 거냐는 눈으로 은채를 보았다. 그녀는 남자의 명함을 흔들며 씨익 웃었다.

"진짜 세진 건설 다니는 게 맞다면 저한테 일자리 소개해주세요. 그럼 저도 '수' 소개해드릴게요."

어차피 그녀는 손해 볼 게 없었다. 남자가 안 된다고 하면 그냥 없던 일로 치면 되고, 남자가 진짜 일자리를 소개해주면 자신이 '수'라고 밝히면 되는 것이다.

남자는 잠시 곤란한 표정을 짓더니 그리 오래 고민하지 않고 입을 열었다.

"그럼 명함에 적힌 메일 주소로 이력서 보내주겠어요? 제가 검토해보고 맞는 자리를 찾아 면접 기회를 주는 정도로 해도 되겠습니까?"

어라, 걸렸네? 은채는 자신의 낚시 솜씨가 어떠냐는 듯이 동우를 보며 웃어 보였지만 동우는 의심스러운 눈으로 남자를 쳐다보았다. 아무래도 음악과 전혀 상관없는 건설 회사 직원인 남자가 그녀를 찾는다는 게 석연찮게 느껴졌기 때문이었다.

도혁은 박 실장이 책상에 올려놓은 이력서를 힐긋 보았다.

"전 신입 사원 뽑는다고 한 적 없는데요."

그가 사람을 뽑는다고 하지도 않았는데 박 실장이 먼저 이력서를 내밀었으니, 이건 엄밀히 말하면 낙하산이었다.

도혁이 회사 대표가 되어서 가장 처음 한 일이 인맥으로 들어온 낙하산 직원을 잘라내는 일이었다. 그런 그에게 낙하산을 키우라는 건 말도 안 되는 일이었다.

"대표님이 만나고 싶다는 밴드 여자 보컬을 잘 안다는 여자입니다."

밴드 여자 보컬이면 여자 보컬이지 잘 아는 여자는 뭔가.

그제야 이력서에 붙은 사진을 보던 도혁은 다른 이유로 눈이 살짝 커졌다. 앨범 사진만 보면 헷갈리지만 이력서 사진을 보니 확실히 알 수 있었다. 사진 속 여자가 병원에서 만난 가짜 여의사라는 걸. 당연히 서진우가 있어야 할 자리에 버젓이 여의사 코스프레 한 여자가 있었으니, 비밀 진료를 보장받았던 그로서는 서진우와 병원을 고소할 수도 있는 일이었다.

그가 고소하지 않는 이유는 딱 하나, 시끄러워지는 게 싫어서였다. 우선 고소를 하려면 박 실장과 변호사가 알아야 하는데, 그 두 사람이 알게 되면 결국 더 많은 사람이 그의 정신과 진료 사실을 알게 되어버린다.

"그러니까 이 여자가 밴드 여자 보컬이 아니라고요?"

"네, 본인이 그렇게 말했습니다. 아는 사이라고."

사람을 믿으며 살아온 박 실장은 자신의 눈보다 여자의 말을 믿을 것이다. 하지만 세상을 삐딱하게 살아온 도혁은 그럴 수 없었다. 여자들의 얼굴을 분명하게 구분할 능력은 없지만 이 여자의 뻔뻔한 거짓말을 한 번 들어서인지 어쩐지 지금도 사기를 당하고 있다는 기분이 들었다. 고소가 아니라 즉결 처분을 하라는 신의 신호인지도 몰랐다.

도혁은 총알이 아니라 사냥감을 발견한 듯한 표정을 지으며 말했다.

"면접 날짜 잡으세요."

얼떨결에 면접을 보러 오라는 박 실장의 전화를 받고 은채는 복권에 당첨된 기분으로 세진 건설로 향했다. 어떻게 보게 된 면접이건 간에 그녀가 면접 본 회사 중 가장 센 대기업이었다. 대학 졸업장도 없고 자격증이라고는 운전면허증밖에 없는 그녀는 참 운이 좋은 일이라고 생각했다.

"어서 와요."

클럽에서 봤던 박 실장이 길 잃은 아저씨처럼 보였다면 회사에서 보는 그는 능력 있는 아저씨로 보였다. 사람의 눈이란 참 간사하기도 하지. 자기 좋을 대로 보니까 말이다.

"오늘 면접은 대표님이 직접 보실 거예요."

그냥 과장이나 부장 정도를 만날 줄 알았는데 대표를 만난다는 말에 은채는 눈을 동그랗게 떴다. 너무 높은 사람을 만나게 되니 그제야 좀 긴장이 되기 시작했다. 이래도 되나 싶으면서.

"대표님 많이 무서우세요?"

걱정스럽게 묻는 그녀의 말에 박 실장은 뜻 모를 미소만 지으며 그냥 직접 만나서 확인해보라고 했다.

똑똑-.

정중하게 집무실의 문을 두드린 박 실장은 문을 열고 먼저 들어가 보고했다. 박 실장의 등에 가려져 책상에 앉아 있는 대표의 모습이 아직 그녀에게는 보이지 않았다. 이런 큰 회사의 대표이니 박 실장보다 더 나이 지긋한 할아버지일 거라고 은채는 생각했다.

"대표님, 오늘 면접 보러 온 이은채 씨입니다."

박 실장의 뒤를 따라 안으로 들어간 은채는 사장이 앉아 있는 커다란 마호가니 책상을 향해 꾸벅 인사했다.

"안녕하세요."

인사를 하고 고개를 들던 은채는 책상에 앉아 있는 남자와 눈이 마주치자 두 눈이 커졌다.

그 남자였다!

그녀가 가짜 의사 노릇 하며 진료 보았던, 섹스 중독 환자!

은채는 두 번 생각할 것도 없이 다시 고개를 숙여 인사했다.

"안녕히 계세요."

그러고는 뒤도 안 돌아보고 사무실을 나와버렸다. 될 리가 없었다. 이게 되겠는가!

　갑자기 휭하니 나가버리는 은채의 행동에 박 실장은 당황했다. 그녀가 '수'를 만나고 싶으면 면접 자리를 내놓으라고 했을 때보다 더 황당한 상황이었다. 도대체 왜 은채가 도혁의 얼굴을 보자마자 도망가는지 박 실장으로서는 알 도리가 없었다. 그런데 더 당황스러운 건 뒤에 이어진 보스의 명령이었다.

　"잡아와요."

　'데려와요.'도 아니고 '잡아와요.'라니.

　정말 갈수록 가관이었다.

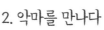

2. 악마를 만나다

　도망치듯이 대표실을 나온 은채는 무조건 빨리 이 회사를 나가야 한다는 생각뿐이었다. 대표가 멀쩡하지 않은 인간인 것도 문제였지만 그녀가 의사를 사칭하고 진료를 본 게 들통나면 형부까지 위험해질지 모른다. 그녀의 철없는 행동 때문에 진우까지 피해를 보게 할 수는 없었다. 그녀가 천부적인 눈치로 대표와 눈이 마주치자마자 돌아서서 나왔으니 분명 대표는 그녀를 못 알아보았을 것이다.

　"저희랑 같이 가주셔야겠습니다."

　하지만 터미네이터 같은 경비원 두 명이 그녀의 앞을 가로막아 섰을 때 은채는 속으로 '망했다!'를 외쳤다. 경비원들에 의해 강제로 다시 대표실로 돌아가는 동안 그녀의 머릿속에는 가족들의 얼굴이 하나씩 스쳐 지나갔다.

　아버지의 화내는 얼굴.

　언니의 그럴 줄 알았다는 체념의 얼굴.

　형부의 낙담한 얼굴.

　할 수만 있으면 땅굴이라도 파서 도망치고 싶은 마음이었다. 왜 쓸데없이 의사 가운을 입어서는! 왜 그때 하필 그 남자가 들어와서는! 내가 어디가 의사처럼 생겼냐고!

생각해보니 그녀를 의사라고 믿고 상담을 한 그 남자가 그녀보다 더 멍청했다. 그렇게 한참을 혼자만의 카오스 속에 빠져 있는데 대표실 앞에 다다르자 문이 다시 열렸다. 그녀는 정말 들어가기 싫은 그곳으로 다시 들어가야만 했다.

대표라는 남자는 책상에서 나와 소파 중앙 자리에 앉아 있었다. 병원에서 봤을 때는 그냥 잘생겼다고 생각했었는데, 지금은 무섭게 잘생긴 느낌이었다. 진료실에서 그녀가 거만하게 말했던 것처럼 이번에는 그 남자가 그리 말했다.

"앉아요."

은채는 고개를 저었다. 그리고 비굴하게 사정하기 시작했다.

"저기, 그날 병원에서 제가 사장님께 들은 말은 아무한테도 안 하겠습니다. 어차피 저도 가짜 의사 노릇 한 거니까. 저 역시 떳떳할 거 없어요."

우리 서로 꿀꿀한 약점이 있지 않느냐는 식으로 타협을 보려고 했지만 대표는 '마이웨이'였다. 그는 그녀의 말을 무시하고 탁자에 놓인 이력서를 보았다. 마치 진짜 면접을 보는 듯이.

아니, 이거 아직 면접인 건가?

"이력서가 난잡하군."

대표의 말에 은채의 눈썹이 꿈틀했다. 지금은 그녀가 고개를 숙이고 사과해야 하는 타이밍이라는 건 알았지만 대표의 말이 참기가 힘들었다. 마치 그녀가 문란하게 산다고 욕을 먹은 기분이었다. 안 그래도 꿈틀대는 그녀의 뚜껑에 시한폭탄이라도 달 심산인지 대표라는 남자는 무심하게 물었다.

"할 줄 아는 게 있긴 한가?"

은채는 얼굴을 찌푸리며 그를 보았다. 그녀의 입장에서는 아무리 생각해도 이 면접이 보복성 면접 같았다. 그녀가 의사라 착각하고 자신의 은밀한 비밀을 말해버린 걸 어떻게든 무마하려는 계략이 분명했다.

"없습니다. 그러니 그냥 탈락시키세요."

'댁이 탈락시키기 전에 내가 스스로 떨어지겠어.'라고 은채는 당당히 밝혔다. 그런데 당황할 거라고 생각한 대표는 오히려 피식 입술을 말아 올렸다. 왜 갑자기 색기 부리는데? 설마, 이 순간 섹스 중독이 동한 건가? '너 같은 여자 처음이야.' 뭐 그런 패턴으로 덮치는 거냐고.

은채는 두려움을 느끼고 한 발짝 뒤로 물러났다. 거의 인신매매범에게 협박 전화를 받은 여자처럼 얼어붙어 있는 은채를 대표가 턱을 괴고 보았다. 마치 감상하듯이. 은채는 자신과 문의 거리를 빠르게 확인했다. 여차하면 뛰쳐나가야지. 설마 문이 잠겨 있는 건 아니겠지?

"야한 거 좋아하나?"

"겁나 싫어해요!"

빽 소리친 은채는 갑자기 아버지가 무지하게 보고 싶어졌다. 아버지 말 안 듣고 천둥벌거숭이처럼 싸돌아다녀서 이런 이상한 놈도 만난 거다. 은채는 아버지에게 죄송하고 자신이 참 한심하게 느껴졌다.

"괜찮아. 내가 좋아하니까."

뭐가 괜찮다는 거야! 내가 안 좋아한다고! 내가 싫다고! 그녀가 한 방 먹은 듯이 붕어처럼 입만 벙긋거리자 도혁은 놀리는 걸 멈추고 갑자기 진지한 표정이 되었다.

"그리고 나한테 또 거짓말한 거 있지 않나? 이은채 씨."

당연히 그녀가 살면서 한 거짓말은 수없이 많았다. 특히나 아버지에게 엄청 많이. 하지만 이제 만난 지 두 번째인 그가 그녀에게 따질 말은 아니었다. 그녀가 설령 거짓말을 했어도 그녀의 아버지가 족치는 것과 그가 족치는 건 하늘과 땅 차이였다. 당신이 뭔데 자꾸 트집인데!

도혁은 은채의 앞에 앨범을 던졌다. 그녀의 사진이 박힌 인디아 레드 앨범이었다. 내 가장 행복한 추억이 왜 범죄 증거처럼 던져지는 거지?

"인디아 레드 보컬, 그냥 아는 사이라는 거, 거짓말 아닌가?"

"아닙니다!"

은채는 완강히 부정했다. 의사가 아닌 건 단번에 들켰지만 그녀가 인디아 레드의 '수'라는 건 그녀가 부정하면 끝이었다. 아버지에게 들키지 않으려고 철저하게 본명은 숨겼고, 공연할 때는 일부러 더 화려하게 꾸미고 화장도 짙게 하는 탓에 지금의 수수한 차림의 그녀랑은 굉장히 다른 모습이었다. 대표가 왜 인디아 레드의 '수'를 만나고 싶어 하는지, 그 이유 따위는 중요하지 않았다. 그녀는 그냥 무조건 이 남자의 말에 긍정하고 싶지 않았다.

"진짜 거짓말 아니라고?"

대표는 '분명 네가 맞는 거 같은데 아니란 말이지.' 하는 의심의 눈으로 그녀를 쏘아보았다.

은채도 지지 않고 그를 쏘아보았다.

"아니라고요."

분명 눈앞에 빨간 사과가 있는데 분홍 복숭아라고 우기는 꼴이라서 도혁은 기가 막혔다. 그런데 이 자리에서 증명할 방법이 없다는 게 더 짜증 나는 노릇이었다. 의사는 자격증으로 바로 탄로가 날 수 있지만 앨범 속에 박힌 사진 한 장만으로는 인디아 레드의 '수'는 법적 증거가 하나도 없는 가상의 인물일 뿐이었다.

그녀가 인디아 레드의 '수'라는 걸 밝히지 못하면 그녀와 그의 아버지 사이의 관계를 캐내는 것도 불가능했다. 사과 속이 무슨 색인지 확인하기 위해 우선 그 껍질부터 벗겨야 하는 상황이었다. 아무래도 이 사과는 속살이 하얀색이 아닌 건 확실한 것 같았다.

"죽어도 아니란 말이지?"

'나한테 또다시 거짓말한 거 들키면 큰일 날 텐데.'라는 식으로 그가 말해서 살짝 불안해지기는 했지만 은채는 끝까지 버텼다.

"아닙니다."

어차피 이 남자를 보는 건 오늘이 마지막일 테니까.

면접을 제대로 망치고 은채는 우울한 기분으로 홍대에 갔다.

"이야! 우리들의 비너스께서 완전 다크서클 작렬이네. 연어 샐러드 만들어줘?"

"놀리지 마. 나 진짜 기분 꿀꿀하니까."

은채는 테이블 위에 쓰러졌다. 아버지 눈치가 보여 집에는 있을 수도 없고, 클럽에 와도 마음 편히 노래할 수도 없고, 삼백만 원은 어떻게 구해야 하는지 여전히 막막하고, 아무것도 안 하고 있으면 그 남자의 염치없는 얼굴이 자꾸 둥둥 떠올라 분통이 터지고.

"사는 게 왜 이러냐. 하고 싶은 걸 하면 돈이 없고, 돈 벌려고 하니 내 꼴이 구질구질하고."

은채가 작게 몸을 웅크리고 중얼거리는 말에 동우는 손으로 그녀의 머리를 쓱쓱 쓸어주며 위로했다. 마치 막내 오빠처럼.

노래할 때의 그녀는 아름답지만 현실 속의 그녀는 참 하찮다. 면접을 보러 갈 때마다 할 줄 아는 게 뭐냐고 구박이나 받고, 아버지한테는 못난 딸이라고 잔소리만 듣고. 그래서 더 인디아 레드의 '수'로 숨고 싶어지는 건지도 몰랐다. 현실의 자신을 잊고 자유롭게 날아오르고 싶어서.

Rrrrrrrrr-. Rrrrrrrrr-.

전화가 울려 꺼내보니 세진 건설 박 실장이었다. 대표의 사악한 얼굴을 떠올리면 그냥 무시하고 싶지만, 그래도 박 실장이 잘못한 건 없었기에 은채는 전화를 받았다.

[은채 양, 오늘 미안했어요.]

대표라는 남자라면 절대 하지 않을 사과도 대신하는 걸 보니 박 실장은 진짜 좋은 사람일지도 모르겠다.

"아니에요. 나쁜 건 대표지 박 실장님이 아니잖아요."

'우리 그냥 대표를 욕하면서 끝냅시다.'라고 퉁을 치려는데 박 실장은 그래도 자기가 모시는 보스라고 그의 변명을 대신 했다.

[우리 대표님 그렇게 나쁜 사람 아닙니다.]

아뇨. 저한테는 나쁜 사람 맞습니다. 자기가 뭔데 날 쥐 잡듯이 추궁하느냐고. 내 아빠도 아니면서. 내 애인도 아니면서.

[다른 일자리 소개해줄게요. 그러니 오늘 일은 마음 풀어요.]

그녀는 감동하였다. 대표라는 작자가 아무도 아니면서 그녀를 추궁했다면, 박 실장은 아무도 아니면서 그녀를 끝까지 도와주려고 하고 있으니 말이다.

"박 실장님 정말 좋으신 분 같아요."

그녀도 보답으로 당장 자신이 인디아 레드의 '수'라고 말해주고 싶었다. 하지만 박 실장은 권도혁의 비서였다. 그가 알면 대표도 알게 될 게 뻔했기에 은채는 차마 입이 떨어지지 않았다.

소리도 없이 조용히 굴러가는 벤츠 뒷좌석에 앉은 도혁은 중국 스키 리조트 사업 초안을 검토하고 있었다. 이달 말 완벽하게 사업성 검토 초안이 나오면 현황 조사를 거쳐 총 투자비를 결정해 사업 제안서를 중국 정부에 제출할 계획이었다.

스키 리조트 사업은 올 한 해 가장 핵심이 될 큰 사업이었기에 도혁은 꼼꼼하게 초안을 읽어 내려갔다. 최종 결정권자가 그였으니 책임을 지는 것도 그였다. 실수가 있으면 안 되었다.

하지만 불쑥 초대도 받지 않고 쳐들어온 손님처럼 누군가가 생각났다. 자기 속살을 숨기고 끝까지 거짓말만 하던 여자. 그는 아직도 그 여자가 아버지와 무슨 관계인지 알아내기는커녕 그녀가 진짜 인디아 레드의 '수'라는 확증도 얻어내지 못했다. 일에 있어서 속전속결을 선호했던 그가 그깟 여자 하나 제대로 처리하지 못해 우물쭈물하는 꼴이라니, 도혁은 마음이 언짢아졌다. 도혁은 고개를 들어

조수석에 앉아 있는 박 실장을 보았다.

"이은채한테 어느 회사 소개해주셨습니까?"

그 면접 후에 도혁에게 은채에 대해 말한 적이 없었기에 박 실장은 놀란 눈으로 돌아보았다. 설마 다른 정보원을 시켜 자신을 감시까지 하는 건가 싶었는데 도혁은 별거 아니라는 듯이 말했다.

"뻔하지 않습니까. 박 실장님 성격에 그냥 무시했을 리는 없고, 이은채한테 제대로 된 면접 자리를 소개해주는 것밖에 없으니까."

도혁은 은채의 면접을 가볍게 여겼지만, 박 실장은 진지하게 말했다.

"그 면접 때문에 이은채 양은 대표님에게 안 좋은 감정을 가지게 된 거 같습니다."

"처음 듣는 소리도 아니군요."

만약 이은채가 그를 우습게 여기고 그리 거짓말을 해댄 거라면 큰코다칠 것이다.

"우선 사과하시는 게 어떠십니까?"

은채는 인디아 레드 여자 보컬과 깊은 관계가 있는 사람이었다. 그래서 박 실장은 도혁이 은채에게 좀 더 신사적으로 다가서야 한다고 생각했는데 도혁은 그리 생각하지 않나보다.

"아, 인상적인 충고네요."

도혁은 박 실장의 충고를 시니컬하게 받아들였다.

"그런 충고, 회장님한테도 한 적 있습니까?"

박 실장은 도혁을 생각해서 한 말인데 도혁의 입장에서는 박 실장이 도혁을 권 회장보다 낮게 보아서 한 말이라 여겼나보다. 그런 게 아닌데 말이다.

박 실장에게 도혁은 여러 의미로 각별한 존재였다. 도혁의 비서가 되기 전에도 그는 회장님의 비서로서 도혁을 어릴 때부터 봐왔다. 아마도 도혁의 가족보다도 박 실장이 더 도혁에 대해 잘 알고 더 마음을 주고 있을 것이다.

그래서였다. 권 회장이 싫어할 일이라는 걸 알면서도 도혁에게 인디아 레드 앨범을 보여준 것은. 그 앨범 속에 숨어 있는 깊은 뜻을 도혁이 알아주길 바라며. 그런데 안타깝게도 아직은 도혁이 전혀 엉뚱한 것만 보고 있었다.

"우리 은채 오늘도 열심히 해라."

그녀가 일하러 가는 줄 알고 아버지는 오늘도 기합을 잔뜩 넣어주셨다. 박 실장이 소개해준 영어 교재 회사 면접을 보러 가는 길이었던 은채는 어색하게 웃으며 다녀오겠다는 인사를 하고 집을 나섰다. 아버지로부터 부담스러운 배웅을 받으며 집을 나온 은채는 허리를 바로 세우고 앞만 보며 걸어갔다.

오늘 면접은 무슨 일이 있어도 붙어야 했다. 이것까지 망하면 삼백만 원을 구하는 일은 불가능했다. 은채는 잘하자고 주먹을 불끈 쥐며 호기롭게 앞으로 걸어갔다.

빵빵―.

등 뒤에서 클랙슨이 울렸다. 길을 비켜달라는 것인 줄 알고 은채는 길가 옆으로 붙어서 걸었다. 그런데 차가 그녀의 옆에서 더 느리게 달리는 것이었다. 바로 옆에서 달리는 차가 신경 쓰여 은채는 고개를 돌렸다. 선글라스를 쓰고 창틀에 팔을 걸친 부르주아 남자가 그녀를 쳐다보고 있었다. 뭐지, 이놈은? 헌팅을 왜 시장 아줌마들 밖에 없는 이 동네에서 하고 있어?

그렇게 생각하며 쳐다보는데 남자가 입을 열었다.

"재미없는 차림인 걸 보니, 면접?"

아무래도 그녀는 권도혁의 얼굴보다 목소리에 더 예민한가보다. 바로 눈썹이 하늘로 치솟았다.

"당신이 왜 여기 있어요?"

버럭 하는 그녀에게 도혁은 울컥할 정도로 태평하게 말했다.

"우연."

그런 얼어 죽을 우연 같은 건 다 사형시켜버려야 했다. 그나저나 면접장을 나오면서 다시는 보지 않겠다고 맹세까지 했는데 왜 이리 쉽게 만나게 되는 건지. 돈 많으면 다야? 그런 좋은 차 몰고 다니면 다냐고.

그녀는 도혁을 피해 아주 빠르게 걸었다. 하지만 사람의 다리로 차를 이기려 한다는 건 무모한 도전이었다. 아무리 빨리 걸어도, 심지어 뛰기까지 해도 권도혁의 차는 그녀 옆에 있었다. 이젠 말로도 모자라서 육체적으로도 그녀를 괴롭힌다는 생각에 은채의 얼굴은 곧 터지기 직전의 화산처럼 달아올랐다.

"가요. 꺼지라고요. 당신만 보면 재수가 없어요."

안 그래도 면접 보러 가는 길인데, 제대로 소금 뿌리는 짓이었다.

"타라고 해도 안 탈 거지?"

타라고 강요하는 것보다 100배는 더 얄미운 말이었다. 그래서 은채는 신고 있던 하이힐로 도혁이 타고 있는 차의 타이어를 뻥 걷어차버렸다. 하지만 그녀의 발만 아플 뿐 차 타이어는 멀쩡했다.

"그런다고 터지겠어? 넌 요란스럽기만 하고 제대로 하는 건 아무것도 없군."

이 자식, 도대체 뭐야? 왜 갑자기 내 앞에 나타나서는 염장을 질러대느냐고. 내가 지한테 돈을 꿨어 뭘 했어?

"도대체 나한테 왜 이래요?"

그녀가 도저히 참지 못하겠다는 듯이 소리치자 도혁은 손가락 세 개를 들어 올렸다.

"세 가지 중 하나만 골라봐."

듣기 전부터 열불이 나고 있었다. 왜 세 가지나 되는가.

"첫째, 네가 예뻐서."

움찔했다. 여자의 심장이란 왜 이리도 간사한가. 예쁘다는 말에 그 말을 한 남자가 나쁜 놈이란 것도 잊고 반응을 한다. 속지 마. 두 개나 더 남았어.

"둘째, 내가 너한테 반해서."

처음보다 더 크게 심장이 움찔했다. 속으면 안 되었다. 아직 하나가 더 남았다. 사람 말은 뭐든 끝까지 들어봐야만 했다.

"셋째."

도혁이 선글라스까지 벗었다.

그렇지. 중요한 건 가장 마지막에 나오게 되어 있다.

"네가 나한테 거짓말을 해서."

은채는 당황하지 않고 그를 비웃는 미소를 지었다.

"댁은 누가 당신한테 거짓말할 때마다 이리 쫓아다니며 괴롭혀요? 사는 게 엄청 한가한가봐요."

한가하다는 말을 태어나서 처음 들어보는 도혁은 피식 웃었다. 거짓말과 상관없이 자꾸 전투력을 자극하는 여자이기는 했다. 그런 걸 느끼게 했던 사람은 그의 아버지가 유일한데 말이다. 인디아 레드 앨범 때문이라고 생각하며 도혁은 손을 흔들었다.

"또 보자고."

길 잘 가는 사람 붙잡아 약만 잔뜩 오르게 하고 쏙 가버리는 도혁의 차 꽁무니에 대고 은채는 화를 냈다.

"보기 싫으니까 나타나지 마."

박 실장이 소개해준 영어 교재 회사는 세진 건설 같은 대기업이 아니라 직원이 50명도 안 되는 중소기업이었지만 직접 면접관으로 나온 사장님도 친절하고 회사도 좋아 보였다.

그녀가 지원한 자리가 고객 지원이라 전화 받는 업무라는 게 썩 마음에 들지는 않았지만, 어린이 교육과 관련된 엄마들만 전화를 할 테니까 홈쇼핑처럼 진상이 많을 것 같지는 않았다. 그리고 무엇보다 그녀의 직속 상사가 되는 여자 과장이 이모처럼 푸근한 인상이라 안심이 되었다.

"그런데 제가 영어를 못하는데도 일하는 데 지장이 없나요?"

그녀가 조심스럽게 물어본 말에 여자 과장이 큰 목소리로 깔깔 웃었다.

"그렇게 따지면 이 회사에서 10년 근무한 난 이미 토익 만점 받아야 하게? 나도 영어 못해요."

그 말을 들으니 은채는 더 안심되었다. 적어도 전화를 할 때 영어로 해야 할 일은 없는 거 같았다.

"영어에 대한 건 교재 기획하는 직원들한테 문의하면 되니까 너무 걱정하지 말고요."

권도혁 대표와 면접할 때와는 180도 다른 면접 분위기만으로도 은채는 감동이었다. 그래, 세상엔 나쁜 사장만 있는 게 아니야. 좋은 사람도 아직 많아. 아침의 불길한 우연에도 불구하고 그날 면접을 무리 없이 마친 은채는 기분 좋게 홍대로 향했다.

직장인들이 해방을 외치며 거리로 쏟아져 나오는 불금의 밤, 홍대 클럽 '반'은 인디 밴드의 노래를 들으려는 사람들로 가득 차 있었다. 술과 음악, 사람을 함께 즐길 수 있으니 바쁜 도시의 일상에 찌든 젊은이들에게 홍대는 즐거운 놀이터였다.

은채가 붉은 치맛자락을 펄럭이며 무대에 오르자 사람들은 환호성으로 답해주었다. 노래는 아직 시작도 안 했지만 관객들과의 호흡만으로도 기분이 상승했다. 무채색의 정장을 입고 머리를 조아리며 높디높은 회사 입구를 노크할 때는 절대 느낄 수 없는 흥분이었다.

"안녕하세요! 인디아 레드입니다."

그녀의 쾌활한 인사에 사람들의 목소리도 같이 높아졌다. 이제 시동을 걸고 날아오르기만 하면 된다 싶은 순간, 클럽 안으로 들어오는 한 남자가 은채의 눈길을 사로잡았다.

홍대와는 전혀 어울리지 않는 명품 옷에 전혀 즐기지 못하는 날카로운 눈빛, 여자들의 시선 따위는 무시하는 저 도도한 작태.

먼 거리에서 도혁과 눈이 마주치자 은채는 반사적으로 눈을 피해버렸다. 분명 그녀가 인디아 레드의 '수'가 맞는지 확인하기 위해 온 것이다. 아침에 나타난 것도, 지금을 위한 사전 탐사였다. 집요한 인간. 아니라면 그냥 아닌 줄 알지, 왜 끝까지 쫓아오느냐고. 어차피 이곳은 홍대였다. 그가 아닌, 그녀의 홈그라운드였다. 여기서는 도혁이 아무리 돈 많은 재벌이라고 해도 그의 뜻대로 할 수 없었다.

"오! 이제부터 당신은 휴일이에요. 너무도 멋진 휴일 말이에요."

노래를 시작하니 자신감이 생긴 은채는 이제는 눈을 피하지 않고 먼저 도혁을 보았다. 그런데 남들은 다 신이 나서 노래를 듣고 있는데, 그는 혼자만 인상을 쓴 채 팔짱을 끼고 서 있었다.

마음에 안 든다 했더니, 이젠 노래 감상하는 태도조차 마음에 안 들었다.

"내가 당신에게 웃어주길 바란다면 꽃을 줘요. 아주 빨간 장미를."

은채는 일부러 더 유혹적으로 노래를 부르며 도혁을 빤히 바라보았다. 이 노래 덕분에 남자 팬들에게서 가장 많이 받는 선물이 빨간 장미였다. 사실 그녀는 못 먹는 꽃보다 먹을 걸 더 좋아하지만 노래 가사에 꽃 대신 삼겹살을 달라고 쓸 수는 없었다.

"내가 당신에게 키스하길 바란다면 반지를 줘요. 내 약지에 딱 맞는 반지를."

도혁의 표정이 전혀 변하지 않자 그녀는 슬슬 자존심이 상하고 있었다. 적어도 노래할 때만은 자신이 최고라고 생각하며 살았는데 말이다. 면접에서 구박받는 건 참을 수 있어도 그녀의 노래에 아무 반응이 없는 건 정말 자존심이 상했다. 결국 끝까지 변하지 않은 도혁의 감상 태도 때문에 그녀는 살짝 기분이 상해서 무대를 내려왔다. 무대 아래에서 클럽 매니저가 그녀에게 명함 한 장을 주었다.

"만나고 싶다는데, 어쩔래?"

그녀가 공연에 온 남자 관객과의 사적인 만남은 절대 하지 않는 걸 알지만 워낙 명함에 찍힌 스펙이 좋아서 그냥 무시하기는 아까운 기회라는 생각에 물어는 본 것이었다. 은채는 명함에 찍힌 도혁의 이름을 노려보았다. 도대체 권도혁이 왜 인디아 레드의 '수'를 만나고 싶어 하는지는 모르겠지만 오늘 그의 공연 태도는 그녀에게 모욕감을 주었다. 감히 내 노래를 그렇게 무감동하게 들었단 말이지? 은채는 오기로 말했다.

"만날게요. 기다리라고 하세요."

평소였으면 공연이 끝나자마자 화장을 지우고 치렁대는 레드 드레스를 벗었겠지만, 오늘은 오히려 더 진하게 화장을 한 그녀였다.

"너, 뭐 하려고 그래?"

동우가 걱정스럽게 물었다. 공연을 보고 관심 보이는 남자를 만나는 건 전혀 그녀의 스타일이 아니기 때문이었다.

"설마 대기업 사장이라서 스폰서 잡으려는 거면."

"그런 거 아냐."

그런 욕심이 있었다면 면접에서 그를 보자마자 도망치지도 않았을 것이다. 그녀는 단지 권도혁의 그 오만한 태도가 싫을 뿐이었다. 세상에서 자기가 제일 잘난 줄 알고 사는 듯한 그 태도와 눈빛으로 자꾸 가만히 있는 그녀를 건드는 건 도혁 쪽이었다. 마치 싸움을 거는 듯이 말이다. 그러니 그녀 입장에서는 당하고만 있을 수 없었다.

장미처럼 붉은 립스틱으로 화룡점정을 찍은 은채는 거울을 보며 마지막으로 선글라스를 썼다. 이곳은 그녀의 홈그라운드였다. 그러니 무조건 그녀가 한 방 날릴 것이다. 은채가 막 다시 나왔을 때 혼자 있는 도혁에게 여자 두 명이 다가가 말을 걸고 있었다. 하지만 도혁이 뭐라고 한 건지 여자들의 웃던 낯빛이 하얗게 굳었고, 그녀들은 바로 돌아서서 가버렸다. 안 들어도 뻔했다. '감히 네까짓 것들이 날 넘봐?'라는 식으로 오만하게 굴었겠지.

도혁의 곧은 뒤태를 잠시 노려보던 은채는 짧게 심호흡을 하고 도혁의 옆으로 다가갔다. 그녀가 바로 옆에 와서 탁자를 손으로 가볍게 두드리자 도혁이 고개를 돌렸다. 그녀의 얼굴을 보고 도혁이 피식 건조하게 웃었다. 화장에 선글라스까지 쓰고 자신을 숨긴 노력이 가상하다는 듯이. 그래도 은채는 개의치 않고 턱을 꼿꼿하게 들었다.

"날 왜 보자고 한 거죠?"

"남자가 여자 보자는 데 이유가 한 가지밖에 더 있나?"

보통의 남자가 말했으면 그저 느끼한 작업 정도로 느껴졌을 말이 권도혁이 말하니 엄청난 음모가 서린 수작처럼 느껴졌다. 분명 그녀인 걸 의심하고 있으면서도 이은채 아니냐고 묻지도 않는 게 더 그를 경계하게 하였다.

"죄송하지만 전 그쪽한테 남성적 매력을 전혀 못 느끼겠네요."

이 정도면 꽤 도도했다고 나름 만족하는 순간, 도혁이 가소롭다는 듯이 한쪽 입술만 비스듬히 위로 올리며 웃었다.

"아닐 텐데."

아니긴 뭐가 아니야. 내가 그렇다면 그런 거지.

"나한테는 앨범 만들어줄 돈도 있으니 안 느껴져도 느껴지는 척 해야 하는 거 아닌가?"

"그러고 싶어도 그쪽이 너무 별로라 그런 척도 안 되네요."

사실 이 말은 그녀가 하면서도 좀 거짓말처럼 느껴지기는 했다. 권 도혁은 돈이 아니더라도 겉모습만으로도 충분히 매력적인 남자였다. 한 방 먹인답시고 원빈한테 옥동자라고 욕한 꼴이었다.

도혁의 입장에서도 그녀에게 한눈에 반한 게 아니라 아버지와의 관계를 알아내는 게 목적이었으니, 매력 없는 남자 취급받는 게 어이 없긴 했다.

"그렇게 말하던 여자도 결국은 나한테 반하더군."

이건 오늘 그가 한 말 중 가장 진심이었다.

그가 작정하고 다가가면 거부할 여자는 없을 것이다. 그는 모든 걸 가지고 태어난 남자였으니까. 그런데도 행복하지 않다는 게 신이 주신 공평함이란 것인지도 몰랐다.

"전 절대 안 그럴 테니까 너무 자만하지 마세요."

은채도 진심이었다. 그가 억만금을 주며 그녀의 앨범을 제작해준 다고 해도 싫었다. 그는 너무 오만한 나르시시스트였으니까. 두 사 람은 끊어질 듯 당겨진 실의 양 끝을 잡은 것처럼 서로를 노려보았 다. 똑같이 내 말이 맞다고 생각하며. 팽팽한 긴장감 속에서 먼저 공격을 한 건 사격에 능한 도혁이었다.

"참, 이은채한테 말 좀 전해줘. 내가 서진우 병원 고소할 거라고."

충격을 받은 은채는 자신이 정체를 숨기고 있다는 것도 까먹고 바로 경악했다.

"치사하게!"

"그건 그쪽이 나한테 할 말은 아니지. 이은채라면 몰라도."

은채는 입술을 깨물며 도혁을 노려보았다. 그에게 또 당하는 게 억울했지만, 만에 하나라도 도혁이 진짜 진우의 병원을 고소하면 큰일이었다. 그건 어떻게 해서든 막아야 했다. 하지만 그렇다고 도혁에게 한 번 봐달라고 비는 것 역시 죽기보다 싫었다.

"이은채한테 이야기할 마음 있으면 내가 준 명함 연락처로 전화하라고 해."

도혁은 아량을 베풀 듯이 그리 말하고는 일어났지만, 사실 그의 입장에서도 허세였다. 정신과 진료받는 게 밖으로 알려지면 더 큰일 나는 건 그였으니까. 일부러 대학 동기인 진우의 병원을 찾아간 것도 그 때문이었다. 여차하면 그저 친구를 만나러 간 것이라는 핑계를 댈 수 있었으니까. 결국 '누가 누가 허세를 잘 부리느냐'로 승패를 결정짓게 될 것 같았다.

도혁은 항상 새벽 6시에 일어나 출근 준비를 했다. 성인이 되자마자 본가를 나와 혼자 살고 있는 도혁의 아침은 단조로웠다. 샤워를 하고, 옷을 입고, 갓 내린 커피 한 잔으로 아침을 대신하고 회사로 출근하는 것이었다.

혼자 살기에는 꽤 넓은 124평의 펜트하우스는 도혁에게 그저 잠을 자는 숙소로 이용되고 있을 뿐이었다. 사람의 온기가 느껴지지 않는 집이었지만 이곳에서 도혁이 외로움을 느낀 적은 없었다. 그는 혼자 있는 게 편했다.

넥타이를 매던 도혁은 갑자기 실소를 지었다. 그녀의 말이 뜬금없이 생각난 것이다. 절대 반하지 않을 테니까 자만하지 말라는. 도혁은 매던 넥타이를 풀어내어 다른 걸로 골랐다. 넥타이를 고르던 도혁의 미간에 힘이 들어갔다. 그녀의 말은 생각하는 것만으로도 기분이 나빴다. 설마 그럴 리가 있겠는가. 그녀의 허세일 뿐이었다.

세상에 돈의 유혹에 안 넘어갈 여자는 없었다. 그리고 권 회장이 그녀의 앨범을 산 것을 보면 그녀와 아버지 사이에 금전 관계가 있을지도 몰랐다. 그런 것치고 너무 구질구질하게 사는 게 좀 이상하긴 하지만 말이다. 그녀도 결국 있으나 마나 한 자존심을 세운 것뿐이라고 단정하며 도혁은 처음 골랐던 블루 톤 넥타이를 다시 빼 들었다. 어차피 먼저 사정하게 되는 건 그녀 쪽일 것이다. 그는 그냥 기다리기만 하면 되었다. 그가 아버지도 아닌, 그런 여자한테 진다는 건 생각할 수조차 없었다.

도혁은 자신의 예상을 전혀 의심하지 않았다. 그가 옳고 여자는 결국 그의 뜻대로 움직여줄 것이었다. 그리되게 만들 것이고, 그리될 것이다. 거울 앞에 선 도혁은 자신 있는 표정으로 거울 속 그를 보았다. 단 한 번도 초라해져 본 적 없는 오만한 남자가 거울 속에 있었다.

박 실장은 주기적으로 권 회장에게 도혁의 행적에 대해 보고했다. 그게 그가 회장실을 떠나 도혁의 비서로 간 뒤부터 꾸준히 하고 있는 업무였다. 그러니 도혁이 그를 스파이로 오해하는 것도 아주 없는 사실은 아니었다.

하지만 요즘은 일부러 보고하지 못하는 일이 한 가지 있었다. 그 것은 바로 도혁이 인디아 레드의 '수'를 만나러 간 일이었다.

겨울이 다가오면 도혁과 최건 의원의 딸이 약혼하는 건, 권 회장의 입을 통해 나온 말이라 이미 계획된 거나 마찬가지였다. 그런 이유로 도혁이 다른 여자를 만나는 건 당연히 중요한 보고 내용이었다. 하지만 박 실장은 그것만 빼고 권 회장에게 보고했다. 그가 비서 생활 30년을 하면서 스스로의 판단으로 보고 내용을 뺀 건 처음 있는 일이었다.

"도혁이 요즘 만나는 여자 있나?"

그러나 약혼이 정해져서인지 권 회장이 먼저 도혁의 여자 문제에 관심을 가졌다.

박 실장은 잠시 긴장한 눈으로 권 회장을 보았다.

"지금은 없는 걸로 알고 있습니다."

박 실장이 잠깐 망설인 걸 느끼기라도 한 건지 권 회장이 박 실장의 얼굴을 날카롭게 응시했다. 박 실장은 바로 눈을 맞추지 못했다. 하지만 30년 동안 그의 충실한 심복이었던 박 실장이 설마 그를 속일 거라고는 권 회장도 차마 의심하지 못했는지 깊이 묻지 않고 주의만 주었다.

"곧 약혼이니 딴말 나오지 않게 잘 감시해."

박 실장은 까끌거리는 목으로 대답했다.

"네."

박 실장이 도혁에게 그 앨범을 보여준 건 도혁과 권 회장이 서로 진지한 대화를 나누길 바라는 마음에서였다. 그러나 그런 그의 바

람에도 불구하고 두 사람의 사이는 여전히 힘겨운 아버지와 아들이
었다.

은채가 힘든 일이 생겼을 때 가장 먼저 찾아가게 되는 건 형부 진
우였다. 정신과 의사라서인지 진우는 사람 말을 참 잘 들어주었다.
아버지처럼 그녀를 윽박지르지도 않았고, 언니처럼 한심해하지도 않
았다. 진우는 그녀가 편하게 속풀이할 수 있는 유일한 가족이었다.

오늘은 좀 다른 이유로 진우를 찾아갔다. 그녀가 진우의 병원에
서 가짜 의사 노릇 한 걸 자백하기 위해서였다. 권도혁의 협박 때문
에 너무 찔려서 은채는 그냥 있을 수가 없었다. 분명 진우는 그녀에
게 실망하고 어쩌면 처음으로 화를 낼지도 모르겠다.

하지만 진우에게 먼저 말을 해야 했다. 진우에게 숨기고 그녀가
해결하려고 한다면 분명 일은 더 커질 것이다. 그녀는 사고는 잘 치
지만 해결에는 젬병이었으니까.

"선생님 지금 마지막 환자 진료 중이시니까 조금만 기다려주세
요."

얼굴이 익숙한 간호사가 웃으며 말해주었다.

은채는 진짜 정신과 진료라도 받으러 온 사람처럼 우울한 얼굴로
고개를 끄덕이고는 가장 구석진 소파 자리로 가서 무릎을 세워 두
다리를 끌어안고 앉았다. 친절한 간호사가 마시라며 코코아를 타다
주었지만 그녀는 마시지 않고 창밖만 보고 있었다.

"오래 기다렸지, 처제?"

언제나처럼 반갑게 맞아주는 진우 앞에서 은채는 뭐라고 말을 시작해야 할지 몰라 어정쩡한 표정으로 서 있었다. 그녀의 표정만 보고도 뭔가 일이 있다고 느낀 진우가 진지하게 물었다.

"무슨 일 있어?"

"그게, 무슨 일이 있는 게 아니라, 제가 무슨 일을 저질러서."

"그래? 무슨 일인데?"

진우는 그리 많이 놀라지 않았다. 그녀가 사고 친 적 없이 얌전히 살아온 모범생은 아니었으니까. 은채는 차마 진우의 눈을 바로 보지 못하고 두 눈을 질끈 감으며 자백했다.

"형부 환자 중에 권도혁이란 남자가 왔을 때 제가 가짜 의사 노릇을 했어요. 정말 죄송해요!"

은채의 말에 진우는 놀란 표정을 지었다. 그로서는 상상도 못 한 일이었다. 은채가 가짜 의사 노릇을 했다는 것보다 그런 일이 있었는데도 도혁이 아무런 컴플레인을 걸지 않았다는 게 더 믿기 힘들었다. 권도혁은 그걸 그냥 넘길 성격이 결코 아닌데 말이다.

"저한테 섹스 중독인 거 들켜서 형부랑 병원 고소한대요. 진짜로 죄송해요!"

은채는 그 말을 하며 진짜 미안해했지만, 진우는 어이가 없을 뿐이었다.

"권도혁이 섹스 중독이라고 했다고?"

도혁은 이미 은채가 의사가 아닌 걸 안 게 분명했다. 도혁이 치료받는 이유는 그게 아니었으니까.

"아니야. 도혁이도 똑같이 처제 속인 거야."

진우의 말에 은채는 어이없음에 입이 벌어졌다. 그런 주제에 고소한다고? 이런 나쁜 놈을 봤나!

"내가 도혁이한테 전화해서 해결할게. 너무 걱정하지 마, 처제."

우선은 도혁이 말한 고소 건을 먼저 해결해야겠다고 생각한 진우가 그 자리에서 바로 도혁에게 전화를 걸었다. 은채는 뭔가 사기당한 기분이 들어 두 주먹을 꽉 쥐었다.

마음 같아서는 그녀도 똑같이 도혁을 맞고소하고 싶었다. 하지만 그녀는 그럴 돈도 없었고, 법적으로 따졌을 때 불리한 건 억울하게도 그녀뿐이었다. 의사 사칭은 범죄지만, 섹스 중독이라 속인 건 그냥 성격이 나쁜 것일 테니까.

"나야. 좀 만나고 싶은데 시간 낼 수 있어?"

[한 달 뒤에는 가능하겠군.]

도혁의 비싼 척하는 말투는 익숙했기에 진우는 자연스럽게 말을 넘겼다.

"오늘 꼭 봐야겠어. 너 때문에 우리 처제가 불면증 걸릴 수도 있어서."

[아, 자백했나?]

도혁의 그 말에는 진우도 좀 화가 나서 입을 꾹 다물었다가 다시 말했다.

"서로 대화로 풀어야 할 부분이 있는 거 같으니까 시간 좀 내서 와. 안 그럼 나도 네 진료 더는 못 해."

[하. 세게 나오네, 서진우.]

"그래, 우리 처제 일이니까. 네가 다른 사람 괴롭히는 건 어쩌지 못해도, 우리 처제 힘들게 하면 나도 가만 안 있어."

은채는 무조건 자신의 편을 들어주는 진우의 말에 감동해서 두 손을 모았다. 역시 의지할 사람은 형부뿐이었다.

　도혁이 진우가 말한 술집으로 온 건 1시간 정도 지나서였다. 주황색 싸구려 천으로 둘러싸인 술집이 전혀 마음에 안 들었는지 도혁은 도착해놓고도 포장마차 밖에서 1분 정도 서 있었다. 보다 못한 은채가 소리쳤다.
　“안 죽어요. 들어와요!”
　그제야 걸음을 떼어 포장마차 안으로 들어오는 도혁을 보고 진우는 미묘한 위기감을 느꼈다. 도혁이 남의 말을 들을 사람이 아닌데 말이다. 어쨌든 이 자리는 고소로 얼룩진 두 사람에게 합의점을 만들어주기 위해 만든 자리였기에 진우는 친화력 있게 웃었다.
　“두 사람 사이에 오해가 있는 거 같으니까 술 마시면서 허심탄회하게 풀어.”
　“오해한 거 없어. 네 처제는 거짓말을 정말 잘하더군. 배우 해야겠어.”
　오자마자 또 트집을 잡는 도혁을 은채가 노려보았다.
　“조심해요. 저 술 취하면 싫은 사람 때리는 주사 있으니까.”
　그녀의 경고에 도혁은 마른 웃음을 지었다.
　“나 때리면 삼대가 고생할 텐데.”
　말로는 도혁을 못 당하자 젓가락을 칼처럼 치켜드는 은채를 진우가 말렸다.
　“싸우라고 도혁이 부른 거 아니야. 가짜 의사 행세한 건 처제가 잘못한 거야. 다른 환자였다면 정말 상처받았을 거라고."

"그 말은 난 마음이 철판이라 절대 상처 안 받는다는 뜻인가?"

상처받았다는 인간이 고소 어쩌고 하면서 협박하냐!

"처제가 먼저 사과하면 도혁이도 더 이상 그 일을 문제 삼지 않을 거야."

진우는 마음 다 이해한다는 듯이 은채의 어깨를 두드렸다. 은채의 어깨를 잡은 진우의 손에 도혁의 시선이 닿았다. 진우의 친밀한 접촉이 마음에 안 들어서 도혁의 눈빛이 가늘어졌다.

"그럼 각서 써요. 그냥은 절대 못 믿겠으니까."

도혁의 입장에서는 그깟 사과 받아도 그만, 안 받아도 그만이었다. 도혁에게 더 중요한 건 은채가 그에게 가짜 의사 노릇 한 게 아니라 인디아 레드의 '수'가 아버지와 어떤 관계이며 그걸 어떻게 이용할 수 있느냐는 거였다. 그게 아니었다면 이런 후줄근한 포장마차 안에 앉아 있지도 않았다. 그는 아버지를 겨냥할 총알로 이은채가 필요했다. 하지만 아직 이은채의 정체를 정확히 파악 못 하고 있었다. 불발탄일지 핵폭탄급일지, 우선은 화력 확인이 시급했다.

"그래, 쓰지. 그깟 각서."

도혁이 순순히 쓴다고 하자 은채는 물론 진우도 놀랐다. 절대 이리 호락호락한 인간이 아니었으니까.

Rrrrrrrrrr-. Rrrrrrrrr-.

그때 하필 진우의 전화가 울렸다. 절대 안 받으면 안 되는 아내 은서의 전화였다. 진우는 엉거주춤 일어나며 주의를 주었다.

"그럼 나 전화 받고 올 테니까 둘이 제대로 합의해서 쓰고 있어. 절대 싸우지 말고!"

은채는 못마땅한 눈으로 진우의 뒷모습을 좇았다. 아무래도 옆에 진우가 있어주는 게 든든했으니까.

"어미 잃은 새끼 오리 표정이네. 서진우가 언니 남편 아니었나?"

은채는 도혁을 흘겨보았다. 맞는 말인데 그가 말하니 전혀 순수하게 들리지 않았다. 도혁은 이미 종이까지 꺼내서 '계약서'라고 쓰고 있었다. 응? 각서가 아니라 계약서?

"집 계약하자는 것도 아닌데 왜 계약서라고 써요?"

"나도 네 말 못 믿겠거든."

"제가 뭐요."

도혁은 살짝 눈동자만 움직여 그녀를 보았다. 존재감이 모두 실린 그의 눈빛에 은채는 움찔했다.

"어차피 너도 진심은 사과하기 싫잖아."

그건 그랬다. 그녀는 도혁에게 전혀 미안함을 못 느꼈으니까.

"그리고 난 분명 네가 나한테 넘어올 거 같거든."

"세상에 남자가 당신 한 명밖에 없어도 싫어요!"

"그러니까 네가 끝까지 네 말 지키면 내가 사과하지."

뭐? 진짜야? 지금껏 권도혁한테 들은 말 중 가장 솔깃했다. 이 남자의 입에서 미안하다는 말을 듣는다면 그야말로 통쾌할 것 같았다.

"더 큰 걸 원한다면 그걸 들어줄 수도 있고."

그런데 들을수록 자꾸 '사' 자 냄새가 나고 있었다.

"왜 고소 이야기는 하지 않고 이상한 이야기만 하는 거예요?"

그를 경계하는 은채에게 도혁은 만년필을 내밀며 싱긋 웃었다.

"난 인디아 레드 '사'가 필요하거든. 그런데 내가 도와달라고 해도 넌 안 들어줄 거잖아. 그러니까 계약하자고. 계약 결과에 따라서 내가 네 말대로 하든지, 네가 내 말대로 하든지. 너한테는 별로 나쁠 거 없잖나? 어차피 네 말만 끝까지 지키면 되니 말이야."

이젠 그가 왜 인디아 레드 '수'에 집착하는지 궁금해졌다. 그녀로서는 정말 이해가 안 되는 일이었다.

"인디아 레드 '수'한테 부탁할 일이 뭔데요?"

"내가 말하면 무조건 들어줘야 하는데. 그래도 말할까?"

은채는 질색을 하며 몸을 뒤로 뺐다.

"됐어요. 당신이랑 엮이기 싫어요. 말하지 마요."

도혁도 부탁 따위는 싫다는 듯이 만년필을 흔들었다.

"그래서 사인할 거야, 말 거야?"

은채는 도혁의 얼굴과 계약서를 번갈아 보았다.

도혁이 그녀에게 '까불어서 잘못했습니다.'라고 사과하는 모습은 정말 보고 싶었지만, 그렇다고 그거 한 번 보자고 위험한 계약을 할 수는 없었다. 요즘은 아무 곳에나 막 사인하면 큰일 나는 금융 사회였으니까.

"사인 안 하면 서진우 고소하고."

협박이 일상화된 도혁의 말에 은채는 버럭 했다.

"치사한 인간."

은채는 도혁의 손에서 만년필을 빼앗아 들었다. 도혁의 말대로라면 그녀는 무조건 사인을 해야 하는 거다. 그리고 자신의 말을 끝까지 지키는 것만이 진우의 병원도 지키고, 얄미운 권도혁의 사과도 받아내는 길이었다. 사인을 휘갈겨 쓴 은채는 만년필을 도혁의 앞에 던졌다.

"이제 됐죠? 그러니까 앞으로 고소의 '고' 자도 꺼내지 마요."

도혁은 자기 뜻대로 된 것에 만족해하며 계약서를 집어 들었다. 우선 총알의 정체부터 완벽히 파악한 뒤에 이용 방법을 생각하자. 쏠 준비를 하는 데 한 달이면 충분하고도 남을 시간이리라. 도혁은 모든 일이 자기 뜻대로 진행될 것이라는 데 추호의 의심도 없었다.

"그럼 기간은 지금부터 한 달. 내일부터 우리 집으로 출근해."

출근하라는 말에 은채는 무슨 소리를 하느냐는 표정을 지었다.

"내가 왜 당신 집으로 출근해요?"

"계약서에 다 적혀 있어."

은채는 그제야 도혁이 쓴 계약서를 빼앗아 다시 자세히 읽어보았다. 사인하기 전에 해야 했는데, 뒤늦게 확인하고 있었다.

이은채는 앞으로 한 달 동안 권도혁의 집에서 헬퍼로 일한다. 한 달 뒤에도 고용인인 권도혁이 싫으면 권도혁이 이은채의 말에 따른다. 그렇지 않을 시에는 이은채가 권도혁의 말에 따른다.

뒷부분은 분명 도혁의 말대로였는데 앞의 내용은 어이가 없었다.

"내가 왜 당신 집 헬퍼를 해야 하는데요?"

그거야 가까이에서 봐야 아버지와의 관계를 파악할 수 있을 것 같아서였지만 도혁은 만년필 뚜껑을 닫으며 무심하게 대답했다.

"굳이 따로 만나지 않아도 되니까 편하잖아."

그렇다고 사람을 멋대로 가정부 시키나? 난 아바타가 아니라 사람이야.

"나 곧 박 실장님이 소개해준 회사에서 결과 발표 온다고요. 거기 출근해야 해요."

"걱정하지 마. 100% 불합격일 테니까."

은채는 계약서가 찢어질 듯이 부르르 떨었다. 정말이지 진심으로 이 인간의 사과를 듣고 싶었다. '까불어서 죄송합니다.' 그 소리를 들을 수만 있다면 무슨 짓이든 할 수 있을 것 같았다.

"그럼 선불로 삼백만 원 줘요. 안 그럼 나 절대 안 해."

이판사판이었다. 도혁이 멋대로 그녀를 가정부 시키려고 했으니 그녀는 멋대로 자신의 임금을 정했다. 사실 가정부 한 달 월급으로 좀 센 편인 것 같았지만 그녀에게 지금 당장 필요한 돈은 삼백만 원이었기에 은채는 지르고 보았다.

"그러지. 하지만 돈 먼저 받으면 네가 중간에 그만두고 싶어도 못 그만둔다는 건 알겠지?"

도혁이 너무 쉽게 돈을 준다고 하자 은채는 뭔가 기운이 쭉 빠지는 기분이었다. 그녀는 아무리 아등바등해도 구할 수 없던 돈이 도혁에게는 그냥 던져주어도 되는 푼돈이라는 게 괜히 화가 났다. 이상하게도 지금 이 순간에는 인간말종인 대머리 부장보다, 양심을 버린 여팀장보다, 그녀에게 돈을 주겠다는 도혁이 더 미웠다.

"두 사람 나 없는 동안에 화해했어? 안 싸우고 있었네."

전화를 끝내고 온 진우가 말싸움 안 하는 두 사람을 보고 안심이라며 웃었다. 도혁은 그녀의 손에서 계약서를 빼앗으며 깨끗하게 해결했다고 뻔뻔하게 말했다. 그리고 은채는 자신이 사기 계약한 것 같다는 억울함에 할 말을 잃었다. 분명 그녀가 이길 게 뻔한 계약인데도 당한 거 같은 이 찝찝함은 뭐란 말인가.

그날 밤, 은채는 그 사기 같은 계약 때문에 쉽게 잠들 수 없었다. 이제라도 형부에게 사실대로 말해 조언을 구해야 하는 건 아닌가 싫었지만 더는 형부에게 말썽꾸러기 처제로 찍히기 싫었다. 그리고 그 일만 하면 삼백만 원도 바로 해결할 수 있으니 그녀에게는 쉽게 무를 수 없는 일이 되어버렸다. 그래, 어차피 내 말만 지키면 되는 거잖아.

그녀가 권도혁을 좋아하게 될 일은 죽어도 없었다. 그런 오만방자하고 사람을 무시하는 인간을 좋아한다는 건 말이 안 되는 일이었다. 그렇게 마음먹은 은채는 바로 잠에 빠져들었다. 내일부터 팔자에도 없던 가정부 노릇을 어찌 해결해 나갈지는 아무런 대책도 없이.

3. 난 절대 당신에게 반하지 않는다

은채는 끝도 없이 솟아 있는 타워 팰리스를 한동안 멍하니 올려다보았다. 그녀는 태어나 한 번도 1층 이상인 곳에서 살아본 적이 없었기에 저리 높은 곳에서 사람이 어찌 살까 싶었다.

도혁의 집은 64층이라고 했다. 미친 거지. 어떻게 그 높은 곳에서 산단 말인가. 자다가 멀미 나는 거 아닌지 모르겠다. 도혁이 또 무슨 음모를 꾸밀지 몰라서 그의 집에 오기는 했는데 정말 들어가기가 싫었다. 악마의 소굴로 그녀 스스로 발을 디디는 기분이었다.

아파트 한 번 들어가는 데도 출입증이 필요했다.

도혁이 미리 그녀에 대해 말해놓아서 그녀는 신분증을 맡기고 들어갈 수 있었지만 어쩐지 꿉꿉한 기분이었다. 마치 그녀에게 허락되지 않은 곳에 꼼수를 부려 들어선 것 같았다. 그녀는 그런 게 싫었다. 그게 아무리 화려하고 좋은 거라도 자신의 것이 아니면 욕심내지 않았다. 그래서일지도 몰랐다. 권도혁이 가진 게 많은 남자라는 걸 알아도 좋아하지 않을 거라고 확신한 건. 그는 이 타워 팰리스에 어울리는 남자였고, 그녀는 시장통 뚝배기 해장국 집에 어울리는 여자였다.

집 안에 들어서는 은채에게 또 한 번 문화적 충격이 왔다. 이게 혼자 사는 남자의 집이라고? 넓기는 더럽게 넓고, 물건들은 망가뜨리면 큰일 날 것 같은 고가의 수집품들뿐이고, 사람 살았던 흔적은 전혀 남아 있지 않았다. 그 흔한 졸업 사진도 없었다. 가족사진 역시 보이지 않았다. 하늘에서 뚝 떨어진 인간도 아니고, 사진 찍는 걸 싫어하나? 그나저나 청소할 의지가 전혀 생기지 않는, 너무나 큰 집이었다. 자신의 방도 제대로 청소하지 않는 그녀에게는 미션 임파서블 같은 집이었다.

"내가 왜 이걸 한다고 해서."

절망감에 빠져 은채는 바닥에 주저앉았다. 따지고 보면 그녀가 한다고 한 게 아니라 도혁의 꾐에 그녀가 바보같이 걸린 것뿐이었다. 은채가 권도혁의 궁전에 들어와서 제일 처음 한 건 짜장면 주문이었다. 청소도 힘이 있어야 했으니까. 그런데 타워 팰리스 근처 짜장면 집에 전화한 은채는 짜장면 가격을 듣고 기겁했다.

"우리 동네는 4,000원인데, 거긴 왜 그리 비싸요?"

[이 동네는 다 이 가격입니다. 처음이신가봐요?]

짜장면 집 종업원이 주문 전화를 한 그녀를 은근히 무시하고 있었다. 그리고 울컥하게도 그녀는 이 동네가 정말 처음이었다. 은채는 교양 없이 몇천 원 차이에 너무 흥분하지 말자고 생각하며 애써 차분하게 주문했다.

"그럼 짜장면 한 그릇 배달해주세요."

짜장면 불기 전에 64층까지 배달해주면 넓은 마음으로 그녀를 무시한 걸 용서해주겠다고 생각하고 있는데 종업원이 신경에 거슬리게 또 한마디 덧붙였다.

[한 그릇만요?]

"왜요? 그것도 안 됩니까?"

은채는 어느새 짜장면 집 종업원과 거의 싸우는 것처럼 말하고 있었다. 고작 짜장면 배달 문제로 말이다.

[아니, 거긴 팁으로 만 원은 기본으로 주는 곳인데 몇천 원짜리 배달시키는 게 그냥 신기해서.]

"안 먹어. 내 돈 주고 너네 집 짜장면은 절대 안 먹는다!"

아주 쏟아부어주고 전화를 끊었더니 더 허기가 졌다. 정말 쓸데없는 것에 그나마 남아 있던 에너지를 쏟아부은 것이다. 그렇다고 그녀가 직접 내려가서 먹을 걸 사올 기운은 없었다. 어떻게 64층을 내려가. 배고픈 이에게 그건 너무 가혹한 일이었다. 그러니까 왜 쓸데없이 이리 높은 곳에 살아서는. 은채는 좌절감에 쓰러졌다가 부엌 쪽으로 좀비처럼 걸어갔다. 그래도 사람 사는 집이니 뭔가 먹을 게 있을 것이다.

"국내뿐만 아니라 국제 건설 시장에서도 단순 시공은 가격 경쟁의 심화로 인해 수익성이 급격히 낮아지는 추세라는 걸 다들 아실 겁니다. 시공 중심의 사업에서 탈피해 고부가가치 개발 프로젝트 쪽에 집중하는 게 가시적인 성장 동력이 될 것입니다. 그러니 다들 특정한 분야, 이미 해왔던 것에 고착되지 말고 다양한 영역에서 새로운 사업 기회를 찾도록 하십시오."

사업 개발 회의 시간이었다. 신규 사업 발굴에 대한 사업개발실의 브리핑이 끝났고, 나오는 의견들이 기존 것과 별반 다르지가 않아 도혁은 못을 박듯이 말했다. 그는 '붕어빵 찍어내듯이 똑같은 걸 다시 내놓을 시에는 죽는다.'라는 말을 순화하고 순화하여 지성적이고 인격적으로 풀어나갔다.

"시간은 일주일 더 드리겠습니다. 그 안에 제대로 된 기획을 만들어 오세요."

그렇게 살벌하게 시작했던 회의는 더 살벌하게 끝이 났다. 도혁은 마지막으로 사업개발실을 책임지고 있는 차 실장을 불러 세웠다. 먼저 나가는 임원들은 안됐다는 시선을 보내며 빠르게 회의실에서 사라져버렸다.

자신의 앞에서 고개를 푹 숙이고 있는 차 실장에게 눈길도 주지 않고 도혁은 창밖만 보며 싸늘하게 말했다.

"차 실장님이 우리 회사 입사한 게 언제죠?"

"네, 85년에 입사하였습니다."

"그래서 사업개발실 실장 자리에 앉은 게 짬밥 수 때문인가요?"

차 실장의 얼굴이 굳어졌다. 나이 어린 사장한테 이런 지적을 받는 건 굴욕이었지만, 그렇다고 대들 수도 없는 노릇이었다.

"아니라면 아니라는 증거를 보여주세요. 기회는 이제 한 번뿐입니다. 다음 회의도 오늘 같다면 전 새로운 사업보다는 새로운 인재 찾기를 먼저 할 생각입니다. 아셨습니까?"

"네."

차 실장은 무겁게 대답하며 고개를 깊게 숙였다. 그제야 도혁은 상석의 자리에서 일어나 회의장을 나섰다. 도혁이 문을 닫고 나갈 때까지 차 실장은 고개를 숙인 채 움직이지 않았다.

"정말 자르실 생각이십니까?"

도혁의 뒤를 그림자처럼 따르며 박 실장이 물었다.

"차 실장은 회장님과 같이 일하셨던 분입니다."

"그게 무슨 상관이죠?"

자신에게 이익이 되는 사람과 짐이 되는 사람, 도혁은 회사 대표로서 그걸 골라내는 데 한 치의 망설임도 없었다. 아랫사람들에게 함께 일하는 사장이기보다는 권력의 상징이 되라고 가르쳐준 건 바로 아버지인 권 회장이었다.

그 아버지에 그 자식. 킬러 보스.

회사 사람들이 도혁을 부르는 호칭들은 그리 정답지는 않았고, 도혁도 별로 신경 쓰고 살지 않았다. 어차피 마지막까지 남아 있는 사람은 칼자루를 쥐고 있는 사람이니까.

카톡-.

심각한 분위기에 어울리지 않게 도혁의 핸드폰에서 발랄한 카톡음이 울렸다. 박 실장은 놀라서 자신의 핸드폰을 꺼냈다가 자신의 전화가 아닌 걸 알고는 도혁을 올려다보았다. 그럴 리는 없겠지만 귀신이 울린 카톡이 아니라면 분명 도혁의 핸드폰에서 울린 것이었다. 도혁은 별일 아니라는 듯이 핸드폰을 꺼내 확인했다. 이은채한테서 온 것이었다.

오늘부터 전문 헬퍼가 아니라 이은채가 그의 집을 청소하게 되는데 과연 집안 꼴이 어찌 변했을지 아직은 상상이 안 되었다. 우선은 금방 한 김치처럼 너무 쌩쌩한 이은채의 기운부터 죽이고 좀 고분고분하게 만들어야 했다. 지금은 그가 무슨 말을 해도 그녀는 튕겨 나가기만 할 테니까.

상류층이 사는 환경을 보면 시장통 해장국 집 딸로 살아온 이은채도 좀 기가 죽었을 거라 생각했는데 카톡 내용은 생각도 못 한 전혀 엉뚱한 것이었다.

냉장고가 텅텅 비었어요! 재벌이잖아! 그런데 왜! 왜! 왜!

그의 집 냉장고 문이 열릴 때는 그가 물을 꺼내 마실 때뿐이었다. 집에서 음식 냄새나는 게 싫어서 그는 절대 집에 먹을 걸 사놓지 못하게 했다. 그리고 그의 공간에 처음 들어온 이은채가 가장 먼저 관심을 가진 게 하필이면 그의 집에서 유일하게 가난한 속을 보여주는 그 냉장고였다.

헐벗은 냉장고 때문에 면박을 받았지만 은채가 보낸 톡에서 배고프다는 느낌이 너무 절실히 느껴져서 도혁은 피식 실소를 지었다. 하지만 박 실장의 시선을 느끼고 그는 바로 표정을 지우며 앞을 보았다.

사실 은채와의 계약은 그가 지금껏 작성한 계약서 중 가장 말도 안 되면서 지극히 즉흥적인 계약이었다. 그래도 이은채가 사인할 때는 어떤 쾌감이 있었다. 결국 계약의 승자는 자신이 될 거라 믿어 의심치 않았다. 그의 옆에 있다보면 이은채는 돈의 마력에 빠질 것이고, 그 순간 그에게 굴복하게 될 것이다.

위로 올라가는 엘리베이터의 숫자판을 보며 도혁은 오랜만에 6시 정시 퇴근을 해야겠다는 생각을 했다.

도혁의 집에서 가장 이상한 건 두 가지였다. 냉장고는 텅 비어 있고, 클래식 음반이 엄청나게 많다는 것이었다. 권도혁을 몰랐다면 클래식 음악 쪽 일을 한다고 생각할 정도로 클래식 음반이 많았다. 클래식 음악은 지루해서 그녀는 전혀 듣지 않았다. 같은 음악인데도 클래식은 왜 공부하는 느낌이 나는지 모르겠다.

　"인테리어용인가?"

　그럴 가능성이 커 보였다. 권도혁이 클래식 음악을 틀어놓고 감상에 젖어드는 모습은 전혀 상상이 되지 않았다. 은채는 그 많은 클래식 음반을 두고 라디오를 틀었다. 최신 유행가가 넓은 집 안에 울려 퍼지자 그제야 은채도 신 나는 리듬에 맞추어 어깨를 들썩이며 청소를 시작했다.

　"우와!"

　멋모르고 열었다가 옷 가게 하나를 통째로 옮겨놓은 것 같은 드레스 룸을 보고 은채는 입을 딱 벌렸다. 명품 시계와 선글라스들이 위용을 뽐내며 진열장에 진열되어 있었다.

　"완전히 집이 백화점이네."

　어쩌면 백화점에 있는 물건보다 여기 있는 게 더 비쌀지도 모르겠다. 다 남자 거라 그녀가 쓸 수 있는 게 없었지만 선글라스는 상관없을 것 같아서 보잉 선글라스를 하나 꺼내 썼다. 그녀가 쓰기에 크긴 했지만 멋은 있었다.

　그녀는 거울 앞에서 잠시 옛날 홍콩 영화 액션 배우처럼 포즈를 취하다가 다시 음악에 맞추어 어깨를 들썩이며 청소를 시작했다.

만약 집주인이 그녀가 청소하는 모습을 직접 목격했다면 뒷목을 잡았을 것이다. 그의 집을 청소하는 게 아니라 헤집어놓는 듯이 보일 테니까 말이다.

삑삑삑삑삑삑ㅡ. 띠릭ㅡ.

도혁이 문을 열고 집에 들어선 시각은 정확히 7시였다. 평소 귀가 시간과 비교한다면 정말 일찍 온 것이었다. 그러나 소파에 앉아 그를 쳐다보는 은채의 표정은 다 시든 꽃 같았다. 자신이 이 일을 선택한 것을 후회하고 있음이 여실히 드러나는 얼굴이었다.

"배고파서 움직일 힘도 없는 건가?"

안 그래도 냉장고에 먹을 게 없어서 거의 아사 직전이었던 은채는 억울한 목소리로 하소연했다.

"내가 오늘 얼마나 배가 고팠는지 알아요? 아랫집 총각이 라면 안 줬으면 119 불렀을 거야."

아랫집 총각이라는 말에 도혁은 눈초리 끝을 치켜 올렸다.

"아랫집?"

"누가 사는지 모르죠? 알 리가 있나."

당연히 도혁은 몰랐다. 알아야 할 필요성도 못 느끼면서 이 집에서 10년 넘게 살았다. 그런데 이은채는 이 집에 온 첫날 아랫집에 사는 남자와도 안면을 텄다고 하니 기가 찰 노릇이었다.

"넌 누가 먹을 거 준다고 하면 막 따라가나?"

"내가 개입니까? 먹을 거 준다고 따라가게."

64층까지 내려갈 자신이 없어서 그녀가 먼저 아래층 초인종을 누른 것이었다. 다행히 부자라고 권도혁처럼 싸가지 없는 사람만 있는 건 아니라서 친절한 총각에게 라면 한 봉지를 얻어서 기사회생할 수 있었던 거다.

"당신은 배고플 때 뭐 먹어요?"

권도혁도 분명 안 먹으면 배가 고플 것인데. 냉장고에 아무것도 없는 게 이상해서 물었더니 도혁이 넥타이를 느슨하게 풀어내며 심플하게 대답했다.

"와인."

놀고 있다. 더 물어볼 의지를 잃은 은채는 한숨을 내쉬었다. 누굴 탓하겠나. 계약서를 꼼꼼하게 읽지 않고 사인을 한 자신을 탓해야지. 한 달이다. 딱 한 달만 참으면 된다.

"그런데 삼백만 원 언제 줄 건데요?"

지금 안 준다고 하면 당장 그만둔다고 할 생각이었다.

계약이고 뭐고, 은채는 이 큰 집에서 온종일 혼자 있는 게 생각보다 너무 힘들었다. 꼭 엄청 비싼 감옥에 갇혀 있는 기분이었다. 하지만 그녀가 그만둔다고 하기 전에 도혁이 먼저 지갑에서 수표 세 장을 꺼내 그녀에게 내밀었다.

정확히 삼백만 원이었다.

"안 받나?"

주라고 닦달할 때는 언제고, 막상 주니 받지는 않고 남의 것처럼 보기만 하는 그녀를 도혁이 이상하다는 눈으로 쳐다보았다.

"……백만 원짜리가 원래 지갑에 있어요?"

"그래, 네 지갑에 백 원짜리 굴러다니는 것처럼."

은채는 도혁을 노려보며 수표를 빼앗듯이 가져왔다. 그의 돈이라는 게 마음에 들지 않았지만 지금 당장 필요한 돈이었으니까.

이 수표를 대머리 부장 민머리에 던지며 세상 그따위로 살지 말라고 외쳐줄 것이다. 그러려면 만 원짜리로 던지는 게 더 효과가 있기는 하겠다. 대머리 부장이 엎드려서 구차하게 돈 줍는 꼴을 보게 말이다. 세 장이면 너무 빨리 주울 것이다. 그녀가 수표를 빤히 보고 있자 도혁은 돈에 욕심이 생겨서 그렇다고 생각했는지 그녀에게 물었다.

"설마, 더 많이 주면 계속할 건가?"

"아뇨. 딱 한 달만 할 거예요. 그리고 당신이랑은 영원히 굿바이라고요."

그녀는 자신 있게 말했다. 도혁 역시 자신이 있었다. 한 달 뒤에 웃게 되는 승자는 자신이라는 걸.

"그럼 전 가요."

그가 돌아오자마자 그녀가 돌아가려고 하자 도혁은 기분이 나빠졌다. 기껏 빨리 온 날인데 말이다. 굳이 그녀를 보려고 일부러 일찍 퇴근한 건 아니지만 말이다.

"그렇게 날 피하면 계약서를 쓴 의미가 없지 않나?"

"피하긴 누가 피해요. 일 끝났으니까 집에 간다고요."

도혁은 그녀가 청소했다는 집을 둘러보았다. 청소하기 전에도 깨끗한 집이었기에 그리 티는 나지 않았지만 도혁의 눈에는 집에 일어난 균열이 선명하게 보였다.

"도자기 위치가 틀렸어."

은채는 인상을 썼다. 틀리긴 뭐가 틀리나. 도자기는 그냥 탁자 위에 놓여 있으면 되지.

"허점투성이인 성격이 청소하는 데도 다 드러나는군."

그녀의 눈에는 그냥 깨끗한 집이었다. 그러니 도혁의 말이 그녀에게는 그저 트집으로 들릴 뿐이었다. 그녀가 하고 싶었던 일도 아니었다. 도혁이 자기 멋대로 정한 일이었다.

"그럼 다른 일을 시키던가."

"됐어. 그나마 안전한 게 이 일 같군."

그녀를 다이너마이트 취급하는 도혁의 말에 은채는 인상을 팍 썼다. 더는 도혁에게 거슬리는 소리를 듣기 싫어서 현관으로 걸어갔다. 그녀가 막 현관문을 잡으려는데 뒤에서 뻗어온 큰 손이 그녀보다 먼저 문고리를 잡았다. 도혁이 바로 뒤에 서 있었다. 은채는 깜짝 놀라며 따졌다.

"왜 쫓아와요?"

"말했잖아. 계약서. 의무적으로 나와 같이 있는 시간을 만드는 것도 네 일이야. 지금 네가 그냥 가면 계약 불이행으로 내가 이긴 게 되겠군."

그녀가 듣기에는 완전히 자기 멋대로인 말이었다. 하지만 도혁은 계약에 익숙한 사업가였고, 그녀는 할 줄 아는 게 노래뿐인 아티스트였다. 계약으로 파고들면 그녀가 무조건 불리했다.

"그래서 어쩌라고요?"

은채는 이를 꽉 물고 참으며 물었다.

"저녁이나 같이 먹으면 되겠지."

"내가 저녁도 만들라고요?"

"됐어. 네가 만들면 내 밥에 독 타겠군."

도혁은 나가서 먹자며 현관문을 열었다. 은채는 도혁을 짧게 노려본 뒤 엘리베이터로 걸어갔다. 버튼을 누르자 엘리베이터의 숫자판이 빠르게 64까지 내달렸다.

"그런데 여기 엘리베이터 고장 나거나 정전되면 64층을 계단으로 걸어 올라와야 하는 거죠? 이야, 계단 오르다 심장마비 오겠네."

은채는 64층이란 숫자가 살 떨린다는 표정을 지었다. 타워 팰리스는 보조 전력이나 관리가 다른 빌딩들에 비해 철저하기에 그럴 일은 없을 테지만 도혁은 굳이 설명해주지는 않았다.

"그러니까 여기 엘리베이터 고장 나면 나 절대 일하러 안 와요. 절대요."

그의 집에 왔던 사람 중 엘리베이터가 고장 날까봐 걱정한 사람은 은채가 처음이었기에 도혁은 마른 웃음을 지었다.

"내가 64층에 갇혀 있든 말든 상관 안 하겠다는 건가?"

"그러니까 누가 이리 높은 데 살래요? 다 자업자득이지."

"자업자득이 아니라 능력 있다 말해야 하는 거 아닌가."

"능력 아무리 있어도 64층 걸어서 못 올라올 거라고요."

그건 그도 그리 생각했기에 부정하지 못했다.

엘리베이터가 59층까지 올라왔다. 도혁도 이제야 새삼 숫자의 아찔함이 느껴졌다. 이 집을 살 때는 전혀 몰랐던 것이었다.

"만약 내가 64층을 걸어서 올라와 당신한테 오려면 사랑의 힘이 있어야 한다고요."

도혁은 숫자판에서 고개를 돌려 은채를 내려다보았다. 뭐? 사랑?

"푸하! 그런데 그럴 일은 죽어도 없을 겁니다."

은채는 자신이 한 말을 자신이 비웃으며 혼자 엘리베이터에 올라탔다. 그가 타지 않고 밖에 서 있기만 하자 그녀는 짜증을 냈다.

"안 타요? 내버려두고 갈 거예요."

도혁은 그제야 다리를 움직여 엘리베이터 안에 올라탔다. 은채가 닫힘 버튼을 누르자 바로 문이 닫히고 엘리베이터가 빠른 속도로 지상을 향해 낙하하기 시작했다.

그의 심장이 순간 비정상적으로 빨리 뛴 건 엘리베이터의 낙하 높이 때문인가, 옆 사람 때문인가. 모호한 순간이었다.

은채는 짜장면을 못 먹어서 짜장면이 먹고 싶었고, 도혁은 자신의 사회적 품격에 맞게 호텔 레스토랑에 가서 스테이크를 썰 생각이었다. 먹고 싶은 메뉴조차 두 사람은 결코 통일되지 않았다.

"내 앞에서 짜장면 먹고 싶다고 말했던 여자는 없었어."

그렇게 말하며 도혁은 그녀를 미개인 보듯이 봤다. 은채로서는 짜장면도 못 먹게 하는 도혁이 못마땅했다.

"그냥 각자 먹죠."

그녀의 말에 도혁은 인상을 썼다. 그럴 거면 그가 왜 굳이 제 시간 들여서 집에서 나왔겠는가.

"나한테 맞춰줄 생각은 전혀 없군?"

"그렇게 따지면 당신이 나한테 맞춰줄 수도 있잖아요."

"밥값은 내가 내."

"짜장면 값은 내가 낼 수 있어요."

돈 앞에서 은채는 당당하게 어깨를 폈다. 그녀가 그리 나오니 도혁은 할 말이 없어졌다. '너의 돈이 난 필요 없다.'고 그녀가 주장하는 순간, 낭패스럽게도 도혁이 쓸 수 있는 무기는 아주 많이 없어졌다. '너 좀 하는구나.'라는 눈으로 도혁은 그녀를 보았다.

"그래, 그럼 네가 내. 밥값."

자신이 원하는 메뉴를 도혁이 받아들이자 은채는 그렇게 뿌듯할수가 없었다. 이런 순간들이 많아지면 도혁과 함께 있는 것도 그리힘들 것 같지 않았다. 하지만 그녀의 생각은 도혁이 그녀를 데려간중식당 안에서 싹 바뀌었다.

어쩐지 돈 앞에서 너무 겸손하다 했더니 도혁이 그녀를 데리고간 곳은 짜장면 값이 만 원이 넘는 호텔 중식당이었다. 은채는 그의속이 빤히 보였기에 메뉴판 위로 도혁을 노려보았다. 도혁은 개의치않고 메뉴를 골랐다.

"짜장면 말고 다른 거 시켜도 되겠지?"

"안 돼요. 짜장면만 먹어요."

"여기서 그렇게 시키면 욕먹어."

"그러니까 누가 이런 곳에 데려오래요. 난 짜장면만 사줄 거니까짜장면만 시켜요."

도혁도 메뉴판 위로 그녀를 보았다.

"그냥 나한테 사달라고 말하지 그래. 그럼 아무거나 먹을 수 있잖아."

비싼 곳에 데려오면 그녀가 창피당하기 싫어서 굴복할 거라 생각했나본데, 시장에서 백 원 깎으려고 치열하게 싸우는 아줌마들 속에서 살아온 은채에게 이런 창피는 창피도 아니었다.

"필요 없어요. 난 짜장면만 먹을 거야. 그러니 당신도 짜장면만먹어요."

그녀가 '짜장면 소신'을 굽히지 않자 이젠 도혁이 질색했다. 사실그는 처음부터 짜장면 먹을 생각 따위는 없었다.

"짜장면 귀신이 붙었나?"

"오늘 짜장면 시켜 먹으려다 못 먹었다고요!"

다시 생각해도 한 그릇이라고 비웃던 짜장면 집 종업원이 용서가 안 된다는 듯이 은채는 목소리를 높였다. 그의 집에 짜장면을 배달시키려 했다는 그녀의 만행에 도혁은 잠시 할 말을 잃었다. 그의 집에서 누군가가 짜장 국물을 흘리며 짜장면을 먹는 모습은 생각하고 싶지도 않았다.

"난 짜장면 싫어해."

도혁은 짜장면이 싫다고 말했다.

"그냥 먹어요. 겁나 맛있으니까. 여기 짜장 둘이요!"

그녀가 길거리 중국집에서처럼 소리까지 치자 도혁은 포기한 듯이 등받이에 몸을 기댔다. 식당에서 메뉴 가지고 싸우는 건 그의 품위를 생각해봤을 때 용납할 수 없는 짓이다. 돈이 많음에도 불구하고 뜻대로 할 수 없다는 게 그로서는 오류 같은 상황이었다.

사실 그녀도 속이 쓰리긴 마찬가지였다. 고작 짜장면 두 그릇 시켜 먹는데 몇만 원이나 써야 하다니. 피 같은 그녀의 돈이 아깝고도 아까웠다.

결국 둘 다 고집부리다 누구도 만족하지 못하는 식사를 하게 되었다. 삥 뜯긴 기분으로 식당을 나온 은채는 허탈한 기분으로 밤하늘을 올려다보았다. 하아, 고집부리다 돈만 날렸다.

얻어먹은 도혁이 고마워하기라도 하면 속이 좀 덜 쓰리겠건만, 꼭 사약을 받아먹은 표정을 짓고 있으니 더 아깝기만 했다. 왜 군이 산다고 해서는. 이제야 후회가 되었다. 계약서에 사인하고 후회할 때와 한 치도 달라진 게 없었다.

몸에 맞지 않는 밀가루 음식을 먹어서인지 도혁은 다음 날까지도 속이 더부룩했다. 그렇게 몸 고생시키며 은채와 밥까지 먹었지만 아직도 이은채에 대해 그가 얻어낸 건 고분고분하지 못하면서 청소도 깨끗하게 잘 못하는 인디 밴드 가수라는 것뿐이었다. 이은채의 어디에서도 비밀의 냄새는 코딱지만큼도 맡을 수가 없었다. 그래서 더 어려운 상황이니 헛웃음이 날 수밖에 없었다.

　도대체 그의 아버지와는 언제 어떤 식으로 만나게 된 거란 말인가. 아무리 생각해도 짜장면으로 아버지를 홀릴 수 있을 리는 없는데 말이다. 일부러 샷을 추가한 진한 에스프레소를 마시는데 박 실장이 조심스럽게 물어왔다.

　"은채 양을 왜 하우스 헬퍼로 들이신 겁니까?"

　도혁이 원래 있던 헬퍼를 자르고 새 헬퍼를 들인 걸 박 실장은 이제야 알았다. 그리고 도혁이 손수 구한 헬퍼가 이은채였으니 도혁이 그냥 헬퍼로 들인 게 아니라는 건 뻔했다. 도혁은 대수롭지 않게 대답했다.

　"그야 저한테 딱 맞는 총알로 개조한 뒤에 아버지한테 쏴야 하니까요."

　그런데 은채는 아직도 도혁의 말을 개 짖는 소리보다 더 낮게 취급하고 있으니 영 진전이 없었다. 아버지가 가장 싫어하는 인간형이 바로 자기 말에 불복종하는 인간인데 말이다.

　왜 권력의 힘에 반발하는 이은채와 엮인 것인지. 그것이야말로 불가사의였다.

가장 최악의 결론은 알고 보니 그의 또 다른 이복동생이라서 그가 집안 스캔들을 헤집는 꼴이 되는 것이다. 그럼 그는 죽을 때까지 몰랐으면 좋을 비밀을 일부러 알려준 박 실장을 평생 저주할 것이다. 하지만 박 실장은 세상 그 누구보다 선량한 얼굴을 하고 도혁에게 충고했다.

"제가 은채 양에게 소개해준 교재 회사에서 은채 양을 쓰고 싶다고 연락이 왔습니다. 은채 양의 미래를 생각하면 그쪽 회사로 보내주는 게 좋습니다."

도혁은 박 실장을 못마땅한 눈으로 보았다. 그 말은 그가 이은채의 미래를 꽉 막고 있다는 말처럼 들렸다. 그가 이은채를 군이 잡아두려고 하는 건 박 실장이 가져온 그 앨범 때문인데 말이다. 이럴 때면 박 실장이 도대체 누구 편인지 모르겠다.

"그 회사 간다고 이은채가 오래 버틸 거 같습니까? 그 성격에 1년도 못 버틸 겁니다."

"그건 은채 양이 결정할 일이지, 대표님이 함부로 결정하실 게 아닙니다."

탁-.

도혁은 커피 잔을 거칠게 내려놓았다.

"아버지 스파이로도 모자라, 이젠 이은채 대변인까지 하는 겁니까?"

박 실장은 그저 도혁이 해야 할 고민을 조금 거들어주는 것뿐이었다.

"그럼 대표님은 은채 양의 인생을 함부로 휘저어놓는 것에 정말 아무런 가책이 없으십니까?"

지금까지의 결과로 본다면 오히려 손해를 입고 있는 건 그였다. 일 못 하는 헬퍼 때문에 집 안은 점점 엉망이 되어가고 있고, 그는 억지로 먹은 짜장면 때문에 속이 아직도 더부룩했다. 그리고 이은채는 여전히 그를 재수 없는 재벌 자식 취급하고 있다.

이대로는 한 달이 지나도 상황이 전혀 변할 것 같지 않았다. 그로서도 시간이 그리 넉넉하지 않았다. 아버지의 명령대로라면 올해 안에 약혼식이 이루어지니 이 한 달짜리 계약으로 어떻게든 이은채와 결판을 지어야 했다. 우선은 은채가 그를 믿게 만들어야 할 것 같았다. 계약서에 적은 대로 은채가 그를 싫어하지 않게 되면 자연스럽게 그의 뜻대로 움직이게 될 것이다. 그러니 그녀가 좋아할 게 분명한 떡밥을 던지자. 그녀가 절대 거절할 수 없는 걸로.

"과연 이은채도 그리 생각할지 두고 보죠."

도혁이 뭔가 꿍꿍이가 있는 것 같아 박 실장은 불안한 눈으로 그를 쳐다보았다.

"집이 자라나?"

청소기를 아무리 돌려도 청소가 끝나지 않자 은채는 그런 공상 영화 같은 의심이 들기 시작했다. 이제 보니 삼백만 원이 전혀 과한 게 아니었다. 이리 넓은 집을 한 달 청소하는 데 그 정도 노동비는 오히려 부족한 것도 같았다.

그렇게 혼자 투덜거리며 청소하고 있었는데, '딩동' 초인종이 울렸다. 은채는 놀라서 청소기를 무기처럼 들고 현관 쪽을 보았다. 택배도 올 리가 없는데 이 집의 초인종을 누르는 사람이 도대체 누구란 말인가. 절대 문을 열어줄 생각이 없었는데 화면에 잡힌 얼굴이 박 실장인 걸 알고 은채는 서둘러 열림 버튼을 눌렀다.

"잘 지내는지 보러 왔어요."

마치 교도소에 면회 온 것 같은 말에 은채는 눈물이 핑 돌 정도로 박 실장이 반가웠다. 사실 사람 만나는 걸 좋아하는 그녀가 이 집에서 제일 힘든 건 온종일 혼자 있는 것이었으니까.

"어서 들어오세요. 안 그래도 혼자 있어서 심심했는데."

꼭 집주인처럼 그를 맞아주는 은채를 보며 박 실장은 자신이 너무 심각하게 고민한 건가 싶기도 했다. 하지만 은채에게 교재 회사 합격 소식을 알려주어야 했다. 그럼 은채는 도혁의 헬퍼 일을 그만두고 당연히 그 회사를 선택할 것이다. 아무리 권 회장과 도혁의 관계를 풀기 위해서 그녀가 필요하다고 해도 이렇게 묶어둘 수는 없었다. 그녀도 그녀만의 인생이 있으니까.

"사실 할 말이 있어서 왔어요."

그가 직접 말하겠다고 그쪽 회사에 말해둔 터였다. 갑자기 전화가 오면 은채는 당황해서 제대로 결정을 못 내릴 거 같았기에 그는 은채의 얼굴을 보며 차분히 설명해줄 생각이었다. 그녀가 제대로 된 결정을 할 수 있게.

Rrrrrrrrr-. Rrrrrrrrr-.

박 실장이 말을 꺼내려는데 은채의 전화가 울렸다. 은채는 '잠깐만.'이라고 말하고 핸드폰을 주머니에서 꺼내었다.

"여보세요?"

[인디아 레드 보컬분 맞습니까?]

그녀의 이름이 아니라 밴드 이름이 나오자 은채는 놀라 눈을 크게 떴다.

"네, 맞는데. 누구시죠?"

[아! 전 XX 행사 담당자입니다. 이번 명동에서 열리는 행사에 인디아 레드를 섭외하고 싶어서 전화 드렸습니다.]

생각도 하지 못한 섭외 전화에 은채의 눈, 코, 입이 다 커졌다. 이름이 알려진 가수도 아니라서 이런 섭외 전화는 정말 행운과 같은 것이었다.

"물론 되죠! 저희야 언제나 준비되어 있습니다!"

은채의 표정 변화를 보고 박 실장도 놀랐다. 사람의 얼굴이 이리 순식간에 활짝 열릴 수 있다는 걸 처음 알았다는 듯이. 계속 '네, 네' 거리던 은채는 전화를 끊자마자 박 실장의 두 손을 잡고는 환호성을 지르며 방방 뛰었다. 박 실장은 당황해서 물었다.

"무슨 일이에요?"

"섭외 전화예요! 우리 밴드 보고 행사 무대 서달래요!"

좋아하던 은채는 갑자기 심각해져서 박 실장에게 부탁했다.

"참, 권 대표님한테는 절대 말하지 마세요. 중간에 몰래 갔다 와야 하니까."

뭔가 미묘한 타이밍이 박 실장은 좀 걸렸다. 그는 성실히 일할 수 있는 교재 회사의 합격 소식을 알려주려고 왔는데 그에 맞추어 은채에게 섭외 전화가 걸려왔다. 행사 무대는 회사에 다니면 갈 수 없는 스케줄이었다. 하지만 이 집에서 헬퍼를 하면 요령을 부려 다녀올 수 있다.

"만약 제가 소개한 교재 회사에 합격하면 어쩌려고요?"

박 실장의 질문에 은채는 잠시 고민하는 듯하더니 그리 오래지 않아 결정을 내렸다.

  "다녀왔습니다."
  회사로 돌아온 박 실장은 도혁에게 복귀 보고를 하였다. 도혁은 무심하게 모니터만 보며 알았다고 말했다. 박 실장이 그대로 나가지 않고 그 자리에 가만히 서서 그를 보고 있자 그제야 도혁은 시선을 옮겨 박 실장을 보았다.
  "저한테 할 말 있으신가요?"
  박 실장은 진중한 얼굴로 도혁에게 충고했다.
  "사람에게 선행을 베풀 때는 산타클로스의 마음으로 해야 합니다."
  도혁은 단 한 번도 믿어본 적 없는 산타클로스라는 말에 피식 실소를 지었다. 그는 산타클로스를 만나고 싶었던 적도 없고, 되고 싶었던 적은 더더욱 없었다.
  "그래서 이은채가 싫어하던가요?"
  아니, 좋아 죽으려고 했다.
  "이은채가 교재 회사 출근을 선택하던가요?"
  아니, 정말 쉽게 포기했다. 그녀는 평생 다닐 수 있는 회사보다 단 하루뿐이라도 행사 무대가 좋단다. 박 실장이 아무 말도 못 하고 쳐다보기만 하자 도혁은 만족한 표정을 지었다.
  "제가 보기에는 아무 문제 없는 거 같은데, 아직도 할 말이 남으셨습니까?"

　문제라면 도혁의 순수하지 못한 마음이었다. 박 실장이 도혁에게 그녀의 앨범을 보여준 의도와 전혀 반대되는 마음이었다. 왜 똑똑한 도혁이 그걸 전혀 눈치채지 못하는지 답답했지만 그의 입으로 직접 말해줄 수는 없었다. 그 앨범에 숨어 있는 비밀은 도혁과 권 회장 둘만이 풀 수 있었다. 두 사람이 스스로 풀어나가지 않으면 전혀 소용이 없었다. 아버지와 아들 사이는 그 누구도 대체할 수 없듯이 말이다. 박 실장은 짧게 한숨을 내쉬며 그대로 물러날 수밖에 없었다.

　박 실장이 집무실을 나가고 혼자가 되었을 때 도혁은 핸드폰을 끌어다 긴 손가락으로 은채에게 보낼 메시지를 찍었다.

> 청소 잘하고 있나?

　메시지를 보내고 도혁은 가만히 핸드폰 화면만 바라보았다. 산타 클로스 자격도 없는 그가 보낸 선물에 기분이 좋은 이은채는 과연 평소와 어떻게 다를까 궁금해지는데 '카톡' 하고 은채의 답이 돌아왔다.

> 꼬박하게 감시도 해요?

　도혁의 표정이 순식간에 구겨졌다. 그가 바란 답변은 그게 아니었으니까. 그리고 그가 어떤 답변을 바란 것인지 그 자신도 사실 정확히 몰랐다.

도혁은 잠시 카톡 창에 박힌 글자들을 쳐다보다 다시 손가락을 움직였다. 박 실장은 도혁이 틀렸다는 듯이 말했지만, 도혁은 자신이 옳다고 생각했으니까.

> 6시까지 세진 백화점 6층으로 와.

6이 하나만 더 들어갔으면 666이 되는 불길한 도혁의 문자를 받고 은채는 한참을 쏘아보았다.

뭐야, 또 무슨 수작이지?

안 그래도 도혁의 도발로 과하게 나간 짜장면 값 때문에 그녀는 당분간 컵라면만 먹어야 했다. 으리으리한 타워 팰리스 펜트하우스에서 쭈그려 앉아 컵라면을 먹는 자의 심정은 겪어보지 않고는 알 수 없다.

> 왜요?

그녀는 이유를 따졌다.

> 저번엔 네가 먹고 싶은 거 먹었으니, 오늘은 내가 가고 싶은 곳 가지.

은채는 내키지 않았다. 그가 가고 싶은 곳이라면 그녀에게 안 맞는 곳이라는 뜻이니까.

도혁에게 문자를 보내고는 은채는 64층 초고층 아파트의 창유리 앞에서 한껏 기지개를 켜며 외쳤다.

"난 절대 당신한테 반하지 않아!"

청소할 힘이 샘솟는 것 같았다.

세진 백화점은 백화점 중에서도 비싼 브랜드만 있어서 그녀는 세일할 때도 오지 않는 곳이었다. 도혁이 지시한 대로 6층으로 올라가니 백화점 여직원이 그녀를 기다리고 있었다.

"절 따라오시면 됩니다."

은채는 따라가기 싫었다. 그녀가 노래로 자신을 어필했다면 그는 돈으로 자신을 보여주려는 거 같은데, 돈 자랑은 64층으로 충분했다.

"아뇨, 그냥 제가 알아서 찾아갈게요. 권도혁 사장 어딨죠?"

그녀가 그리 말하며 뒷걸음질하자 여직원은 더 부담스럽게 웃으며 다가왔다.

"만나시기 전에 준비할 게 있으세요. 그러니 절 따라……."

은채는 아예 몸을 돌려 무작정 앞으로 걸어갔다. 여직원이 가르쳐 주지 않으면 그녀가 직접 찾으면 되는 것이다.

"저기요! 제발 저랑 같이 가셔야 해요."

그녀를 안내하는 게 일이었던 여직원이 빠른 걸음으로 쫓아오자 은채는 뛰기 시작하며 도혁을 찾아 주위를 두리번거렸다.

"어머! 뭐지? 도둑이라도 든 건가?"

VIP 라운지에서 신문을 보며 은채를 기다리고 있던 도혁은 다른 손님의 말에 고개를 들었다. 그가 맡은 곳은 아니었지만 그의 집안에서 하는 사업장이었다. 백화점에 도둑이 든 걸 손님이 목격하였으니 기사가 날 일이었다. 빨리 상황을 파악하는 게 중요했기에 도혁은 창가로 가서 밖의 매장을 내려다보았다.

백화점 직원 몇 명이 우왕좌왕하며 누군가를 쫓고 있었다. 그리고 도망치고 있는 여자를 본 도혁의 눈이 가늘어졌다. 아무리 봐도 자신이 아는 여자 같았다. 도대체 여성복 매장에서 옷을 고르고 있어야 할 은채가 왜 직원들을 피해 도망치고 있는지 그는 이해가 되지 않았다. 하여튼 소동을 빨리 마무리 지어야 했기에 도혁은 은채에게 전화를 걸었다.

Rrrrrrr-.

달칵-.

[지금 어디 있어요?]

적반하장도 유분수라고, 남의 영업장에서 소란을 피우고 있으면서 도리어 그를 나무라는 은채의 말에 도혁은 기가 막혔다.

"내 눈에는 나 찾는 게 아니라 도망치는 걸로 보이는데."

[지금 나 보고 있어요? 그럼 이 근처겠네요? 딱 기다려요. 내가 가니까.]

"그 전에 붙잡히겠군."

점점 그녀를 잡으려는 백화점 직원들이 많아지고 있었다. 그는 단지 그녀에게 어울리는 옷을 입히라고 지시했을 뿐인데, 꼭 범인 검거 현장처럼 변하고 있었다. 그를 거쳐간 여자 중 경찰서에 잡혀간 여자는 없었는데 말이다. 단연 이은채가 발군이었다. 사고 치는 걸로는.

[그 전에 당신 찾는다고요!]

문득 그런 동화가 생각났다. 얼음 여왕에게 잡혀간 소년을 찾는 소녀가 나오는 이야기.

"힘들 거야."

그렇게 말하면서도 도혁은 유리창에 손을 올리며 더 가까이 다가섰다. 그가 얼마나 많은 걸 해줄 수 있는지 직접 눈으로 보여주기 위해 그녀를 백화점으로 부른 것이었다. 옷이든, 구두든, 보석이든, 그녀가 원한다고 말만 하면 그는 선물로 줄 수 있었다. 그런 그를 어떻게 진심으로 싫어할 수 있나. 원하는 건 뭐든 줄 수 있는 남자인데. 그런데 이은채는 그에게 선물을 줄 기회조차 주지 않는다. 넌 산타클로스 자격이 없다고, 박 실장보다 더 확실한 몸짓으로 보여주고 있었다. 넌 왜 자꾸 날 자극하는 거야? 너도 아버지 스파이야?

보안 요원을 본 은채가 당황해서 엘리베이터로 달려가고 있었다. 저걸 타면 그를 결코 찾지 못할 것이었다. VIP 라운지는 아무나 들어올 수 없으니까.

"이은채, 위를 봐."

그의 말에 은채가 몸을 돌려 그가 있는 쪽을 올려다보았다. 아주 먼 거리였지만 눈이 마주쳤다는 걸 알 수 있었다. 그가 있는 쪽으로 힘껏 달려오는 은채를 보면서 도혁은 낯선 소리를 들었다.

……두근.

언 땅이 녹아 첫 싹이 나듯이 그가 들어본 적 없는 아주 생소한 소리가 그의 몸 안에서 퍼져 나왔다.

4. 그 남자의 치명적인 매력, 그 여자의 치명적인 빈틈

"죄송합니다. 이은채 씨가 정신적으로 문제가 좀 있어서 낯선 사람들이 쫓아와 당황했나봅니다."

그녀의 소동을 정신적인 문제로 몰고 가는 도혁의 말에 은채는 울컥했다. 하지만 소동을 피운 게 맞았기에 그녀는 입을 꾹 다물고 참고 있어야 했다. 도혁이 눈짓을 주자 은채는 고개 숙여 사과했다.

"죄송합니다."

그리 소동을 피웠으니 그 백화점에서 옷을 살 수 있을 리가 없었다. 결국 두 사람은 사과만 실컷 하고 밖으로 나왔다. 처음부터 계획이 완전히 틀어졌기에 도혁은 어디로 갈지 정하지 못하고 잠시 동상처럼 가만히 서 있었다.

"이런 경우는 처음이군."

작품의 치명적인 오류를 발견한 창조주처럼 도혁이 중얼거릴 때 은채도 분개했다.

"나도 마찬가지거든요? 내가 왜 범죄자에 정신 나간 여자 취급을 받아야 하냐고요."

은채는 죽을 때까지 세진 백화점 근처에는 절대 오지 않을 거라고 생각하며 앞으로 걸어갔다. 그런데 뒤에서 도혁이 그녀의 팔을 잡더니 조금 전 자리로 돌려놓았다.

"뭐예요!"

그녀가 화를 내는 것도 개의치 않고 도혁은 그녀의 캐주얼한 옷차림을 위에서 아래로 쭉 훑으며 한마디 했다.

"그 꼴로 가면 동물원 원숭이가 되겠군."

그녀를 동물 취급하는 도혁에게 은채는 썩소를 지었다.

"그럼 안 가면 되죠."

그리고 그냥 도망치려는데 도혁이 그녀를 또 붙잡았다.

"오늘은 백화점에서 망신당한 걸로 됐잖아요."

그러니까 망신당한 걸로 그냥 끝낼 수는 없었다. 그러기에 그의 시간은 너무도 비쌌다. 그녀가 싫다고 소리쳐 보았지만 도혁은 기어코 예약 시간도 늦은 호텔 레스토랑으로 향했다.

"일행이십니까?"

레스토랑 입구에 나타난 안내 담당 직원의 눈빛부터가 그녀와 도혁을 분리해놓았다. 아무리 봐도 최고급 슈트를 입은 도혁과 구제 청바지를 입은 그녀는 언밸런스였던 것이다. 어차피 끌려온 거, 여기서 기죽으면 꼴사납기만 할 것 같아 은채는 허리를 꼿꼿하게 세우며 도혁보다 먼저 대답했다.

"네. 일행 맞습니다."

그리고 은채는 당당히 먼저 레스토랑으로 걸어 들어갔다. 직원이 그녀를 붙잡으려 하자 도혁이 그제야 자신의 일행임을 밝혔다. 직원은 엄청난 실례를 범한 사람처럼 고개를 깊게 숙였다.

"죄송합니다. 제 실수였습니다."

은채는 눈을 치켜떴다. 왜 내가 말할 땐 안 믿고 권도혁이 말할 때야 믿는 건데. 식사하기 전부터 마음에 안 드는 식당이었다.

"부자들은 높은 곳에서 내려다보길 좋아하나봐."

창가 자리에 안내되어 앉은 뒤 은채는 창밖을 보며 투덜거렸다. 그녀는 사람이 잘 보이는 1층이 더 좋았다.

"주문은 내가 알아서 해야겠군."

"나도 메뉴판은 읽을 수 있어요."

은채는 앞에 놓인 메뉴판을 펼쳤다가 꼬부랑 불어와 가격을 보고 잠시 표정이 굳었다. 하지만 도혁에게 억지로 끌려온 것이니 기죽을 건 없었다.

"전에 내가 짜장면 샀으니까 이번엔 당신이 사요."

도혁은 한동안 자신의 위를 소화불량으로 만들었던 그 짜장면을 떠올리며 실소를 지었다. 그럼에도 그가 얻어먹었다는 게 기정사실화되었다는 건 그야말로 코미디였다. 세진 그룹 권태웅 회장의 장남 권도혁이 여자에게 밥을 얻어먹다니. 그걸 앞에 앉아 있는 이은채란 여자 말고 누가 믿을까 싶었다.

"고기는 아무거나 다 좋아하나?"

"네, 뼈도 먹어요."

진짜냐는 눈으로 도혁이 그녀를 쳐다보자 은채는 족발 뼈를 두 손에 잡고 씹어 먹는 시늉을 했다.

"다음에 내가 족발 사줄게요."

"절대 사양이야."

도혁은 두 번 다시 당하지 않겠다는 강한 의지를 표출했다. 도혁에게는 굉장한 자존심인지 몰라도 은채에게는 쓸데없는 허세 같아 보였다. 도혁이 절도 있게 손을 들어 웨이터를 불렀다. 그저 손을 드는 동작만으로도 그와 그녀는 참 다르다는 걸 은채는 느꼈다. 그녀였다면 목소리로 사람을 불렀을 것이다. 손짓이 아니라.

도혁은 다가온 웨이터에게 길어서 외우기도 힘든 메뉴 이름을 말했다. 마치 암기 과목에서 죽어도 외워지지 않는 단어같이 들렸다. 지루한 표정을 하는 그녀를 도혁이 힐긋 보았다.

"그쪽이 즐기기에는 무리가 있는 곳인가 보지?"

"그럼 당신은 즐기고 있어요?"

분명 은채는 생각 없이 물어본 것일 텐데 도혁은 뜨끔했다. 사실 어느 곳에서 식사하든 그는 즐긴다는 생각을 한 적이 없었다. 웨이터가 주문한 와인을 가져와 깔끔하게 잔에 따라주었다. 은채는 붉은 와인을 보고 처음으로 웃었다.

"이건 좋네."

그녀의 웃음에 도혁도 같이 웃음기가 퍼지는데, 달갑지 않은 목소리가 두 사람 사이에 끼어들었다.

"권도혁, 오랜만이다."

도혁의 얼굴이 군자 은채의 얼굴에서 같이 웃음이 사라졌다. 그의 이름을 부르는 걸 보니 분명 그와 아는 사이가 맞는데 도혁의 표정을 보니 친구가 아닌 것도 확실했다.

곧 향수 냄새가 지독한 남자가 그들이 앉아 있던 테이블 옆으로 걸어와 섰다. 도혁처럼 돈 많은 인간인 건 딱 봐도 알겠는데 자연스럽게 입은 도혁과 달리 낯선 남자는 보기에 부담스러울 정도로 한껏 꾸미고 있었다. 도대체 저 보라색 와이셔츠는 무슨 정신으로 입었나 싶었다. 도혁이 제대로 인사를 해주지 않자 남자의 시선이 그녀에게 향했다.

"이런, 안 본 사이에 여자 취향이 많이 바뀌었군."

표정을 보니 썩 좋은 뜻은 아닌가보다. 아마도 도혁이 갈아입히려고 했던 그녀의 옷차림과도 관련이 있을 것 같았다. 그래서 은채는 한마디 했다.

"누구예요? 이 보라돌이."

그녀의 말에 보라색 셔츠의 남자는 순식간에 표정이 썩었고, 도혁은 '쿡' 하고 비웃음을 굳이 숨기지 않았다.

"하, 하, 하."

화가 난 게 분명한 남자의 입에서 스타카토 식 웃음소리가 나오더니 남자가 경련이 일어나는 얼굴을 숨기지 못한 채 도혁에게 물었다.

"지금 이 여자가 나한테 뭐라고 한 거냐?"

도혁은 전혀 미안하지 않은 표정으로 남자를 보았다.

"방해되니 그만 가지."

그녀에 이어 도혁까지 한 방 날리자 남자의 얼굴이 옷처럼 보라색으로 변해갔다.

"건방진 자식."

남자의 중얼거리는 소리가 그녀의 귀에 들렸다. 도혁도 들었을 것이다. 도혁이 차갑게 눈을 치켜떠 남자를 보자 남자는 제대로 덤벼보지도 못하고 그대로 몸을 돌려 가버렸다. 완전히 호랑이를 만난 여우 꼴이었다.

"친한 사람이 있긴 해요?"

그녀의 질문에 도혁은 뻔뻔할 정도로 다정한 표정을 지으며 대답했다.

"너."

은채는 그를 노려보며 와인을 원샷 했다. 사람이 걱정을 해주는데 가지고 놀려고 하다니. 너, 그렇게 살다 진짜 큰코다치는 날 온다. 조심하라고. 정말 먹기 싫은 곳이라 생각했는데 뜻밖에 요리는 기가 막히게 맛있었다. 분명 동네 마트에서도 살 수 있는 고기인 것 같은데 어찌 요리한 것인지 입안에서 씹히자마자 사르르 녹았다.

사람들이 호텔 주방장을 최고로 치는 이유가 있긴 했나보다. 거기다 와인과 고기가 궁합이 좋아서인지 은채는 자꾸 와인 잔에 손이 갔다.

"와인도 많이 마시면 취해."

그녀가 너무 마신다고 생각했는지 도혁이 주의를 주었다. 그래도 은채는 기죽지 않고 병에 남은 와인을 전부 자신의 잔에 따라버렸다.

"내가 아무리 술을 많이 마셔도 집을 못 찾아간 적은 없는 사람이에요."

"굴러가도 집에만 가면 된다는 거군."

"그렇죠."

은채는 장단 맞추듯이 도혁의 말에 긍정하고는 와인을 들이켰다. 술기운에 두 뺨이 붉게 달아오른 그녀의 얼굴을 빤히 보던 도혁이 은근하게 물었다.

"그럼 한 병 더 시켜줄까?"

술에 완전히 취하면 자기 입으로 술술 불지도 몰랐다. 아버지와의 관계라던가, 사실은 자유자재로 사람을 홀리는 전천후 꽃뱀이라던가 하는 그런 것.

도혁의 숨은 의도도 모르고 은채는 와인을 맥주처럼 마시며 손가락으로 동그라미를 그렸다. 오늘 안 마시면 다 못 마실 비싼 와인이라 마실 수 있을 때 실컷 마시고 싶었다.

빈 와인 병이 있던 자리에 새로 와인이 서빙되어 오자 도혁은 와인 대신 물만 마시며 은채가 와인을 음료수처럼 마시는 걸 지켜보았다. 그녀는 꽤 취기가 올라 있었다. 내일 일어났을 때 오늘 일을 기억 못 할 수도 있을 정도로.

"혹시 아버지뻘 되는 남자 만난 적 있나?"

도혁은 조약돌을 툭 물에 던지듯이 질문을 했다. 도혁의 얼굴을 빤히 쳐다보던 은채는 입을 열었다.

"우우, 나는 노래하는 나비."

그건 질문에 대한 대답이 아니라 노래였다.

도혁은 눈살을 찌푸리며 그녀를 보았다. 그녀가 그를 놀리는 건가 싶었는데 그건 그녀의 술주정이었다. 노래를 사랑하는 가수답게 진짜 취하자 노래를 하는 것이다.

"노래하지 마."

도혁은 경고했다. 난데없이 노래하니 정말 기분이 나빴다. 그가 썩 화낼 입장은 아니지만 말이다.

"이건 나의 노래, 난 별을 꿈꾸었어요. 특별해지고 싶어. 빛나고 싶어. 저 하늘 위 별처럼 반짝반짝."

하지만 술에 취한 은채는 더 그의 말을 듣지 않았다. 꼼수로 정보 좀 캐내려다 똥 밟은 격이었다. 설마 이런 거지 같은 술주정이 있을 줄은 몰랐다. 도혁은 이제 떠나야 할 때라는 걸 직감하고 자리에서 일어났다.

"그만 가지."

도혁은 더 구경거리가 되기 전에 그녀를 데리고 나가기 위해 은채의 팔을 잡았다. 은채는 가기 싫다고 버텼다.

"나 아직 더 마실 수 있어요."

"지금 나랑 같이 안 가면 이제까지 마신 와인이랑 요리 값 네가 전부 내게 될 거야. 너 돈 있어?"

"없어요. 전 재산이 만삼천 원이야. 족발도 못 사 먹어."

은채는 돈이 없어 술을 더 못 마시는 게 서럽다는 듯이 울상을 지었다.

"내가 준 삼백만 원은 벌써 다 쓴 건가?"

설마 그걸로 짜장면 값을 다 냈을 리는 없는 데 말이다.

"그거야 대머리 부장한테 다 뿌려주고 왔지. 이거 먹고 떨어져라 하면서 만 원짜리 삼백 개를 쫙!"

도혁으로서는 무슨 소리인지 쉽게 알아들을 수 없는 말이었다. 은채가 또 와인을 마시려고 하자 도혁은 은채의 손에서 와인 잔을 빼앗고는 강제로 레스토랑 밖으로 데리고 나왔다. 그런데 그도 술을 마셔서 운전하고 갈 수가 없었다. 운전기사를 당장 부른다고 해도 30분은 기다려야 했다.

도혁은 바로 앞에 있는 호텔 건물을 올려다보았다. 그리고 길거리에서 요상한 춤을 추며 노래를 부르고 있는 은채를 돌아보았다. 역시 안 되겠지. 그녀를 옆에 두는 이유가 그런 목적이 아니어서인지 그는 선을 긋게 되었다. 저기까지 가면 안 된다는.

"이은채, 택시 타면 집까지 갈 수 있어?"

도혁은 은채에게 이성적으로 물었고, 은채의 대답은 또 노래였다.

그녀가 이미 제정신이 아니라는 소리였다. 택시 타고 가다가 택시 기사가 시끄럽다고 아무 곳에나 던져버릴 것 같았다. 그렇다고 같이 택시를 타고 그녀의 집까지 가는 건 싫었다.

내가 왜 그렇게까지 해야 하나.

"이은채! 굴러서도 집에는 간다며! 어떻게 집에 갈 거야?"

은채는 두 팔을 옆으로 쫙 뻗었다.

"나비처럼 날아서."

지금도 황당한데 그다음이 더 황당했다. 은채가 갑자기 달리기 시작한 것이다. 도혁은 놀라서 외쳤다.

"이은채! 어디 가!"

"우리 집."

그렇게 달려서 가겠다고? 진짜 미쳤군. 도혁은 두 손을 주머니에 찌르고 서서 은채가 스스로 돌아오길 기다렸다. 그러다 그게 터무니없는 희망이라는 걸 깨닫게 되자 할 수 없이 뛰었다. 그는 뛰면서 이를 갈았다. 이 밤이 이대로 끝나지는 않을 거라고.

"으으음."

은채는 힘겹게 눈을 떴다. 비싼 와인에 욕심이 생겨서 평소보다 더 많이 술을 마셔버렸다. 평소 잘 마시지 않던 와인이라 주량을 제대로 모른 게 실수였다. 그녀는 어떻게 집에 돌아왔는지 기억도 나지 않았다. 그리고 그녀가 눈을 뜬 장소도 낯설었다. 그녀의 방이라고 하기에는 굉장히 고급스러웠고, 그녀는 소파에서 자고 있었다.

뭐지? 여기가 어디야? 술에 취해 실수로 호텔 방에 갔다면 놀랐겠지만 그녀가 깨어난 곳은 분명 누군가의 집 거실이었다. 그리고 그녀 혼자뿐이었다. 우선은 화장실이 너무 급했기에 은채는 엉거주춤 일어나 화장실을 찾아 넓은 집을 배회하였다. 아무 방이나 무턱대고 열어보다 침대가 있는 침실을 발견했다. 그때 침실에 딸린 욕실에서 물소리가 들려왔다.

쏴아아아아아아아ㅡ.

화장실이 급했던 그녀에게 그 소리는 그녀를 화장실로 이끄는 소리처럼 들려왔다. 물소리가 들리는 욕실 쪽으로 걸어간 은채는 거침없이 문을 확 열었다.

수증기 속에서 남자의 나체가 보이는 순간 은채는 술과 잠이 동시에 확 깼다. 샤워 중이던 도혁이 돌아보자 은채는 기겁을 하여 비명을 꽥 질렀다.

"꺄아아아아아아아아아아악!"

사실 피해자는 도혁이고 그녀는 침입자였는데 말이다. 정신없이 도망쳐 나오는 바람에 그녀는 자신의 가방도 놓고 나와버렸다.

사람도 없고 차도 없는 새벽 거리를 은채는 빈털터리로 터벅터벅 정처 없이 걸었다. 이젠 집에도 못 가고, 그녀의 지갑과 핸드폰이 있는 도혁의 집도 못 가고, 홍대에 가려고 해도 돈도 없고.

그녀는 난데없이 도곡동 상거지가 되어버렸다. 창피하고, 여전히 화장실이 가고 싶고, 난감하고 미치겠네, 생각하며 그녀는 하염없이 거리를 걸었다. 왜 자신의 집이 있는 시장으로 가지 않고 이 부자 동네에서 눈을 뜬 거란 말인가. 다 도혁의 책임으로 돌리기에는 생각 없이 술을 마신 그녀의 잘못이 컸다. 그래도 그렇지 권도혁은 왜 문을 잠그지 않고 샤워를 하느냔 말이다. 혼자 사는 남자의 습관이라고 해도 그녀는 아무래도 문을 잠그지 않은 도혁의 잘못이 제일 큰 것 같았다. 그리고 그 남자의 벗은 몸…….

"아악! 난 아무것도 못 봤어!"

생각만 해도 얼굴이 터질 것 같았다. 엄격한 아버지 밑에서 나름대로 조신하게 살아왔었기에 그녀가 남자의 나체를 본 건 처음이었다. 뭔가 타락한 기분이 들었다. 키스도 안 한 남자의 몸을 보다니. 거기다 몸이 너무 좋아서인지 잊히지도 않았다. 오리가 처음 눈을 떴을 때 눈앞의 존재를 어미로 인식하듯이 그녀는 처음 본 남자의 몸을 남성을 대표하는 몸으로 인식해버린 것이다. 은채는 아무도 없는 새벽 도곡동 거리에서 오염된 자신의 눈을 부여잡고 혼자 절규했다.

같은 시각, 도혁도 은채가 도망간 흔적이 역력한 거실에 우두커니 서 있었다. 가방도 놓고 나간 걸 보니 아직 제정신은 아닌 게 분명했다. 은채가 그렇게 귀신이라도 본 표정을 하고 도망간 건 그로서는 별로 이해가 되지 않았다. 어차피 그는 순결을 지켜야 하는 몸이 아니었으니까.

설마, 남자 몸 본 게 처음인가?

그렇게 짐작한 도혁은 고개를 저었다. 은채가 아버지와 관계 있는 꽃뱀일지도 모른다고 의심하고 있었는데 순결한 처녀라니. 그야말로 어불성설이었다. 신경 쓰지 말고 그냥 자려는데 그의 것이 아닌 핸드폰이 울렸다. 은채가 놓고 간 전화였다. 도혁은 별 거리낌 없이 은채의 전화를 받았다. 지금은 그의 집에 있는 전화였으니까. 그가 통화 버튼을 누르자마자 화산이 폭발하는 듯한 중년 남자의 목소리가 터져 나왔다.

[너 이노무 가시나! 내가 두 눈 시퍼렇게 뜨고 있는데 감히 외박을 해! 넌 집에 오면 당장 머리 깎일 줄 알아!]

도혁은 바로 통화 종료 버튼을 눌렀다. 그리고 자신은 전화 받은 적이 없다는 듯이 핸드폰을 아까 있던 자리에 다시 내려놓았다.

이은채가 왜 생각 없이 사는가 했더니 아버지의 영향이 큰 것 같았다. 딸이 외박 하루 했다고 머리를 다 깎아버리겠다니. 지능적인 자신의 아버지와는 참 달라도 너무 달랐다.

은채는 자신이 도혁의 집 비밀번호를 알고 있다는 것에 안도했다. 도혁이 잠이 들면 그 틈에 몰래 들어가서 자신의 핸드폰과 가방을 들고 나오면 되는 것이다. 할 수만 있다면 은채는 이것으로 권도혁과의 인연을 끝내버리고 싶었다.

어두운 집 안에 몰래 숨어든 은채는 살금살금 도둑 걸음으로 소파 근처까지 걸어갔다. 그곳에서 잠들어 있었으니 가방도 그 근처에 있을 것으로 생각했는데 어찌 된 일인지 그녀의 물건들이 보이지가 않았다.

한참이나 소파 근처를 찾다 못 찾은 은채는 울컥했다. 도혁이 일부러 그녀의 물건을 숨겨놓은 거 같았으니까. 지가 나무꾼도 아니고! 당장 도혁을 깨워 따지기에는 그녀의 멘탈이 아직 충격에서 벗어나지 못한 상태였다. 그래서 은채는 꿋꿋하게 스스로의 힘으로 자신의 가방을 찾아다녔다. 그녀는 거실, 드레스 룸, 서재, 심지어 부엌에 있는 냉장고 문까지 열어보았다. 도혁이 자는 침실만 빼고 다 뒤져보았는데도 가방이 나오지 않자 은채는 도혁의 침실 앞에서 갈등했다. 젠장! 여기만은 아니길 빌었건만.

어차피 새벽 4시. 이젠 집에 들어가도 외박이었다. 군이 목숨 걸고 도혁의 침실 문을 열 바에야 그냥 소파에서 잘까 생각도 했지만 그래도 집으로 가야 한다는 귀소 본능이 그녀를 자꾸 움직이게 만들었다.

침실 문고리를 잡은 은채는 소리 나지 않게 열기 위해서 안간힘을 썼다. 살짝 열린 문틈으로 보니 침대에 누워 자는 권도혁이 보였고, 침대 옆 협탁 위에 익숙한 가방이 보였다. 그녀의 것이었다.

은채는 도혁의 침실 앞에서 한참이나 고민했다. 들어갈 것이냐, 말 것이냐. 그건 집에 갈 것이냐, 말 것이냐와 똑같은 고민이었다. 그리고 그건 언제나 한 가지 결정으로만 귀결되었다.

그녀는 무조건 집에 가야 했다. 굴러가든 날아가든. 집에는 어떻게든 가야 했다. 은채는 작전 개시하는 특공대원처럼 몸을 바닥에 딱 붙이고 두 다리 대신 두 팔을 이용해서 앞으로 나갔다. 절대 권도혁을 깨워서는 안 되었다. 이제 그와는 눈도 마주치기 싫었다. 가방만 잡으면, 핸드폰과 지갑만 손에 넣으면 바로 이 집에서 나가는 것이다.

한참이나 걸려 협탁 근처까지 온 은채는 그곳에서도 일어나지 않고 팔만 뻗어 협탁 위 가방을 잡으려고 했다. 잡힐 듯 말 듯 잡히지 않는 가방끈 때문에 은채는 애간장이 탔다. 조금만, 조금만 더! 아버지! 나에게 긴 팔을!

"도와줄까?"

귀신의 목소리도 그것보다는 덜 무서울 것 같았다. 은채는 하얗게 질린 얼굴로 고개를 돌렸다. 눈을 뜨고 그녀를 빤히 보고 있는 도혁과 눈이 마주친 은채는 소스라치게 놀랐다.

"전 아무것도 못 봤어요!"

은채의 변명에 도혁은 답사를 했다.

"난 나만 보여준 건 처음이야."

은채에게는 자신의 머리를 스스로 때려서라도 기절하고 싶은 순간이었다.

평소였으면 벌써 큰 목소리가 터져 나왔어야 하는데 은채가 완전히 얼이 빠진 것처럼 눈도 깜빡이지 않자 도혁은 침대 밖으로 팔을 뻗어 그녀의 뺨을 톡톡 쳤다. 그제야 은채는 소스라치게 놀라서 뒤로 황급히 몸을 피하며 소리쳤다.

"당신 진짜 섹스 중독이지!"

그러니까 누누이 말하지만 오늘 알몸을 보인 건 그녀가 아니라 그였다. 그녀가 자꾸 피해자처럼 굴면 곤란했다. 그러면 그가 자꾸 심술을 부리고 싶어지니까.

"그러길 바라는 건가?"

그렇게 말하며 도혁이 몸을 일으키자 은채는 비명을 지르며 두 손으로 얼굴을 가렸다.

"꺄아아악! 나도 보고 싶어서 본 거 아니야! 엄청 싫다고! 하지 마! 이 섹스 중독아!"

옷을 다 입고 있는 도혁은 은채가 마치 바바리맨을 만난 것처럼 구는 게 어이없을 뿐이었다. 여전히 혼자 피해망상 환자처럼 굴고 있는 은채의 앞에 무릎을 꿇고 앉은 도혁은 진지하게 물었다.

"혹시, 처녀야?"

그 순간 은채는 자신이 엄청난 바보가 된 느낌이었다. 세상에서 가장 사악한 권도혁 앞에서 말이다. 은채는 있는 힘껏 도혁의 큰 몸을 밀쳐버리고는 하이에나처럼 가방을 낚아채서 그 방을 도망쳐 나가버렸다. 은채가 달려가는 발소리가 점점 작아지는 걸 들으며 도혁은 허탈한 웃음을 지었다.

"저게 연기면 진짜 오스카상 감이군."

절대 이복동생은 아니라고 가정했을 때 가장 타당성 있는 게 '이은채 꽃뱀설'이었는데 말이다. 어째 그녀를 겪으면 겪을수록 꽃뱀이 아니라 그냥 노래만 하며 살고 싶어 하는 철부지 같았다. 그리고 그녀가 꽃뱀이 아니라고 생각하자 그의 마음에 어떤 안도감이 느껴졌다. 오히려 정답을 찾는 게 더 어려워진 상황인데 말이다.

뭐가 다행인가. 만약 이은채가 작정하고 그의 아버지에게 먼저 접근한 게 아니라면 아버지가 먼저 그녀를 알았다는 건데. 도대체 인디 밴드 가수일 뿐인 그녀를 아버지가 어찌 알 수 있단 말인가.

진짜 이복동생이라고? 진정 친자 확인을 해봐야 하는 거야? 도혁은 생각만으로도 기분이 나빠져서 고개를 저었다.

분명 다른 관계일 것이다. 그가 아직 못 알아낸 것일 뿐이다. 절대 이복동생은 아니다. 피가 섞였다면 어떻게 저런 인간이 튀어나올 수 있단 말인가. 유전학적으로도 말이 되지 않았다.

은채는 바로 대문을 열고 들어가지 못하고 담 뒤에서 집 안의 동태를 살폈다. 분명 아버지가 회초리를 들고 마당을 서성이고 있을 줄 알았는데 아무도 보이지 않았고, 아무 소리도 들리지 않았다. 설마 어디 가셨나? 그럴 가능성은 아주 희박했다. 식당 일 때문에 동네 관광도 다니지 않는 분이었다.

그러나 이리 조용한 걸 보니 어쩌면 어제는 너무 일찍 주무서서 그녀가 외박한 걸 모를 수도 있었다. 그래, 아버지도 나이 드시고 밤잠이 많아지셨어.

은채는 희망차게 생각하며 슬금슬금 집 안으로 숨어들어가 소리 내지 않으려 애쓰며 자신의 방으로 향했다. 드디어 아무 일 없이 그녀의 방문 앞에 도착한 은채는 안도하며 문을 열었다.

드르륵-.

"너, 이노무 가시나!"

하지만 문이 열리자마자 그 안에서 들린 고함에 은채는 바로 문을 닫아버리고는 '걸음아, 날 살려라!' 하며 도망쳤다. 아버지가 손에 들고 있던 번쩍이는 물건은 분명 바리깡이었으니까. 잡히면 끝장이었다.

해도 안 뜬 시간이라 전화를 받는 친구들이 별로 없었다. 그나마 연락 없이 편하게 찾아갈 수 있을 만큼 가까운 사이는 밴드 멤버들이었다. 하지만 호야는 여자 친구와 동거하고 있었고, 류는 국적뿐만 아니라 사는 집도 가르쳐주지 않아서 그녀가 찾아갈 수 있는 곳으로는 동우 집이 가장 만만했다. 그렇다고 동우가 편하게 잘 사는 건 아니었다. 마당만 넓은 옥탑에서 여름엔 더위에 취해, 겨울엔 추위에 떨며 살고 있었다.

"무슨 일 있었어?"

이른 아침부터 찾아온 은채를 보고 동우가 놀란 표정을 지으며 물었다.

"아버지가 외박했다고 바리깡 들고 쫓아오잖아. 무서워서 도망쳤어. 나 진짜 애지중지 기른 머리란 말이야."

사실 아버지의 바리깡에 머리가 깎인 경험이 예전에 있었기에 더 필사적으로 도망친 것이었다. 그 바리깡으로부터 그녀의 탐스러운 머리카락을 지켜야만 했으니까. 여자가 아무리 예뻐도 머리가 쥐 파먹은 꼴이 되면 그냥 추녀가 되는 거였다. 머리카락은 소중했고, 아버지는 너무 무서웠다.

"왜 외박했는데?"

그녀가 어쩔 수 없이 외박하는 건 밴드 공연차 지방까지 갈 때뿐이었다. 그런데 지난밤에는 멤버들과 같이 있지도 않았는데 그녀가 외박을 했다고 하니, 동우 입장에서는 이해하기 힘든 상황인 것이다. 그녀도 차마 남자랑 술을 마시다 뻗었고, 그 남자의 알몸까지 봤다고는 할 수 없어서 거짓말을 했다.

"내 고등학교 친구 선화가 애인이랑 찢어졌다면서 대성통곡을 하잖아. 그래서 같이 술 마셔주다 보니까."

어장 관리의 여신인 선화는 절대 애인이랑 찢어졌다고 대성통곡할 일이 없는 아이였지만 선화를 잘 모르는 동우는 '그런 일이 있었구나.' 하며 안쓰러운 표정까지 지었다.

"순정파였나보네."

데이트할 때 두 명의 남자랑 하지 않는 게 순정파라고 한다면야.

"나 며칠만 여기서 지내도 될까?"

그녀의 부탁에 동우는 선선히 허락했다.

"그래, 난 클럽에서 자면 되니까."

"그냥 같이 자. 우리가 한두 해 본 사이도 아니고."

권도혁이랑은 방이 100개 있는 집이라도 한집에서 같이 밤을 보내기 싫지만 동우랑은 같은 방에서도 잘 수 있었다. 믿고 있는 동료였으니까.

"됐어. 너희 아버지 아시는 날엔 난 죽어."

동우는 그녀의 아버지가 무섭다고 엄살을 떨었지만 사실은 그녀를 배려해주는 거라는 걸 은채는 알고 있었다. 동우의 그런 배려 때문에 미안해져서 은채는 오늘 하루만 동우네 집에서 신세를 지고 내일은 또 다른 집을 알아봐야겠다고 생각했다. 막막했지만 내일 일은 내일 되면 생각하기로 했다.

날이 밝고 직장인들의 출근 시간이 되자 은채는 서글프게도 다시 그녀가 도망쳐 나온 도혁의 타워 팰리스로 가야 했다. 아직 출근 전이었던 도혁은 제 발로 다시 돌아온 그녀를 아주 자연스럽게 반겨주었다. 마치 어젯밤에 아무 일도 없었다는 듯이.

"일찍 출근했네."

은채는 도저히 참을 수 없다는 눈으로 도혁을 노려보았다. 딱 꼬집어 그의 잘못이라고 말할 수는 없는데 이 모든 상황이 그의 탓인 것만 같은 얄미움이 느껴져 은채는 그의 얼굴을 보자마자 폭발했다. 도혁에게서 '까불어서 죄송합니다.' 그 한마디를 듣기 위해 과연 어디까지 가야 하는 건가 싶었다.

"일찍 왔으니 내 옷 골라주는 일 추가하면 되겠군."

"내가 왜 당신 옷을 골라줘요?"

"싫으면 당장 삼백만 원 돌려주든가."

이제 보니 악덕 고용주였다. 하지만 그녀는 그의 얼굴에 뿌려줄 돈이 없었기에 구시렁대며 드레스 룸으로 돌진했다. 옷을 골라달라고? 그럼 고르겠어. 그까짓 거. 하지만 그게 그까짓 게 아니라는 걸 은채는 곧 깨닫게 되었다.

"안목이 겨우 그 정도야?"

그녀가 골라온 옷을 도혁은 바로 '디스' 했다.

"당신 옷이잖아요. 전부 당신이 좋아하는 것들 아니에요?"

"난 옷 사러 돌아다닐 정도로 한가하지 않아."

이 집 안에 있는 것들 중 도혁이 직접 쇼핑해서 산 물건은 단 하나도 없었다. 그걸 알 리 없는 은채는 투덜거리며 다시 드레스 룸으로 들어갔다.

어차피 회사에 가면 사무실에 앉아서 사인만 할 거면서 그냥 아무거나 입으면 안 되나 싶었다. 열 맞추어 걸려 있는 넥타이들 앞에 선 은채는 꼭 시험 문제에서 답 번호를 찍듯이 넥타이들을 쏘아보았다. 학교 다닐 때 시험 보는 것도 정말 싫었는데, 여기서 넥타이 고르는 것까지 찍기를 해야 하나 싶어 은채는 버럭 소리쳤다.

"좋아하는 색이 뭔데요?"

돌아오는 대답이 없었다. 참을성이 그리 깊지 못한 은채는 돌아서며 다시 물으려다 그녀의 코앞에 와 있는 도혁의 존재에 놀라 움찔했다. 가까이 붙어 있으니 그의 큰 키에 압도되고 만다. 깔리면 죽을지도 몰랐다. 내리깔고 보는 그의 시선이 거북해서 은채는 뒤로 한 발짝 물러나려 했으나 바로 뒤가 옷장이라 갈 곳이 없었다.

"……키스를 받고 싶으면 반지를 달라고 했던가."

그녀가 클럽에서 불렀던 노래 가사였다. 자신이 직접 쓴 가사인데도 은채는 움찔했다. 하지만 그건 사랑하는 연인들에게 해당되는 가사였다. 그녀와 도혁에게는 절대 아니었다. 도혁이 좀 더 고개를 숙이며 속삭였다.

"반지는 없고, 팔찌는 어때?"

"좋아하는 색이 뭐냐고요."

은채는 털을 바짝 세운 고양이처럼 소리쳤다. 그녀의 큰 목소리가 귀에 거슬린다는 듯이 도혁은 왼쪽 눈썹만 위로 쭉 올렸다.

"좋아하는 거 없어."

"남한테 다 시키니까 없죠. 옷 정도는 본인이 좀 골라 입으라고요."

은채는 서둘러 도혁을 밀치고는 드레스 룸을 나와버렸다. 조금 남아 있던 잠 기운이 확 깨버렸다. 한 달이라는 짧은 시간, 방심했다가는 도혁에게 제대로 당할지도 몰라 은채는 정신을 바짝 차리고 있어야겠다고 다짐했다.

드레스 룸에서 나온 도혁은 옷을 다 입고 있었다. 결국 그가 직접 고른 것이었다. 확실히 그녀가 고른 들쑥날쑥한 아이템들보다는 조화가 잘 이루어지고 그와 어울리기도 했다. 블랙 슈트의 칼 같은 어깨 각이 도혁의 넓은 어깨를 더욱 부각해 남성미를 물씬 풍기고 있었고, 라벨 아랫부분의 각도가 크게 위로 올라가며 허리 라인을 슬림하게 잡아주어서 슈트의 멋을 한껏 살리고 있었다. 거기다 셔츠까지 블랙으로 맞추어 입어서 시크하고 깔끔해 보였다. 그는 블랙을 즐겨 입었다. 그에게 있어서 완전한 색은 블랙이었으니까.

"거 봐요. 혼자 입으니까 더 낫지."

"자신의 무능함을 그리 포장하는 건가."

저 입만 떼어다가 냉장고에 집어넣고 얼려버릴 수 있다면 얼마나 좋을까 싶었다.

"다녀오겠어."

도혁이 현관으로 걸어가며 한 말에 은채는 갑자기 기분이 미묘해졌다. 아버지가 집에 바로 붙어 있는 식당에서 평생 일했기에 다녀오겠다는 출근 인사를 들은 적이 한 번도 없었다. 뭔가 그 한마디로 권도혁과 난데없이 친숙해진 기분이 들었다.

피부 밑으로 간지러운 기운이 사르르 퍼지는 것이…….

"옷도 못 고르면서 다녀오라는 인사도 안 해주나?"

'정말 쓸데없군.'이라는 표정으로 도혁이 쳐다보자 바로 사라져버린 신기루 같았지만 말이다.

"전체 구성은 평지와 높은 언덕으로 구성되는 부지의 특성을 살려 평지에 9층 건물 본관을 배치하고 3층의 메인 로비를 중심으로 1층부터 4층까지 퍼블릭 스페이스로 정리, 5층 이상의 층부터 숙박 스페이스로 할 것입니다."

도혁은 건축에 대해 전문적으로 배운 적이 없었다. 세진 그룹의 대주주로서 세진 건설의 대표 자리에 올랐고, 대표로서 지금 설계 팀이 진행하는 리조트의 전반적인 설계에 대해 꼼꼼하게 듣고 있었다. 잘못된 걸 처음부터 짚고 넘어가지 못하면 그 손해는 어마어마한 법. 제대로 된 방향을 잡아주는 게 그의 일이었다.

"외부 공간과 자연 수목, 그리고 내부까지 자연스럽게 연속되는 개방적 공간 형성이 더 되었으면 좋겠는데. 3층 로비에서 숙박 층까지는 어떻게 연결되는 거지?"

오전에 시작된 회의는 점심시간이 좀 지나서 끝났다. 식사 시간에도 미팅이 잡혀 있는 경우가 많아서 그는 거의 밖에서 먹곤 했다. 그렇지 않은 경우에는 비서실에서 따로 차려놓은 식사를 그 혼자서 먹는다. 회사에 직원 식당이 있었지만 도혁이 그곳을 이용한 적은 한 번도 없었다.

"오늘 오후 스케줄 취소하고 강원도 가죠. 스키 리조트를 좀 봐야겠어요."

도혁이 식사 전에 지시한 말에 박 실장은 알겠다고 바로 대답했다. 스케줄 조정을 다시 하려면 꽤 까다로울 테지만 그런 걸 조정하는 게 박 실장의 일이었으니 신속하게 처리해야 했다.

"그리고."

도혁이 뭔가 또 말을 하려고 하자 박 실장은 가만히 그의 목소리에 귀를 기울였다. 도혁은 바로 말하지 않고 뭔가 생각하는 듯하더니 중얼거리는 목소리로 지시했다.

"이은채가 그만둔 전 직장에서 무슨 일이 있었는지 알아봐주세요."

"왜 그러십니까?"

"그거야 조사하면 알게 되겠죠."

술 취해서 그냥 한 말일 수도 있지만 부장한테 돈 삼백만 원을 뿌렸다는 말이 아무래도 마음에 걸렸다. 보통 그런 식으로 주는 돈은 합의금일 가능성이 컸다. 계약과는 상관없는 일이니 그가 굳이 알아야 할 필요는 없지만 그냥 모른 척 무시하기에는 찜찜했다.

지난밤 잠을 설친 은채는 우선 한잠 자고 일어나서 청소하려고 했다. 그런데 너무 잤나보다. 전화벨 소리에 눈을 떠야 하는데 눈이 떠지질 않았다. 은채는 눈을 게슴츠레 뜬 채 전화를 받았다.

"여보세요?"

[아주 푹 잔 목소리군.]

도혁의 목소리에 은채는 본능적으로 변명을 시작했다. 아버지한테 하듯이.

"아니에요. 하품해서 그래요. 나 엄청 열심히 청소하고 있었어요!"

[됐고. 난 오늘 안 들어갈지도 몰라.]

집에 안 들어온다는 도혁의 말에 반쯤 감겨 있던 은채의 눈이 활짝 떠졌다. 이게 웬 횡재인가 싶었다.

"네? 정말요?"

[지금 좋아한 건가?]

도혁의 목소리가 급하게 낮아지자 은채는 바로 부정했다.

"아뇨. 설마요."

하지만 은채의 입이 절로 웃고 있었다. 그가 안 들어오면 오늘 이 집에서 그녀가 자도 상관없다는 소리였다. 동우한테 집 빼앗아서 미안했는데 그러지 않아도 되어서 잘되었다.

차라리 권도혁이 쭉 출장이었으면 좋겠다.

[생각을 바꿨어. 늦어도 꼭 들어가지.]

이 인간이 지금 사람 놀리려고 전화했나!

"그럼 내가 두 눈 똑바로 뜨고 기다릴 테니까. 12시 전에 안 들어오면 현관문 잠가버릴 거예요."

[그래, 꼭 기다려. 내가 갔는데 자고 있으면 큰일 날 줄 알아.]

전화를 끊고 보니 뭔가 이상했다. 도혁이 퇴근하고 돌아올 때까지 그녀가 이 집에서 기다려야 할 판인 것이다. 내가 왜? 내가 왜 굳이? 결국 동우에게 잠잘 곳이 생겼다고 말하고 도혁의 집에 남기는 했지만 은채는 영 불안했다. 늦어도 돌아온다는 도혁이 꼭 당장이라도 현관문을 열고 들어올 것만 같았기 때문이었다.

의심되어서 박 실장에게 슬쩍 전화로 물어보았을 때는 분명 1박을 해야 하는 출장이라고 했다. 오늘 안으로 서울로 돌아가는 건 정말 힘들다고. 설마 안 오겠지. 에이, 내가 한마디 했다고 굳이 오겠어? 은채는 마음 편하게 먹기로 하고 소파에 잠자리를 폈다. 그래도 하룻밤 신세를 진 곳이라서인지 이 집에서 제일 편한 곳은 이 소파였다. 아침에 일찍 일어나 이 집으로 시간 맞춰 오지 않아도 되니 오히려 이 집에서 자는 게 장점도 있었다.

걱정하며 잠자리에 든 것과 달리, 베개에 얼굴을 대면 10분 안에 잠이 드는 그녀였다. 그녀의 숨소리는 금세 수면 상태로 들어갔다. 주인 없는 집에서의 도둑잠이라도 불면은 없었다. 이 집 주인과 달리.

띡띡따리리리리리ㅡ.

도혁이 집 현관문을 열고 들어선 것은 새벽 3시였다. 문을 열고 들어서는 그의 얼굴에는 고뇌가 서려 있었다. 그냥 내일 왔어도 상관없었다.

왜 굳이 나이 들어 건강도 좋지 않은 박 실장을 고생시키면서까지 이 밤을 뚫고 집에 돌아왔는지 모를 일이었다. 언제부터 집에 그리 애착이 있었다고. 12시 전에 돌아온다고 해서 은채에게 얻어낼 수 있는 것도 딱히 없었는데 말이다.

집에 들어가면서 도혁은 자신이 참 바보같이 집에 오는 것에 집착했다고 생각했다. 그런데 자신의 집 거실 소파에서 자는 은채를 발견하자 그 생각이 바뀌었다.

엄청나군. 내가 이걸 짐작했다니. 사실 은채의 전화 받는 태도가 마음에 들지 않았을 뿐이었다. 그녀가 오늘 그의 집에서 잘 계획이었을 줄은 전혀 예상하지 못했다. 마치 예상치도 못했는데 운 좋게 적의 본거지를 발견한 듯한 기분으로 그는 자는 은채를 빤히 내려다보았다.

그런데 딱히 이 상황에서 할 수 있는 게 없었다. 잘 자는 사람을 깨워서 놀라게 해보았자 초딩 장난이라는 소리밖에 더 듣겠는가. 그렇다고 진짜 섹스 중독인 것처럼 그녀를 덮칠 수도 없었다. 그는 성격이 나쁘기는 했지만 범죄자는 아니었으니까.

그나저나 정말 잘 자는군.

평생 불면증에 시달려온 도혁은 남의 집에서 몰래 자는 주제에 집주인이 돌아와서 보고 있는데도 깨지 않는 은채를 신기한 눈으로 내려다보았다. 이제 보니 술에 취하지 않아도 엄청 잘 자나보다. 여전히 아버지와 이은채가 무슨 관계인지는 오리무중이었다. 은채를 옆에서 겪어보면 어느 정도 윤곽이 나올 거라고 생각했는데 오히려 처음보다 더 모르겠다.

아버지의 자식이라고 하기에는 유전자 자체가 다른 거 같았고, 아버지의 내연녀라고 하기에는 이은채가 너무 남자를 몰랐다. 그렇다고 아버지가 인디아 레드의 숨은 팬이라고 하기에는 그의 아버지는 그럴 사람이 절대 아니었다.

도대체 뭐지?

지금은 아무리 생각해봐도 알아내는 게 불가능했다. 오늘 밤은 공격을 포기했다. 무리해서 집에 돌아오느라 많이 피곤하기도 했기 때문이었다.

몸을 돌려 침실로 걸어가려는데 그의 발소리를 들었는지 은채가 작은 동물이 내는 거 같은 소리를 내며 인상을 썼다.

그 순간, 도혁은 놀라서 멈추어 섰다. 그녀의 반응을 살펴보니 깬 것은 아니었다. 하지만 그의 기준으로는 벌써 깨서 보안 업체를 불렀을 상황이었다.

도혁은 은채가 깰까봐 발소리를 내지 않게 주의하며 침실로 걸어갔다. 마치 집주인 몰래 들어온 도둑처럼 말이다. 겨우 침실에 도착해서 문을 닫은 도혁은 안도하다 바로 짜증이 났다.

내가 집주인인데, 왜 내가 조심하고 있는 거지?

잠자고 있을 뿐인 은채에게 졌다는 생각에 도혁은 인상을 썼다. 아무 데서나 잘 자는 게 설마 무기가 될 줄이야.

눈을 뜬 은채는 자신이 또 도혁의 집에서 자고 있다는 걸 알고는 흠칫 놀랐다. 아직도 도혁의 몸을 본 그 밤인 듯한 착각에 빠진 것이다.

"참, 권도혁 어제 출장 갔지."

결국 도혁은 지난밤 돌아오지 않은 건지 집 안은 조용했다. 이대로 이 집을 그녀가 접수할 수 있으면 참 좋겠는데.

은채는 부스스 일어나 후드티를 머리 위에 뒤집어썼다. 배가 고파서 근처 마트에서 먹을 걸 사와야 할 듯했다. 없는 것 없이 다 있는 이 집에 유일하게 없는 게 먹을 거였다.

"후암."

하품을 늘어지게 하며 은채는 타워 팰리스 주위를 어슬렁어슬렁 걸어갔다. 분명 근처에 마트가 있을 것이다. 마트를 찾으며 걸어가던 은채는 자신의 그림자를 보고 흠칫 놀랐다. 자신의 그림자에 키가 큰 남자의 그림자가 겹쳐져 있었다. 그런데 그녀가 멈추어 서자 남자의 그림자도 멈추어 섰다.

가만히 앞서가길 기다려도 뒤에 선 남자는 움직이지 않았다. 아무래도 의도적으로 그녀를 쫓아온 것 같았다. 아침부터 겁나 부지런한 변태구먼. 휙 뒤돌아 째려보던 은채는 바로 두 눈이 커졌다.

"언제 왔어요?"

도혁이었다. 슈트가 아닌 트레이닝복 차림인 걸 보니 출장이 아니라 아침 조깅을 다녀온 것 같았다.

"설마 어젯밤에 돌아온 거예요?"

그렇다면 그녀가 그의 집에서 불법 숙박을 하고 있었다는 걸 그
가 알았다는 거다. 그런데 그녀는 멀쩡히 잠을 자고 일어났으니 그
건 아닌 듯도 싶고, 뭔가 굉장히 복잡한 순간이었다.

시시각각 변하는 그녀의 표정을 말없이 보던 도혁이 입을 열었다.

"이제 출장에서 돌아온 거야. 왜 이리 일찍 출근했지?"

"출장에 트레이닝복을 입고 갔다고요?"

'너, 제정신이야?'라는 눈으로 그녀가 쳐다보자 도혁은 자신이 굳
이 이런 거짓말까지 해줘야 하는 건가 하는 생각이 들었다. 하지만
지난밤 그의 집 소파에서 아주 푹 자던 그녀가 떠올라 결국 그는
계속 거짓말을 이어갔다.

"내가 뭘 입든 내 맘이야. 너야말로 그런 후줄근한 차림으로 어디
가는 거야?"

은채는 눈을 깜빡이며 도혁을 보았다. 도혁의 이마에 커다랗게 '물
주'라고 찍혀 있었다. 어차피 먹을 게 있으면 그도 같이 먹을 테니 굳
이 네 돈 내 돈 따질 필요도 없으리라.

"같이 갈래요?"

은채가 먼저 다정하게 같이 가자고 하자 도혁은 좀 놀랐다. 그녀
의 입에서 먼저 '같이'라는 말이 나올 줄은 상상도 못 했다.

5. 못 믿을 남자

아침이지만 마트 안에는 장 보러 나온 사람이 많았다. 거의 대부분 여자였다. 자취하는 어린 여자에서부터 주부 9단 아줌마까지 다양하기도 했다. 하지만 다양한 여자들의 이성관은 비슷한지 마트에 갑자기 나타난 재규어 같은 도혁에게 시선이 몰렸다.

도혁은 그 모든 시선을 무시하고 마트 안에서도 마이웨이로 느릿느릿 걷고 있었다. 사실 평소의 그를 생각한다면 마트 앞에서 돌아가지 않고 이리 안까지 따라 들어온 게 신통방통한 일이었다.

도혁에게는 태어나 처음 와보는 마트였다.

"아! 고기 세일한다!"

은채는 '세일' 글자를 보자마자 도혁만 그 자리에 남겨두고는 카트를 끌고 고기 세일하는 곳으로 서둘러 달려갔다.

몸 고생하며 세일 상품에 목매는 서민 심리를 이해 못 하는 도혁은 짧게 혀만 찼다. 그때 만두를 굽던 직원 아주머니가 이쑤시개에 꽂아진 조각 만두를 그에게 내밀었다.

"총각, 만두 맛있는데 한번 먹어봐."

도혁은 아줌마가 독이라도 내민 듯이 움찔하며 뒤로 한 발짝 물러나 경계하며 쳐다보았다. 그런데 만두 아줌마가 만두를 내밀자 옆에서 소시지를 굽던 아줌마는 아예 그에게 다가오며 소시지를 내미는 것이었다.

"요즘 사람한테는 만두보다도 소시지지. 이거 독일산이라 아주 맛있다니까. 한번 먹어봐요."

"소시지만 먹으면 목 막혀요. 이 음료도 같이 드세요!"

갑자기 음료 가판대 아가씨까지 끼어들었다. 도혁의 입장에서는 그들이 사람이 아니라 진격해오는 마트 물건들로 보였다. 도혁은 다 거부하며 몸을 돌려 서둘러 은채가 간 쪽으로 걸어갔다.

그나마 이 마트 안에서 익숙한 건 은채뿐이었다. 그는 빨리 은채를 찾아서 이곳에서 나가야 한다는 생각뿐이었다. 앞으로 은채가 어디 같이 가자고 할 때는 무조건 어딘지 확인부터 해야겠다. 무턱대고 따라온 자신이 너무 안일했다.

지글지글ー.

도혁은 자신의 펜트하우스에서 삼겹살이 구워지는 걸 허망한 눈으로 쳐다보고 있었다. 삼겹살 냄새가 온 집 안을 오염시키고 있는데 그가 그걸 내버려두고 있다는 게 정말이지 말도 안 되는 상황이었다. 그런데 은채가 '삼겹살은 신이 내리신 은총'이라는 표정으로 삼겹살을 굽고 있어서 도혁은 이 집의 주인의 권리를 제대로 누리지 못하고 있었다. 귀신에 홀린 게 아니라 삼겹살에 홀린 기분이었다.

집주인의 멘탈이 붕괴되고 있는 상황도 모르고 은채는 노릇하게 잘 익은 삼겹살을 보고 입맛을 다셨다.

"맛있겠다."

세일해서 갑자기 사게 된 삼겹살이기는 했지만 아침에 구워 먹어도 역시 맛있었다. 도혁은 멀찍이 떨어진 소파에 다리를 꼬고 앉아서 그녀가 고기 굽는 걸 보고 있기만 했다. 그의 돈으로 산 고기였기에 그녀가 바닥을 툭툭 쳤다.

"먹을 거면 가까이 와요."

도혁은 삼겹살에 붙어 있는 기름기를 보고는 고개를 돌려버렸다.

"됐어. 배 안 고파."

배가 진짜 안 고픈 거면 도혁의 위장이 제대로 일을 안 하는 거였다. 도혁은 회사 직원을 해고할 게 아니라 자기 위장부터 해고시켜야 했다. 은채는 상추에 깻잎을 올리고 그 위에 구운 마늘과 잘 익은 삼겹살 한 점을 올린 뒤 마지막으로 쌈장을 넉넉하게 넣어 야무지게 한 쌈을 완성해서 큼지막하게 입에 물었다.

"므시쓰으(맛있어요)."

"먹으면서 말하지 마. 더러워."

은채는 도혁의 핀잔에도 굴하지 않고 고기 쌈을 열심히 씹었다.

"진짜 기분 나쁠 정도로 맛있게 먹는군."

맛있어 보이면 맛있는 거지, 그게 기분 나쁠 게 뭐가 있나. 도혁의 말에 개의치 않고 그녀가 고기 한 점을 또 상추 위에 올려놓는데 도혁이 그녀의 앞자리에 앉았다.

도혁은 젓가락으로 고기 한 점을 집어서 우선 잘 익었나 확인했다. 그래도 그냥 먹기가 껄끄러웠는지 그녀에게 말했다.

"나이프랑 포크 가져다줘."

"기름을 나이프로 떼어서 먹겠다는 거면 먹지 마요. 그렇게 먹는 거 기분 나쁘니까."

도혁이 지그시 노려보기에 그녀는 자신이 먹으려고 싼 쌈을 내밀었다.

"먹어봐요. 진짜 맛있어요."

"손은 씻은 거야?"

"그냥 좀 먹어요."

은채는 그대로 도혁의 입에 쌈을 집어넣어 버렸다. 입안을 가득 채운 삼겹살과 채소 때문에 말은 못 하고, 그렇다고 씹지도 못 한 채 가만히 있는 도혁에게 은채가 강요했다.

"씹어요."

도혁의 입이 다물어졌다. 잠시 입안에 퍼지는 향을 확인하는 듯 얼굴이 굳어 있더니 턱이 천천히 움직였다. 그가 고기를 씹는 것 같자 은채가 물었다.

"맛있죠?"

입안의 것을 다 삼킨 뒤에야 도혁은 아주 힘겨운 경험을 한 사람처럼 중얼거렸다.

"전쟁 식품인가."

뭔 소리야.

"하나 더 드세요."

"됐어. 너나 먹어."

도혁의 입맛에는 안 맞나보다. 그는 정말 더는 안 먹었다.

"그럼 평소에는 뭐 먹는데요?"

이 집에서 요리를 한 흔적은 발견할 수가 없었다. 마치 '내 집에서 요리를 금하노라.'라고 엄포라도 놓은 듯했다.

"밥은 먹죠?"

도혁이 장난하느냐는 눈으로 그녀를 쏘아보았다.

"김치는?"

그건 먹지 않는지 그는 고개를 돌렸다.

"햄은?"

"뭐 하자는 거야?"

유치원생들한테나 할 법한 질문들에 도혁이 바로 짜증스러운 표정을 지었다.

"아니, 뭘 먹는지 알아야 내가 사오죠. 내가 한 달 동안 이 집 헬퍼잖아요."

"됐어. 넌 그냥 청소나 해. 너한테 식사 맡겼다가는 내 위장이 구멍 나겠어."

사람이 신경 써서 밥 챙겨준다고 해도 그는 고마운 줄도 모른다. 은채는 고추를 하나 집어서는 아삭 씹어 먹으며 도혁을 노려보았다. 그런 은채를 보며 도혁도 경고했다.

"그거 먹지 마."

이젠 그녀가 먹는 것도 참견이다. 은채는 일부러 더 큰 고추를 집어서는 아삭 씹었다. 그녀가 말을 듣지 않자 도혁이 고추 잡은 그녀의 손을 확 잡아당기며 경고했다.

"내가 먹지 말라고 했지!"

은채는 무서운 표정을 짓고 있는 도혁에게 딱 한마디만 했다.

"당신 입에서 마늘 냄새나요."

도혁은 빛의 속도로 그녀의 머리통을 밀어버렸다. 댁 입을 가려야지. 내 머리가 축구공이냐?

딩동, 딩동-.

아직 삼겹살을 다 먹지 못했는데 집 초인종이 울렸다. 은채는 쌈을 막 입에 넣으려다가 깜짝 놀라 정지한 채로 도혁에게 물었다.

"박 실장님 오기로 했어요?"

그렇지 않기에 도혁은 자리에서 일어나 인터폰 쪽으로 걸어갔다. 화면을 본 도혁의 얼굴이 굳는 걸 보고 은채는 삼겹살을 치워야겠다는 불안감이 들어서 아직 다 먹지 않은 음식들을 주섬주섬 치우기 시작했다.

"치울 필요 없어. 그냥 갈 사람이니까."

도혁의 말에 은채는 의아해하며 물었다.

"누군데요?"

그건 도혁이 인터폰을 눌렀을 때 바로 알 수 있었다.

[오빠, 나야.]

여자 목소리였다. 그것도 성격 파탄 권도혁을 저리 다정하게 '오빠'라고 부르다니. 친동생이라도 놀라울 따름이었다.

"무슨 일이야?"

[오빠가 너무 오래 집에 안 왔잖아. 그래서 어떻게 지내나 보러 왔어.]

집이라고 하는 걸 보니 진짜 동생인가보다. 삼겹살을 치우는 은채의 손이 더 빨라졌다. 안 되겠다 싶어서 비닐봉지에 그냥 막 쓸어 담기 시작했다.

"그냥 가."

냉정한 도혁의 말에 은채는 고개를 돌려 도혁이 있는 쪽을 바라보았다.

동생한테 왜 저래?

[여기까지 왔는데 그냥 가라고? 차라도 한 잔 줘.]

"우리 집에 그런 거 없어."

그냥 아는 여자면 귀찮아서 그러는 거로 생각하겠는데, 동생한테 하는 걸 보니 참 냉정했다. 그냥 듣고 있기가 그래서 은채는 치우던 걸 멈추고 슬금슬금 도혁이 서 있는 쪽으로 다가갔다.

인터폰에 비친 여자는 아직 앳된 얼굴이, 딱 봐도 20대 초반 같았다. 갓 대학에 들어간 여대생 같은 느낌이었다. 인형처럼 예쁜 얼굴이었다. 그러나 도혁과 닮지는 않았다. 직접 동생이라고 말하기 전에는 가족이라는 걸 전혀 모르겠다.

[진짜 남처럼 왜 그래. 내가 정말 차 마시고 싶어서 여기까지 왔겠어?]

여동생은 마치 남자에게 차인 여자처럼 자존심 상해했다. 그래도 도혁은 문을 열어줄 생각이 없어 보였다.

삑-.

도혁의 뒤에서 뻗어온 손이 갑자기 열림 버튼을 눌러서 문이 열려 버렸다. 도혁이 돌아보며 그녀에게 화를 냈다.

"이은채!"

은채는 다시 삼겹살을 치우기 위해 후다닥 거실 중앙으로 자리를 옮겼다. 흡사 꼬리 치고 달아나는 애완동물과 비슷한 모습이었다. 은채가 열어준 문을 열고 들어오던 도혁의 여동생은 입구에서 멈추어 서며 인상을 썼다.

"이거 무슨 냄새야?"

삼겹살 냄새에 경악한 여동생은 거실에 서 있는 은채를 보고 표정이 더 안 좋아졌다.

"설마 규민 오빠가 말하던 여자가 저 여자야?"

규민 오빠? 이름은 낯설지만 짐작 가는 인간이 하나 있었다. 레스토랑에서 마주쳤던 보라돌이. 그러니까 도혁의 여동생은 그 보라돌이한테 그녀에 대한 이야기를 듣자마자 쪼르르 오빠 집에 달려왔나 보다. 거의 여자 친구나 할 법한 감시였다.

남매 사이도 이상했지만, 도혁이 그녀를 여동생한테 어찌 소개할지 궁금해서 은채는 도혁을 빤히 보았다. 도혁도 은채를 보았다. 마치 그녀에게 묻는 듯했다. 어찌 소개해주길 바라느냐고.

"전 이 집 일 한 달만 봐주기로 한 가정부예요."

결국 그녀는 '가정부'라는 투박한 소개 속으로 쓰윽 숨어버렸다. 도혁도 부정하지 못했다. 하긴, 지가 입이 있어도 할 말이 없겠지.

"무슨 가정부가 집주인이랑 레스토랑에서 식사해. 색기 부려요?"

역시 팔은 안으로 굽는다고, 은채가 무조건 꼬신 거고, 그녀의 오빠는 아무 잘못 없는 선량한 사람으로만 보이나보다. 보통 사람의 시선으로는 결코 나올 수 없는 결론이었다. 권도혁이 어딜 봐서 여자 색기에 홀릴 남자로 보이나. 색기를 부려도 권도혁이 부리겠지.

"권도연, 그만하고 돌아가."

도혁이 그제야 입을 열었다. 은채에게는 앙칼지게 눈을 치켜뜨던 도연은 도혁의 한마디에 바로 풀이 죽었다.

"이런 이상한 가정부 쓰지 마. 내가 엄마한테 말해서."

"권, 도, 연."

도혁이 그녀의 이름을 끊어 말하자 도연은 입을 꾹 다물었다. 그리고 은채를 노려보았다. 어떻게 해서든 은채를 자기 오빠한테서 떼어놓을 것 같은 눈빛이었다. 은채는 분명 한 달만 일할 거라고 말했는데 말이다.

너무 가진 게 많아서인지 권도혁 집안에는 평범한 인간이 없는 것 같았다. 도혁의 동생이 차도 한 잔 못 얻어먹고 돌아간 뒤 뭔가 분위기가 미묘해졌다. 권도혁은 은채와 같이 있으면서도 꼭 혼자 있는 것처럼 굴었다.

"형제가 둘뿐이에요?"

"나에 대한 건 함부로 알려고 하지 마."

기껏 신경 써서 말 걸었더니 돌아온 건 차가운 경고였다. 그리고 누가 치부를 물었나? 가족 사항에 관해서 물었지. 이해가 되지 않았지만 도혁이 너무 예민하게 굴어서 그녀도 더는 묻지 못하고 삼겹살 먹은 자리만 청소했다.

Rrrrrrrrr-. Rrrrrrrrr-.

핸드폰을 꺼내 보니 형부, 진우의 전화였다. 은채는 힐긋 도혁의 눈치를 보다 핸드폰을 들고 드레스 룸으로 자리를 옮겼다.

[처제, 아버지랑 싸우고 집 나갔다면서. 지금 어디서 지내는 거야?]

아무래도 아버지가 압력을 넣은 것 같았다. 그녀에게 전화해서 있는 곳을 알아내라는. 그래서 형부의 전화가 오늘은 그리 반갑지가 않았다. 은채는 건성으로 대답했다.

"형부는 말해도 모르는 친구 집이에요. 잘 지내고 있으니 걱정 마세요."

당장 오늘은 동우네 집에서 잘 생각이었지만 굳이 형부에게 알려주고 싶지는 않았다. 지금은 형부도 믿을 수 없었다.

[어떻게 걱정을 안 해. 요즘 세상이 여자한테 얼마나 무서운데. 특히나 처제처럼 예쁜 여자는 더 위험해.]

예쁘다는 말이 싫지는 않았지만 형부는 분명 언니보다는 덜 예쁘다고 여길 것이다.

"저 월요일에 명동에서 행사해요. 형부 구경 오실래요?"

그녀의 얼굴을 봐야 안심할 것이기에 은채는 형부를 행사장으로 초대했다. 그럼 진우는 알아서 아버지에게는 말하지 않을 것이다. 행사장에 아버지가 나타나면 어떤 난리가 날지 잘 알기에.

[진짜? 명동이면 사람 엄청 많겠네.]

"응, 행사 매니저가 직접 섭외 전화했어요. 나도 이제 좀 이름 알려졌나봐."

[우와…… 대단한데, 처제.]

그게 아무리 빈말이라도 진우가 칭찬해주면 기분이 좋았다. 마치 그 한마디로 다 괜찮아지는 것 같았다. 아버지에게 혼난 것도, 가수로 성공하지 못한 것도, 속상한 일도, 화나는 일도 그냥 괜찮아졌다.

은채가 진우에게 자랑하는 걸 문밖에서 훔쳐 듣게 된 도혁은 마른 웃음을 지었다. 그 행사를 잡아준 것이 누구인지 알게 되면 은채는 바로 화를 내면서 하지 않을 거라고 할 게 뻔했다. 그녀가 진짜 가수로 성공하고 싶으면 도혁에게 아부를 해야 했다. 그는 스폰서의 모든 자질을 갖추고 있으니까.

그런데 이은채는 멍청한 것인지, 진짜 가수로 성공하고 싶은 욕심이 없는 것인지 그를 여전히 홀대했다. 전략이라고 하기에는 요즘 그를 박대하는 태도에서 너무 진심이 느껴졌다. 은채는 그가 필요 없을지 몰라도 그는 그녀가 필요했다. 지금 아무리 둘러보아도 아버지를 흔들 수 있는 가망이라도 있는 건 이은채가 유일했다.

기회는 딱 한 번이면 되었다. 아버지가 어떻게 이은채를 알든, 이은채가 그에게 무얼 숨기고 있든 결정적인 순간에 이은채가 그의 총알이 될 수 있다면 아버지는 결코 그를 이길 수 없으리라.

어차피 그의 약혼은 사업이 아니라 명분이었다. 그 명분을 상처 입히기에는 이은채면 충분했다. 그러니 계약서가 이은채의 뜻대로 끝나게 둘 수는 없다. 그럼 그가 그녀를 써먹을 기회는 영영 오지 않을 테니까.

그런데 별거 아니라고 생각했던 그 계약 내용이 생각보다 골치 아팠다. 이은채가 도통 그에게 넘어올 기미가 없으니까. 술 먹이면 노래만 해대서 아예 말이 안 통하고, 돈을 쓰면 돈지랄이라고 하고, 말만 하면 자꾸 기 싸움만 하게 되고, 그렇다고 그녀가 '갑'의 무서움을 아는 것도 아니고.

아버지와 그가 상극이라면 이은채와 그도 비슷했다. 이 상극을 어찌 바꾸어야 할지 도혁은 골똘히 생각해보았다. 아버지는 불가능했지만 이은채까지 그렇지는 않을 것이다. 아버지와 달리 그녀와 그는 미묘한 남녀 사이였으니까. 정말 그녀에게 호감을 사기 위해 그가 노력한다면 지금과는 달라질 것이다. 그는 돈이 아니더라도 충분히 매력이 있는 남자였다. 그걸 감히 누가 부정한단 말인가.

드레스 룸에서 나오던 은채는 그 앞에 서 있는 도혁을 보고 흠칫 놀랐다.

"월요일에 어디 가나?"

도혁이 한 질문에 은채는 더 놀랐다. 낮 공연이라 헬퍼 일을 살짝 미루고 다녀오는 것이었으니까.

"아뇨. 안 가는데."

그녀는 단호히 아니라고 거짓말을 했다. 도혁도 더는 묻지는 않았지만 그의 눈빛이 그녀를 불안하게 만들었다.

설마 눈치챈 건 아니겠지? 그럼 안 되는데.

"주말에는 주로 뭐 하세요?"

은채는 말을 돌리려고 일부러 궁금하지도 않은 질문을 했다가 깜짝 놀랐다.

"참, 오늘 토요일이죠? 나 쉬어야 하잖아요."

우리나라가 주 5일제가 된 게 언젠데, 그녀는 토요일에도 일하려고 했다. 은채는 이러고 있을 때가 아니라는 생각에 당장 놀러라도 나가려고 몸을 돌렸다. 그러자 도혁이 그녀의 후드티를 잡아당겨 다시 제자리에 돌려놓았다.

"하루 일당 십만 원. 그렇게 30일 채워서 삼백만 원이야."

도혁의 임금 계산법에 은채는 인상을 썼다. 그 말은 그녀에게 한 달 동안은 휴일도 없다는 소리였다. 근로기준법으로 봤을 때 악덕 사장이었다.

"누구 맘대로요."

"네가 내 돈을 받은 순간, 내 고용 조건에 동의한 거나 마찬가지야."

"그땐 말 안 했잖아요."

"나한테 고용 조건 제대로 확인도 안 하고 돈부터 받아간 네 잘못이 더 큰 거 같은데."

"그래도 난 받아들일 수 없어요. 내가 30일 노예도 아니고."

"그래서, 다시 삼백만 원 돌려줄 거야?"

이제 보니 권도혁이 성희롱 부장보다 더 나쁜 인간이었다. 적어도 성희롱 부장은 휴일에 찾아와 괴롭히지는 않았다. 죽을상을 하며 서 있는 그녀에게 도혁이 약 올리듯이 빙긋 웃었다.

"그럼 지금부터 오늘치 일 해야지."

일하자고 말한 도혁은 그녀를 데리고 집 밖으로 나가 주차장으로 내려갔다.

"뭐 하자는 거예요?"

헬퍼에게 일을 시키려면 당연히 청소 도구를 주어야 하는데 도혁은 그녀를 데리고 나와서 자신의 람보르기니에 태웠다. 설마 차까지 청소하라고? 도혁은 차를 출발시켰다. 설마 달리는 차를 청소하라고? 나보고 묘기를 부리라는 거야 뭐야.

"난 쉬는 날 드라이브해."

'난 슬플 때 학 춤을 춰.'라는 어떤 드라마의 명대사를 흉내 내는 듯한 말이었다. 뜬금없이 무슨 소리인가 싶었는데, 생각해보니 그녀가 도혁과 말싸움하기 전에 그에게 주말에 뭐 하느냐고 물었었다. 그럼 처음부터 그리 말했으면 됐지, 30일 노예 취급은 왜 하는데.

그녀야 돈 받고 일하는 입장이라서 참지만 그와 연애했던 여자들은 도대체 그의 이런 자기중심적인 행동들을 어찌 참았을까 싶다. 설마 돈이라도 줄까봐 참았나?

"여자 만날 때도 이렇게 못되게 굴어요?"

악덕 고용주는 어떤 악덕 연애를 했나 싶어 물었더니 도혁이 선글라스를 쓰며 입술만 움직여 웃었다. 부드럽게 휘는 입술이 굉장히 고혹적이라 은채는 순간 시선을 빼앗겼다.

"나한테 여자 대접받으면 위험해질 텐데."

입만 열었다 하면 산통을 깨지만 말이다.

"운전이나 안전하게 해요."

하지만 그녀의 충고에도 불구하고 차는 고속도로에 들어서자마자 브레이크 고장 난 차처럼 속도가 빨라졌다. 도혁이 스포츠카 중에서 람보르기니를 선택한 이유는 이 차가 오로지 달리기 위해서 만들어진 차였기 때문이다. 그래서 람보르기니는 흔히 사람이 아닌 차가 드라이버를 선택한다고 했던가.

심장도 없는 자동차가 가질 수 있는 그 오만함이 도혁은 마음에 들었다. 이탈리아 자동차 장인의 고집으로 만들어진 최고급 스포츠카는 운전자가 운전하는 대로 달리는 게 아니라, 날아갔다.

"꺄아아아아아아아악!"

스포츠카의 미친 속도에 은채는 비명을 질렀다. 그녀가 비명을 지를수록 도혁은 더 속도를 높였다. 소리를 지르던 은채는 어느 순간부터 스트레스가 풀리는 것 같았다. 요즘 통 속 시원하게 노래를 부르지 못했는데 지금 비명으로 대신하고 있었다.

얼마나 빨리 달린 건지, 그리 오래 지나지도 않은 것 같은데 어느새 서울을 벗어났고 저 멀리 바다가 보였다. 오늘 바다를 볼 수 있을 거라는 기대는 전혀 못 했기에 은채는 푸른 바다 앞에서 도혁보다 먼저 차에서 뛰어내려 달려갔다.

"우와! 바다다!"

바닷가라서인지 갑자기 강한 바람이 불었다. 앞 머리카락이 눈에 들어가자 은채는 질끈 두 눈을 감았다. 순간 그녀의 몸이 휘청했고,

아까는 없던 벽에 그녀의 어깨가 탁 부딪혔다. 그리고 벽이 그녀의 허리까지 잡았다. 놀라 고개를 드니 도혁의 얼굴이 바로 위에 있었다. 바람에 그의 머리도 날렸다. 흩날림 속에도 오롯이 제자리를 지키는 건 그의 눈빛뿐이었다. 모진 바람 속에서도 그녀만을 보는 듯한 남자의 눈빛.

―내가 너를 사랑해 바람이 분다.

"아!"
갑자기 머릿속에 노래가 떠오른 은채가 소리를 지르는 바람에 도혁은 흠칫 놀랐다. 은채는 도혁을 밀치고 주머니에서 핸드폰을 꺼내 방금 떠오른 악상을 기록하기 시작했다.
도혁은 떨떠름한 표정으로 그녀의 등을 보았다. 뭘 하지도 않았는데 까인 것 같은 기분이 썩 좋지는 않았다. 은채는 그에게 억지로 끌려온 것이면서 그보다 더 들떠 있었다. 도혁의 입장에서는 달리다가 길이 끊긴 것뿐이었다. 도혁에게 바다는 그냥 물일 뿐이었기에 굳이 바다를 보러 달려오지는 않았다. 그저 달리는 그 자체에 몰두했을 뿐이었다.
"그만 가지."
"잠깐만요! 이제 막 왔잖아요."
"온 게 아니라 길이 끊긴 것뿐이야. 다른 길로 갈 거야."
"난 여기가 좋아요."
"그래서 어딘지도 모르는 곳에 혼자 남겨지고 싶다는 건가?"
"못됐어."

은채는 도혁에게 소리치고는 달려가버렸다. 술도 먹지 않은 맨 정신에 말이다. 도혁은 쫓아가지 않고 주머니에 손을 찌르고 그 자리에서 기다렸다. 이번엔 절대 쫓아가지 않을 거라 생각했는데 은채가 모래 사장을 달리다 갑자기 철퍼덕 넘어졌다. 설마 술도 안 마신 다 큰 여자가 자기 몸도 못 가누고 넘어질 거라고는 생각도 못 했기에 도혁은 어이없이 쳐다보았다. 그때 바닷가를 배회하던 사내놈 두 명이 은채가 있는 쪽으로 다가가는 게 포착되었다. 도혁은 그제야 '쯧' 혀를 차며 은채가 있는 곳으로 걸어갔다.

정말 손이 많이 가는 여자였다. 이렇게 신경 썼는데 나중에 알고 보니 '뻥카'라면 정말 화가 날 것 같았다. 심심하고 할 일이 없어서 드라이브 나온 게 아니라 그녀의 마음을 흔들어볼 생각으로 질주했던 것이기에 도혁은 은채에게 바다 말고 또 보고 싶은 곳이 있느냐고 물어보았다. 그런데 은채는 엉뚱한 소리를 했다.

"당신이 바다 보여줬으니까 난 영화 보여줄게요."

그러니까 사실은 바다를 보여주려고 한 게 아니라 길이 막힌 것뿐이었다니까.

"또 저렴한 거로 생색내려 하는 건가?"

그리고 이 여자가 왜 자꾸 그에게 돈을 쓰려고 하는 건가 싶었다. 그저 지기 싫다는 자존심 때문에?

"그렇게 따지면 바다는 공짜였거든요."

순간 할 말이 없어진 도혁은 뚱한 눈으로 은채를 보았다. 은채는 이겼다는 표정을 지으며 의기양양해했다.

"영화는 만 원이나 해요."

"전 재산이 만삼천 원이라면서."

순간 은채의 얼굴이 흙빛이 되는 걸 보면서 이젠 도혁의 기분이 좋아졌다. 하지만 서민 근성이라는 건 그리 쉽게 무너지지 않았다.

"그럼 아침에 조조 영화 봐요."

"그건 또 뭐야?"

"반값에 볼 수 있어요. 둘이 합쳐 만이천 원. 난 할인 카드 있어서 만 원!"

그녀와 함께 있으니 참 쓸데없는 경제 상식이 늘고 있었다. 그나저나 그를 위해 전 재산을 거의 탕진하겠다니, 이걸 감동적이라고 해야 하나 기가 막힌다고 해야 하나.

"그냥 나한테 보여달라고 하지 그래?"

그럼 그는 영화관 하나를 통째로 빌릴 것이다. 남들과 같이 보기 싫으니까.

"됐어요."

"내 돈 쓰면 내가 좋아질까봐 그러나?"

"그럴 일 절대 없거든요!"

은채는 여전히 완고했고, 도혁은 좀 반신반의하게 되었다.

정말 그럴까?

아직은 미미한 의문이지만 그게 점점 더 커지면 문제였다. 그는 언제나 자신이 맞다고 생각하며 살아야 하는 존재였다. 자신의 생각에 불신이 생기면 모든 것이 흔들릴 것이다. 그건 은채의 전 재산 만삼천 원과는 비교도 안 되는 손실을 줄 게 분명했다. 하루 종일 미친 속도로 달리던 람보르기니가 그의 집 앞에 당도해 멈추었을 때 도혁이 그녀에게 물었다.

"오늘은 어디서 잘 거지?"

은채는 흠칫 놀라며 부정했다.

"다 큰 처녀가 어디서 자긴 어디서 자요! 집에 가서 자야지."

"집에 돌아가면 머리 깎이는 거 아닌가?"

도혁이 그걸 어찌 알았나 싶어서 은채는 더 놀랐다.

도혁이야 당연히 은채 아버지의 전화를 대신 받았기 때문에 아는 것이었다. 그리고 은채가 그의 집에서 무단 숙박하는 걸 보고 아버지가 무서워서 집 나온 거로 생각했던 것이고.

"내가 어디서 자건 당신이 상관할 바 아니잖아요."

"갈 곳 없다고 하면 난 기꺼이 내 집 소파를 내주려고 했는데. 너무 매정하게 나오는군."

도혁이 자신의 집에 묵게 해주겠다는 건 예상외였지만 은채는 그의 호의가 전혀 고맙게 느껴지지 않았다. 이미 노예 30일로 그는 악덕 고용주로 낙인 찍혔다.

"됐어요. 당신 집에서 잘 바에는 차라리 아버지 바리깡에 머리 잘릴래."

"대머리 되면 볼 만하긴 하겠군."

"누가 대머리야!"

아버지의 바리깡이 그녀의 머리를 밀고 지나가기라도 한 듯, 은채는 소름이 쫙 돋았다.

"그래서 어디서 잔다고?"

진짜 알고 싶은 건지 도혁이 또 물어봤다. 그의 궁금증에 순순히 대답해줄 그녀가 아니었다. 지금껏 그녀가 당한 게 얼마인데 말이다. 은채는 혀를 쏙 내밀며 그를 약 올리듯 말했다.

"안 가르쳐줘요."

은채는 바로 차에서 내려 근처에 있는 버스 정류장으로 달려갔다. 뒤도 안 돌아보고 가는 걸 보니 그와 같이 있기 정말 싫었던 듯이 보였다. 도혁은 멀어지는 은채의 뒷모습을 보며 혀를 찼다. 사실 그녀의 말대로 정말 그녀가 어디서 자는지 그가 신경 쓸 필요는 없었다. 그런데 세상 무서운 줄 모르고 이상한 곳에서 자려는 건 아닌가 싶어 그는 괜히 신경이 거슬렸다. 그냥 얌전히 집에 들어가든가, 그의 옆에 있든가 둘 중 하나만 했으면 좋겠다. 뭐, 그녀에게 그런 계약에 사인하게 한 그가 그런 말을 할 자격은 없지만 말이다.

Rrrrrrrrr-. Rrrrrrrrrr-.

박 실장의 전화였기에 도혁은 차에서 내리기 전에 먼저 전화를 받았다.

[은채 양 전 직장에서 해고 사유를 알아봤습니다.]

"이은채가 거기선 무슨 사고를 쳤던가요?"

도혁은 분명 은채가 사고 친 거라고 확신하며 물었고, 박 실장은 무거운 목소리로 대답했다.

[성희롱이었습니다.]

선글라스 밑으로 도혁의 표정이 차갑게 얼어붙었다.

은채는 동우가 사는 옥탑방이 있는 합정동에서 내렸다. 결국 그녀는 어쩔 수 없이 동우네 집에서 신세 지게 되었다. 오늘 하룻밤만 신세 지고 내일은 다른 친구네 집에 찾아가 볼 생각이었다. 연애에 빠져 살 나이들이라 혼자 밤을 보낼 외로운 친구를 찾는 게 쉽지는 않겠지만, 그래도 운 좋으면 하루에 한 명씩은 걸릴 것이다. 사람이 어떻게 매일 사랑만 하고 살겠나.

은채가 막 동우네 옥탑방으로 연결된 계단을 오르려는데 좁은 골목길에 어울리지 않는 람보르기니가 그 앞에 묘기를 부리듯이 주차했다. 그 차가 도혁의 차라는 건 오늘 그녀가 직접 타봤기에 알 수 있었다. 하지만 도혁은 분명 아까 도곡동에서 헤어졌는데 어떻게 여기 있을 수 있지? 그렇게 생각하는 찰나, 차 문이 열리며 진짜 도혁이 내려섰다.

"설마 나 쫓아왔어요?"

은채는 믿을 수 없다는 눈으로 그를 쳐다보았다.

"한 가지만 묻지. 이 집에 사는 친구. 남자야, 여자야?"

굳이 여기까지 쫓아와서 그가 그런 걸 캐물을 자격은 없다고 말하고 싶었는데 그리 묻는 도혁의 포스가 그 어느 때보다 위압적이라 은채는 쉽게 입을 열지 못했다.

"다, 당신이 상관할 바 아니잖아요."

은채는 뒤늦게 항변했다. 아버지도 아니고 도혁에게 겁먹을 필요는 없었다. 그에게 삼백만 원이란 빚으로 30일 동안 묶인 신세이기는 하지만 그녀가 누구랑 만나는지, 어디서 자는지까지 그가 간섭할 권리는 없었다.

"말 못 하는 거 보니, 남자군."

맞긴 하지만 바람피운 여자 친구를 추궁하는 듯한 도혁의 말투에 그녀는 발끈했다.

"당신보다 백만 배는 더 믿을 수 있는 친구거든요!"

"착각하지 마. 남자는 너한테 성희롱한 그 개 부장이나 네가 믿는다는 그 친구 놈이나 한 끗 차이일 뿐이야."

도혁이 성희롱 이야기를 꺼내자 은채의 얼굴이 창백해졌다. 그녀의 뒷조사를 하지 않는 이상 도혁이 그걸 알 수 있을 리는 없었다.

"내 뒷조사했어요?"

했다. 쓸데없는 것을. 그가 그녀에게 알고 싶은 건 그의 아버지와의 관계뿐인데.

"당신, 진짜 싫어."

은채는 성희롱 부장에게 쏟아내야 할 분노를 고스란히 도혁에게 쏟아내고는 그대로 계단을 뛰어 올라가려고 했는데, 도혁이 그녀의 팔을 붙잡았다.

"이거 놔요."

그녀는 그의 손에서 벗어나려고 애썼지만 남자의 힘은 그녀를 너무도 무력하게 만들었다. 결국 그의 손에 끌려 그녀는 다시 그의 차에 타야만 했고, 람보르기니는 또 어딘가로 달렸다.

끼이익-.

그의 차가 멈추어 선 곳을 보고 은채는 실소를 지었다. 그녀의 집이 있는 시장통 골목이었다.

"뭐 하자는 거예요?"

"세상에서 믿을 남자 네 아버지뿐이야. 그러니까 머리를 깎이더라도 아버지 집에서 자."

큰 목소리로 화를 내면 그녀의 입만 아팠다. 그걸로는 도저히 그를 이길 수 없다는 걸 그녀는 짧고도 강렬했던 그와의 시간을 통해 깨달았다. 은채는 치미는 화를 이성으로 내리누르며 도혁처럼 센 척 말했다.

"정의로운 척하지 마요. 내가 당신을 모를까봐요. 차라리 30일 계약 대신 3일 동거는 어때요? 3일 동안 당신이 나한테 손끝 하나 안대면 당신이 이기는 거고, 아니면 내가 이겨서 삼백만 원 탕감하고 당신이 나한테 사과까지 하는 거로."

그가 계약 어쩌고 한 것보다 그녀의 제안이 더 파격적이라 스스로 자화자찬하는데 도혁은 표정 없는 눈으로 그녀를 보며 이리 말했다.

"네 아버지가 그래서 바리깡을 준비하신 거야."

화는 나는데 뭔가 한 대 제대로 얻어맞은 것 같았다. 논개가 아니라, 논개에게 붙잡혀 물속에 빠져 죽은 일본 장수가 된 기분이었다.

달칵-.

불이 켜지자 텅 빈 오피스텔 실내가 드러났다. 새집 냄새가 확 풍겨왔다. 도저히 집에 들어가서 아버지를 마주할 용기는 안 나고, 무슨 똥고집인지 도혁은 그녀가 동우네 집에 가지 못하게 하고. 결국 은채는 도혁이 가지고 있는 오피스텔에 오게 되었다. 물론 공짜는 아니었다.

"하루 방값 십만 원."

"너무 비싸잖아요."

공짜도 싫지만 바가지는 더 싫었다.

"하루 묵을 때마다 헬퍼 일 하루씩 늘어나는 걸로 하면 되겠군."

그러니까 이 집에 계속 있으면 그의 집 헬퍼 일도 절대 끝나지 않는다는 소리였다. 엄청 무시무시한 연결 관계였다.

"오늘만 잘 거예요. 내일은 바로 친구네 집으로 옮길 거야."

밤새 전화를 해서라도 방을 빌려줄 친구를 구해놔야겠다.

"남자면 못 나가."

"왜 자꾸 그래요? 내 아빠도 아니면서."

"그럼 네 아버지한테 직접 하시라고 전화를 걸던가."

아무리 해도 그녀가 불리한 상황이라 은채는 이를 갈며 말했다.

"여자 친구 집으로 알아볼 거예요. 여자로."

그제야 도혁은 만족한 듯이 웃으며 그녀를 칭찬했다.

"그래, 착하군."

아무래도 그녀를 괴롭히는 방법을 바꾼 거 같았다. 지능범이었다. 예전보다 더 정신없이 후려 맞는 기분이니까 말이다.

"참, 내일 조조 영화는 몇 시에 볼 거지?"

도혁이 오피스텔을 나가기 전에 한 말에 은채는 주위를 둘러보며 던질 물건을 찾았다. 하지만 새집이라 있는 게 아무것도 없었다. 침대나 냉장고는 던지기에 너무 컸다.

혼자 오피스텔을 나온 도혁은 바로 차에 타서 출발하지 않고 은채가 있는 오피스텔 건물을 올려다보았다.

이은채한테 잘해주기로 마음먹긴 했지만 이런 선도부 방식은 분명 아니었다. 무슨 자격으로 착한 오빠 노릇인가 싶어서 도혁은 스스로 실소가 나왔다. 하지만 오늘 그의 행동이 후회가 되지는 않았다. 적어도 오늘 밤에 그녀가 어느 위험한 곳에서 이상한 인간과 같이 있을까 불안해하느라 잠을 설칠 일은 없을 테니까 말이다. 람보르기니에 올라탄 도혁은 다시 속도를 높여 밤을 가로질렀다.

월요일에는 그래도 숨통 트일 기회가 있었다. 그녀가 노래할 수 있는 행사가 있는 날이었다. 원래 사람이 많은 명동이었는데 행사 때문인지 평소보다 더 붐볐다. 쇼핑몰 개장 행사라 유명 스타도 홍보를 위해 잠시 얼굴을 비치고 간다고 했다. 그 스타를 보기 위해 어린 팬들이 군부대 단위로 몰려 있는 것 같았다.

빨리 가고 싶어 마음이 급해서 은채는 사람들 사이를 열심히 뚫고 앞으로 나갔다. 하지만 갈아입을 드레스를 담은 가방과 메이크업 상자 때문에 자꾸 사람들에게 걸렸다. 설상가상으로 그녀의 핸드폰까지 울렸다. 사람도 많고, 짐도 많아서 쉽게 받을 수 없는 상황인데 말이다. 그래도 밴드 멤버가 한 전화일 거라는 생각에 은채는 허둥대며 짐을 해결하고 핸드폰을 꺼내려고 했다. 그런데 그때 옆에서 담백한 목소리가 들려왔다.

"짐 들어드릴까요?"

고개를 돌리니 키가 큰 남자가 서 있었다. 안경을 낀 얼굴이 굉장히 지적으로 보여 은채는 살짝 동요했다. 그녀는 똑똑해 보이는 남자에게 약했다. 남자는 데이트를 가는지 손에 꽃다발을 들고 있었다. 별로 그녀를 도와줄 상황이 아닌 것 같아서 은채는 고개를 저었다.

"그냥 여자 친구분한테 가세요."

그녀의 말에 남자는 무슨 뜻이냐는 표정을 짓다가 자신의 손에 꽃다발이 들려 있다는 것을 깨닫고는 웃으면서 아니라고 부정했다.

"아, 이건 친구한테 부탁받은 거. 자기가 못 가니까 대신 전해달라고 하더라고요."

그렇다면야 부담 없이 부려 먹어도 될 거 같아서 은채는 남자에게 옷 가방과 메이크업 상자를 같이 내밀었다. 남자는 당황하며 그녀의 짐을 받아 들었다. 그렇게 바로 덥석 줄 줄은 몰랐나보다. 남자에게 짐을 맡기자마자 은채는 크로스백에서 핸드폰을 꺼내 서둘러 전화를 받았다. 전화를 건 사람은 역시나 동우였다.

[어디야? 오래 걸려?]

"아냐. 나 명동이야. 지금 가고 있어."

[알았어. 빨리 와.]

전화를 끊은 은채는 다시 남자를 올려다보았다. 남자가 매너 좋게 물었다.

"가는 곳까지 들어다드릴까요?"

"작업 거시는 거예요?"

그녀의 직설적인 질문에 남자는 곤란한 표정을 지었다.

"자주 그런 오해를 받죠. 그런데 천성이라 잘 안 고쳐지네요."

그러니까 남 도와주는 게 자기 성격이라는 것 같았다. 신뢰감 가는 말투에 똑똑해 보여서인지 그리 거부감이 들지는 않았다. 친절이 호감인 줄 착각한 여자들이 많았을 것 같았다.

"제가 들고 갈 수 있어요. 그냥 주세요."

그리 말한 건 정말 그럴 수 있기 때문이었다. 남자의 친절에 경계한 게 아니라. 그런데 남자는 그리 느꼈는지 표정이 시무룩해졌다. 좀 미안하긴 했지만 남자를 상대할 시간이 없었기에 은채는 남자에게 자신의 짐을 돌려받자마자 행사장으로 서둘러 향했다. 바삐 가버리는 그녀의 뒷모습을 보며 남자가 중얼거렸다.

"어차피 나도 그쪽이었는데."

하지만 은채는 남자의 존재는 벌써 잊어버린 듯이 뒤도 안 돌아보고 사람들 틈으로 사라져버렸다. 행사장에 제시간에 도착했다고 해도 그녀는 안심할 수가 없었다. 바로 옷을 갈아입고 화장을 해야 했다.

따로 대기실이 없었기에 은채는 쇼핑몰 여자 화장실에 들어가서 레드 드레스로 갈아입고 화장도 화사하게 했다. 화장실에서 요란한 변신을 하는 그녀를 여자들이 한 번씩 쳐다보며 지나갔지만 그런 창피쯤은 아무것도 아니었다. 마지막으로 굽 높은 하이힐을 신고 화장실에서 나오던 은채는 몸이 휘청했다. 갑자기 하이힐 굽이 부러진 것이다.

미처 균형을 잡을 사이도 없이 넘어지려는 그녀의 몸을 마침 남자 화장실에서 나오던 남자가 잽싸게 잡아주었다. 남자의 팔을 붙잡으며 고개를 든 은채는 놀란 표정을 지었다. 남자도 당황해서 설명했다.

"신한테 맹세코 쫓아온 거 아니에요."

아까 그녀의 짐을 들어주었던 꽃다발 남이었다. 하지만 두 번 연달아 일어난 우연스러운 만남에 놀라고 있을 여유가 없었다. 그녀는 공연 전에 부러진 하이힐 굽을 갈아야 했다. 정신없는 그녀 대신 꽃다발 남이 침착하게 신발을 고칠 수 있는 곳으로 그녀를 인도했다.

"아까랑 너무 달라서 처음엔 못 알아봤어요."

그러게. 너무 빨리 알아봐서 신기할 정도였다.

화장이 덜 된 건가 싶어 은채는 손거울을 꺼내 확인했다.

"그런데 왜 화장실에서 그렇게 갈아입고 나온 거예요? 남자 친구 만나러 가는 길이었어요?"

"왜요? 아까는 막노동하러 가는 것처럼 보였어요?"

그녀의 심술궂은 말에 남자는 당황했다.

"아뇨. 아까도 예뻤어요."

은채는 피식 웃었다. 생전 처음 보는 남자랑 구두 굽 갈며 뭐 하고 있는 건가 싶었다.

"행사장에서 노래해요. 이래 봬도 가수거든요."

그녀의 말에 남자는 그제야 그녀가 왜 화장실에서 패션쇼를 해야 했는지 이해했다는 표정을 지었다.

"아, 그럼 혹시 그 가수도 아나요? 인……."

"다 됐습니다."

꽃다발 남의 말을 끊으며 아저씨가 수리된 구두를 내밀었다. 그녀는 구두가 더 급했기에 서둘러 구두를 받아서 신는데 신발을 신고 보니 아차 싶었다. 지갑에 현금이 없었던 거다. 전 재산 만삼천원 중에 차비하려고 삼천 원만 찾고 만 원은 도혁에게 조조 영화 보여주려고 일부러 통장에 남겨두었다. 은채는 구원을 바라는 눈으로 꽃다발 남을 보았다.

"초면에 정말 죄송한데 저한테 돈 좀 꿔주실 수 있으세요?"

꽃다발 남도 피식 웃었다. 아마 초면에 갈 데까지 간다고 생각했나 보다. 결국 꽃다발 남이 그녀의 구두 수리비를 내주었다. 대신 그녀는 꽃다발 남의 이름과 계좌 번호를 받았다. 그의 이름은 문태경이었다. 왠지 모르게 이름도 똑똑해 보였다.

은채는 빌린 돈을 꼭 갚겠다고 꽃다발 남에게 약속하고는 그와 헤어져 행사 무대가 있는 곳으로 서둘러 돌아갔다. 무대에 오르기 전부터 정신없는 날이었다.

"안녕하세요! 인디아 레드입니다!"

역시 홍대와는 달리 그녀의 밴드를 아는 사람은 많지 않았다. 그래도 눈에 확 들어오는 비주얼 밴드라서 호응해주는 사람은 꽤 있었다. 그런 사람 중 그녀의 눈에 바로 들어오는 관객이 한 명 있었다. 꽃다발을 들고 있었기 때문이었다.

어라? 의리로 구경해주는 건가?

그녀가 그를 향해 싱긋 웃어주자 꽃다발 남도 같이 웃는가 싶더니 갑자기 꽃다발을 높이 쳐들어 무대가 있는 곳으로 던졌다. 하늘을 가로질러 날아오는 붉은 장미꽃에 그녀의 시선이 끌려갔다. 꽃다발은 그녀의 발 바로 앞에 떨어졌다.

갑자기 무대로 날아온 꽃다발에 관객들의 환호가 높아졌다. 그것을 놓치지 않고 연주가 시작되었다. 경쾌한 리듬에 관객들은 반응을 보이기 시작했다.

은채는 허리를 숙여 꽃다발에서 장미 한 송이를 꺼내 들어서는 손에 잡고 노래를 부르기 시작했다. 관객들 속에 서 있는 꽃다발 남이 은채는 더는 낯설게 느껴지지 않았다. 기분 좋은 흥분이 붉게 피어올랐다.

6. 너무 쉽거나, 절대 불가능하거나

공연도 성공적이었고, 꽃도 받아서 은채는 콧노래를 부르며 도혁의 집으로 향했다. 뒤풀이까지 했으면 완벽했을 텐데 헬퍼 일 때문에 공연만 끝내고 서둘러 돌아온 게 좀 아쉬웠다. 한참 지하철 타고 가고 있는데 그녀의 핸드폰이 울렸다.

> 농땡이 안 피우고 일 잘하고 있나?

하필이면 그녀가 작정하고 농땡이 피운 날 딱 도혁이 문자를 보냈다. 설마 뭘 알고 있는 건 아니겠지? 절대 그럴 리 없다고 생각하며 그녀는 답 문자를 보냈다.

> 몸이 부서져라 일하고 있습니다.

사람이 거짓말을 할 때는 뻔뻔해야 한다. 어설프면 바로 들키는 법이다.

> 다 부서져서 가루가 되었나? 그래서 내 눈에 안 보이는 건가?

이건 뭔 소리야?
은채는 갑자기 다급해졌다. 그녀는 빠르게 다음 문자를 보냈다.

> 설마 지금 집이라고요?

> 네가 지금 집에 있으면 굳이 그런 질문은 안 할 거 같은데.

이건 분명 낚시였다. 권도혁은 지금 절대 집에 없다. 그는 회사에 있다. 은채는 넘어가면 안 된다고 자신에게 암시를 걸었다. 정신만 똑바로 차리면 권도혁도 속여 넘길 수 있을 거라 생각하며 은채는 핸드폰의 전원을 꺼버렸다. 그제야 마음이 편해졌다. 앞에 귀신이 나타나니 눈 감고 귀신은 없다고 하는 꼴이지만 우선은 마음이 편해졌으니 그녀는 만족이었다.

[고객님의 전화 전원이 꺼져 있어……]

은채가 아예 핸드폰의 전원을 껐다는 걸 안내양의 목소리로 알게 된 도혁은 실소를 지었다. 이렇게나 행동 패턴이 뻔한 상대는 참으로 신선했다. 사업하면서는 절대 만날 수 없었다. 바로 망할 테니까 말이다.

은채가 오늘 명동 행사에 간 것은 그도 알고 있었다. 그가 잡아준 자리였으니까. 그저 은채가 어떻게 하고 있나 궁금해서 문자를 남겼을 뿐인데 은채가 이리 나오니 잠잠했던 심술보가 다시 발동했다. 그를 어느 정도 겪어봤으니 이런 식은 역효과라는 걸 알아야 하는데 그녀는 한결같이 그를 자극하는 쪽으로 행동했다. 도혁은 키폰을 눌러서 박 실장에게 알렸다.

"오늘은 6시에 퇴근합니다."

[알겠습니다.]

도혁의 지시가 내려진 뒤 분위기가 밝아진 곳은 비서실이었다.

"대표님 요즘 퇴근 시간이 빨라지시네요. 혹시 연애하시는 거 아니에요?"

비서실 막내이면서 유일한 20대인 여 비서가 일찍 퇴근할 수 있다는 것에 기분이 좋아 밝게 말했다.

"그런 이야기 비서실 밖에서 함부로 하고 다니지 마, 여진 씨."

박 실장의 바로 밑 서열인 이 과장이 막내 비서에게 주의를 주었다. 비서실 직원의 가장 중요한 덕목은 무거운 입이었다.

"제가 어디 가서 소문낸다는 게 아니라, 연애하면 좋은 거잖아요. 안 그래요, 실장님?"

젊은 세대라서인지 여 비서는 주눅이 들어서도 자기 할 말은 다 했다. 박 실장은 너그러운 상사답게 넉넉한 미소를 지으며 중얼거렸다.

"그렇지. 좋은 거지."

도혁의 문자에 불안해져서 발에 먼지 나게 도혁의 집으로 온 은채는 텅 비어 있는 집을 보고는 분통을 터뜨렸다.

"내 이럴 줄 알았어. 이럴 줄 알았다고."

'자나 깨나 권도혁 조심'이라고 외치며 은채는 부엌으로 향했다. 큰 컵을 하나 꺼낸 그녀는 그곳에 물을 받아서 가지고 온 꽃다발의 장미꽃을 꽂아놓았다. 그제야 오늘 하루가 잘 마무리된 기분이 들어 흐뭇했다. 오늘을 기점으로 점점 노래할 수 있는 무대가 많아졌으면 좋겠다.

꼬르륵-.

배에서 흘러나온 소리에 은채는 깨달았다. 자신이 오늘 하루 종일 굶었다는 것을. 뭔가 먹고 일을 시작하면 좋겠지만 서둘러야 했다. 도혁이 돌아오기 전에 눈에 보이는 곳만이라도 깨끗하게 청소해야 했다. 결벽증이 있는 권도혁의 눈은 도자기가 살짝 중심에서 벗어난 것까지 다 찾아내니 말이다.

미리 알린 대로 6시에 퇴근을 하려는 도혁에게 박 실장이 종이 가방 하나를 내밀었다. 도혁은 뭐냐는 눈으로 박 실장을 보았다.

"초밥 도시락 2인분입니다. 아마 은채 양 오늘 굶었을 겁니다."

"박 실장님 전화는 받습니까?"

분명 전원이 꺼져 있었는데.

"안 했지만 그럴 겁니다."

뭐가 그럴 거라는 건가 싶었다. 왠지 오늘은 박 실장이 아는 척하는 게 썩 기분 좋지가 않았다.

"난 배 안 고픕니다."

그러니 필요 없다고 도혁이 딱 잘라 거절하자 박 실장은 그래도 포기하지 않고 권했다.

"그럼 전부 은채 양 주십시오. 은채 양은 분명 좋아할 테니까."

"내가 왜 그 여자 좋아하는 일을 해야 하는 건데요?"

도혁이 반항적으로 묻자 박 실장은 덤덤히 받아쳤다.

"그럼 왜 은채 양한테 오피스텔 내주셨습니까?"

그거야, 성희롱 어쩌고 하는 말에 열이 받았을 뿐이다. 얼마나 빈틈을 흘리고 다녔으면 그런 바보 같은 일이나 당하고 사나 싶어서 말이다.

"공짜 아니에요. 방세 받습니다."

"대표님은 방세 필요 없는 분이잖습니까."

도혁은 '쯧' 짧게 혀를 차며 박 실장이 내민 종이 가방을 가로채 갔다. 그가 안 받으면 박 실장이 이런 식으로 계속 추궁할 것 같았다.

할 수 있는 한 가장 빠른 속도로 걸레질하던 은채는 결국 견디지 못하고 바닥에 뻗고 말았다. 너무 배가 고팠다.

"안 돼. 일어나야 해. 시간이 없다고."

자신을 독려해보았지만 별로 소용이 없었다. 아무래도 무언가를 먹어야 할 듯했다. 그래야 나머지 청소도 할 수 있을 것이다. 은채는 네 발로 엉금엉금 기어 현관 쪽으로 향했다. 권도혁이 음식 냄새를 싫어한다는 이유로 이 집에는 언제나 먹을 것이 없었다. 정말 정이 안 가는 집이었다. 집에 밥 냄새가 없다. 그리고 먹을 걸 사러 가려면 64층이나 내려가야 한다는 게 더 마음에 들지 않았다.

막 현관 앞까지 도착했는데 비밀번호 누르는 소리가 들렸다. 아직 권도혁이 돌아오기에는 너무 이른 시간이라 은채는 설마 하는 눈으로 현관문을 보았다. 자신이 잘못 들은 것이길 바랐는데 현관문을 열고 들어온 건 집주인 권도혁이었다. 그녀는 기력이 떨어져 바닥에 네 발로 딛고 있었고 도혁은 우뚝 서 있는 상태라 서로가 서로를 쳐다보는 시선의 높낮이는 굉장히 차이 났다.

"하루 만에 퇴화한 건가?"

은채의 시선은 도혁이 들고 있는 초밥집 종이 가방에 꽂혀 있었다. 그가 도시락 가방 같은 걸 들고 다닐 리도 없는데 어쩐지 음식 냄새가 나고 있다는 착각이 들었다.

"설마 손에 들고 있는 거 먹을 건 아니죠?"

그녀의 굶주린 눈빛에 도혁은 짐처럼 느껴졌던 초밥 도시락에 남다른 애착이 느껴지기 시작했다.

"1인분밖에 없는데."

사실 착실한 박 실장이 사이좋게 먹으라고 2인분을 준비했지만, 그는 못돼먹어서 그걸 또 1인분이라고 속이고 있었다.

"돈도 많잖아요. 사는 김에 100인분 정도 사지, 쪼잔하게 달랑 1인분이에요!"

배고픈 그녀는 쉽게 흥분했고, 쉽게 좌절했다.

"나 진짜 배고픈데 그냥 나 주면 안 돼요?"

은채는 제발 달라는 듯이 두 손을 모아 앞으로 내밀었다. 그녀가 오늘은 너무 쉽게 저자세로 나오니 공격할 의지가 생기지 않았다.

"먹을 거 앞에서 너무 쉽게 자존심 버리는 거 아닌가?"

"자존심이 밥 먹여주는 거 아니거든요. 그래서 나 준다는 거예요, 혼자 처먹겠다는 거예요?"

"처먹는다는 말은 품위가 없어서 듣기 그렇군."

"내가 여기서 사과했는데 정작 종이 가방에 먹을 게 아무것도 없으면 당신이라도 뜯어 먹을 거예요."

은채는 음산하게 경고한 뒤 언제 그랬느냐는 듯이 활짝 웃었다.

"사이좋게 나눠 먹어요."

이 정도면 되었다는 듯이 도혁이 하사품을 내리는 왕처럼 그녀의 손에 종이 가방을 올려놓았다. 가방 안을 본 은채는 안에 들어 있는 초밥 도시락을 보고 감격에 겨워 벅찬 표정을 지었다.

"진짜 초밥이다."

이 여자 감동하게 하는 거, 생각보다 너무 쉽다는 생각이 들다가도 박 실장이 억지로 안겨주지 않았다면 절대 그가 하지 않았을 행동이었다. 너무 쉽거나, 절대 불가능하거나. 미묘한 경계였다. 은채는 도시락 뚜껑을 열자마자 초밥을 한입에 넣어 씹으며 정말 열심히 먹었다. 도혁이 먹지 않고 그녀가 먹는 걸 보기만 하자 은채는 장어 초밥을 씹으며 물었다.

"왜 안 먹어요?"

"궁금하면 거울로 너 먹는 걸 한번 봐봐."

그게 좋은 뜻인지 나쁜 뜻인지 헷갈렸지만 오늘은 도혁이 그녀에게 은혜롭게 초밥 도시락을 주었으니 은채는 그냥 좋은 뜻으로 받아들이고 계속 먹기로 했다. 폭신한 달걀 초밥을 집어 들어 막 입에 넣으려는데 도혁이 부엌에 놓여 있는 꽃을 발견하고 그녀에게 물었다.

"전 재산 만삼천 원을 꽃 사는 데 탕진한 건가?"

"아니거든요."

은채는 달걀 초밥을 입에 넣어 씹었다. 정말 잘하는 집인지 달걀으로 만든 초밥조차 맛이 일품이었다.

"그럼 어디서 난 건데?"

은채는 초밥에 정신이 팔렸는데 도혁은 자꾸 꽃에 대해 물었다.

은채는 도혁이 먹지 않은 초밥 도시락에 눈독을 들였다.

"안 먹을 거면 내가 먹어도 되죠?"

그녀가 실실 웃으며 그의 도시락에서 장어 초밥을 빼가려는데 도혁이 젓가락으로 그녀의 젓가락을 '탁' 집어서 막았다. '먹지도 않으면서 남 주기는 싫다는 거야? 이런 못된 심보.'라는 눈으로 그녀가 그를 흘겨보자 도혁은 심문하듯 다시 물었다.

"꽃 어디서 난 거냐고?"

"주웠어요."

그건 정말이었다. 무대에 떨어진 걸 그녀가 주워서 가져온 거니까.

"그러니까 쓰레기를 내 집 안에 전시해놨다고?"

도혁이 진심으로 화내는 것 같자 은채는 눈치를 보기 시작했다. 그도 남자라서인지 진짜 화를 내면 무서웠다.

"예쁘기만 한데 무슨 쓰레기라는 거예요."

"네 입으로 주웠다고 했잖아."

"그러니까 어떤 남자가 나한테 던져준 걸 내가 주웠다는 거죠. 길에 버려진 걸 주운 게 아니라."

"어떤 남자?"

도혁의 목소리가 점점 더 스산해지자 은채는 초밥을 집어 먹던 젓가락을 내려놓았다. 아버지한테 평생 잔소리를 들으며 살아온 그녀였기에 싫은 소리가 나올 타이밍을 기가 막히게 알았다.

"보기 싫으면 가져가면 되잖아요."

그녀는 꽃을 챙겨 들고 그만 돌아가려고 했다. 그런데 그녀보다 도혁의 다리가 더 길어서 도혁이 먼저 꽃을 집어 들었다. 도혁이 그대로 쓰레기통에 꽃을 처박는 줄 알고 놀란 은채는 그에게로 뛰어갔다.

"내 꽃 돌려줘요!"

도혁에게서 꽃을 지켜내야 한다는 사명감으로 은채는 몸을 날렸다. 하지만 도혁이 가볍게 몸을 피하는 바람에 그녀는 그대로 바닥에 꼬꾸라지고 말았다.

우당탕ㅡ.

그녀가 넘어지는 소리가 너무 커서 도혁도 놀라 쳐다보았다.

"걱정하지 마. 부탁대로 꽃 전해줬으니까."

태경은 오늘 부탁받은 일을 제대로 수행했다는 전화를 진우에게 했다.

[고마워. 내가 갔어야 했는데 하필 그 시간에 중요한 환자가 오는 바람에.]

의사들에게 응급 상황이 생기는 건 빈번한 일이었다.

"괜찮아. 나도 좋았어."

그건 진심이었다. 뜻밖의 만남이 태경은 꽤 마음에 들었다. 인디아 레드의 공연을 또 보러 가고 싶을 정도로. 너무 바쁘게 사느라 오래도록 느껴보지 못했던 여자 느낌이 새삼 그의 연애 세포를 자극했다. 하지만 진우의 처제인 걸 아니 섣불리 접근할 생각은 없었다. 그는 친구가 더 중요했으니까.

[그래서 지금은 집이야?]

"아냐. 나도 응급 콜이 있어서 다시 병원으로 왔어."

[그래, 수고해라. 오늘 고마웠고.]

"그래. 다음에 만나서 밥이나 먹자."

바빠서 쉽게 만날 수 없는 의대 동기들은 또 만날 것을 기약하며 전화를 끊었다. 외과로 올라가기 위해 엘리베이터 앞에 선 태경은 병원 밖으로 지나가는 람보르기니를 보고 휘파람을 불었다. 차를 좀 아는 남자들에게는 로망인 차였다. 그만큼 비싸기도 했다. 그가 기억하기로 아파트 한 채 값이었다.

"부럽네."

하지만 그리 비싼 차를 끌고 병원에 온 것을 보니 환자일 가능성이 컸다. 의사는 환자를 부러워하지 않는다. 다만 치료할 뿐이다. 태경은 람보르기니에서 눈을 떼고 막 열린 엘리베이터에 올라탔다.

끼이익-.

람보르기니 한 대가 병원 응급실 앞에 급하게 정차했다.

"내려. 병원이야."

도혁이 차 문을 열어주었지만 은채는 내리지 않고 그를 쏘아보기만 했다. 따지고 보면 그 때문에 그녀가 다친 거나 마찬가지였다. 왜 남의 꽃을 함부로 버리려 하나. 도혁은 타인에 대한 배려가 전혀 없었다. 모든 게 자기중심적이었다.

"나한테 사과하기 전에는 안 내려요."

그녀의 고집에 도혁은 실소를 지었다.

"지금 내 손 다친 게 아니라 네 손 다친 거거든."

"그러니까 당신 때문에 다친 거잖아! 왜 남의 꽃을 함부로 버리려고 해요!"

"그럼 처음부터 그런 쓰레기를 내 집에 들이지 말았어야지!"

도혁이 큰 소리를 내자 은채는 움찔했다. 도혁도 다친 그녀와 싸우고 싶은 마음 따위는 없었기에 그녀의 팔을 잡아끌었다.

"쓸데없는 이야기 그만하고 내려."

"아악!"

은채가 너무 심하게 아픈 척을 해서 할 수 없이 도혁은 그녀에게서 손을 뗐다.

"네가 버텨봤자 너만 아픈 거야. 그러니까 내리라고."

그래도 은채는 고집불통 아이처럼 그를 쏘아보기만 했다. 도혁도 할 수 있으면 그냥 차를 탄 채 병원 안으로 들어가고 싶었다.

"난 그 누구한테도 사과 안 해. 그러니까 내 사과받고 싶으면 계약서에 적혀진 대로만 하라고. 그리고 지금은 그냥 닥치고 치료나 받아."

도혁의 말은 그녀의 기분을 엄청나게 할퀴어 놓았지만, 그의 말이 틀린 게 없다는 사실에 그녀는 더욱 분했다.

"당신, 성격 정말 나쁜 거 알아요?"

"너도, 너 사고뭉치인 건 아나?"

도혁은 한마디를 안 졌다. 그래서 더 그가 미웠다. 분해서 입술을 부들부들 떠는 그녀를 보며 도혁은 냉정하게 선택을 강요했다.

"마지막으로 말하는 거야. 네 발로 갈래, 내가 짐짝처럼 들고 가줄까?"

이 분한 순간 은채는 웃기게도 다 먹지 못한 초밥이 생각났다. 엄청 맛있었는데 말이다. 도혁은 분명 먹지도 않고 버릴 텐데. 은채는 도혁을 밀쳐내고 자신의 발로 병원을 향해 걸어가며 다짐했다. 다신 도혁이 사온 음식은 절대 먹지 않을 거라고. 그게 아무리 맛있는 거라도 말이다.

"아악."

의사가 그녀의 손목을 건들자마자 은채는 자지러지는 비명을 질렀다. 그래도 의사는 전혀 개의치 않고 무미건조하게 그녀의 상태를 설명해주었다.

"인대만 다친 거 같기는 한데, 우선 엑스레이 찍어보죠."

"그런데 당신, 인턴인가?"

엑스레이를 찍어보자는 말에 인턴이냐는 질문이 돌아오자 의사는 황당하다는 눈으로 도혁을 보았다. 맞기는 했지만 능력을 의심받는 것 같았기에 심히 기분이 나빴다.

"이 정도는 인턴이 치료해도 괜찮습니다."

응급실은 언제나 환자가 넘치고 의료진은 부족했다. 그러니까 인턴이 환자를 치료하는 일은 당연했다.

"그 말, 세진 그룹 회장이 와도 똑같이 할 수 있나?"

사소한 손목 골절에 병원 이사장보다도 더 높은 그룹 회장이 호명되자 인턴은 기가 막히기만 했다.

"당신이나 치료 방해하지 말고 나가 있어요."

도혁이 의사 기분을 망치고 있었기에 은채는 그를 구박했다. 도혁은 '쯧' 혀를 차며 응급실을 둘러보았다. 그의 눈에는 쓸 만한 의사가 한 명도 보이지 않았다. 손목이니 망정이지 내장이라도 터져 왔으면 제대로 치료할 수 있는 의사가 있나 싶었다.

"박 실장을 먼저 불렀어야 했는데."

'박 실장은 무엇이든 잘해요.'라는 듯이, 도혁은 무슨 일만 생기면 박 실장부터 찾는 것 같았다.

"박 실장님 좀 적당히 부려먹어요."

"내 비서 내가 쓰는 거야."

도혁은 정말 박 실장에게 전화하려는지 핸드폰을 꺼내 들고 응급실 밖으로 걸어나갔다.

"남자 친구가 세진 그룹 다녀요? 엄청 거들먹거리네."

도혁에게 기분 상한 의사가 한마디 하자 은채는 발끈했다.

"남자 친구 아니에요!"

그리고 세진 그룹 다니는 게 아니라 세진 그룹 회장 아들이다. 그녀가 그걸 말해주지 않는 건 의사가 심장마비에 걸려 그녀를 치료해주지 못할까봐서였다.

엑스레이를 찍어보니 의사의 말대로 인대만 다친 것이었다. 깁스를 2주 정도 하면 나을 거라고 했다. 깁스한 것치고는 그나마 경미한 상처였다.

"답답해."

그녀는 깁스한 팔을 보며 얼굴을 찌푸렸다. 이걸 2주 동안이나 하고 있을 생각을 하니 2주도 엄청나게 길게 느껴졌다.

"깁스 풀 때까지 일 쉬면 안 돼요?"

다친 김에 싫은 일은 피하고 싶어서 슬쩍 물어보았는데 도혁은 냉정했다.

"안 돼."

"이 손으로 청소하기 엄청 힘들다고요."

"그래서 넌 목 아프면 노래 안 하나?"

그건 아니었다. 그녀는 성대 결절이 와도 노래를 했었다.

"노래랑 청소랑 같아요?"

"청소가 더 중요하지. 넌 돈을 받았으니까."

은채는 깁스한 팔을 들어 올렸다. 이걸로 때리면 진짜 아프게 때릴 수 있을 거 같은데 말이다. 은채는 도혁을 때리고 싶은 충동을 참느라고 혼났다.

도혁의 차가 멈추어 선 곳은 또 시장통 앞이었다. 이 성격에 과거에 선도부를 했을 리도 없고, 왜 자꾸 그녀를 집 앞에다 데려다놓는지 모르겠다.

"팔 다친 딸 머리까지 밀 매정한 아버지는 없으니 들어가봐."

그 말에는 좀 혹했다. 진짜 그러려나?

"그래도 밀리면요?"

"그럼 넌 진짜 사고뭉치라는 거니까 반성하고."

그걸 말이라고 하는 거야?

"당신 책임도 있거든요? 그러니까 내가 머리 밀리면 당신 머리도 밀어버릴 거예요."

도혁은 어이없었는지 대꾸도 하지 않았다. 그녀도 가능한 한 빨리 집에 들어가는 게 뒤탈이 없을 것 같아 차에서 내리려 했다. 그때 저 멀리 익숙한 실루엣이 그녀의 눈에 들어왔다. 은채는 기겁을 하며 좌석 밑으로 미끄러져 내려가 몸을 낮추었다. 그녀의 행동을 도혁이 이상하게 보며 물었다.

"뭐 하는 거야?"

"울 아버지!"

은채의 말에 도혁은 시장통 쪽을 보았다. 산적같이 생긴 중년 남자가 뒷짐을 지고 어슬렁어슬렁 걸어 나오고 있었다. 킬리만자로의 곰 한 마리가 생각나는 풍채였다.

"아버지를 안 닮은 게 천만다행이군."

지금 그런 태평한 소리를 할 때가 아니었다. 그녀가 남자의 차에서 내리는 걸 아버지에게 들키면 더 큰일이 날 것이다. 도혁까지 살아남지 못할 것이다. 과거에 그녀 아버지의 폭력이 무서워 도망간 남자 친구도 있었다.

"출발해요! 빨리!"

오늘은 때가 아니었다. 도혁도 괜히 부녀 사이에 끼어서 수난을 겪고 싶지는 않았기에 차를 출발시켰다.

"이제 안 보이니 나와."

그제야 은채는 안심하며 일어나다가 비명을 지르며 그를 덥석 잡았다.

"헉! 쥐!"

도혁의 기분은 한마디로 '윽!'이었다. 은채가 하필 붙잡은 게 그의 허벅지였던 거다. 사람 몸에 함부로 불을 지피는 게 아니었다. 책임질 자신이 없으면 말이다. 달리던 차가 집에 도착하지도 않았는데 다리 중간에 멈추자 은채는 도혁을 돌아보았다.

"왜 여기서 서요?"

뭘 한 게 있다고 도혁은 엄청 피곤한 표정으로 시동까지 껐다.

"쉬었다 갈 거야."

"좀만 더 가면 집이잖아요. 집에 가서 쉬어요."

빨리 출발하라는 그녀를 도혁이 음산하게 노려보았다. 은채는 움찔했다. 마치 너 때문이라는 질책 같았으니까.

"가고 싶으면 걸어서 가. 난 여기서 쉴 거니까."

도혁은 일방적으로 그리 통보하고는 차에서 내려 다리 난간 쪽으로 걸어갔다. 서울에서 태어나 평생 서울에서 살았으니 새삼 한강 풍경에 감탄할 것도 없을 텐데 도대체 왜 저러는지 은채는 이유를 알 수 없었다. 다리 위여서 대중교통을 이용할 수도 없었기에 은채도 투덜거리며 차에서 내렸다. 어떻게든 바람 든 도혁에게 잔소리를 해서 집에 가야 했다.

"나 손 다쳐서 빨리 자야 한다고요."

말도 안 되는 변명을 하는 그녀의 말을 무시하며 도혁은 검은 물만 쳐다보았다. 은채도 도혁을 따라 한강을 내려다보았는데 아무것도 없었다. 그냥 까맸다.

"내가 한강에 얽힌 무서운 이야기."

"닥쳐."

그녀가 말을 끝맺기도 전에 도혁이 잘랐다. 은채는 깁스한 팔을 손으로 감싸 쥐고 도혁을 흘겨보았다. 도대체 갑자기 왜 기분이 나빠진 건지 알다가도 모를 일이었다. 아니, 원래 기분이 안 좋았나?

"설마 내가 집에 가져다놓은 꽃 때문에 그래요? 가서 치우면 되잖아요."

도혁이 서늘한 눈으로 그녀를 보았다. 잊고 있었는데 그녀 때문에 나쁜 기억이 다시 떠올랐다는 듯이.

"어쩌면 내가 뒤통수 맞고 있는 건지도 모르겠군."

"네?"

도혁이 중얼거리는 말이 잘 들리지 않아서 은채는 얼굴을 찌푸리며 되물었다. 무슨 소리 하는 거냐고. 하지만 도혁은 더는 말하지 않았다. 갑자기 그런 생각이 든 것이다. 그가 은채를 이용해 아버지를 궁지에 몰려 했던 것 자체가 아버지가 만들어놓은 덫일지도 모른다는. 그렇지 않다면 그의 뜻대로 되는 것도 없이 도혁만 이리 흔들릴 수는 없었다. 그깟 꽃이 뭐라고 그리 화를 내고, 다리 좀 만졌다고 흥분하고. 그가 왜 짜증이 난지도 모르고 은채는 옆에서 자꾸 집에 가자고 보챘다. 진짜 이 여자를 써먹을 수 있을까 하는 강한 불신이 들고 있었다.

도혁과 권 회장은 주기적으로 아침을 같이 먹었다. 오늘이 그날이었기에 도혁은 회사로 바로 가지 않고 한정식 집 '애담'으로 향했다. 아버지도 집 나가서 혼자 사는 아들이랑 밥 한 끼 같이 먹고 싶어 만든 자리가 아니었고, 그도 아버지와 오붓하게 식사하러 나가는 자리는 결코 아니었다. 후계자 교육의 연장일 뿐이었다.

권 회장은 그의 자리를 이어받을 도혁을 그 자리에 걸맞은 보스감으로 키워야 할 의무감이 있었기에 도혁에게 자신의 비서였던 박 실장도 보낸 것이었고, 이리 꾸준히 자리를 만들어 불러내는 것이었다.

권 회장의 자식은 세 명이었지만, 권 회장이 그리 신경 쓰며 관리하는 자식은 도혁 한 명뿐이었다. 그랬기에 사람들은 당연히 권 회장의 후계자를 도혁이라고 생각하고 있었다. 하지만 한쪽에서는 도혁의 동생인 도진이 성인이 되면 판이 달라질 수도 있다고 조심스럽게 짐작하고 있었다.

그 이유는 두 사람의 어머니였다. 죽은 도혁의 어머니와 권 회장의 현 부인인 도진의 어머니 둘 다 재벌가의 여식으로 권 회장과 정략결혼을 한 사이지만, 도혁의 어머니가 불의의 사고로 죽으면서 도혁의 외가와 세진 그룹은 완전히 척을 진 사이가 되었다.

결혼을 M&A로 생각하는 재벌가에서 그건 도혁에게 유일한 아킬레스건이었다. 하지만 권 회장은 아들 두 명을 저울질하지 않고 도혁 하나만을 후계자로 키우면서 도혁이 가진 취약점이 사람들 입에서 거론되는 걸 차단해버렸다. 도혁이 후계자로서 부족하다고 말하는 순간 권 회장의 뜻이 틀렸다고 말하는 것과 같은 게 되는 거니까.

거기다 권 회장의 의도대로 도혁이 차기 대권 후보인 최건 의원의 딸과 결혼을 하게 된다면 도혁은 그 유일한 아킬레스건마저 사라지면서 흔들림 없는 후계자로 우뚝 서게 될 것이다.

"중국 스키 리조트 건은 어떻게 하고 있지?"

사격장에 불러놓고 협박하듯이 약혼하라고 말한 이후 처음으로 다시 만나는 자리였는데 아버지는 업무 보고받듯이 도혁이 진행하고 있는 일에 대해서만 물어보았다.

그러나 도혁은 아버지의 얼굴을 보자 자꾸 은채의 얼굴이 생각났고, 도대체 무슨 목적으로 그녀의 앨범을 산 것인지 따지고 싶어졌다. 왜 하필 그녀인지. 미치게 궁금하기는 했지만 대놓고 묻는 바보짓을 해서 기회를 날릴 수는 없었다.

"새어머니는 잘 계십니까?"

도혁의 물음에 권 회장은 표정 없는 눈으로 도혁을 보았다. 다른 가족이라면 안부상 할 수 있는 평범한 질문일지 모르지만 두 사람 사이에서는 절대 나올 수 없는 말이었다. 도혁이 집을 나가 혼자 사

는 것도 새어머니와 이복동생들과 같이 살기 싫어서였다. 남들의
눈에는 가족이지만 실제로는 호적만 같이 쓰는 사이일 뿐이었다.

"그게 궁금하면 직접 집에 가봐."

권 회장은 도혁이 새 가족들과 어찌 지내는지 전혀 관심을 두지
않았다. 한 가족의 가장으로서는 굉장히 불성실한 태도였다.

"새어머니라면 제가 최건 의원 딸과 약혼하는 걸 별로 안 좋아하
실 거 같아서 말이죠."

삐딱한 도혁의 말에 권 회장은 눈을 좁혔다. 그건 당연한 것이었
다. 도혁이 최건 의원의 사위가 된다면 새어머니의 친아들인 도진이
도혁을 따라잡을 기회는 영영 사라지는 것이니까.

"핑계를 대려면 좀 제대로 된 걸 대봐."

도혁이 새어머니와 사이가 좋지 않은 걸 뻔히 아는데 새어머니의
마음 상하실까봐 약혼을 못 하겠다고 하는 건 완벽한 핑계였다. 도
혁은 쓰게 웃었다. 과연 그가 은채와 같이 나타났을 때 아버지가 어
떤 표정을 지을지 벌써 궁금했다. 만약 아버지를 동요시키는 것에 실
패해도 적어도 아버지와 은채의 관계는 알아낼 수 있을 것이다. 이젠
그가 궁금해 미치겠다. 도대체 둘이 어떻게 연결된 사이인지.

집 앞에서 은채는 심호흡을 길게 했다. 일부러 아침 일찍 왔다.
아버지도 아침에는 좀 너그러우시지 않을까 싶어서 말이다. 은채는
결의에 찬 눈으로 깁스한 손을 내려다보았다. 그래, 가능한 아픈 척
하는 거야. 그럼 머리는 무사할 수 있어. 은채는 더는 망설이지 않

고 집에 붙어 있는 식당 문을 열어젖혔다.

"아버지, 나 왔어."

갑자기 식당 문을 열고 나타난 그녀를 보고 식당에서 일하시는 말자 아주머니가 놀라서 달려 나왔다.

"이제 오면 어떡하냐! 네 아버지 지난밤에 너 찾아다니다가 취객이랑 시비 붙어서 지금 병원에 있다!"

아주머니의 말에 놀란 은채는 두 눈을 크게 떴다. 지난밤 마지막으로 아버지를 보았을 때는 멀쩡했었으니까 그녀가 떠난 뒤에 다쳤다는 소리였다.

"아버지 어느 병원에 계세요?"

은채는 다급해져서 아주머니를 붙잡고 아버지가 계신 곳을 물었다.

외과의로서 가장 보람을 느끼는 순간 중 하나는 이식 수술에 성공했을 때일 것이다. 이식 수술은 인간이 신의 영역에 침범하는 것과 마찬가지인 수술이다. 인간의 손으로 병든 장기를 새 장기로 바꾸어주는 수술이니까 말이다. 오늘 신장 이식 수술을 받을 환자는 어린 두 아이를 둔 엄마였다. 2년가량 혈액 투석을 하다가 친정어머니로부터 신장을 기증받게 되었다. 모정이 환자에게 삶의 의지를 주고, 모정이 환자를 살릴 기회를 준 것이다.

신정맥과 신동맥을 이식된 신장에 연결하고 혈관 감자를 풀어 혈액을 들여보내자 핏기가 없던 신장이 선홍색으로 부풀어 올랐다. 이제 수술의 성공은 요관에서 소변이 나오느냐에 달려 있었다. 수술이 성공적이어도 소변이 나오지 않으면 의사로서도 어찌할 도리가 없었다.

긴장감이 흐르는 5분이었다. 가뭄에 하늘에서 비가 내리길 기다리는 마음과 똑같이 절실하게 지켜보고 있는데 요관 끝에서 소변이 뿜어져 나오기 시작했다. 그 순간 수술실 안에서는 너 나 할 것 없이 모두 박수를 치며 환호했다. 모두가 오늘의 승자였다. 환자도, 의사도, 간호사도 모두.

"우와! 오줌발 나오는 거 보고 나 진짜 울 뻔했어요."

수술을 참관했던 인턴은 수술 집도의인 태경의 뒤를 졸졸 쫓으며 수술실에서의 일을 마치 액션 영화의 클라이맥스처럼 흥분하며 말했다. 그나마 머리 좀 굵은 레지던트 1년 차가 인턴을 구박했다.

"너 같은 놈이 나중에 꼭 성형외과나 피부과로 가더라. 내가 두 눈 뜨고 지켜본다."

"에이, 선배님 왜 그러세요! 오늘같이 좋은 날."

후배 의사들을 뒤에 거느리고 막 복도 모퉁이를 도는데, 반대편에서 급하게 뛰어나온 여자가 멈추지 못하고 그대로 태경의 품 안으로 뛰어 들어왔다.

쾅-!

심장이 있는 부근에 여자의 머리가 부딪쳤는데, 진심으로 아팠다. 정말 심장이 빠개지는 것 같았다.

그의 심장을 머리로 강타한 여자가 고개를 들어 눈이 마주쳤는데, 태경은 다시 심장이 아팠다. 찌릿, 전율과 고통은 닮은꼴이었다. 여자도 그를 보고 똑같이 놀라며 그의 얼굴을 손가락으로 가리켰다.

"명동 꽃다발 남!"

세진 병원의 존경받는 외과의가 명동에서 한 가닥 할 것 같은 꽃
다발 남으로 탈바꿈되는 건 순식간이었다.

"너, 이노무 가시나!"

허리를 다쳐 침대에 꼼짝없이 누워 계시던 아버지는 그녀를 보자
마자 벌떡 허리를 세우시는 기적을 보이셨지만 바로 앓는 소리를 내
며 드러누우셨다. 아버지 병간호를 하고 있던 언니 은서가 무리하
면 안 된다고 아버지를 나무랐다. 아버지는 그녀를 혼내고, 언니는
아버지를 혼내고. 그녀의 집에선 아주 흔한 풍경이었다. 결국 매일
혼나기만 하는 건 그녀라는 소리였다.

"그러니까 다 늙어서 왜 밖을 싸돌아다녀. 그냥 집에 있지!"

은채의 말에 아버지 만덕은 다시 발끈했다.

"이 가시나, 뚫린 입이라고 말하는 꼬락서니 봐라! 내 지금 몸만
성했어도 당장 네 다리몽둥이를 부러뜨려놨어! 결혼도 안 한 가시
나가 세상 무서운 줄 모르고 어딜 싸돌아다녀! 내 그러니까 음악인
가 뭔가 당장 때려치우라고 했지! 허파에 바람만 잔뜩 들어서는!"

"아버지가 자꾸 그러니까 내가 집에 못 들어가는 거잖아! 날 좀
이해해줄 수는 없어? 왜 날 집에 가둬두려고만 하냐고!"

"네가 행실을 잘하고 다녀야 믿고 내보내지!"

"나도 나름대로 열심히 하고 있다고."

"여기 병원이에요! 두 사람 다 그만하세요!"

은서의 한마디에 아버지와 그녀는 바로 찌그러졌다. 씩씩대며 서

로를 노려보고만 있는데 옆 침대의 나이 지긋한 할머니가 '쯧쯧' 혀를 차며 한마디 하셨다.

"언니는 참하고 곱기만 한데, 동생이 천둥벌거숭이구먼. 자매가 어찌 그리 달라."

평생 들어온 소리라 이젠 기가 죽지도 않았다. 거기다 언니는 공부까지 잘했는데 그녀는 공부도 더럽게 못했었다.

"나도 손 다쳤다고!"

은채는 억울해서 깁스한 팔을 내밀었다. 그리고 언니의 한마디에 바로 후회했다.

"넌 언제 철들래."

돌아오자마자 다시 가출하고 싶어진다. 그녀의 노력을 알아주지 않는 가족들에 대한 반항심으로 '확 권도혁 집에 가서 살아버릴까?'라는 위험한 생각까지 들었다.

아버지가 허리 다치셔서 병원에 계세요.
오늘은 피치 못할 사정이니 좀 봐주요.

은채의 문자를 받은 도혁은 그냥 기분이 나빴다. 그녀가 바로 들통날 거짓말을 하는 것 같지는 않았지만 마음에 들지 않았다. 그렇다고 그녀의 아버지가 아픈데 무조건 나와서 일하라고 할 만큼 그는 몰인정한 '갑'은 아니었다. 은채의 문자를 받고 별로 기분이 좋지 않았는데 박 실장이 들어와 보고했다.

"일요일은 회장님 건강검진이십니다."

아버지는 나이가 있으셔서 매년 건강검진을 받고 있었다. 다쳐서 병원에 입원한 은채 아버지보다는 그나마 낫다고 할까. 박 실장의 말을 그리 중요하게 듣지 않던 도혁은 갑자기 드는 생각이 있어서 박 실장에게 지시했다.

"이은채 아버지가 지금 병원에 입원해 있다고 하는데 어느 병원인지 알아봐주세요."

은채의 아버지가 입원했다는 말에 박 실장은 놀란 표정을 지었다.

"그렇습니까? 병문안 가시게요?"

"내가 그런 걸 왜 갑니까."

도혁의 퉁명스러운 말에 박 실장은 급히 얼굴빛이 어두워졌다.

"설마 회장님 건강검진 받는 병원이랑 같은 병원일까봐 그러십니까?"

"당연한 거 아닙니까. 박 실장이 달랑 던져준 앨범 한 장으로는 알아낼 수 있는 게 아무것도 없습니다. 제가 분명히 말하는데 일부러 숨기시는 거라면 아주 크게 후회하시게 될 겁니다."

박 실장은 도혁의 협박성 말에도 동요하지 않았다.

"같은 병원이라도 회장님과 은채 양이 부딪힐 일은 없을 겁니다."

권 회장은 VVIP 환자였고, 은채의 아버지는 일반 병동을 쓰고 있을 테니까 말이다.

"둘 사이에 뭔가 있다면 일부러 만나겠죠. 우연으로만 마주치는 건 그냥 모르는 사이 아닙니까?"

"그래서 만약 회장님과 은채 양이 무슨 사이인지 알아내게 되면 어쩔 생각이십니까?"

거리낌 없이 말을 잘하던 도혁이 갑자기 입을 꾹 다물고 박 실장의 얼굴을 쳐다보기만 했다. 은채의 문자를 받은 것보다 더 기분이 나빠지고 있었다. 분명 그녀가 필요한 이유는 그의 아버지와 관계가 있기 때문이라고 생각해서인데, 그의 아버지와 어떤 관계인지 파낼수록 자꾸 개운치 않은 기분만 들었다. 어떤 관계이든 진실을 알게 되면 용서가 안 될 것 같은 기분이랄까.

"만약 진짜 무슨 관계라면 이은채는 엄청난 연기자고, 내가 완벽히 속은 게 되겠죠."

그리고 화가 날 사람은 아버지가 아니라 이은채였다. 중요한 쪽은 분명 아버지인데 말이다.

"뭐야, 사람이 문자를 보냈으면 답 문자를 해줘야지. 왜 씹어."

도혁에게 중요한 문자를 보냈는데도 그가 아무런 답변이 없자 은채는 핸드폰을 노려보며 투덜댔다. 뭐, 딱히 '괜찮냐.', '아버지한테 많이 혼났냐.'는 위로의 말을 듣고 싶은 건 아니었다. 하지만 그녀의 문자를 아예 무시하니, 더 서러웠다. 안 그래도 아버지랑 언니한테 콤보로 혼이 나서 병원 밖으로 피신해 있는데 말이다.

"배고파요?"

빨랫줄에 걸린 빨래처럼 축 늘어져 있던 은채는 힐긋 고개를 위로 들었다. 언제 왔는지 명동 꽃다발 남이 그녀의 앞에 서 있었다. 하얀 의사 가운을 입고 있으니 확실히 꽃다발을 들고 있을 때보다 더 어울리기는 했다. 은채는 주머니를 뒤적이더니 무언가를 꺼냈다.

그녀의 손안에는 립스틱이 들려 있었다.

"제가 지금 빈털터리 백수라 구두 수선비를 당장은 못 드리고 이거 우선 담보로 드릴게요. 죄송합니다, 돈만 먹고 튀어서."

은채는 정중하게 사과했다. 사실 그럴 마음은 없었는데 그사이에 이런저런 일이 많아서 그에게 돈을 보내야 한다는 걸 진짜 까맣게 잊고 있었다.

태경은 손을 뻗었다. 립스틱을 받아가는 거라 생각했는데, 태경은 립스틱과 함께 그녀의 손까지 잡고 말았다.

"기운 없어 보이는데, 밥 안 먹었죠?"

그렇긴 한데 내 손은 왜 잡는 거야. 난 립스틱만 준 건데.

"선물 받은 보답으로 내가 구내식당에서 밥 살게요. 우리 병원 밥 맛있어요."

"선물이 아니고 담보."

누가 남자한테 쓰다 만 립스틱을 선물로 주나. 그녀는 돈 안 갚고 튄 채무자였다. 그리고 태경은 채권자. 이렇게 사이좋게 손을 잡을 사이가 아니었다.

"뭐든. 밥 먹고 기운 먼저 차려요."

그러고는 태경은 그녀의 대답을 기다리지 않고 그녀를 끌고 갔다.

"저기, 저 별로 밥 생각 없는데."

"밥은 생각으로 먹는 게 아니라 때 되면 먹는 거예요."

명동에서도 그렇고, 그는 못난 그녀를 바른길로 인도해주는 빛과 같은 존재였다. 그런데 그녀는 그가 준 꽃다발을 쓰레기 취급한 악마 같은 권도혁이 지금 뭐 하고 있는지 궁금했다. 마음속에 마귀가 들어선 것이란 말인가. 경건한 기도가 필요했다.

7. 데이트인 듯 데이트 아닌 데이트

꽃은 시들면 결국 쓰레기가 된다. 도혁은 은채가 놓고 간 꽃이 시들어가고 있는 것을 보며 자신이 맞다는 걸 다시금 눈으로 확인했다. 도혁은 미련 없이 꽃을 뽑아서는 쓰레기통에 쑤셔 넣어버렸다. 그래도 딱히 기분이 풀리지는 않았다. 오늘은 유난히 기분이 안 좋은 날이었다. 은채가 오지 않아서인지, 비가 내려서인지 알 수는 없었다. 전부 다 영향을 끼쳤을 수도 있었다.

도혁은 와인 잔에 와인을 따르고는 클래식 음반들 앞으로 걸어갔다. 오늘 같은 밤은 분명 쉽게 잠들 수 없다는 걸 오랜 경험으로 알고 있다. 이럴 때면 항상 그는 와인을 마시며 클래식 음악을 듣는다. 그가 음악을 접하게 된 게 불면증 때문이라고 은채에게 말한다면 그녀는 분명 한껏 그를 비웃을 것이다. 평소처럼 브람스의 음반을 꺼내 틀면 되지만 오늘은 브람스가 별로 듣고 싶지가 않았다.

다른 걸 들어볼까? 하지만 딱히 마음에 드는 게 없었다. 한참 고르던 도혁은 결국 못 고르고 핸드폰을 집어 들었다. 색다른 음악을 들을 거면 아예 차원이 다를 정도로 색다른 게 나을 것 같았다.

[왜 이렇게 늦게 전화해요!]

은채는 전화를 받자마자 성을 냈는데, 그 말투가 묘했다.

"내 전화 기다렸나?"

[그게 아니라, 내가 문자를 보냈으면 알아먹은 건지 싫은 건지 답 문자를 줘야죠.]

그냥 그 문자를 받았을 때 기분이 나빴을 뿐이다. 그러나 그런 걸 일일이 설명하기 싫었기에 도혁은 다른 이야기를 꺼냈다.

"아버지는 괜찮나?"

[디스크세요. 수술받고 계속 관리해야 한다고.]

"흠, 나이 때문이군. 어쩔 수 없는 거니 노래나 해봐."

[왜 우리 아버지 디스크가 내 노래로 연결돼요?]

그가 놀린다고 생각했는지 은채는 버럭 했다.

"시끄러운 소리가 필요한데, 그럼 딱 너잖아."

[지금 내 노래 시끄럽다고 욕하는 거예요?]

"난 원래 사람 목소리 들어간 노래는 다 시끄러워."

[노래 듣는 취향도 왜 그따위예요.]

"그냥 그렇게 생겨먹었나 보지. 불러봐."

[싫어요! 내 노래 듣고 싶으면 직접 찾아와서 부탁해요!]

뚝-.

은채는 그리 말하고 일방적으로 전화를 끊어버렸다. 도혁은 끊긴 전화를 귀에서 떼고 쳐다보았다. 그녀는 학습 능력이 정말 없다. 그의 앞에서 함부로 말하면 큰일 난다는 걸 아직도 모르니 말이다.

밤중에 걸려온 도혁의 전화 때문에 그녀는 잠이 완전히 깨버렸다. 간이침대에서 1시간 가까이 잠을 설치던 은채는 결국 자는 걸 포기

하고 아버지가 가져오라고 시켰던 가족 앨범 한 권을 끌어다가 펼쳐 보았다. 언니인 은서의 고등학교 졸업식 사진이 나왔다. 그녀는 언니 옆에서 온갖 인상을 쓰고 서 있었다. 정확히 기억은 나지 않지만 사진 찍기 직전에 아버지에게 잔소리를 들었을 것이다. 평생 그 패턴이었으니 그럴 게 분명했다.

"어째 사진들이 죄다 이은서 위주로 정리되었어. 내가 주인공인 건 하나도 없어."

은채는 투덜거리면서 앨범을 한 장 한 장 넘겼다. 이은서의 고등학교 졸업부터 명문 대학 입학 사진이 아주 이은서 위주로 트로피처럼 정리되어 있었다. 이때 그녀는 친구들이랑 밴드 한다고 설치며 아버지에게 집중적으로 얻어터지던 시기였다. 그녀의 사진들로 앨범이 정리되었다면 전부 경찰서 조서에나 어울리는 사진들일 것이다.

"어?"

언니의 대학교 입학 사진을 보던 은채는 눈을 동그랗게 떴다. 자세히 보이지는 않았지만 뒤에 풍경처럼 찍힌 사람 중 한 명이 그녀의 눈에 익었다. 가까이 가서 본다고 더 선명하게 보이는 건 아니겠지만 은채는 앨범에 코를 박고 군중 속에서 고고한 학처럼 턱을 치켜들고 있는 남자를 자세히 보았다. 뒷모습에 가까운 측면이라 얼굴의 반은 가려졌지만, 이 도도한 뒤태는 분명……

부르르르르르-.

핸드폰의 진동 음과 함께 심장이 부르르르 떨렸다. 액정에는 '권도혁'이 찍혀 있었다. 꼭 사진 속의 뒤태남이 시간과 공간을 초월하여 그녀에게 전화를 걸어온 듯한 기분이 들었다.

"여, 여보세요."

그래서 은채는 아주 조심스럽게 전화를 받았다.

[죄지었군. 그새 사고 쳤나?]

싸가지 없는 말투를 듣자마자 잠시 느꼈던 판타지가 바로 깨져버렸다.

"노래 안 부른다니까요. 전화하지 마요."

[그래서 내가 꾸역꾸역 왔어. 나와서 노래 불러.]

진짜 그녀의 노래를 들으려고 이 야밤에 병원까지 왔단 말인가.

은채는 믿기 힘들어서 전화기를 귀에서 떼고 쳐다보다 다시 귀에 가져다 대며 더 은밀하게 물었다.

"정말 병원이라고요?"

[클랙슨 울려줄까? 환자들 다 깨겠군.]

"아뇨. 누르지 마요. 내가 나가요!"

심장이 쫄깃해지는 건 아버지가 깨실까봐 불안했기 때문이다. 절대 도혁이 찾아와서가 아니었다.

비가 사각거리는 눈처럼 내리는 밤이었다. 인적이 끊긴 바깥세상은 아무도 살지 않는 곳처럼 고요했다. 그 한가운데 도혁의 차가 밤길을 밝히듯이 한 줄기 빛을 발하며 서 있었다. 그래서 도저히 그녀가 찾지 못할 수가 없었다. 밤은 이렇게 어둡고, 빛은 저리 밝다는 걸 은채는 새삼 느꼈다.

저벅저벅-.

보슬비를 맞으며 도혁의 차까지 걸어간 은채는 바로 타지 못하고 밖에서 차 안의 도혁을 쳐다보았다. 이 남자는 도대체 무슨 생각으로 여기까지 온 것인지 정말 예측 불가였다. 사진 속 뒷모습의 도혁만큼이나 현실의 도혁도 자신만의 우아한 세상 속에 갇힌 까다로운 남자였다. 아마 단 한 번도 다른 이를 위해 자신을 버려본 적이 없을 것이다.

찰칵─.

그런 그가 먼저 문을 열었다.

"들어와. 비 와."

그가 상냥하게 말을 걸어왔다.

그녀가 차에 타자마자 비는 좀 더 거세졌다. 은채는 젖은 개처럼 머리를 거세게 흔들며 물기를 털어냈다. 너 때문에 젖은 거라고 텃세를 부리는 거였는데 도혁은 담담히 주머니에서 손수건을 꺼내더니 그녀에게 내밀었다.

"개처럼 굴지 말고 닦아."

은채는 가늘게 뜬 눈으로 도혁을 노려보며 낮게 말했다.

"개한테 물려본 적 없죠?"

"있어. 사냥개한테. 이빨이 호랑이 같더군."

도혁이 호랑이 같은 개한테 물렸다던 말에 은채는 화내던 것도 잊고 놀라서 두 눈을 동그랗게 떴다.

"안 다쳤어요?"

"수술했어."

크게 다쳤다는 말을 아무렇지 않게 하며 도혁은 손수건을 펼쳐 그녀의 젖은 머리를 닦아주었다. 머리를 꾹꾹 누르는 긴 손가락의 힘이 그녀를 들었다 놨다 했다.

"미친개였어요?"

"아니, 아버지가 키우던 개."

"네? 아버지가 왜 그렇게 무서운 개를 키우신 건데요?"

"강하니까. 아버지는 약한 거 싫어해."

"그렇다고 자기 자식 무는 개를 키우는 건 아니죠."

"그래, 그래서 나 수술받을 때 그 개는 사살 당했어."

'사살'이란 말은 안락사라 말하기에는 너무 어감이 셌다. 무슨 말을 하건 감정이 절제된 그의 어법 때문인지 그 말은 더욱 독한 느낌을 주었다.

그러고 보니 그의 입을 통해 그의 어릴 적 이야기는 듣는 건 처음이었다. 그의 어린 시절은 다 그런 식인가 싶어 묻기가 꺼려졌다. 그래서 은채는 입을 꾹 다물고 도혁을 쳐다보기만 했다. 그리고 도혁은 도자기 닦듯이 그녀를 닦아주는 것에만 열중하고 있었다.

"아무 말이나 해. 네 목소리 듣고 싶어서 온 거니까."

은채는 다시 눈을 크게 뜨고 그를 올려다보았다. 술 냄새도 나지 않는데 이 남자가 왜 이러나 싶었다.

"무슨 일 있었어요?"

"그런 얌전한 목소리 말고. 시끄럽게."

야, 이 자식아! 이렇게 말입니까? 밖에 비가 내리고 인적이 끊긴 밤이라서인지 꼭 세상에 둘뿐인 듯했다. 차 안이 좁아서 평소보다 좀 더 많이 옆자리의 그가 의식되는 것 같았다.

"아버지 퇴원하면 바로 일 나갈게요. 그사이 못한 건 더 연장해서 30일 채우고요."

은채는 부담 없는 말을 꺼냈고, 도혁은 아무래도 상관없다는 듯이 별말이 없었다.

"설마 나보고 계속 떠들라는 건 아니죠?"

"네가 가져온 꽃 내가 버렸어."

그는 그냥 입을 다물고 있는 게 더 정이 갈 수도 있겠다. 입을 열면 이리 얄미운 소리만 하니까 말이다.

"설마 여자들이랑 연애할 때도 이렇게 말하지는 않았죠?"

"그땐 굳이 말이 필요 없었지."

굉장히 농축된 외설성 짙은 말 같아서 은채는 얼굴을 찌푸렸다.

"여자들이 그런 걸 좋아했어요?"

"그래. 그래서 난 여자라면 다 좋아하는 줄 알았는데. 널 보니 딱히 그런 것도 아니군."

"그래서 당신이 날 안 좋아하나보죠? 엄청 다행이네요."

맞다고 맞장구를 쳐야 하는 도혁이 그녀를 빤히 보기만 해서 은채는 눈살을 찌푸리며 항변했다.

"나도 연애 경험은 있어요! 사람 우습게 보지 말아요."

자기 혼자 멋대로 짐작하고 화를 내는 은채가 어이없어서 도혁은 실소를 지으며 앞을 보았다.

비가 거의 그쳐가고 있었다. 그리고 꿀꿀했던 그의 기분도 거의 사라졌다.

"그래서 넌 어떤 남자를 만났는데?"

그가 설마 남의 연애사에 관해 묻게 되는 날이 올 줄은 몰랐는데 이리 묻고 있었다. 이건 무슨 심리 작용인지 그의 정신과 주치의 진우를 찾아가면 꼭 물어봐야 할 듯했다.

"당연히 음악을 사랑하는 남자죠."

"돈 없는 백수라는 소리군."

"아니거든요! 다들 아티스트였어요!"

아티스트는 개뿔. 분명 헛꿈 좇는 한심한 백수들이라고 도혁은 스스로 결론 내렸다.

"그러는 당신은 얼마나 대단한 여자를 만났는데요? 그래 봤자 당신 돈 보고 접근했던 여자들 아니에요?"

틀린 말은 아니었다. 그를 만났던 여자들이 그에게 보인 관심에는 분명 그의 재력도 큰 비중을 차지했을 것이다. 그도 그걸 당연하게 여겼었다. 그래서 그에게 부족한 마음을 돈으로 채우려고 했었다. 그게 그는 더 편했으니까. 그리고 여자들은 아무리 예쁜 여자라도 돈에 길들여질수록 추해졌었다. 그랬기에 이별이 아팠던 적은 한 번도 없었다. 사실 그 여자들을 자신이 진심으로 좋아했는지도 도혁은 확신할 수 없었다.

"내가 돈 빼고는 아무것도 없는 남자로 보이나?"

도혁의 질문에 은채는 움찔했다. 뭔가 허를 찔린 기분이었다.

"아무리 봐도 성격 나쁘고 재수 없는 재벌 자식일 뿐이야?"

왜 군이 자신을 비하하며 그녀에게 대답을 강요하는 거란 말인가.

은채는 다가오는 도혁에게 밀려 구석으로 몸을 피하며 대답을 회피했다.

"말해봐. 내 얼굴에 보이는 게 정말 돈뿐이야?"

칼로 정교하게 조각해놓은 듯한 도혁의 얼굴이 코앞까지 다가와 그녀의 눈을 어지럽혔다. 향수도 뿌리는지 수컷 향기가 그녀의 코까지 괴롭혔다. 더는 도망칠 곳도 없고, 대답도 궁색해지자 은채는 두 눈을 질끈 감으며 소리쳤다.

"알았어요! 조조 영화 보여주면 되잖아요!"

여기서 갑자기 웬 영화? 그러고 보니 그녀가 전에 자기 전 재산으로 조조 영화라는 걸 보여주겠다고 한 적이 있었다.

"토요일 아침 8시까지 XX 시네마로 나와요!"

은채는 그 말만 하고는 차 문을 벌컥 열고 도망치듯 나가버렸다. 도혁은 병원으로 뛰어가는 은채의 뒷모습을 보며 황당해졌다. 이렇게 개밥 주듯이 던져주는 데이트 신청은 처음이었다.

은채는 자신이 뱉어낸 대로 토요일 아침 8시에 영화관으로 나갔지만 엄청 후회하고 있었다. 왜 군이 그 순간에 자신이 영화를 보여주겠다고 말한 건지. 그냥 '너 재수 없어.'라고 말하고 끝내면 되는 거였는데.

도혁이 8시가 되어도 나타나지 않으면 그가 약속을 어긴 것이라 여기고 그냥 가버릴 생각이었다. 그러니까 '오지 마라, 오지 마라, 오지 마라……' 그렇게 자기 암시를 걸고 있는데 아침 일찍 영화를 보러 나온 사람들이 한쪽을 보며 수군거리기 시작했다.

"영화배우 아냐?"

"그러게. 길준 닮은 것도 같고."

길준이면 엄청 잘생긴 영화배우였다. 부지런히 움직였더니 재수 좋게 연예인을 보는 건가 싶어서 은채는 사람들의 시선을 좇아서 고개를 돌렸다. 하지만 그녀가 기대한 유명 스타는 어디에도 없었다. 대신 선글라스를 쓴 도혁이 이쪽으로 걸어오고 있었다. 그러니까 도혁은 돈도 많은 남자에, 선글라스 하나에 영화배우 포스도 나는 남자였다.

"진짜 왔네요."

그녀의 말에 도혁은 살짝 눈썹을 찌푸렸다.

"막상 나한테 전 재산을 쓰려니까 아까운 건가?"

그런 옹졸함보다는 더 복잡한 마음이었다. 도혁이 와서 반가운 것도 같고, 난감한 것도 같았다.

"영화 표 끊고 올게요. 기다려요."

어쨌든 자신이 보여주기로 약속한 영화였기에 은채는 매표소로 걸어갔다. 걸어가다 도혁을 혼자 두고 가는 게 좀 걸려서 뒤돌아보니 어린애들이 도혁에게 다가가 말을 거는 게 보였다. 성인 여자뿐만 아니라 저런 꼬마들한테도 통하다니. 대단하다 생각하고 있는데 한 꼬마가 도혁에게 물었다.

"아저씨, 연예인이에요? 어디 나왔어요?"

선글라스를 써서 잘 보이지 않았지만 황당해하는 도혁의 표정이 느껴졌다.

"아니야."

애들한테 저리 무섭게 말하다니. 나중에 좋은 아빠가 되기는 글렀다.

"근데 왜 영화관에서 선글라스 썼어요? 그런 거 연예인들이나 쓰는 건데."

그 말의 무언가가 도혁의 심기를 건드렸나보다. 도혁이 아이에게 한 발 다가서는데, 절대 귀여워서 그러는 게 아니었다. 아이돌 팬클럽 회원 필이 나는 꼬마와 도혁이 2차전을 벌이기 전에 그를 아이들에게서 떼어놓아야 했다. 은채는 도혁에게 다가가 그의 팔에 팔짱을 끼고 끌어당겼다.

"같이 가요."

웬일로 도혁은 순순히 끌려왔다.

"아저씨, 연예인 맞죠!"

꼬마는 도혁이 상대해주지 않아 분했던 건지, 아니면 진짜 그리 생각한 건지 뒤에서 빽 소리쳤다. 덕분에 영화관에 있던 사람들의 시선이 몰렸다.

"어? 길준 아냐?"

이번엔 닮았다는 수준이 아니라 아예 그 사람이라고 확신하고 있었다. 말도 안 되는 유언비어는 그 파급 효과가 진실보다 큰 법이다. 갑자기 사람들이 길준이라고 소리치며 핸드폰 카메라를 들이밀었다. 그걸 보고 있자니 괜히 억울한 일을 당해 화병이 생기는 사람이 넘쳐나는 게 아니라는 생각이 들었다.

"길준이 누구야?"

사람들을 피해 영화관 안으로 들어와서 도혁이 불쾌한 어조로 물었다.

"있어요. 잘생긴 영화배우."

얼굴은 겁나게 잘생겼는데 발연기로 욕먹는 반짝 스타였다. 그래도 잘생긴 사람을 닮았다고 하면 기분 좋아할 줄 알았는데 도혁은 더욱 불쾌한 표정을 지었다. 자신이 짝퉁 취급을 받아 기분이 상한 듯했다.

"오해받기 싫으면 선글라스 벗던가요."

어차피 맨얼굴은 별로 닮지 않았다. 저 선글라스가 요물인 것이다. 도혁은 그제야 쓰고 온 선글라스를 벗었다. 맨얼굴을 보니 어째 길준보다 더 잘생긴 것도 같았다. 이번에 눈이 삔 건 아무래도 그녀 같았다. 잘생기긴 개뿔. 못되게 생긴 거지.

"영화관 와본 적 있어요?"

"없어."

"도대체 뭘 하고 산 거예요?"

"네가 하지 못한 것들을 주로 했지."

그래, 권도혁은 딴 세계 사람이다.

"그러니까 당신과 나의 유일한 접점은 정신병원이라는 거네."

은채는 그 사실이 재미있다는 듯이 혼자 키득키득 웃었다.

도혁은 무표정한 눈으로 은채를 보았다. 사실 그의 입장에서는 인디아 레드 앨범이 둘 사이의 더 큰 접점 같았지만 그걸 그녀에게 말할 수는 없었다. 어쩌면 그녀가 아버지와의 관계를 숨기고 있는 것일 수도 있으니까. 그녀가 그리 용의주도하지 못하다는 걸 겪어보니 알 수 있었다. 하지만 그렇다고 완벽히 신뢰할 수도 없다. 한 사람을 신뢰한다는 건 결코 함부로 해서는 안 되는 위험한 행동이었다.

"그럼 진짜 어디가 안 좋아서 형부한테 상담받는 거였어요?"

"내가 왜 그걸 너한테 말해야 하지?"

급격히 싸늘해진 도혁의 목소리에 은채는 움찔했다. 그녀가 너무 경솔하게 물은 것 같다는 생각이 들기도 했다. 하지만 그렇다고 해도 바로 사람을 앞에 놓고 얼음벽을 세우다니. 은채는 도혁의 태도에 상처를 받았다. 그에게 화가 난 적은 수도 없이 많았지만 그로 인해서 상처를 받은 건 처음인 것 같았다. 그 차이의 극명함에 상처가 더 벌어졌다.

결국 영화가 시작될 때까지 두 사람은 한마디도 하지 않았다. 영화관이 어두워져 바로 옆에 있는 사람의 얼굴도 보이지 않게 되자 도혁은 살짝 고개를 돌려 은채를 보았다.

은채는 스크린을 보고 있었다. 입을 꾹 다물고 아무런 표정 없는 그녀의 얼굴을 보니 자신이 좀 심하게 말한 건가 싶었다. 하지만 그런 생각을 하는 자신이 어이가 없기도 했다. 그럼 남에게 함부로 자신의 약점을 털어놓기라도 하란 말인가. 도혁은 박 실장에게도 정신과 상담에 대해서 숨기고 있었다. 그는 고개를 돌려 스크린을 보았다. 그는 그냥 영화나 보려 했다. 하지만 영화가 상영되는 내내 옆자리에 조용히 있는 사람이 신경 쓰였다. 그답지 않게. 참 쓸데없이.

"난 아버지 때문에 병원으로 바로 가봐야 해요. 그러니까 여기서 헤어져요."

영화가 끝나고 영화관에서 나오자마자 은채는 도혁에게 각자의 길로 가자고 먼저 말했다. 그래서 미련 없이 돌아서는데, 도혁이 그녀의 손을 잡았다. 은채는 표정 없는 얼굴로 돌아보았다. 왜 붙잡느냐는 듯이. 도혁도 우선 붙잡고 본 것이라 입에서 나오는 대로 말했다.

"아침부터 삼겹살 구워 먹던 사람이 배도 안 고파?"

"안 고파요."

당연히 배가 고파야 이은채인데 말이다. 이은채가 이은채 아닌 척하고 있으니 도혁은 답답했다.

"내가 배고프니까 그냥 같이 먹어."

도혁은 은채의 손을 잡아끌고 바로 앞에 있는 식당 문을 열고 들어갔다. 멀리 가면 그녀가 그냥 가버릴 것 같았으니까. 그런데 들어가 보니 식당이 이상했다. 사람들이 테이블에 앉아 있는 게 아니라 계산대에 쭉 줄을 서 있었다.

"진짜 여기서 먹겠다고요?"

은채가 의외라는 눈으로 도혁을 올려다보았다. 그는 혹시나 하는 눈빛으로 그녀를 내려다보았다.

"이상한 거 파는 곳인가?"

"맥도날드잖아요."

패스트푸드점이라는 소리였다.

가장 빠르고, 가장 싸고, 가장 건강을 해치는 음식을 파는 곳.

내가 어쩌다 이런 곳을 선택했지? 내가, 왜. 카오스에 빠진 도혁에게 은채는 불고기 버거 세트를 먹을 거라고 알려주었다. 그래서 도혁은 다른 곳으로 가자는 말을 할 타이밍을 빼앗겨버렸다. 주문을 어떻게 하는지 모르는 도혁은 결국 은채가 고른 메뉴를 2인분 시켰다.

햄버거 봉지를 벗긴 도혁은 빵 사이의 부실한 고기와 채소를 보고는 얼굴을 찌푸렸다. 쉐프가 하는 요리만 먹었던 그에게 이건 요리라고 말할 수 없는 수준의 음식이었다.

"당신이 먹자고 한 거니까 다 먹어요. 하나도 남김없이 다."

은채의 말에 도혁은 먹기도 전에 먹기 싫어졌다. 그녀의 말은 그에게 고문이나 마찬가지였다. 배고프지 않다던 그녀가 자신보다 더 잘 먹는 걸 보고 도혁은 의심스러운 목소리로 물었다.

"맛있나?"

"햄버거니까 당연히 맛있죠."

은채는 콜라에 꽂힌 빨대에 입을 대고는 쭉 빨아들였다. 그녀의 통통한 입술에 순간 그의 시선이 집중되었다.

"콜라도 맛있냐고요? 겁나 맛있으니까 먹으라고요."

그가 쳐다보는 걸 느낀 그녀가 한 소리 했다.

도혁은 우선 콜라를 한 모금 마셔보았다. 그나마 가장 만만한 음식이었으니까. 콜라만 마시는 그를 지켜보던 은채는 앞으로 몸을 숙이며 한마디 했다.

"햄버거도 못 먹으면서 왜 여기로 들어온 거예요?"

도혁은 그런 게 아니라는 듯이 그제야 햄버거를 한 입 베어 물었다. 몇 번 씹는 것 같더니 그의 얼굴이 점점 굳어졌다. 꼭 상한 고기라도 씹은 듯한 얼굴이었다. 삼겹살을 먹을 때보다 더 심했다. 가만히 보고 있자니, 도혁이 손으로 입을 가렸고, 이내 그의 얼굴빛이 나빠졌다. 씹지 않고 넘기려는 듯, 그의 입이 움직이지 않았다.

주문할 때만 해도 은채는 한번 당해보라는 마음이 더 컸다. 하지만 지금 괴로워하는 걸 보니 괜히 햄버거를 주문했다는 생각이 들었다. 먹을 거 가지고 사람 괴롭히면 나쁜 건데 말이다.

은채는 말없이 티슈를 도혁의 앞에 내밀었다. 도혁은 바로 그 위에 삼키지 못한 햄버거를 뱉어냈다. 역시 사람은 자기가 하던 대로 살아야 하나보다. 맞지 않는 걸 억지로 하려고 하니 바로 탈이 난 것이다.

은채가 병원에 와보니 아버지는 또 가족 앨범을 보고 있었다. 디스크 수술도 수술이라고 아버지는 수술 날짜를 받아놓고는 집에 가서 앨범을 가져다달라고 하셨다. 그러고는 병실에서 온종일 앨범만 보셨다. 꼭 마지막을 준비하는 사람처럼 말이다. 그 꼴이 이젠 보기가 싫어서 은채는 퉁명스럽게 한마디 했다.

"차라리 만화책을 봐. 그게 더 재밌잖아."

"그러는 너야말로 네 엄마 사진 보기 부끄럽지도 않냐!"

"그럼 엄마 사진 안 보면 되지."

은채의 쿨한 대답에 만덕은 울컥해서 앨범을 던질 듯이 집어 올렸다가 허리에서 전해져오는 통증에 신음을 흘리며 어깨를 아래로 툭 떨어뜨렸다.

"너도 제발 그만 좀 정신 차리고 남들처럼 살아. 그래야 내가 편하게 눈을 감지."

병원이 무서운 곳이기는 한가보다. 아버지 입에서 먼저 죽는다는 소리가 나오는 걸 보니 말이다. 보통의 딸이었으면 이쯤에서 눈물을 흘리며 잘못했다고 빌 테지만, 그녀가 아버지를 모르겠는가. 아버지의 강철 같은 고집과 체력을 그녀는 잘 알고 있었다. 허리 좀 아프다고 이리 나오시는 건 명백히 엄살이었다.

"아버지나 외로우면 죽은 사람 사진 보지 말고 재혼을 해. 아버지 지금이 완전 제철이야."

"내가 생선이냐! 뭐가 제철이야!"

그냥 아버지도 당신 행복만 생각하며 살면 좋겠는데 말이다. 그럼 그녀도 편하고 아버지도 지금보다는 더 행복해질 수 있을 거 같은데. 그러지 않으셔서 은채는 참 답답했다.

"큰 소리가 복도까지 들려서 들어와봤습니다. 두 분 싸우시는 거 아니죠?"

갑자기 병실 문이 열리면서 하얀 의사 가운을 입은 태경이 얼굴을 내밀며 물었다. 그녀는 아니라고 말하려는데 아버지가 갑자기 이불을 뒤집어쓰고 누우시며 피곤한 척을 하셨다.

"난 이제 좀 쉬어야겠으니 넌 가."

"방금 왔는데 가긴 어딜 가."

그럴 거면 햄버거 먹고 지옥의 맛을 본 듯한 표정을 짓는 도혁을 그렇게 놔두고 오지도 않았을 것이다.

"아버지 주무시는 동안 은채 씨는 산책이라도 해요. 계속 안에만 있기 답답하지 않아요?"

"전 괜찮아요."

은채는 병원에 있는 동안만이라도 아버지 옆에 얌전히 있을 생각이었다. 그런데 주무신다던 아버지가 갑자기 발로 그녀의 엉덩이를 쿡쿡 찌르는 것이었다.

"자려면 곱게 자지! 왜 사람을 발로 찔러!"

은밀하게 의사 선생을 따라나가라고 코치를 해줬던 만덕은 은채가 눈치도 없이 짜증을 내자 또 버럭 해버렸다.

"나가라고! 의사 선생이랑 같이!"

"의사 선생 바빠! 나랑 놀 시간 따위 없다고!"

"시간 있는데."

태경의 말에 티격태격 싸우던 두 사람은 동시에 고개를 돌려 그를 보았다. 태경이 하얀 의사 가운에 잘 어울리는 깨끗한 미소를 짓고 있었다. 그런 태경의 모습에 은채보다 아버지가 더 황홀한 듯한 표정을 지었다. 오랜만에 어머니의 사진을 본 것보다 더 감격한 듯했다.

"저 시간 있어요."

없어야 맞는 건데 말이다. 은채가 입을 꽉 다물고 태경의 얼굴을 보고 있기만 하자 이번엔 아버지가 대놓고 그녀의 엉덩이를 발로 차 태경이 있는 쪽으로 밀어버렸다. 왜 이러냐고. 이미 의사 사위 있잖아. 근데 왜 또 욕심이야.

어쩌다보니 아침에는 재벌이랑 데이트하고, 오후에는 의사랑 산책하고 있었다. 내가 이렇게나 잘나가는 여자였다니. 새삼 감탄해 보지만 실속은 하나도 없다. 재벌은 몇 주 지나면 굿바이 할 사이였고, 의사는 아버지 퇴원하면 안 볼 사람이니까.

결국 그녀의 남자는 하나도 없었다. 그리고 두 사람 다 그녀의 취향도 아니었다. 둘 다 음악에 대해 잘 모르니 말이다. 그녀는 음악하는 남자가 좋았다. 그냥 이유 없이 끌렸다.

"인디아 레드 공연은 언제 해요?"

그나마 그녀의 음악에 관심을 보여주는 의사 쪽이 좀 더 호감이 가야 하는데 은채는 그와 있으면 자꾸 도혁이 생각났다. 반작용인가 보다. 이렇게나 반듯한 사람과 있으면 그렇게나 못된 사람이 신기해지는 것이다. 마요네즈를 욕하던데, 지금은 괜찮아졌나 모르겠다.

벌컥벌컥, 집에 돌아와서도 도혁은 계속 물을 마셨다. 입안이 찝찝해서 참을 수가 없었다. 심해봤자 삼겹살 쌈 정도겠지 생각하고 먹은 게 실수였다. 음식 냄새조차 싫어서 집에 절대 음식을 사놓지 않을 정도로 까다로운데 아무거나 주워 먹었으니 괜찮을 리가 없었다. 특히나 햄버거 안의 마요네즈는 그가 먹은 것 중 단연 최악이었다. 느글거림은 아무리 물을 마셔도 사라지지 않았다. 도혁은 물 한통을 다 비워내고서는 잠잠한 핸드폰을 노려보았다.

그렇게 헤어졌는데 전화 한 통 없는 은채가 괘씸하기까지 했다. 이젠 괜찮으냐는 문자 한 통 정도는 보냈어야 옳았다. 세상에 중요한 게 아버지 허리만 있는 게 아니었다. 도혁은 거칠게 핸드폰을 들어 올렸다. 자신이 먼저 전화를 하려고 번호를 누르던 도혁의 손가락이 멈칫했다. 전화해서 뭐라고 하려고? 패스트푸드점에 먼저 들어간 것도 그랬다. 그리고 설마 지금 햄버거 따위로 화내고 있는 거야?

도혁은 핸드폰을 위험 물질인 듯 내려놓고 멀리 떨어졌다. 바보같이 행동하면 안 되었다. 그는 이은채가 필요해서 계약으로 묶은 거지, 그녀랑 연애 같은 걸 하는 게 아니었다. 그러니 전화하지 않는다고 화를 내는 건 옳지 않았다. 냉정해지자. 냉정해져.

"우욱."

또 느글거림이 느껴지자 도혁은 서둘러 욕실로 걸어갔다. 다시 양치질을 해야겠다. 도저히 참을 수가 없었다. 이게 다 이은채 방식으로 맞추려고 하니까 생긴 불상사였다. 처음부터 그의 방식대로 그녀를 이끌었다면 이런 바보 꼴이 될 일도 없었다.

오랜 양치질을 끝내고 나온 도혁은 박 실장에게 전화했다.

"내일 아버지 건강검진 받으실 때 저도 가겠습니다."

[네?]

그는 작년에 건강검진을 받았기에 올해는 필요 없었다. 그렇다고 평소에 알뜰하게 아버지를 챙기던 아들도 아니었고. 목적이 너무 분명했기에 박 실장은 불안하게 물었다.

[굳이 그렇게까지 하셔야겠습니까?]

권 회장이 건강검진 받는 곳은 은채의 아버지가 입원해 있는 세진병원이었다.

"아들이 아버지 건강 챙기는 게 나쁜 겁니까?"

그게 아닌 것 같아 한 질문이었다. 하지만 박 실장은 도혁에게 나쁜 짓 하면 안 된다고 혼을 낼 위치가 못되었기에 그냥 알았다고 말하고 전화를 끊어야만 했다.

아침에 눈을 뜬 은채는 멍하니 병원 천장을 올려다보았다. 잠 잘 자고 일어나서는 권도혁이 뭐 하고 있을까 생각하는 자신이 참 어이가 없었다. 그 인간 생각을 갑자기 왜 하는데. 그것도 아침에 눈을 뜨자마자. 아무래도 햄버거를 먹고 그리 힘들어할 줄 몰랐기에 그런가보다. 앞으로는 못 먹는 음식은 억지로 먹이지 말아야겠다. 괜히 못된 인간이 힘들어하는 모습이 짠해서 어설프게 마음을 줄지 모르니까. 그런 건 안 좋았다.

"일어났으면 퍼뜩 세수하고 정신 차려!"

아버지의 잔소리는 병원에서도 이어졌다. 은채는 늦장 부리지 못하고 일어나서는 수건 하나를 들고 병실을 나섰다. 병원이라서 화장실에서 세수해야 했다. 병원 복도를 어기적거리며 걸어가는데 급하게 복도를 뛰어가던 의사가 그녀의 어깨를 치고 지나갔다. 의사는 멈추지 않고 달려가며 급하게 그녀에게 사과했다.

"미안해요. 제가 정말 급해서."

의사가 급하다고 하면 사람 목숨과 관련 있는 일이라고 생각해서 너그럽게 용서하게 된다. 그래서 은채는 지나가는 간호사에게 걱정하는 마음으로 물어보았다.

"큰 사고라도 났어요?"

간호사는 웃으며 아니라고 고개를 저었다.

"오늘 그룹 회장님이 건강검진 오시거든요. 그래서 병원 의사들이 다들 비상이에요."

이런, 바로 욕이 나왔다. 아픈 환자도 아니고 고작 건강검진 받으러 오는 사람 때문에 저러는 건가 싶었다. 돈 자랑하는 권도혁만 나쁜 것이 아니었다. 그런 권도혁 앞에서 알아서 기는 것도 충분히 나쁜 일이었다.

투덜거리며 화장실로 걸어가던 은채는 무언가를 깨닫고 멈추어 섰다. 세진 병원과 관련된 그룹은 세진 그룹이다. 세진 그룹 회장님이라면 세진 건설 대표인 권도혁의 아버지일 것이다. 은채는 몸을 돌려 질문에 대답해준 간호사에게 다가가 조심스럽게 물었다.

"그 회장님이라는 분 몇 시에 오세요?"

연예인도 아니지만 굉장히 궁금했다. 아들을 그렇게 키운 권도혁의 아버지라는 사람은 도대체 어떻게 생겨먹었는지.

도혁이 아버지의 건강검진에 동행한 건 처음이었지만 권 회장은 그에 대해 이유도 묻지 않았다. 가족이 안 하던 행동을 하면 무슨 일이 있거나 건강이라도 안 좋은 건가 걱정하기 마련인데 말이다. 원래 대화 없는 묵직한 침묵에 익숙한 부자였다.

말없이 병원으로 향하고 있는데 도혁의 핸드폰에서 경쾌하게 카톡 음이 울렸다. 그 소리에 눈썹이 위로 올라간 건 권 회장이었다. 권 회장이 쳐다보자 도혁은 바로 박 실장에게 말했다.

"또 손자가 보냈나 보네요."

박 실장은 자신의 것이 아니라는 걸 알았지만 할 수 없이 자신의 핸드폰을 꺼내서 오지도 않은 카톡을 확인했다. 그런데 불상사는 거기서 끝이 아니었다.

카톡, 카톡, 카톡.

박 실장이 핸드폰을 보고 있는 중에도 카톡 음이 계속 울리는 것이었다. 박 실장이 아무리 능력이 출중해도 도혁의 주머니에 있는 핸드폰을 무음으로 바꾸어놓을 수는 없었다. 박 실장은 곤란하다는 눈으로 돌아보았다. 이건 아무래도 그의 능력 밖의 일이라고.

도혁은 속으로 욕을 하며 재킷 주머니에서 핸드폰을 꺼냈다. 상황을 몰라서 하는 거라도 용서가 안 되었다. 메시지 확인도 하지 않고 핸드폰을 진동으로 바꾼 뒤 아무 일 없었다는 듯이 그냥 주머니에 넣으려는데 옆에 앉아 있던 권 회장이 차를 타고 처음으로 입을 열었다.

"왜 내용 확인을 안 하는 거냐?"

도혁은 말없이 아버지를 보았다. 변명해봤자 더 궁색해질 뿐이라고 생각했으니까. 권 회장은 표정 없는 눈으로 도혁을 보며 대답을 회피할 수 없는 목소리로 물었다.

"누구냐?"

도혁은 더 입이 다물어졌다.

왜 아버지를 곤란하게 만들기 위해 준비한 총알 때문에 자신이 곤란해진 것인지. 그는 이 상황이 지독히도 마음에 안 들었다. 그리고 은채를 뭐라고 말해야 하는지도 갈피를 잡을 수 없었다. 오히려 그가 아버지를 추궁해야 하는데 말이다. 도대체 어떻게 은채를 알고 있는 것이냐고. 왜 그녀의 앨범을 산 거냐고.

"요즘 만나는 여자입니다."

도혁의 말에 박 실장은 놀라서 뒤돌아보았다. 권 회장의 표정도 차갑게 날카로워졌다.

도혁만이 여유를 가장한 채 말했다.

"전 제가 고른 여자가 좋거든요. 아버지가 고른 여자 말고."

계획 없이 그 순간에 생각나는 대로 한 말인데 말하고 보니 그게 가장 그의 진심 같았다. 아버지 앞에서 이렇게나 솔직했던 적은 처음이었다. 그러나 그의 아버지도 보통 아버지처럼 만만한 사람은 아니었다.

"죽고 싶으냐?"

권 회장이 농담 따위를 할 사람이 아니었기에 박 실장이 파랗게 질린 얼굴로 돌아보았다. 이러다 도혁이 큰일 나는 건 아닌가 싶어서 그는 불안했다. 도혁은 죽고 싶은 마음 따위는 없었기에 운전기사에게 지시했다.

"차 세워요."

운전기사는 당황한 눈으로 도혁과 권 회장과 박 실장을 번갈아 보았다. 이 상황에서 운전기사는 자신의 의지로 아무것도 할 수 없는 운전 기계일 뿐이었다. 그의 의지로 세울 수 있는 차가 아니었다.

"차 세워."

권 회장의 입에서 떨어진 명령에 운전기사는 그제야 안도하고 갓길에 차를 세웠다. 벤츠가 부드럽게 멈추자마자 도혁은 문고리를 잡고 열었다. 그대로 내리려는 도혁의 등에 대고 권 회장이 말했다.

"3일 내로 정리해."

도혁은 싸늘한 눈으로 아버지를 돌아보았다.

"싫습니다."

옆에서 지켜보는 박 실장만 속이 타들어 갔다. 이런 불화를 만들려고 도혁에게 앨범을 보여준 게 절대 아니었다. 도혁은 길 중간에서 내렸다. 혼자 걸어가는 도혁의 뒷모습을 말없이 쳐다보던 권 회장이 도혁을 보던 것보다 더 싸늘한 시선으로 박 실장을 쳐다보았다.

"나한테 거짓말한 건가?"

박 실장은 쉽게 대답하지 못했다. 사실 이 상황에서 거짓 없이 진실을 말한다면 도혁이 거짓말한 것이 되었다. 은채는 도혁이 만나는 여자가 아니었다. 오히려 그것보다 더 난감한 사이였다.

"대표님이랑 다시 대화를 해보시는 게."

"지금 날 훈계하는 거야!"

벼락같은 권 회장의 말 한마디에 모든 게 꽁꽁 얼어버렸다. 박 실장은 당황스러웠다. 이래서 섣불리 말로 못 했던 것이었다. 이 빙벽을 녹이는 건 말 몇 마디로는 불가능하기에.

"알고 있겠지. 나한테는 자네 아니라도 부릴 사람은 많아. 그러니까 책임지고 알아내 와."

이미 도혁이 말한 여자가 누구인지 아는 박 실장은 복잡한 눈으로 권 회장을 보았다. 권 회장에게 보고하지 않은 이유는 권 회장을 생각해서 그런 것이기도 했다. 하지만 도혁이 도발하듯이 말해버린 지금은 숨길 수 없게 되었다. 결국 두 사람에게 영원히 대화는 불가능한 건가 싶어서 안타까웠다. 단 몇 마디, 속마음을 표현하는 말이면 충분한데 말이다. 두 사람은 그게 불가능해서 이리 철탑을 두른 사이가 되어버렸다.

회장님이 바로 온다는 간호사의 말에 은채는 세수도 하지 않고 병원 정문으로 나가보았다. 이미 병원 의사들이 VVIP 손님을 접대한다고 열 맞추어 나와 있었다. 이건 거의 국빈 대접이었다.

우리 아버지 바리깡 이야기할 때
엄청 나 무시했죠? 이번엔 내 차례라고요.

도혁에게 협박성 메시지를 보냈는데 돌아온 건, 무시였다. 엄청 뭐가 있는 듯이 메시지를 몇 개 더 보내놓고 권도혁의 아버지란 사람은 언제 오나 기다리고 있는데 그녀의 핸드폰이 울렸다. 혹시 도혁이 겁먹고 전화한 것인가 싶어 전화를 꺼내보니 병실에 있는 아버지가 건 것이었다.

[넌 또 어딜 싸돌아다니고 있는 거야? 잠잠했던 헛바람 다시 들었냐?]

"아버지는 나만 안 보이면 그래. 좀 딸을 믿어봐요."

[네가 믿게 행동을 해야 믿을 거 아니야! 바나나 우유 사서 빨리 와!]

결국 우유가 먹고 싶다는 거였다. 그럼 그냥 우유 사다달라고 하면 되지 아버지는 꼭 잔소리를 덧붙인다.

"알았어. 내가 우유 사서 금방 갈게."

전화를 끊고 다시 회장님이 오길 기둥 뒤에 숨어 기다리는데 모여 있던 의사들이 갑자기 수군거리는 거 같더니 투덜대며 해산하고 있었다. 회장님은 오지도 않았는데 말이다.

뭐지? 안 오는 건가? 에이 씨, 괜히 기다렸네.

그녀도 그만 포기하고 아버지가 드실 바나나 우유를 사러 편의점 쪽으로 향하는데 그녀의 핸드폰에 카톡 음이 울렸다. 도혁이 보낸 메시지였다.

> 네가 눈치 없이 보낸 메시지 때문에 어쩌다 보니 넌 내가 만나는 여자가 됐으니 그런 줄 알길. 이런 걸 자업자득이라고 하지.

이건 또 뭔 소리야! 안 그래도 충격을 주는 메시지라 얼이 빠져 있는데 도혁의 메시지가 연달아 또 날아왔다.

> 그리고 네 아버지 바리깡이랑 내 아버지 사냥총을 비교하는 건가? 가소롭군.

아무래도 권도혁을 끊을 때가 온 것 같았다. 계약이 끝날 때까지 기다리다가는 뭔 일이 생길 것 같았다. 빚을 내서라도 도혁의 돈을 갚고 끝내야겠다. 이런 위험한 남자 옆에서는 오래 있으면 안 되었다. 그럼 큰일 난다.

8. 그녀의 마음을 움직일 방법

"아빠, 돈 좀 있어?"

그녀가 사온 바나나 우유를 먹던 아버지는 바로 눈을 치켜떴다.

"네가 돈이 왜 필요한데!"

어떤 위험한 재벌 남자랑 엮이는 바람에 당장 몇백만 원을 갚고 관계 청산을 해야 한다는 말이 차마 나오지 않았다. 말하는 순간 맞을 게 뻔했으니까.

"그냥 딸을 위해 돈 좀 줄 수 없어?"

"이노무 가시나! 이리 가까이 와!"

아픈 허리 때문에 움직일 수 없는 아버지는 침대 위에서 가까이 오라고 명령했다. 그래야 때릴 수 있으니까. 그래서 그녀는 더 멀리 떨어지며 투덜댔다.

"나도 진짜 필요해서 하는 말이란 말이야. 내가 오죽하면 아버지한테 돈 달라고 하겠어."

"이리 오라니까!"

같은 병실 사람들은 이제 두 사람이 싸우는 건 익숙하다는 듯이 말리지도 않았다. 아버지랑 합세해서 그녀에게 잔소리하는 바람에 그녀만 피곤해졌다. 결국 그녀는 돈 없이 도혁의 집으로 향했다. 은채는 눈에 힘을 주고 높은 타워 팰리스를 올려다보았다. 그녀를 우습게 아는 도혁과 담판을 지어야 하니 정신을 똑바로 차리고 있어야 했다.

이번만은 절대 그에게 휘둘리면 안 되었다. 그녀가 아무리 돈이 없고 빽도 없고 직업조차 별 볼 일 없어도 그게 그녀를 함부로 대해도 되는 조건이 되는 건 아니었다. 권도혁은 사람을 대하는 태도가 잘못되었다. 아무도 가르쳐주지 않는 것 같으니 그녀라도 제대로 가르쳐줄 것이다.

은채는 힘을 주어 초인종을 눌렀다. 오늘은 일하러 온 게 아니었기에 도혁이 열어주는 문으로 들어가려고 했는데 아무런 응답이 없었다. 설마 일부러 안 열어주는 건가 싶어서 몇 번이고 눌러보는데 계속 반응이 없었다. 할 수 없이 은채는 핸드폰을 꺼내 들고 도혁에게 전화를 걸었다.

"지금 집 아니에요?"

일요일 밤이라 도혁이 당연히 집에 있을 거로 생각했다. 평소에 잘 돌아다니는 성격도 아니었으니까.

[그래. 밖이야.]

"나 할 말 있어요. 그러니까 당장 와요."

[나한테 이래라저래라 명령하지 마.]

"당신이 그렇게 만들었잖아요! 내가 왜 당신이 만나는 여자야! 그런 걸 그렇게 함부로 말하고 다니면."

[나 만나고 싶으면 청담동으로 와.]

청담동이면 도곡동에서 그리 멀지 않았기에 은채는 바로 차를 탔다. 청담동에 도착한 은채는 도혁이 있다는 장소 앞에 서서 바로 들어가지 못하고 머뭇거리게 되었다. 하필이면 도혁이 있는 장소가 세계적으로 유명한 주얼리 숍이었던 것이다.

"이건 또 무슨 수작이야."

정말 살 게 있어서 온 것일 수도 있지만 상대가 도혁이라서 그런지 순수하게 생각되지 않았다.

들어가기가 정말 꺼려졌지만 도혁을 만나야 하는 이유가 있었기에 은채는 배에 힘을 주고 어깨를 쫙 편 뒤 난생처음으로 명품 주얼리 숍 안으로 들어섰다.

"어서 오십시오."

잘 교육받은 직원이 한 치의 오차도 없는 것 같은 각도로 고개를 숙여 인사하며 정중하게 손님을 반겼다. 사람이 입은 옷도 검은색이고, 진열대도 검은색인데, 보석들만 오색찬란한 빛을 띠고 있었다. 압도되는 분위기에 은채는 몸에 잔뜩 주었던 힘이 절로 빠지고 있었다.

"저기, 제가 물건 사러 온 게 아니라 사람 만나러 온 거라."

은채는 주눅이 들어 목소리가 작아졌다. 아직 도혁을 만나지도 않았는데 큰일이었다. 만약 도혁이 이걸 노린 거라면 진짜 얍삽한 짓이었다. 도혁은 이런 장소가 익숙한 사람처럼 보석 진열장 앞에 서서 보석들을 보고 있었다. 은채는 직원에게 어색하게 웃어 보이고는 서둘러 도혁에게 다가가 그의 옆에 붙어 섰다. 그래야 욕을 하는 걸 남들이 못 들을 테니까.

"이런 거 선물할 여자도 없으면서 왜 여기 있어요!"

"내가 그런 여자가 있는지 없는지 네가 어떻게 알지?"

말하는 폼이 얼마나 뻔뻔한지 모르겠다. 없으니까 그녀를 만나는 여자라고 갖다 붙인 게 뻔하잖은가.

"하여튼 여기서 나가요. 내가 큰 소리 내면 당신도 쪽팔릴 거라고요."

좀 더 편하게 싸울 수 있는 장소로 이동하려는데 도혁이 갑자기 공작새의 쫙 펴진 날개 부분이 온통 보석으로 박혀 있는 모양의 목걸이를 그녀의 목에 대보았다. 화려함의 극치를 보여주는 목걸이였다.

"넌 화려한 게 잘 어울리는군. 어쩔 수 없는 무대 체질인가?"

너무 갑작스러운 데다가 거울에 비친 목걸이가 눈 돌아갈 만큼 예뻐서 은채는 그만 넋을 놓고 말았다. 그러게. 무대 위에서 노래 부를 때 하면 대박일 목걸이였다. 조명도 필요 없이 이 목걸이 하나 걸친 것만으로도 반짝반짝하겠다.

"사줄까?"

그 한마디에 나갔던 정신이 다시 돌아왔다. 은채는 도혁을 노려보며 경고했다.

"이런 거로 사람 낚지 마요. 당신이 더 싫어지니까."

여전히 그가 싫다는 은채의 말에 도혁은 쓴 미소를 지었다. 처음엔 그의 피부 밖에서 맴돌던 말이 어느새 그의 심장 가까이 파고들어온 것 같았다. 언젠가 저 말이 진짜 아프게 들리면 그땐 큰일이었다.

"포장해주세요."

그녀가 싫다고 했는데도 도혁이 보석 목걸이를 사려고 하자 은채는 화를 냈다.

"필요 없다고요."

목걸이를 상자에 조심스럽게 넣던 여직원이 이해하기 힘들다는 눈으로 그녀를 쳐다보았다. 이리 아름다운 목걸이를 사준다는데도 왜 싫다고 하는지 알 수 없다는 듯이.

"네가 필요 없다고 내가 내 돈으로 이걸 사면 안 되는 건 아니지 않나?"

도혁이 카드를 꺼내며 하는 말에 은채는 할 말이 없어졌다. 그건 그랬다. 그의 돈으로 무얼 사건 그건 그의 자유였다. 하지만 그녀에게 사준다고 물어본 뒤 사는 거라 은채는 그냥 찝찝했다. 그녀의 것이 아닌데 그녀와 상관있는 목걸이처럼 느껴졌다.

그녀가 필요 없다고 했지만 도혁은 기어코 그 목걸이를 사서는 숍을 나왔다. 도혁의 차에 같이 올라탄 은채는 도혁이 아무렇게나 내려놓는 보석 상자를 탐탁지 않은 눈으로 쳐다보며 화를 냈다.

"도대체 누구한테 날 만나는 여자라고 말했다는 거예요?"

도혁은 시동을 켜며 대수롭지 않게 말했다.

"우리 아버지."

아버지라는 말에 은채는 놀라서 두 눈이 커졌다. 도혁의 말 때문에 갑자기 회장이 병원에 오는 게 취소된 거라면? 은채는 그게 그리 단순한 일은 아닌 듯이 느껴졌다.

"설마 회장님이 나 잡아오라고 사람 보내는 거 아니에요?"

이미 도혁에게 한 번 잡혀간 경험이 있는 은채에게 그건 바로 눈앞에 닥친 위기였다. 아버지가 아들보다 더하면 더했지 못할 거 같지는 않았으니까.

"쓸데없는 걱정하지 마. 내가 있는 한 그렇게 못 하니까."

"당신이 뭔데요."

당신을 만나고 나서부터 되는 일이 없어! 그런 마음에서 화를 버럭 내는데 도혁은 덤덤한 눈으로 그녀를 보았다.

"내가 한 말의 책임은 내가 져. 너한테 지라고 안 해."

순간 욱신거렸다. 가슴 깊은 곳에 뭔가 와서 푹 찔린 듯한. 하지만 그런 말에 혹하면 그녀가 순진한 것이었다.

"그럴 거였으면 처음부터 그런 거짓말은 하지 말았어야죠."

"그럼 너도 처음부터 앨범 같은 거 만들지 말았어야지."

"여기서 왜 내 앨범을 걸고 넘어가요? 내가 그거 만들려고 얼마나 고생을 했는데."

사실 도혁도 앞으로 어찌 될지 정확히 알 수가 없었다. 아버지가 어찌 나올지, 아버지가 은채의 존재를 알게 되었을 때 어떤 반응일지, 은채와는 앞으로 어찌 될지 모든 것이 불투명했다. 심지어 오늘 산 목걸이조차 언제 주인을 찾게 될지 모르겠다. 그러니까 사준다고 할 때 그냥 받으면 얼마나 좋은가. 그럼 적어도 오늘의 마지막은 괜찮았을 텐데 말이다.

도혁한테서 받은 돈을 가능한 한 빨리 갚아버리고 싶어서 오랜만에 나온 일이었다. 맡은 일을 꾸역꾸역 하려고 애쓰고 있는데 갑자기 초인종이 울렸다.

이 집에는 방문객이 올 일이 없었기에 은채는 별로 개의치 않는 눈으로 인터폰을 보았다. 분명 잘못 찾아온 사람일 거로 생각했는데 인터폰 화면에 잡힌 권도연의 얼굴에 은채는 나오던 하품이 다시 쑥 들어가버렸다. 권도혁의 여동생이 다시 나타났다!

"권도혁 씨 지금 집에 없는데요."

[당신 만나러 온 거니까 문 열어요.]

어찌나 목소리가 싸늘한지 문을 열어주기가 싫었다. 하지만 권도혁이면 몰라도 은채는 사람을 무시하는 게 그리 쉽지가 않았다. 할 수 없이 은채는 문을 열어주었다. 적어도 이 집에 대한 권리는 한 달짜리 헬퍼보다는 핏줄인 여동생에게 더 있다고 여겼으니까.

"아직도 한 달 안 되었어요?"

은채를 보자마자 도연은 왜 아직도 여기 있느냐는 눈빛으로 흘겨보았다.

"선불 받아서 제 마음대로 못 그만둡니다."

그녀도 있고 싶어서 있는 게 아니었기에 정중하게 설명했다. 도연은 더는 은채의 사정 따위는 관심 없다는 듯이 핸드백에서 카드를 꺼내 내밀었다.

"내 생일 파티 초대장이에요. 우리 오빠 데리고 와요."

말이 좀 이상했다. 카드를 전해달라는 것도 아니고 데리고 오라는 건 그녀보고 책임지고 도혁을 생일 파티장까지 데려와야 한다는 소리로 들렸으니까 말이다.

"그냥 카드만 전해주면 된다는 거죠?"

은채는 확실히 하기 위해 다시 물었다.

"바보예요? 그럴 거면 그냥 우편으로 보내지. 내가 왜 대화도 안 통하는 당신을 만나러 여기까지 왔겠어."

그러니까 그녀가 들은 게 맞는 것이었다. 그녀보고 도혁을 생일 파티장까지 데려오라고 부탁을 하러 여기까지 온 건데, 부탁하는 태도가 저따위라니.

"그럼 대화 잘 통하는 다른 사람한테 부탁하지, 왜 굳이 말도 안 통하는 저한테 부탁해요?"

"당신이 우리 오빠 집에 있잖아!"

이유 한 번 겁나게 심플하다. 그러니까 도연의 입장에서 생각하기에 그녀가 그나마 도혁과 가까워 보였나보다. 은채의 입장에서는 참 말도 안 되는 착각이었지만 자기 오빠에게 생일 파티에 오라는 말도 쉽게 못 하는 도연이 좀 안쓰럽기도 했다. 그래도 가족인데 말이다. 그렇다면 생일 때 가장 먼저 축하해주어야 했다.

토요일에 바빠요?

왜?

그날 내가 파티에 초대를 받았는데 파트너가 없어요.
내 파트너 해줄 수 있어요?

은채의 메시지를 받은 도혁은 가만히 '파티'와 '파트너'라는 글자를 쳐다보았다.

토요일이면 그의 이복동생인 도연의 생일 파티가 있는 날이었다. 참석하지는 않을 거지만 박 실장이 항상 챙기기에 날짜는 알고 있었다. 그의 쉬는 날 따위는 궁금해하지 않을 은채가 갑자기 먼저 그의 토요일을 궁금해하자 도혁은 뭔가 감이 왔다. 이복동생의 생일 파티는 가고 싶지 않았다.

새어머니를 어머니라 생각한 적이 없기에 그 어머니가 낳은 아이들조차 그의 동생이라고 생각할 수가 없었다. 그에게 가족이란 타인보다 먼 존재들이었다. 그나마 뼈까지 시리게 혈연이라고 느껴지는 건 애증의 관계에 있는 아버지였다. 그 아버지 때문에 이번엔 도연의 생일 파티가 좀 신경이 쓰였다.

그가 만나는 여자가 있다고 말을 해두었으니 아버지는 박 실장을 통해 곧 은채의 존재를 알아낼 것이다. 이미 알아냈는지도 몰랐다. 그럼 계획보다 더 빨리 움직여야 했다. 그가 말한 여자가 은채인 걸 알고도 아버지가 가만히 보고 있기만 하실 리는 없으니까.

뭘 제대로 해보지도 못했는데 아버지에게 은채를 빼앗길 수는 없었다. 그럼 그만 바보가 되는 꼴이었으니까. 그러니 아버지가 섣불리 은채에게 손을 못 대게 수를 써야 했다. 그러려면 그와 은채의 사이를 소문내는 게 가장 확실한 방법이었다.

그게 진실이든 아니든 상관없었다. 얼마나 많은 사람에게 소문이 퍼지느냐가 중요했다. 아버지는 사람들의 시선을 가장 신경 쓰니까 말이다. 은채가 사람들에게 노출되면 아무도 모르게 그녀를 빼가지는 못할 것이다. 그런 점에서 도연이라면 좋은 매개체가 될 것이다. 은채와 그의 사이가 남다르다고 생각하게 되면 도연이 조용히 있을 리가 없다. 도혁은 은채가 보낸 메시지에 답 문자를 찍었다.

그래. 알았어.

그에게는 확실한 목적이라도 있지만 은채는 도대체 무슨 마음으로 그를 도연의 생일 파티에 데려가려는 건가 싶었다. 도연이 그녀에게 친절하게 행동했을 리도 없는데 말이다. 설마 도연과도 이전부터 관계가 있는 건가?

의심으로 시작되었기에 계속 의심만 불어나고 있었다. 그런 의심이 도혁은 이제 피곤했다. 오히려 의심의 상대인 은채와 두 눈을 마주 보고 있을 때가 더 정신이 맑아졌다. 그건 아무리 생각해도 이상한 일이기는 했다.

"어머, 박 실장님. 오랜만이에요. 권 대표 쪽으로 이동한 뒤에 통보지를 못했네."

오랜만에 집으로 방문한 박 실장을 정 여사가 반갑게 맞이했다.

권 회장의 부인이면서 호적상으로 도혁의 어머니였다. 화려한 외모는 아니었지만 호감 가는 인상의 정 여사는 시어머니가 운영하던 재단을 물려받아 교육 쪽에 힘쓰고 있었다. 그래서 자신의 친자식인 도연과 도진의 교육에 그 어떤 어머니보다 열성적이었다.

박 실장은 정 여사에게 정중하게 인사를 하고 곧 스물한 번째 생일을 맞는 도연의 생일 선물도 잊지 않고 전했다. 정 여사는 박 실장이 내민 도연의 선물을 대신 받아 들며 물었다.

"이번에도 도혁이는 도연이 생일에 안 오나요?"

올해는 미묘한 상황이었지만 박 실장은 자신의 보스에 대해 섣불리 발설하지 않고 권 회장이 있는 서재로 향했다.

권 회장의 비서로 일할 때는 자주 방문했던 집이기에 집 구조는 권 회장 가족들 못지않게 정확히 알고 있었다. 그리고 27년이나 모신 권 회장에 대해서는 가족들보다 더 많이 알고 있었다. 박 실장이 노크를 하고 서재에 들어가자 권 회장은 읽고 있던 책을 덮었다. 사실 대부분의 사람이 모르는 것이겠지만 이 서재에 있는 책들은 원래 권 회장의 것이 아니었다. 죽은 도혁의 친어머니의 것이었다.

도혁의 친어머니가 죽고 나서 권 회장은 그녀의 물건들을 사진 한 장 남기지 않고 다 태워버렸는데 그녀의 책만은 태우지 않고 자신의 서재에 여전히 보관하고 있었다. 권 회장은 박 실장을 향해 말없이 손을 내밀었다.

그는 도혁이 만나는 여자에 대해 정확한 보고를 하라고 지시를 내렸고, 지금은 박 실장이 그 보고를 해야 하는 자리였다. 박 실장은 신중한 손길로 권 회장의 손에 노란 봉투를 올려놓았다. 봉투의 뚜껑을 열어보던 권 회장은 안에 든 것을 보고 얼굴이 굳었다.

"제대로 보고한 거 맞나?"

봉투 안에 든 것은 인디아 레드 앨범 한 장이 전부였다.

"네. 권 대표님이 만난다는 여자는 그 앨범 사진 속 가수입니다."

권 회장의 눈가가 파르르 떨렸다. 마치 그가 끝까지 숨기고 싶은 치부를 들킨 듯이 떨림은 커졌다. 권 회장이 이 앨범을 사들인 이유는 이 사진이 세상에 함부로 돌아다니는 걸 참을 수가 없어서였다. 그나마 인디아 레드가 유명하지 않은 밴드였기에 이 앨범 하나만 치우면 되었다. 하지만 만약 모든 방송마다 나오는 대중 스타였다면 아예 대한민국에서 활동을 못 하게 만들었을 것이다.

"하지만 대표님은 기억 못 하십니다."

박 실장의 말에 권 회장은 앨범 사진에서 눈을 떼고 박 실장을 보왔다.

"뭐?"

"전혀 기억을 못 하십니다. 아무래도 그 사고가 대표님한테 정신
적으로 큰 충격을 준 탓에 그런 거 같습니다."

권 회장은 생각도 못 한 일이었기에 표정이 굳었다. 사고의 충격
으로 아들에게 기억상실까지 왔었다는 걸 그는 26년 동안이나 전
혀 눈치채지 못하고 살아왔다. 그만큼이나 그들은 서로를 외면만
하고 살아왔다. 자신들의 실패를 직면하는 게 두려워 대화조차 피
한 게 이 상황까지 흘러와버렸다.

"대표님한테 다시 어머니의 얼굴을 기억하게 만들어주실 분은 회
장님뿐이십니다."

어머니의 얼굴을 잊은 도혁은 머리로만 생각하느라 쓸데없는 고
생을 하고 있다. 어머니의 얼굴만 기억했어도 그리 미로에 빠진 듯
이 돌고 도는 일은 없을 텐데 말이다. 그래서 박 실장은 도혁이 은채
에 대해 전혀 엉뚱한 의심을 할 때마다 오히려 그가 안쓰러웠다. 어
머니를 잃고 헤매는 고아 소년을 보는 것만 같아서.

토요일, 은채는 약속 때문에 손에 했던 깁스도 일찍 풀어버렸다.
다행히 인대가 잘 회복된 것인지 아프지는 않았다. 그녀는 언니 결
혼식 때 형부가 선물해준 와인 색 원피스를 꺼냈다. 치마에 꽃 한
송이가 드레이프되어 있어 그녀가 입기에는 너무 여성적이라고 생
각해서 결혼식 때 빼고는 입은 적이 없었는데 파티장에 입고 가기

206

에는 적당한 것 같았다.

옷을 고른 은채는 화장대 앞에 앉았다. 그러고는 무슨 색 립스틱을 바를까 고민하다 인상을 썼다. 진짜 데이트도 아닌데 이리 고민하는 자신이 그녀는 뭔가 달갑지 않았다.

20분 뒤에 도착이야.

도혁의 문자를 받고 더 급해졌다. 은채는 서둘러 화장을 시작했다.

끼이익-

대문을 연 은채는 조심스럽게 주위를 둘러보았다. 도혁의 차가 어디 있나 찾아보는데 대문 바로 옆에서 도혁의 목소리가 들려왔다.

"10분이나 기다렸어."

은채는 놀라 고개를 옆으로 휙 꺾었다. 도혁이 그녀의 집 돌담에 기대 서 있었다. 시장통, 촌스러운 돌담이 도혁이 서 있으니 외국 시골 풍경이 되는 기묘한 현상이 일어났다.

"내 1초가 얼마인지 알아?"

도혁이 돌담에서 몸을 세우며 그녀를 보았다. 설마 10분 기다리게 만들었다고 손해 배상하라는 건가 싶어서 그녀는 도혁을 불안하게 쳐다보았다. 그러자 도혁이 다가와 한껏 꾸민 그녀의 모습을 이리저리 살펴보았다.

"오늘은 인디아 레드 '수'도 아니고, 이은채도 아니군."

그럼 난 누구라는 거야?

"이상하다는 소리예요?"

"아니, 예쁘다는 소리야."

예쁘다는 말을 참 뻐딱하게 한다. 도혁은 그녀를 위해 조수석 문도 열어주었다. 그런 그의 신사적인 행동에 은채는 기분이 이상해졌다. 거북한 것도 같고, 두근거리는 것도 같고.

아무 여자한테나 해주는 그의 매너에 너무 신경 쓰지 말자고 생각하며 도혁의 차에 올라탄 은채는 조심스럽게 도혁의 눈치를 보았다. 도혁에게 아직 오늘 무슨 파티인지는 말하지 않았다. 말하면 분명 화를 내면서 가지 않겠다고 할 것 같았다.

"파티 좋아해요?"

"아니. 귀찮아."

거기다 좋아하지도 않는단다. 산 넘어 산이다.

"그런데 왜 나랑 같이 간다고 했어요?"

"네가 먼저 같이 가자고 한 거잖아."

엄청 쉬운 남자처럼 말하지만 전혀 쉽지 않은 남자라는 걸 알기에 은채는 입이 쭉 앞으로 나왔다.

"그럼 무슨 파티인지 알아도 절대 화 안 낼 거예요?"

"너 하는 거 봐서."

심장 쫄깃하게 긴장감 조성하는 강좌라도 따로 받는 건지, 참 이것도 기술이다 싶었다.

"알았어요. 오늘은 내가 엄청 잘할 테니까, 절대 화내지 않기!"

은채는 미리 엄포를 놓았다. 나중에 화내면 반칙이라고.

"어떻게 잘할 건데?"

도혁이 그리 세세히 물어볼 줄은 몰랐지만 말이다.

"당신이 무슨 말을 해도 절대 화 안 낼게요."

"그럼 키스해도 되나?"

"이봐요!"

그녀가 바로 화를 내자 도혁도 그럴 줄 알았다는 표정을 지었다. 은채는 붉어진 얼굴로 씩씩대며 자신이 왜 사서 이런 고생을 하고 있나 싶었다. 분명 도연은 도혁만 반길 텐데 말이다.

"오빠!"

선상 파티가 열리는 유람선 입구에서 호스트로 사람들을 맞이하고 있던 도연이 도혁을 발견하자마자 달려와서는 은채를 밀쳐내고 도혁의 옆자리를 차지했다. 이봐, 토사구팽을 하더라도 파티는 끝나고 하라고. 은채는 도연 때문에 기분이 상했다가 도혁과 눈이 마주치자 움찔했다. 화를 낼 수도 있다고 생각했는데 도혁은 뜻밖에 조용했다. 시끄러운 건 도연 혼자였다.

"내 친구들이 오빠 보면 엄청 좋아하겠다. 매일 나한테 오빠 좀 소개해달라고 귀찮게 했다고."

도연은 도혁이 와서 정말 좋은지 입이 귀까지 찢어졌다. 그런 얼굴을 보니 얄미우면서도 도혁을 데려온 게 잘한 일이라는 생각이 들기도 했다. 딴 놈도 아니고 오빠 보면서 저리 좋아하는 게 귀여웠다.

역시나 파티는 그녀가 아니라 도혁 위주였다. 파티장 안에 있는 사람들은 모두 도혁에게 관심이 있어서 그에게 자꾸 말을 걸었다. 특히나 도연과 그녀의 친구들은 당장 권도혁 팬클럽이라도 만들 분위기였다. 누군가는 분명 즐거운 것 같은데, 그녀가 낄 분위기는 아니었다.

"권도혁 대표랑 같이 온 분 맞죠?"

구석에서 없는 사람처럼 서 있는데 누군가 먼저 말을 걸어왔다. 이곳에서는 절대 아무도 그녀를 먼저 아는 척하지 않을 줄 알았다. 거기다 남자도 아니고 여자였다. 그녀가 가지지 못한 큰 키에 미인에다 지적인 분위기까지 풍기는 여자였다.

"전 권 대표랑 안 친해요."

혹시 도혁에게 직접 말을 걸 수 없어서 그녀를 이용해서 그에게 접근하려는 건가 싶어서 은채는 미리 바리케이드를 쳤다. 그래도 여자는 개의치 않고 빙긋 웃으며 그녀에게 명함을 내밀었다.

베스트셀러 작가
민서연
010-XXXX-XXXX

명함을 보는데 저도 모르게 실소가 나왔다. 이건 아무리 봐도 회사에서 나온 명함이 아니라 자기가 직접 만든 명함 같았다. 참 자기애가 강한 게 누구를 닮았다고 생각하고 있는데 여자가 그녀의 생각을 읽은 듯이 나긋한 어조로 말했다.

"요즘은 자기 PR 시대이니까요."

그렇게 따지면 그녀는 참 자기 PR을 못하는 쪽이었다. 명색이 가수이면서도 말이다.

"난 권도혁 대표보다 아가씨한테 흥미 있어서 말 건 거예요."

"저한테요? 왜요?"

설마 그녀가 가수인 걸 알고 있는 건가 하는 기대감이 들었는데 그건 아니었다.

"권도혁 대표 옆에서 당신처럼 무관심한 여자는 처음 봤거든요."

결국 권도혁이었다. 그냥 나에게 관심을 가지라고! 나! 이은채한테! 은채는 민서연이라는 여자의 명함을 들고 썩소를 지었다.

"저도 자기애가 엄청 강해서요. 나만 사랑해요."

그녀의 대답에 민서연은 재미있다는 표정을 짓는가 싶더니 입가에 미소를 띠며 그녀에게 물었다.

"그럼 내가 지금 권도혁 대표한테 가서 같이 나가자고 말해도 괜찮아요?"

쿵—.

심장이 순간 크게 요동쳤다. 은채가 대답을 못 하자 민서연은 언제 웃었느냐는 듯이 무표정한 얼굴로 다시 물었다.

"그건 싫은가보죠?"

"왜, 왜 저한테 그런 걸 묻는 거죠?"

"그야 오늘 권도혁 대표의 파트너는 당신이니까. 다음 파티에서는 아닐지 모르지만."

그렇게 말하며 민서연이 싱긋 웃는데 이젠 그녀의 웃음이 아까와는 달리 오히려 공격적으로 느껴졌다. 은채는 민서연을 피해 선실 밖으로 나가버렸다.

차가운 강바람이 맨살에 닿자 그제야 정신이 돌아오는 것 같았다. 은채는 두 손으로 어깨를 안았다. 자신이 있지 말아야 할 곳에 있는 듯한 기분이었다. 어서 빨리 이 배에서 내리고 싶었지만 배는 강 한가운데 있어서 지금은 불가능했다.

툭—.

그녀의 어깨 위에 온기가 내려앉았다. 남자의 재킷이었다. 그녀가 고개를 돌리니 도혁이 그녀의 뒤에 서 있었다.

"왜? 왕자님이 아니라 내가 나타나서 실망했나?"

은채는 멍하니 그의 얼굴을 보기만 했다. 그 반대였기에.

"왜 입을 꾹 다물고 있는 거지?"

파티장 안은 여흥에 취해 소란스러웠는데 초대받지 못한 손님처럼 조용한 은채는 평소의 그녀 같지 않았다. 은채는 그냥 이곳이 자신에게 어울리지 않는 곳이라 생각해서 가만히 있었다. 사람들은 많았지만 친해지고 싶은 사람은 보이지 않았다. 오히려 사람들은 그녀를 이방인 취급하며 배척했다. 너무도 다른 그녀와 도혁처럼, 파티와 그녀도 분리되어 있었다.

애초에 도혁을 그의 여동생 파티에 데려오는 게 목적이었지 그녀가 즐길 생각은 전혀 없었다. 그래서인지 은채는 남의 파티에 툭 던져진 보릿자루 같았다. 평소와 달리 조용하기만 한 그녀를 지켜보던 도혁이 샴페인을 한 모금 마신 뒤에 낮은 목소리로 속삭였다.

"내가 좋은 거 보여줄까?"

그가 좋은 것이라고 말할 때는 그녀에게 좋지 않은 것일 가능성이 더 컸기에 은채는 도혁을 불신의 눈으로 보며 거절했다.

"됐어요."

도혁은 입가에 미소를 띠며 놀리듯이 말했다.

"안 보면 후회할 텐데."

네놈을 만난 걸 후회한다. 내가 지금 여기서 뭐 하고 있는 거니. 은채는 속으로만 투덜거리며 한강만 바라보는데 도혁이 난데없이 카운트다운을 셌다.

"열, 아홉, 여덟."

"세지 마요."

"여섯, 다섯, 넷."

그녀가 하지 말라고 해도 도혁은 개의치 않고 계속했다. 그녀를 놀리는 것 같아서 은채는 기분이 정말 나빴다.

"셋, 둘, 하나."

"짜증 나니까 세지 말라고요. 나 진짜 화내요."

도혁은 제 장난에 푹 빠진 듯이 손가락으로 총 모양을 만들어 어두워진 밤하늘을 향해 쏘는 시늉까지 했다.

"GO."

"하지 말라고요!"

진짜 화가 나서 오늘은 화내지 않을 거라고 먼저 약속한 것도 잊고 소리치는데 그녀의 목소리는 '펑' 하는 소리에 묻혀서 들리지 않았다. 한강 위로 피어오른 불꽃에 은채는 놀라서 입이 쩍 벌어졌다. 설마 이 순간에 불꽃이 터질 줄은 몰랐다.

밤하늘을 수놓은 불꽃은 한 폭의 가장 뜨거운 그림 같았다. 은채가 입까지 벌리고 불꽃이 수놓아지는 밤하늘에서 시선을 떼지 못하자 도혁은 어떤 보람마저 느껴졌다. 어차피 그가 준비한 것도 아니고 이 지루한 파티의 장식일 뿐이지만 말이다.

펑-! 펑-! 펑펑-!

그렇게 나란히 서서 불꽃을 보는 그 짧은 순간이 평화로웠다. 세상 모든 것이 사라지고 두 사람만 남은 기분이었다. 그 낯선 안락함이 그들의 가슴을 두드렸다.

생각도 못 했는데 도혁은 오늘 꽤 신사적이었다. 그를 속이고 동생 생일 파티에 데려왔는데 화도 내지 않았다. 그리고 추워 보이는 그녀에게 자기 옷도 벗어주었고, 그녀에게 불꽃놀이도 보여주었다.

그래서 그녀는 기분이 좋아졌다. 화려한 선상 파티 때문이 아니라 도혁 때문에.

"난 사실 당신이 파티장 앞에서 그냥 돌아가버릴 줄 알았어요."

은채의 말에 도혁은 입을 꾹 다물었다. 그도 목적이 없었다면 처음부터 오지도 않았을 것이다. 그에게는 만나는 여자가 있다는 걸 봐줄 관객이 필요했다. 다행히 오늘 도연의 파티에는 충분할 정도로 관객이 모여 있었다. 이은채가 그에게 속한 사람이라는 걸 사람들의 눈을 통해 아버지에게 전달하려고 했던 것뿐이었다. 은채가 그걸 알면 넌 세상에서 제일 나쁜 놈이라고 할 것 같아서 도혁은 다른 말을 했다.

"사람들 앞에서 노래하고 싶지 않나?"

도혁의 질문에 은채는 고개를 저었다.

"여기선 싫어요."

"노래할 때도 사람 가리나?"

"여기 사람들은 고상 떠느라 클래식만 듣잖아요. 당신 집에도 클래식 음반만 있으면서."

"그러니까 베토벤이나 모차르트는 못 이긴다는 거군."

그의 말에 은채는 발끈했다.

"노래에 이기고 지는 게 어디 있어요!"

그에게는 모든 게 이기고 지는 거였기에 그런 말이 자연스럽게 나오는 것이었다.

"이제 8일 남았군."

도혁의 말에 은채는 놀란 표정을 지었다.

벌써 시간이 그리된 줄은 몰랐다.

"하, 하지만 아버지 병원 때문에 내가 중간에 며칠 빠졌잖아요."

도혁이 그녀를 보며 건조하게 웃었다.

"나랑 더 같이 있고 싶나보지?"

"아니거든요."

완강히 부정하는데 기분이 이상했다. 속이 시원해야 맞는데, 뭔가 울컥했다. 말이 없어진 은채의 뒤로 도연이 오는 걸 본 도혁은 은채의 어깨 위로 팔을 둘러 제 곁으로 당겨 안았다. 그걸 본 도연이 놀라 멈추어 섰고, 은채도 놀라 그를 보았다.

"춥지 않아?"

"겁나 더워요."

은채는 열난다고 발끈했지만 도혁은 그래도 팔을 풀지 않았다. 불타는 고구마가 된 은채의 얼굴이 귀여웠다. 이제 보니 은채는 이런 것에 약한가보다. 힐긋 도연 쪽을 보니 혼자 파르르 떨고 있었다. 도혁은 일부러 더 보라는 듯이 은채의 얼굴에 가까이 다가가 속삭였다.

"나 화장실 다녀올게."

이 좋은 분위기에 산통 깨지게 그딴 걸 왜 말하고 가냐며 은채는 눈살을 찌푸렸다.

"그냥 가정부가 아니었다니까! 오빠 진짜 이상해! 왜 하필 그런 여자랑 그러냐고! 엄마가 어떻게 좀 해봐!"

파티를 다녀와서 기분이 좋아야 할 도연이 오히려 히스테릭하게 변해서 피곤한 건 정 여사였다. 도연이 아무리 이상하다고 말해도 사실 도혁의 일에 정 여사가 할 수 있는 건 아무것도 없었다. 도혁의 집 관리조차 박 실장이 맡아서 하고 있으니 정 여사가 어머니로서 도혁에게 해주는 건 아무것도 없었다.

그러니 어머니라고 도혁의 여자 문제에 관여하는 것도 웃기는 것이었다. 도혁도 그리 생각하며 무시할 게 뻔했다. 그녀는 자신이 우스워지는 일은 절대 할 수 없었다.

"잠깐 만나는 사이겠지. 그러니 신경 쓰지 마."

남에게 상처를 줄지언정 자신이 상처받을 행동은 절대 하지 않을 사람들이 권 씨 부자였다. 도혁이 그런 여자를 만난다면 분명히 이용 목적이 있어서라고 정 여사는 생각했다. 사랑이라고는 결코 믿지 않았으니까.

"엄마가 눈으로 직접 못 봐서 그래! 진짜 분위기가 달랐다니까! 오빠 그러는 거 처음 봤다고!"

"도혁이 신경 쓸 시간에 도진이 좀 신경 써! 너 도진이가 전국에서 몇 등 하는지는 아는 거야?"

고3 수험생의 어머니는 서민 어머니나 재벌 집 사모님이나 똑같이 고달프다. 권 회장이 도진과 도혁을 비교할 게 뻔했기에 정 여사는 도진이 더 신경 쓰였다. 그녀는 자기 자식이 딴 여자의 아들 때문에 기죽는 건 정말 보기 싫었다.

"회장님 들어오셨습니다."

권 회장이 돌아왔다는 말에 도연이 달려가려고 하자 정 여사는 불안해서 도연을 붙잡아 경고했다.

"아버지한테 입도 뻥긋하지 마. 알았어?"

"왜! 엄마는 아무것도 안 한다며!"

"그래서 넌 누군지도 모르는 여자가 네 아버지 손에 어떻게 됐으면 좋겠어?"

도연은 불만스러운 눈으로 자신의 어머니를 쳐다보았다.

"도혁 오빠가 친아들이었어도 그리 착한 척만 할 거야?"

"권도연!"

딸에게 마음 상해 목소리가 높아졌던 정 여사는 권 회장이 들어오는 걸 보고 서둘러 입을 닫았다. 그리고 도연이 권 회장에게 아무 소리 못 하게 그녀의 손을 더 꽉 붙잡았다.

도연은 불만스럽게 어머니를 보면서도 결국 아무 말 못 하고 인사만 꾸벅했다. 하지만 어머니가 없는 곳에서 결국 말하게 될 것이다. 오늘 파티에 도혁이 데려왔던 여자에 대해.

권 회장이 은채에 대해 알게 되면서 박 실장의 입장은 모호해져버렸다. 권 회장과 도혁 사이의 JSA(공동경비구역)라고나 할까. 3년 동안은 권 회장에게 보고만 했었는데 이제 다시 권 회장이 그를 비서처럼 부리며 지시까지 내리기 시작한 것이다.

그것이 의미하는 것은 박 실장을 통해 도혁을 자기 뜻대로 교육시키겠다는 것과 같았다. 그래서 박 실장의 입장만 더 난처해졌다. 그가 어찌 행동하느냐에 따라 부자의 사이가 급속 냉동이 되느냐 평화의 시대가 오느냐 결정이 될 것이다.

"유명 기획사 매니저를 알아보라고 권 회장님이 지시하셨습니다."

박 실장의 보고를 받은 도혁의 반응은 냉소로 가득 차 있었다.

"이은채가 그런 것에 쉽게 넘어갈 거로 생각하십니까?"

"대표님도 이미 한 번 그러지 않으셨습니까?"

박 실장의 지적에 도혁의 얼굴에서 웃음이 지워지며 싸늘해졌다.

"전 적어도 남의 꿈을 그리 함부로 이용하지는 않습니다."

자신은 행사 한 번뿐이었다고 도혁은 주장하지만 박 실장이 보기에는 도혁이나 권 회장이나 똑같았다. 그래서 누구 하나 쉽게 져주지를 못 하나보다.

"어떻게 하실 생각이십니까?"

권 회장은 이미 도혁과 은채를 떼어놓기로 마음먹었다. 그러면 아무 일도 없었던 게 되는 거라고 믿고 싶은 것 같았다. 권 회장이 도혁의 죽은 어머니를 생각하는 마음이 애증인지 그리움인지는 알 수 없다. 다만 권 회장이 가진 마음 중 가장 약한 것이리라. 그래서 권 회장 자신도 절대 마주하지 않고 피하려고만 하는 것이다.

박 실장이 궁금한 건 그런 권 회장에 맞서는 도혁의 반응이었다. 혹시라도 은채의 영향으로 좀 변하지 않았을까 기대해보는데…….

"저도 기획사 매니저 구해주십시오. 아버지 쪽보다 더 유명한 사람으로."

역시 사람은 쉽게 변하지 않나보다. 힘에 힘으로 대항하려고 하니, 유치해지기까지 했다. 박 실장은 한숨을 쉬며 들고 온 서류철을 도혁의 앞에 내놓았다.

"대표님이 그리 말씀하실 거 같아서 미리 준비해왔습니다."

그 준비성 하나만으로도 도혁은 박 실장에게 가졌던 서운함이 사라지는 것 같았다. 그런데 서류철을 펼치던 도혁은 바로 얼굴부터 구겼다. 박 실장이 알아온 음반사 관계자는 그도 잘 아는 사람이었기 때문이었다.

"이 사람은 매니저가 아니잖습니까."

"네, 매니저보다 더 높은 기획자입니다. 그러니 은채 양한테 더 실질적인 도움을 줄 수 있을 겁니다."

"됐어요. 다른 사람으로 알아오세요."

도혁은 더 들어볼 것도 없다는 듯이 박 실장이 제출한 파일을 밀어내버렸다. 하지만 박 실장 역시 호락호락한 비서는 아니었다.

"은채 양한테 필요한 사람을 구하는 거라면 그가 제격입니다."

박 실장은 자신이 옳다고 생각하고 보스가 틀렸다고 생각하는 게 있다면 소신 있게 밀고 나갔다. 그러나 도혁이 그걸 순순히 받아들일 리가 없었다.

"내가 이 사람은 싫습니다!"

"대표님한테 필요한 사람이 아니라 은채 양한테 필요한 사람이잖습니까. 그러니 은채 양 입장에서 다시 한 번 생각을……."

"하기 싫습니다. 대한민국에 음반 만드는 사람이 이 사람 한 명만 있는 것도 아니니까, 다시 구해오세요."

도혁은 단호했고, 그 단호함이 어디서 오는지 잘 아는 박 실장은 차분히 충고했다.

"그럼 대표님이 직접 구하십시오. 제가 추천하는 사람은 이 사람이 전부입니다."

물론 도혁의 입장에서는 비서의 반란이었지만 말이다. 도혁은 자신의 말을 따르지 않는 박 실장의 주름진 얼굴을 굳은 표정으로 쳐다보았다.

박 실장이 추천한 사람은 윤서일이었다. 죽은 그의 어머니의 남동생. 어머니가 죽은 뒤 완전히 연이 끊긴 그의 외삼촌이었다.

　도혁의 집에서 온종일 청소하고 집에 돌아온 그녀가 자신의 집에서 하는 일 역시 청소였다. 아버지는 허리를 조심해야 해서 허리 숙이며 하는 일은 가능한 피해야 했다. 그래서 걸레질이나 밥상 드는 일은 그녀가 맡아서 했다.

　옛날에는 할머니, 할아버지까지 삼대가 살았던 집이었기에 그녀의 집에는 방이 많았다. 걸레질을 한 번 시작하면 족히 한 시간은 걸려야 끝이 났다. 추리닝 바지를 걷어 올리고 열심히 오래된 마룻바닥을 걸레로 닦고 있는데 그녀의 핸드폰이 울렸다.

　도혁이었다. 또 무슨 심술을 부리려나 싶어서 은채는 전화를 받기도 전에 인상부터 쓰고는 꾹 힘을 주어 통화 버튼을 눌렀다.

　"왜요?"

　[너야말로 내가 전화 걸면 왜 자꾸 왜라는 거지?]

　이젠 별 쓸데없는 거로 시비였다.

　"안 반가워서 그러나 보죠."

　[애교 없다고 차인 적 있지 않아?]

　"끊어요!"

　화가 나서 그냥 끊으려는데 도혁이 뜻밖의 이름을 말했다.

　[혹시 윤서일 알아?]

　당연히 아는 이름이었다. 대한민국에서 음악 하는 사람은 물론 대중에게도 유명한 작곡가 겸 음반 기획자였다. 가수들이 상 받을 때

하는 감사 인사에서 가장 흔하게 들을 수 있는 이름이기도 했다.

"설마 SI 기획사 그 윤서일이요?"

[아는군.]

도혁은 엄청 실망한 목소리였다. 지가 먼저 물어놓고 무슨 반응인
가 싶었다.

"혹시 그 윤서일이랑 친분 있는 사이였어요? 진작 말을 하지."

[진작 말을 했으면?]

"제가 삼백만 원 안 받고도 청소해드렸죠."

[놀고 있네.]

뚝―.

도혁은 점잖은 욕을 한마디 투척하고는 그냥 전화를 끊어버렸다.
은채는 '뭐야.'라는 눈으로 끊긴 전화기를 바라보았다. 왜 윤서일에
관해 물었는지 그는 아예 말도 하지 않았다. 자기가 먼저 물어놓고.
도대체 뭐 하자는 거야.

그래도 인디 음악 하는 은채라면 대중음악 하는 윤서일에 대한
평가가 좀 다를 것 같아 전화했던 도혁은 더 기분이 나빠져서 전화
를 끊었다.

"왜 아저씨 이야기에 흥분해?"

도혁은 마음에 들지 않아서 괜히 죄 없는 전화기만 노려보았다.
그녀가 윤서일에 대해 헛된 경외심을 품고 있으니 그는 윤서일에 대
해 더욱 거부감이 들었다. 그는 도저히 윤서일이 내키지 않았다. 다
시 만난다는 것 자체가 껄끄러웠다. 윤서일 역시 그가 부탁하면 들
어주지 않을 가능성이 컸다. 어머니의 죽음으로 그의 집안과 맺힌
게 컸으니까.

9. 벌써 한 달

아버지의 이상형은 의사인 게 분명했다. 태경은 아버지의 담당 의사도 아니었는데 아버지는 입원해 있는 동안 잘 챙겨준 태경에게 감사 인사를 해야 한다면서 그녀에게 김밥을 떠안기고는 병원으로 보냈다. 그렇게 고마우면 아버지가 직접 가야 하는 건데 말이다.

태경이 일하는 일반외과로 찾아갔더니 의사들이 지나치게 반갑게 그녀를 맞아주었다. 가장 나이가 어려 보이는 남자 의사가 그녀에게 물었다.

"저희 선생님이랑은 어떻게 만나신 거예요?"

은채는 깊게 생각하지 않고 대답했다.

"명동에서요."

"와아, 우리 선생님도 할 때는 하네."

뭘 할 때는 한다는 거야?

그때, 의국 문이 열리며 태경이 들어왔다. 그녀의 주위에 있는 의사들을 보고 태경이 그녀가 보아온 모습 중 가장 엄격하게 말했다.

"일들 안 해? 왜 여기 모여 있어!"

그 한마디에 의사들이 사방으로 흩어져서 의국에는 그녀와 태경만 남게 되었다. 은채는 들고 온 도시락 가방을 내밀었다.

"아버지가 입원했을 때 자주 병문안 와준 거 고맙다면서. 약소하지만 김밥이에요."

정말 변변찮아서 웃음으로 때웠다. 성격 좋은 태경은 아버지가 보낸 뇌물인 걸 뻔히 알면서도 잘 먹겠다면서 김밥 도시락을 받았다.

"요즘도 인디아 레드 공연해요?"

태경이 밴드 이야기를 묻자 은채는 절로 목소리 톤이 올라갔다.

"아버지 퇴원하셨으니까 이제부터 해야죠."

음악 이야기에 그녀의 목소리가 활짝 피는 걸 듣고 태경은 같이 기분이 좋아져서 웃었다.

"우리 병원에서 소아암 돕기 자선 행사가 있거든요. 혹시 그때 은채 씨가 노래해줄 수 있나 해서요."

당연히 되었다. 노래할 수 있는 곳이라면 그녀는 어디든 달려갈 수 있었다.

"그럼요. 저희, 밴드인데 병원에서 밴드 공연도 되나요?"

"병원에는 악기가 없으니 직접 가져와주면 저희야 고맙죠."

"네, 그럼 시간 말씀해주시면 밴드 멤버들이랑 올게요."

감사 인사 하러 왔다가 공연 기회를 얻었다. 자선 공연이니까 공연비는 없다고 해도, 그들의 음악으로 뜻깊은 일에 동참할 수 있으니 좋았다. 기분이 좋아진 은채는 병원을 나오면서 도혁에게도 메시지를 보내 좋은 일을 전파했다.

돈 많죠? 소아암 환자들을 위해 기부 좀 해요.

자기만 생각하는 못된 남자니까 절대 기부 같은 건 안 하고 있을 거로 생각했는데 답변이 의외였다.

이미 하고 있어.

거짓말!

너야말로 기부받아야 할 알거지 아닌가? 기부 좀 해줄까?

착한 척했다가 거지 취급을 받았다. 젠장, 권도혁. 두고 보자고.

도혁은 가만히 핸드폰 화면을 쳐다보고 있었다. 은채가 뜬금없이 소아암 환자 기부에 관해 이야기하는 게 뭔가 이상했다. 은채는 눈 앞에 보이는 것에 즉각적으로 반응하는 지극히 1차원적인 인간이었다. 그러니 지금 소아암 환자 이야기를 꺼냈다는 것은 그녀가 그런 환자들이 있는 병원에 있을 가능성이 크다는 의미였다.

왜 또 병원에 갔지? 아버지는 이미 퇴원하셨다고 들었다. 그녀에게 바로 물어보면 될 일이었지만 어디 아프냐고 묻는 말은 어쩐지 맞지 않는 옷을 입는 것처럼 쉽게 나오지 않았다. 결국 도혁은 핸드폰 자판을 몇 번 두드리다 그냥 밀어내버리고 다시 일했다. 어차피 집에 가서 직접 보면 알게 될 일이니까.

그런데 의도적인 것인지 뭔지, 그가 집에 도착했을 때 그의 집은

텅 비어 있었다. 평소보다 그렇게 늦게 온 것도 아니었기에 도혁은
전화기를 꺼내 은채에게 전화를 걸었다.

[왜요?]

그러니까 그 '왜'라는 말이 듣기 싫다고 전에 경고했던 거 같은데
말이다. 도혁은 눈살을 살짝 찌푸리며 물었다.

"오늘 제대로 일한 거 맞아?"

[했어요. 다 하고 나왔다고요.]

"내가 보기에는 아닌 거 같은데."

[또 뭐가 마음에 안 드는지는 모르겠는데, 내일 할게요. 나 지금 홍
대 가고 있어요. 밴드 멤버들이랑 공연 이야기 해야 한단 말이에요.]

"공연?"

[네, 병원에서 소아암 환자 돕기 공연에 참여한다고 했거든요.]

뭐야, 그래서 기부하라는 이야기를 했던 거야?

"서진우가 잡아준 건가?"

[아뇨. 있어요. 딴 사람.]

도혁은 확실하지 않은 대답이 마음에 들지 않아서 한쪽 눈썹을
치켜 올렸다.

"딴 사람 누구?"

[내가 말한다고 아나.]

"알아."

몰라도 아는 척하는데 그는 전혀 거리낌이 없었다.

[웃기고 있어.]

"내가 진짜 웃긴 말 해줄까?"

불길함을 느꼈는지 은채는 뭐냐고 되묻지 않았다.

"뭐냐고 안 묻나?"

[싫어요. 그냥 내일 말해요.]

"오늘은 오늘이고, 내일은 내일이야."

[오늘 못 하면 그냥 내일 해요. 그런다고 안 망해요.]

"안 돼. 난 무조건 오늘 해야 해."

그는 오늘 할 마지막 일을 그녀의 얼굴 보는 걸로 정했다. 그래서 도혁은 전화기에 대고 속삭였다.

"청소 상태 마음에 안 들어. 다시 와서 해. 내일 말고 오늘."

전화기 안에서 그녀의 목소리가 커졌지만 도혁은 가볍게 무시하며 종료 버튼을 눌렀다.

오늘 내내 찜찜했던 기분이 이제야 풀리는 듯했다. 결국 '갑 도혁'의 생트집 때문에 '을 은채'는 홍대까지 갔다가 다시 도곡동으로 돌아와야만 했다.

다시 온 그녀의 눈에는 먼지 하나 없이 깨끗한 집으로 보였다. 당연한 일이었다. 이 집은 청소하기 전부터 깨끗한 집이었으니까.

"도대체 어디가 더럽다는 건데요."

은채는 침실에서 나오는 도혁에게 버럭 소리치며 물었다.

"보고도 모르나."

"보고도 모르니까 갔죠."

"건성으로 하니까 그렇지. 잘 찾아봐."

지금 그걸 말이라고.

"나 진짜 돈 받은 만큼 열심히 했거든요. 우리 아버지가 남의 돈 공짜로 먹으려고 하면 벌 받는다고 했다고요."

"아버지 말을 그렇게 잘 들으면 홍대도 가지 말아야지."

226

화내면 안 돼. 화내면 안 된다고.

집 안으로 들어온 은채는 밀대를 꺼내 와서 도혁에게 경고했다.

"하라니까 하긴 하는데, 명심해요. 이런 식으로 나오면 한 달 뒤에 나한테 사과해야 할 사람은 당신이라는 거. 내가 이런 거 하나하나 다 기억해서 전부 사과하게 할 거야."

넌 지금 내가 널 싫어하게 만들 짓을 사서 하는 거라고. 그러나 도혁은 전혀 동요 없이 팔짱을 꼈다. 은채는 도혁을 노려보며 걸레질을 시작했다. 아주 박박 닦았다.

그녀가 청소하는 모습을 보며 도혁은 만족을 느끼면서도 이런 쓸데없는 것에 집중하고 있는 자신의 모습이 어이없기도 했다. 마치 불량식품에 맛들인 초등학생의 모습이랄까.

"다리 들어요. 소파 밑도 할 거니까."

그녀가 밀대로 그의 발을 툭툭 쳤다. 도혁은 귀찮았지만 다리 하나를 들었다. 쭉 뻗은 그의 다리를 보고 은채는 놀란 표정을 지었다. 다리 길이가 길어도 너무 길었다.

"용케 맞는 바지가 있네."

맞는 바지가 아니라 그의 치수에 맞추어 만들어진 바지였다. 기성복은 그에게 맞는 게 없었다. 허리 치수가 맞는 건 대부분 다리가 짧았으니까. 도혁이 갑자기 벌떡 일어나자 은채는 놀라서 상체를 뒤로 뺐다. 도혁이 한참 밑에 있는 그녀를 보고 낮게 속삭였다.

"내가 긴 게 아니라, 네가 짧은 거야."

비율이 좋아서 그렇게 보이지 않았지만 그리 큰 키가 아니었던 은채는 울컥했다.

이젠 키로 놀리냐.

"당신이 쓸데없이 큰 거예요."

갑자기 도혁의 얼굴이 쑥 밑으로 내려와서 은채는 소리치다 그대로 굳어버렸다. 도혁의 얼굴이 바로 코앞에 있었다. 그의 높은 코에 찔릴 것만 같았다.

"하긴, 키스할 때 불편하긴 하겠군."

당황스럽게도 이번엔 도혁의 말에 그녀가 상상을 해버렸다. 도혁과 키스하는 그림이 마음속에서 그려지니 은채는 화도 못 내고 얼굴만 달아올랐다.

홍시처럼 잘 여물어가는 그녀의 얼굴을 빤히 보던 도혁은 다시 허리를 펴고는 아무 일 없었다는 듯이 말했다.

"청소 깨끗이 하고 돌아가."

그 말만 남기고 도혁은 서재가 있는 곳으로 걸어갔다. 등을 돌려서 은채는 도혁의 표정을 보지 못했지만 그의 표정도 사뭇 복잡했다. 그가 건 장난에 그가 유쾌하지 못한 이상한 상황이 된 것이다. 심장이 뻐근해서 도혁은 손으로 왼쪽 가슴을 꾹 눌렀다. 너무 나갔나보다. 체한 듯한 기분이었다.

어쩌다보니 태경이 잡아준 소아암 환자 기부 행사가 있는 날이 도혁과의 계약이 끝나는 날이었다. 사실 그녀가 중간에 일을 빠진 날이 여러 번이었다. 그리고 가출했을 때 오피스텔 얻어 쓴 방값까지 있어서 그것들을 다 채우고 계약을 끝낸다고 해도 그녀로서는 할 말이 없었는데 도혁은 그냥 계약서상의 한 달로 끝을 내려는 것 같았다.

처음에 사인할 때만 해도 참 거지 같은 계약이라고 생각했는데, 그게 벌써 끝난다고 하니 은채는 마음이 묘했다. 도혁을 겪으면서 확실히 깨달은 건 미운 정이라는 게 분명 존재한다는 것이었다. 엄청 얄미운데 정이 들어버린 그런 느낌을 은채는 요즘 도혁을 보며 느꼈다.

도혁은 인디아 레드 수에게 도움받을 일이 있다고 했었다. 무슨 일인지는 모르겠지만 도혁이 진심으로 그녀에게 사과하면 도혁이 원하는 도움을 주고 싶었다. 그게 두 사람에게 가장 깔끔한 마무리였다.

그녀의 생각은 그런데 도혁은 어떨지 모르겠다. 처음과 전혀 달라진 게 없다면 도혁은 분명 자기가 이기는 쪽으로 상황을 몰고 갈 것이다. 그게 아니라 도혁도 그녀처럼 한 달 동안 미운 정이 많이 들었다면 승부욕은 접어두고 그녀와의 관계를 먼저 생각해줄 것이다.

계약의 결과는 그녀의 한마디로 정해지지만, 그녀의 한마디는 도혁의 마음가짐에 따라 달라진다. 그녀는 도혁과 좋게 끝내고 싶었다. 그와 함께 있었던 시간이 무조건 싫었던 것만은 아니었으니까. 그리고 그도 몇 번은 그녀에게 진심을 보여주었다고 믿고 싶었다.

"이제야 좀 일할 마음이 생긴 거냐?"

툭하면 지각을 하던 불성실한 그녀가 아침에 집을 나서는 시간이 점점 빨라지자 아버지는 흐뭇하게 바라보며 그리 물으셨다.

은채는 뜨끔했지만 아무렇지 않은 척 대문 앞에서 아버지에게 손을 흔들었다.

"돈 받고 하는 일이니까 성실히 해야지."

"그렇지. 돈 받고 하는 일이 진짜 노동이지. 놀면서 하는 건 노동이 아니라니까."

　아버지의 기준에서 보면, 놀면서 하는 건 무대에서 노래 부르는 거였지만 은채는 못 들은 척 집을 나왔다. 그녀가 생각해도 요즘 엄청 부지런하다. 딱히 도혁의 집 헬퍼 일이 적성에 맞아서 그러는 건 아니었다. 청소가 적성에 맞으면 가수는 때려치워야 했다. 둘은 극과 극의 일이니까 말이다.

　그나저나 이리 열심히 일해도 이미 돈을 받아서 다 써버렸기에 한 달이 되어도 월급이 없다는 게 새삼 허망하게 느껴졌다.

　은채가 아침에 출근 시간이 빨라졌다면 도혁은 그 반대였다. 조금씩 늦어져서 이젠 은채가 도혁의 집에 오면 도혁은 아직 출근 전이었다. 거의 출근 준비를 마치고 커피를 마시고 있기는 했지만 말이다.

　"아침에는 밥을 먹어요. 커피만 먹으면 속 버려요."

　쓰기만 하고 영양가는 전혀 없는 에스프레소를 마시고 있는 그를 보자마자 은채는 한 소리 했다.

　"누가 커피를 맛으로 먹나. 멋으로 먹지."

　"멋은 얼어 죽을."

　"너도 멋 때문에 무대에 서는 거 아닌가."

　"아니거든요."

　툴툴거리며 도혁이 커피를 마시고 있는 아일랜드 탁자까지 다가온 은채는 가방에서 싸온 주먹밥을 꺼내서는 하나를 그의 앞에 내밀었다.

"이거 먹어요."

생각해서 싸온 건데 도혁은 고마운 줄도 모르고 콧방귀를 뀌었다.

"커피에 주먹밥이 어울린다고 생각하나."

"댁은 그리 생각 안 해도 댁 위장은 좋아할 거니까 먹으라고요. 안 그럼 당신 집 어딘가에 숨겨놓고 푹 썩힐 거니까."

그의 집에서 음식을 썩힌다는 말에 도혁은 인상을 썼다.

"얼마 안 남았다고 막 나가는군."

"그러니 당신이 나한테 좀 더 잘해야죠. 나한테 사과하기 싫으면 말이죠."

그녀가 계약한 조건은 아주 간단했다. 도혁에게 미안하다는 사과 듣기. 그녀는 자신이 그 말을 듣게 될 거라고 믿는데, 도혁은 주먹밥의 포장지를 뜯으며 가소롭다는 표정을 지었다.

"누가 싫은 사람한테 주먹밥을 싸다 주지?"

"당신 주려고 싸온 게 아니라 나 먹으려고 싸온 거 하나 준 거예요."

"맛있네."

"진짜요?"

화내던 은채는 맛있다는 한마디에 바로 입이 쭉 올라갔다.

그녀가 직접 싼 주먹밥이었다. 밥이야 식당 아주머니들이 해놓으신 거지만.

"그게 멸치고, 이건 참치, 요건 불고기 김치. 이것도 먹을래요?"

다른 주먹밥도 꺼내며 웃던 은채는 음흉스러운 도혁의 표정을 보고 바로 정색했다.

"설마 맛있다는 말로 나 떠본 거예요?"

"후후."

자아도취에 빠진 사람처럼 웃는 도혁에게서 먹고 있는 주먹밥을 빼앗아 오고 싶었지만 그녀는 반찬 투정하는 아이에게 밥을 먹이는 어미의 심정으로 참았다.

"같이 저녁이나 먹지."

도혁도 계약이 끝나가는 걸 의식한 건지 일부러 저녁 약속을 잡았다.

"뭐 먹을 건데요?"

먹을 걸로 통일을 본 적이 한 번도 없었기에 은채는 은근히 떠보았다. 만약 그녀를 배려한다면 그녀가 좋아하는 음식 쪽으로 말할 것이다.

도혁은 잠시 생각하는 듯하더니 심플하게 결정을 내렸다.

"박 실장이 예약한 식당으로 가."

음, 탁월한 선택이었다. 그녀도 박 실장의 선택은 믿을 수 있었다.

"알았어요. 정해지면 문자로 알려줘요."

그녀의 무난한 허락에 도혁은 좋아하기보다는 눈을 가늘게 뜨고 그녀를 주시했다. 멸치 주먹밥을 한 입 베어 물던 은채는 왜 그런 눈으로 보냐며 도혁을 노려보았다.

"넌 이제 보니 서진우나 박 실장 같은 모범생한테 약하군."

"당연한 거 아니에요. 모범생 싫어하는 여자가 어디 있어요. 딱봐도 믿음이 가는데."

"재미가 없잖아."

"내가 재미있게 해주면 되잖아요."

그건 미처 생각 못 했다는 듯이 도혁은 눈동자를 움직여 먼 곳을 보았다. 그렇다고 이제 와서 그녀에게 맞추어 그가 모범생이 될 수는 없었다. 그는 남의 말에 순응하며 살아가는 걸 못 하게끔 정신체계가 잡혀 있었으니까.

"그럼 어떤 남자가 갑자기 나타나 너 가수 만들어준다고 하면 어쩔 거야?"

"그런 놈들은 대부분 사기꾼이에요. 경찰에 신고해야죠."

"그게 윤서일이면?"

"당연히 따라가야죠!"

갑자기 입맛이 사라진 도혁은 남은 주먹밥을 그냥 탁자에 올려두고 일어났다.

도혁이 잘 먹다가 남기자 은채는 잔소리를 했다.

"조금 남은 거 그냥 다 먹어요. 남기면 쓰레기잖아요."

은채는 자신의 말을 무시하는 도혁을 현관 앞까지 쫓아가 기어코 그가 남긴 주먹밥을 내밀었다.

"그냥 한입에 다 먹어요."

도혁은 자신이 남긴 주먹밥과 은채의 얼굴을 못마땅한 눈으로 번갈아 보다 입을 크게 벌리고는 그녀의 말대로 한입에 넣어버렸다. 주먹밥과 은채의 손가락 전부를.

손가락에 닿은 혀의 축축한 뜨거움에 은채는 비명을 질렀다.

"꺄악! 이 변태! 아침부터 뭐 하는 짓이야."

은채의 반응은 격렬했다. 그래서 도혁은 만족하고 집을 나섰다. 그가 가버린 뒤에도 은채는 감촉이 남아 있는 손가락을 하늘 높이 쳐들고는 방방 뛰어댔다.

이 참을 수 없는 닭살을 어쩐란 말인가.

그렇게 장난치듯 여유를 부렸지만 계약이 끝나는 게 신경 쓰이는 건 은채보다 도혁이 더 심할 수밖에 없었다. 그에게는 그녀가 필요했으니까.

"아버지 쪽에는 어떤 사람 소개해주셨습니까?"

그에게 윤서일만 고집하던 박 실장이 아버지 쪽에는 어떤 인물을 붙여놓았을까 싶어 물었더니 박 실장은 회장 쪽 업무라고 말해주지 않았다. 참 일 잘하지만 불친절한 비서였다.

"차라리 아버지 쪽에 윤서일 붙여주고 아버지 붙여주려던 그 사람을 절 주세요. 이은채도 윤서일이면 좋다고 하니까 박 실장님 아버지한테 칭찬 들으실 겁니다."

"윤서일 씨 쪽에서 거부할 테니까 그건 무리입니다."

"그럼 윤서일이 난 좋다고 할 거라는 겁니까."

"네, 하나뿐인 조카이니까요."

"그리고 26년이나 안 보고 산 조카죠."

"대표님이 먼저 손 내밀었다면 윤서일 씨는 받아주었을 겁니다."

자신에게는 의미 없는 말들이라 도혁은 그냥 입을 다물었다. 아무리 생각해도 윤서일에게 부탁하는 건 무리였다. 그가 정말 필요해졌다고 해도 이제 와서 그와 가족처럼 지낼 수는 없었다.

"어머니 얼굴이 기억 안 나요."

도혁의 말에 박 실장은 놀란 눈으로 돌아보았다. 도혁이 그걸 직시하고 있을 줄은 몰랐다.

"그러니 윤서일도 나랑 아무 상관없는 사람입니다. 괜히 이은채

핑계 대며 갖다 붙이지 마세요. 박 실장님 속셈 다 보이니까."

"대표님, 그래도."

"지금 문제는 이은채라고요. 계약은 끝나가는데 도통 나한테 안 넘어와요. 뭐가 문제죠?"

도혁이 은채로 말을 돌려버리는 바람에 윤서일에 대한 대화는 끊겼지만 은채의 일도 중요했기에 박 실장은 차분히 충고했다.

"대표님이 문제입니다."

"내가요?"

"네, 계속 은채 양을 이기려고만 하시잖습니까."

당연한 거 아닌가. 이기려고 계약을 한 것이다. 지는 계약 따위를 멍청하게 왜 하나.

"때론 지는 게 이기는 겁니다."

도혁은 박 실장의 말에 절대 동조할 수 없었다.

"지는 건 그냥 지는 겁니다."

"승부에서는 그럴지 몰라도 마음을 얻을 때는 다릅니다."

뭔가 말장난 같은 말이었다. 승부사에게는 절대 용납이 안 되는.

"그냥 유혹하려던 겁니다."

돈 주고 살 수도 없는 마음 따위는 취급하지 않는다는 태도를 취하는 도혁을 보며 박 실장은 주름진 미소를 지었다.

"그럼 고민하지 마셔야죠. 왜 고민하십니까?"

그녀가 그를 여전히 싫다고 할까봐.

도혁은 엘리베이터에 비친 자신의 모습을 보았다. 당당하고 빼어난 겉모습은 그의 자존심을 그대로 표출하고 있었다. 고민 따위는 그에게 어울리지 않았다.

"고민하는 거 아닙니다."

그답게 말해보지만 어딘지 말에 자신감이 부족했다. 그는 그녀가 싫다고 말할까 불안했다. 그에게 등 돌리며 가버리는 걸 아무렇지 않게 여길까봐.

"한번 정도는 이기고 지는 것에 연연하지 마시고 그냥 대표님의 마음을 말해보십시오. 분명 무언가 달라질 테니까."

박 실장은 그에게 불가능한 요구를 했다. 그런 게 가능할 리가 없었다. 지는 걸 아무렇지 않게 생각했다면 그는 은채를 끌어들이지도 않았을 것이다.

아버지에게 지기 싫다는 마음 때문에 시작된 관계였다. 모든 것이 이 지독한 '강자 강박증' 때문이다. 그의 아버지가 그에게 뿌리 깊게 심어놓은.

도혁이 먼저 저녁을 먹자고 해서 그의 집에서 기다리고 있던 은채는 그의 전화를 받고 밖으로 나갔다. 날렵한 스포츠카가 아닌 점잖은 세단에 기댄 채 도혁이 서 있었다. 재벌이라서인지 차가 볼 때마다 바뀌는 것 같았다. 그녀가 나오는 걸 보고 도혁이 차 문을 열어주었다. 은채는 그게 영 적응되지 않아 그를 올려다보며 한마디 했다.

"신사인 척하지 마요. 안 속으니까."

"난 원래 신사였어."

"그럼 그렇다고 해두죠. 속이 시커먼 신사."

평소였다면 그녀의 핀잔에 한마디 더 보탰을 도혁이 말없이 그녀를 빤히 보기만 하자 은채는 자신이 말을 심하게 했나 싶어 그의 눈치를 살폈다. 그냥 일상적으로 나온 말이었다. 그와는 항상 그런 식의 대화밖에 못 했으니까.

"왜 그렇게 봐요?"

"넌 처음이랑 별로 달라진 게 없는 거 같아서."

"당연하죠. 전 그때나 지금이나 솔직하니까."

"그럼 나도 솔직해져볼까?"

'당신이? 과연 그게 될까?'라는 눈으로 은채는 도혁을 쳐다보았다. 도혁은 차갑게 웃으며 그녀가 상상도 못 한 말을 했다.

"네가 나 싫다고 하면, 난 올겨울에 약혼해야 해."

은채는 너무 놀라 두 눈이 커진 채 얼어붙어 버렸다.

부우우우우웅―.

차가 박 실장이 예약한 한정식 집 '애담'으로 향하는 동안 은채는 거의 얼이 빠져 있었다. 그만큼 도혁이 한 말이 충격적이었던 것이다. 설마 그녀와 한 계약에 그의 약혼이 걸려 있을 줄 그녀가 상상이나 했겠나. 결국 그 말의 무게가 감당되지 않아 은채는 도로 한가운데서 소리쳤다.

"거짓말이죠? 약혼은 개뿔. 그냥 나 이겨먹으려고 아무 말이나 지어낸 거죠?"

"난 거짓말할 때 앞에 '솔직하게'를 안 붙여. 없어 보이니까."

그리 말하니까 더 혼란스러웠다. 그럼 그게 진실이란 말인가? 진짜 약혼한다고?

"그런데 지금 만나는 여자도 없는데 어떻게 겨울에 약혼해요?"

"아버지가 열심히 골라놓으셨지. 겨울방학하면 한국에 온다더군."

그러니까 약혼녀의 방학이 겨울이라 그때 약혼을 한다는 것인가. 정말 이리도 기가 막힌 말은 처음 들었다.

"학생이라고요? 양심도 없어요? 당신 나이가 몇 살인데."

"그러고 보니 내가 몇 살인지 알긴 아는 거야?"

"지금 그 소리가 아니잖아요."

은채는 뒷목을 잡았다. 남의 약혼 이야기에 이리 열이 오를 줄은 몰랐다. 감정을 주체 못 해 혼자 씩씩대고 있는 그녀를 힐긋 보며 도혁이 툭 던지듯이 물었다.

"그래도 내 약혼이 신경 쓰이긴 하나보지?"

은채가 핏발을 세우며 노려보자 도혁도 위기를 느끼고 입을 다물었다. 심정으로는 완전히 바람피운 거 고백한 것 같았다. 박 실장이 말한 지는 게 이기는 거라는 말에는 아직도 동조하지 못하겠지만 솔직하면 뭔가 변할 거라는 건 맞는 것 같았다. 그는 자신의 약혼 이야기가 이리 파급력이 클 줄은 몰랐다. 눈이 휙 돌아가서 무서울 정도였다.

'애담'은 정숙한 한정식 집이었다. 모든 음식이 조선 시대 궁중에서 요리되었던 조리법으로 만들어져서인지 깔끔하고 화려하기까지 했다. 그런 고풍스러운 식당에서 은채가 먼저 찾은 건 술이었다.

"박 실장이 술 마시라고 이 집을 잡은 건 아닐 텐데."

도혁의 말을 무시하고 술을 시킨 은채는 아직도 감정이 제대로 추슬러지지 않았는지 표정이 굳어 있었다. 도혁은 그런 은채의 표정을 살피며 그녀의 앞에 놓여 있는 사기 컵에 물을 따라주려고 했지만 은채가 컵을 치우는 바람에 물이 탁자에 흘렀다.

도혁은 줄줄 흐르는 물을 보고 눈을 좁혔다.

"내가 이렇게 박대받을 말을 한 것 같지는 않은데 말이지."

"약혼한다면서요."

"널 버리고 약혼하는 건 아니잖아. 우리가 사귄 사이인가?"

그건 맞는 말이었기에 은채는 분한 눈으로 도혁을 쏘아보았다. 지금은 그의 말이 맞다는 게 너무 화가 났다.

"난 지금 당신한테 농락당한 기분이거든요."

"난 그냥 우리 집에서 한 달 일한 헬퍼한테 선불해줬을 뿐인데."

"그럼 왜 나한테 약혼 이야기 한 건데요? 어차피 겨울에 할 거면 나랑 계약 끝날 때까지 상관없는 일이잖아요."

"내가 약혼 안 하려면 네가 필요하니까."

이건 또 무슨 소리인가 싶어서 은채는 불신의 눈으로 도혁을 노려보았다.

"오늘 작정하고 나 가지고 놀아요?"

"살면서 지금처럼 솔직한 적은 처음."

"닥쳐요."

도혁도 썩 좋은 기분은 아니었기에 물을 꿀꺽꿀꺽 마셨다. 그때 은채가 주문했던 술이 고급 자기 주전자에 담겨서 나왔다. 은채는 빼앗듯이 술 주전자를 들고는 커다란 물 잔에 술을 가득 따랐다. 꿀꺽

꿀꺽, 술을 물 마시듯이 한 잔을 다 비운 은채는 그제야 살겠다는 표정을 지었다. 답답했던 게 독한 술로 씻겨 내려가는 것 같았다.

도혁은 그런 은채를 조용히 지켜보기만 했다. 여기서 말을 더 보탰다가는 역효과만 날 거 같았으니까. 사실 은채에게 약혼 이야기를 한 건 자신이 없어서였다.

그녀가 그를 좋다고 말해줄 거라는 자신이. 계약서를 그런 식으로 작성한 그의 오만이 결국 오늘의 상황을 만든 것이었다.

"난 네가 필요해서 계약하자고 한 거야. 널 가지고 놀려고 그런 게 아니라."

그가 솔직하게 설명을 해도 은채는 듣는 건지 아닌 건지 혼자 술만 마셨다. 어째 조금 좋아졌던 관계도 그의 솔직함에 다 날아간 것 같았다. 괜히 박 실장의 말을 귀담아들었다는 생각이 들었지만 이미 엎질러진 물이었다.

그는 중요한 카드를 까버렸는데 만약 그가 어떤 약혼을 하든 은채가 자신과 상관없는 일이라고 모른 체하고 가버린다면 그는 정말 막막해진다. 한 번 솔직했다가 인생이 완전히 꼬이는 것이었다.

그러나 도혁의 걱정과 달리 은채는 도혁의 약혼이 신경 쓰여서 그날 밤 잠도 제대로 잘 수가 없었다. 은채는 뒤척뒤척 잠이 오지 않아서 자꾸 몸만 바꾸어 누웠다.

권도혁이 어떤 여자와 약혼을 하는 게 자꾸만 상상이 되었다. 여자의 얼굴을 모르니 괴기 영화처럼 얼굴이 보이지 않았다.

어차피 끼리끼리 결혼해서 잘 먹고 잘살 인간들이다. 여자도 분명 도혁처럼 돈 많고 권력 있는 집안 딸일 것이다. 도혁과 딱 어울렸다. 그런데 뭐가 하기 싫다는 거지? 권도혁이 진짜 나쁜 거다. 그녀는 그래도 그가 부탁하면 도와주려고 생각했었는데. 그게 약혼일 줄 누가 생각이나 했겠나. 약혼할 여자도 있으면서 왜 그녀의 앞에 나타난 것인가. 차라리 처음부터 나타나지나 말지.

은채는 베개에 얼굴을 박고 몸부림을 쳤다. 참을 수 없는 어떤 감정이 자꾸 안에서 솟구쳐 나왔다. 그래서 도저히 잠을 잘 수가 없었다. 살면서 불면증이 생길 줄은 몰랐는데 말이다. 권도혁 때문에 은채는 그날 뜬눈으로 날밤을 새우고 말았다.

"처제, 괜찮아? 표정이 안 좋네."

오랜만에 병원으로 찾아온 은채의 얼굴이 별로 좋지 않자 진우는 걱정하며 물었다. 잠을 못 자 몸도 정신도 몽롱한 은채는 진짜 정신과 상담을 온 환자처럼 진우에게 물었다.

"진짜 잊어버리고 싶은 게 있는데 그런 거 잊어버리려면 어떻게 해야 해요?"

아무리 나쁜 일이 생겨도 금방 잊고 다시 밝아지는 은채의 성격을 아는 진우는 의아해하며 물었다.

"잊어버리고 싶은 게 뭔데?"

"내가 그걸 형부한테 말할 수 있으면 묻지도 않죠. 형부 정신과 전문의잖아요. 좀 가르쳐줘요."

"정신과 전문의가 마술사는 아냐. 사람 머릿속에 있는 기억을 함부로 지울 수는 없다고."

처음으로 은채는 만능 형부가 참 쓸데없다는 생각이 들었다.

"무슨 고민 있어? 처제."

고민? 이게 고민이라고? 내가 왜 권도혁 약혼을 고민하느냐고! 내 약혼도 아닌데.

"제가 절대 좋아할 수가 없는 남자인데 그 남자가 딴 여자랑 약혼한다는 게 화가 나요. 왜 그렇죠?"

"질투하는 건가?"

"좋아하지 않는다니까요! 어떨 땐 진짜 싫어요. 때리고 싶어요."

"좋아하는 것만이 사람 감정은 아니니까. 싫어하는 것도, 화나는 것도 다 감정이야. 그 남자에게 정말 아무 마음이 없다면 아무 감정이 안 느껴져야 맞는 거야. 타인에 의해서 바람이 분다면 그게 바로 마음이야."

은채는 무슨 말도 안 되는 소리를 하는 거냐는 눈으로 진우를 보았다. 그 남자가 권도혁이라고 말해도 진우가 같은 소리를 할까 싶었다. 결국 은채는 고민 상담하러 갔다 머리만 더 복잡해져서 돌아왔다.

집에 들어선 도혁은 텅 비어 있는 집 안을 보고 짧게 혀를 찼다. 은채는 그에게 진짜 화가 난 것인지 그가 귀가하기 전에 집으로 돌아가버려서 그날 이후 얼굴을 볼 수가 없었다. 이 무언의 회피야말로 그녀의 대답인 것 같기도 했다.

벌써 내일이 계약 만기였다. 이대로라면 그녀의 대답은 뻔했다. 그렇다고 오늘 밤 당장 그녀를 찾아가 그가 원하는 대답이 나오게 강

242

요할 수는 없는 노릇이었다.

　도혁은 클래식 음반들 사이에서 유일한 가요인 은채의 앨범을 꺼냈다. CD 케이스에는 레드 드레스를 입은 은채의 사진이 있었다. 옆얼굴이 머리카락으로 반쯤 가려져서인지 진짜 그녀보다 좀 더 서정적으로 느껴지는 이미지였다.

　"이 정도면 사기지."

　사진 이미지랑 실제랑 너무 다르다고 도혁은 이죽거리고는 CD를 플레이어에 집어넣고 틀었다. 은채의 목소리를 들으며 방법을 궁리해야겠다. 이대로 끝낼 수는 없었다.

　[당신의 휴일이 되어줄게요.]

　말만 번지르르하다. 실제로는 화만 계속 냈으면서. 그녀와 있으면 날마다 화생방 경보였다.

　[손해 보는 일은 아닐 거예요. 모든 것이 달라질 거예요.]

　아무것도 안 달라졌다. 엄청 손해만 본 것 같다. 마음 같아서는 손해 배상 청구라도 하고 싶다. 그녀에게 집중하지 않고 다른 방법을 찾았다면 더 효율적이었을 수도 있는데 한 달 동안 너무 그녀에게만 집중했다. 그는 여자를 만나도 그리 오래 만나지는 못했었다. 도혁은 은채의 목소리가 흘러나오는 플레이어 쪽을 보았다. 그러고는 문득 이게 연애였다면 그녀와 어찌 끝났을까 생각해보았다.

　이게 진짜 연애였다면……?

　기부 행사였기에 병원 환자들뿐만 아니라 외부 인사들도 초대된 꽤 큰 공연이었다. 클래식 공연부터 인디 밴드 공연까지 아주 다양한 음악을 한자리에서 감상할 수 있었다. 로비에 설치된 공연 무대를 보고 그녀는 물론 인디아 레드 멤버들 모두 놀랐다. 병원에서 하는 공연이라고 했기에 학예회 정도의 공연으로 생각하고 가볍게 온 것이었다.

"야, 카메라 든 기자도 있다. 이거 기사로도 나가나봐."

호야의 말대로 카메라를 든 기자들 몇 명이 보였다. 네 명이 막 서울 상경한 뜨내기들처럼 어떻게 하지, 하며 웅성대고 있는데 하얀 가운을 입은 태경이 먼저 다가와 말을 걸었다.

"왔어요?"

은채는 불안한 표정을 지우지 못하고 태경을 보았다.

"저희도 나와도 된다고 하기에 작은 공연인 줄 알았어요."

태경은 괜찮다는 표정을 지으며 웃었다.

"은채 씨 노래 즐겁잖아요. 어린 환자들도 좋아할 거예요."

노래를 잘한다는 말보다 노래가 즐겁다는 말이 왠지 가슴에 와서 닿아 마음이 따뜻해졌다. 그리고 그녀가 노래하는 이유를 태경이 알아주는 듯해서 그가 한 뼘은 더 가깝게 느껴졌다.

"그런데 연습하느라 잠 못 잤어요? 얼굴색이 안 좋은데."

팔자에도 없는 불면증에 시달리고 있는 요즘이었다.

하지만 도혁과의 계약이 끝나는 날이 오늘이니 불면증도 오늘부로 해방될 것이다.

"괜찮아요. 노래하는 데는 지장 없으니까 걱정하지 마세요."

태경에게 괜찮은 걸 보여주기 위해 활짝 웃는데 뒤에서 그 웃음을 일시 정지시키는 목소리가 들려왔다.

"이은채."

그녀보다 그녀의 앞에 서 있는 태경의 표정이 먼저 변했다. 마치 마주치지 말아야 할 사람을 본 듯한 표정이었다.

은채는 고개를 돌려 뒤를 보았다.

도혁이 그녀를 향해 걸어오고 있었다.

"은채 씨, 권도혁이랑 아는 사이였어요?"

남자 의사는 도혁을 알고 있었지만, 도혁에게 그 의사는 기억나지 않는 존재였다. 그게 그리 드문 경우도 아니었기에 도혁은 개의치 않고 남자를 노려보았다. 네가 낄 자리가 아니라는 경고였다. 하지만 하얀 얼굴의 의사는 큰 키만 믿고 덤비는 것인지 도혁을 마주 쏘아보았다.

'하, 내가 누군지 알면서도 해보겠다고?'

도혁은 남자 의사에게 하룻강아지가 범 무서운 줄 모르고 덤빈다는 걸 깨닫게 해주려 했다. 그런데 그때 은채가 끼어들었다.

"제가 아니라 저희 형부랑 아는 사이예요."

도혁의 시선이 심상치 않은 게 느껴졌지만 이 자리를 모면하는 게 먼저였다. 그녀의 입장에서는 '나 권도혁이랑 잘 아는 사이'라고 말하는 것보다 '나 권도혁이랑 전혀 모르는 사이'라고 거짓말하는 게 더 편했다. 어차피 오늘이 마지막인 사이인데 굳이 아는 사이라고 말해서 앞으로 피곤할 필요는 없었다.

"저는 공연 준비해야 해서 이만."

분위기가 이상한 두 남자만 남겨두고 서둘러 그 자리를 피하려고 했는데 도혁이 그녀의 손을 잡았다.

"오늘 나랑 할 이야기 있지 않나?"

주위 사람이나 장소 상관없이 자기가 말하고 싶은 대로 말하는 도혁의 태도에 은채는 화가 나려고 했다. 무조건 자기 위주인 건 절대 변하지 않는 남자였다.

"나 지금 공연이에요. 공연 끝나고 말해요."

두 사람이 하는 말을 들어보면 그저 형부와 아는 사이라는 그녀의 말이 거짓말이라는 걸 바로 알 수 있었기에 태경의 표정이 어두워졌다. 하지만 둘 다 지금은 태경을 신경 쓸 정신까지는 없었다. 그들의 마지막이 되느냐 아니냐가 결판나는 날이었으니까.

"나도 지금밖에 시간이 없어."

도혁은 힘으로 은채를 끌어당겼다. 도혁에게 끌려가는 은채를 보고 태경이 다가서려고 하자 박 실장이 서둘러 태경의 앞에 나서며 주름진 미소를 보였다. 태경이 왼쪽으로 가려고 하면 왼쪽으로 따라오고, 오른쪽으로 빠르게 피하면 어느새 오른쪽으로 막아섰다. 나이 많은 어르신이 자꾸 길을 막아서니 태경은 밀치지도 못하고 곤란한 눈으로 그를 쳐다보았다.

"혹시 권도혁이랑 아는 사이십니까?"

"네, 권 대표님 비서입니다."

아버지뻘 되는 사람도 비서로 막 부린다고 하니 태경은 도혁에 대한 인상이 더욱 안 좋아졌다. 대학 시절 그의 기억 속 권도혁은 그리 좋은 인상이 아니었다. 사람에게 상처 입히는 걸 아무렇지 않게 여겼던 냉혈한이었다. 그런 도혁이 은채를 데려갔으니 태경은 가만히 보고만 있을 수는 없어서 핸드폰을 꺼내 진우에게 전화를 걸었다.

"어, 진우야. 나 태경인데, 너 혹시 요즘 권도혁 만난 적 있어?"

의사가 전화하면서 도혁의 이름을 꺼내자 박 실장은 귀를 쫑긋 세우며 다가섰다. 좋은 비서가 되려면 가끔은 스파이 노릇도 잘해야 하는 것이었다. 조금씩 다가오는 박 실장을 피해 태경은 앞으로 걸어가며 전화를 해야만 했다.

한편, 도혁에게 거의 끌려가다시피 한 은채는 그에게 화를 냈다.

"진짜 끝까지 이럴 거예요?"

공연 직전에, 그것도 태경이 보는 앞에서 그녀를 끌고 온 도혁의 태도에 기분이 상한 은채는 절로 목소리가 높아졌다. 도혁은 주위에 아무도 없자 그제야 은채의 손을 미련 없이 놓으며 무심하게 대답했다.

"그래, 나한테는 중요한 일이니까."

"나한테는 공연이 제일 중요해요."

도혁은 은채에게 공연을 잡아준 하얀 가운의 남자 의사가 생각나 눈살을 찌푸렸다. 반듯한 인상부터 마음에 들지 않았다.

"난 네 대답에 인생이 걸렸어."

인생을 들먹거리는 도혁의 말에 은채는 실소가 터져 나왔다. 그녀의 입장에서는 몇 달 뒤 딴 여자랑 약혼할 거면서 지금은 만만한 여자에게 찝쩍이는 나쁜 놈일 뿐인데 말이다. 그런 도혁에게 인생이란 말은 전혀 어울리지 않았다.

"그럼 그 인생 완전히 말아먹었네요. 난 당신이……."

싫다고 말하려는데 갑자기 도혁이 두 손으로 그녀의 얼굴을 감싸고는 그녀의 시야 안으로 거침없이 파고들어 왔다. 할까 말까 말장난만 하던 전과는 달랐다. 도혁은 0.1초도 망설이지 않고 처음부터 제 것이었던 것처럼 그녀의 입술을 가졌다. 그의 키스는 그 자신만큼이나 공격적이었다. 그가 그녀의 입술에 화인을 남긴 듯이 뜨거웠다. 그는 약탈자였다. 입술을 빼앗고, 숨결을 빼앗고, 그녀의 영혼까지 빼앗아가려 하고 있었다. 도혁이 그녀의 입술 위에서 속삭였다.

"내가 키스하면 못 참을 정도로 구역질 나게 싫은가?"

쿵쿵, 심장이 두근두근을 넘어서 망치로 방망이질하는 것처럼 뛰어댔다.

"처음 만났을 때는 왜 가짜 여의사 행세한 거야? 그땐 내가 아니라 네가 날 꼬신 거 아닌가?"

갑자기 하늘이 노래졌다. 안 그래도 며칠 자지 못해 기력이 빠져 있던 정신이 몸보다 먼저 큰 충격에 버티지 못하고 무너져 내리려 하고 있었다.

"난 아직도 확신하거든. 넌 분명 날 좋아하게 될 거야."

도혁의 목소리가 멀어졌다. 호흡이 가빠지며 의식이 흐려졌다. 심장에 과부하가 걸렸다. 더 이상은 무리였다. 쓰러져 내리는 그녀를 도혁이 놀라서 받쳐 안았다.

"이은채!"

그녀를 부르는 도혁의 목소리가 아득하게 멀어졌다. 그리고 세상이 암전되었다.

그녀가 다시 눈을 떴을 때 밖은 이미 캄캄한 밤이었다. 분명 공연은 낮이었는데 말이다. 이게 어떻게 된 건가 생각하고 있는데 옆에서 도혁의 목소리가 들려왔다.

"나한테 불면증이 옮았나보지? 그게 전염병인지는 몰랐는데 말이야."

반대편으로 고개를 돌려보니 도혁이 소파에 다리를 꼬고 앉아 있었다. 그리고 아버지가 병원에 계실 때와는 사뭇 다른 병실이 시야에 들어왔다. 심전도 기계가 없었으면 호텔이라고 착각할 뻔했다.

"내가 설마 기절했었어요?"

"정확히는 잤지."

며칠 동안 잠을 못 잔 게 결국 탈이 났나보다. 그렇다고 기절까지 하다니. 믿기지 않았다. 거기다 남자한테 키스 당한 직후라는 게 그녀를 더욱 창피하게 만들었다.

"공연은 어떻게 됐어요?"

"대타는 많았으니까 걱정하지 마. 어차피 너희 밴드도 대타였더군."

그게 사실이라고 해도 참 밉게 말한다고 생각하며 은채는 도혁을 흘겨보았다.

"우리 오늘로 계약 끝났거든요. 그러니까 그만 내 앞에서 꺼져주세요."

지지 않으려고 뭐라 말할 줄 알았던 도혁이 뜻밖에 조용히 그녀를 쳐다보기만 했다. 그 침묵의 시선이 그녀는 그의 말보다 더 신경에 거슬렸다. 왜? 키스하다 기절한 여자 보니까 신기하냐? 그렇게 말하며 은채는 화를 내고 싶었지만 차마 창피해서 못 했다. 아예 입밖으로 꺼내지 않는 게 정신 건강에 좋았다.

"미안."

도혁의 입에서 나온 사과의 말에 은채는 깜짝 놀랐다. 그는 자신의 입으로 절대 사과하지 않는다고 말했었다. 그래서 그녀가 그런 계약까지 하게 된 것이었다.

그런데 지금 그녀의 귀는 분명 '미안'이라고 들었다. 설마 '미안'이라고 한 걸 그렇게 들은 건가? 갑자기 은채의 눈과 귀와 머리가 복잡해졌다.

"네가 기절까지 할 줄은 몰랐어. 내가 심했어."

은채가 정신을 잃고 쓰러진 순간 도혁은 그녀가 잘못된 줄 알고 겁이 났었다. 만약 정말 그랬다면 그건 전부 그의 탓이었다. 그녀가 필요하다고 해서 그녀가 그의 목적을 위해 다쳐도 상관없는 건 아니었다. 그리되면 그가 견딜 수 없다는 걸 그는 오늘 여실히 깨달았다.

"나도 오늘은 많이 놀랐으니까. 계약 마무리는 다음에 하자."

도혁은 피곤한 표정으로 그리 말하고는 소파에서 일어나 병실 문으로 걸어갔다. 정말 그녀의 말대로 돌아가려나보다.

그의 사과의 여파가 아직도 남아서 은채는 당황한 눈으로 그의 뒷모습을 좇았다. 왠지 그를 이대로 보내면 안 될 것 같은 기분이 들었다.

"잠깐만요."

결국 그녀가 먼저 도혁을 불러버렸다. 도혁이 문 앞에서 고개를 돌려 그녀를 보았다. 도혁이 눈으로 물었다. 왜 불렀느냐고. 은채는 머뭇거리다 입을 열었다.

"난 말하지 않을 거예요."

도혁은 그게 무슨 소리인지 모르겠다는 표정으로 그녀를 보았다.

"당신이 싫은지 좋은지 말하기 싫다고요. 그러니까 지금 이 순간, 계약 무효예요."

무조건 이기는 것에만 집착해온 도혁에게 무효라는 은채의 말은 지극히 낯선 것이었다. 그건 이기는 것도 아니지만 진 것 역시 아니었으니까.

병원 밖에서 박 실장이 차를 대기시켜놓고 그를 기다리고 있었다.

병원에서 나와 벤츠 뒷자리에 올라탄 도혁의 표정은 아직도 복잡했다. 그걸 모를 리 없는 박 실장이 넌지시 물었다.

"은채 양과 이야기 나누신 겁니까?"

"네, 그런데 머리를 다친 건지 이상한 소리를 하더군요."

"무슨?"

"말하지 않겠답니다. 싫다고 말만 하면 내가 꼼짝 못 할 상황인데 그냥 말하지 않고 계약을 무효로 하겠대요. 왜 그러는 거죠?"

도혁은 절대 이해 못 하겠다는 듯이 인상을 쓰고 있었지만 박 실장은 입가에 미소를 지었다.

"대표님한테 넘긴 거군요."

"뭘 넘겨요?"

"말이요. 이젠 대표님이 말해야 하는 겁니다. 은채 양이 싫은지 좋은지."

도혁은 팔짱을 끼고 은채가 있는 병원 건물을 올려다보았다.

"싫은 거, 좋은 거 중 어느 쪽이 이기는 거죠?"

박 실장은 도혁이 은채의 메시지를 듣고 깨닫는 게 있기를 바랐는데, 전혀 진보가 없었다. 어쩌나 그대로인지.

10. 그 남자의 이유 있는 유혹

알람 소리를 듣고 벌떡 일어나 씻으러 나가던 은채는 그녀가 더 이상 도혁의 집에 출근할 필요가 없다는 걸 깨닫고 문 앞에서 주저 앉았다.

"오래 하지도 않았는데 벌써 몸에 익었나보네."

뭔가 허탈감이 밀려왔다. 그녀가 먼저 계약 무효 선언을 해서 더 그런가보다. 하지만 그녀는 그 계약이 아니더라도 도혁에게 미안하다는 사과를 들었으니 아쉬울 건 없었다. 아마도 도혁은 그녀가 원했던 게 그리 사소한 것인 줄 몰랐나보다. 처음부터 그가 원했던 것과 그녀가 원했던 것이 너무 달랐다. 그래서 마지막조차 서로 달랐다.

도혁에게는 계약이 끝나면 모든 게 끝이었는지 몰라도 그녀는 그게 안 되었다. 어제 도혁에 대해 생각한 것처럼 오늘도 똑같이 그가 생각났다. 이미 그와의 계약은 끝났지만 말이다.

은채는 다시 자기 위해 침대에 누웠지만 한 번 깨어서인지 잠이 오지 않았다. 그래도 자려고 애쓰던 그녀는 결국 20분 만에 다시 일어나 방 밖으로 나갔다.

은채는 그날 홍대에 가서 노래나 부르려고 했는데 형부의 전화가 걸려오는 바람에 그럴 수가 없었다.

[공연 때 쓰러졌다면서. 지금은 괜찮아?]

"아! 그거요. 잠을 못 자서 그랬어요. 걱정하지 마세요."

[혹시 전에 병원 와서 상담한 남자 때문에 못 잔 거야?]

은채는 뜨끔했다. 자신이 진우를 찾아가 그런 말을 했다는 것도 까맣게 잊고 있었다.

[설마 그 남자, 권도혁은 아니지?]

완전히 얼어붙어서 은채의 입에서는 아니라는 말도 나오지 않았다.

[처제, 내가 걱정되어서 묻는 거야. 아니지?]

"아니에요."

뒤늦게야 그녀의 입에서 부정의 말이 미사일처럼 튀어나왔다. 그리고 그녀의 머리가 복잡하게 돌아가기 시작했다. 당장 권도혁에게 전화해서 입을 맞추어야 했다. 형부가 도혁에게 물었을 때 그가 이상한 소리를 한마디라도 하는 순간 모든 게 끝이었다.

[저녁이나 같이 먹자. 내가 처제 몸보신시켜줄게. 언제 시간 괜찮아? 내일 저녁 시간 돼?]

"네! 당연히 되죠. 저 아무 일 없어요."

은채는 마음이 급해져서 진우의 말에 무조건 동조하고 전화를 끊은 뒤에 바로 도혁에게 전화를 걸었다.

Rrrrrrrrr- Rrrrrrrr-.

그런데 불안하게 도혁은 전화를 받지 않았다. 마음이 다급해진 은채는 박 실장에게까지 전화해보았다.

[대표님 지금 회의 중이세요. 급하게 전할 말이 있으면 제가 대신.]

"아뇨! 제가 직접 해야 해요! 제가 회사로 찾아갈게요."

진우가 언제 도혁에게 전화를 할지 몰랐기에 은채는 마음만큼이나 급하게 몸을 움직였다.

[그럼 우선 대표님 사무실에서 기다려주겠어요?]

다신 거기에 갈 일은 없을 줄 알았는데 결국 또 가게 되자 은채는 한숨이 절로 나왔다. 하지만 이번뿐이었다. 진우의 의심만 풀면 또 도혁과 엮이는 일은 없을 것이다. 그리 믿으며 은채는 세진 건설로 향했다.

회사에 도착해서 프런트에서 대표실에 볼일이 있다고 했더니 비서실 막내 여직원이 내려왔다.

"안녕하세요. 또 뵙네요."

어리고 사교적인 여 비서는 밝게 인사했다.

얼핏 봤을 땐 몰랐는데 제대로 보니 엄청 귀여운 인상이었다. 요즘 말로 베이글녀였다. 딱 남자들이 좋아할 타입. 그런데 귀여우면 귀여운 거지 그녀의 귀여움이 왜 신경이 쓰이는 건지 모르겠다. 대표실로 바로 올라갈 줄 알았는데 여 비서가 방긋 웃으며 은채에게 제안했다.

"어차피 점심시간이니까 저랑 같이 밥 먹으면서 기다리실래요? 우리 회사 직원 식당 밥 맛있어요."

마음은 급해 죽겠는데 밥이라는 말을 들으니 거짓말처럼 허기가 졌다. 도혁의 집에서는 절대 들을 수 없는 정다운 말이기에 은채는 불을 좇는 반딧불처럼 여 비서에게 다가섰다.

"그럼 그럴까요."

밥을 먹으면 머리 회전이 더 빨라질지도 몰랐다. 점심시간이라서인지 꽤 큰 직원 식당인데도 꽉 차 있었다. 그리고 여 비서의 말대로 직원 식당 메뉴가 굉장히 입맛 당기게 짜여 있었다. 처음으로 이 회사 좋은 회사라는 생각이 들었다.

"워메, 젊은 아가씨가 머슴밥으로 먹네."

그녀가 밥을 식판 가득 푸자 식당 아주머니가 놀라서 쳐다보았다. 그 때문에 앞뒤로 줄 서 있던 직원들도 다들 그녀의 식판을 힐끗거렸다. 은채는 좀 창피했지만 어차피 오늘 한 번만 먹을 곳이라 신경 쓰지 않기로 했다.

자리에 앉아 보니 새 모이만큼 뜬 여 비서의 식판과 머슴밥인 그녀의 식판이 너무 비교되었다. 공짜라고 너무 많이 폈군. 은채가 혼자 후회하고 있는데 여 비서가 밝게 웃으며 말했다.

"전 먹으면 찌는 체질이라 일부러 조금만 먹거든요. 그런데 은채 씨는 그렇게 많이 먹어도 날씬한 거 보니 부러워요."

저런 말을 저리 사심 없이 할 수 있다는 게 은채는 놀라웠다. 보통 여자들이 그런 말을 할 때는 묘한 질투와 시기가 담겨 있는 게 대부분인데 말이다.

"아니에요. 비서님은 통통한 게 귀여워요."

"전 귀여운 거 별로예요. 섹시했으면 좋겠어요."

"풉."

귀여운 여 비서의 입에서 생각도 못 한 말이 나오자 은채는 놀라서 목이 막혔다.

"섹시?"

"네, 안젤리나 졸리처럼."

자신과 정반대의 여자를 동경하고 있으니 이것이야말로 불행인 것 같기도 하고 아닌 것 같기도 했다.

"은채 씨는 왜 화장 안 해요? 하면 더 예쁠 텐데."

"아버지가 화려하게 꾸미는 거 안 좋아하세요."

"어머! 엄청 고지식한가봐요."

"뭐, 치마 입고 나가는 것도 안 좋아하시니까."

"와! 심하시다."

또래의 여자랑 오랜만에 대화해보는 거라서인지 엄청 신선하고 편했다. 그녀가 사는 데 치여 여자 친구를 너무 멀리했나보다.

"제가 예쁜 색 립스틱이 있으면 여러 개 사거든요. 사무실에 몇 개 있는데 하나 드릴게요."

"아니에요. 괜찮아요."

"부담 갖지 마세요. 은채 씨가 바르면 예쁠 거 같아서 그래요. 빨간 체리 색인데. 너무 잘 어울릴 거 같아요."

눈썰미가 있긴 한가보다. 딱 보기만 해도 그녀에게 붉은색이 어울리는 걸 아니 말이다.

밥을 다 먹은 뒤에 은채는 여 비서와 같이 대표실까지 올라왔다. 도혁과 박 실장은 아직 회의실에서 돌아오지 않았다. 여 비서는 자기 자리에서 진짜 체리 색 립스틱을 꺼내왔다.

"제가 말한 게 이 색이에요. 예쁘죠?"

발랄한 붉은색이었다. 봄에 어울릴 듯한. 그녀도 돈이 있으면 하나 사고 싶었다.

"네, 예쁘네요."

"그렇죠. 한번 발라봐요."

여 비서는 화장품을 진짜 좋아하는 것 같았다. 싫다고 하면 분위기가 이상해질 것 같아서 은채는 여 비서의 손에서 립스틱을 받아서 입술에 살짝 칠했다. 형부 전화 때문에 여기까지 달려와서 뭐 하는 짓인가 싶기는 했다.

"우와, 내 생각대로네. 이 색이랑 너무 잘 맞아. 색깔이 예쁘긴 한데 나한테는 좀 튀거든요."

결국 그녀가 튀는 인상이라는 소리였다. 틀린 말도 아니라서 그냥 웃는데 대표실 문이 열리는 소리가 뒤에서 들려왔다. 고개를 돌리니 도혁과 박 실장이 사무실 안으로 들어오고 있었다. 그녀와 있을 때는 발랄한 여대생 같았던 여 비서가 바로 정 자세를 하고 인사했다.

"따라 들어와."

그녀가 급히 할 이야기가 있다는 걸 미리 전해 들은 도혁이 그녀에게 따라오라 말하고 집무실 쪽으로 앞서 걸어갔다. 은채는 박 실장에게 꾸벅 인사하고는 여 비서에게 고마웠다고 말한 뒤 서둘러 도혁의 뒤를 쫓아갔다.

탁—.

집무실의 문이 닫히자마자 은채는 다급하게 진우의 전화에 대해 도혁에게 물었다.

"형부가 당신한테 전화했었어요?"

그녀에게는 엄청 중요하고 긴급한 일인데 도혁은 별로 놀라는 기색도 없이 그녀의 얼굴을 빤히 보기만 했다.

"내 말 못 들었어요? 형부가 당신한테 전화했냐고요!"

갑자기 도혁의 손이 쭉 뻗어 와서는 그녀의 입술을 스치고 가서 은채는 화들짝 놀랐다.

"뭐 하는 거예요."

화내는 그녀는 신경도 쓰지 않고 도혁은 손에 묻은 걸 확인하고 는 중얼거렸다.

"고추장은 아니었군."

누가 입술에 고추장을 칠하고 다녀.

"지금 그게 중요한 게 아니라니까요. 우리 형부가……."

"갑자기 그렇게 노골적인 립스틱은 왜 바른 거야?"

"우리 형부가 중요해요, 내 입술이 중요해요?"

"네 입술."

은채는 순간 할 말을 잃어버렸다. 잊으려고 노력했던 그의 기습 키스가 다시 생각나버려서.

쿵쿵-.

심장이 기절할 때처럼 이상 신호를 보내기 시작했다. 위험했다. 도혁은 뭐 그 정도의 말에 넋을 놓느냐는 듯이 피식 웃었다.

"그러니 할 말 있을 때는 붉은 립스틱 칠하고 오지 마. 정신 사나 워."

그러니까 그녀는 그런 의도가 전혀 아니었고, 그냥 여 비서가 권 하니까 칠한 것이었다. 그리고 형부에 대해 입을 맞추어야 하는데, 젠장, 이젠 그녀의 정신이 더 사나워졌다.

은채는 손을 들어 입술에 바른 립스틱을 박박 지워버렸다. 그런 그녀의 행동을 보고 도혁은 살짝 눈살을 찌푸릴 뿐 말을 하지는 않 았다.

"형부가 나랑 당신 사이 의심해요. 그래서 당신한테 전화할지도 모른다고요."

그녀에게는 일촉즉발의 위기 상황인데 도혁은 듣고도 심드렁했다. 그게 뭐 어쨌다는 거냐는 태도였다. 남의 집 불구경하는 듯한 태도에 은채는 발끈했다.

"난 심각하다고요!"

"그래서? 내가 서진우한테 뭐라고 말하길 바라는 거야?"

"말하긴 뭘 말해요. 무조건 모른 척해야죠."

"흠, 노력은 해보지."

"그런 게 노력이 왜 필요해요. 그냥 입 다물고 있으면 되지."

"그런데 헬퍼 일 끝났으니 다시 면접 보러 다니는 건가? 그 걸레 이력서 들고?"

"내 이력서를 걸레라고 하지 마요."

그녀가 인상을 쓰며 경고하자 도혁이 얄밉게 씨익 웃었다.

"언제라도 내 도움 필요하면 연락해."

"그래서 지금 왔잖아요. 형부한테 입조심하라고요."

"그거 말고 일자리."

이 인간을 믿고 있다가는 큰일 나겠다. 아무래도 그녀가 내일 형부를 만나 온몸으로 불신을 확실히 잠재워야 할 것 같았다. 은채는 도혁의 사무실을 나가면서 마지막으로 화를 냈다.

"내가 여기 다시 오면 이은채가 아니라 개은채예요."

"그런 말 함부로 하면 후회할 일 생길걸."

도혁이 경고했을 때는 은채가 이미 요란하게 문을 닫으며 나가버린 뒤였다. 은채가 나간 문 쪽을 보며 짧게 웃는데 그의 전화가 울렸다.

Rrrrrrrrr-. Rrrrrrrrr-.

서진우. 은채가 그리 걱정하던 전화였다. 도혁은 잠시 진우의 이름을 바라보다 통화 버튼을 눌렀다.

"전화는 나만 한다고 하지 않았어?"

진우는 그의 정신과 주치의였기에 상담 예약을 잡을 때 아니면 절대 전화도 하지 않았다.

[너한테 꼭 물어볼 말이 있어서 전화했어.]

무얼 물어보고 싶은지 이미 알고 있는 도혁의 얼굴에서 표정이 지워졌다.

[혹시 우리 처제 나 없는 자리에서 따로 만난 적 있어?]

그가 할 수 있는 말은 두 가지였다.

없다. 있다.

그가 은채에게 할 말과 비슷했다.

싫다. 좋다.

단순한 말일수록 그 뜻이 더 복잡하다는 걸 요즘 깨닫고 있었다.

"없어."

그는 거짓말을 선택했다. 복잡해지는 게 싫었으니까. 죄책감은 없을 줄 알았는데 마음이 별로 깔끔하지 못했다.

[진짜 없어?]

"내가 처음엔 없다고 했다가 이번엔 있다고 할까봐 두 번 묻는 건가?"

도혁이 제대로 대답할 마음이 없다는 걸 느낀 진우가 짧게 한숨을 내쉬었다. 다행히 더 추궁하지는 않았는데 다른 말을 하기 시작했다. 그가 별로 듣고 싶지 않은 말이었다.

[문태경이라고 혹시 기억해?]

"몰라. 내가 알아야 하는 이름인가?"

[병원 공연 처제한테 소개해준 의사. 만났지? 내 의대 동기야. 속

을 알 수 없는 너랑 달리 굉장히 솔직하고 정 많은 놈이야.]

도혁은 눈살을 찌푸렸다. 듣고 있는 게 심히 불편했다.

"그런 말을 왜 나한테 하는 거야?"

[내일 처제한테 소개해줄 거야. 난 둘이 잘됐으면 좋겠어.]

도혁의 눈빛이 냉랭해졌다. 기분이 나쁜 걸 넘어서 기운이 사나워 졌다.

"네 부인 동생이 네 소유물인가? 네 멋대로 짝지어주게."

[처제는 내 말 들을 거야. 내가 자기를 진심으로 아끼는 걸 아니까.]

진심. 그게 뭐가 그리 대단하다고. 진우를 비웃어주고 싶었지만 도혁은 더는 아무 말도 하지 못했다.

은채는 진우와 저녁을 먹기로 한 날 일부러 아무 약속도 잡지 않 았다. 아버지도 형부를 만나러 간다고 하면 절대 싸돌아다닌다고 잔소리하지 않으셨기에 아버지 눈치를 보며 외출할 필요도 없었다.

약속 시간보다 일찍 가려고 미리 나갈 준비를 하고 있는데 그녀 의 핸드폰이 울렸다. 핸드폰을 들어 올려 메시지를 확인한 은채는 도혁이 보낸 것이라는 걸 알고 눈이 커졌다.

헬퍼 일도 끝나고 계약도 무효가 되었기에 그가 먼저 연락할 거라 고는 생각하지 못했다.

내가 서진우한테 허튼소리 하지 않길 바란다면 내 부탁 하나 들어줘.

이게 무슨 부탁인가. 협박이지.

이 인간이 끝까지 정신 못 차렸다고 생각했지만 도혁이 진우에게 말하면 곤란해지는 건 그녀였기에 은채는 치밀어 오르는 화를 꾹 눌러 참으며 메시지를 보냈다.

> 무슨 부탁인데요?

또 계약이니 뭐니 하면 같이 죽는 거다.

> 오늘 나랑 강원도 좀 가.

그런데 도혁의 협박 같은 부탁은 꽤 평범했다. 설마 정말 부탁이었던 건가? 그런데 왜 형부를 들먹거리며 그녀의 신경을 긁는 건가. 못된 인간 같으니라고.

> 미안한데 나 형부랑 저녁 약속 있어요. 다음에 같이 가요.

그녀는 그 정도는 도혁이 봐줄 거로 생각했는데 돌아온 문자가 굉장히 단호했다.

> 무조건 오늘이야.

슬슬 찝찝해지기 시작했다. 도혁이 또 어떤 꿍꿍이가 있는 거 같았다. 그런데 그런 걸 짐작한다고 해서 피해갈 수 있는 게 아니었다.

형부와의 약속도 중요하고, 도혁의 협박도 신경 쓰였기에 그녀는 갈등하며 손톱을 깨물었다.

형부는 이해심이 많기에 그녀가 약속을 미루자고 해도 충분히 그렇게 해줄 사람이었다. 하지만 도혁은 이기적이라 오늘만 된다고 하면 내일은 안 되는 사람이다.

그런 이기적인 도혁 때문에 이해심 많은 형부와의 약속을 어긴다는 게 정말 말이 안 되는 것 같았지만 어느새 은채는 진우의 번호로 전화를 걸고 있었다.

"죄송해요, 형부. 갑자기 일이 생겨서. 저녁 약속 다음으로 미루면 안 될까요?"

그렇게 말하면서도 과연 자신이 잘하는 행동인지 그녀는 확신할 수가 없었다. 그녀에게 같이 강원도에 가자고 고집을 부린 도혁은 박 실장과 함께 나타났다. 알고 보니 강원도 출장이라고 했다.

"그런데 내가 왜 굳이 같이 가야 하는 건데요?"

"말했잖아. 여자의 시각이 필요하다고."

다시 들어도 핑계 같았지만 은채는 그리 몰고 가지는 않았다. 어차피 이미 그녀는 강원도로 가는 차 안에 있었으니까.

"난 돈 아까워서 그딴 데 안 놀러 가거든요."

"안 노는 사람들도 놀고 싶게 만들어야 성공한 리조트지."

그런 거, 그녀는 몰랐다. 자신이 도혁을 따라가는 게 과연 잘하는 행동인지 자꾸 불안할 뿐이었다.

그냥 진우를 만나러 갔어야 옳았던 거 같기도 하다. 믿고 의지하는 형부와의 약속을 어기고 도혁을 선택하다니. 아무리 생각해도 찝찝했다.

"그런데 오늘 내로 돌아올 수 있는 거 맞죠?"

"아! 너 외박하면 아버지한테 머리 깎이지?"

도혁은 새삼 알았다는 듯이 그녀의 머리를 보며 말하는데, 딱 놀리는 말투였다. 내가 왜 이 인간을 따라왔을까. 그녀는 다시금 후회가 물밀 듯이 밀려왔다.

"우와, 바다다!"

어떻게 오게 된 것이든 그녀는 역시 바다만 보이면 눈밭에 나온 강아지가 되었다. 비치 리조트였기에 리조트에서 바로 바다를 볼 수 있었다.

일하러 온 게 아니라 놀러 온 것 같은 은채를 두고 도혁과 박 실장은 골프 코스 쪽으로 향했다. 은채는 상관하지 않고 바다로 달려가려고 했는데 뒤에서 도혁이 그녀를 불렀다. 개 줄 풀린 개를 부르듯이.

"이은채!"

은채는 바다로 달려가려던 몸을 그대로 돌려 두 사람을 쏜살같이 쫓아갔다. 아직 수영 철인 여름은 아니었지만 리조트 수영장에서 수영하는 사람을 심심치 않게 볼 수 있었다. 비키니를 입고 지나가는 여자가 도혁에게 눈빛을 날리는 걸 보고 은채는 혀를 찼다.

"부모님이 저러고 다니는 거 아나 몰라."

"너한테 염치가 있다면 감히 그런 말은 못 할 거 같은데."

은채는 도혁을 흘겨보았다.

"적어도 전 속살은 제대로 감추고 산다고요."

도혁이 그녀의 몸을 위아래로 보기에 얼굴이 붉어졌다. 긴 옷을 입고 있어서 내보인 살갗이라고는 얼굴과 손뿐인데 말이다.

"수고했어."

뭘 수고했다는 거야. 놀리지 마.

리조트에 누가 오나 했더니 가족 단위에서 커플들까지 사람들이 많아서 놀랐다. 아버지와 그녀가 시장 안 개구리처럼 살긴 했나보다. 이런 곳에 놀러 와 여유를 즐기는 방법도 모르고 살았으니까.

"여자들이랑 이런 곳 자주 왔었어요?"

"귀찮게 왜?"

건성인 도혁의 대답에 그녀는 그를 흘겨보았다. 아무리 일 때문에 왔다지만 놀면서 즐거워하는 사람들을 보는 도혁은 전혀 즐거워 보이지 않았다. 그런 도혁이 못마땅해서 은채는 따지듯이 물었다.

"왜 하필 사람들 놀러 오는 리조트를 지어요?"

자긴 제대로 즐기지도 못하면서. 그녀는 노래를 즐기기에 노래를 하는 것이다. 그래서 그녀는 도혁의 심리가 잘 이해되지 않았다.

"돈이 되니까."

그렇군. 돈으로 모든 게 풀리네.

"하지만 사람들이 재미있게 놀 수 있는 리조트를 만들려면 그 사람들의 마음을 똑같이 느껴야 제대로 지을 수 있죠."

"그럼 교도소 짓는 사람은 범죄라도 저질러보고 지어야 한다는 건가?"

"아이 씨, 도대체 언제부터 그렇게 삐딱했던 거예요?"

"태어날 때부터."

은채는 말이 통하지 않는 도혁의 손을 잡고서 끌어당겼다. 그녀의 갑작스러운 행동에 도혁이 놀라 쳐다보았다.

"리조트 짓는 데 내 의견이 필요하다면서요. 그러니까 내가 놀 수 있게 같이 놀아줘요."

말이 그렇다는 거였다. 진우가 은채에게 딴 남자를 소개해준다는 게 배알이 꼬여서 억지로 데려온 거였다. 사실 리조트와 그녀는 아무 상관이 없었다. 도혁이 좀 말려보라는 눈으로 박 실장을 보자 박 실장이 고개를 끄덕였다.

'설마 지금 나보고 진짜 즐겁게 놀라는 겁니까?'

박 실장은 그렇다는 듯이 더 깊게 고개를 끄덕였다.

유아기 시절조차 놀이터 근처에도 가보지 않은 그였다. 채신머리 떨어지게 이런 곳에서 남들 하듯이 신나게 놀 수는 없었다. 은채의 손에 끌려가는 도혁을 보며 박 실장은 흐뭇하게 웃었다. 권 회장과의 사이는 아직도 그대로였지만 그래도 은채로 인해 도혁에게 조금씩 사람 냄새가 배는 것 같아 다행이었다.

스키 시즌은 이미 지나버렸고, 수영하기에는 수영복이 걸리고, 그래서 은채가 도혁을 데리고 간 곳은 춤을 출 수 있는 호텔 안 나이트클럽이었다.

"우와! 호텔에 이런 곳도 다 있네. 짱 좋아."

복권 당첨된 듯이 좋아하는 은채와 달리 도혁은 시끄러운 음악 소리 때문에 인상을 썼다. 이건 거의 소음 공해 수준이었다. 그녀가 도혁을 끌고 진짜 스테이지로 나가려고 하자 도혁이 그녀의 손을 뿌리치며 거부했다.

"너나 춰. 난 일하러 온 거야."

"비싸게 굴지 말고 좀 같이 춰요."

"난 진짜 비싼 몸이야."

"됐어요. 나 혼자라도 출 거야."

은채는 도혁이 비싼 척을 하자 성을 내며 혼자 스테이지로 걸어가 버렸다.

"그냥 같이 가시지."

박 실장까지 그를 재촉하자 도혁은 '쯧' 혀를 차며 팔짱을 꼈다. 그의 자존심상 저 위에 올라가 엉덩이를 흔들 수는 없었다. 절대! 그래서 그는 그냥 입구 근처에 서서 스테이지 위에서 춤을 추는 은채를 보고 있기만 했다.

물 만난 고기 같았다. 리듬을 아는 가수답게 은채는 음악에 맞추어 몸을 자연스럽게 움직였다. 춤은 사람의 얼굴이 아니라 몸을 보게 만들었다. 그녀의 몸이 만들어내는 리드미컬한 선이 만들어졌다 사라지기를 반복해서 도혁은 그녀에게서 눈을 떼지 못했다.

"어?"

박 실장이 놀라서 스테이지를 가리켰다. 딱 봐도 대학생 정도로밖에 보이지 않는 어린놈이 은채에게 다가가 일부러 그녀의 주위를 뱅뱅 돌며 춤을 췄다. 클럽 용어로 '부비부비'를 시도하려는 듯이 보였다.

"그냥 보고만 계실 겁니까?"

"그럼 잘 추라고 응원까지 해야 합니까?"

도혁은 쿨한 척했지만 팔짱 낀 손은 이미 주먹이 꽉 쥐어졌다. 박 실장은 스테이지에서 춤추는 은채와 가만히 서 있는 도혁을 번갈아 보았다. 은채가 떨어지지 않는 남자를 피해 구석으로 이동했다. 하지만 남자가 접착제처럼 은채의 뒤를 쫓아갔다. 남자의 손이 은채의 허리로 향하는 걸 보고 도혁이 앞으로 튀어나갔다. 이번엔 박 실장이 굳이 충고해줄 필요가 없었다.

탁-.

도혁은 은채의 허리를 한 팔로 휘감아 자신에게 당기며 아까부터 주시하던 남자를 노려보았다. 가까이서 보니 더 별 볼 일 없는 놈이었다. 수컷과 수컷끼리의 기 대결에서 남자는 모든 면에서 도혁에게 밀렸기에 똥 밟았다는 표정을 지으며 다른 곳으로 피했다.

"이제야 춤출 마음이 생겼어요? 내가 추는 거 보니까 신나죠?"

사람이 무슨 마음으로 달려 올라왔는지도 모르고 제 기분대로 말하는 은채를 도혁은 못마땅한 눈으로 쳐다보았다.

"전혀 안 신 나."

"그렇게 가만히 서 있기만 하니까 그렇죠. 이렇게 나처럼 음악에 맞추어 엉덩이를 흔들어보라고요."

"내 엉덩이에 관심 있어?"

도혁의 말에 은채는 '그대로 멈춰라'라는 음악을 들은 사람처럼 흔들던 자세 그대로 딱 멈추어버렸다. 은채는 도혁을 흘겨보았다.

"당신 때문에 내 흥까지 다 사라졌어요. 어떻게 책임질 거야."

도혁은 그런 흥 따위 관심 없다는 듯이 고개를 돌렸다.

"밥이나 먹어."

그러고 보니 배가 제법 고팠다.

저녁을 먹기에는 늦은 시간인데도 식당 안에는 사람들이 제법 있었다. 다들 그녀처럼 놀다가 끼니때를 놓친 것 같았다. 여행 와서 먹는 밥이라서인지 더 맛이 있었다. 따뜻한 양송이 수프가 몸에 들어가자 더운 기운이 퍼지는 게 좋았다. 열심히 수프를 먹던 은채는 쳐다보는 시선을 느끼고 고개를 들었다. 도혁이 제 것은 안 먹고 그녀가 먹는 걸 보고만 있었다.

"수프 먹는 거 첨 봐요?"

"먹는 것만 봐도 기부를 해주고 싶네."

걸신들린 듯이 먹는다는 뜻 같아 은채는 이를 드러냈다.

"맛있는 밥 먹으면서 욕하기 싫거든요. 그냥 본인 거나 드세요."

도혁은 수프를 스푼으로 몇 번 휘젓기만 할 뿐 먹지는 않았다. 배가 안 고픈 것이든, 못 먹는 것이든 둘 중 하나였다.

"보면 은근히 편식 심해요. 엄마가 어릴 때 오냐오냐 키웠죠?"

순간 도혁의 얼굴이 굳어지는 걸 보고 은채는 입을 다물었다. 참, 이복동생에 새엄마가 있었지. 다행히 마침 주문했던 요리가 서빙되어서 은채는 아무 일 없었던 듯이 먹는 것에 집중했다.

"은채 양은 앞으로 무슨 일 할 거예요?"

그녀가 도혁의 집 헬퍼 일을 끝낸 걸 아는 박 실장이 분위기 전환 겸 그녀에게 면접 계획에 관해 물어보았다.

"글쎄요. 이것저것 닥치는 대로 해야죠. 제가 헬퍼 일도 했는데 뭘 못 하겠어요."

그렇게 말하며 은채는 도혁을 흘겨보았다. 그녀가 그 집에서 엄청 고생스러웠다는 걸 과시하듯이. 도혁은 못 본 척 와인 잔을 들어 빙그르르 돌렸다.

"그래, 뭘 구하든 한 달은 못 넘길 테니까. 열심히 하라고."

이 자식이 또 시작이지. 나라고 당하기만 할 줄 알아.

"대표님은 이제부터 약혼 준비해야겠네. 남자도 결혼 준비로 미모 관리 같은 거 하나?"

그녀가 정곡을 찔렀는지 도혁이 팍 인상을 쓰며 그녀를 노려보았다. 그런 식으로 놀리라고 약혼 얘기를 한 게 아니었다. 박 실장은 자신이 도혁에게 솔직해지라고 충고해서 그가 약혼에 대해 털어놓은 거라는 걸 알고는 슬며시 시선을 돌렸다. 아무래도 그 솔직함이 은채에게는 통하지 않은 것 같았다.

"우리 아직 계약 청산 깨끗하게 안 됐어. 그러니 함부로 말하지 않는 게 좋을 거야."

"안 되긴 뭐가 안 돼요. 내가 무효라면 무효인 거지. 설마 내가 당신 좋다고 말할 날이 올 거로 생각하는 거예요? 그런 건 겨울방학 때 약혼식 하러 오는 약혼녀한테 바라세요."

"넌 내가 딴 여자랑 약혼해도 아무 상관없는 건가?"

갑작스러운 질문에 은채는 움찔하며 경계했다. 박 실장도 도혁이 그리 직접적으로 물을 줄은 몰랐기에 물을 마시며 유심히 은채의 표정을 살폈다.

"그, 그, 그게 나랑 뭔 상관인데요!"

은채는 우선 반발했다. 헛소리하지 말라고.

"그리고 내가 당신 좋다고 하면 나랑 약혼할 거예요? 아니잖아요!"

"할 수도 있지."

도혁의 말에 그녀뿐만 아니라 박 실장까지 놀라서 도혁을 쳐다보았다. 도혁 혼자만 고고하게 와인을 음미하며 마시고 있었다. 미친 것치고는 참 우아하게 미쳤다.

노래를 하다 갑자기 음 이탈이 난 것과 같은 상황이었다. 누구 하나 쉽게 말을 꺼내지 못한 채 침묵이 흘렀다. 당황하고 놀라는 은채와 박 실장과 달리 도혁은 혼자만의 생각에 빠져 있었다.

생각해보니 그럴듯했다. 그가 약혼하고 싶은 여자로 은채를 데려갔을 때의 아버지의 반응이 심히 궁금해졌다. 어떤 식으로 은채와 관계가 있는 것인지 자연스럽게 드러날 것 같기도 했다.

"지금 제정신으로 하는 말 아니죠."

은채가 발끈하는 소리에 도혁은 다시 현실로 돌아왔다.

"말이 되는 소리를 해요. 내가 왜 당신이랑 약혼해요."

"화낼 필요 없어. 어차피 못 할 테니까."

이랬다저랬다 하는 도혁의 말에 은채는 할 말을 잃고 그를 보았다. 도혁은 지극히 이성적인 눈빛으로 그녀를 응시하였다.

"내가 정말 너랑 약혼하고 싶다고 해도 허락할 사람 아무도 없다고. 하지만 하나는 확실히 깨질 거야. 겨울에 잡혀 있는 내 약혼식은 불가능해지겠지."

은채는 인상을 썼다.

"당신 약혼 망치자고 나보고 인생 망치라는 소리예요?"

"새로운 인생 역전이 될지도 모르지."

"웃기는 소리 하지 마요."

"나랑 약혼만 해주면 윤서일 소개해줄게."

은채가 더는 참지 못하고 도혁의 멱살을 잡으려고 하자 박 실장은 놀라서 은채의 팔을 잡으며 말렸다. 도혁이 한 대 맞을 말을 하긴 했지만 참으라고. 이런 게 어디 오늘뿐이냐며.

은채가 단 1초도 도혁과 같이 있기 싫다고 하는 바람에 그녀만 차에 태워서 서울로 보내고 도혁과 박 실장은 강원도에 하루 묵게 되었다.

"아까는 너무 심하셨습니다."

박 실장은 뒤늦게야 충고를 했다. 도혁이 너무 막 나가서 막을 겨를도 없었다.

"나랑 평생 같이 살자는 것도 아닌데 뭐가요."

"보통 사람들은 돈이 아니라 사랑 때문에 결혼합니다. 그런데 은채 양한테 사랑도 없는 계획적인 약혼에 동참해달라는 건 너무하신 겁니다."

"그럼 돈 때문에 약혼식장에 끌려가게 된 난 안 불쌍합니까?"

도혁은 세상에서 자신이 가장 억울한 처지에 놓인 것 같았다. 박 실장도 도혁의 비서여서 도혁의 편을 들어주고 싶었다. 하지만 말이 안 되는 건 안 되는 거였다.

"대표님이야 가족의 일이잖습니까. 하지만 은채 양은 외부인입니다. 함부로 끌어들이시면 은채 양이 크게 상처 입을 겁니다."

"그럼 도대체 왜 이은채 앨범을 저한테 보여주신 건데요?"

그거야 도혁이 어머니의 얼굴을 잊어버렸을 줄은 몰랐으니까. 보는 순간 알 거로 생각한 게 실수였다. 그래도 도혁이 은채와 잘 지내는 것 같아서 조금 마음을 놓았었는데 그게 또 이런 식으로 튕겨 나갈 줄 그가 어찌 알았겠나.

"그 이유 말씀드리면 은채 양한테 또다시 약혼 이야기 꺼내지 않으실 겁니까?"

이리 쉽게 말해줄 수 있는 걸 지금껏 말해주지 않았다는 게 도혁은 더 억울했다. 결국 박 실장은 그의 비서이기 이전에 아버지의 비서였다.

"됐어요. 전 이은채가 더 필요합니다."

은채가 그와 약혼만 한다고 하면 아버지와 그녀의 관계를 굳이 캐낼 필요도 없어졌다. 일이 더 속전속결이 되는 거다. 자신의 새로운 계획이 꽤 흡족해서 도혁의 입가에 미소가 지어지는데 박 실장이 찬물을 끼얹는 소리를 했다.

"그래도 은채 양이랑 하는 약혼은 거부감이 없으십니까?"

박 실장의 질문에 도혁은 흠칫 놀라며 그를 돌아보았다.

"어차피 성사 불가능한 약혼입니다. 결국 깨질 약혼인데 거부감이 들고 말고가 어디 있겠어요."

"그런 약혼이면 굳이 은채 양 아니라 다른 여자라도 상관없잖습니까. 차라리 제가 더 적당한 지원자를 찾아볼까요? 연기자 쪽이라면 많을 거 같은데."

도혁은 굳은 표정을 한 채 박 실장에게서 몇 발짝 떨어졌다. 그것도 부족했는지 두 발짝 더 멀어졌다. 박 실장이 주름진 미소를 지었다.

"그건 또 싫으십니까?"

도혁은 대답 없이 망부석처럼 서 있었다. 그런 거 같았으니까. 그의 머리가 움직인 건 은채가 먼저 자기랑 약혼할 거냐고 물어봤기 때문이었다. 그래, 너랑은 할 수 있어. 그렇게 생각하는 순간 계획이 좌르르르 펼쳐진 것이었다. 다른 여자가 똑같이 물었다고 해도 그렇게 될 리는 없었다. 그건 확신할 수 있었다. 다른 여자는 안 되었다. 아무리 가짜 약혼이라도 말이다.

며칠 동안은 권도혁 욕만 하다가 지나갔다. 이번엔 진짜 최악 중의 최악이기에 욕을 해도 해도 풀리지 않았다.

"허구한 날 방구석에만 박혀 있을 거면 식당 일이나 거들어!"

아버지의 잔소리에 그녀는 권도혁 욕을 멈추고 잠시 식당으로 나가야 했다. 식당 일은 어릴 때부터 쉬는 날마다 도왔던 것이기에 그녀도 준전문가나 마찬가지였다. 하지만 아버지는 언니나 그녀에게 절대 식당 일을 물려받으라는 말씀은 하지 않으셨다. 딸들이 좀 더 편하게 살길 바라시는 거다. 힘들게 살아도 좋으니 그녀가 노래 부르는 거나 좀 허락해주시면 좋을 텐데 말이다.

"은채야, 사장님도 안 계시는데 노래나 한 곡조 뽑아라."

아버지가 있었다면 불호령이 떨어졌을 테지만 외상값 수금하러 간다고 잠시 자리를 비웠기에 식당 아줌마가 노래를 청했다.

사실 그녀가 처음 노래를 시작한 것도 이 식당 안에서였다. 그녀가 노래하면 일하는 아줌마들이 잘한다고 칭찬해주어서 자꾸 부르게 된 게 그녀의 꿈이 된 것이었다. 어차피 식당 일보다는 노래하는 게 더 좋았기에 은채는 긴 대파를 마이크처럼 잡았다.

"흠, 흠, 그럼 막간을 이용해서 트로트 한 곡 나갑니다."

재료 밑 작업을 하던 아줌마들이 환호성과 함께 박수를 쳐주었다. 역시 관객 호응은 아줌마들이 최고다. 홍대 무대에서 분위기 잡고 부를 때와는 달리 은채는 엉덩이를 씰룩이며 노래를 시작했다.

"내가 왜 이러는지 나도 몰라요. 여자의 마음은 갈대랍니다."

트로트의 장점은 진짜 아무 생각 없이 신이 나게 부를 수 있다는 것이다.

드르륵-.

식당 문이 열리기에 은채는 노래 부르던 리듬을 타고 빙그르르 몸을 돌려 '어서 오세요'라고 말하려 했다. 그런데 권도혁과 똑같은 얼굴의 남자가 입구에 서 있는 걸 보고 그녀는 너무 놀라 균형을 잃고 비틀거렸다. 넘어질 뻔한 그녀의 허리를 권도혁이 한 팔로 휘감아 붙잡아주고는 눈웃음을 쳤다.

"갈대치고는 너무 두꺼운데."

대파로 맞기 싫으면 함부로 나타나지 마.

그녀가 도혁을 쫓아내기 전에 식당 아주머니들이 손님 접대를 하는 바람에 그럴 수가 없게 되었다.

"이 식당은 메뉴가 하나뿐인가?"

식당 손님인 척 앉아서 메뉴판을 보는 도혁을 가증스럽다는 눈으로 쳐다보며 은채는 그 앞에 물 잔을 거칠게 놓았다.

"네, 해장국밖에 없으니 드시기 싫으시면 그냥 나가세요."

그녀의 말에 일하시는 아줌마가 면박을 주었다.

"손님한테 그리 말하면 어쩌누! 사장님 보시면 또 주걱으로 맞는다."

피식 비웃는 도혁 때문에 은채는 얼굴이 붉어져서 아줌마의 말을 부정했다.

"제가 언제 주걱으로 맞았어요?"

"주걱 아니었나? 그럼 뭐였지?"

기억이 가물가물한 아줌마 대신 주방 할머니가 한마디 하셨다.

"은서 아범은 그냥 손에 잡히는 거로 때린다. 쟈가 안 맞아본 게 있겠나. 너무 많아 지도 가물가물한 거라."

친한 사람이 더 '디스'를 했다. 맞아도 맞지 않은 척해줘야 면피가 사는데, 창피해 죽겠다.

"어차피 해장국 못 먹잖아요. 내가 당신 식성 다 알거든요."

햄버거를 먹고도 죽을상을 지었던 사람이 시장 해장국을 먹을 리가 없었다.

"그거야 먹어보면 알 일이지."

도혁이 먹겠다고 하자 은채는 가소롭다는 표정을 지었다.

"진짜 먹겠다고요? 분명히 말해두지만 난 말렸어요. 남기면 죽을 줄 알아요."

"손님한테 죽인다고 말하면 이 식당 고소당할 수 있어."

툭하면 고소로 협박하는 도혁에게 꽉 인상을 써 보이고 그녀는 주방을 향해 외쳤다.

"여기 해장국 1인분이요."

그리고 일하러 가려는데 도혁이 그녀의 손을 잡았다. 은채는 흠칫 놀라서 돌아보았고, 식당 아줌마들은 저거 보라면서 난리가 났다.

"뭐 하는 거예요. 이 손 놔요."

"할 이야기 있어서 온 거니까 앉아."

"난 없어요. 놓으라고요."

털어내려고 팔을 막 흔드는데도 도혁이 손을 놓지 않았다. 그러자 아줌마들이 다가와서는 더 호들갑스럽게 물었다.

"총각, 그냥 손님 아니라 우리 은채랑 아는 사이?"

"보시다시피 제가 계속 거절당하고 있습니다."

이 인간, 말하는 거 보소. 안 되겠다 싶어서 이번엔 그녀가 도혁의 손을 꽉 잡고는 끌어당겼다. 아버지 오시기 전에 도혁을 식당에서 데리고 나가야 했다. 안 그러면 몇 분 내로 요상한 소문만 퍼질 것이다. 도혁을 식당 밖으로 끌고 나온 은채는 그의 손을 패대기치듯이 놓으며 화를 냈다.

"도대체 뭐 하는 거예요?"

"난 해장국 주문한 거밖에 없는데."

"내가 당신을 몰라요? 당신이 굳이 자기 돈이랑 시간 들여 해장국 먹으러 올 리가 없잖아요."

"그래. 난 너 포기 못 하겠어."

솔직하니까 더 기분이 나빴다. 결국 그녀를 이용해먹겠다는 소리로 들렸으니까.

"당신은요, 악처를 만나 고생을 해봐야 해요. 그래야 그 못된 성격 고쳐진다고요."

"그건 넌데."

"댁 인생에서 나 좀 제발 빼요!"

도혁은 쓰게 웃었다.

"나도 그럴 수 있으면 좋겠는데 말이야."

그가 약한 표정을 짓자 은채는 경계했다. 그가 진심으로 그러는 게 아니라 생각했으니까.

"이젠 아버지보다 네가 더 어려운 거 같기도 하네."

도혁은 뜻 모를 소리를 혼자 중얼거리고는 몸을 돌려 자신의 차를 세워둔 곳으로 걸어갔다. 은채는 불안해져서 그의 등에 대고 물었다.

"또 안 올 거죠?"

도혁이 대답이 없기에 그녀가 먼저 경고했다.

"우리 아버지한테 걸리면 당신 진짜 큰일 나요. 내가 맞아봐서 안다고요."

"니, 누구한테 말하고 있는 거냐?"

"엄마야!"

갑자기 뒤에서 들린 아버지의 목소리에 은채는 비명을 질렀다. 아버지는 의심스러운 눈으로 그녀를 보았다. 은채는 아무것도 아니라고 손사래를 치며 도혁의 차 쪽을 힐긋 보았다. 다행히 도혁은 차에 올라탄 뒤였다.

"너 또 이상한 놈 만나고 다니는 거 아니냐?"

"아니야, 아빠!"

아버지 앞에서 쩔쩔매는 은채를 차 안에서 보고 도혁은 짧게 웃었다. 은채가 세상에서 아버지를 제일 무서워하는 게 아버지를 제일 어려워하는 그 자신과 비슷했다.

은채가 아버지와 함께 식당 안으로 들어가버리고 보이지 않자 도혁의 얼굴에 걸려 있던 미소도 같이 사라졌다.

그와는 너무도 다른 환경에서 사는 그녀. 아마도 그가 침입자일지도 모른다. 그런데 그는 그녀가 정말 필요했다. 이대로 아버지가 원하는 대로 그가 끌려간다면 그는 불면증보다 더 큰 고통을 받게 될 것 같았다. 그녀가 노래로 꿈꾸는 자유를 그도 다른 방식으로 꾸는 것일 뿐이었다.

11. 그 남자의 아버지

은채는 도혁 때문에 진우와의 저녁 약속을 취소한 게 미안해서 먼저 병원으로 진우를 찾아갔다.

"갑자기 급한 일이 생겼던 거야?"

진우의 질문에 은채는 그렇다고 얼버무릴 수밖에 없었다. 도혁이 이상한 핑계를 대며 갑자기 자신을 강원도에 데려갔다고는 할 수 없었으니까.

"오늘 저녁에는 바쁘세요?"

"아, 그게 난 괜찮은데."

그날은 태경과 같이 먹으려고 했던 것이기에 다시 약속을 잡으려면 태경에게 전화해서 괜찮은 시간을 물어봐야 했다.

"왜요? 누가 또 와요? 언니?"

"아니, 그게 아니라."

사실 모인 자리에서 자연스럽게 소개해주는 게 좋았기에 말로 어떻게 소개를 해야 자연스러운 것인지 모호했다. 은채가 부담을 가지면 안 되었으니까.

"처제, 연애하고 싶지 않아?"

애써 돌리고 돌려 물은 게 별로 효과가 없었나보다. 은채의 두 눈이 왕방울만 해지더니 바로 격한 부정의 말이 튀어나왔다.

"아뇨. 저 지금 엄청 바빠요. 남자 만날 시간 따위 없어요."

이리 완강히 부정하니 태경을 소개하는 것도 좀 걱정이 되었다. 그가 소개해주는 거라 은채는 더 신경을 쓰게 될 테니까. 그 생각은 미처 하지 못했다. 도혁 때문에 마음이 급해져서.

"한창 연애할 나이잖아. 그 나이에만 할 수 있는 게 있는 거야."

"아니에요. 난 가수도 되고 싶고, 아버지한테 인정받는 직업도 가지고 싶고. 그거 둘 다 하려면 엄청 바빠요. 그러니까 연애는 됐어요. 부담만 돼요."

그렇게 말하는 걸 보니 도혁과도 아무 사이 아닌 것 같기도 하고. 진우는 마음이 복잡해졌다.

그는 누구든 은채에게 행복을 줄 수 있는 사람이 그녀의 짝이 되길 바랐다. 태경은 좋은 조건의 남자였지만 은채가 태경을 좋아하지 않으면 아무 소용이 없다. 도혁 역시 은채가 만약 도혁의 매력에 끌렸다고 해도 그의 배경을 감당할 수 없어 고통받을 수도 있고.

"난 처제가 행복했으면 좋겠어."

은채는 희미하게 웃었다. 그녀에게 행복을 말해주는 사람은 진우가 유일했다. 그래서 자꾸 형부에게 의지하게 되는지도 몰랐다.

"그러려고 열심히 노력하고 있어요. 저 믿죠, 형부?"

진우는 그렇다고 고개를 끄덕였다. 아무래도 태경을 소개해주는 건 좀 미루어야 할 듯했다. 진우의 병원을 나온 은채는 짧게 한숨을 내쉬고는 자신의 머리를 손으로 쥐어박았다. 형부가 연애 이야기를 할 때 그녀는 하필이면 도혁의 얼굴을 떠올린 것이다. 그래서 더 강하게 부정해버렸다. 연애가 천인공노할 죄인 것처럼.

아직 덜 당한 것이다. 그런 말에 도혁을 떠올리다니 말이다. 다신 그러지 말자고 다짐하면서도 은채는 자꾸 자신이 없어졌다. 생각보다 도혁의 그림자가 너무 짙었다. 목욕탕에서 때 밀 듯이 박박 씻어낼 수 있으면 좋으련만.

익숙해진다는 건 참 무서운 것이었다. 도혁은 정중앙에 놓인 도자기를 보며 자신이 이젠 비뚤어진 도자기에 눈이 적응해버렸다는 것을 깨달았다. 거기다 집이 너무 깨끗한 것도 거슬렸다. 구석에 살짝 먼지가 떨어져 있지도 않았고, 옷 중 한두 개가 삐뚤게 걸려 있지도 않았고, 냉장고에서는 음식 냄새가 나지 않았다.

일 잘하는 사람을 찾아서 고용하는 것은 박 실장이 탁월하다. 도혁이 고용한 헬퍼는 시끄럽기만 하고 솜씨가 엉망이었다. 결국 그는 사람 자르는 건 잘해도 사람 뽑는 건 못한다는 소리였다.

도혁은 CD 플레이어를 재생시켰다. 지난밤 듣던 음악이 다시 재생되어 흘러나왔다. 부드러우면서 리드미컬한 여자 목소리가 집 안에 퍼졌다.

요즘은 클래식 대신 인디아 레드 앨범을 자꾸 듣게 되었다. 자려고 들었던 음악이었는데 이제는 그냥 목적 없이 듣고 있었다. 굳이 잠이 오지 않아도 이제는 은채의 목소리와 함께한다.

가만히 은채의 노래하는 목소리를 듣던 도혁은 핸드폰을 꺼내 카톡 창을 열었다.

윤서일 만나고 싶은 거 아니야?

그가 던질 미끼가 하필 윤서일인 게 그도 마음에 들지 않기는 했
다. 왜냐하면 그가 만나기 껄끄러운 사람이니까. 하지만 은채는 그
걸 모르니까 윤서일과 마음껏 친한 척하는 거다. 피가 섞여 있으니
그냥 친한 걸로.

만나도 내 힘으로 오디션 봐서 만나요.
난 이제 계약이니 그런 거 엄청 싫어해요.

돌아온 대답은 거의 그가 생각한 그대로였다.
도혁은 은채가 이 집에 있을 때 자주 뻗어 있던 소파에 푹 몸을
묻고 카톡 창을 주시했다.
처음보다 내공이 생겨서인지 좀 더 까다로워졌다. 게임으로 치면
레벨 업이 되었다고나 할까. 도대체 뭘 던져야 넘어올까나.

나 지금 네 음악 듣고 있어.

나 착하지?'라는 투로 메시지를 보냈더니 돌아온 대답이 꽤씸했다.

왜 자꾸 들어요. 찝찝하게.

도혁은 살짝 눈썹을 치켜 올렸다가 다시 빠르게 손가락을 움직였다.

재벌 팬 하나 없이 인기 스타가 될 수 있다고 생각하나.

난 스타가 아니라 가수가 되고 싶은 거예요.

그러니까 윤서일 만나고 싶은 거 아니냐고.

왜 자꾸 윤서일이랑 친한 척해요! 무슨 사이인데요? 얼마나 친하냐고요?

도혁은 멈칫했다. '외삼촌'이라고 찍어야 하는데 손가락이 굳은 듯이 움직이지 않았다.

잔다.

결국 도혁은 두 글자를 적고는 핸드폰을 던져버리고 침실로 들어갔다. CD 플레이어만 들어주는 사람 없이 계속 혼자 노래를 불렀다.
"뭐야, 자기가 먼저 시작해놓고."
갑자기 잔다고 하고 사라져버린 도혁에게 은채는 화를 냈다. 열심히 이력서를 쓰고 있었는데 도혁 때문에 흐름이 끊겨버렸다. 은채는 쓰던 이력서를 집어 던지고 침대에 벌러덩 누웠다.
좋아하는 가수의 음악을 들으며 가만히 천장을 쳐다보고 있는데 뭔가 미묘하게 거슬렸다. '그게 뭐지?'라고 계속 생각하던 은채는 핸드폰을 끌어다가 도혁이 쓴 마지막 글자를 보았다.

잔다.

그러고 보니 그녀가 병원에서 기절했다 깨어났을 때 도혁이 이상한 소리를 했었다. 그땐 너무 정신이 없어서 미처 신경을 못 썼었다.

─나한테 불면증이 옮았나보지? 그게 전염병인지는 몰랐는데 말이야.

분명 그렇게 말했었다. 자기가 불면증이라고.
은채는 그제야 도혁이 왜 진우의 병원에 환자로 왔던 건지 짐작이 되어서 놀란 표정을 지었다. 멍하니 핸드폰 화면을 쳐다보던 은채는 화면에 글자를 찍었다.

진짜 자요?

그리고 가만히 기다렸다. 어떤 반응이 나오는지.
1분이 지나고, 2분이 지나고, 5분이 가까워져 오자 정말 잔다고 생각하게 되었는데, '카톡' 하며 도혁의 메시지가 날아왔다.

왜?

은채는 크게 숨을 들이켰다. 대놓고 불면증이라고 물어볼 수는 없었다. 그가 순순히 대답해줄 리가 없으니까.
은채가 뭐라고 물어봐야 하나 고민하는 사이 도혁이 또 메시지를 보내왔다.

> 너야말로 자?

   은채는 꾹 입술을 깨물었다. 그처럼 자존심이 강한 사람이 정신
과 상담을 받을 정도면 그냥 불면증은 아니라는 것이었다. 그런데
그녀는 눈치조차 채지 못했다. 주위에 그걸 아는 사람이 몇 명이나
있을까 싶었다. 아픔조차 남과 나누지 못하는 그 때문에 은채는 울
컥했다.

> 제일 힘들 때가 언제예요?

   그녀가 붉어진 눈으로 화면을 응시하고 있는데 답변이 금세 돌아
왔다.

> 아버지한테 끌려가서 약혼식장에 들어가야 할 때가 제일 힘들 거야.

   이 자식아! 자꾸 이럴래! 진지하지 못한 말 뒤에 숨어 자신의 아
픔에 대해 제대로 말해주지 않는 도혁 때문에 그녀는 화가 나면서
도 서러워졌다.
   그는 아마도 끝까지 그녀에게 약한 모습은 보이지 않을 것 같았
다. 그녀뿐만 아니라 그 누구에게도 자신의 아픔은 숨길 것이다. 그
는 그렇게 철저히 혼자 살아가려고 하고 있다.

내 도움받고 싶어요?

간절하지.

그럼 나한테 당신 약점 말해줘요.

그녀가 그리 말할 줄은 몰랐는지 속도감 있게 이어지던 도혁의 메시지가 뚝 끊겼다.

당신한테 제일 아픈 거.

그녀가 궁금한 건 그의 약혼녀가 아니었다.

그거 말해주면 도와줄게요.

그녀가 궁금한 건 그가 오늘 밤 제대로 잘 수 있느냐였다.

하필이면 은채와 그런 거슬리는 카톡을 주고받은 다음 날 아침에 도혁은 아버지와 같이 밥을 먹어야 했다. 도혁이 밥은 먹지 않고 계속 밥알만 뒤적이자 권 회장은 젓가락을 상에 내려놓으며 도혁을 똑바로 보았다.

"지금 밥상머리에서 반항하는 거냐?"

"그냥 입맛이 없는 거예요."

"그런 약한 소리."

"아! 밥맛 없는 것도 약한 건가요?"

도혁의 말투가 심히 거슬렸기에 권 회장의 눈빛이 가늘어졌다.

"누가 저한테 물어서요. 제 약점에 대해. 그래서 좀 생각하고 있었습니다. 제 약점이 뭔지."

"누가 감히 너한테 그따위를 묻게 만들어!"

"아버지한테는 아무도 안 묻겠죠. 아버지가 무서우니까."

그리고 그건 도혁에게도 마찬가지였다. 그의 약점을 물은 사람은 은채가 유일했다.

"저도 아버지한테 묻고 싶네요. 아버지 약점은 뭡니까?"

은채가 왜 그런 걸 물어본 건지 그는 밤새 생각해보았었다.

자신이 아버지에게 그런 것처럼 그녀도 그가 무너지는 모습을 보고 싶어서인지. 어떻게든 그를 이기고 싶어서인지. 하지만 그가 아버지를 이기고 싶은 건 아버지가 그를 억누르려고 해서였지 아버지를 증오하거나 미워해서가 아니었다.

세상에서 그를 닮은 유일한 사람이다.

그런 아버지를 거부한다는 건 그 자신을 거부하는 것이었다. 권 회장은 서늘한 눈으로 도혁을 쳐다보기만 했다.

그도 아버지가 대답할 거라는 기대는 하지 않았다. 도혁은 온기 없이 웃었다.

"아버지도 말씀 안 하시니 저도 말하지 말아야겠네요."

왜 하필 알고 싶은 게 그의 약점인가.

그런 은채에게 그는 서운한 마음이 들었다. 그 무엇보다도 완강한 거절같이 들리는 말이었으니까.

"안녕하세요! 인디아 레드입니다!"

"와아!"

인기 스타의 팬에 비하면 정말 미약한 숫자였지만 그녀에게 환호해주는 관객이 있어 홍대의 밤은 즐거웠다.

오랜만이라 평소보다 더 열광적으로 노래를 부르고 내려오는데 양복을 입은 엘리트 인상의 남자가 그녀의 앞을 가로막으며 명함을 먼저 내밀었다.

"노래 잘 들었어요."

남자가 내민 명함에는 '뮤즈 엔터테인먼트'라고 적혀 있었다. 뮤즈는 굉장히 유명한 기획사였기에 그녀와 밴드 멤버는 놀란 눈으로 명함과 남자를 번갈아 보았다. 인상은 꼭 세일즈맨처럼 생겼는데 말이다. 진짜 음악 일 하는 사람이라고?

"잠깐 자리 옮겨서 이야기 나눌 수 있을까요?"

인디아 레드 멤버 네 명은 동시에 고개를 끄덕였다.

호야와 류는 공연 뒤에 약속이 있어서 동우와 그녀만 뮤즈 엔터테인먼트에서 나온 매니저를 따라갔다. 조용한 카페에서 차를 시켜 놓고 선생님 앞의 학생들처럼 가지런히 손을 모으고 뮤즈 매니저의 말을 경청했다.

"우리 회사에서 새로운 얼굴을 찾고 있거든요. 인디아 레드의 공연을 보고 좋은 인상을 받았어요."

조짐이 좋다면서 동우와 그녀는 마주 보며 웃었다.

"사실 이번에 키우는 신인은 해외 활동을 더 중점적으로 하려고 하고 있어요. 그래서 비주얼도 되는 인디아 레드가 적격이라고 생각했고요."

해외 활동이라는 말에 동우의 입은 벌어졌고, 은채는 걱정이 먼저 되었다. 그럼 해외에 오래 나가 있어야 할 것 같은데 아버지가 절대 허락하실 리도 없고, 또……

"그런 식의 설명이면 그냥 대충 뽑았다는 말로밖에 안 들리는데요."

갑자기 누군가 그녀의 옆자리에 털썩 앉았다. 목소리에 먼저 놀라 휙 옆으로 고개를 돌려보니 도혁이 앉아 있었다. 여긴 또 어떻게 알고!

"누구시죠?"

뮤즈 매니저가 갑자기 나타난 도혁을 탐탁지 않게 보며 묻자 은채는 신경 쓸 거 없다며 손사래를 쳤다.

"그냥 우리 밴드 팬이에요. 죄송해요. 제가 보낼게요."

그렇게 말하며 은채는 도혁을 노려보았다. 지금 재 뿌리는 거냐고. 하지만 도혁은 전혀 개의치 않고 뮤즈 매니저에게 자신의 명함을 내밀었다.

"제가 꽤 비싼 팬이라서 말이죠. 그 적격이란 말이 정확히 뭔지 제대로 듣고 싶은데, 설명해주시죠."

도혁이 내민 명함을 보고 뮤즈 매니저의 얼굴이 창백해졌다.

"아니, 전 그저 윗사람이 시키는 대로 하는 거라."

변명하는 것처럼 목소리가 아까와는 달리 기어들어갔다. 윗사람? 이젠 은채가 이해가 안 되어서 매니저에게 물었다.

"직접 저희 공연 보시고 스카우트하시는 거 아니었어요?"

뮤즈 매니저가 갑자기 자리에서 일어났다.

"죄송합니다. 오늘은 이만하죠."

"잠깐만요. 우리 밴드 스카우트하는 거 아니었어요?"

동우도 이 상황이 이해가 되지 않아 서둘러 나가버리는 뮤즈 매니저의 뒤를 쫓아갔다. 은채는 그 자리에 남아서 도혁을 쏘아보았다.

"뭐예요? 당신은 어떻게 된 일인지 아는 거죠?"

"서울 바닥에서도 안 유명한 너희를 해외로 데려가겠다는데 그게 제정신인 소리로 들렸어?"

"뮤즈라고 하잖아요. 거기 엄청 유명한 회사라고요."

"그럼 이름만 같나보지."

뭐야, 정말 그런 거였나? 사기당할 뻔한 거야? 한껏 들떴던 마음이 한순간에 바닥으로 떨어졌다. 풀이 죽어 어깨를 아래로 떨어뜨리고 앉아 있는데 그녀의 앞으로 붉은 장미 한 송이가 들어왔다.

은채는 눈살을 찌푸리며 도혁을 보았다. 사기당할 뻔한 상황에 웬 꽃이란 말인가.

"이게 내 약점이야."

뭔 헛소리야.

"난 꽃만 보면 약해지더라고."

이 자식은 거짓말할 때 더 뻔뻔하다. 이렇게 나오니 그를 걱정하며 못 잔 밤이 참 억울했다. 은채는 도혁이 내민 꽃을 받아 들었다. 그리고 그 꽃으로 도혁의 이마를 때리며 외쳤다.

"탈락!"

꽃으로도 사람은 때리지 말라고 했는데, 권도혁은 진짜 맞아도 쌌다.

꽃까지 직접 샀지만 얻은 것 하나 없이 집에 돌아온 도혁은 거울을 통해 꽃에 맞아 상처가 난 이마를 보며 혀를 찼다. 꽃을 선물한 것도 처음인데 그 꽃으로 맞기까지 했다. 창피해서 어디 가서 억울하다 하소연도 못 하고 상처를 볼 때마다 짜증만 났다.

하지만 그것보다 아버지가 정말로 은채에게 사람을 보냈다는 게 문제였다. 이번엔 운이 좋아 그가 그 자리에서 잡았지만 다음엔 그렇지 않을 것이다. 은채에게 조심하라고 말해봤자 음반사 사람이라고 하면 우선 무조건 우호적일 게 뻔했다.

도혁은 거울 속 자신을 똑바로 응시하며 은채도 지키고 자신도 살 방법을 생각했다. 이대로 허무하게 끝낼 수는 없었다. 도혁이 고민하는 시간에 박 실장은 권 회장에게 일이 잘되지 않았다고 보고를 해야만 했다.

"그 자리에 대표님이 나타나셨답니다. 그래서 그냥 돌아왔다고 합니다."

권 회장은 대답 없이 눈을 감고 앉아 있었다. 박 실장은 참을성 있게 권 회장의 다음 지시를 기다렸다.

"그 여자애 지금 무슨 일을 하고 있지?"

"지금은 일을 구하고 있습니다."

대답하면서 박 실장은 불안해졌다. 차라리 은채가 도혁의 집에서 헬퍼 일 할 때는 도혁이 방패막이 되었는데 지금은 그것도 사라졌다. 은채가 권 회장의 앞에 무방비하게 노출된 듯했다.

은채가 죽은 도혁의 어머니를 닮았다고 해서 권 회장이 얼마만큼의 자비심을 보일지는 정말 미지수였다. 권 회장에게 풍부한 감정이 있었다면 도혁의 어머니가 그렇게 죽지도 않았을 테니까 말이다.

"본사 프런트 직원으로 이력서 내게 해."

박 실장은 꿀꺽 놀란 숨을 삼켰다. 그건 호랑이 굴 안에 데려다놓으라는 거나 마찬가지였으니까. 인디 밴드로 스카우트하는 것보다 더 안 좋은 상황이었다.

"자격 요건이 안 될 겁니다."

은채의 허접스러운 이력서가 다행이라고 생각될 줄은 몰랐다.

"내가 된다는데 그게 중요한가?"

박 실장은 더는 반박할 수 없었다. 그래도 도혁이 자기 아버지보다 나은 점이 있다면 회사에 절대 낙하산은 들이지 않는다는 것이었다. 그게 누구라도 말이다.

"이은채를 우리 회사 프런트 직원으로 들이면 어떨까요?"

도혁의 말을 들은 박 실장은 자기 생각을 정정할 수밖에 없었다. 도혁도 급해지니 별수 없다고. 그리고 그 아버지에 그 아들이었다. 어떻게 회사 내의 그 많은 업무 중 골라낸 업무도 똑같았다.

"그럼 제가 이력서를 들고 은채 양을 찾아가보겠습니다."

어차피 권 회장이 지시한 이력서도 들고 가야 했다.

"그렇죠. 이은채도 박 실장님은 신용하니까 통하겠네요."

전혀 그런 뜻으로 간다는 게 아니었기에 박 실장은 그냥 조용히 있었다. 자기가 지시를 내려놓고도 도혁은 뭔가 불안했는지 톡톡 손가락으로 책상을 때렸다.

"아버지는 어찌하신대요?"

"제가 말하지 않아도 곧 알게 되실 겁니다."

도혁은 그게 무슨 소리냐는 눈으로 박 실장을 보았다.

"회장님이 지시한 이력서와 대표님이 지시한 이력서 두 장을 들고 갈 겁니다. 그중 은채 양이 선택할 겁니다. 둘 중 하나던가. 아니면 둘 다 아니던가."

도혁은 그 상황이 전혀 마음에 들지 않는다는 표정을 지었다.

"둘 다 아니면 어떻게 되는 겁니까?"

"은채 양이 현명한 거죠."

도혁은 이런 상황에서 입바른 소리를 하는 박 실장이 참 짜증이 났다.

"은채 양의 선택에 맡기십시오. 은채 양이 무슨 선택을 하든 받아들이시는 겁니다."

그렇게 말하니까 그녀가 꼭 아버지 회사로 갈 것 같았다. 그런 미친 짓을 왜 하는가. 자기 발로 지옥 불로 들어가는 거나 마찬가지였다.

"내 아버지가 얼마나 무시무시한 인간인지 먼저 설명하는 거 잊지 마세요."

"아버지를 그리 말씀하시면 안 됩니다."

"박 실장님도 속으로는 그렇게 생각하시잖습니까. 아닙니까?"

박 실장은 묵비권을 선택하고는 집무실에서 물러 나왔다. 박 실장이 전화했을 때 은채는 반갑게 받아주었다. 만나자는 말에도 선선히 응해주었다.

도혁은 몰라도 박 실장에 대한 그녀의 기억은 굉장한 호감이었다. 왜 도혁의 밑에서 일하는지 불가사의할 정도로 말이다.

"……."

은채는 박 실장이 내민 이력서 두 장을 말없이 한참이나 바라보왔다.

"그러니까 이쪽이 권도혁 대표가 보낸 거고, 이쪽이 권도혁 대표 아버지인 권 회장님이 보낸 거라고요?"

그녀의 질문에 박 실장은 고개를 끄덕였다.

"네. 둘 다 업무는 프런트 안내입니다. 둘 다 계약직이고요. 근무지가 본사와 세진 건설이란 것만 차이가 납니다."

그녀는 그게 궁금한 게 아니었다.

"박 실장님, 권 대표 비서 아니었어요? 그런데 왜 회장님 이력서까지 같이 가져오셨어요?"

박 실장은 덤덤히 대답했다.

"27년 동안 회장님을 모셨습니다. 권 대표님이 세진 건설 대표로 취임했을 때부터 회장님의 지시로 자리를 옮겨 권 대표님을 모신 거고요."

그러니까 아버지와 아들을 둘 다 보필했다는 소리였다. 그래서 도혁이 박 실장을 함부로 못 하나보다. 단지 나이가 많은 비서라서 그런 줄 알았는데 말이다.

"그럼 권도혁 편이세요? 권도혁 아버지 편이세요?"

박 실장은 짧게 웃었다.

"둘 다 저한테는 모시는 보스입니다."

"보스가 두 명일 수도 있어요?"

"저한테는 그렇습니다."

"이야, 박 실장님은 진짜 비서가 천직 같으세요."

이쪽저쪽 다 붙는다는데 불신이 들기보다는 대단하다는 생각이 드니 말이다.

"그래서 어느 쪽을 선택할지는 고르셨습니까?"

박 실장이 묻자 은채는 다시 머리가 복잡해졌다. 둘 다 정말 좋은 일자리인 건 맞았지만 그녀에게 온 이유가 둘 다 깨끗하지는 못했다. 그녀가 떳떳하려면 둘 다 선택하지 말아야 했다. 도혁이 걸레라고 하는 그녀의 이력서로는 서류 면접도 통과하지 못할 자리였으니까.

"권 대표 아버지는 어떤 분이세요?"

그녀의 질문에 박 실장은 간단하게 대답해주었다.

"무서운 분이십니다."

그래서 도혁이 아버지한테 끌려서 약혼식장에 들어가는 거라고 말했나보다.

"그럼 제 이야기도 그냥 무시하실까요?"

그건 모를 일이었다. 그녀를 그냥 도혁과 관계된 여자라고만 여긴다면 철저하게 무시할 것이고, 인디아 레드 앨범을 산 마음으로 그녀를 본다면 그녀의 목소리가 권 회장에게 닿을 수도 있었다.

"회장님한테 무슨 말을 하려고요?"

도혁의 불면증에 대해. 그게 아무래도 그의 아버지와 연결되어 있는 것 같아서 은채는 그의 아버지를 만날 수 있다면 꼭 말해주고 싶었다. 당신 아들이 당신 때문에 아픈 것 같으니까 좀 낫게 해달라고. 도혁은 분명 싫어할 일이었고, 그녀는 그에게 유일하게 해주고 싶은 일이었다.

은채는 손을 뻗어 이력서 하나를 잡았다.

"그러니까 전 이거 할게요."

박 실장은 할 말을 잃고 은채의 얼굴과 그녀가 잡은 이력서를 번갈아 보았다. 그녀가 그 이력서를 선택할 줄은 가져온 그도 전혀 상상하지 못했다. 은채가 선택한 이력서는 세진 그룹 쪽이었다. 권 회장이 보낸 것이다.

　말단 프런트 직원이지만 그녀가 세진 그룹에서 일하게 된 걸 알면 그녀의 아버지가 엄청 기뻐하실 일이었다. 하지만 아무래도 금방 잘릴 것 같아서 그녀는 아버지에게 작은 회사 고객 지원 일이라고 대충 설명하고는 면접을 보러 갔다. 박 실장의 말로는 무조건 붙는다고 했지만 그래도 그녀에게 면접은 언제나 어려웠다. 특히나 그녀를 낙하산으로 볼 것이니 면접이 좋게 끝날 리가 없었다.
　면접관은 30대에 굉장한 미인이었다. 저 안경만 벗으면 말이다.
　"영어 할 줄 알아요?"
　그런데 질문하는 목소리가 딱딱해서인지 은채는 절로 긴장이 되었다. 잘못 대답하면 밉보일 거 같았다.
　은채는 웃으며 손가락으로 좁쌀만큼 표시했다.
　"조금."
　"Could I speak to someone in business department(영업부에서 일하는 분과 통화할 수 있을까요)? 내가 방금 뭐라고 했어요?"
　"죄송합니다. 못합니다."
　은채는 바로 고개 숙여 사과하며 이실직고했다. 여자는 그럴 줄 알았다면서 실망한 표정도 짓지 않았다.
　"계속 다닐 거면 영어 학원 끊어서 공부해요. 외국인 상대할 일 많으니까."

낙하산이라서 그렇다고 핀잔을 줄 거라 생각했는데 오히려 학원 추천까지 해주었다. 뭐지? 이 프로페셔널한 꼼꼼함은.

"그런데 제가 뭐라고 부르면 되는지."

"오 차장이라고 불러요."

"아, 오 차장님."

"출근은 내일부터 해요."

엄청 긴장해서 온 것치고 면접은 5분 만에 끝이 났다. 면접을 끝내고 나올 때도 석연찮은 마음은 남아 있었다. 아무래도 정상적인 취직이 아니라서 그런 것 같았다. 이 회사는 과연 얼마나 다니다 그만둘까 생각하면 내일 출근이 그냥 남의 일처럼 느껴지기도 했다.

몸에 힘이 하나도 없어서 어깨를 아래로 축 늘어뜨리고 세진 그룹 계단을 내려오던 은채는 자신의 앞을 가로막고 선 남자 때문에 잠시 멈추어 섰다. 피해서 옆으로 가려는데 남자가 그녀를 따라와서 그녀의 앞을 또 막았다. 은채는 짜증이 나서 고개를 들었다가 그 자리에서 주저앉을 뻔했다.

도혁이었다.

박 실장한테 그녀가 세진 그룹 본사 면접을 본다는 걸 전해 듣고 온 게 뻔했다. 그녀를 내려다보는 그의 눈빛이 서늘했다.

"정말 진지하게 묻는 건데."

그녀도 진심으로 지금은 도혁이 좀 무서웠다.

"나 만나기 전에 우리 아버지 만난 적 있어?"

"없어요."

"그런데 아버지 회사 이력서를 선택했다고?"

은채는 당황하면 안 된다고 마음 다잡으며 가능한 한 차분하게 말을 했다.

"당신이나 당신 아버지나 나한테는 똑같아요. 난 그냥 우리 집이랑 가까운 곳으로 골랐을 뿐이에요."

그녀의 말에도 도혁의 표정이 풀리지 않자 은채는 변명하듯이 덧붙였다.

"내가 회사 들어가서 당신 아버지 만나게 되면 대신 말도 해줄게요."

"무슨 말?"

"당신 진짜로 약혼하기 싫어한다고."

"퍽이나 효과 있겠다."

도혁이 그녀를 비웃었다. 그런데 그게 오늘은 얄밉게 보이기보다는 좀 힘들어 보였다. 혹시 그녀가 그의 아버지 회사로 들어가서 그런 것인가 싶어 은채는 신경이 쓰였다.

"적어도 약혼 깨려고 나한테 약혼해달라고 한 것보다는 훨씬 제정신인 방법이거든요."

"내 방법이 효과는 확실하지."

도혁은 화가 난 듯 아닌 듯 그녀를 긴장하게 하였다. 그녀가 잘못한 게 아닌데 말이다. 그녀는 그저 두 장의 이력서 중 한 장을 선택한 것뿐이었다. 도혁도 이곳으로 은채를 만나러 올 때까지만 해도 그녀가 면접을 못 보게 억지로라도 끌고 돌아갈 생각이었다. 그녀가 아버지 쪽으로 가는 것만은 어떻게든 막아야 한다고 생각했으니까. 그런데 박 실장이 그에게 충고했다.

―대표님이 은채 양 포기 못 하면 은채 양은 어디 있든 회장님 눈 안에 있는 겁니다. 그러니 은채 양이 어떤 선택을 하는지 걱정하

기보다 대표님이 어찌 선택할지 먼저 생각하셔야 맞습니다.

중요한 건 그녀와 아버지의 관계였는데 말이다. 어느새 그녀와 그의 관계가 되어버렸다. 그는 이런 식으로 그녀와 끝내고 싶지 않았다. 더는 그녀를 이기고 싶은 것도 아니었다. 그는 단지…….

"무슨 일 있으면 나한테 꼭 전화해."

도혁답지 않게 말하니 은채는 적응이 안 되었다. 그녀는 어깨를 움츠리며 물었다.

"왜요?"

도혁은 눈살을 찌푸리며 그녀를 보다 툭 말했다.

"달려올게."

은채는 더 어깨를 움츠렸다.

마주한 도혁의 시선이 그녀를 쫓아오는 것만 같았다.

"오늘부터 같이 일하게 된 이은채 씨입니다. 안내 업무는 처음이라고 하니 도움을 많이 받아야 할 겁니다. 방문객들에게 피해가 가지 않도록 서로 협력해서 일해주세요."

오 차장이 그녀를 직원들 앞에서 소개해주었을 때 그녀를 보는 여직원들의 표정은 그야말로 시베리아 벌판이었다. '넌 불청객이야.'라고 눈으로 말하고 있는 듯했다. 그렇다고 오늘 처음 온 직장에서 불편하다고 그냥 나가버릴 수는 없었다. 그녀는 더는 아이가 아니었으니까. 이 회사에 온 이유도 있었다.

"이은채입니다. 잘 부탁합니다."

그녀의 인사에도 반응이 싸하자 오 차장이 한마디 했다.

"박수 안 칩니까?"

그제야 여직원들이 '짝짝짝' 형식적인 박수를 쳤다. 그게 더 불편했다. 아무래도 점심은 혼자 먹어야 할 듯했다.

안내 업무였기에 복장이나 두발 단속, 손톱 정리, 단정한 화장법이 굉장히 세세히 정해져 있었다. 그래서 그녀는 오히려 평소보다 더 진하게 화장을 해야 했다. 비서실 여 비서가 준 립스틱을 이제야 쓸 수 있게 되었다.

"회장님 낙하산이라면서요. 진짜예요?"

오 차장이 없자 여직원 한 명이 대놓고 그녀에게 물었다. 은채는 뭐라고 대답을 해야 하나 싶어서 눈만 깜빡였다. 그녀가 대답을 못하자 여직원은 혼자 멋대로 짐작하며 비웃는 듯한 미소를 지었다. 명찰에는 '한유리'라고 적혀 있었다. 이름은 예쁜데 웃는 얼굴은 영⋯⋯.

프런트 업무는 손님이 방문했을 때 안내하는 일이 주요 업무였기에 그 외의 시간은 서 있어야 하는 때가 많았다. 익숙하지 않아서 하이힐 신은 발이 굉장히 아팠다. 하지만 무슨 소리를 들을까봐 벗을 수는 없었다.

발이 정말 아프다고 생각하고 있는데 사람들의 움직임이 갑자기 분주해졌다.

"회장님."

은채의 옆에 서 있던 한유리가 빠르게 이유를 설명해주고는 90도로 고개를 숙였다. 은채도 따라서 고개를 숙였다. 그래야 할 것 같앉으니까. 바닥을 보고 있으니 로비를 가로지르는 구둣발 여러 개가 보였다. 저 중의 한 명이 권도혁의 아버지인가보다.

은채는 궁금증을 참지 못하고 슬쩍 고개를 들었다. 세 명의 남자 중 누가 도혁의 아버지인지 바로 알 수가 있었다. 어찌나 많이 닮았는지, 마치 타임머신을 타고 20년 뒤의 도혁을 본 것만 같은 기분에 멍해졌다.

힐긋, 권 회장은 시선을 잠깐 그녀가 있는 쪽으로 움직이는 듯하더니 그대로 스쳐 지나가며 임원 엘리베이터가 있는 쪽으로 걸어갔다. 은채는 시선을 떼지 못하고 권 회장의 뒷모습을 계속 좇았다.

"우와, 우리 아버지랑 겁나 딴판이네."

그녀는 자신의 아버지 같은 사람을 상상한 것이다. 배 나오고, 얼굴에 나잇살이 자글자글하고, 아저씨라는 말이 어울리는. 그런데 도혁의 아버지는 중후한 풍채에 아직도 남성미가 물씬 풍겼다. 그리고 생각보다 굉장히 젊어 보였다. 그냥 보기에는 50대를 막 들어선 듯 보였다.

30대 아들이 있는데 아직 50대면 엄청 동안 아닌가? 아니면 진짜 어릴 때 결혼한 건가?

"회장님 낙하산이라고 하지 않았어요?"

그녀가 신기한 걸 본 듯한 눈으로 권 회장을 계속 보고 있자 한유리가 어이없다는 투로 물었다.

"네, 근데 직접 보는 건 처음이라."

'낙하산이 뭐 그래.'라는 눈으로 한유리는 그녀를 위아래로 훑어보았다. 은채는 권 회장이 엘리베이터를 타고 사라질 때까지도 눈을 떼지 못했다.

"중국 스키 리조트 투자 건 아직 본사 결정 안 났죠?"

도혁이 오늘 당장 하지 않아도 될 일을 꺼내자 박 실장은 조용히 보고했다.

"그건 중국 출장 다녀오신 뒤에 진행하시기로 하셨습니다."

"미리 해도 상관없지 않겠습니까? 어차피 받을 투자."

"중국 정부에서 아직 벌목 허가도 안 나왔는데 투자 건부터 내놓으면 회장님한테 트집거리만 잡히실 겁니다."

'그럼 다른 거라도 본사에 갈 일을 좀 내놓으란 말이야'라는 눈으로 도혁은 박 실장을 쳐다보다가 자신보다는 박 실장이 움직이는 게 가장 자연스러울 것 같아 박 실장에게 지시했다.

"그럼 박 실장님이 본사에 다녀오세요."

"제가 오늘 본사에 갈 일은 없는데요."

"그냥 문안 인사라도 가세요. 박 실장님 우리 아버지 만나는 거 좋아하시잖아요."

박 실장은 전혀 그렇지 않다는 눈으로 도혁을 보았다.

"너무 불안해 마십시오. 은채 양은 대한민국에서 가장 체계적인 업무 시스템이 잡혀 있는 조직에 취직한 겁니다. 세진 그룹이라는 조직이 어떻게 돌아가시는지는 대표님이 더 잘 아시잖습니까."

박 실장이 논리적으로 설명해도 도혁은 인상만 썼다.

"혹시 그 영화 아세요? 사이코패스가 여자 하나 산에 풀어놓고 총 들고 쫓으면서 사냥하는 이야기."

도혁의 말을 듣고 박 실장은 눈살을 찌푸렸다.

"그건 그냥 영화잖습니까."

하필 권 회장을 사이코패스 살인마에 비교하다니. 아무리 불안해도 너무 심했다.

"그런데 난 왜 자꾸 이은채가 그 영화 여자 주인공이 된 거 같죠?"

도혁이 세진 그룹에 출근한 은채가 신경 쓰여 제대로 일을 못 하고 있는데 그걸 안 건지 은채가 먼저 그에게 메시지를 보내왔다.

대박! 당신 아버지 봤어요! 완전 멋있어! 영화배우 같아요! 짱이야. 짱!

박 실장은 도혁의 표정이 굳어지는 걸 보고 힐긋 은채가 보낸 메시지를 훔쳐보고는 짧게 입맛을 다셨다. 도혁이 자기 아버지를 닮은 것이니, 저건 어떻게 부정도 안 되는 말이었다.

"오늘 스케줄 어떻게 되죠?"

자신이 아주 쓸데없는 걱정을 하고 있었다는 듯이 도혁은 바로 업무 모드로 돌아왔다. 박 실장은 스케줄이 적힌 다이어리를 펼치고는 그제야 오늘 일정을 보고하기 시작했다.

12. 퀸 호텔 2020호

역시나 그녀가 밉보였는지 점심시간이 되었을 때 여직원들은 그녀만 놔두고 밥을 먹으러 갔다. 그렇다고 굶을 수는 없었기에 은채는 알아서 직원 식당을 찾아갔다.

세진 건설의 직원 식당도 좋았는데 이곳은 본사라서 그런지 그곳보다 더 컸다. 아들이 아무리 날고 기어도 결국 아버지 밑이라고 생각하며 식판을 들고 앉을 자리를 찾던 은채는 모여 앉아 밥을 먹고 있는 같은 팀 여직원들을 발견했다. 대화를 나누던 여직원들은 은채를 보자 못 본 척 밥만 먹었다.

'나도 나 싫다는 사람은 별로입니다.'라고 생각하며 다른 자리를 찾는데 또 아는 얼굴이 보였다. 오 차장이 혼자 밥을 먹고 있었다. 어려운 상사라서 여직원들과 따로 먹는 것 같았다. 어차피 은채에게는 양쪽 다 잘 모르는 사람들이었다. 그래서 그녀는 자신을 대놓고 따돌리지 않는 오 차장 쪽으로 걸어갔다.

"여기 앉아서 먹어도 되나요?"

오 차장이 힐긋 고개를 들어 그녀를 보더니 짧게 고개를 끄덕였다. 은채는 오 차장 앞에 식판을 놓고 앉았다. 오 차장은 원래 말이 없는 사람인지, 아니면 다른 여직원들처럼 은채가 껄끄러운 건지 밥 먹는 동안 아무 말도 없었다.

"일 재미있으세요?"

은채의 질문에 오 차장이 그제야 고개를 들어 그녀를 보았다.

"왜 묻는 거죠?"

"표정이 없으시니까 일이 힘드신가 해서."

"제 표정은 원래 이래요."

"아이 때도 그랬다고요?"

그건 잘 모르겠는지 오 차장이 눈동자를 움직여 옆을 보며 잠깐 생각하다 다시 그녀를 보았다.

"나한테 관심 가지지 말고 본인 일이나 잘하세요."

"제가 일을 잘할 거라고 믿으세요?"

오 차장은 은채의 얼굴을 빤히 바라보다 역시나 무미건조한 표정으로 대답했다.

"아뇨."

사실 그녀도 일보다는 다른 이유로 들어온 것이기에 오 차장에게 좀 미안해졌다. 그녀가 오 차장의 직장 분위기를 흐려놓는 거 같아서.

"제가 딴 건 못해도 노래는 엄청 잘해요."

그녀의 뜬금없는 자랑에 오 차장은 미묘한 표정을 지었다.

"혹시 노래로 이 회사에 도움되는 일도 있을까요?"

"노래가 하고 싶으면 오디션을 봐요."

"봤었죠. 붙기도 했었는데 아버지한테 엄청 맞기만 했었어요. 제가 가수 하면 방송국에 불 지르신대요. 엄청나죠?"

오 차장은 별 대꾸 없이 은채의 얼굴을 보기만 했다. 은채는 히죽 웃었다. 별로 친하지도 않고 오래 보지도 않을 사람에게 별 이야기를 다 한다 싶었다. 아무래도 오 차장의 분위기 때문인 것 같았다. 그녀가 무슨 말을 하든 공정한 잣대로 평가할 거 같은 분위기. 친해지기는 어렵지만 싫어할 일은 없을 듯했다. 낯선 환경에 적응하느라 시간은 정신없이 지나갔다.

6시에 회사를 나왔는데 하필이면 비가 내리고 있었다. 우산까지 챙겨올 여유가 있을 리가 없었다. 은채는 비 내리는 하늘을 보며 얼굴을 찌푸렸다. 꼼짝없이 비를 맞으며 집에 돌아가게 생겼다. 지하철까지 아무리 빨리 뛰어도 2분은 걸릴 듯했다. 지하철에 도착하면 이미 흠뻑 젖어 있겠지.

가난한 그녀는 편의점에서 우산 살 돈도 아까웠다. 신세 참 처량하다고 생각하고 있는데 회사 정문 앞에 고급 벤츠가 멈추어 섰다. 회사 간부의 차인 것 같았다. 그때 그녀의 핸드폰이 울렸다. 거슬리는 타이밍이라 조심스럽게 핸드폰을 꺼내 보니 도혁이었다.

은채는 다시 고개를 들어 앞에 세워진 벤츠를 보았다. 그녀가 전화를 받지 않고 차를 쳐다만 보자 클랙슨이 '빵-' 하고 울렸다. 덕분에 퇴근하던 사람들의 시선이 집중되었다. 은채는 망했다는 표정을 지으며 슬쩍 차를 피해 다른 곳을 보았다. 내리는 빗속을 뛰어가봤자 저 차를 이길 수는 없을 테고, 그렇다고 다시 회사로 들어간다고 도혁이 그냥 갈 사람도 아니었다. 할 수 없이 은채는 전화를 받았다.

"나 그 차 안 탈 거거든요. 그냥 가요."

[내 차 대신 비 맞는 걸 선택하겠다고?]

"기꺼이요."

[나 지금 윤서일 묵고 있는 호텔 가는데.]

응?

[나 따라가면 윤서일 볼 수 있을지도 모르는데.]

은채는 슬쩍 다시 차를 보았다. 벤츠는 아직 그 자리에서 사람들의 시선을 받고 있었다.

"그런 말에 안 낚여요."

[그래도 비 맞고 집에 가는 것보다는 낫지 않나? 넌 사서 고생하는 걸 즐기나봐.]

이씨, 누구 때문에 내가 고생길을 걷고 있는데.

"진짜 윤서일 볼 수 있어요?"

만날 수 있다면 정말 만나고 싶은 작곡가였다. '천재'라 불리는 작곡가는 어떤 사람인지 궁금했으니까.

[나에 대한 믿음에 달려 있지 않겠어?]

"그럼 못 만나는 거네."

[그래서 그냥 가라고?]

은채는 갈등 섞인 눈으로 도혁이 타고 있는 벤츠를 쳐다보았다. 저걸 타면 다음 날 더 안 좋은 소문이 회사에 퍼질 것이다. 그런데 저걸 타고 가서 윤서일을 만나 음악 이야기를 할 수 있다면……. 젠장, 이건 완전히 악마의 꼬드김이었다.

은채는 두 눈을 질끈 감았다 뜨고는 빗속으로 뛰어들어 달려갔다. 지하철로 열심히 달려가던 은채는 얼마 가지 않아 다시 몸을 돌려 차가 있는 곳으로 뛰어와서는 뒷문을 열고 몸을 날려 올라탔다. 운전석에 앉아 있던 도혁은 그냥 탔으면 안 젖었을 걸 돌아서 오느라 흠뻑 젖은 그녀를 보고 혀를 찼다.

"넌 장사하면 반드시 망하겠군."

그녀도 후회했다. 이렇게 털 거였으면 그냥 털걸. 그녀는 왜 꼭 바보짓을 거치는 건가.

도혁이 그녀를 데려간 곳은 퀸 호텔이었다. 하루 숙박비가 장난 아니게 비싸다는 특급 호텔이었다.

"여기 윤서일이 있다고요?"

도혁의 집에 헬퍼 일 오면서 매일 지나쳤던 호텔에 천재 작곡가 윤서일이 있을 줄이야. 알았더라면 집에 돌아가는 길에 매일 한 번씩 들렀을 거다. 혹시라도 마주칠까 싶어서.

"그래, 자기는 자유로운 영혼이라 집이 없다더군."

그건 그녀도 기사에서 읽었었다. 호텔 생활을 한다고. 도혁은 그녀를 데리고 호텔 바로 갔다. 술도 마시고 안주로 간단한 요리도 같이 주문할 수 있는 곳이었다.

은채는 호텔 요리보다 윤서일이 궁금해서 쫓아온 것이었기에 열심히 주위 사람들을 둘러보았다. 아무리 봐도 윤서일 닮은 사람은 보이지 않는 것 같아서 은채는 도혁에게 물었다.

"윤서일은 언제 오는데요?"

"내가 아나. 윤서일이 알겠지."

"여기 오면 윤서일 만날 수 있다면서요."

"볼 수도 있다고 했지, 본다고는 안 했어."

"이젠 나한테 사기까지 쳐요?"

"그러니까 볼 수도 있다고."

"됐어요. 믿고 따라온 내가 미쳤지."

은채는 자리에서 벌떡 일어났다. 그냥 가버릴 생각이었다.

"어차피 믿은 거 술 한잔 할 동안만이라도 더 믿어봐."

"싫어요. 난 앞으로 절대 당신 말은 안 믿을 거야. 당신이 뿌린 씨앗이에요!"

은채는 사람들이 다 쳐다보게 그에게 화를 낸 다음 그냥 바를 나가버렸다.

도혁은 혼자 앉아서 중얼거렸다.

"나에 대한 믿음이 너무 없군."

그녀의 말대로 그가 뿌린 씨앗일 것이다.

도혁은 창밖을 보았다. 비가 아까보다 더 많이 내리고 있었다. 우산도 없는 은채가 설마 또 비를 맞고 가려는 건가 싶어서 도혁은 직원을 불렀다. 아까 나간 여자에게 우산을 가져다달라고 부탁하며 팁을 지갑에서 꺼내 건네는데 그를 부르는 목소리가 바에 울렸다.

"권도혁, 네가 여긴 웬일이야?"

고개를 돌려보니 윤서일이 서 있었다. 도혁은 쓰게 웃었다. 그러니까 그를 조금만 더 믿었으면 좋았을걸. 그녀가 그를 믿지 않는 게 섭섭하기도 하고 다행인 것 같기도 하고 그랬다.

"지금 유명한 작곡가라면서요?"

그의 질문에 윤서일은 피식 웃었다.

"내가 너한테 피아노도 쳐줬었는데. 기억 안 나나?"

"안 나요."

어머니의 얼굴도 기억나지 않는데 그런 게 기억날 리가 없었다.

"26년 만에 만나서 할 말 아닌 건 아는데, 내 부탁 좀 들어줘요."

도혁이 다짜고짜 들이밀자 윤서일은 헛웃음을 지었다.

"그러니까 우연히 마주친 게 아니라 일부러 날 찾아왔다는 건가?"

박 실장이 보고한 자료에 윤서일은 이 호텔에 묵고 있고, 자러 가기 전에 하루의 마지막으로 이 바에서 한잔하곤 한다고 했다. 그러니 도혁이 언제 왔건 허탕 칠 일은 없었을 것이다.

"무슨 부탁?"

"어떤 가수 좀 만나줘요."

도혁은 어떤 방법을 써서든 은채를 아버지 밑에서 빼내 오고 싶었다. 그리고 그 방법의 수단으로 윤서일을 선택했다. 사적인 부탁이 아니고 음악과 관련된 거라면 윤서일도 깐깐해질 수밖에 없었다. 음악은 그의 자존심이었으니까.

"그런 부탁을 하고 싶으면 우선 술로 날 이겨."

이기라는 말에 도혁은 눈을 좁혔다. 가장 그의 자존심을 자극하는 말이었으니까.

쏴아아아아아아ㅡ.

은채는 호텔 정문 앞에서 또 비 때문에 발목이 붙잡혔다.

"이 망할 비."

여기서는 지하철이 어디인지도 몰랐다. 그렇다고 비를 맞으며 버스를 기다릴 수도 없었다. 회사에서보다 더 망했다. 괜히 도혁을 따라와서 고생한다고 생각하고 있는데 우산을 든 호텔 직원이 그녀에게 다가와 우산을 내밀었다.

"바에 같이 계시던 남자분이 전해달라고 하셨습니다."

우산이 필요하다고 비니 하늘에서 우산이 떨어진 상황이었다. 하지만 도혁이 보낸 거라서 마냥 좋아할 수는 없었다. 그의 배려가 그녀에게는 고민거리가 되었다.

"아, 고맙습니다."

당장 우산이 필요한 상황이긴 했기에 은채는 머뭇거리며 호텔 직원이 내민 우산을 받아 들었다. 한 번도 사용한 적이 없는 것 같은 새 우산이었다. 도혁이 보낸 우산을 들고 있으니 도혁이 자신을 괴롭히려고 그러는 건지 진짜 생각해주는 건지 정말 모르겠다. 은채는 위를 올려다보았다. 호텔을 밝히는 불빛들이 밤하늘의 별들보다 더 밝았다.

속는 셈 치고 다시 올라가봐? 은채는 그 자리에 주저앉았다. 그냥 집에 가자니 도혁이 걸리고, 그렇다고 또 올라가자니 하루 동안 도혁에게 두 번이나 속는 거 같고.

그녀가 갈까 말까 고민하는 동안 비는 그쳤다. 그녀가 다시 바에 올라왔을 때 도혁은 혼자가 아니었다. 도혁의 옆에 앉아 있는 남자를 보고 은채는 놀라서 눈이 커졌다. 진짜 윤서일이었다.

"거짓말이 아니었다고?"

그것만으로도 놀라운데 두 사람이 연거푸 술을 마시는 걸 보고 은채는 뭔가 이상하다고 느꼈다.

"술 내기 하는 것도 아니고 뭐 하는 거야?"

은채는 조심스럽게 두 남자에게 다가갔다. 그녀가 다가가는 동안에도 두 남자는 대화도 없이 정말 빠른 속도로 술만 마시고 있었다.

"저기, 뭐 하는 거예요?"

은채는 도혁의 소매를 잡아당겼다. 다시 돌아온 그녀를 보고 도혁이 쿡 웃었다.

"넌 영원히 나한테서 못 떠나겠군."

그런 무서운 소리 하지 말고 왜 윤서일이랑 미친 듯이 술을 마시고 있는 거냐고! 그녀를 보는 윤서일의 시선을 느끼고 은채는 꾸벅 인사부터 했다.

"안녕하세요. 인디아 레드의 '수'입니다."

"……인디아 레드? 설마 네가 말한 가수가 이 아가씨야?"

도혁은 술잔을 들어 올렸다.

"그러니까 나보고 술로 먼저 이기라면서요. 이겨주겠다고요."

도혁은 윤서일의 술잔에 자신의 술잔을 부딪치고는 그 독한 술을 한번에 마셔버렸다. 이미 엄청 많이 마신 것 같았기에 은채는 그의 팔을 잡아끌며 말렸다.

"그만 마셔요. 이미 많이 마셨어요."

탁-.

도혁이 말리는 그녀의 손을 뿌리쳤다.

"난 뭐든 지는 거 싫어해."

그렇다고 미련하게 술 내기를 하나.

도대체 도혁이 윤서일과 왜 술 내기를 하게 된 것인지도 모르겠다. 도혁이 너무 술을 마셔대니 윤서일을 만났다고 기뻐할 틈도 없었다.

"저기, 두 사람이 술 얼마나 마신 거예요?"

술을 따라주는 바텐더에게 물으니 바텐더가 곤란한 표정을 지으며 웃었다. 바텐더가 그런 반응을 보일 때는 엄청 마셔서 계산이 쉽게 되지 않는다는 의미였다. 도혁이 또 술잔을 들어 올리자 은채는 서둘러 그 잔을 두 손으로 붙잡았다.

"이건 내가 마실게요."

그녀가 대신 마신다고 하자 도혁이 눈살을 찌푸리더니 손가락으로 그녀의 이마를 찍고는 멀리 밀어냈다.

"넌 빠져."

"당신이나 그만 좀 마셔요."

두 사람이 술잔을 두고 옥신각신하는 사이 윤서일이 술잔을 내려놓더니 자리에서 일어났다.

"난 여기까지."

윤서일이 전혀 취하지 않은 듯 보이자 도혁은 인상을 쓰며 받아들이지 않았다.

"아직 안 끝났어요. 계속해요."

윤서일은 마른 웃음을 지으며 도혁의 앞에 카드 하나를 내밀었다. 호텔 방 키였다.

"빌려줄게."

도혁과 은채는 윤서일이 내민 호텔 방 키를 보다 동시에 서로를 돌아보았다. 술을 한 방울도 마시지 않은 은채가 얼굴이 먼저 잘 익은 홍시처럼 붉어지며 버럭 소리쳤다.

"필요 없어요."

윤서일은 그래도 방 키를 가져가지 않고 주머니에 두 손을 찌르고 서서 특유의 나른한 목소리로 말했다.

"필요할 거야. 그 녀석 못 걸어갈 테니까."

도혁은 인상을 쓰며 자신이 멀쩡하다는 걸 보여주기 위해 의자에서 호기롭게 일어났지만, 몸이 휘청했다. 쓰러지려는 도혁을 은채가 서둘러 두 팔을 뻗어 안았다. 도혁이 그녀의 위로 쓰러지자 술 냄새와 그의 체취가 확 몰아쳐왔다.

도혁도 놀라서 눈이 커졌다. 그를 안고 있는 두 팔이 자신의 것이라는 게 은채는 난감할 뿐이었다. 하지만 그렇다고 팔을 거둘 수도 없었다. 그럼 도혁이 바닥에 넘어질 게 뻔했으니까.

우당탕-.

엘리베이터까지 걸어가는 것도 보통 일이 아니었다. 윤서일의 말대로 도혁은 정말 자기 발로 한 걸음도 제대로 걷지 못했다. 그래서 그녀가 도혁을 부축해야 했는데 몸무게가 거의 두 배는 차이 나는 것 같았다. 부축하고 있기조차 정말 벅찼다.

그를 품에 안은 순간 잠깐 가슴 두근거리긴 했지만 그것도 힘이 드니까 다 사라져버렸다.

"도대체 미련하게 자기 몸도 못 가눌 정도로 술을 마시냐고요!"

"이렇게 몸은 갔는데 내 정신은 멀쩡하다는 게 더 신기하지 않아?"

"그 입이 제일 먼저 갔어야 해!"

은채는 휘청이는 도혁을 부축해서 간신히 바를 나왔다. 그녀의 손에는 윤서일이 주고 간 호텔 방 키가 있었다.

"어쩔 거예요? 진짜 여기서 자고 갈 거예요?"

가까운 거리에 그를 버려두고 가면 그녀는 편했다. 호텔 방에서 잔다고 하면 엘리베이터만 태우면 될 것이다. 하지만 집에 간다고 하면 그 높고 높은 64층까지 가야 했다. 그녀에게는 꼭 에베레스트 등반처럼 어렵게만 느껴지는 밤이었다.

그런데 이렇게 취했는데도 그의 정신은 멀쩡했다. 술에 취해도 쉽게 잠들지 않는 걸 보면 정말 불면증이 심한가보다. 도혁이 다리에 힘이 풀려 무너지자 그녀도 같이 주저앉았다. 그래도 그녀는 도혁을 놓지 않고 두 팔로 더 꽉 안았다. 그리고 일으켜 세우려고 있는 힘을 다해 끌어올렸다. 마음으로는 번쩍 일으키고도 남았겠지만, 그녀의 힘만으로는 무리였다.

결국 그녀도 도혁과 함께 호텔 복도 바닥에 주저앉았다. 같은 호텔 안이라도 비싼 방에 들어가야 호텔 손님이지 호텔 복도에서 자면 노숙자일 뿐이었다.

"이러고 있으면 누가 와서 잡아갈 거 같은데."

"누가 감히 날 잡아가."

허, 제 발로 걷지 못해도 권도혁이란 거냐.

은채는 도혁에게 호텔 방 키를 내밀었다.

"오늘은 그냥 여기서 자고 가요."

도혁은 키를 받지는 않고 그녀를 보며 피식 웃었다.

"같이?"

"당신 잠들면 갈게요."

그녀의 말에 도혁의 얼굴에서 순간 웃음이 사라졌다. 그러다 언제 그랬느냐는 듯이 손을 땅에 짚고 일어나려고 했지만 역시나 중간에 휘청하며 그녀의 품으로 쓰러졌다.

"젠장."

도혁이 그녀의 어깨에 얼굴을 묻은 채 작게 욕을 뱉어냈다. 자신의 몸이 자기 뜻대로 움직이지 않으니까 화가 나나보다. 그의 마음이 손에 잡힐 듯 보이는 것 같아서 은채는 두 팔로 도혁의 등을 조심스럽게 안았다. 지금은 그가 밉지도 않고, 싫지도 않고, 그냥 옆에 있어주고 싶었다. 그가 마음 편히 잠들 때까지.

2020호.

윤서일이 잡아놓은 호텔 방에 겨우 들어선 은채는 고지가 바로 코앞이라는 마음으로 끙끙거리며 도혁을 부축하고 침대로 걸어갔다. 도혁은 시간이 지날수록 술기운이 세지는 건지 점점 발걸음이 무거워졌다. 이젠 거의 물먹은 솜 같았다.

　"그러게 왜 이렇게 될 때까지 술을 마시냐고요."

　"그 말만 벌써 23번째야."

　"그만 거 세지 마요."

　침대 앞에서 도혁을 던져버리려고 했는데 체력 고갈로 그녀도 같이 침대 위로 쓰러져버렸다. 푹신한 침대에 눕자 그래도 좀 살 것 같았다. 도혁을 침대까지 데려다주었으니 자신이 할 일은 다 했다고 생각하며 은채는 그에게 지시하듯 말했다.

　"이제 자요."

　"옷 벗어야 자지."

　물에서 건져주니 이제 신발까지 건져달란다. 은채는 고개를 돌려 도혁을 슬며시 노려보았다.

　"그냥 입고 자요."

　"내가 예민해서."

　예민하다는 말은 거짓말이 아닌 것 같았다. 은채는 눈을 가늘게 뜨고 도혁의 얼굴을 살펴보았다. 진심이 어느 정도인가 싶어서. 살 만해지니까 수작 부리는 거면 혼을 내줄 것이다.

　"어디까지 벗을 건데요?"

　"전부 다."

　도혁에게 손이 뻗어 가던 은채는 주먹을 꽉 쥐며 참았다. 이 사람은 술 취한 취객이 아니라 환자라고 그녀는 자신에게 암시를 걸었다.

"그럼 내가 갈 테니까 혼자 맘껏 벗고 자요."

그녀가 일어나려고 하자 도혁이 팔로 그녀의 몸을 눌러 못 움직이게 했다. 제 발로 걷지도 못하던 인간이 이게 무슨 만행이란 말인가.

"내가 잘 때까지 있겠다며."

"그런데 당신이 벗는다면서요."

"자려면 벗어야지."

"벗는다니까 간다고요."

"내가 잘 때까지 있겠다며."

진짜 술 취한 사람처럼 말이 반복되자 은채는 도혁을 노려보았다. 왠지 일부러 그러는 것 같았으니까. 몸은 제어를 못 해도 입만은 분명 멀쩡했었다.

"사람이 생각해서 돌아와줬는데 이러지……."

"왜 내 생각했는데?"

말을 끊으며 묻는 도혁의 말에 은채는 크게 움찔했다. 얼마나 예리한지 갑자기 칼로 심장을 푹 찔린 기분이었다. 술 취한 놈이 뭐 이리 잘 따지나 싶었다. 그녀의 대답을 기다리며 빤히 보는 도혁의 눈빛이 그녀를 코너로 몰아갔다.

"다, 당신 생각 말고 윤서일 생각했다고요!"

"그럼 아까 나 말고 윤서일 쫓아갔어야지."

술 취하면 그녀가 이길 수 있을 줄 알았는데 그것도 전혀 아니었다. 그와 같이 있어주어야겠다는 책임감이 사라진 은채는 그의 팔에서 벗어나려고 발버둥을 쳐보았지만, 팔이 아니라 바윗덩어리 같았다.

"설마 가짜로 취한 척했어요?"

"그럼 벌써 벗었겠지."

그렇게 말하며 도혁은 혼자 키득키득 웃었다. 저런 거 보면 진짜 취한 것도 같고, 정말 헷갈렸다. 한참 혼자 웃던 도혁은 침대 시트에 얼굴을 묻었다. 그 모습을 보고 은채는 혹시나 해서 물었다.

"이제 졸려요?"

"아니, 내가 왜 처웃었나 생각 중이야."

취했네. 인정해주겠어.

그녀도 한숨을 푹 내쉬며 호텔 방 천장을 올려다보았다. 샹들리에에서 뿜어내는 빛이 반짝반짝 은가루 같았다.

"그런데 윤서일이랑은 무슨 관계예요? 아까 보니까 진짜 아는 사이 같던데."

"……."

또박또박 말 잘하던 도혁이 조용하자 은채는 잠든 건가 싶어서 그의 얼굴을 덮고 있는 머리카락을 슬쩍 손가락으로 들어 올려 보았다. 그때 도혁이 갑자기 머리를 들어서 은채는 흠칫 놀랐다. 그녀의 손가락은 그의 머리카락을 여전히 붙잡고 있었다. 마치 뽑아서 훔쳐가려는 사람처럼. 그녀가 손가락을 펴자 머리카락이 그의 얼굴 위로 사르르 떨어져 내렸다. 그래도 그가 자신을 빤히 보기에 은채는 긴장했다. 그냥 자는지 확인하려고 한 것뿐이라고.

"가."

응? 처음엔 그의 말이 무슨 뜻인지 못 알아들었다.

"더 있으면 내가 무슨 짓 할지도 모르니까 가라고."

그의 경고에 그녀의 심장이 쿵 내려앉았다. 무서움과는 다른 감정으로. 은채는 움직이지 못하고 휘둥그레진 눈으로 그의 얼굴을 바라보고 있기만 했다. 그녀가 움직이지 않자 그의 얼굴이 갑자기 성큼 다가왔다. 코끝이 닿을 정도로.

"안 간다는 건 해도 된다는 건가?"

그제야 은채는 벌떡 몸을 일으켰다. 허둥지둥 침대 밖으로 몸을 뺀 은채는 뒤늦게 화를 버럭 냈다.

"아무 여자한테나 이러지 마요."

도혁은 여전히 침대에 누운 채 눈동자만 움직여 그녀를 보았다.

"네가 아무 여자였나?"

쿵쿵. 쿵쿵.

그녀의 심장이 고질라 발소리처럼 뛰어댔다. 그가 단지 약혼하기 싫어서 그녀를 이용할 뿐이라는 걸 아는데도 동요하는 자신이 너무 싫었다. 도대체 왜 하필 그녀를 고른 거냐고 따지고 싶었지만 그리 물으면 정말 바보가 될 것 같아서 그녀는 몸을 돌려 뛰다시피 호텔 방을 나와버렸다. 그가 편히 자는지 어쩐지는 내팽개쳐두고.

쿵-.

방문이 뒤에서 닫히자 그제야 그녀의 심장이 진정되기 시작했다.

"바보처럼 굴지 마, 이은채."

그녀는 자신을 나무랐다. 그녀는 그와 연애하는 게 아니었다. 어쩌다 재수 없게 얽혀서 여기까지 온 것뿐이었다. 그런데 그의 말 한마디에 그리 쉽게 동요하면 그녀만 상처받을 것이다. 그녀는 상처받기 싫었다. 행복해지고 싶었다. 누구나 그렇듯이.

호텔 방에 혼자 남은 도혁도 은채가 나가버린 호텔 방문을 빤히 보고 있었다. 술에 취했다고 해서 잠이 오지는 않았다. 그의 불면증은 그리 만만한 놈이 아니었으니까. 몸은 무거운데 정신만은 여전히 온전했다. 쉽게 잠들 수 없는 이성에게 도혁은 낮게 물어보았다.

"아무 여자가 아니면 뭐지?"

그도 궁금해졌다. 자신이 그녀를 정말 어찌하고 싶은 건지, 홀리고 싶은 건지, 가지고 싶은 건지, 이용하고 싶은 건지, 안고 싶은 건지. 점점 그 경계선이 모호해지고 있었다.

그녀는 태어나 처음으로 스스로 공부를 시작했다. 그건 바로 영어 공부였다. 하루 이틀 공부한다고 영어 실력이 느는 것은 아니겠지만 그래도 하지 않으면 회사에서 계속 불안할 것 같았기에 신경 안정제 역할로 공부를 시작한 것이었다.

스스로 공부를 시작했다는 것에 뿌듯함을 느끼며 영어 책을 보는데 그녀가 알 수 있는 건 한글로 된 부분뿐이었다. 나이 스무 살을 넘어서 다시 까막눈이 될 줄은 몰랐다.

"진짜 학원이라도 다녀야 하나."

그녀 혼자 하면 언 발에 오줌 누기 정도일 것 같았다.

그러나 학원 다닐 돈은 없고. 아버지에게 학원비 달라고 하면 거짓말하지 말라고 야단맞을 게 뻔하고. 주위 친구들은 하나같이 그녀처럼 공부 못하는 인간들뿐이었다.

할 수 없이 그녀는 출근 시간에 영어 책을 붙잡고 혼자 공부하는 걸 택했다. 이상하게 집에서 혼자 공부할 때보다 주위에 사람이 많으니까 영어 단어가 더 쏙쏙 들어오는 것 같았다. 공부도 무대 체질이란 말인가. 그녀가 공부를 못했던 이유가 있었다.

"Good morning."

그녀의 영어 인사에 옷을 갈아입던 여직원들은 뭐냐는 눈빛으로 쳐다보았다. 네가 지금 왕따인 걸 모르고 그리 해맑게 인사를 하느냐는 눈길이었지만 은채는 신경 쓰지 않고 사물함 앞까지 걸어갔다.

은채가 옷을 갈아입는데 구석에서 여직원들이 모여 수군거렸다. 그녀를 힐끔거리는 걸 보니 그녀에 대한 이야기 같았다. 도혁이 벤츠를 몰고 회사 앞까지 왔을 때부터 이럴 것 같아서 신경 쓰지 않기로 했는데 거슬리는 단어가 들려왔다. 분명 술집 어쩌고 하는 것 같았다. 그녀가 쳐다보자 방귀 뀐 놈이 성을 낸다고 여직원들은 더 당당하게 그녀를 보며 이죽거렸다.

"그래 봤자 한철이야. 자기는 안 늙나."

자기들도 20대이면서 늙네 안 늙네 소리하는 게 웃겼다. 그녀는 중학교 때 여학생들에게 노골적으로 왕따를 당한 경험이 있었다. 그것도 친하게 지냈던 친구 때문에 그리된 거라 그땐 정말 충격받았었다.

이유는 단순했다. 친구가 좋아하는 남자애가 은채를 좋아했기 때문이었다. 그때 은채는 그게 자신의 잘못이라고 생각하고 친구에게 사과까지 했는데, 그날부터 은채는 악질적인 소문에 휘말리며 왕따가 되었었다.

울면서 학교에서 돌아와 학교 가기 무섭다고 하소연하는 그녀에게 바보처럼 굴지 말라고 야단을 친 건 언니였다. 네가 무슨 잘못을 해서 죄인처럼 구느냐는 말에 그녀도 그런 생각이 들었었다. 그녀는 아무 잘못을 하지 않았다고. 그녀에 대해 아무것도 모르면서 그녀를 욕하는 그들이 오히려 나쁜 거라고.

그때부터 더 노래를 부르게 되었고, 노래를 통해 진짜 친구를 찾게 되었다. 그녀의 길을 그렇게 찾았기에 그녀는 남들의 말에 흔들리지 않는 법을 익힐 수 있었다. 그녀가 진짜 나쁘면 욕하는 거지만, 그녀가 아무 잘못을 하지 않았는데도 그녀를 나쁘다 욕하는 거라면 그 입이 나쁜 거였다.

그래서 신경 쓰지 않고 옷을 갈아입고 프런트로 향하는데 갑자기 도혁이 궁금해졌다. 호텔 방에서 잘 잤는지. 그냥 집에 돌아가버린 건지.

그녀를 회사에 취직까지 시켰으니 권 회장이 한 번쯤은 그녀를 부를 거로 생각했는데 권 회장 쪽은 너무 조용했다. 마치 그녀의 존재를 까맣게 잊어버린 사람처럼 말이다. 그렇다고 그녀가 먼저 회장실에 가서 노크할 수는 없는 노릇이었다. 얌전히 부를 때까지 기다릴 수밖에 없었지만, 그게 꽤 답답했다. 그래서 그녀는 답답할 때 영어 공부를 했다.

"땡큐 앤 아이 디플리 어프레시에이트 잇."

은채가 영어 듣기를 하며 따라하는 말을 듣고 오 차장이 돌아보았다. 설마 그 정도로 초보일 줄은 몰랐다는 눈빛이었다. 오 차장과 눈이 마주치자 은채는 웃으면서 말했다.

"Thank you and I deeply appreciate it."

웃긴 건 자기 혼자 연습할 때보다 사람에게 직접 말할 때 발음이 훨씬 좋다는 것이었다. 실전에 강한 타입이랄까.

오 차장은 고개를 한 번 젓고는 다시 정면을 응시했다. 그때 회사 정문으로 박 실장이 들어오고 있었다. 오랜 시간 세진 그룹에서 근무한 오 차장은 박 실장이 전직 회장님의 비서실장이었다는 걸 알기에 깍듯하게 고개를 숙이고 인사했다. 그런 그녀의 정중함이 무안해질 정도로 옆에 서 있던 은채가 발랄하게 손을 들었다.

"박 실장님!"

오 차장은 놀라서 은채를 보았다. 회사 내에서, 그것도 회장님 직속 비서실장에게 이게 무슨 망발이란 말인가. 그녀가 주의를 시키려는데 박 실장이 은채처럼 손을 흔들며 다가왔다.

"은채 양, 여기서 보니 더 반갑네요."

박 실장이 누군가에게 그리 살갑게 말하는 걸 들어본 적이 없는 오 차장은 놀라서 박 실장의 웃는 얼굴을 돌아보았다. 박 실장은 말단 사원들에게 희망과도 같은 존재였다. 빽이 없어도 자신의 실력 하나만으로도 높은 곳까지 올라갈 수 있다는.

그런 박 실장이 회장님의 낙하산과 친한 척을 하니 이건 문화적인 충격을 넘어서 인간 재해를 보는 듯했다. 낙하산이 얼마나 많은 사람을 오염시키는지 그녀는 직접 눈으로 보고 있었다.

"혹시 저 보러 오셨어요?"

"아뇨. 회장실에 볼일이 있어서 왔습니다. 은채 양은 지낼 만해요?"

"저 영어 공부 시작했어요."

은채는 일하는 틈틈이 보고 있는 영어 교재를 들어 올렸다. 초급 영어였다. 대기업 직원들이 보면 코웃음 칠 걸 박 실장은 기특하다는 눈빛으로 은채를 보았다.

"그래요. 열심히 해요."

박 실장은 은채를 격려하고는 엘리베이터 쪽으로 걸어갔다. 은채
는 박 실장의 등에 대고 손을 흔들다 심상찮은 오 차장의 눈빛을
뒤늦게 깨닫고는 조심스럽게 손을 내렸다.

"아, 친한 사이라도 손 흔드는 건 안 되나요?"

"친한 사이라고요?"

오 차장은 믿을 수 없다는 눈으로 은채를 보았다.

"네, 박 실장님 엄청 좋은 분이시잖아요. 여긴 본사라 박 실장님
잘 모르나?"

모르는 게 아니라 너무 잘 알아서 기가 막힌 것이었다. 이 일 때
문에 그녀는 안 그래도 거슬렸던 낙하산이 더 거슬리기 시작했다.

"죄송합니다, 박 실장님. 회장님이 부른 적 없으니 그냥 돌아가시
라고."

박 실장이 회장실 비서실에 있을 때 그의 밑에서 일하다 그가 세
진 건설로 자리를 옮기면서 회장님 수행 비서가 된 민 과장은 고개
숙여 사과까지 하며 말을 전했다.

도혁의 강요에 등 떠밀려 왔는데 와보니 그 아버지에게도 문전박
대를 당했다. 하지만 박 실장은 별로 실망하지 않았다. 어차피 비서
의 일이라는 게 모시는 보스의 기분에 좌지우지되기도 하는 일이니
까. 이렇게 허탕 치는 것도 비서이기에 일어나는 일이라고 생각하며
다시 1층 로비로 내려갔는데 은채가 돌아가는 그에게 서둘러 다가
와 무언가를 내밀었다.

"저기, 이 우산 좀 권도혁 대표한테 전해주시겠어요. 비 오는 날
빌린 거거든요."

박 실장은 우산과 은채의 얼굴을 번갈아 보다 은채에게 물었다.

"직접 전해주기는 싫어요?"

은채는 겸연쩍게 웃었다.

"그 사람이랑 저랑, 이런 거 전해주러 일부러 만날 사이는 아니잖아요."

박 실장은 은채가 내민 우산을 받아 들지는 않고 그냥 쳐다만 보면서 입술에 옅게 미소를 띠었다.

"은채 양, 그거 알아요?"

"네?"

박 실장은 어둠 없이 맑은 은채의 두 눈을 가만히 들여다보며 충고했다.

"때론 주는 게 받는 거라는 거."

은채는 그게 뭔 소리냐는 눈으로 박 실장을 보았다. 모르겠다는 표정을 짓는 은채를 보며 박 실장은 주름진 미소를 지었다.

"그 우산 그냥 은채 양이 대표님한테 전해줘요. 그럼 그 말의 뜻을 좀 알게 될지도 모르겠네."

은채는 점점 모르겠다는 표정을 지었다. 분명 한국어인데 말이다. 지금은 영어보다 더 헷갈렸다.

결국 우산은 그녀가 직접 도혁에게 전해주러 가게 되었다. 그의 집 헬퍼 일을 그만두고 오랜만에 온 타워 팰리스 앞에서 은채는 길게 한숨을 내쉬었다. 헬퍼 일을 그만두면 절대 올 일이 없을 줄 알았는데 이리 쉽게 오게 된 걸 보니 한 번 엮인 인연은 쉽게 끊어지는 게 아닌가보다. 은채는 우산을 내려다보았다.

그날 그녀가 돌아갈 때는 비가 그쳐서 써보지도 못한 새 우산이었다. 사실 도혁이라면 이 우산을 그냥 버려도 전혀 상관하지 않을 사람인데 굳이 집까지 찾아가서 돌려줄 필요가 있을까 싶기도 했다. 그리고 도혁에게 이걸 준다고 해서 그녀가 받을 것도 없었다. 이건 원래 도혁의 것이었으니까. 에이, 그냥 갈래.

타워 팰리스 앞에서 돌아서던 은채는 지척에서 멈추는 벤츠를 보고 놀라 멈추어 섰다. 차의 뒷문이 열리며 도혁이 내려서자 은채는 낭패스러운 표정을 지었다. 이런 우연은 전혀 반갑지 않았다. 도혁은 차를 먼저 보내고 그녀의 앞까지 걸어와 섰다.

"무슨 일이지?"

은채는 앞에 있는 그의 가슴팍만 바라보며 우산을 쓱 내밀었다.

"박 실장님이 이거 주면 당신이 나한테 뭘 줄 거라고 해서."

박 실장의 말은 그런 뜻이 아니었지만 은채는 그냥 그녀의 마음대로 해석해서 그리 말해버렸다. 당연히 도혁은 은채의 말뜻을 전혀 알아들을 수가 없었다.

"뭘 주라고?"

"나도 몰라요. 박 실장님이 주면 받는다고 했다고요."

그 말은 꼭 박 실장이 도혁에게 했던, 지는 게 이기는 거라는 말과 비슷한 어조였다. 자신도 그 말을 곧이곧대로 듣지는 않았지만 은채의 언어 이해력은 자신보다 더 심하다고 생각하며 도혁은 실소를 지었다.

"그래, 줄 테니까 다른 손 내밀어봐."

진짜 도혁이 무언가를 준다는 말에 은채는 놀란 눈으로 그를 올려다보았다. 사실 할 말이 없어서 그냥 해본 말이었다. 은채는 의심과 궁금증이 섞인 눈으로 도혁을 보며 남은 한 손을 앞으로 내밀었다. 도혁은 그녀의 손에서 우산을 받아 들고는 내밀어진 은채의 다른 손을 덥석 잡았다. 그가 갑자기 손을 잡자 은채는 놀라서 외쳤다.

"뭐예요?"

"주라며. 그래서 준 거야."

"이딴 거 말고 다른 거요."

"다른 거 없어. 난 이거뿐이야."

"이건 내가 필요 없어요."

진심은 없는 차가운 인간이라 손도 차가울 줄 알았더니 군고구마처럼 뜨끈뜨끈했다.

그게 참을 수가 없어서 은채는 붉어진 얼굴로 '다른 거'를 외쳤다.

"손 좀 놔요."

그의 집 앞에서 그냥 돌아가려고 했는데 그가 손을 놓지 않는 바람에 타워 팰리스 안에 들어와 64층까지 올라가는 엘리베이터도 타야 했다.

"준 것도 감사히 못 받는군."

그러니까 권도혁 앞에서는 뭘 주라는 소리도 함부로 하면 안 되었다. 도혁의 손을 털어내려고 몇 번이나 시도했지만 실패한 은채는 붉어진 얼굴로 씩씩거렸다.

박 실장을 본사에 보냈다가 회장실에서 문전박대를 당하고 왔기에 도혁은 은채의 입을 통해 직접 그곳의 동태를 들어야 했다. 그래서 그는 은채의 손을 더 꽉 잡았다.

"영화배우 같은 내 아버지랑은 직접 만났나?"

말투에 못된 마음이 뚝뚝 떨어졌기에 은채는 그를 흘겨보았다.

"못 만났어요. 엄청 바쁘시더라고요."

그룹 회장이 꼭 나라님처럼 만나기 힘들었다.

"방심할 때까지 내버려두는 거야."

"와! 이게 다 작전이라고요? 역시 부전자전이네요."

좋은 뜻이 아니었기에 이번엔 도혁이 그녀를 흘겨보았다.

"기다리다 난 영어 마스터 다 해버리겠네."

"하지 마. 넌 안 똑똑한 게 매력이니까."

이건 분명 놀리는 것 같았기에 은채는 고개를 들어 도혁의 얼굴을 쏘아보았다.

"내가 당신 매력도 가르쳐줄까요?"

"보이는 거 전부겠지."

"사람이 겸손함이 없어."

"이게 겸손한 거였어."

그에게 뭐라고 구박을 해주고 싶은데 해봤자 통하지 않을 거라는 걸 안다. 그녀 혼자 부르르 떠는 사이, 어느새 엘리베이터는 64층에 도착해 있었다.

띵-.

64층에 도착한 엘리베이터의 문이 열리자 도혁이 내내 잡고 놓아주지 않던 그녀의 손을 그제야 풀어주었다.

"그럼 잘 가."

뭐야? 여기까지 끌고 와놓고. 왜 그냥 가래? 뭔가 이상하기도 하고 섭섭하기도 하고, 갑자기 복잡 미묘한 기분이 되었다. 그녀가 놀란 눈으로 쳐다보고 있는 동안 도혁은 혼자 엘리베이터에서 내리고는 그녀를 향해 씨익 웃어 보였다.

"배웅해줘서 고마워."

그제야 정신을 차린 은채는 닫히는 엘리베이터 문 사이로 외쳤다.

"나 당신 배웅한 거 아니에요!"

하지만 문은 이미 닫혀버렸고 도혁이 내리면서 1층을 눌렀기에 엘리베이터는 바로 하강했다.

은채는 도혁이 64층까지 올라오는 내내 잡고 있어서 아직도 뜨끈한 손을 내려다보며 혼자 씩씩댔다. 수없이 당하고도 면역력이 없는 걸 보니 아무래도 권도혁 바이러스는 항체가 존재하지 않나보다.

은채가 탄 엘리베이터가 아래로 내려가는 걸 보며 도혁은 짧게 한숨을 내쉬었다. 은채가 아버지를 만났는지 아닌지 확인하려고 했던 것뿐이었다. 아직 만나지 않았다니 우선은 안심이었다. 이제 그만 집에 들어가면 되지만 도혁은 잠시 엘리베이터 앞에 서 있었다. 은채를 태운 엘리베이터는 아직도 내려가는 중이었다.

도혁은 조금 전까지 은채의 손을 잡고 있었던 자신의 손을 올려 바라보았다. 아이 손처럼 작은 손의 부드러운 감촉이 아직도 잡힐 듯이 선명했다. 사람과 손을 잡고 걸어본 적이 없었다. 그의 아버지나 어머니는 그럴 사람들이 전혀 아니었고, 그 외의 사람은 단지 그가 필요할 때만 만났을 뿐이니까.

도혁은 펼쳤던 손을 주먹 쥐며 쓰게 웃었다. 자신이 참 어울리지 않는 감상에 젖어 있다는 생각이 들었다. 그녀의 영향이었다. 그녀가 항상 감정적이니까. 방심한 사이 그까지 물들어버렸나 보다. 감정적인 건 그에게 어울리지 않는다고 자위하며 도혁은 그제야 집 안으로 들어갔다.

13. 질투는 너의 것, 복수는 나의 것

아침에 눈을 뜨는데 뭔가 기분이 싸했다. 은채는 손을 뻗어 핸드폰으로 시간을 확인하고는 놀라서 벌떡 일어났다. 7시 전에는 집을 나서야 지각하지 않는데, 벌써 7시 10분이었다. 은채는 비명을 지르며 침대에서 뛰어나갔다.

"아버지! 나 왜 안 깨웠어!"

원망하는 그녀를 아버지는 태평하게 쳐다보았다.

"지각 하루 이틀 하는 것도 아니면서 웬 호들갑이여."

그거야 호시탐탐 그녀를 노리는 적들의 눈이 사방에 없는 직장이라면 상관없었다. 하지만 지금 일하는 곳은 그녀가 잘못하는 순간 어찌 될지 알 수 없는 곳이었다. 당장 회장실에 불려갈지도 몰랐다. 지각해서 회장실이라니. 그럼 진짜 창피했다.

은채는 세수만 하고 화장은 포기한 채 집을 나섰다. 지하철 안에 서라도 화장을 하고 싶었는데 사람이 워낙 많아서 서 있기도 버거운 상태였다.

결국 회사에 도착했을 때 지각에다 모습까지 부스스했다. 그런 그녀의 모습을 보고 여직원들은 킥킥 웃었고, 오 차장은 표정 없는 얼굴로 지시했다.

"지각 사유서 제출하세요."

"네."

고작 5분 늦은 거였지만 봐주는 건 없었다. 대기업이 괜히 대기업이 아니었다. 모든 걸 절차대로 처리하니까 대기업인가보다.

"억울하면 회장실에 찾아가보지 그래요."

한유리가 지나가며 그녀를 놀리듯이 말했다. 은채는 한유리의 넓은 등을 흘겨보았다. 낙하산이라고 좋지 않게 보는 건 알겠는데 그녀처럼 아무 힘도 없는 낙하산에게 저러니까 괜히 미웠다. 사람들은 보통 눈에 보이는 것만 믿어버린다는 걸 새삼 깨달았다. 그 안에 숨겨진 진실까지 꿰뚫는 사람은 흔치 않다.

사람들이 함부로 오해하는 자신의 억울함에 대해 생각하던 은채는 도혁을 떠올렸다. 혹시 그 남자도 보이는 것이 전부가 아닐 수도 있을까? 그녀는 제대로 그의 안을 들여다보려고 한 적이 없었다. 그를 계속 싫어하려고만 애썼다. 그래서 그가 불면증이라는 것도 뒤늦게 알게 되었다. 설마 그것 말고 더 있으려나?

"이은채 씨 일할 준비 안 합니까?"

오 차장의 지적에 은채는 서둘러 대답하고는 자신의 사물함 앞으로 달려갔다. 지금은 남 생각하는 것도 사치인 시간이었다. 일하자! 일!

도혁은 자신의 힘만으로는 은채와의 관계에 변화를 꾀하는 게 힘들다는 걸 어렵게 인정하고 조력자를 만나기로 했다. 여자에 대해서는 모든 걸 파악하고 그걸로 떼돈까지 잘 벌고 있는 전문가를. 그가 다른 이에게 스스로 도움을 요청하는 건 정말 드문 일이었기에 약속을 잡은 당사자도 굉장히 놀라워했다.

"평생 먼저 연락하는 일은 없을 줄 알았는데. 웬일이에요?"

민서연.

작가답지 않게 빼어난 미모로 더 유명해진 베스트셀러 작가였다. 그리고 그녀의 화려한 남성 편력은 비공개로 유명한 이야기였다.

즐겁게 일하고 즐겁게 노는 걸 인생 모토로 삼는 파티 걸이었기에 도혁이 민서연을 만난 건 당연하게도 파티장에서였다.

"설마 내가 보고 싶어서 전화한 건 아닐 테고."

도혁이 민서연을 골라 전화한 건 그녀가 손익 계산에 밝기 때문이었다. 그녀는 일이든 사람이든 절대 자기 손해 나는 짓을 하지 않았다. 마치 그처럼. 그러면서 여자 작가답게 여자에 대해 잘 알았다.

"물어볼 게 하나 있어서."

민서연은 상체를 앞으로 숙여 풍만한 가슴골을 강조하며 호기심 어린 표정을 지었다.

그녀는 색기와 지적 호기심을 동시에 부릴 수 있는, 참 흔치 않은 생물이었다.

민서연에게 유혹은 게임이었고, 그래서 승부사인 도혁은 절대 넘어가지 않았다. 유혹당하면 그가 지는 것이었으니까.

"날 싫어하는 여자의 심리는 뭐지?"

아무리 잘난 권도혁도 결국 여자 문제로 고민한다는 것에 민서연은 잠시 비웃음을 짓다가 답은 아주 쉽다는 듯이 바로 대답했다.

"비싸 보이고 싶은 얄팍한 자존심?"

"아냐."

그도 처음엔 그거라 생각했다. 그런데 시간이 지날수록 자신이 틀렸다는 생각이 들기 시작했다. 그리고 그의 입으로 약점을 알아서 술술 털어놓더니 결국 스스로 민서연을 찾아와 상담하는 지경까지 이른 것이다.

아는 여자라고는 첫사랑이면서 부인인 이은서밖에 없는 정신과 주치의 서진우나 연애는 제4공화국 때 마지막으로 해봤을 것 같은 그의 늙은 비서 박 실장은 이 경우에 전혀 도움이 안 되었으니까.

그는 전환점이 필요했다. 은채와의 관계에서 그가 주도권을 잡을 수 있는 전환점이. 솔직히 말하면 지금은 몇 개월 뒤에 일어날 그의 약혼보다 그게 더 신경 쓰였다. 아버지의 마음보다 이은채의 마음이 더 궁금했다.

"설마 애인 있는 여자?"

"아냐."

"레즈비언?"

"아니라고."

자신이 번지수를 잘못 찾아온 건가 생각이 드는데 민서연은 팔짱을 끼며 답을 포기하지 않고 말했다.

"그게 진짜 싫어하는 건지 쇼인지 구분하는 가장 확실한 방법은 알죠."

이미 여러 번 헛다리를 짚었기에 도혁은 불신의 눈으로 민서연을 보았다.

"그게 뭔데?"

> 잘 지내요?

편지처럼 날아온 메시지 한 통에 은채는 잊고 있던 사람을 기억해냈다. 태경이었다. 그녀가 기절하는 바람에 무대에 서지는 못했지만 공연을 잡아줘서 고맙다고 태경에게 따로 밥이라고 사려고 했었다. 그런데 도혁 때문에 정신이 없어지는 바람에 까맣게 잊고 있었다. 그래서 태경의 문자를 받고 은채는 그에게 더 미안해졌다.

은채는 화장실에 앉아서 태경에게 장문의 메시지를 남겼다.

> 제가 새로 취직한 직장에 적응하느라 정신이 없었어요.
> 공연 잡아주신 거 고맙다고 밥이라도 사려고 했는데 제가 먼저
> 연락 못 드려서 죄송해요. 언제 시간 되세요? 제가 꼭 밥 사드릴게요.

메시지를 보내놓고 은채는 길게 한숨을 내쉬었다. 요즘 너무 주위 사람들에게 소홀한 것 같았다. 심지어 그녀와 같이 음악 하는 밴드 친구들에게도 말이다. 예전 같았으면 윤서일을 만난 날 바로 전화해서 자랑을 했을 텐데 그녀는 밴드 친구들에게 윤서일에 대해 말도 못 했다. 도혁이 얽혀 있었으니까.

권도혁이란 거대한 바이러스 때문에 자신의 인간관계가 붕괴되고 있다고 투덜대는데 태경에게서 답신이 날아왔다.

> 그럼 오늘 저녁 어때요?

혁. 겁나 급해. 설마 당장 만나자고 할 줄은 몰랐기에 은채는 좀 당황했다. 하지만 그녀가 먼저 밥을 사주겠다고 한 거라 안 된다고 하기도 그랬다. 은채는 회사 일이 끝나는 시간을 생각해서 답문을 보냈다.

> 좀 늦게 먹어도 괜찮으세요? 제가 회사에서 눈치 보느라 일찍 나가지는 못하거든요.

결국 그날은 태경과 갑작스럽게 저녁 약속이 잡혔다. 그리고 도혁의 전화가 걸려온 것은 거의 퇴근할 때쯤이었다.

[할 이야기 있으니까 오늘 저녁에 시간 좀 내.]

이 인간은 그녀도 자기가 부리는 사람처럼 취급한다. 그녀가 따로 약속이 있을 수도 있다는 건 생각도 하지 않는 것이다. 아니, 그의 말투로 보았을 때는 약속이 있어도 취소하고 자길 봐야 한다는 것 같았다.

"저 약속 있는데."

[누구랑?]

"알 거 없잖아요."

[말 못 하는 거 보니 남자군.]

귀신이다. 은채는 놀라서 딸꾹질이 나올 뻔했다.

[설마 그때 병원에서 봤던 그 의사는 아니겠지?]

"딸꾹."

결국 은채는 참지 못하고 딸꾹질이 나와버렸다.

[너, 의사 페티시 있나?]

"누굴 변태 취급이에요!"

[의사도 아닌 사람이 의사 가운 입고 의사 행세하는 건 변태나 범죄자야. 변태 아니면 범죄의 목적으로 나한테 그랬던 거군.]

그래요. 나, 변태입니다.

"끊어요."

더 전화 통화해 봤자 변태 취급만 받을 것 같아 은채는 그냥 전화를 끊으려고 했다. 그런데 그때 도혁이 거슬리는 말을 했다.

[나, 너 대신할 대타 구했어.]

대타?

"무슨 대타요?"

[내 약혼녀 대타. 말했잖아. 어떻게든 약혼 막는다고.]

도혁의 말에 충격을 받은 은채의 두 눈이 휘둥그레졌다. 그녀는 아주 거대한 해머로 뒤통수를 가격당한 기분이었다.

"거, 거짓말. 그런 걸 할 여자가 어디 있다고."

[네가 뭘 모르는 거겠지. 말했잖아. 나한테 안 넘어오는 여자 없다고. 그건 나랑 엮이면 이득이 되기 때문이야.]

'이 나쁜 놈아. 그래도 그건 안 되지!'라고 욕을 해줘야 하는데 누가 자꾸 그녀의 뒤통수를 때려대는 듯이 멍했다.

[오늘 저녁에 그 대타랑 K 호텔 커피숍에서 만나기로 했어. 그러니까 넌 자유라고. 의사랑 잘해봐.]

뚝-.

도혁은 자기 할 말만 하고 전화를 끊어버렸다.

뚜뚜뚜뚜뚜뚜뚜뚜뚜-.

전화가 끊겼다는 신호 음이 계속 들려왔지만 은채는 한동안 망부석처럼 전화기를 귀에 댄 채 서 있었다. 자유라니. 그의 말은 기쁜

게 아니라 기가 막히기만 했다.

"기분 안 좋아요?"

도혁과 K 호텔에서 만난 서연은 얼음처럼 차가운 그의 표정을 살피며 물어보았다. 도혁은 대답 없이 창밖만 보았다. 1층 커피숍이라 거리에 지나다니는 행인들의 모습이 훤히 보였다. 자신과 아무 상관 없는 사람들이 걸어 다니는 모습을 구경하는 건 한가해서 시간이 남아도는 사람들이나 하는 것이었다. 그게 권도혁에게 해당할 리 없었다. 그 여자가 오는지 살피는 거라 여긴 서연은 마른 웃음을 지었다.

"여유가 없네요. 그 여자에 대해서는 자신이 없나봐요?"

도혁은 곁눈질로 서연을 노려보았다. 그녀의 말에 큰 배팅을 한 거나 마찬가지였다. 만약 오늘 은채가 이곳에 오지 않는다면 그는 완전히 다 잃는 것이다. 은채를 몰랐다면 이까짓 일이라고 생각했겠지만, 은채를 알기에 그는 불안했다.

도혁의 미간이 살짝 찌푸려지는 걸 보며 서연은 눈을 가늘게 떴다. 꼭 보통 남자처럼 여자를 기다리며 애타는 것 같지 않은가. 그럴 리가 없는 데 말이다.

"예전엔 세상에서 제일 쉬운 게 여자라고 생각하는 거 같더니."

"그런 여자만 만났나보지."

도혁의 말에 서연은 잠시 웃음기 사라진 눈으로 도혁을 노려보았다. 사실 그녀도 과거에 도혁을 유혹했다가 실패한 경험이 있었다.

그러니 도혁이 말하는 그 쉬운 여자에는 자신도 포함되는 거나 마찬가지였다.

하지만 그런 취급을 당해도 권도혁은 훌륭한 인맥이었기에 그를 그냥 무시할 수는 없었다. 그녀는 훌륭한 글솜씨보다 마케팅으로 베스트셀러 작가가 된 경우였다. 그러니 권도혁이란 노다지 땅을 쉽게 놓칠 수는 없었다.

"어떤 여자예요?"

민서연이 생각하기에 지금 도혁을 애태우는 여자는 천재든가, 바보였다. 천재라면 정말 재수 없고, 바보라면 진짜 생각 없다. 도혁이 말해줄 생각이 없다는 듯이 입을 다물고 있자 서연은 살짝 협박조로 말했다.

"말 안 하면 나 그냥 갈 거예요."

도혁은 힐긋 그녀를 노려보았다. 서연은 바로 표정을 바꾸며 애교스럽게 웃었다.

"어차피 지금은 달리 할 일도 없잖아요."

서연의 말대로였다. 지금은 기다리는 것밖에 아무것도 할 게 없었다. 그가 기다리는 동안 은채는 그 의사 놈이랑 같이 있을 것이라는 게 더욱 기분 나빴다.

태경을 만나러 가는 동안에도 도혁 때문에 그녀는 화가 나 있었다. 자기가 뭔데 그녀에게 자유니 뭐니 그런 말을 하는 건가. 그녀는 언제나 자유로웠다. 그에게 묶여 있던 신세가 아니었다. 그리고 어떤 정신 나간 여자가 그런 대타를 한다는 것인지 이해가 되지 않았다. 돈만 주면 뭐든 하는 거란 말인가.

시간이 지나도 마음은 진정되지 않고 사나워져만 갔다. 그래서 태경을 만났을 때도 그녀는 제대로 대화를 이어나갈 수가 없었다.

"혹시 무슨 걱정거리 있어요?"

이상함을 느낀 태경의 물음에 은채는 그냥 피곤하다는 말로 얼버무렸다. 그리고 태경과 있는 동안 도혁에 대해 생각하는 건 예의가 아닌 것 같아서 애써 관심을 돌리려 했다.

생각을 그만하자고 마음먹은 그녀는 저녁 메뉴로 주문한 닭갈비를 집어 먹었다. 그런데 너무 뜨거워서인지 그녀의 입천장이 홀랑 까져버렸다. 태경이 찬물을 건네주었지만 물을 마셔도 입안은 여전히 얼얼하고 입천장은 너덜너덜해졌다. 그게 왜 그렇게 서럽고 화가 나는지. 은채는 눈물이 맺힌 눈으로 중얼거렸다.

"나쁜 자식."

설마 그 나쁜 자식이 입에 화상 입을까 걱정해서 찬물을 건네준 그는 아닐 것이기에 태경은 복잡한 눈으로 은채를 보았다.

1시간 정도 지나자 민서연은 이 상황이 지루해졌다. 천재든 바보든 결국 올 거로 생각했는데 오지 않는 걸 보니 역시 결론은 하나였다. 진짜 도혁을 싫어한 거다. 100% 그냥 쇼라고 생각했는데 말이다.

권도혁은 친절한 남자는 아니지만 여자들이 좋아할 만한 모든 걸

갖추고 있었다. 상위 1%의 재력에서 수려한 외모, 사회적 지위, 귀족적 취향, 도도한 자신감, 훤칠한 키까지. 거기다 여자들은 나쁜 남자에 대한 판타지까지 있으니 그에게 홀리는 건 너무도 쉬운 일이었다.

"그만 가요."

민서연은 이 정도면 게임 오버라고 생각하고 자리에서 일어났다. 그런데 도혁이 일어나지 않았다.

아마도 여자에게 바람맞고 자존심 상해서일 거라고 여긴 민서연은 위로 차원에서 도혁에게 한마디 했다.

"그렇게 억울하면 복수하던가요."

도혁은 창밖을 보고 있었다. 아마도 1시간 내내 그러고 있었던 것 같았다. 도혁이 표정 없는 얼굴로 중얼거렸다.

"이게 억울한 거라고?"

그것보다는 좀 더 추운 감정이었다. 세상에 이렇게나 많은 사람이 있는데 그 혼자 남겨진 기분이었다. 언제나 혼자라고 생각하며 살았는데 말이다. 그게 지금 왜 굳이 거슬리는 건지.

마음이 시리다. 그리고 그녀가 밉다. 진심으로.

태경이 기분이 좋지 않은 그녀를 데리고 간 곳은 노래방이었다. 그리고 그 선택은 정말 탁월했다. 노래방에 온 손님들이 다 한 번씩 구경 올 정도로 은채는 정말 열창을 했다. 그것도 남자에게 배신당한 여자의 노래들만 골라 불렀고, 거의 질러대는 노래들이었다.

좁은 방 안에 그녀의 목소리가 쩌렁쩌렁 울렸다.

"간만에 노래방 오니까 좋아요."

노래방 와서 한 곡도 못 부르고 1시간 동안 그녀가 부르는 노래만 듣고 있었던 태경은 다행이라며 웃었다. 그리고 그녀가 노래를 부르느라 목이 마를까봐 뽑아온 음료수도 내밀었다. 은채는 선 자리에서 음료수 한 캔을 꿀꺽꿀꺽 마셨다. 그리고 술을 마신 것처럼 '캬아' 하고 시원한 소리까지 냈다. 그녀가 완전히 기분이 좋아진 것 같아 태경은 안심했다.

은채가 태경에게 감사를 표하는 자리가 어쩌다보니 태경이 은채를 돌봐준 시간이 되어버렸다. 도혁과 있었다면 절대 있을 수 없는 일이었다. 도혁은 절대 남의 감정에 신경 쓰며 자신의 시간을 희생하는 법이 없었다.

노래방에서 나온 시각은 밤 10시였다. 태경은 손목시계로 시간을 확인하며 말했다.

"그만 집에 가야겠네요. 바래다드릴게요."

노래방에서 나오자마자 당 떨어진 사람처럼 멍하니 밤하늘을 보던 은채는 괜찮다며 고개를 저었다.

"아뇨. 저 혼자 갈 수 있어요."

"내가 바래다주고 싶어서 그래요."

잠시 혼자 갈 수 있다는 그녀와 데려다주겠다는 태경의 실랑이가 이어졌고 결국 그녀가 졌다. 태경이 택시를 잡는 동안 은채는 거리에서 가만히 서 있었는데, 갑자기 어떤 감정이 가슴 깊은 곳에서 뭉글뭉글 올라오기 시작했다.

그건 밑도 끝도 없는 분노였다. 악마의 씨를 품은 듯이 그녀의 몸

속에서 화가 무럭무럭 자라기 시작했다. 노래를 부르면서 가라앉았던 것이 다시 끓어오르는 듯했다.

자기 살겠다고 아무 여자나 끌어들이는 권도혁을 은채는 도저히 용서할 수가 없었다. 그런 인간은 제대로 매운맛을 보여주지 않으면 평생 그런 악행을 저지르며 살 것이다. 제대로 응징을 해야 했다. 그런 행동만 하고 살면 어떻게 되는지 똑똑히 알게 해주어야 했다.

"죄송한데, 저 가볼 곳이 생겼어요."

은채의 말에 택시를 잡던 태경이 놀란 눈으로 돌아보았다.

"지금요?"

집에 들어가야 할 늦은 시간이었다. 저녁 내내 기분이 안 좋았던 은채가 갑자기 눈빛이 형형해서 하는 말이라 태경은 더 불안하게 느껴졌다.

"그럼 제가 가는 곳까지 바래다드릴게요."

시간이 늦었으니 그냥 집에 들어가라고 해도 안 들을 분위기라서 태경은 같이 가주겠다고 말했는데 은채가 갑자기 뛰기 시작했다.

"괜찮아요. 저 혼자 충분해요."

태경은 순식간에 멀어진 은채의 뒷모습을 당황한 눈으로 쳐다보았다. 뭔가 저대로 가게 두면 큰 사고가 날 거 같은 불길한 생각이 들었다. 안 되겠다 싶어서 은채의 뒤를 쫓아 그도 달리게 되었다.

하지만 코너를 돌자마자 바로 앞에 달리고 있던 은채의 모습이 사라져버렸다. 태경은 어리둥절해서 주위를 둘러보았다. 마치 하늘 위로 솟거나 땅으로 꺼진 것처럼 은채의 모습이 보이지 않았다. 도대체 이렇게나 열성적으로 달려서 이 밤에 어딜 가는 것인지 태경은 짐작조차 되지 않았다.

도혁이 즐겨 하는 운동은 조깅이었다. 그는 헬스클럽 러닝머신 위에서 뛰는 것보다는 넓은 길을 뛰는 걸 선호했다. 항상 새벽에 조깅을 하는 그였는데 오늘은 야밤에 조깅을 나왔다. 운동에 1시간을 넘기는 법이 없는데 이미 뛰기 시작한 지 1시간을 훨씬 넘었다. 얼마나 열심히 뛰었는지 그의 몸에는 땀이 흥건했다. 그래도 도혁은 뛰는 속도를 멈추지 않았다.

187cm의 장신이라 그가 뛰는 모습은 멀리서도 눈에 띄었다. 벤치에서 밤 데이트를 즐기던 여인이 뛰어가는 도혁에게 시선을 빼앗기자 같이 있던 남자가 화를 내기도 했다.

"헉헉."

지친 숨결이 도혁의 입에서 흘러나왔다. 힘든 상황이 오면 그는 자신을 더 몰아치는 습성이 있었다. 오늘 그가 힘든 건 그 자리에 은채가 나오지 않아서가 아니라, 자신이 그런 자리를 만들 만큼 여유가 없었다는 사실 때문이었다. 그리고 그걸 뒤늦게야 깨닫고 그는 분노했다.

자신이 어쩌다 이렇게까지 되었나 생각하면서 뛰었는데 아무리 뛰어도 답이 안 나왔다. 차라리 삭제하자. 오늘이란 날을 아예 그의 인생에서 삭제해버리는 게 현명하다고 생각하며 집에 들어서던 도혁은 참을 수 없는 냄새에 놀라서 멈추어 섰다.

믿을 수 없는 환경이 그의 집에 펼쳐져 있었다. 형용할 수 없을 만큼 더럽고 냄새나는 음식물 쓰레기가 그의 집 현관에 국물을 줄줄 흘리며 놓여 있었다.

음식 냄새도 싫어해서 냉장고를 비워놓는데 음식물 쓰레기 냄새라니. 이건 테러였다. 누군가 그의 집을 가장 더러운 방법으로 오염시킨 것이었다. 그 쓰레기 때문에 그의 집이 바로 앞에 있는데도 그는 들어갈 수조차 없었다. 그의 집 안까지 들어와서 이런 상상도 할 수 없는 파렴치한 짓을 할 간 큰 인물은 아무리 생각해도 한 명뿐이었다.

"이은채!"

그는 분명 오늘 일을 삭제하려고 했다. 그런데 그녀 스스로 그렇게 못 하게 만들고 있었다.

"낄낄낄낄."

혼자 웃으며 걸어가는 그녀를 사람들이 쳐다보았지만 은채는 개의치 않고 더 크게 웃었다.

이렇게나 속이 시원할 수가 없었다. 헬퍼 끝나는 날 이럴 걸 그랬다. 권도혁이 자기 집에 있는 음식물 쓰레기를 보고 어떤 표정을 지을지 생각하니 한 달은 웃어댈 수 있을 것 같았다.

Rrrrrrrrrr-. Rrrrrrrrr-.

그녀의 만행에 선전포고하듯이 그녀의 핸드폰이 울려댔다. 핸드폰을 꺼내 보니 역시나 권도혁이었다. 그녀가 그의 집에 던져두고 온 응징물을 보았나보다. 은채는 약을 올리듯이 전화가 두세 번 끊기고 다시 울릴 때야 통화 버튼을 눌렀다.

[너 어디야?]

도혁의 목소리는 절대 흥분하지 않았지만 낮고 음산했다. 은채는 그런 그에게 약을 올리듯이 말했다.

"어디게요?"

도혁이 무언가를 참는 듯이 잠시 말이 없었다.

[당장 와서 내 집에서 쓰레기 치워.]

그 말을 들으니 그 음식물 쓰레기를 보았을 때 도혁이 어떤 표정과 행동을 했을지 상상이 되어서 은채는 혼자 키득댔다. 그러고는 멈추지 않는 웃음을 억지로 참으며 시치미를 뗐다.

"내가 왜요? 난 이제 당신 집 헬퍼 아니에요."

[네가 그런 거 다 알아!]

순간 욱함을 참지 못하고 높아진 도혁의 목소리는 몇 초의 침묵 뒤 다시 낮아졌다.

[큰일 나고 싶지 않으면 당장 와서 치워.]

아직도 자신이 '슈퍼 갑'이라고 착각하고 있는 것 같았기에 은채는 전화기에 대고 확실히 말해주었다.

"싫어요."

난 이제 당신의 '을'이 아니라고.

뚝-.

자기 할 말만 하고 전화를 끊은 은채는 가슴을 활짝 폈다. 권도혁을 만난 이후 이다지도 홀가분한 순간은 처음인 것 같았다. 마치 독립 기념일을 맞은 기분이었다. 이제야 가벼운 걸음으로 집으로 향할 수 있게 되어 은채는 지하철역으로 걸어갔다. 노출된 버스 정류장에 서 있으면 그에게 잡힐지 모르니 나름 치밀하게 도주 경로를 정한 것이었다.

그런데 그때 그녀의 옆에서 차가 급정거하는 소리가 격하게 들려왔다. 은채는 옆으로 고개를 돌렸다가 도혁의 람보르기니가 서 있는 걸 보고는 기겁하며 우선 뛰었다. 그녀의 이성보다 본능이 먼저 몸을 움직였다. 지금은 뛰어야 할 순간이라고. 그녀의 직감대로 곧 차의 운전석 문이 열리며 도혁이 그녀의 이름을 부르며 튀어나왔다.

"이은채!"

아부지! 잡히면 죽어! 은채는 정말 죽을힘을 다해 뛰었다. 학창 시절 학생 주임 선생님을 피해 도망칠 때보다도 더 무시무시한 위기감을 느끼면서 그녀는 자신이 가진 모든 힘을 두 다리에 쏟아부었다. 하지만 조깅으로 단련된 도혁의 긴 다리를 이긴다는 건 처음부터 불가능한 것이었다. 뒤에서 쫓아오던 도혁에게 팔이 잡힌 순간 은채는 진심으로 무서워서 비명을 질렀다.

"꺄아아아아아아악!"

그런데 악당에게 붙잡힌 여자처럼 악을 쓰며 소리 지른 게 민망하게 그녀의 팔을 붙잡은 도혁이 오히려 바닥에 풀썩 쓰러졌다. 놀라서 내려다보니 도혁이 오만상을 쓰며 다른 손으로 다리를 움켜잡고 있었다. 평소보다 더 오래 조깅을 하고 난 다음에 또 전력으로 뛴 탓인지 그의 다리 근육이 버티지 못하고 쥐가 난 것이었다. 그는 운동선수가 아니었으니까.

"왜, 왜 그래요?"

그걸 알 리 없는 은채는 도혁의 행동이 도저히 이해가 안 되어서 불안해하며 물었다. 그리고 도혁의 손을 털어내려고 팔을 흔들어보았다. 하지만 도혁의 손이 갈고리처럼 그녀의 팔을 꽉 붙잡고는 놓지 않고 있었다. 서 있을 수도 없을 만큼 다리에 쥐가 나도 잡은 건 절대 놓지 않는 독한 인간이었다.

한 번 시작된 근육통이 심해지자 도혁은 붙잡고 있는 은채의 배에 얼굴을 묻고 고통을 참았다. 은채는 갑자기 도혁이 자신의 배에 얼굴을 대자 놀라서 물러나려고 했지만 도혁의 신음 때문에 그럴 수도 없었다.

"설마 진짜 아픈 거예요?"

그럼 왜 그렇게 죽어라 쫓아온단 말인가. 병원이나 갈 것이지. 알면 알수록 진짜 이상한 인간이었다.

도혁에게 배를 내주고 가만히 서 있으니 지나가는 사람들이 다 쳐다보고 지나갔다. 그럴 만도 한 것이 그녀가 생각해도 웃긴 꼴이었다. 그나마 늦은 밤이라 행인이 몇 명 없는 게 다행이었다.

슬쩍 도혁의 얼굴을 살피니 그는 고통을 참는 듯이 이로 입술을 꽉 물고 있었다. 설마 음식물 쓰레기 좀 봤다고 정신적인 충격에 이러는 거라면 그녀는 살인미수를 저지른 거나 마찬가지였다. 설마 그거 때문은 아니겠지. 그래, 아닐 거야. 인간이 음식물 쓰레기에 이 정도로 맞이 갈 리 없어.

"저기, 많이 아프면 병원 가요. 좀 일어나봐요."

"내가…… 좋아서 이러고 있는 거로 보이나?"

그는 이 상황에도 지적질이다. 하여튼 어떤 상황에서도 약한 말은 절대 못 하는 것도 콤플렉스라면 콤플렉스 같았다.

"그럼 어디가 아픈 건데요?"

도혁이 말이 없자 그녀는 그를 떨어뜨리기 위해 몸에 힘을 주며 움직이려 했다. 그런데 도혁이 그녀의 팔을 다시 세게 움켜잡으며 말했다.

"……근육통이야."

그러니까 '쥐'가 났다는 소리였다. 그러고 보니 도혁이 입고 있는 옷은 운동할 때 입는 스포츠웨어였다.

"왜 미련하게 쥐 날 때까지 뛰어요?"

그녀의 면박에 도혁이 그녀를 노려보았다. 그런데 아래에서 위로 올려다보는 거라서 그런지 별로 무섭지가 않았다. 그래서 은채는 허리를 숙여 도혁의 등에 팔을 둘러 잡으며 말했다.

"부축해줄 테니까 일어나봐요."

조금 전까지 야밤의 추격전을 하던 사이라 하기에는 너무 친밀한 행위였지만 그녀는 그와 달리 사람에 대한 동정심이 풍부한 여자였다. 아무리 상대가 인간미 없는 권도혁이라도 불쌍해 보이면 도와주고 싶었다. 도혁이 그녀의 얼굴을 보았다. 그녀의 말이 진심인지 알아내려는 듯이.

"난 아픈 사람한테는 못된 짓 안 해요. 그러니까 의지하고 일어나봐요."

'내가 당신 집에 음식물 쓰레기 버린 사람이지만 지금은 잊으십시오.'라는 듯이 그녀는 한껏 상냥한 표정을 지으며 도혁을 보았다.

도혁도 별수 없다고 생각했는지 그녀에게 의지하며 천천히 일어났다. 그런데 아직 쥐가 덜 풀려서 한 번에 일어나지 못하고 고통을 참아야 했다. 자신의 얼굴 바로 옆에서 도혁이 힘겨워하는 표정을 보니 은채는 기분이 이상해졌다. 난데없이 모성애 비스름한 마음이 되면서 안아주고 싶어졌다. 조금 전에 그의 집 앞에 음식물 쓰레기를 투척하며 통쾌해했던 그녀인데 말이다. 이래서 여자의 마음은 갈대라고 하던가.

겨우 일어난 도혁은 그녀에게 의지하며 힘겹게 걸었다. 그녀보다 한참 큰 도혁을 부축하고 걷는 그녀도 힘들긴 마찬가지였다. 고양이가 호랑이를 부축하고 가는 꼴이었다. 이리 휘청 저리 휘청하며 걸으니 마음도 같이 이리 휘청 저리 휘청했다. 도혁이 미운 것도 같고 아닌 것도 같고. 그녀의 마음인데도 그녀가 더 모르겠다. 그녀가 도혁을 조수석에 태우려고 하자 도혁이 불신의 눈으로 그녀를 보았다.

　"네가 운전한다고?"

　은채는 당연하다는 표정을 지었다.

　"네. 나 운전 면허증 있어요."

　그녀가 가지고 있는 유일한 자격증이었다. 그리고 운전하고 가다가 또 쥐가 날지 모르는데 불안하게 도혁에게 운전을 맡길 순 없었다. 지금은 장롱면허라도 그녀가 운전하는 게 훨씬 나았다.

　도혁은 믿음은 안 가지만 우선 맡겨본다는 표정을 지으며 조수석에 몸을 기댔다. 도혁을 먼저 태우고 그녀도 운전석 쪽으로 가서 올라탔다. 확실히 조수석과 운전석은 착석 기분부터 다르기는 했다. 운전대를 손에 잡고 은채는 도혁에게 물었다.

　"이 차 비싸요?"

　"너희 집보다는 비싸겠지."

　은채는 거짓말 말라는 눈으로 도혁을 돌아보았다.

　"어떻게 차가 집보다 비싸요?"

　"어떻게 사람이 음식물 쓰레기를 집에 버릴 수 있지?"

　"나 아니거든요."

　"CCTV 돌려볼까?"

　그녀는 하나만 생각하고 둘은 생각 못 하나보다. 그것까지는 미처 생각 못 했다. 은채는 바로 얌전해져서 차 키를 손에 잡고 대리 운전기사 모드로 말했다.

"출발하겠습니다. 안전벨트 매십시오."

"매줘."

이 인간이!

"난 운전만 해요."

"CCTV."

아무래도 복수한다는 게 오히려 그녀 스스로 무덤을 판 꼴이었다. 어떻게 해도 없앨 수 없는 법적 증거를 남겨버렸으니 꼼짝없이 약점을 잡힌 것이었다. 은채는 억지로 웃는 표정을 지으며 부탁했다.

"나 지금 도와주고 있는 거잖아요. 그러지 마요."

"CCTV."

이 나쁜 놈에게 한순간 모성애를 느꼈다니. 그녀가 정신 나간 게 틀림없다. 어디 동정할 인간이 없어서 권도혁을 동정한 것인지. 아직 그녀가 덜 당했나보다. 은채는 속으로 자신의 어리석음을 욕하며 조수석의 안전벨트로 손을 뻗었다.

벨트를 뽑아내는데 도혁의 시선이 느껴졌다. 도혁이 숨을 쉬니 숨결도 느껴졌다. 굉장히 가까운 거리였다. 은채는 더는 흔들리지 않는다고 다짐하며 도혁을 노려보았다.

그런데 당연히 또 CCTV라 그러면서 그녀를 협박해야 할 도혁이 아무 말 없이 보기만 하자 분위기가 이상해졌다. 두근두근, 모성애보다 더 난감한 느낌이었다.

은채는 이건 아니다 싶어서 먼저 슬쩍 시선을 피하고 안전벨트를 마저 매려고 했는데 도혁이 입을 열었다.

"의사랑 잘 안 돼서 나한테 화풀이한 건가?"

뭔 헛소리인가?

은채는 도혁을 노려보았다.

"그러는 당신은 대타랑은 모의 잘 꾸몄어요? 어떻게, 가짜 약혼식이라도 할 거예요? 그 여자는 그게 좋대요?"

도혁은 눈을 좁혔다. 그의 입장에서도 그녀가 쇼하는 건지 알아보려고 쇼했다고는 할 수 없었다. 사람이란 자신을 중심으로 모든 상황을 생각하기 마련이다. 도혁은 자신을 그렇게까지 하게 만든 게 모두 그녀의 탓인 것만 같았다.

"넌 어차피 내가 누구랑 약혼하든 상관없는 거 아닌가?"

마치 그녀를 질책하는 듯한 그의 말에 은채는 울컥했다.

"당신이야말로 당신 약혼에 다른 사람 희생시키지 마요."

"내 인생이 달린 문제야. 그런데 그냥 두 손 놓고 당하고만 있으라고?"

"당신 살자고 다른 사람 불행하게 만드는 건 괜찮고요?"

"그래서 네가 지금 나 때문에 불행하다고?"

격해졌던 말다툼은 도혁의 질문으로 끝이 났다. 은채는 씩씩대며 도혁을 쳐다보았다. 도혁도 감정이 실린 눈빛으로 그녀를 쳐다보았다. 둘 다 손가락 하나만 대면 금방 터질 듯한 상태였다. 먼저 빵 터뜨린 건 질문을 받은 그녀였다.

"당신이랑 더는 엮이고 싶지 않아요. 내 인생에 제발 그만 끼어들어요."

도혁은 말없이 그녀를 쳐다보기만 했다. 그녀의 말을 뒤엎을 더 센 말을 하지도 않고, 화를 내지도 않고, 그렇다고 그녀의 말을 순순히 받아들이지도 않고 그저 쳐다만 보았다. 그러더니 마지막에는 차 문을 열고 나가버렸다. 아직 근육통이 다 낫지 않아 절뚝절뚝 걸어가는 도혁의 뒷모습을 보며 은채는 입술을 꾹 깨물었다.

바람 한 점 없는 밤인데 그녀의 마음에만 바람이 불었다.

─타인에 의해서 바람이 분다면 그게 바로 마음이야.

진우의 말이 생각났지만 은채는 부정하고 싶었다. 그녀가 어떻게 권도혁을 마음에 담나.

그녀가 어떻게……. 은채는 마음을 독하게 먹었다. 그가 쩔뚝이는 것 정도로 맘이 약해지면 안 되었다.

권도혁이다.

모든 걸 가지고 태어나서 자신밖에 보지 못하는 남자.

그런 남자에게는 동정심이야말로 가장 큰 사치였다. 도혁이 힘겹게 걸어가서 더는 보이지 않게 되었을 때야 은채는 깨달았다. 자신에게는 도혁의 집까지 운전해 가야 하는, 집값보다 더 비싼 차가 아직 남아 있다는 것을.

은채는 심호흡을 하고 시동을 켰다. 스무 살에 면허를 따고 처음 운전해보는 것이었다. 하지만 운전면허를 딸 때도 운전 신동이라는 소리를 들으며 땄던 그녀였다.

무리 없이 운전할 수 있을 거라 여기며 은채는 차를 출발시켰다. 최고 속도가 300km/h도 넘게 달리는 슈퍼 카는 그렇게 그녀의 손에서 30km/h로 느릿느릿하게 바로 코앞에 있는 타워 팰리스를 향해 기어갔다.

운동복 차림으로 와서 호텔 체크인을 하는 도혁을 프런트 직원은 이상한 눈으로 보았지만 잘 훈련된 호텔리어답게 쓸데없는 질문 없이 방 예약만 해주었다. 음식물 쓰레기가 있는 집에 들어가기 싫어 하룻밤 잘 수 있는 곳을 찾다보니 또 퀸 호텔이었다.

윤서일과는 그때 술 대결 이후로 본 적이 없다. 지금은 윤서일이든 은채든 상관 않고 그저 깨끗하게 씻고 싶은 생각뿐이었기에 그는 방 키를 받아 들고 엘리베이터에 올라탔다. 다리는 아직도 뻐근하긴 했지만 걸을 정도는 되었다.

엘리베이터의 벽에 기댄 도혁은 눈을 감았다. 육체적인 피곤함과 정신적인 피곤함이 동시에 몰려왔다. 그에게는 흔치 않은 현상이었다. 일 때문에 며칠 밤을 새워도 몸만 피곤할 뿐 언제나 정신은 또렷했는데 지금은 그렇지도 않다.

아마 그때부터인 것 같다. 오지 않는 그녀가 밉다고 생각한 순간부터 도혁은 자신의 감정을 느끼기 싫어도 느끼고 있었다. 사실 은채와의 관계에서 그의 감정 따위는 전혀 중요하지 않았다. 그의 뜻대로 움직여주어야 하는 건 은채였기에 그녀의 마음만이 중요했다.

그런데 지금 불필요한 그의 감정이 그의 안에서 넘실댄다. 그래서 그에게서 벗어나고 싶다는 그녀의 말을 감정적으로 받아들였다. 마치 그에게 명령만 하는 아버지의 말을 감정적으로 받아들이듯이.

카톡ㅡ.

핸드폰 메시지가 왔다는 알람 음에 도혁은 눈살을 찌푸렸다. 우선 이 메시지부터 끊어야 할 듯했다. 이 알람 음은 정말 마음에 안 든다. 핸드폰을 꺼내 메시지를 확인하니 역시나 은채에게서 온 것이었다.

> 차는 주차장에 주차했고, 음식물 쓰레기도 치웠어요.
> 그러니 오늘 일은 없던 거로 하죠.

그도 그러려고 했었다. 그런데 묵인하려던 그를 먼저 건드린 건 그녀였다. 도혁은 서늘한 눈으로 메시지를 보며 중얼거렸다.

"누구 맘대로."

처음 그에게 은채가 필요했던 이유는 아버지에 대한 분노 때문이었는데, 이젠 그 분노가 방향을 틀어 은채에게로 향하고 있었다. 아마도 그건 그가 마음껏 분출할 수 있는 유일한 감정이 분노뿐이라서 그럴지도 모른다는 걸 도혁은 인지하지 못하고 있었다.

아무도 그에게 가르쳐준 적이 없었다. 제대로 사랑하는 법을.

14. 마음에 부는 바람

　간밤에 쓸데없이 질주하고 오랜만에 운전까지 했더니 다음 날 몸이 굉장히 피곤했다. 그녀가 세 번째로 하품하자 오 차장이 경고했다.

　"하품 한 번 더 하면 퇴장입니다."

　프런트에서 퇴장당하면 어디로 간단 말인가?

　"그 말은 퇴근하라는 소리?"

　"아니, 창고 가서 비품 정리하라는 소리입니다."

　은채는 입을 꽉 다물었다. 말만 들어도 막일 같았다. 그래서 나오는 하품을 열심히 참고 있는데 그녀의 핸드폰이 울렸다. 은채는 오 차장에게 애교스럽게 웃어 보이며 전화하고 와도 되냐는 허락을 구했다. 오 차장은 열등생을 보는 우등생의 눈으로 그녀를 보며 빨리 통화를 끝내고 오라고 했다.

　전화 받고 잠깐 쉬고 와야지 생각하며 핸드폰을 확인하는데 하필 전화를 건 게 도혁이었다. 은채는 받기도 전에 조짐이 불길하다고 생각하며 통화 버튼을 눌렀다.

"왜요? 우리 계산 다 끝났잖아요."

절로 말투가 퉁명스럽게 나갔다.

[난 안 끝났어.]

"그냥 끝내요! 어차피 나 말고 대타도 생겼잖아요!"

[그런 거 없어.]

없다는 말에 은채는 움찔했다. 분명 다른 여자를 대타로 세운다고 그녀가 두 귀로 똑똑히 들었는데 말이다. 그런데 이제 와서 없다고 하니 뭐가 맞는 말인지 모르겠다.

[생각해보니 내 소유 오피스텔에서 잔 방값을 안 냈더군.]

그걸 따지고 싶었으면 그녀와 계약이 끝나는 날 했어야 했다. 지금 그걸 걸고넘어지는 건 어제 일에 대한 쪼잔한 복수란 생각밖에 안 들었다.

"그래서 그만큼 또 당신 집에서 헬퍼 하라고요?"

[내 집에 음식물 쓰레기 버리는 헬퍼는 절대 안 써.]

그녀가 자진 수거해 갔는데도 여전히 도혁이 그녀에게 앙심을 품고 있는 것 같아서 은채는 마음이 좋지 않았다.

"그래서 어쩌라고요? 진짜 돈으로 달라고요?"

[대리운전으로 갚아.]

대리 약혼녀도 아니고 대리운전? 이 인간은 뭐 이리 대리를 좋아하나 싶었다.

[나 퇴근할 시간 찍어줄 테니까 그 시간에 맞춰 와서 내 차 우리 집까지 운전해. 방값 다 갚을 때까지.]

뭐든 또 그의 집으로 연결된다. 그녀가 갚아야 할 것이니 갚긴 갚아야 하는데 돈도 많은 그가 이렇게 악착같이 받으려고 하는 게 영

얄밉게 느껴졌다.

"꼭 그렇게까지 해서 받아야겠어요?"

[그래, 이자까지 다 받아내 주겠어.]

그의 말에서 어쩐지 그녀에 대한 애증이 느껴졌다. 그녀가 그에게 무슨 잘못을 그리 크게 했다고 이렇게까지 앙심을 품은 건가 싶었다. 지금껏 못된 짓을 엄청 한 건 그였다. 그녀가 아니었다. 그래서 그녀는 도혁의 이런 태도에 화가 나면서도 서운했다.

그녀는 그를 나쁘게 기억하고 싶지 않았다. 두 사람 사이에도 분명 좋은 일들이 있었다. 그걸 도혁이 부정하는 것 같아서 그녀는 마음이 좋지 않았다.

그날 그녀는 회사에서 퇴근해서도 집에서 편하게 쉴 수가 없었다. 도혁이 연락해 올 걸 알고 있었기에 그녀의 신경은 온통 전화에 가 있었다. 이자까지 다 받겠다던 도혁의 문자가 온 건 밤 9시쯤이었다.

10시 퇴근

메시지를 본 은채는 기가 막혀 헛웃음이 절로 나왔다. 진짜 대리 운전기사한테 보내듯이 시간만 달랑 보냈다. 그것도 이렇게 늦은 시각에! 10시에 운전을 시작하면 자정이 넘어야 집에 돌아올 수 있을 것이다. 그녀는 내일 아침 일찍 출근해야 하는데 말이다.

그녀의 사정 따위는 완전히 무시하는 처사였다. 설마 자기가 잠을 안 잔다고 다른 사람도 잠을 안 자고 사는 거라고 착각하는 건 아니겠지? 아무리 그녀가 채무자라도 너무 일방적인 조건이라고 생각하고 은채는 도혁에게 답신을 보냈다.

책상다리를 하고 앉아서 허리를 꼿꼿하게 세우고 핸드폰을 노려
보고 있으려니 핸드폰의 화면이 다시 번쩍하며 밝아졌다.

8시 전에 퇴근할 일 없어.

뭔 소리야! 그녀가 헬퍼 할 때는 7시에도 온 적이 있었다. 그녀를
일부러 골탕 먹이려고 자기 퇴근 시간까지 늦추는 거라 생각하고
은채는 박 실장에게 전화를 걸었다. 박 실장은 도혁의 비서이니까
그의 퇴근 시간을 정확히 알 것이다.

[아, 은채 양. 본사 일은 할 만해요?]

박 실장은 전화를 받자마자 그녀의 안부부터 물었다.

"네, 괜찮아요. 그런데 권도혁 대표 회사 일이 많아요?"

[네?]

"아니, 퇴근을 엄청 늦게 한다고 해서요."

[아! 중국 스키 리조트 건 때문에 좀 바쁘십니다.]

웅? 진짜로?

"그래도 매일 10시 퇴근하고 그러진 않죠?"

[더 늦어지거나 못 들어가시는 날도 생기시겠죠.]

그녀는 이런 대답을 듣고 싶었던 게 아니었다. 은채는 기가 죽어
말했다.

"제가 권 대표한테 갚을 돈이 있어서 대신 대리운전해주기로 했거
든요. 퇴근할 때."

[아! 그래서 대표님이 운전기사를 일찍 퇴근시키신 거군요. 잘 부탁해요, 은채 양.]

잘 부탁한다고 말하면 곤란했다. 그녀는 안 하려고 전화한 거였으니까.

"제가 운전을 정말 못해서 오히려 폐가 되지 않을지."

그녀의 목소리는 어느새 변명하는 것처럼 변해 있었다.

[운전이야 하면 느는 거니까요.]

어떤 면으로 박 실장이 권도혁보다 더 고수였다. 권도혁한테는 화라도 내는데 박 실장의 말은 그저 내가 생각이 짧았다고 인정할 수밖에 없게 만든다. 은채는 결국 알겠다는 말만 하고 전화를 끊어야 했다.

벽시계를 보니 9시 10분이 넘어가고 있었다. 10시에 진짜 대리운전을 하려면 지금 집을 나가야 했다. 은채는 원망스러운 눈으로 벽시계를 쳐다보다 한숨을 깊게 쉬며 일어났다. 마지막 남은 빚이었다. 빨리 끝낼수록 권도혁도 빨리 정리할 수 있다는 마음으로 운전을 해야 할 것 같았다.

그녀가 집에서 나와 세진 건설 앞에 도착한 시각은 밤 10시 10분이었다. 도혁이 말한 것보다 10분 늦은 시각이었다. 그녀의 입장에서는 온 것만으로도 정말 많이 참은 것이었다. 그래서 시간 따위는 개의치 않는데 도혁은 그녀의 얼굴을 보자마자 10분 지각이라는 말부터 했다. 그것도 얄미울 정도로 무뚝뚝한 말투로.

"출근하는 것도 아닌데 좀 늦으면 어때요."

"내 1초가 얼마인지 알아?"

그 소리, 이제 지겹다.

"알기 싫어요."

그녀의 거부에 도혁도 인상을 쓰며 그녀를 쳐다보았다. 사실 대리운전으로 그가 그녀에게 얻어낼 수 있는 건 아무것도 없었다. 이건 그녀에게 마음 상한 그의 복수일 뿐이었다. 복수의 값이 대리운전비라고 생각하면 정말 저렴해도 너무 저렴한 복수이기는 했다. 그의 취향에 너무도 안 어울리게 말이다.

그는 당하면 그 몇 배로 복수를 해주는 성격이었다. 복수의 질이 복수의 상대에 따라 달라질 수도 있다는 걸 그도 오늘에서야 처음 알았다.

이건 완전 이은채 맞춤 복수였다. 딱 그녀가 받아들일 수 있는 정도의 복수. 그 정도 수준일 뿐이었다.

"그래서 이거 몇 번 해야 방값 다 갚는 건데요?"

계산을 확실히 해놔야 끝이 확실할 것이기에 은채는 운전대를 잡기 전에 영수증부터 끊으려고 했다. '을'이 '갑'에게 돈부터 내놓으라는 태도였기에 도혁은 룸미러로 은채를 흘겨보았다.

지금 그의 마음으로는 평생이라고 하고 싶었지만 그는 계산이 확실한 비즈니스맨이었기에 대리운전의 시세를 염두에 두고 넘치지 않는 숫자를 말했다.

"열 번."

"엑, 그렇게 많이요?"

"그럼 스무 번."

"왜 맘대로 막 올려요? 자기 멋대로 계산한 거죠?"

"삼십 번."

"열 번! 열 번이라고 분명 처음에 했어요."

결국 도혁이 처음 말한 게 낙점되었다. 정하고 나서도 찝찝한 게 계약서에 사인할 때랑 똑같았다. 그때와 다른 점이 있다면 계약서 쓸 때는 은채만 찝찝했는데 지금은 둘 다 찝찝하다는 것이었다.

은채는 룸미러를 통해 뒷자리에 앉아 있는 도혁을 살펴보았다. 도혁은 일을 많이 해서인지, 잠을 못 자서인지 좀 피곤해 보였다. 피부가 창백하고 눈 밑의 그늘이 짙었다. 하지만 많이 피곤하냐고 다정하게 안부를 물을 사이가 아니었기에 은채는 다른 걸 물었다.

"그런데 왜 하필 운전이에요?"

"내가 죽으면 네 탓이니까."

말을 해도 무시무시하게 한다. 은채는 억지로 웃었다.

"나 웃으라고 한 말인지, 화내라고 한 말인지 도대체 모르겠네요."

"기억하라고 한 말이야."

그렇게 말하며 도혁이 룸미러로 그녀를 똑바로 보는데, 순간 오싹했다.

"네?"

"운전이나 해."

은채는 도혁을 흘겨보며 시동을 켰다. 그런데 차가 출발하는 순간 시동이 꺼지자 도혁의 눈썹이 살짝 위로 올라갔다. 은채는 아무 일 없었다는 듯이 다시 시동을 켰다. 좋은 차라서 시동은 정말 잘 걸렸다. 두 번째는 무리 없이 출발했다. 하지만 역시나 도혁의 람보르기니를 운전했을 때처럼 속도가 높아지지 않았다. 남들은 쌩쌩 달리는 도로에서 그녀 혼자만 기어가고 있자 도혁이 물었다.

"오늘 내로 집에 갈 수 있긴 한 건가?"

"적어도 내가 운전하는 차에서 당신이 죽을 일은 없을 테니까, 안

심해요."

확실히 이렇게 느러터진 차가 사고가 난다고 해도 사람이 크게 다치는 일은 없겠다. 고도의 전략이라기보다는 운전 미숙이었기에 도혁도 아무 말 없이 느린 속도를 견뎠다. 사실 직접 운전할 때는 스피드광인 도혁이 참기에는 느려도 너무 느린 속도였다. 차가 아니라 거북이에 올라탄 기분이었다.

결국 도혁은 참지 못하고 한마디 했다.

"속도 좀 높여."

"운전은 내가 알아서 해요."

은채는 운전대에 딱 붙어 정면 주시만 하면서 그의 지시를 무시했다. 운전 미숙인 운전자에게 운전과 대화는 동시에 불가능한 활동이었다. 귀 닫고 오직 도로만 쏘아보고 있는 은채를 쳐다보던 도혁은 더는 이 속 터지는 속도를 견딜 수가 없어서 손을 올려 긴 손가락으로 목에 딱 맞추어 매어져 있던 넥타이를 풀어냈다.

"지금 뭐, 뭐 하는 거예요?"

부스럭거리는 소리에 룸미러를 통해 뒤를 본 은채는 재킷을 벗은 도혁이 셔츠 단추를 푸는 걸 보고 놀라서 물었다.

툭─. 툭─.

단추 푸는 소리가 너무나 노골적이었다. 드러난 그의 맨가슴은 더욱 치명적이었다.

"밤새 달릴 거 같으니까 여기서 자야겠어."

거짓말하지 마. 불면증이잖아.

안 그래도 운전 미숙으로 정신없는데 룸미러로 보이는 지나친 살색 때문에 그녀는 더 정신이 없어졌다. 이곳이 서울의 도로 위인지,

아니면 도혁의 침실인지 구분이 안 되어가고 있었다.

"그럼 그냥 자요. 왜 옷을 벗어요?"

"불편하니까."

도혁이 셔츠 단추를 하나 더 풀려고 하자 은채는 기겁을 하며 액셀을 밟았다.

"간다고요. 가면 되잖아요. 옷 벗지 마요."

도혁의 스트립쇼에 놀라서인지 차는 정말 속도가 빨라졌다. 은채는 태어나서 처음으로 80킬로가 넘는 속도로 운전을 해보았다. 그리 길지도 않은 주행거리였는데도 도혁의 집에 도착했을 때 그녀는 녹초가 되어 있었다. 정신적으로 지치니 몸까지 녹다운되었다.

차가 완전히 멈추자 도혁은 그제야 맨가슴이 보일 정도로 풀려 있던 셔츠의 단추를 잠갔다. 그 모습을 보고 있으려니 은채는 화가 났다. 저게 어떻게 대기업 대표의 퇴근 복장이 될 수 있단 말인가. 호스트가 막 작업 끝낸 모습이지.

"다음부터 내가 운전하는 차에서 옷 벗으면 그 자리에서 파업이에요."

은채는 몸을 휙 돌려 도혁을 노려보며 다신 그러지 말라는 경고를 강하게 했다. 다시 단정한 옷차림이 된 도혁은 그녀의 경고를 비웃듯이 코웃음을 쳤다.

"네가 빨리 운전하면 그럴 일도 없겠지."

은채는 기가 막히고 분해서 부르르 떨었다. 그리고 정말 이해가 안 되었다. 오만하고 자존심으로 똘똘 뭉친 인간과 어울리지 않는 이 유치함의 정체가 무엇인지. 도혁이 자신이 감당 못 할 감정 때문에 헤매는 중이라는 걸 은채는 미처 깨닫지 못했다.

권 회장은 정확히 아침 8시 50분에 출근했다. 이젠 매일 아침 권 회장의 출근 시간에 인사하는 게 익숙해졌다. 사실 면접을 볼 때만 해도 들어오자마자 권 회장의 부름을 받을 줄 알았는데 권 회장이 매일 그녀를 그냥 지나쳐 가서는 아무 소식이 없자 은채는 마음이 급해졌다.

　이렇게 세월아 네월아 하며 권 회장이 먼저 부르기만을 기다리다가는 영영 권도혁의 그늘에서 벗어나지 못할 것 같았다. 도혁이 자꾸 제 마음대로 위험한 선을 넘어오니 그녀의 마음이 더 급해졌다. 그래서 은채는 직접 회장실로 찾아가기로 했다. 엘리베이터를 타고 쭉 올라가는 거다. 그런데 엘리베이터에 가는 것부터가 생각보다 쉬운 일이 아니었다.

　"은채 씨, 어디 가요?"

　그녀가 엘리베이터 쪽으로 걸어가자 오 차장이 물었다. 프런트는 개방된 공간이라 그녀가 엘리베이터로 간다는 걸 숨길 수가 없었다.

　은채는 당황해서 대답했다.

　"아, 화장실에 좀."

　"화장실을 굳이 왜 엘리베이터를 타고 가죠?"

　1층에도 화장실이 있는 것이다.

　"1층 화장실이 만원이라."

　"가지도 않았는데 어떻게 알아요?"

　은채는 벙어리가 되어서 오 차장을 쳐다보다 그냥 자기 자리로 돌아왔다. 아무래도 오 차장이 없을 때 가야 할 듯했다.

처음에는 10시에 부르더니 도혁이 두 번째로 대리운전을 부른 시
각은 11시였다. 조짐이 좋지 않았다. 할 때마다 늦어지는 거라면 나
중에는 새벽에 나오라는 소리였다. 그녀는 늦은 밤 아버지 몰래 집
을 나와 도혁의 회사로 향했다.

이번엔 약속 시간보다 일찍 도착해서 도혁이 나오기를 기다렸다.
늦은 밤이었기에 차에 앉아서 깜박 졸았는데 뭔가 찝찝한 기분을
느끼고 눈을 뜬 은채는 조수석에 앉아 있는 도혁을 발견하고는 기
겁했다.

"왜 거기 앉아 있어요?"

당연히 그가 뒷자리에 탈 줄 알았다. 거기다 자다 깨서인지 그녀
는 더욱 놀랐다.

"너야말로 아무 데서나 너무 잘 자는 거 아니야?"

도혁은 그녀가 그 잠깐 사이에 진짜 잤다는 게 더 신기하다는 듯
이 쳐다보았다.

"잠잘 시간에 불렀잖아요. 좀 일찍 다닐 수 없어요?"

"대리운전이 시간 따지나?"

그렇게 따지면 이렇게 운전을 못 하는 대리운전이 말이 되는가.
은채는 못마땅한 눈으로 도혁을 보며 시동을 켰다.

"출발할 거니까 뒷자리로 가시죠."

"그냥 출발해."

조수석에 앉은 도혁이 신경 쓰이긴 했지만 자리 때문에 실랑이하
면 더 늦어질 거라 은채는 할 수 없이 그냥 차를 출발시켰다. 첫날

도혁의 '스트립쇼' 때문에 과속해서인지 이번엔 규정 속도 정도로 운전을 할 수 있었다.

도로가 한산해서 운전이 미숙해도 많이 긴장되지는 않았다. 그것 하나가 늦은 시간에 운전하는 게 다행인 유일한 이유였다. 퇴근 시간에 운전했다면 꽉 찬 도로 안에서 멘붕이 왔을 것이다.

도혁은 어쩐 일인지 조용했다. 힐긋 조수석을 보니 눈을 감고 있었다. 설마 자나? 그러고 보니 그가 일하는 건 봤어도 그가 노는 걸 본 적은 없다. 자기 몸을 아낄 줄 몰랐다. 그래서 성격이 나빠지는 것일 수도 있었다. 은채는 도혁을 깨우지 않기 위해 더 조심해서 운전을 했다.

도혁의 집 앞에 도착한 은채는 차를 세우고 도혁을 보았다. 도착했으니까 내리라고 말을 하려는데 도혁은 여전히 눈을 감고 움직이지 않고 있었다. 은채는 소리 내지 않고 조용히 도혁에게 다가가 그의 얼굴 앞에서 손을 흔들어보았다. 그래도 도혁은 눈을 뜨지 않았다.

진짜 자나? 숨소리를 들어보기 위해 은채는 좀 더 다가갔다. 자는 사람의 숨결은 깨어 있을 때와 좀 다르니까. 긴 속눈썹과 티끌 하나 없이 깨끗한 피부가 눈에 들어왔다. 잘 빚어진 도자기 같은 얼굴이었다. 그런 도혁의 고요한 얼굴을 가만히 보고 있으니 마음속에서 무언가 떠올랐다.

"당신의 밤에 흐르는 아름다운 달빛."

그녀는 아름답고 행복한 걸 볼 때만 노래가 생각나는데 왜 하필 그의 얼굴을 보고 있는데 노래 악상이 떠오를까 싶었다. 그것도 이렇게 예쁜 가사로.

"나의 밤에 빛나는 찬란한 별들, 오! 그대의 달빛은 어두운 밤을 밝히고 나의 별들은 그 밤에 색을 칠하죠."

"남녀가 잔다는 건가?"

갑자기 들린 도혁의 목소리에 그녀는 흠칫 놀랐다. 그는 아직도 눈을 감고 있었으니까. 은채는 생각난 노래를 흥얼거리던 것도 잊고 바로 버럭 했다.

"자는 척하지 마요."

"네가 멋대로 착각한 거겠지."

"이씨. 아까 노래 취소야. 완전 구려."

도혁이 스르르 눈을 떠 그녀를 보았다. 잠든 적 없는 청명한 눈이었다. 앞으로는 권도혁이 침대에 누워 눈을 감고 있어도 절대 잠들었다고 섣불리 생각하지는 말아야겠다.

"나도 질문 하나만 하지."

하지 말라고 하고 싶다. 어차피 그도 그녀가 원하는 대답을 해주지 않았다. 아니, 그녀도 그처럼 그의 질문에 아주 못되게 대답해주어야겠다. 과연 그가 그걸 마음에 담아둘지는 모르겠지만 말이다.

"너 정말 내가 다른 여자랑 약혼해도 상관없어?"

그를 보는 그녀의 눈빛이 파르르 떨렸다. 그녀의 떨림을 도혁이 조용히 응시했다.

"사람이 왜 그렇게 못됐어요?"

그녀는 그를 질책했다. 도혁에게는 너무 익숙한 일이었다.

도혁이 그녀의 입술로 시선을 내렸다.

그 노골적인 눈빛에 그녀의 심장이 쿵, 떨어졌다.

도혁이 천천히 다가왔다. 그녀는 점점 더 가까워지는 그를 보고 있기만 했다. 하지 말라고 해야 하는데 말이 나오지 않았다. 그냥 피할 수도 있는데, 몸이 움직이지 않았다.

그의 인형이라도 되어버린 듯이 그녀는 도혁 앞에 무방비하게 앉아 있었다. 그의 날렵한 코끝이 그녀의 피부 어딘가에 닿았을 때 은채는 참을 수가 없어서 두 눈을 질끈 감았다.

Rrrrrrrrrr-. Rrrrrrrrr-.

마치 그녀의 위기 상황을 눈치채기라도 한 듯이 그녀의 전화가 성나게 울려대기 시작했다. 도혁의 중얼거림이 들려왔다.

"역시 바리깡 아버지시네."

그녀의 전화를 확인하지 않고도 도혁은 전화한 사람이 누군지 안다는 듯 말했다. 전화벨 소리만 계속 울리고 도혁은 더는 다가오지 않았다. 스치듯 닿았던 그가 멀어지는 게 느껴졌다. 그래도 은채는 눈을 뜨지 못했다. 눈을 뜨기가 무서웠다.

"전화나 받아."

도혁의 목소리와 함께 차 문이 열리는 소리가 들려왔다. 그제야 은채는 눈을 떴다. 도혁은 이미 차에서 내려 집으로 걸어가고 있었다. 그의 뒷모습을 보는데 심장이 찌르르 울렸다. 그가 키스하려는 걸 알면서도 그녀는 피하지 못했다. 오히려 떨렸다. 마치 좋아하는 사람과 키스하는 순간처럼.

은채는 입술을 깨물었다. 자신이 그러면 안 된다는 걸 너무 잘 아니까. 어떻게 권도혁에 대해 잘 알면서도 그를 좋아할 수 있단 말인가.

"미쳤어."

은채는 자신에게 화를 냈다. 정신 차리라고.

"……"

가만히 엘리베이터 안에 서 있던 도혁은 엘리베이터가 너무 느리다는 걸 깨닫고 고개를 들었다. 엘리베이터는 여전히 1층이었다. 그가 올라가는 층을 누르지 않은 것이다. 도혁은 작게 혀를 차며 64층으로 손을 뻗었다.

　―만약 내가 64층을 걸어서 올라와 당신한테 오려면 사랑의 힘이
　　있어야 한다고요.

　갑자기 엘리베이터 앞에서 은채가 한 말이 생각나서 도혁의 손가락이 64층 버튼 앞에서 멈추었다.
　그땐 무슨 헛소리냐고 비웃었었다. 사랑이라니. 가당찮다. 64층 버튼을 쏘아보던 도혁은 뒤늦게야 세게 꾹 눌렀다. 엘리베이터는 그제야 위로 올라가기 시작했다.
　도혁은 벽에 기대 눈을 감았다.

　―당신의 밤에 흐르는 아름다운 달빛.

　은채가 차 안에서 혼자 중얼거렸던 노랫말들이 생각나기 시작했다. 기억력이 너무 좋은 것도 문제였다. 굳이 기억할 필요도 없는 것까지 담고 있으니 말이다.

　―나의 밤에 빛나는 찬란한 별들.

　"별 따위 안 보인다고."
　도혁은 노래 가사의 허위성을 꼬집으며 투덜거렸다.

─오! 그대의 달빛은 어두운 밤을 밝히고 나의 별들은 그 밤에 색
　을 칠하죠.

　어린이 동화 같은 노래였다. 그녀 자체가 동화 속에서 살고 싶어
한다. 동화 같은 꿈을 꾸고, 동화 같은 남자를 원하고. 완벽하게, 그
는 아니다.
　"그래도 좋아해주면 안 되나."
　도혁은 듣는 사람도 없는 엘리베이터 안에서 혼자 중얼거렸다. 그
게 이기적인 욕심인 걸 뻔히 아는데도 그는 그랬으면 좋겠다. 그녀
가 먼저 그를 좋아해주길. 그가 아무리 나빠도 개의치 않고 그냥
좋아해준다면, 그럼 그도 64층에 갇혀도 전혀 무섭지 않을 그 허무
맹랑한 사랑이란 걸 믿을 수 있게 될지도 모르겠다.

　은채는 엘리베이터만 쏘아보고 있었다. 어떻게든 기회를 봐서 저
엘리베이터를 타고 회장실로 갈 생각이다. 오늘은 아주 제대로 결심
을 했다. 무조건 회장님을 만나고 말겠다고. 도혁이 불면증으로 정
신과 치료까지 받고 있으니까 아버지로서 어떻게 좀 해보라고 권 회
장의 얼굴을 보며 제대로 말을 해야 했다. 그렇게 그녀가 할 일을 마
치면 그녀가 도혁 때문에 겪는 혼란도 같이 끝날 거라고 믿고 싶었
다. 과연 그럴지는 자신이 없었지만.
　"어머!"
　그녀가 엘리베이터 쪽만 보고 있었는데 옆에 있던 한유리의 목소

리가 갑자기 높아졌다. 유리는 난데없이 거울을 꺼내 서둘러 립글로스의 색을 덧발랐다. 누가 왔기에 이러나 싶어 정문 쪽을 보던 은채는 놀라서 절로 입이 벌어졌다.

도혁이었다. 도혁이 박 실장과 함께 걸어 들어오고 있었다. 은채는 너무 당황해서 바로 데스크 밑으로 몸을 숨겨버렸다. 도혁을 향해 허리를 숙여 인사하던 한유리가 밑에 숨어 있는 그녀를 이상한 눈으로 보았다.

"뭐 해요?"

"아, 그게 바닥에 뭐가 떨어져서."

은채는 바닥에 떨어진 물건을 찾는 시늉을 했다. 한유리도 그리 관심은 없었는지 고개를 들어 엘리베이터로 걸어가는 도혁의 뒷모습을 눈으로 좇았다.

"어쩜, 볼 때마다 더 멋있어져. 이럼 내가 어떻게 딴 남자한테 시집을 가느냐고."

은채는 고개를 숙인 채 오만상을 썼다. 아무리 그냥 하는 말이라도 참 듣기에 거시기했으니까.

한유리는 거기서 멈추지 않고 핸드폰을 꺼내 여직원 카톡 방에 톡까지 올렸다. 한유리로 시작된 메시지 하나에 갑자기 톡방이 시끄러워졌다.

> 저하 본사 강림. 지금 엘리베이터 탑승.

어머! 나 화장 다시 해야겠다.

꺄악, 우리 저하 얼굴 보면 나 소개팅 못 하는데.

저하 지금 15층 통과 중. 난 봤지룽. 역시 존잘.

오신 김에 승은이나 내리고 가시지. 항상 무정하게 그냥 가셔.

소식통에 의하면 곧 중국으로 뜬다는 얘기가 있으니 볼 수 있을 때 봐두라고.

못마땅한 눈으로 톡방의 메시지를 옆에서 훔쳐보던 은채는 도혁이 중국에 간다는 메시지에서 눈이 휘둥그레졌다. 뭐? 중국?

"권도혁 대표 중국 가요?"

그녀의 갑작스러운 질문에 한유리는 짜증스러운 얼굴로 그녀를 보았다.

"이은채 씨는 회장님만 파요. 우리 저하는 그냥 두고."

그냥 있는 날 건든 게 바로 그 저하 놈이다. 그러니까 그 저하 자식, 진짜 중국 가는 거냐고. 언제? 얼마나!

Rrrrrr-. Rrrrrr-.

회장실에 들어가기 직전에 전화벨이 울리자 도혁은 걸음을 멈추고 핸드폰을 꺼내 발신자를 확인했다. 혹시나 했는데 역시나 은채였다. 지금 본사에서 근무하고 있으니 그가 온 걸 모를 리가 없었다. 아마 은채는 도혁이 권 회장을 만나는 게 불안해서 전화한 것일 거다.

그 생각에 도혁의 얼굴에 짧게 짓궂은 표정이 스치고 지나갔다. 받지 않고 무시하면 계속 은채가 불안해할 것이다. 그의 마음은 그냥 받지 않는 쪽으로 기울고 있었으나 아버지를 만난 뒤에 은채를 못 보고 갈 수도 있었기에 도혁의 손가락이 통화 버튼을 누르고 있었다.

"프런트에서 안 보이던데. 설마 나 피해 숨었나?"

[중국 가요?]

그의 질문과 그녀의 질문이 동시에 나왔다. 마치 군대에 가느냐고 묻는 듯한 은채의 질문에 도혁은 잠시 입을 다물었다. 뒤에서 박 실장은 시계를 보고는 조심스럽게 도혁에게 알려주었다. 권 회장은 약속에 늦는 걸 극도로 싫어했으니까.

"미팅 시간 다 되었습니다."

도혁은 길게 통화할 상황이 아니라는 걸 깨닫고 은채에게 말했다.

"나중에 따로 만나서 말해."

[그게 따로 만나서 말할 정도의 이야기였어요? 중국 가서 안 와요?]

그녀의 태도가 문제였다. 애타고 있었다. 그런 그녀에게 고작 일주일 다녀오는 출장이라고 말할 수는 없었다. 아깝게.

"저녁에 만나서 이야기해줄게."

도혁은 아주 심각하게 말하고는 은채가 무슨 말을 또 하기 전에 통화 종료 버튼을 눌렀다. 이 정도로 했으면 전화 끊은 은채는 온종일 그의 생각을 떨칠 수 없을 것이다.

도혁이 웃는 걸 박 실장은 의심스러운 눈으로 쳐다보았다.

"은채 양한테 거짓말하시면 안 됩니다."

도혁이 무슨 생각을 하는지 다 안다는 듯이 박 실장이 충고했다. 도혁은 그저 피식 웃으며 박 실장보다 먼저 회장실 문을 열었다.

그때까지만 해도 그는 그날 하루가 아주 즐겁게 끝날 거라고 생각하고 있었다. 그 문을 들어서기 전까지 도혁은 호감 가는 소녀를 괴롭히며 좋아하는 철부지 소년 같았다.

15. 아픈 얼굴

도혁이 본사에 온 건 중국 출장을 가기 전에 권 회장에게 보고할 게 있어서였다. 세진 건설의 중국 스키 리조트 사업은 세진 그룹이 중국과 하는 사업 중 가장 큰돈이 들어가는 사업이었기에 본사에 서도 굉장히 주시하고 있었다. 세진 건설의 오너가 미래 세진 그룹의 오너가 될 것이기에 추진할 수 있었던 초대형 프로젝트였다. 그래서 시공 전부터 매우 많은 준비가 들어가고 있었다.

"이번에 중국 가면 중국 정부의 벌목 허가는 꼭 받고 와. 그것도 못하면 네 자질 부족이다."

"네."

권 회장은 철저하게 일 이야기만 했지만 도혁으로서는 신경 쓰이는 게 하나 더 있을 수밖에 없었다. 권 회장의 지시로 은채는 본사에 붙잡혀 있었다. 그건 권 회장이 언제든지 그녀를 총알로 써서 그를 쏘겠다는 뜻이었다. 이상하게도 도혁이 처음 의도한 것과 전혀 반대가 되어버린 상황이었다.

은채는 그가 아버지를 쏘려고 준비한 총알이었는데 지금은 아버지가 그를 쏠 총알이 되어버린 것이다. 그런 상황에서 아버지가 지금 아무런 행동을 취하고 있지 않으니 신경에 더 거슬릴 수밖에 없었다.

"이은채는 언제까지 본사에 두실 겁니까?"

권 회장이 그녀에 대해 말할 것 같지 않았기에 도혁이 먼저 물어보았다. 권 회장은 메마른 눈빛으로 그를 보았다.

"지금은 네 사업에나 신경 써. 여자 문제는 접어두고."

도혁은 절로 냉소가 지어졌다.

"그러니까 전 아버지가 일하라고 하면 일하고, 약혼하라고 하면 약혼해야 하는 겁니까?"

"그래, 넌 내가 하라는 대로만 하면 돼."

도혁은 참지 못하고 벌떡 일어났다. 권 회장이 그리 독선적으로 말할 때마다 그는 견딜 수가 없었다. 아버지의 말대로 사는 거라면 그게 개 줄에 묶인 개와 뭐가 다른가.

"지금 나가면서 이은채 데리고 갈 겁니다. 그 여자한테 관심 끄세요. 저도 아버지가 왜 그 앨범 샀는지 관심 끊을 테니까."

결국 약혼식 취소 근처에도 못 갔지만 지금은 그녀와 아버지를 떼어놓는 것만으로 충분했다. 우선은 그 정도만이라도 그의 뜻대로 하고 싶었다. 그의 말만 하고 집무실을 나가려는데 그의 등에 대고 권 회장이 무시하지 못할 말을 던졌다.

"그 여자 얼굴도 기억 못 한다면서 하는 행동은 딱 그 여자군."

도혁을 낳았고 아내였던 존재를 그저 '그 여자'라고 하는 권 회장의 말에 도혁의 눈가가 파르르 떨렸다. 어머니에 대한 애정이 남아 있다고 생각한 적도 없는데 한순간에 마음이 들끓었다. 도혁은 붉어진 눈으로 권 회장을 돌아보았다.

"그래서 저도 어머니처럼 죽이실 겁니까?"

권 회장의 눈빛도 순식간에 사나워졌다.

"그건 사고였어."

"네. 그 사고가 하필이면 어머니가 아버지를 떠난다고 말한 그 순간에 일어났죠."

까맣게 잊은 줄 알았던 그날의 일을 아버지 앞에서 말하는 순간 마치 어제 일처럼 하나하나 떠올랐다. 발목까지 내려왔던 긴 외투 차림의 어머니, 어린 그의 키만 했던 커다란 가방, 평소보다 일찍 들어오셨던 성난 아버지, 붉은 융단이 깔렸던 계단들, 그리고 그 위로 떨어지던 어머니의…… 얼굴.

잊었던 어머니의 얼굴이 조각조각 떠오르며 도혁의 얼굴이 고통에 일그러졌다. 그런 도혁을 권 회장도 불안하게 쳐다보았다. 죽은 사람은 의미가 없다. 의미가 있는 건 앞으로 그의 뒤를 이어갈 도혁이었다. 그런 도혁이 죽은 사람 때문에 무너지는 걸 권 회장은 용납할 수 없었다.

은채는 도혁의 예상대로 도혁과 중국에 대한 생각을 떨칠 수가 없어서 결국 박 실장에게까지 전화를 걸었다. 박 실장이라면 도혁이 중국에 가는 것에 대해 자세히 알고 있을 테니까 말이다.

중국으로 야반도주하는 것도 아닐 거면서 왜 그녀에게 말을 안 했을까. 그동안 만난 게 몇 번인데. 운전 중 할 말 없을 때 그냥 말해도 되는 문제였다. 자기 중국 간다고. 이제 보니 정작 중요한 말은 하나도 해주지 않았다. 그러니까 나쁜 놈이라고 욕하지. 진짜 생각할수록 못됐어.

[아! 은채 양.]

전화를 받은 박 실장의 목소리가 평소보다 좀 급하게 느껴졌다.

"박 실장님 지금 통화하기 곤란하세요?"

[그게, 대표님이 아셨는데, 그러니까 제가 걸음이 느려서 놓쳤습니다. 지금 찾고 있습니다.]

박 실장답지 않게 횡설수설이었다.

"뭘 찾아요?"

[대표님이요. 없어지셨습니다.]

도혁이 없어졌다는 말에 은채는 놀라서 눈이 커졌다. 회장님을 만나러 온 그가 어디로 사라진단 말인가. 설마 세진 그룹 사람들뿐인 본사 안에서 납치되었을 리는 없고.

이유는 모르겠지만 상황이 좋지 않다는 걸 느낀 은채는 전화를 끊자마자 비상계단 쪽으로 달려갔다. 지금은 사라진 도혁을 찾아야 한다는 생각뿐이었다. 사람들을 피해 사라진 거라면 엘리베이터를 탔을 리는 없었다.

"헉헉헉헉헉."

폐가 찢어질 정도로 열심히 계단을 오르다 그녀가 도혁을 발견한 건 10층을 넘어서였다. 도혁은 계단에 앉아 있었다. 사라진 사람치고는 너무도 여유로운 모습으로 다리를 쭉 뻗고 벽에 기대서.

"헉헉헉헉. 거, 거기서, 헉헉, 뭐 해요?"

그녀가 힘겹게 한 질문에 도혁은 무심하게 대답했다.

"내려가다 지쳐서 쉬는 중이야."

그럼 그냥 엘리베이터 타지, 왜 굳이 계단으로 걸어 내려가려 하는 건가. 이 건물이 몇 층이나 되는데. 그녀는 너무 지쳐서 그 자리에 풀썩 주저앉았다.

"헉헉, 박 실장님 찾고 있는 건, 헉헉헉, 알아요?"

"그런 나쁜 노인네, 내 알 바 아냐."

도혁이 박 실장을 욕하자 은채는 움찔했다. 그의 아버지를 욕하는 거면 아무렇지 않겠는데 착하고 현명한 박 실장을 욕하다니. 진짜 큰일이다 싶었다.

"설마, 헉헉, 박 실장님이랑 싸웠어요?"

"아무도 나랑 안 싸워주더군. 나 혼자만 병신처럼 굴다 끝냈어."

진짜 무슨 일이 있긴 있는 것 같았다. 못되게 말은 잘했어도 욕은 하지 않았던 것 같은데 그의 말투가 평소보다 격했다.

"무슨 일인데요?"

그녀가 묻자 도혁은 가만히 그녀를 보다 손짓을 했다.

"가까이 오면 가르쳐줄게."

도혁의 상태가 평소랑 많이 어긋나 있었기에 은채는 불안해져서 오히려 뒷걸음질을 쳤다.

"뭐야? 너도 나 무시하는 건가?"

"아무도 당신 안 무시했어요. 왜 혼자 삐뚤어져 있는데요? 아버지한테 맞기라도 했어요?"

그녀를 향해 있던 도혁의 손이 힘없이 바닥으로 떨어졌다. 도혁은 그녀를 외면하고 벽으로 시선을 돌렸다. 그리고 다 내려놓은 사람처럼 혼자 중얼거렸다.

"아버지 말대로 최건 의원인지 말건 의원인지 하는 딸이랑 약혼할 거야. 그리고 불면증 치료도 안 받을 거고. 그렇게 될 대로 되라는 식으로 살다보면 언젠가 버티지 못하고 끝장나겠지. 내가 그렇게 돼야 아버지도 느끼는 게 있을 거야. 자기가 얼마나 사람을 피 말리게 하는지."

그의 상태가 진짜 나쁘다는 걸 깨달은 은채는 마지막 남은 힘으로 엉금엉금 계단을 기어 올라가 그의 어깨를 잡고 흔들었다.

"이상한 말 하지 마요. 정신 차려요. 설마 잠 못 자서 그래요?"

도혁이 고개를 돌려 그녀를 보았다. 눈빛이 평소처럼 명료하지 않았다. 어딘가 공허하고 비어 있었다. 은채는 손가락 두 개를 들어 도혁의 눈앞에 흔들었다.

"이게 몇 개예요?"

도혁은 손가락을 보지 않고 그녀의 얼굴을 빤히 보았다. 그가 왜 그러는지 알 수 없는 은채는 마음이 불안해져서 그의 뺨을 두 손으로 감쌌다.

"무슨 일인데요? 말을 해야 알잖아요."

도혁이 그의 얼굴을 감싼 그녀의 손 위에 자신의 손을 포갰다.

"이은채."

그가 지금껏 불렀던 그녀의 이름 중 가장 아팠다.

"지금 당장 세진 그룹을 나가서 두 번 다시 내 앞에 나타나지 마."

그리고 그의 손이 그녀의 손을 얼굴에서 떼어냈다. 은채는 놀란 눈으로 도혁을 보았다. 그가 먼저 그런 말을 할 줄은 상상도 못 했다. 그녀를 좋아한 건 아니라고 해도 그는 그녀를 필요로 했다. 그랬기에 그가 먼저 끝낼 수 없다고 생각했었다. 그런데 도혁은 그것에서 멈추지 않고 냉정하게 마침표까지 찍었다.

"더는 네 얼굴 보고 싶지 않아."

도혁과 끝내고 싶었던 건 그녀였다. 그런데 그녀를 끝내려고 하는 도혁의 말이 너무도 아프게 그녀의 가슴에 파고들어 왔다. 연애를 한 사이도 아니고, 친구 사이도 아니고, 오히려 안 좋은 사이였는데도 마음이, 그녀의 마음이……

"지, 진심이에요?"

그녀의 묻는 목소리가 떨렸다.

"그래."

대답하는 도혁의 목소리는 메말라 있었다. 이렇게 정말 끝이라고? 모든 게 너무 비현실 같은 상황이었다. 어떻게 이렇게 허무하게 끝이 날 수 있느냐고 따지고 싶을 정도로.

박 실장은 차로 걸어오는 도혁을 그저 쳐다보고 서 있을 수밖에 없었다. 어디에 있었던 거냐, 어머니에 대해 얼마나 기억해낸 거냐, 아버지와 다시 이야기해볼 생각은 없느냐는 말 같은 건 지금 도혁의 얼굴 앞에서는 차마 나오지 않았다.

도혁은 박 실장을 외면하고 먼저 차에 올라탔다. 박 실장도 도혁이 차에 타자 이어서 조수석에 올라탔다. 노련한 운전기사는 두 사람이 타자 자연스럽게 차를 출발시켰다.

박 실장은 룸미러를 통해 뒷자리에 앉아 있는 도혁을 살펴보았다. 도혁은 무표정한 얼굴로 창밖을 보고 있었다. 박 실장이 보고 있는 걸 안 건지 도혁이 그 자세에서 입을 열었다.

"이은채한테 더는 얼굴 보고 싶지 않다고 했습니다."

박 실장은 당황한 표정을 지었다. 설마 도혁이 그렇게까지 했을 줄은 몰랐기에.

"은채 양은."

도혁이 박 실장의 말을 끊었다.

"박 실장님 의도는 압니다. 저랑 아버지가 대화하게 하고 싶으셨다는 거."

도혁이 고개를 돌려 룸미러로 박 실장을 쳐다보았다.

"살아 있는 한 그런 게 될 리가 없을 테니까 앞으로는 그런 짓 하지 마세요."

박 실장의 안타까움이 짙어졌다. 도혁이 은채에게 너무 마음을 열어버린 게 이 상황에는 독이 되어버렸다.

"이제 은채 양 얼굴 보는 게 아프십니까?"

도혁은 입을 꾹 다물고 다시 창밖을 보았다. 어머니의 얼굴이 기억나면서 같이 기억난 건 어머니가 그에게 마지막으로 한 말이었다.

―미안.

어머니는 그에게 이유도 알 수 없는 사과를 했다. 그땐 몰랐던 사과의 의미를 이젠 알았다. 그를 버리고 떠나는 것을 사과한 것이다. 버리는 걸 사과 한마디로 때우려고 했다니 이 얼마나 나쁜 어머니인가. 그래서 은채의 얼굴을 보는데 마음이 아팠다. 그녀의 얼굴 위로 자신을 버렸던 어머니의 얼굴이 겹쳐지면서 미움도 같이 생겨났다.

그날부터였다. 그에게 불면증이란 게 생긴 건, 어머니가 그를 버리고 떠나다 죽은 날부터 시작된 것이었다.

"킁."

은채가 아까부터 코를 삼키자 한유리가 짜증을 참지 못하고 돌아보았다.

"감기예요?"

"아니에요."

눈물을 참는 것이었다. 울지 않을 것이다. 딴 사람도 아니고 권도혁이랑 끝난 건데 그게 뭐가 슬픈 일이라고 울겠는가. 울면 바보였다. 울면 등신이다. 은채의 두 눈이 시뻘건 것을 보고 한유리가 놀라서 물었다.

"설마 울어요?"

"아니라고요!"

은채가 화를 내며 노려보자 한유리도 조금 겁을 먹고는 더는 그녀에게 말을 걸지 않았다. 그 뒤에도 은채는 계속 코를 들이켰다. 도혁은 당장 세진 그룹을 그만두라고 했지만 그녀는 계속 다닐 것이다. 그가 오라면 오고 가라면 가지 않을 것이다. 세진 그룹에 계속 다니는 건 그녀의 의지였다.

사람을 그렇게 쉽게 버리는 권도혁의 말 따위, 그녀도 중요하지 않았다. 나쁜 놈 같으니라고. 혼자 잘 먹고 잘 살아라. 그녀도 대기업에서 월급 받고 잘 살 거라고 생각하고 있는데 한유리가 받은 전화를 그녀에게 넘기며 생각도 못 한 말을 했다.

"회장실이에요. 받아봐요."

은채는 기계적으로 전화를 받아서 귀에 댔다.

"네, 이은채입니다."

[회장님이 부르시니 지금 회장실로 올라오세요.]

왜 하필이면 지금인가. 은채는 입술을 꼭 깨물었다. 도혁에게 당한 것처럼 권 회장에게도 당할 수는 없었다. 절대 만만하게 굴지 않을 것이다. 아들에게 당한 만큼 그 아버지에게 갚아주고 싶었다.

이미 도혁 때문에 마음에 생긴 스크래치가 커서인지 그녀는 회장실에 들어서면서도 그리 긴장하지 않았다. 그럴 에너지가 남아 있지 않았던 것이다. 그런 면에서는 도혁에게 고맙다고 해야 할 듯했다.

비서의 안내를 받으며 권 회장이 있는 집무실에 들어선 은채는 꾸벅 고개를 숙여 인사를 먼저 했다. 권 회장은 창가에 등을 보이고 서 있었다. 그녀가 인사를 해도 그는 돌아보지 않았다. 창문을 통해 그녀가 보이기는 했지만 등을 보인 사람과 첫 대면을 하니 기분이 좀 그랬다. 뭐지? 무시하는 건가?

"오늘 내 아들이랑 만났나?"

권 회장의 질문에 은채는 도혁이 그녀에게 일방적으로 한 마지막 통보를 다시 떠올려야만 했다. 눈이 붉어지고 맞잡고 있는 손에 힘이 들어갔다.

"네, 만났습니다."

다행히 대답하는 목소리는 떨리지 않았다.

"무슨 이야기를 했지?"

도혁이 그녀에게 무슨 이야기를 했는지 권 회장이 이미 짐작하고 있는 듯해서 그녀는 더 울컥했다. 알면서 묻는 거라면 권 회장 역시 도혁 못지않게 나쁜 성격이었다. 은채는 권 회장의 등을 쏘아보았다.

"권도혁 대표, 불면증 때문에 정신과 진료받고 있습니다."

그녀는 이 말을 권 회장에게 직접 하고 싶었다. 박 실장에게 말을 전할 수도 있었지만 그녀가 직접 하고 싶었다. 그래야 뭔가 정리가 될 것 같았다. 그제야 등을 보이던 권 회장이 고개를 돌려 그녀를 보았다. 멀리서 보았을 때보다 가까이서 보니 도혁과 많이 닮았다는 걸 새삼 느낄 수 있었다. 눈매며 분위기까지 똑같았다.

"그걸 누가 알고 있지?"

그런데 권 회장의 말은 예상외였다.

아들의 불면증을 알면 권 회장도 아버지이기에 우선 아들의 상태를 걱정할 거로 생각했다. 그런데 권 회장은 전혀 생각지 못한 질문을 한 것이다. 그걸 누가 아는지가 뭐가 중요한가.

"불면증인 거 알긴 아셨어요?"

"몇 명이나 알고 있느냐고!"

"아픈 거 아셨느냐고요!"

성을 내는 권 회장에게 똑같이 소리친 은채는 고개 숙이며 입술을 꽉 물었다. 오늘부로 이 회사도 잘릴 거 같았으니까. 결국 모두 도혁의 뜻대로 되는 거다.

"지금 나한테 소리친 건가?"

역시 도혁의 불면증에 대한 이야기는 아니었다. 이제 은채도 화가 나기 시작했다.

"그러는 회장님은 언제쯤에야 아들이 얼마나 아픈지 물으실 겁니까?"

대통령과도 친하게 지낼 재벌 회장에게 이렇게 나가면 회사에서 잘리는 것만으로 끝나지 않은 것 같아 불안해졌지만, 그녀의 입이 멈추지 않았다. 권 회장은 그녀의 건방진 태도 때문에 화를 참는 건지 한동안 말이 없었다.

"그리고 오늘 아드님이 저한테 한 말은 다신 자기 앞에 나타나지 말라는 거였습니다."

은채는 고개를 들어 붉어진 눈으로 권 회장을 보며 오늘 도혁에게 들은 말을 알려주었다.

"그러니 저한테 따로 말씀 안 하셔도 됩니다. 아드님 아픈 거나 챙겨주세요."

말을 끝낸 은채는 더는 그 자리에 서 있기가 힘들었기에 고개를 꾸벅 숙여 인사하고는 나가기 위해 등을 돌렸다.

"감히!"

이제야 네까짓 게 어디서 나대느냐고 호통을 칠 줄 알았는데 눈이 마주치자 권 회장은 눈에 힘만 들어갈 뿐 아무 말도 하지 않았다. 그러고 보니 그동안 스쳐 지나가거나 이렇게 한자리에 있긴 해도 정면으로 눈이 마주친 건 처음이었다.

권 회장이 먼저 그녀의 시선을 피해 멀어졌다. 그러고는 그녀에게 다시 등을 보이며 외면했다.

"나가봐."

생각보다 싱거운 마무리였다. 도혁보다 훨씬 더 지독한 말들을 할 거라고 생각했었다. 그런데 권 회장이 한 말보다 오히려 그녀가 한 말이 더 많았다. 권 회장은 점잖게 '감히'라고 한마디 더 한 게 전부였다.

뭔가 이상하다고 생각했지만 그녀는 할 말을 다 했기에 더 이상 미련 없이 회장실을 나왔다. 말하면 홀가분할 거로 생각했는데 그렇지도 않았다. 여전히 기분은 안 좋았다. 그나저나 다시 또 백수인가. 진짜 되는 일 하나 없다.

툭, 툭, 툭.

도혁은 뭉친 종이를 계속 쓰레기통에 던져 넣었다. 새벽인데 잠은 오지 않고 달리 할 일이 없었다.

툭, 툭.

처음으로 던진 종이가 빗나가서 바닥을 나뒹굴었다. 도혁은 표정 없는 눈으로 바닥에 떨어진 쓰레기를 처다보았다. 평소의 그였다면 집 안을 어지르는 건 그 무엇도 참지 못했을 것이다. 그런데 지금 저 쓰레기는 그가 손수 만든 것이었다. 잠을 안 자니 인간 쓰레기 제조기가 된 것이다. 도혁은 바닥에 떨어진 종이를 개의치 않고 또 다른 종이를 다시 던지기 시작했다.

툭, 툭, 툭, 툭.

이젠 두 개 중 하나는 쓰레기통에 들어가지 않고 바닥에 떨어졌다. 금세 그의 깨끗한 거실에 종이 쓰레기가 여기저기 널브러졌다.

몇 번째인지 모를 종이를 던지려던 도혁은 잠시 동작을 멈추었다. 자신이 왜 이런 잉여다운 짓을 하고 앉아 있나, 갑자기 회의가 들었다. 그러나 그런 번뇌도 잠시, 그는 다시 종이를 던졌다.

아버지가 인디아 레드 앨범을 산 이유가 고작 죽은 어머니의 얼굴과 닮은 여자의 사진이 박혀 있어서라는데, 그것보다 더 쓸데없는 짓이 어디 있겠나. 이 정도쯤은 양반이었다.

카톡–.

종이를 던지려던 도혁은 갑자기 울린 메시지 알람에 모든 동작이 멈추었다. 잠시 숨 쉬는 것까지 일시 정지되었다. 도혁은 핸드폰 쪽으로 시선을 돌렸다. 밝아진 화면에 메시지가 와 있었다.

당신 아버지한테 당신 불면증에 대해 말했어요.

도혁은 화난 손길로 핸드폰을 집어 들어서는 전화번호 목록을 열었다. 당장 은채의 전화번호를 지우려던 도혁의 손이 그녀의 연락처 위에서 멈추었다. 손가락 끝이 부르르 떨렸다.

사실 그녀의 잘못은 아무것도 없다. 그녀가 그의 어머니를 닮고 싶어서 닮은 것도 아니었고, 그와 엮이게 된 것도 그의 억지 때문이었다. 잘못이란 잘못은 모두 그와 아버지가 했고 그녀의 잘못은 아무것도 없는데 왜 그녀에게 화가 나는 건가. 도혁은 종이 대신 핸드폰을 쓰레기통으로 던져버렸다.

픽–.

가벼운 종이와 달리 묵직한 것이 사정없이 깨지는 소리가 쓰레기통 안에서 들려왔다.

은채는 볕 좋은 날 바짝 말려지는 생선처럼 대청마루에 두 팔과

다리를 쫙 벌리고 누워 있었다. 그렇게 몇 시간이나 있었을까. 아버지의 고함이 들려왔다.

"회사 잘린 게 자랑이여! 사람이 일을 안 하면 밥을 먹지 말랬어!"

어차피 입맛도 없다. 영원히 밥의 구수함도, 고기의 쫄깃함도, 찌개의 얼큰함도 못 느낄 것 같았다. 씹어 먹어도 시원찮을 권도혁이란 인간 때문에 인생의 아주 중요한 낙이 사라진 거나 마찬가지였다.

"아부지, 나 건들지 마. 그럼 큰일 나."

그녀가 오히려 경고하자 아버지는 평소처럼 손에 잡히는 걸 무기처럼 들고 와서는 그녀의 다리를 퍽퍽 때리셨다. 오늘은 부채였다. 벌써 날씨가 더워지고 있다.

"얼른 일어나지 못해! 다 큰 가시나가 조신하지 못하게 이게 뭐 하는 거야!"

"나 건들지 말라고!"

그녀가 빽 소리치자 잠시 놀란 아버지는 동작을 멈추었다. 은채는 금세 붉어진 눈으로 아버지를 원망스럽게 보았다.

"내가 뭘 그렇게 잘못했어. 아버지가 취직하라고 해서 하기 싫은 일도 죽어라 참으며 했잖아. 내가 좋아서 먼저 들이댄 거냐고. 자기가 먼저 귀찮게 달라붙었으면서 왜 필요 없어지니까 버리는데. 내가 동네북이야? 왜 다들 나만 가지고 그래!"

한껏 소리친 은채는 아무 신발이나 신고 집 밖으로 달려 나가버렸다. 갑자기 따귀 맞은 꼴인 아버지는 황당한 눈으로 은채가 열어젖혀 놓고 간 대문 쪽을 바라보았다.

"아직 생리할 때도 안 되었는데 왜 저러는 거야."

홀아비로 두 딸을 고이 키운 그에게 딸들의 생리 주기를 아는 건 생활 상식 같은 것이었다.

은채가 퀸 호텔을 찾아간 건 도박하는 심정에서였다. 우연히 도혁을 따라간 그곳에서 윤서일을 만났고, 당장 할 일을 찾아야 하는 그녀에게 윤서일은 유일한 지푸라기 같은 존재였다. 지금의 위기를 노래로 극복할 수 있다면 그것이야말로 인생 역전, 신데렐라 탄생이 아니고 무엇이겠나.

호텔 바에서 비싼 술을 마실 돈은 없었기에 그녀는 호텔 로비에 앉아서 주구장창 윤서일이 나타나기를 기다렸다. 너무 오래 기다리다 깜빡 졸았나보다. 누군가 어깨를 두드리는 손길에 은채는 놀라서 두 눈을 번쩍 떴다.

"금방 갈 거예요."

호텔 직원이 너무 오래 있다고 경고 주는 줄 알고 바로 변명부터 하던 은채는 자신을 깨운 존재를 보고 놀라서 눈이 더 커졌다.

"맞지? 그때 권 대표랑 같이 있던."

윤서일이었다. 은채는 놓치면 안 되었기에 자신을 가리키는 윤서일의 손가락을 두 손으로 덥석 잡으며 사정했다.

"저 가수 하고 싶습니다."

그녀처럼 구는 사람은 많다는 듯이 윤서일은 별로 놀라지도 않고 싱긋 웃었다.

"우선 손 좀 놓지."

놓으면 윤서일이 그냥 가버릴 거 같았기에 은채는 놓을 수가 없었다.

"저 노래 부르는 거 좋아해요. 엄청, 아주 많이, 겁나게."

"알았으니까 손 놓으라고."

나긋나긋하던 윤서일의 목소리에 힘이 실렸다. 그녀도 힘을 주어 말했다.

"저 진짜 가수 하고 싶습니다."

탁-.

윤서일이 자신의 힘으로 그녀의 손을 뿌리치고는 몸을 돌려 엘리베이터 쪽으로 걸어갔다. 더는 아는 사람 특혜는 없었다. 완전 잡상인 쫓는 듯한 태도였기에 은채는 서둘러 윤서일의 뒤를 쫓았다.

"제가 여기서라도 노래 부를 수 있는데, 불러볼까요?"

"호텔에서 영업 방해로 잡혀가고 싶나?"

"그럼 앨범 드릴게요. 좀 들어주세요."

은채는 가지고 온 앨범을 가방에서 재빠르게 꺼내 윤서일에게 내밀었다. 윤서일은 그녀가 내민 앨범은 받지 않고 레드 드레스를 입은 그녀의 사진만 빤히 보았다.

"가수 되고 싶어서 권 대표한테 접근한 건가?"

윤서일의 질문에 은채는 기함을 했다. 그게 무슨 말도 안 되는 모함이란 말인가.

"아니에요. 저 이용하려고 권도혁이 먼저 접근했어요."

다른 사람도 아닌 윤서일에게 오해받을 수는 없었기에 은채는 확실히 말했다. 그녀는 피해자라고.

"할 줄 아는 건 노래밖에 없는 아가씨를 어디다 이용하는데?"

"그게 약혼하기 싫다고. 하여튼 그것도 다 끝났어요. 저 권도혁한테 아웃당했거든요."

"아웃?"

"자기 앞에 다시는 나타나지 말래요."

말을 하는데 가슴 한쪽이 욱신거렸다. 아무렇지 않게 되려면 시간이 필요할 듯했다.

"둘이 잤나?"

윤서일의 말에 은채는 더 크게 기함했다.

"안 잤어요!"

손은 한 번 잡았고, 키스라고 부르기도 민망한 키스도 하긴 했는데. 생각해보니 그것도 엄청 많은 추억이다. 권도혁 나쁜 놈이라고 욕만 했던 거 같은데 도대체 그런 일들은 언제 생겨난 것인가 싶었다.

"그런데 왜 갑자기 아웃인데?"

왜 윤서일과 이런 이야기를 나누고 있어야 하는지 모르겠다고 생각하면서 은채는 억울한 투로 말했다.

"저도 몰라요. 아버지 만나고 나오더니 갑자기 아웃이라고."

권 회장의 이야기에 윤서일의 표정이 갑자기 날카로워졌지만 은채는 자기 연민에 빠져 미처 눈치채지 못했다.

"내가 권 대표와 무슨 사이인지는 알고 온 건가?"

"아뇨. 그냥 막 온 건데요."

아무것도 모른다는 그녀의 눈빛을 보고 윤서일은 짧게 웃었다. 권 회장에게는 받아야 할 빚이 아직 남아 있었다. 누이의 억울한 죽음에 대해서 그는 사과 한마디 제대로 듣지 못했다. 그런데 26년이 지나서 나타난 게 그의 누이와 닮은 여자였다. 그것도 그처럼 음악을 하는.

이게 억울함을 호소하는 죽은 누이의 뜻인지 아닌지 그는 확신할 수 없었지만 그냥 무시할 수는 없었다. 윤서일이 그녀가 내민 앨범을 받아 들자 은채는 다행이라고 생각하며 활짝 웃었다. 그런 그녀를 보고 윤서일이 혼잣말처럼 중얼거렸다.

"넌 잘 웃는군."

그의 누이는 웃지 않았다. 조용하고 혼자만의 생각이 많은 사람이었다. 그런 성격 때문인지 항상 책만 읽었다. 자신이 낳은 아들한테까지 무심해서 그가 걱정될 정도였다. 그래서 책만 읽는 어머니 대신 그가 어린 도혁과 자주 놀아주었는데 어른이 된 도혁은 전혀 기억도 못 했다. 그 무심함은 아무래도 자기 어미를 닮았을 것이리라.

"책은 좋아하나?"

질색하는 그녀의 표정을 보고 닮은 건 달랑 얼굴뿐이라고 생각하며 윤서일은 맥없이 웃었다. 은채는 윤서일을 따라갔다가 운 좋게 윤서일의 회사인 SI 기획 안까지 구경할 수 있었다. 유명한 가수들을 많이 발굴한 기획사답게 복도에서부터 기획사에서 배출한 가수들의 포스 넘치는 사진이 족보 사진처럼 쭉 걸려 있었다. 처음 방문하는 사람의 기를 죽이려는 목적인 것 같았다. 내가 과연 저 사람들과 같은 무대에 설 수 있을까 생각하니 더 떨렸다.

은채는 아티스트들의 사진들을 넋을 놓고 보며 윤서일의 뒤를 쫓아갔다. 자신이 저 중의 한 명이 될 수 있다는 생각은 감히 못 했다. 그저 오늘 하루가 굉장히 운수 좋은 날이라고 생각할 뿐이었다. 윤서일은 그녀의 앨범을 무려 녹음실에서 틀어서 들어주었다. 진짜 가수들이 앨범 녹음을 하는 현장을 둘러보며 은채는 입을 다물지 못했다.

그녀가 앨범 만들 때 빌렸던 곳과는 비교도 안 되게 좋았다. 이런 곳에서 노래하면 절로 좋은 노래가 나올 것 같았다. 그녀도 바로 대박 가수가 될지도, 그럼 아버지도 그녀가 가수 하는 걸 허락해줄지도 모르는데 말이다. 생각만 해도 꿈같은 이야기였다.

"발라드 같은 거 불러본 적 있나?"

그녀의 앨범을 듣던 윤서일의 말에 은채는 놀라서 대답했다.

"아뇨. 전 부를 때 즐거운 노래가 좋습니다."

'노래는 즐겁게'가 그녀의 모토였다. 그녀가 노래를 부르게 된 계기는 미운 오리 새끼의 발악 같은 것이었다. 기분 처지는 발라드는 시도도 해본 적이 없었다.

"그럼 노래방 가서 부르지 왜 가수를 한다는 건가?"

생각 못 한 질문이라 은채는 뜨끔했다. 그러니까 즐거운 노래를 부르는 가수가 되고 싶다는 건데 그리 말하면 앞의 말과 중복인 것 같아서 바로 말하지 못했다.

"전 노래할 때 행복하니까."

"그럼 안 행복한 노래는 노래도 아니라는 건가?"

"그게 아니라, 전 그런 노래는 별로 안 좋아해서."

윤서일이 쌓여 있는 악보 중 하나를 빼내어서는 그녀에게 던져주었다.

"불러봐."

윤서일이 던져준 악보는 발라드였다. 연인에게 버림받은 가사가 읽고 있자니 정말 찌질했다. 그녀가 한 번도 불러본 적 없는 노래라 그녀는 난감한 눈으로 윤서일을 보았다. 윤서일은 강요하듯이 그녀를 빤히 보았다.

부르지 않으면 안 될 분위기였다. 먼저 가수 하고 싶다고 자신 있게 말한 건 그녀였는데 편식하듯이 못하는 노래가 있으면 안 될 거 같아서 은채는 목소리를 가다듬었다. 이것도 다 가수가 되기 위한 과정이라고 생각하기로 했다. 진짜 가수가 되면 그때 부르고 싶은 노래만 불러도 될 것이었다.

"네가……."

"다시."

그녀가 첫음절을 부르자마자 윤서일은 그녀의 노래를 멈추었다. 은채는 놀라서 윤서일을 보았다. 어떻게 노래를 막 시작했는데 틀렸다고 할 수 있나 싶었다. 도혁이었다면 심술부리지 말라고 화를 냈을 테지만 상대가 윤서일이라서 은채는 꾹 참고 다시 처음부터 불렀다.

"네가……."

"다시."

이건 노래를 부르라는 게 아니라 노래 못 부르게 방해하는 것 같았지만 은채는 또 참고 다시 시작했다.

"네가……."

"다시."

두 주먹을 꽉 쥐었다. 화내면 안 되었다. 그는 윤서일이다. 천재 작곡가. 다시 부르라고 한다면 분명 이유가 있을 것이었다.

"네가……."

"다시."

"도대체 뭐가 잘못된 건데요!"

결국 은채는 참지 못하고 화를 내며 따졌다. 그런 은채를 윤서일은 냉정한 눈으로 바라보며 물었다.

"넌 사랑하는 사람한테 버려졌을 때 그리 기운이 넘치나?"

그 말을 듣는데 계단에서 도혁이 했던 말이 떠올라 목구멍이 꽉 막혔다. 두 번 다시 나타나지 말라는 말. 그녀의 얼굴 보고 싶지 않다고 하던 냉정함. 애써 잊고 있었는데 다시 생각나 그녀의 기분을 엉망으로 만들어놓았다.

"그 나이에 연애 경험 없지는 않을 테니까. 이별했을 때 기억 떠올리며 제대로 불러봐."

윤서일은 노래를 다시 부르라고 종용했다. 기억하기도 싫은 기억을 일부러 떠올리라고까지 하면서. 다른 가수들은 다 그렇게 하는 거 같았기에 은채는 꾹 입술을 깨물며 참다가 다시 입을 열었다.

"네……"

입을 여는 순간 참았던 게 같이 폭발했다. 은채는 악보를 땅바닥에 패대기치며 화를 내기 시작했다.

"가. 잘났으면 얼마나 잘났다고 날 가지고 놀아! 이 천하에 죽일 놈! 길거리 다닐 때 조심해! 내가 우연히 마주치면 사내구실도 못하게 만들어버릴 테니까! 이 나쁜 놈. 망할 놈. 거지발싸개 같은 놈! 그렇게 살다 지옥에나 떨어져라!"

참지 못하고 악보를 짓밟으며 화를 냈던 은채는 뒤늦게야 자신의 상황을 깨닫고 굳은 표정으로 윤서일을 보았다. 윤서일은 자신의 악보를 짓밟고 있는 그녀의 발을 쳐다보고 있었다. 그녀가 감히 천재 작곡가 윤서일의 곡을 발로 짓뭉개버린 것이다. 윤서일이 천천히 고개를 들어 그녀에게 짧고 단호히 말했다.

"나가."

"저기, 제가 이번에는 정말 제대로."

"나가라고!"

결국 그대로 윤서일의 회사에서 쫓겨났다. 황금 같은 기회였는데 말이다. 권도혁 때문에 기회를 똥으로 만들고 말았다. 운수 좋은 날은 개뿔. 망했다.

도혁이 진우의 병원을 찾아간 건 정말 오랜만이었다. 그곳에서 은채를 만나고 난 뒤 처음이었다. 그녀와 끝내고 나서야 다시 찾아갈 수 있게 된 것이었다.

"아버지가 내 불면증을 아셨어."

도혁이 처음 꺼낸 말에 진우는 의아했다. 두 부자 사이가 엄청 좋지 않다는 걸 도혁의 말을 통해 짐작하고 있었으니까.

"어떻게 아셨는데?"

"네 처제가 고자질했어."

진우는 움찔했다. 설마 집에서도 사고 잘 치는 처제가 그룹 회장실까지 찾아가서 그런 사고를 쳤을 줄은 상상도 못 했다.

"아버지가 뭐라시는데?"

"미국 가서 아무도 몰래 치료받으라고."

짐작하고 있던 바였다. 도혁의 건강은 세진 그룹의 주가와도 밀접한 관련이 있으니까. 그래서 도혁도 약점이 밖으로 드러나는 걸 병적으로 꺼리게 된 것이다.

"미국 갈 거야?"

"아니."

도혁은 자신이 나을 수 없는 병이라는 걸 안다.

"그래, 네 의지가 없으면 미국 가도 소용없을 거야."

도혁의 불면증은 신경계가 아니라 정신적인 문제라고 진우는 진단하고 있었다. 불면증을 치료하려면 도혁이 모든 걸 스스로 말해야 했다. 하지만 도혁은 말하지 않았다. 그의 안에 담겨 있는 어둠을 꼭꼭 숨기기만 했다.

"약이나 줘."

기다리면 말할 거로 생각했는데 도혁은 그러지 않았다. 그나마 주위 사람들이 그의 병에 대해 알게 된 것도 그의 입을 통해서가 아니라 제삼자인 은채를 통해서였다.

도혁과 은채가 만나는 건 절대 반대였지만 도혁이 말하는 걸 들어보니 은채와는 완전히 끝난 것 같았다. 그래서 그는 굳이 묻지 않았다.

다행이라고 생각해야 하는데 입안이 썼다. 결국 그가 의사로서 도혁에게 해줄 수 있는 건 거의 없었다.

도혁은 병원에 오래 머물지 않고 금방 일어났다. 문 앞에 선 도혁은 바로 나가지 않고 멈추어 섰다가 뜻밖의 말을 했다.

"네 처제한테는 미안했다고 전해줘."

권도혁이 사과하다니. 듣고 있어도 믿기지 않았다. 대학 시절 여학생이 자기 때문에 수면제 먹고 자살 기도를 해도 눈썹 하나 까딱하지 않았던 그였는데 말이다.

"지금 말고 아주 나중에."

진우는 자리에서 일어났다. 그를 붙잡고 더 말을 걸어야만 했다. 지금이라면 도혁도 자기 안의 말을 할지도 몰랐다. 그런데 그 분출구가 된 것이 은채라는 것이 진우를 망설이게 하였다. 진우가 망설이며 도혁을 붙잡지 못하고 있는 사이 갑자기 진료실 문이 벌컥 열렸다.

"형부, 아직 병원에 있……."

갑자기 등장한 은채의 존재에 진우도 놀라고, 문 앞에 서 있던 도혁은 더 놀랐다. 문을 열고 들어서던 은채도 도혁을 발견하고 놀라서 눈이 커지다 바로 사나워졌다. 은채는 도혁 때문에 말아먹은 오늘의 운수를 아직 강렬하게 기억하고 있었다.

"권, 도, 혁."

은채가 끊어 부르는 이름이 심상치 않았다. 꽉 쥐어지는 그녀의 주먹도 역시 불길했다. 진우는 우발적 폭행을 막기 위해 서둘러 책상 밖으로 달려나갔다. 하지만 그보다 먼저 은채가 도혁의 멱살을 잡았다.

"처제, 폭력은 안 돼!"

그런데 은채가 도혁에게 저지른 폭력이 그는 물론 도혁까지 당황하게 만들었다. 그녀가 도혁을 깨문 것이다. 그것도 하필이면 입술을…….

은채와 둘이 마주 앉았지만 진우는 바로 말을 꺼내지 못했다. 물어야 할 말이 너무 큰 용기가 필요했기 때문이었다. 도대체 왜 도혁의 입술을 개처럼 물었는지, 그동안 도혁과 어떻게 만났던 건지, 설마 도혁에게 마음이……?

진우는 고개를 들고 한숨을 길게 내뿜었다. 생각하면 할수록 암담하기만 했다. 만약 은채의 언니이면서 그의 아내인 은서가 이 사실을 알게 되면 그에게 불같이 화를 낼 것이다. 은채가 도혁을 알게 된 계기가 그였으니까 말이다.

"앞으로 볼 일 없는 사이예요."

은채가 붉어진 눈으로 먼저 입을 열었다. 그가 무엇을 걱정하는지 안다는 듯이. 진우는 별말 없이 은채를 보기만 했다.

"그 인간이 먼저 끝이라고 했다고요. 그래서 보자마자 화가 나서⋯⋯."

"왜 화가 나?"

"먼저 끝이라고 했다고요. 그럼 멋대로 나타나지 말아야죠."

"도혁이 끝이라고 해도 처제는 끝이 아닌 거야?"

은채는 억울한 표정을 지었다.

"끝이고 말고 할 사이도 아니에요. 그 인간이 멋대로 날 엮었다고요. 자기가 필요하니까."

그런데 도혁은 은채에게 미안하다고 전해달라고 했다. 필요에 의해서 엮인 사이라면 도혁이 절대 그런 말을 할 리가 없었다. 지금 난감하게도 도혁의 마음과 은채의 마음을 가장 객관적으로 볼 수 있는 사람은 그뿐이었다.

두 사람에게 그걸 알려주어야 하는 건지 아니면 모른 척해야 하는 건지. 그게 진우의 가장 큰 고민이었다. 진우는 다시 하늘을 보며 아까보다 더 길게 한숨을 내쉬었다.

"그래, 다 내 잘못이야. 사람 마음이 무슨 죄가 있겠어."

아무래도 그도 사람인지라 당장은 말 못 하겠다. 오늘 하루 만에 알게 된 사실이 너무 어마어마해서 아직 충격이 가시지 않았다. 어쩌면 그가 너무 충격받아서 제대로 생각하지 못하고 착각한 것인지도 모르니 우선은 시간을 가져봐야 했다. 시간이 필요했다. 지금 당장은 그 어떤 말도 실수가 될 것만 같았다.

다음 날 아침, 박 실장은 입술에 커다란 상처를 달고 출근한 도혁을 보고 놀라서 물었다.

"어쩌다 다치신 겁니까?"

아무리 봐도 물린 상처인데, 애완동물도 키우지 않는 도혁이 어쩌다 입술을 물린 것인지 그는 도저히 이해가 되지 않았다.

"다친 거로 보입니까?"

그럼 피딱지가 졌는데 그게 다친 게 아니면 뭐란 말인가.

"네. 치료받으셔야겠습니다."

"그럼 상해군요."

도혁은 그렇게 중얼거리며 얼굴을 살짝 찌푸렸다. 무언가 마음에 안 든다는 듯이. 그럼 다친 입술을 보고 어찌 표현해주어야 마음에 들어 했을 것이란 말인가.

도혁은 입술이 아플 때마다 계속 생각한 것이다. 이게 상해인지, 아니면 은채 식의 키스였는지. 그런데 키스를 이런 식으로 한다면 광견병 주사를 맞아야 할 것이다. 그러니 역시 상해가 맞을 것이다.

난해한 상처였다. 왜 하필 때릴 곳 많은 몸 중에서 입술을 덮치나. 그냥 뺨을 때릴 수도 있지 않나. 그럼 그도 그냥 화가 나서 때린 거라고만 생각할 텐데 하필 입술을 깨물어서 오만 생각을 다 하게 되잖은가.

"지금 의무실 다녀오시죠."

"됐습니다."

치료를 거부하고 일을 시작하는 도혁을 유심히 보던 박 실장은 혹시나 싶어 물었다.

"설마 은채 양이 만든 상처입니까?"

"네, 보자마자 물더군요. 이은채가 개은채 됐습니다."

"그래서 그냥 물리고만 오신 겁니까?"

'그럼 어쩌라고?'라는 눈으로 도혁이 쳐다보자 박 실장은 희미하게 웃었다.

"대표님은 당한 건 몇 배로 갚아줘야 하는 분이잖습니까."

도혁은 은채에게 물려 생긴 입술의 상처를 엄지손가락으로 꾹 누르며 실소를 지었다. 그러고 보니 이번엔 되갚아줘야 한다는 생각은 하지도 못하고, 이게 상해인지 키스인지만 계속 고민하고 있었다.

"물렸더니 상태가 별로 안 좋긴 하군요."

그녀가 그저 그에게 화내는 거라는 걸 아니까 상처의 아픔이 씁쓸하게 느껴졌다. 그리고 물린 게 아니라 정말 키스였다면 두 사람의 사이가 달라졌을까 기대하는 자신이 바보 같았다.

먼저 끝이라고 말한 건 그였는데 도대체 무얼 기대하는 거란 말인가. 미련한 짓이었다.

"의무실 다녀오겠습니다."

갑자기 마음을 바꿔 집무실을 나가는 도혁의 뒷모습을 박 실장은 걱정스러운 눈으로 쳐다보았다.

16. 길 잃은 남자, 노래 못하는 여자

그녀가 그동안 자신의 꿈을 너무 등한시했다. 다 권도혁 때문이었다. 그가 그녀의 인생을 휘저어놓는 바람에 그녀가 잠시 방향성을 잃었었다. 이제 그와 끝났으니 자신의 인생을 그 어느 때보다 열심히 살아야겠다고 은채는 결심했다.

그녀에게는 꿈이 있었다. 그 무엇보다도 행복한 꿈. 그 꿈을 이루며 살아가는 것만으로도 스물넷은 바빠야 했다. 그래서 그녀는 무작정 다시 SI 기획사를 찾아갔다.

윤서일에게 다시 한 번 기회를 달라고 매달리든 그 회사 청소부로 취직해서 붙어 있든 어떻게 해서든 노래를 부를 기회를 얻을 생각이었다. 지금은 그것에만 올인할 것이다. 인생 사는 데 전혀 도움이 안 되는 남자 생각은 집어치우고.

끼이이이익―.

차는 급정거했지만 운전석에 앉은 윤서일은 길을 가다 마주친 사람 같은 표정으로 얼굴을 내밀었다.

"자해 공갈범으로 전향했나?"

목소리에 조금 짜증이 배어 있었지만 이런 상황에서도 나른한 말투는 빨라지지 않았다. 은채는 몸을 반으로 접을 정도로 고개를 숙이며 부탁했다.

"제 노래 다시 들어주십시오!"

"그럼 내 악보를 짓밟지 말았어야지."

"그땐 제가 욱해서. 정말 죄송합니다. 다신 안 그러겠습니다."

은채는 반으로 접은 몸을 더 접으며 사과했다.

"누구 생각해서 욱한 건데?"

은채는 힐긋 윤서일의 눈치를 보았다.

"대답하면 기회 다시 주실 건가요?"

"아니, 그게 권 대표인가 아닌가 궁금했을 뿐이야."

궁금해하는 그놈이 맞았기에 은채는 놀란 눈으로 윤서일을 쳐다보기만 했다. 윤서일은 그런 그녀의 표정을 관찰하듯이 가만히 보았다. 은채는 아주 급하게 눈을 깜빡였다. 자신이 어떤 대답을 해야 이 상황에 유리한지 생각했다. 아무래도 도혁이 윤서일과 아주 잘 아는 사이 같으니까 나쁘게 말하면 안 될 것 같았다.

"절대 아닙니다."

"비켜."

은채는 또 실수했다. 윤서일은 노래 못하는 가수보다 거짓말하는 인간을 더 싫어했다.

시간이 지날수록 도혁은 자신의 기억에 자신이 없어졌다. 아버지 사무실에서 어머니에 대해 기억해냈을 때는 어머니의 얼굴은 완벽하게 은채와 닮아 있었다. 그런데 기억을 떠올리면 떠올릴수록 그게 정말 맞는지 확신이 서지 않았다. 그의 기억은 너무 오래되었고, 어머니에 대한 건 사진 한 장 남아 있지 않았기에 확인할 방법이 없는 것이다.

"혹시 저희 어머니 사진 가지고 계십니까?"

도혁이 박 실장에게 그리 물었을 때 박 실장은 놀라지 않았다. 그에게 인디아 레드 앨범을 보여주었을 때부터 그가 먼저 이렇게 말해주길 내내 기다리고 있었기 때문이었다.

박 실장이 항상 가지고 다니는 다이어리에서 사진을 꺼내는 걸 보고 도혁은 눈살을 찌푸렸다. 자신이 지금껏 박 실장이 조종하는 대로 움직였다는 생각에 울컥했지만 박 실장에게 화를 낼 수는 없었다. 박 실장은 그를 이겨먹으려고 그랬던 게 아니었기에.

박 실장이 그 앨범을 이용해서 원했던 건 단지 그와 권 회장 사이의 대화였다. 그게 너무 사소한 이유라서 도혁은 박 실장에게 화를 낼 수가 없었다. 박 실장이 내민 사진은 파티장에서 찍힌 사진이었다. 어머니는 앨범 속 은채처럼 붉은 드레스를 입고 있었다.

"어머니가 붉은색을 좋아하셨습니까?"

그는 어머니에 대해 거의 몰랐다. 항상 책을 읽었다는 것밖에.

"아뇨. 회장님이 고르신 옷입니다."

아버지가 여자 옷을 골랐다고? 도혁은 그게 전혀 믿기지 않아서 사진에서 눈을 떼 박 실장을 보았다. 박 실장은 덤덤히 말해주었다.

"사모님이 옷을 고르시면 항상 검은색만 고르셔서."

하긴. 옷 고르는 데 열성적인 어머니는 상상할 수 없다. 그런 열정이 있었다면 어린 아들에게 더 관심을 기울였을 것이다. 도혁은 다시 어머니 사진을 보았다. 얼핏 보면 은채를 많이 닮았지만 하나하나 뜯어보니 다른 것을 알 수 있었다.

어머니의 눈은 졸린 듯 힘이 없었다. 분명 파티가 지루했으리라. 하지만 은채는 절대 지루해하지 않는다. 항상 무언가를 갈망하며 눈이 반짝였다.

그리고 입술은 은채의 것이 더 도톰하고 컸다. 가슴도······.

도혁은 그 정도에서 사진을 박 실장에게 돌려주었다. 박 실장은 손을 들어 막았다.

"이젠 대표님이 가지고 계십시오."

"필요 없습니다."

그는 그냥 은채와 어머니가 얼마나 닮았는지 직접 확인하고 싶었을 뿐이었다. 기억보다는 덜 닮았다는 것에 그는 조금 안도했다. 그의 뇌가 어머니의 기억을 은채에 맞추어 조작한 듯했다. 그래서 처음에는 굉장히 충격이었다.

이제야 좀 혼란이 가셨다. 결국 어머니는 어머니이고, 은채는 은채였다. 얼굴이 좀 닮았다고 같은 사람이 될 수 있는 건 아니었다. 검은색 옷만 고르는 은채는 상상도 할 수 없으니까. 은채는 그런 옷을 줘도 칙칙하다고 안 입을 게 뻔했다.

"회장님한테 안 물어보실 겁니까?"

"됐습니다."

앨범으로 인해 시작된 것이니까 그에 대한 물음으로 끝을 내야 했다. 하지만 도혁이 그냥 이쯤에서 은채에 대해서도, 앨범에 대해서도 다 묻어버리려는 것 같아 박 실장은 안타까웠다. 모든 걸 알고

도 도혁이 아무것도 하지 않으려 한다면 달리 방법이 없었다.

"그걸 묻는다고 약혼식이 취소되는 것도 아니잖습니까. 안 그렇습니까?"

그랬다. 사실 앨범과 약혼은 전혀 상관이 없었다. 그래도 아버지와 아들 사이는 좀 변할 수 있을 거로 생각했는데 그것마저 역부족이었나보다.

"은채 양은 다시는 안 만나실 겁니까?"

그나마 하나 남은 끈.

석화된 기억이 아닌 지금 살아 숨 쉬고 있는 희망. 하지만 도혁은 쓰게 웃기만 했다. 그 표정이 그답지 않게 너무 써서 박 실장은 마음이 아팠다.

"바보짓은 이 정도로 됐습니다."

바보짓이 아니라 그게 진짜 사람답게 사는 방식이라고 알려주고 싶었지만 박 실장은 쉽게 말할 수가 없었다. 그와 권 회장의 관계가 바뀌지 않는다면 결국 은채와의 관계도 비극으로 끝날 게 뻔했으니까. 어떻게 해야 할까. 그 앨범으로도 무리였다면 도대체 무슨 방법을 써야 하는 건지. 박 실장은 쉽지 않은 아버지와 아들 사이를 생각하며 눈빛이 무거워졌다.

부르르르르르르-.

무거운 분위기를 뚫고 진동 음이 가볍게 울렸다. 박 실장은 전화를 꺼내 확인하다 발신자의 이름을 보고 놀랐다. 윤서일이었다. 등록만 되어 있고 걸려온 적이 없는 전화번호가 전화를 걸어온 것이었다. 박 실장은 돌아선 도혁의 등을 잠시 보고는 통화 버튼을 눌렀다.

[권도혁 대표 비서 맞습니까?]

윤서일은 일부러 전화번호를 알아보고 전화한 듯 그의 신분부터 확인했다.

"네, 맞습니다. 말씀하십시오."

윤서일이 하는 말을 조용히 듣다 전화를 끊은 박 실장은 이거 참 난감하다는 표정으로 도혁을 보았다.

"윤서일 씨 전화인데."

이름만 듣고도 도혁은 탐탁지 않은 눈으로 박 실장을 보았다.

"그 인간이 왜 박 실장님한테 전화합니까?"

박 실장은 어색하게 웃었다.

후르르륵–.

컵라면을 먹으면서도 은채는 SI 사옥에서 눈을 떼지 않았다. 관계자가 아니면 건물 안으로 들어갈 수가 없으니 윤서일이 나올 때를 기다려야 했다. 그녀는 윤서일이 노래를 들어줄 때까지 쫓아다닐 생각이었다. 날 물로 보지 말라는 듯이 은채는 라면 면발을 힘차게 빨아들였다.

"컥."

입안 가득 면을 삼켰던 은채는 SI 사옥 앞에 멈추어 선 차에서 내리는 남자를 보고 놀라서 그 뜨거운 면발을 씹지도 않고 삼킬 뻔했다.

도혁이었다. 설마 여기서 윤서일이 아니라 도혁을 볼 수 있을 줄은 몰랐기에 은채는 컵라면 용기 뒤로 얼굴을 가리고는 그를 몰래 보았다. 도혁은 바로 회사 안으로 들어가지 않고 건물 앞을 이리저리 둘러보았다. 윤서일을 만나러 온 거면 저럴 리가 없었다. 뭐지? 설마, 나를? 그런데 내가 여기 있는지 어찌 알고?

컵라면 뒤에 숨어서 이런저런 추리를 하고 있는데 도혁이 편의점 쪽을 정확히 보았다. 은채는 서둘러 컵라면 뒤로 완전히 얼굴을 가렸지만 얼굴 전체를 가리기엔 컵라면 컵이 너무 작았다. 그래서 그녀는 뒤늦게 바닥에 주저앉아 테이블 아래로 숨었다. 그런데 테이블 아랫부분이 뚫려 있어 그녀가 하는 행동은 밖에서 고스란히 다 보였다. 뭐가 이따위야. 은채는 게걸음으로 움직여 쓰레기통 앞으로 피했다.

그녀가 엉성하게 피하는 동안 그걸 다 보고 있던 도혁이 편의점 쪽으로 뚜벅뚜벅 걸어왔다. 쓰레기통 뒤에 숨어 있던 은채는 안 되겠다 싶어서 앉은걸음으로 과자 코너 쪽으로 피했다. 그런 그녀를 편의점 알바생이 이상한 눈으로 쳐다보았지만 지금은 그런 걸 신경 쓸 겨를이 없었다.

딸랑-.

편의점 문이 열리는 소리에 은채는 컵라면을 포기하고 두 손으로 땅을 짚고는 네 다리로 더 빨리 움직였다.

뚜벅뚜벅-.

남자의 구둣발 소리를 피해 열심히 움직였는데 라면 코너 앞에서 거대한 벽을 만나고 말았다. 고급스러운 남자 구두를 보고 은채는 망했다며 눈을 감았다. 이렇게 들킬 거였으면 처음부터 아는 척할 걸. 사서 창피한 상황을 만들고 말았다.

"요즘엔 네 발로 걷나?"

그걸 말이라고! 은채는 후다닥 자리에서 일어나서는 까치발로 가능한 키를 키우며 목소리를 높였다.

"아는 척하지 마요. 먼저 끝이라고 한 건 당신이잖아요."

도혁의 눈과 마주치자 은채는 움찔했다. 그의 입술에 붙여진 반창고에도 철렁했다. 그럴수록 목소리는 높아질 뿐이었다.

"당신이 왜 여기 있어요? 당신 구역으로 돌아가요."

그도 오고 싶어서 온 게 아니었다. 윤서일이 자기 회사 앞에서 민폐 끼치는 그녀를 데려가지 않으면 경찰에 신고하겠다고 해서 어쩔 수 없이 온 것이었다.

그가 그녀 때문에 윤서일과 술만 안 마셨어도 이리될 일은 없을 것이기에 도혁은 이곳에 서 있는 것 자체가 찝찝했다. 다 만들어진 건물에 화장실이 빠졌다는 걸 뒤늦게 알게 된 기분이랄까.

"윤서일은 너 안 만나줘. 그러니까 그냥 돌아가."

"당신이 상관할 일 아니니까 당신이나 돌아가요."

"나 때문에 윤서일 찾아오게 된 거 아닌가? 그런데 왜 내가 상관없지?"

그건 맞지만 은채는 우겼다.

"윤서일은 당신 만나기 전부터 알고 있었어요."

"그럼 나 만나기 전에 와서 행패 부렸어야지. 나랑 끝난 뒤가 아니라."

"행패 아니거든요. 그냥 노래 들어달라는 거라고요."

"그렇게 노래하고 싶으면 네 노래 듣고 싶어 하는 사람들 앞에 가서 불러. 저 인간은 너 귀찮아할 뿐이니까."

"상관하지 마요. 내가 알아서 하니까."

결국 계속 윤서일에게 민폐 부릴 거라는 은채의 태도가 도혁은 정

말 마음에 들지 않았다. 왜 사정하는 건지. 윤서일이 뭐라고. 그한
테는 그리 싫다고만 했으면서.

"그래서 계속 여기서 이러고 있을 거라고?"

"네. 윤서일이 내 노래 들어줄 때까지…… 꺄악!"

뚝심 있게 말하던 은채는 마지막에 비명을 질렀다. 도혁이 갑자기
허리를 숙이는가 싶더니 그의 어깨에 그녀를 둘러멘 것이다. 몸이
허공에 붕 뜨며 머리가 바닥을 향해 떨어졌다.

순식간에 세상이 뒤집혀버렸다.

"뭐 하는 거예요. 내려놔!"

도혁은 은채가 비명을 지르며 버둥대도 상관하지 않고 걸어갔다.
이 모든 광경을 경악한 표정으로 지켜보던 편의점 알바생은 도혁의
카리스마에 눌려 그가 문을 열고 나가자 저도 모르게 고개를 숙이
며 인사했다.

"살펴 가십시오."

여자를 납치해서 가는 남자에게 공손하게 '납치 잘하세요.'라고
인사한 꼴이었다.

차에 구겨 넣어진 은채는 용수철처럼 솟아오르며 화를 냈지만 도
혁의 손에 머리가 잡혀 다시 차 안으로 구겨 넣어졌다. 완전히 택배
상자 다루듯이 다뤄지고 있었다.

"뭐 하는 짓이에요?"

은채에게는 황당한 일이었고, 도혁에게는 당연한 일이었다. 도혁

은 차 지붕에 두 손을 짚고 허리를 숙여 차 안에 있는 은채를 똑바로 보며 경고했다.

"넌 윤서일 못 만나. 너랑 나랑 끝나면서 너랑 윤서일도 끝난 거야."

"그걸 왜 당신 맘대로 정해요?"

"윤서일이 죽은 내 어머니 동생이니까!"

도혁의 말에 은채는 놀라서 몸이 굳었다. 그런 관계일 줄은 생각도 못 했다. 단순히 그냥 아는 사이라고만 생각했었다. 은채가 당황해서 굳어 있는 사이 도혁은 운전석에 올라타서 차의 시동을 켰다. 차가 출발할 때까지도 은채는 아무 말도 못 했다.

도혁이 운전하는 차는 도로 위를 거침없이 달렸다. 도혁은 은채의 집이 있는 재래시장으로 차를 운전했다. 인간 배달인 셈이었다.

"내가 당신한테 잘못해서 끝난 것도 아니잖아요. 당신이 일방적으로 끝낸 거라고요."

한참 만에야 은채는 억울하다는 목소리로 입을 열었다.

"그런데 왜 내가 윤서일을 못 만나. 난 당신한테 아무 잘못도 안 했는데."

그녀가 틀린 말을 한 것이 아니었기에 도혁은 입을 꾹 다물고 운전만 하다가 뒤늦게 입을 열었다.

"내가 기분 나빠."

그녀가 기분 나쁘다는 줄 알고 은채의 눈가가 굳었다. 은채는 주먹을 꽉 쥐었다.

"내가 뭘 어쨌다고 기분이 나쁜데요?"

도혁은 힐긋 은채를 보다 다시 정면으로 시선을 돌렸다. 그녀가 그의 말을 오해한 걸 알았지만 그는 굳이 해명하지 않았다.

"기분이 나빠도 내가 당신한테 그래야지. 화를 내도 내가 당신한테 하고. 그런데 왜 당신이 나한테 기분이 나쁜데요?"

그가 해명하지 않자 은채는 감정이 격해져서 더 화를 냈다. 그가 기분 나쁜 건 그녀가 아니라 그녀가 다른 남자에게 매달리는 것이었다. 그게 그의 외삼촌이라도 나쁜 기분은 사라지지 않았다. 평소에는 그녀를 열 받게 하는 말만 잘하던 도혁이 지금은 그녀의 말을 무시하듯이 입을 꾹 다물고 있자 은채의 감정은 끝에 다다랐다.

"차 세워요."

하지만 도혁은 그 말도 무시하고 운전만 했다. 화가 난 그녀의 눈에 그런 도혁이 좋게 보일 리가 없었다. 보는 것만으로도 도혁이 미워 죽을 것 같았다. 은채는 주먹을 쥐고 도혁의 팔을 그녀가 할 수 있는 한 가장 센 힘으로 때렸다. 그녀가 표출할 수 있는 가장 강도가 센 분노의 표현이었다.

보통 사귀는 애인이 다른 여자랑 바람피우는 장면을 두 눈으로 목격해야 폭력이 나오는데 권도혁은 그런 것도 하지 않고 그녀에게 맞았으니 그녀가 만난 남자 중 가장 악당인 게 확실했다. 그냥 존재 자체가 주먹을 부르는 것이다.

그녀에게 맞은 도혁이 그제야 그녀를 돌아보았다. 지나가던 깡패도 도혁이 뿜어내는 자본의 아우라에 기죽어 감히 주먹을 들이밀지 못했을 텐데 자신의 턱에도 못 미치는 여자에게 맞은 것이니 그라고 기분이 좋을 리가 없었다.

"더는 내 신경 긁지 마."

봐주는 건 이번이 마지막이라는 듯 도혁이 경고했다. 하지만 그런 경고에 겁먹기에는 그녀는 너무 화가 난 상태였다.

"차 세워! 이 자식아!"

"입 조심해! 넌 내가 누군 줄……!"

빠아아아아아앙-!

갑자기 앞에서 들려온 울림 큰 클랙슨 소리가 두 사람의 싸움을 둔탁하게 절단시켰다. 서둘러 앞을 본 도혁은 중앙선을 침범한 대형 화물차를 보자마자 핸들을 크게 꺾었다. 졸음 운전을 하던 화물차와 싸움질하던 승용차가 재수 없이 도로 위에서 마주친 것이다. 차가 옆으로 크게 휘며 다리 난간 쪽으로 돌진했다. 꺾어지는 차 옆을 화물차가 아슬아슬한 차이를 두고 비켜 지나갔다.

끼이이이이이이이이익-.

도혁과 은채가 탄 차가 도로 위에서 급정거했다. 반면 화물차는 언제 경로를 이탈했느냐는 듯이 제자리를 찾고 순식간에 멀어져 갔다.

쾅-.

차는 다행히 높은 인도를 박고 멈추는 거로 끝이 났다. 은채는 차가 멈춘 순간 사고가 난 것처럼 놀라버렸다. 차가 멈추기 직전에 도혁이 운전대를 버리고 그녀의 몸을 감싸 안은 것이다. 마치 다가올 충격에 보호막이라도 되어주려는 듯이. 그녀의 몸을 완전히 감싸 안은 두 팔에 힘이 잔뜩 들어가 있었다. 자신이 다치는 것보다 그녀가 다치는 걸 더 신경 쓰지 않았다면 하지 않았을 행동이었다. 기분 나쁘다며. 그런데 왜?

두근두근두근두근두근두근.

크게 다치지도 않았는데 그녀의 심장이 미친 듯이 뛰어댔다. 몸에 열이 오르고 입술이 굳고 눈가가 떨렸다. 차 사고보다 더 심한 사고를 당한 듯했다.

"젠장."

그녀의 머리 위에서 도혁이 낮게 욕하는 소리가 들려왔다. 그녀와 싸우다 사고가 날 뻔했으니 화가 날 만도 했다. 거기다 차도 좀 망가진 것 같았다. 차 수리비 물어내라고 하면 그녀는 장기라도 팔아야 할 판이었다.

"이, 이 차 비싸죠?"

차의 가격을 묻는 그녀의 물질적인 질문에 그제야 도혁은 그녀를 안고 있던 팔을 풀고 그녀에게서 떨어졌다. 차가 부딪칠 때 그의 몸도 어딘가에 부딪힌 건지 왼쪽 어깨가 욱신거렸지만 그는 티를 내지 않았다.

도혁은 차 문을 열고 밖으로 나갔다. 우선은 차의 상태를 확인해야 했다. 범퍼가 찌그러져 있었다. 교체해야 할 상황이었다. 그래도 운전하는 데는 문제가 없을 것이다.

"헉, 찌그러졌다."

그를 따라 내려 차 앞으로 온 은채는 한 대 심하게 맞은 듯이 찌그러진 범퍼를 보고 기겁했다. 그녀의 머릿속에서 돈 나가는 소리가 빠르게 들린 것이다. 도혁으로서도 어이없는 상황이긴 했다.

처음엔 입술을 깨물더니, 이번엔 차를 부숴놓았으니 말이다. 아, 집에 음식물 쓰레기 투척도 있었다. 이은채는 범죄 유발 지역이었다. 위험하고 예측 불허였다.

"널 만날 남자는 목숨이 아홉 개는 있어야겠군."

"내가 누굴 죽인 건 아니잖아요!"

"그래서 네가 잘했다는 건가?"

도혁이 서늘하게 쳐다보자 은채는 바로 꼬리를 내렸다.

"차 수리비는 평생이 걸리더라도 꼭 갚을 테니까."

"그걸로 너랑 평생 엮이라고? 됐어. 차라리 안 받고 말지."

도혁의 말에 은채는 사과하던 것도 잊고 울컥했다.

"그렇게 싫으면서 아까는 왜!"

그녀를 안아서 보호해준 거냐고 따지려던 은채는 뒷말을 잇지 못했다. 그가 무슨 말을 할지 겁이 났으니까. 결국 은채는 제 감정에 치여서 몸을 돌려 걷기 시작했다. 그녀가 그냥 걸어가려고 하자 도혁은 목소리를 높였다.

"걸어서 어느 세월에 가겠다는 거야! 차에 타."

다리 위라서 택시도 잡히지 않을 것이다. 지하철이나 버스를 타려고 해도 한참을 걸어가야 했다. 하지만 은채는 고집을 부렸다.

"됐어요. 당신 차는 두 번 다시 안 타!"

도혁에게는 짜증 나는 고집이었다. 안 그래도 차가 부서져서 어이없는 상황인데 거기다 은채가 부채질까지 하고 있었다. 도혁은 혼자라도 차에 타려고 운전석으로 걸어가다 결국 멈추어 서고 말았다. 저대로 보내고 신경이 쓰이지 않을 리가 없었다. 이대로 가면 오늘 밤잠은 다 잔 것이었다.

"젠장."

또다시 낮게 욕을 한 도혁은 몸을 돌려 은채가 걸어간 방향으로 성큼성큼 걸어갔다. 그는 긴 다리로 금방 은채를 따라잡았다. 은채는 쫓아온 그를 질타했다.

"쫓아오지 마요."

"나도 내 갈 길 가는 거야."

"당신은 차 있잖아요."

"그 차 방금 네가 망가뜨리지 않았나?"

"범퍼만 조금 부서진 거잖아요."

"조금 부서진 거든 다 부서진 거든 부서진 건 부서진 거야."

"억지 부리지 마요."

"너야말로 억지 부리며 걸어가는 거 아닌가."

"당신이랑 같은 차 타기 싫어서 그래요. 당신도 나 기분 나쁘다면 서요."

"네가 나 싫어하는 것만 할까."

한마디도 안 지고 받아치는 도혁의 말에 은채는 점점 화가 나서 이젠 뛰기 시작했다. 아무리 그녀의 다리가 짧아도 뛰면 권도혁의 긴 다리를 이길 수 있었다. 100m쯤 힘껏 뛰다가 지쳐서 멈춘 은채는 저 멀리 떨어져 있는 도혁을 보고 통쾌하다며 크게 웃었다. 하지만 그것도 잠시였다. 그는 긴 다리로 정말 빨리 가까워졌다. 은채는 다시 뛰었다. 죽어도 권도혁에게는 질 수 없다고 고집을 부리며.

"헉헉헉."

다섯 번쯤 뛰고 멈추기를 반복했던 은채는 결국 체력 고갈로 바닥에 주저앉았다. 도혁이 걸어서 따라잡을 때까지도 움직이지 못했다. 가까이 걸어온 도혁은 방전된 것처럼 바닥에 주저앉아 있는 그녀를 보고 가소롭다는 표정을 지었다.

"이래서 뛰어봤자 손바닥 안이란 말이 나온 거군."

은채는 얄미운 소리를 하는 도혁을 째려보았다. 차라리 도혁을 먼저 보내고 그가 완전히 사라진 뒤에 가야겠다 생각하는데 도혁이 그녀의 앞에 멈추어 섰다. 뭐야? 또 놀릴 거리가 남았어? 은채가 화난 눈으로 노려보자 도혁이 그녀에게 손을 내밀었다.

"일어나."

이건 또 무슨 착한 척이란 말인가. 은채는 도혁의 손을 잡지 않고 혼자 힘으로 일어나서는 고개를 빳빳이 들고 도혁을 올려다보았다.

"이젠 절대 당신한테 안 당해요."

센 척하듯이 말하는 그녀를 도혁이 빤히 바라보다 눈을 감았다. 그리고 한다는 말이…….

"혹시 성형수술할 생각 있어?"

그 한마디에 그녀의 얼굴이 곧 터질 것처럼 시뻘겋게 달아올랐다. 여자에게 얼굴을 고치라니. 죽어 마땅한 말이었다. 그러니 그의 말에 그녀가 그 길고 긴 다리 위에서 미친년처럼 화를 낸 건 독립투사가 독립을 외친 것처럼 당연하였다.

박 실장은 세심한 성격이라 도혁이 재킷을 벗다 얼굴을 찌푸리는 걸 놓치지 않았다.

"혹시 어디 불편하십니까?"

도혁은 아니라며 고개를 저었지만 도혁이 차 범퍼를 교체한 걸 알고 있는 박 실장은 걱정되어 말했다.

"교통사고는 경미한 경우라도 조심해야 합니다. 병원 진료 받아보시죠. 예약 잡아놓겠습니다."

"됐어요. 괜찮습니다."

도혁은 필요 없다고 고집을 부렸다. 다 큰 어른을 억지로 병원에 데려갈 수는 없는 노릇이었다. 특히나 도혁처럼 자기 고집으로 점철된 사람의 경우에는 거의 불가능에 가까웠다.

"은채 양과는 어떠셨습니까?"

"어땠을 거 같습니까?"

도혁이 비꼬듯이 역질문을 하자 그는 바로 알아챘다. 별로 좋지 않았다는 걸. 하긴, 좋았다면 차가 박살 나지도 않았겠지. 박 실장은 한숨을 삼켰다. 이젠 도혁에게 미안해서 그가 나설 수도 없었다. 그의 섣부른 간섭이 도혁을 더 힘들게 만들 수도 있으니까. 그래서 더 묻지 못하고 그냥 물러나 가려는데 도혁이 먼저 입을 열었다.

"이은채 얼굴을 보는데……."

도혁은 심란한 눈빛으로 허공을 보며 중얼거렸다.

"아버지가 생각났어요."

어머니를 닮은 얼굴이라고 어머니가 생각난 게 아니었다.

도혁이 떠올린 사람은 아버지였다.

"아버지를 떠올리게 하는 여자라니, 최악 아닙니까?"

나쁘게만 말하는 도혁을 박 실장은 말없이 쳐다보았다. 도혁이 일부러 애쓰는 것 같았으니까. 모든 걸 나쁜 쪽으로 몰고 가서 단칼에 깨끗이 잘라낼 수 있게. 도혁은 자신이 없는 것이다. 아버지와 마주 대화하는 것도, 은채를 똑바로 응시하는 것도. 그리했을 때 맞닥뜨릴 그의 진심이 그를 어찌 바꾸어놓을지 무서운 것인지도 몰랐다.

은채는 너무 분해서 밤에 제대로 잠도 못 잤다. 살다 살다 성형수술하라는 말은 처음 들었다.

"내 얼굴이 어때서."

어찌나 억울했는지 침대에 누워 자다 이불을 걷어차며 화를 내기도 했다. 그렇게 잠을 설쳤으니 아침에 개운할 리가 없었다. 까끌거리는 입안에 맑은국을 떠 넣고 있는데 아버지께서 불시 검문하듯이 물으셨다.

"설마 또 딴따라 한다고 싸돌아다니는 건 아니겠지?"

귀신이다. 어떻게 그런 기운은 그리 정확히 잡아내나 모르겠다.

"아니야. 취업 자리 알아보러 다니는 거야. 요즘 취업이 엄청 힘들잖아."

은채는 아주 자연스럽게 거짓말을 했다. 이런 거짓말도 이젠 너무많이 해서 그냥 거짓말이 일상이 되어버렸다. 어쩌겠나. 음악 한다고 하면 아버지에게 맞는데.

"니 딴짓 하다 걸리면 어찌 되는지 알지?"

아버지가 젓가락으로 정확히 그녀를 가리키며 경고하자 은채는 긴장했다. 하지만 그렇다고 음악 하는 걸 멈출 수는 없었다. 지금은 그것 말고 그녀에게 즐거움을 줄 수 있는 걸 찾을 수가 없었다.

그녀는 즐겁게 살고 싶었다. 단지 그거면 된다고 생각했는데 살다보니 그게 정말 쉽지 않았다. 마치 세상 사람 모두가 그녀의 즐거움을 방해하는 듯한 요즘에는 그런 생각이 특히 더 들었다.

아버지가 허튼짓하지 말라고 경고를 하셨지만 그래도 그녀는 개의치 않고 SI 기획으로 향하던 길에 박 실장의 문자를 받았다.

잠깐 볼 수 있어요?

이젠 도혁 때문에 박 실장을 보는 것도 껄끄러웠다. 하지만 은채
는 그러겠다고 답 문자를 보냈다. 그리고 한숨을 푹 내쉬었다. 사람
관계가 정말 쉽지 않다고 생각하며.

박 실장을 만난 건 젊은 사람들이 많은 카페에서였다. 도혁의 회
사 근처도 피하고, 그녀의 집도 아닌 곳에서 만나다보니 애매한 곳
에서 약속을 잡아버리게 된 것이다.

"이런 곳 시끄러워서 싫어하세요?"

생각보다 사람이 많아서 그녀는 박 실장이 불편할까봐 그리 물었
다. 박 실장은 주름진 눈에 웃음을 띠며 아니라고 고개를 저었다.

"은채 양한테 정식으로 사과해야 할 거 같아서 보자고 했어요."

"박 실장님이 왜 저한테 사과하세요?"

은채는 이해할 수 없다는 눈으로 박 실장을 보았다. 그가 도혁과
가까운 사람이기는 했지만 박 실장이 그녀에게 잘못한 건 하나도
없었다. 오히려 도움만 받았었다.

"내가 은채 양 생각은 안 하고 우리 대표님 생각만 했어요."

"네?"

도대체 무슨 소리인지 알아들을 수 없어서 은채는 멍청한 표정만
짓고 있어야 했다.

"회장님이랑 대표님 사이만 변할 수 있다면 무슨 짓을 해도 상관
없다고 여겼나봐요. 내가 너무 이기적이었어요."

박 실장의 말을 들으니 그녀를 이용한 건 도혁이 아니라 꼭 박 실
장인 것처럼 들렸다. 그럴 리가 없었기에 은채는 몸을 낮추며 조심
스럽게 물었다.

"혹시 권도혁이 저 구슬리라고 시켰어요?"

도혁에 대한 불신에 가득 차 있는 은채를 보며 박 실장은 그림처럼 웃었다. 소리 없지만 깊은 미소였다.

"난 알아요. 은채 양 우리 대표님 안 싫어하는 거."

박 실장의 말에 은채는 경기를 일으키듯이 몸을 뒤로 뺐다.

"무슨 말도 안 되는 소리세요! 저 그 인간 엄청 싫어해요!"

때론 말로도 부정할 수 없는 진심이란 게 있다. 은채가 정말 도혁을 싫어했다면 두 개의 이력서 중 권 회장이 있는 곳을 선택하지 않았을 것이다.

그리고 도혁 역시 은채가 약혼을 무효로 하는 데 아무 소용이 없는 존재라는 걸 안 뒤에도 굳이 그녀를 신경 쓸 리가 없었다.

두 사람이 각자의 마음을 쉽게 인정하지 못하는 건 겁이 나서일 것이다. 그 마음을 인정한 순간 몰아쳐 올 회오리를 온몸으로 받아낼 자신이 없으리라.

그러니 박 실장은 함부로 마음에 솔직해지라고 할 수는 없었다. 그건 그가 개입할 수 없는, 그래서도 안 되는 두 사람만의 영역이었다.

"나만 알고 있을게요."

그렇게 말하며 웃는 박 실장에게 은채는 얼굴이 벌게져서는 아니라고 몇 번이나 부정했다.

도혁은 아버지로부터 말도 안 되는 통보를 들었다. 현재 사는 집에서 나와 본가로 다시 들어오라는 것이었다. 이유는 그의 불면증 때문이었다. 은채가 함부로 발설한 말 때문에 그의 인생이 이리저리 꼬이고 있었다.

"설마 제가 혼자 살아서 불면증이 있다는 겁니까? 불면증은 그 집에 살 때도 있었습니다."

"그래도 들어와."

"아뇨. 못 들어갑니다."

도혁의 강경한 거부에 권 회장의 눈이 가늘어졌다. 그의 반항이 마음에 안 든 것이다.

"제 불면증 때문이라면 더 못 들어갑니다. 그 집에서는 수면제를 먹어도 잠이 안 오니까요. 제 불면증이 신경 쓰이시면 아예 관심을 꺼주세요. 그게 절 도와주는 거니까."

도혁은 제 할 말을 끝내자마자 바로 몸을 돌려 문을 향해 걸어갔다. 그러자 권 회장이 날카로운 목소리로 그를 불러 세웠다.

"내 말 아직 안 끝났다."

도혁은 문 앞에서 거칠게 멈추어 섰다. 하지만 여전히 권 회장에게 등을 보이고 서 있었다.

"약혼 전까지 그 여자는 정리해."

도혁은 고개를 돌려 아버지를 보았다. 눈에 모래가 낀 듯 서걱거렸다. 은채와 그럴 사이도 아니었지만 그 말을 듣는 순간 모욕을 당한 듯이 기분이 좋지 않았다.

"그 말은 제가 아버지한테 해드려야겠네요. 다신 그런 앨범 따위 사지 마십시오. 기자들 알까 무섭습니다."

도혁의 경고에 권 회장도 얼굴이 굳었다. 세상에 무서울 것 없는 권 회장도 앨범 이야기를 꺼내자 아무 말도 못 했다. 도혁은 할 말을 잃은 아버지의 얼굴을 잠시 쳐다보다 몸을 돌려 집무실을 나와버렸다.

회장실을 나와 엘리베이터 앞에 선 도혁은 오른손을 들어 왼쪽 가슴을 움켜잡았다. 심장병이 있는 사람처럼 흉통이 느껴졌다. 예리한 가시에 깊게 찔린 듯 통증은 선연했다. 아버지와 좋지 않은 게 하루 이틀도 아닌데 오늘은 유독 힘들었다.

겨울이 멀지 않았다. 그럼 아버지의 계획대로 약혼식이 진행될 것이다. 이해타산이 정확히 떨어지는 아버지와 최건 의원은 결코 자기 자식들을 이용한 M&A를 멈출 리가 없었다.

도혁이 용납할 수 없던 건 자신이 그 M&A의 도구로 쓰인다는 것이었다. 아무리 아버지라도 감히 그를 그리 이용하는 건 참을 수가 없었다. 그래서 은채를 이용하려고 했는데, 그랬는데…….

쾅-.

도혁이 갑자기 주먹으로 엘리베이터 문을 때리자 박 실장은 놀라서 그를 불렀다.

"대표님!"

사람의 손이 철문을 이길 수 있을 리 없었다. 도혁의 손이 심하게 상한 듯이 시뻘게졌다.

입술, 어깨, 이제는 손까지.

은채를 외면한 그 순간부터 그의 몸에 자꾸 상처가 늘어난다.

"아버지 뜻대로 약혼만 하면 없던 일이 될까요?"

도혁의 힘없는 질문에 박 실장은 그러지 말라고 고개를 저었다. 그리 쉽게 포기하면 안 되었다. 그건 전혀 그답지 않았다.

"회장님 뜻이 아니라 대표님 뜻이어야 합니다."

오늘도 옳은 소리만 하는 박 실장을 도혁은 붉은 눈으로 쳐다보왔다.

"오늘은 박 실장님도 밉네요."

전부 싫다. 모두가 적인 것 같다. 고립된 그는 갈 곳이 없었다.

그녀는 혼자서 술을 마시는 걸 전혀 좋아하지 않았지만 오늘은 너무 마음이 심란해서 포장마차에 혼자 앉아서 소주를 깠다.

"내가 권도혁을 안 싫어한다고? 그럼 좋아하기라도 한다는 거야? 말도 안 되는 소리를 하고 있어. 박 실장님도 은퇴할 때가 된 거야. 치매기가 있는 거라고. 어떻게 그런 소리를 하느냐고!"

들어줄 사람이 없어도 혼잣말을 하며 술을 홀짝홀짝 마셨더니 혼자서 두 병을 마셔버렸다.

그녀는 취하면 노래가 절로 나왔다. 흥얼대기 시작하면 취했다는 증거였다. 노래가 하고 싶어지자 은채는 벌떡 일어났다.

"내가 이럴 때가 아니지. 윤서일한테 내 노래를 불러줘야 하잖아."

갑자기 윤서일이 생각난 은채는 휘청이는 몸을 이끌고 포장마차를 나와서 윤서일이 머무는 퀸 호텔로 향했다. 그래도 양심적으로 잠자는 곳까지 찾아가서 괴롭히지는 않았는데 지금은 취해서 별로 그런 걸 개의치 않게 되었다. 그저 지금 당장 그녀의 노래를 들어줄 상대가 필요할 뿐이었다.

전에 윤서일이 넘겨주었던 호텔 방 키의 번호를 알고 있는 은채는 퀸 호텔 2020호로 무작정 향했다. 확신할 수 없었지만 예감상 윤서일이 거기 있을 것 같았다.

쾅쾅쾅─.

방문 앞에 도착한 은채는 다짜고짜 문을 세게 두드렸다. 몇 번 두드려도 아무 반응이 없자 그녀는 문을 두드리며 열어달라고 소리치기 시작했다. 그러자 문이 열린 건 2020호가 아니라 옆방들이었다. 시끄럽다고 짜증을 내고 호텔에 컴플레인을 걸겠다고 했다. 그런 호텔 손님들에게 은채는 웃으며 사과했다.

"제가 사과하는 의미로 노래 불러드릴까요?"

사람들은 매정하게도 노래를 불러준다는 그녀의 앞에서 문을 세게 닫아버렸다. 은채는 다시 2020호 문을 두드렸다. 또 옆방 사람이 화내면 안 되었기에 주저앉아서 작은 소리로 문을 열어달라고 계속 말했다.

"내 노래 좀 들어달라고요. 안 그럼 내가 너무 외롭잖아."

사실 윤서일은 정말 2020호에 묵고 있었다. 새벽에 돌아온 윤서일은 그가 묵는 호텔 방 문 앞에 주저앉아 졸고 있는 그녀를 보고는 인상을 찌푸렸다.

그는 에티켓을 굉장히 중요시하는 사람이었다. 이런 막무가내는 딱 질색이었다. 거기다 진동하는 술 냄새라니. 술 마시고 부르는 노래는 그냥 술주정이었다. 정신 상태가 글러먹었다고 생각하며 윤서일은 발로 은채의 다리를 툭툭 쳤다.

"이봐, 진짜 경찰 부르기 전에 일어나."

아주 잠들지는 않았는지 기척을 느끼고 눈을 뜬 은채는 그를 보자마자 엉거주춤 일어나며 또 같은 소리를 했다.

"제 노래 좀 들어주세요."

도대체 저 말이 몇 번째인지 모르겠다. 이젠 지겨웠다. 도혁만 아니었어도 진작 경찰을 불렀을 것이다.

"저도 슬픈 노래 부를 수 있어요. 진짜예요."

"술 처마시면 나오는 게 슬픈 노래라고 생각하나본데, 그런 생각 자체가 글러먹었으니까."

"나도 부를 수 있다고요!"

은채가 버럭 성을 내자 윤서일의 표정이 안 좋아졌다.

"씨, 나도 부를 수 있다고요. 가슴 아픈 사랑 노래. 그까짓 거."

"그까짓 거?"

윤서일의 표정에 불쾌감이 서렸다. 노래를 못 부르는 건 그렇다 쳐도 노래를 무시하는 태도는 참을 수 없었다.

"그럼 불러봐. 그까짓 거."

윤서일은 그녀를 가차 없이 깔아뭉개기 위해 기회를 주었다. 네가 얼마나 형편없는 가수인지 확인시켜주려고 일부러 노래를 시킨 것이다.

은채는 부르라는 말에 침을 꿀꺽 삼키더니 눈을 감았다. 슬픈 노래였다. 발랄하면 안 되었다. 우울한 것만 생각하자. 엄청 아픈 것만.

—지금 당장 세진 그룹을 나가서는 두 번 다시 내 앞에 나타나지 마.

도혁의 말을 생각해낸 은채의 감긴 눈이 파르르 떨렸다. 그녀의 표정이 변하는 걸 보고 윤서일은 눈을 좁혔다.

—더는 네 얼굴 보고 싶지 않아.

은채는 입술을 꽉 깨물었다가 열었다.

"네가 아파, 난."

은채의 노래 한마디를 들은 윤서일의 표정에 놀라움이 서렸다. 악보를 보며 읽던 그날과 달리 그녀는 노래하고 있었다. 술 마시고 하는 술주정이 아니라 진짜 노래였다.

"너무 아파, 난."

그리고 은채의 노래는 거기서 끝났다. 머리가 멍청해서인지 그 뒤는 기억이 나지 않았다. 은채는 눈물이 글썽해서 윤서일에게 물었다.

"다음 가사가 뭐죠?"

노래를 부르겠다고 고집부린 건 그녀였지만 이런 노래를 평생 부르고 사는 게 가수라면 그녀는 불가능할 것 같았다.

노래 한 구절에 마음이 무너져 내리고 있었다.

노래하는 게 이렇게 괴로웠던 적은 처음이었다.

"다 큰 가시나가 술 처먹고 다니는 게 자랑이여! 당장 일어나지 못해!"

아침부터 아버지의 호통과 함께 등 타작이 이어졌다. 솥뚜껑 같은 손에 맞다보니 아파서 잠은 깼다. 하지만 속이 말이 아니었다. 누가 빨래 짜듯 그녀의 위를 짜대는 것 같았다. 그녀를 혼내며 깨운 것과는 달리 아침 밥상에는 북엇국이 있었다. 아버지의 사랑이 느껴지는 밥상이었다.

"또 술 처먹고 들어오면 머리 깎일 줄 알아!"

비록 아버지의 말에는 협박과 공갈이 난무했지만 말이다.

"아버지 나 공무원 시험 공부나 할까?"

그녀의 말에 혼을 내시던 아버지는 놀란 표정을 지었다. 살면서 그녀가 먼저 공부한다는 소리는 처음이었기 때문이다.

"아직도 취한 거냐?"

진심이었다. 윤서일 앞에서 노래한 순간 가수로 살아갈 자신이 사라져버렸다. 무슨 일을 하건 그녀가 버틸 수 있었던 건 노래할 수 있다는 희망 때문이었는데, 그 희망이 흔들려버리니 그녀는 함부로 세상에 나가는 게 무서워졌다.

"지금 내 이력서로는 변변찮은 직장 못 구하니까 차라리 남들처럼 공무원 시험을 보면 어떻게 되지 않을까 싶어서."

그녀가 취직에 대해서 이렇게 진지하게 말한 것도 처음이라 아버지는 그녀의 얼굴을 이리저리 살펴보았다.

"니 어제 뭔 일 있었냐?"

은채는 말없이 북엇국을 입에 넣다가 울먹였다. 그런 그녀를 보고 아버지가 놀라서 물으셨다.

"갑자기 왜 우는데!"

"국이 너무 맛있어."

술이 깨면 슬픈 마음이 사라질 줄 알았는데 그게 아니었다. 제정신이 돌아와도 무너졌던 마음은 회복되지 않았다.

17. 방황의 끝

[우리 은채가 이상하다. 아침에 북엇국이 맛있다면서 울더라. 그 거 제정신 아닌 거 맞지? 거기다 제 입으로 공무원 시험 공부를 하 겠대. 얘가 갑자기 왜 이러는 기고?]

아버지는 정신과 전문의는 뭐든 아는 척척박사로 착각하시는 것 같다.

진우는 차분하게 장인어른을 진정시켰다.

"취직하는 게 쉬운 일이 아니니까요. 제가 따로 만나서 잘 이야기 해볼 테니까 너무 걱정하지 마십시오, 아버님."

[그래, 은채가 서 서방 말은 잘 듣잖아. 붙잡고 잘 이야기해봐. 아 무래도 이상해.]

만덕과의 전화를 끊은 진우는 길게 한숨을 내쉬었다. 그냥 바람 처럼 지나갈 줄 알았는데 그게 아닌가보다. 결국 이렇게 여드름처럼 붉게 성을 내며 드러난다. 진우는 도혁과 은채 사이에서 자신이 어 떤 위치를 잡아야 하는지 아직 결정하지 못했다. 환자인 도혁을 생 각한다면 두 사람의 관계를 긍정적으로 이끌어야 했다. 그래야 도혁의 불면증 치료에 도움이 될 테니까. 하지만 오직 가족만 생각한다면 도혁을 은채에게서 가차 없이 잘라내야 했다. 그런데 지금 은채의 상태를 보니 아무 상처 없이 잘려나갈 게 아닌 듯했다.

"나야말로 미치겠네."

정신과 전문의가 된 게 처음으로 후회되는 순간이었다. 이럴 줄 알았으면 소아청소년과 의사를 할 걸 그랬다.

"퀸 호텔이요?"

미팅이 잡혀 있는 호텔 이름을 들은 도혁은 못마땅한 표정을 지었다. 윤서일이 묵고 있는 호텔이었으니까. 하지만 꼼꼼한 박 실장이 그걸 그냥 넘길 사람은 아니었다.

"미리 확인 전화해보니 윤서일 씨는 체크아웃하셨답니다."

자유로운 영혼께서 집을 사셨을 리는 없고, 결국 다른 호텔로 옮겼다는 소리였다.

"그 호텔이 지겨워졌나보죠?"

"그게 젊은 여자가 밤에 호텔 방까지 찾아와서 행패를 부렸다고."

도혁은 눈을 치켜 올렸다.

"설마?"

박 실장은 침울한 표정으로 고개를 끄덕였다.

"네, 술 마시고 실수한 거 같습니다."

게다가 술 마시고 행패 부린 거라는 말에 도혁은 실소가 절로 나왔다. 이제 보니 그 여자는 아무한테나 가서 막 흘리고 다니는 성격이었나보다.

"조만간 신문기사로 보지 싶네요."

그리 살다 크게 사고 칠 거라는 도혁의 핀잔에 박 실장은 진지하게 덧붙였다.

"다른 사람과 같이 술 마신 거라면 거기까지 가지도 않았을 겁니다."

도혁은 그게 무슨 소리냐는 눈으로 박 실장을 보았다.

"혼자 술 마신 게 아닌가 싶네요."

이은채는 혼자 술 마시는 청승을 부릴 성격이 아니었다.

"누구랑 같이 마신 게 뭐가 중요합니까. 중요한 건 윤서일한테 못 볼 꼴까지 보이면서 매달린다는 거죠. 자존심도 없나보네요."

은채에 대해 나쁘게 말하고 기분이 나빠진 건 그리 말한 도혁 자신이었다. 하지 말라고 했는데 더 심하게 구는 은채의 행동에 그는 짜증이 났다. 도혁이 기분이 안 좋아 보였기에 박 실장은 보고를 그 정도에서 마치고 집무실을 나갔다.

혼자 남은 도혁은 핸드폰을 들고 윤서일의 번호를 찾았다. 은채가 윤서일과 만나게 된 건 그 때문이니 은채의 실수에 대해 그가 윤서일에게 대신 사과를 해야 한다는 책임감이 있었다. 아니, 책임감보다는 확인하고 싶은 마음이 더 큰 것인지도 모르겠다. 도대체 은채가 윤서일에게 바라는 게 그냥 음악일 뿐인지, 아니면 그 이상인지.

전화를 걸기 전에 잠시 망설이긴 했지만 그는 결국 통화 버튼을 눌렀다.

Rrrrrrrrrr-. Rrrrrrrrrrr-.

전화벨이 울리는 동안 도혁은 마음이 초조해졌다. 어머니에 대한 기억도 모자라 연이 끊겼던 외삼촌에게 먼저 전화를 걸고 있으니, 이런 일련의 일들이 그는 달갑지 않았다.

[네가 먼저 전화할 줄은 몰랐는데 말이야.]

전화를 받은 윤서일은 도혁이 말하지 않아도 그라는 걸 알고 있었다.

"제 번호 알고 계셨습니까?"

[네 비서가 가르쳐줬지. 박 실장이라고, 예전에 네 아버지 비서였던 거 같은데. 맞나?]

"……네, 이은채 때문에 전화 드렸습니다. 호텔 방까지 찾아갔다고 하던데."

[아! 그래. 결국 노래를 불렀지.]

윤서일의 목소리가 생각보다 평이해서 의외였다. 은채의 술주정에 화가 나 있을 거로 생각했으니까.

[그래서 다시 회사로 와보라고 했더니 이번엔 그쪽이 싫다고 하더군.]

"네?"

은채가 그런 말을 할 리가 없기에 도혁은 좀 놀랐다. 술이 만취해서 윤서일도 못 알아본 게 아니라면 말이다.

[뭐, 아직은 실연의 상처가 커서 그런 걸 테지. 시간 좀 지나면 다시 노래하고 싶다고 찾아올 거야. 그땐 지금처럼 또 못 부를 거 같기는 하지만 말이야.]

실연이라는 말에 도혁은 표정이 굳었다.

"실연이라고요?"

[그래, 네가 찬 거 아닌가?]

"아닙니다."

대답하는 도혁의 목소리가 딱딱하게 굳었다. 그는 찬 게 아니라 해방시켜준 것이었다. 그에게 자유를 달라고 항상 외치던 그녀에게 말이다. 그러니 그와 끝난 거로 그녀가 실연당한 거라 여길 리가 없었다.

[아니었어? 그럼 진짜 딴 남자였나? 이런, 이번엔 내가 잘못 짚었네.]

어떻게 끊었는지 모르게 전화를 끝낸 도혁은 한참이나 움직이지 못했다.

문태경. 그 이름 하나가 또렷하게 그의 머릿속에 떠올랐다. 진우가 은채에게 그 남자를 소개해준다고 분명 말했었다. 그전에 은채역시 의사인 그에게 호감을 보였었고.

도혁은 주먹을 꽉 쥐었다. 푸른 힘줄이 튀어나오며 손이 파르르 떨렸다.

은채는 진짜 공무원 시험을 준비하려고 스스로 서점을 찾아갔다. 공무원 시험이 대세이긴 한 것 같았다. '공무원'이란 글자가 붙여진 문제지가 셀 수도 없이 많았다. 선택지가 많으니 고르기가 더 힘들었다.

공부라는 걸 제대로 해본 적이 없기에 공무원 시험을 보려면 정확히 어떤 걸 사서 공부해야 하는지 그녀는 알 수 없었다. 차라리 형부한테 전화해서 도와달라고 부탁할까도 싶었지만 지금은 그런 의욕까지는 생기지 않았다.

　결국 서점까지 갔다가 아무것도 사지 못하고 나온 은채는 집으로 걸어가다 피아노 학원 앞에서 멈추어 섰다.

　열린 창문을 통해 피아노 연주 소리가 들려왔다. 서점으로 가는 길은 자주 왔던 길이 아니었기에 이곳에 피아노 학원이 있다는 것도 그녀는 오늘 처음 알았다. 아이가 치는 건지, 정말 못 치는 연주인데도 음악은 아름다웠다. 아직 다듬어지지 않은 원석 같은 연주였다.

　은채는 한동안 길가에 가만히 서서 멍하니 피아노 연주를 들었다.

　어릴 때 피아노 학원 다니는 게 소원이었던 적이 있었다. 그땐 가수의 꿈을 가지기도 전이었는데 음악은 그녀에게 굉장히 매력적으로 다가왔다. 그래서 아버지에게 피아노 학원에 보내달라고 부탁했지만 아버지는 그녀의 애원을 절대 들어주지 않았다.

　결국 학생 때 배우지 못한 피아노를 치게 된 건 밴드를 하고 나서였다. 키보드 치는 다른 밴드 멤버에게 좀 가르쳐달라고 해서 동냥하듯 키보드를 치며 작곡을 했었다. 그래서 그녀는 피아노 학원에서 배우는 체르니 30번에 나오는 곡 같은 건 전혀 치지 못했다.

　은채는 연주에 이끌려 피아노 학원 입구로 연결된 계단을 올랐다.

　아이들이 배우는 곳이라 입구에는 원색으로 아기자기하게 꽃밭이 꾸며져 있었다.

　음표가 자라는 꽃밭이었다.

　그게 은채에게는 마치 '어른 금지'라는 표시 같았지만 잠시 망설이다 그녀는 결국 피아노 학원 문을 열었다.

　드르륵-.

"공무원 시험 공부할 거면 학원 등록도 해야 하는 거 아니야?"

밥 먹을 때 아버지가 하시는 말에 은채는 움찔했다. 하지만 바로 아무렇지 않은 척 대답했다.

"벌써 학원 등록했어."

"그래?"

아버지는 웬일로 그리 부지런히 움직였느냐는 눈빛이었지만 은채는 애써 태연한 척했다. 피아노 학원이라고 사실대로 말하면 어릴 때와 다를 게 없이 아버지가 화를 내실 테니까. 그런 쓸데없는 데 쓸 돈 따위 없다고.

아버지에게 지금 그녀의 마음을 설명할 길이 없었다. 무얼 해도 마음 한구석이 텅 빈 듯한 이 쓸쓸함을 채울 수 있는 건 그나마 피아노 학원일 것 같다는 말을 아버지는 절대 이해하지 못할 것이다.

공무원 공부하다 남는 시간에 피아노 학원에서 피아노를 치면 아버지도 눈치 못 채실 거로 생각했다. 밴드 활동하는 것보다야 훨씬 착한 거짓말이라고 은채는 자기 합리화를 시켰다.

무엇이든 그녀는 이 공허한 마음을 채울 게 필요했다. 지금 당장 못 견디겠는데 미래가 무슨 상관인가.

중국 스키 리조트 사업에 박차를 가하는 도혁의 중국 출장 스케줄이 잡혔다. 굉장히 바쁘게 돌아가는 일정이었기에 박 실장은 도혁의 앞에서 은채의 이름을 꺼내지 않으려고 신경 썼다. 도혁도 일에 집중하느라 다른 건 다 잊은 듯이 보였다. 은채 때문에 생겼던 몸의 상처도 어느새 깨끗하게 사라졌다. 그런데 도혁이 깨끗이 잊은 게 아니라는 걸 알게 된 건 정말 예기치 않은 상황 때문이었다.

미팅 장소로 이동하기 위해 대기하고 있던 차로 걸어가던 도혁의 걸음이 차 앞에서 멈추어 섰다. 도혁의 시선은 길 건너 꽃집을 향하고 있었다. 꽃집 앞에 진열된 붉은 장미의 색이 멀리서도 쉽게 눈에 띄었다. 붉디붉은 아름다움이었다. 누군가를 생각나게 하는. 박 실장은 섣불리 미팅 시간이 다 되었다고 이야기하지 못하고 도혁이 꽃에서 시선을 돌릴 때까지 기다렸다.

도혁이 한참 만에야 고개를 돌렸을 때 박 실장은 언제나처럼 그의 옆을 지키고 서 있었다. 그의 비서로 있는 한 박 실장은 언제든 그가 부를 수 있는 자리에 서 있을 것이다. 그가 절대 혼자 남겨지지 않게.

요즘 은채는 피아노 치는 게 너무 재미있었다. 음악 작곡할 때만 잠깐씩 키보드를 빌려 썼는데 학원에서는 생전 잘 듣지도 않는 클래식 곡을 연주했다. 그냥 듣는 건 재미없지만 직접 치는 건 굉장히 감정이 풍부해졌다. 혼자만의 감성에 빠져 막 치다 한 음이 틀리자 언제 왔는지 동이가 문 뒤에서 얼굴을 내밀며 얄밉게 알려주었다.

"틀렸다!"

은채는 연주를 멈추지 않으며 동이를 흘겨보았다.

"음악은 틀려도 괜찮아."

정답만 찾아 써야 하는 시험 같은 게 아니었으니까.

"에에, 그래도 틀렸다. 틀렸어."

저놈은 커서 매를 부르는 남자가 될 거 같다는 예감이 강하게 들었다.

"그러는 넌 칠 줄이나 알아?"

동이의 유치함에 어른인 그녀는 더 유치하게 공격해버렸다. 까불던 동이가 갑자기 입을 꾹 다물었다. 아이를 이기니 통쾌한 게 아니라 더 창피했다.

동이는 매일 피아노 학원에 왔지만 학원 학생은 아니었다. 현이라고 피아노 학원 다니는 여학생을 쫓아서 오는 것이었다. 이젠 제 발로 걷고 말 좀 하게 되는 나이면 다 로맨스 타령이었다.

그녀와는 상관없는 낭만이라고 생각했다. 아마 한동안 아주 오래도록 미지의 남자와의 로맨스를 기대하는 일은 없을 듯했다. 오늘의 삶에 충실한 것만으로도 지금은 벅찼다.

중국 출장 갈 때 가져갈 짐을 챙기던 도혁은 음반 중에서 브람스의 것과 인디아 레드의 앨범을 꺼내 들었다. 잠 안 오면 들을 것들이었다. 사실 인디아 레드 앨범은 전혀 도움이 안 되었기에 그는 앨범 속 은채의 사진을 보며 짧게 혀를 찼다.

이젠 필요도 없는 거 그냥 쓰레기통에 버려버릴까 싶어서 팔을 치켜들던 도혁은 잠시 쓰레기통을 노려만 보다가 결국 버리지 못하고 그냥 팔을 내렸다. 미운 자식 떡 하나 더 주는 심정으로 도혁은 은채의 앨범을 가방에 던져 넣었다. 그러고 나니 짐 싸기가 귀찮아 졌다. 와인을 꺼내 마시려고 와인 셀러로 걸어가는데 초인종이 울렸 다. 올 사람이 없었기에 도혁은 의아해하며 돌아섰다. 인터폰 화면 을 보니 뜻밖의 사람이 서 있었다.

서진우였다. 사람 없는 곳에서 몰래 만나야 하는 내연녀 같은, 그 의 정신과 주치의가 겁도 없이 집까지 찾아온 것이었다.

[회사로 찾아가면 네가 싫어할 거 같아서 말이지.]

"그렇다고 집이라면 환영할 거로 생각한 건가? 너 정신과 전문의 맞아? 내가 지금까지 돌팔이한테 치료받은 거냐?"

도혁의 신랄한 구박에도 진우는 기죽지 않고 문을 열어달라고 부 탁했다. 그러나 호락호락 문을 열어줄 도혁이 아니었다.

[할 이야기 있어. 좀 열어봐.]

"그런 건 전화로 해. 쓸데없이 집까지 오지 말고."

[네 얼굴 보며 해야 하는 이야기라서 말이야.]

"그런 작업질은 바람피울 여자한테나 해."

그 말에는 진우도 욱했다. 일편단심 민들레에게 바람이란 말은 모 욕 중에 모욕이었던 거다.

[넌 모든 사람한테 항상 전투적이었어.]

"알면 가. 귀찮게 하지 말고."

[그런데 왜 우리 처제한테 사과했어?]

도혁은 더 말하지 못하고 작은 화면 속 진우의 얼굴만 쏘아보았 다. 진우도 도혁의 얼굴이 안 보이는 게 답답했는지 대답을 기다리 다 먼저 말했다.

[이래서 네 얼굴을 보고 말해야 한다는 거야. 네 얼굴을 못 보니 네가 실수했다고 생각하는지, 괴로워하는지 전혀 알 수 없잖아.]

"……뭘 알아내고 싶은 거야?"

도혁의 목소리는 낮고 방어적이었다.

[네 마음.]

"그런 거 없어."

[그럼 왜 우리 처제를 흔들어놨어!]

진우는 처음으로 그에게 화를 냈다. 도혁은 주먹을 꽉 쥐었다.

"그런 말은 문태경인지 뭔지 하는 자식한테 가서 해."

도혁의 입에서 태경의 이름이 나오자 진우는 웃음을 흘렸다.

[너 이제 보니 바보였구나.]

도혁은 눈을 치켜 떴다.

[아니, 겁쟁이란 말이 더 어울리겠다.]

치료해달라는 건 해주지도 않고 그를 화나게 하는 말만 하는 진우에게 진짜 화가 나려는데 진우가 마지막으로 경고했다.

[그런 비겁한 마음으로 다신 우리 처제 만나지 마. 또 그러면 그땐 내가 의사 면허 먼저 집어던져서라도 네 정신과 기록 공표해버릴 테니까.]

완벽한 협박이었다. 세상에서 제일 만만하게 봤던 인간이 이젠 그의 아버지보다 더 무섭게 굴고 있었다. 이거야말로 제대로 뒤통수를 맞은 꼴이었는데 도혁은 제대로 화를 낼 수조차 없었다.

공부는 즐겁다.

그녀가 붙여놓은 글이지만 그녀가 전혀 공감을 못 하고 있었다. 피아노 학원 다니는 건 재미있는데 공무원 시험 공부는 정말 지겨웠다. 역시 그녀는 공부 체질이 아니라는 걸 책을 펼치자마자 깨달았다. 그런데 왜 아버지한테는 그녀가 먼저 공부를 한다고 했는가. 이제 아버지는 밥 먹을 때마다 공부 잘되고 있느냐고 물으셨다. 그녀가 금방 질릴 걸 짐작하고 못 그만두게 압박을 주는 것이다. 한숨을 푹푹 쉬며 한 페이지 넘기는 것도 힘겨워하고 있는데 그녀의 머리 위에서 거슬리는 목소리가 들려왔다.

"밑 빠진 독에 물 붓고 있는 건가?"

심히 거슬리는 말투와 목소리가 주눅이 들어 있던 그녀의 감각을 단숨에 깨웠다. 그녀는 휙 고개를 들었다.

역시나 도혁이 오만하게 서서 그녀를 내려다보고 있었다.

그와 시선이 닿자 그녀의 눈동자가 파르르 떨렸다.

"나 공부 중이니까 방해하지 말고 가요."

그를 보자마자 약해지는 마음과 반대로 말은 냉정하게 나왔다.

그녀는 가라고 했는데 도혁은 오히려 그녀의 옆자리에 털썩 주저앉았다. 그가 가까이 오자 은채는 심장이 덜컹해서 옆으로 서둘러 몸을 피했다. 그래도 도혁은 개의치 않고 그녀가 도서관에 오면 항상 그러듯이 창밖의 풍경을 보았다.

"교도소 안에서 보는 그림 같군."

말을 해도 꼭. 그런데 그녀도 가끔 그런 생각을 했기에 부정을 하지는 못했다. 도혁을 신경 쓰지 않고 계속 공부를 하려고 했지만 잘 될 리가 없었다. 혼자 있어도 잘 안 되는 공부가 신경 쓰이는 사람이 옆에 있으니 더 집중이 안 됐다.

은채는 결국 다시 물었다.

"왜 온 거예요?"

풍경을 보던 도혁이 고개를 돌려 말없이 그녀를 빤히 보았다. 사실은 그녀를 두 번 다시 만나지 않으려고 했다. 일만 해서라도 일부러 생각하지 않으려고 했다. 그런데 서진우가 그를 겁쟁이라고 했다. 살면서 절대 듣지 말아야 할 소리를 그를 가장 잘 알아야 하는 정신과 주치의가 한 것이다.

자신이 겁쟁이가 아니란 걸 증명하고 싶어 은채를 찾아온 것인데 그녀의 얼굴을 보는 순간 그는 자신이 의식적으로 그녀를 피했다는 걸 깨달았다. 진짜 겁쟁이처럼.

"넌 내가 왜 싫어?"

도혁의 물음에 은채의 눈이 파르르 떨렸다. 창밖 날씨는 고요한데 그녀의 마음에는 갑자기 돌풍이 불었다.

"다, 당신이 끝이라고 했으면서 왜 물어요?"

그녀를 이용하는 걸 끝낸다는 소리였다. 그럼 그녀와 끝나는 건 줄 알았는데 그게 아니었다. 그는 여전히 그녀를 마주 보고 있다. 그녀가 그를 봐줬으면 좋겠다. 그를 좋아해주길. 이젠 단지 그거뿐인데 그게 가장 어려웠다. 은채는 결국 아니라고 대답해주지 않는다.

"나 중국 가."

그렇다고 그녀에게 자신을 좋아해달라 사정할 수도 없다. 그건 권도혁이 아니니까.

"잘 먹고 잘 살아."

도혁은 지금까지 들어본 것 중 가장 다정한 어투로 욕 같은 작별 인사를 하고 떠났다. 그래서 그녀도 직감할 수 있었다. 이게 정말 권도혁과의 끝이라는 걸. 그가 다시는 그녀를 찾아올 일은 없을 거라는 걸.

그 후 그녀는 겨우 살아났던 입맛이 다시 사라져버렸다. 무슨 음식을 먹어도 아무 맛도 안 났다. 밥상 앞에서 깨작이는 그녀에게 아버지가 잔소리를 하셨다.

"먹을 거 앞에 두고 뭐 하는 짓이야! 푹푹 퍼먹어!"

"아버지나 퍼먹어."

아버지 말 그대로 따라 했다가 수저로 얻어맞기만 했다. 밥도 맛없는데 맞기까지. 거기다 밥 먹고 나서는 지겨운 공부나 해야 했다. 의욕이 생기지 않아서 그녀는 방 안에서 쓰러져 움직이지 않았다. 멍하니 방 벽지의 꽃만 보고 있던 게 한참은 된 것 같았다.

—넌 내가 왜 싫어?

안 싫어했다. 그래서 골치 아팠다.

—나 중국 가.

그렇게 멀리 가면 진짜 못 보는 거다.

—잘 먹고 잘 살아.

그러고 싶은데 밥맛도 없고 의욕도 없다. 분명 이번엔 도혁이 나쁜 짓 한 것도 없는데 왜 이렇게나 그 때문에 망한 느낌이 드는 건

지 모르겠다. 최악이었다. 애쓰면 애쓸수록 모든 게 엉망진창이었
다. 은채는 작게 몸을 웅크리고 울음을 삼켰다.

"나쁜 놈."

시원하게 욕이라도 할 수 있으면 좋겠는데, 욕하니 더 슬프다.

권도혁 때문에 그녀의 인생이 망했다.

도혁이 중국 출장을 떠나는 날은 날씨가 맑았다. 언제나처럼 박
실장이 그를 보필하기 위해 동행했다. 인천공항으로 가는 차 안에
서 도혁은 가만히 창밖만 보고 있었다. 도혁이 한참이나 그 자세로
움직이지 않기에 박 실장이 룸미러로 보면서 물었다.

"무슨 생각하십니까?"

"아버지 시키는 대로 약혼이나 할까."

"네?"

생각지도 못한 대답에 박 실장은 놀란 표정을 지었다. 그렇게 되
지 않으려고 도혁이 얼마나 애썼는지 알기에. 전에도 약한 모습을
보이기는 했지만 그래도 괜찮아질 거라 여겼다. 그는 힘든 일을 겪
어도 언제나 결국에는 이겨냈으니까. 바닥까지 내려간 적은 없었다.
강한 유전자를 가지고 태어났으니까.

"이젠 다 귀찮네요. 그냥 하라는 대로 하는 게 편할 것도 같아요."

완전 자포자기였다. 점점 괜찮아질 줄 알았던 도혁의 상태가 오히
려 점점 나빠지고 있다는 걸 깨달은 박 실장은 마음이 급해졌다.

"그런 거 대표님답지 않습니다."

"그게 중요합니까?"

도혁은 허무함이 스민 목소리로 중얼거렸다.

"어차피 권도혁은 미움만 받는 인간인데."

도혁은 남의 시선 따위 신경 쓰지 않았다. 그래서 항상 자신이 생각하는 대로 행동하고 말할 수 있었다. 그런 도혁이 한없이 약해진 것에 박 실장은 당황하며 부정했다.

"그렇지 않습니다."

박 실장이 이 순간을 모면하려고 거짓말하는 거로 생각하는 도혁은 그의 말에 귀 기울이지 않았다.

"은채 양은……."

도혁과 눈이 마주치자 박 실장은 말을 잇지 못했다. 그 순간 은채와 한 약속이 그의 양심에 걸린 것이다.

"이은채가 뭐요?"

도혁이 묻는 말에 박 실장은 입만 달싹였다. 말을 하면 도혁이 다시 자신감을 찾을 테지만 그럼 은채와의 약속을 어기게 된다. 그렇다고 말을 안 하자니 도혁의 상태가 점점 심해질까 걱정이었다.

성실한 박 실장은 이러지도 저러지도 못하고 헤매고 있는데 도혁의 핸드폰에 카톡 음이 울렸다. 실로 오랜만에 울리는 앙증맞은 소리였다.

도혁은 설마 하며 핸드폰을 꺼내 확인했다.

> 해주면 되잖아! 그 약혼녀 대타인가 뭔가! 해준다고! 이 자식아!
> 그러니까 그냥 한국에서 살아!

은채가 보낸 메시지를 빤히 보던 도혁이 나직하게 박 실장을 불렀다. 박 실장도 긴장한 눈으로 도혁의 말에 귀를 기울였다.

"비행기 표 한 장만 더 예매해주세요."

아까와는 목소리 톤이 달라져 있었다. 언제 자포자기했느냐는 듯이 오만한 어투였다.

권도혁 부활이다.

은채는 그 어느 때보다 열심히 공부하고 있었다. 도혁에게 미친 척 메시지를 보낸 뒤 무서워진 것이다. 뭐라도 하고 있지 않으면 참을 수가 없었다. 어쩌자고 그런 대책 없는 말을 해서는. 그런데 취소라고 보내지도 못하고 있다. 도혁이 중국으로 떠나버리는 건 싫었으니까. 부딪힐 때마다 싸워도 그가 그냥 한국에서 살았으면 좋겠다. 어쩌다 마주칠 수라도 있게.

책에 볼펜으로 막 동그라미를 쳐가면서 공부하고 있는데 누군가 그녀의 팔을 붙잡았다. 도서관에서 공부하다 접촉 사고 난 것이라 여겨 놀라 고개를 드는데 도혁이 있었다. 그가 중국에 가지 않은 것에 안도하는 것도 잠시였다.

"일어나. 나랑 같이 갈 곳 있어."

"네? 어디요?"

그녀는 너무 당황해서 멍청하게 물어보았다. 도혁은 제대로 대답도 해주지 않고 그녀를 일으켜 세워서는 끌고 갔다. 그래서 은채는 어디로 가는지도 모른 채 도혁에게 끌려 도서관을 나오게 되었다.

"어디 가는 건데요?"

쌩쌩 달리는 도혁의 차 안에서 은채는 불안해서 물었다. 그녀가 꺼낸 말이 있기에 더 불안했다.

"설마 지금 당장 당신 아버지 찾아가서 나랑 약혼한다고 하는 건 아니죠?"

그녀의 이야기에 도혁은 실소를 지었다. 그렇게 허술하게 행동했 다가는 바로 망한다는 걸 알기에.

"도대체 어디 가는 거냐고요!"

도혁이 대답을 해주지 않아서 그녀의 목소리는 예전처럼 높아질 수밖에 없었다. 도혁의 차가 멈춘 곳은 뜻밖에 그녀의 집 앞이었다. 뭔가 사기당한 기분이라 도혁을 쳐다보는데 도혁이 짧게 그녀에게 지시했다.

"여권 가지고 나와."

"중국은 당신이 가는데 왜 내 여권을 가지고 나와요?"

"네가 안 들어가면 내가 들어가서 가지고 나온다."

도혁이 차 문을 열려고 하자 은채는 기겁을 하며 그의 팔을 잡았 다. 도혁이 집에 들어가면 그녀의 아버지와 사생결단 나는 걸 테니까.

"내가 가지고 나와요! 내가!"

도혁의 강압에 그녀가 아버지 몰래 여권만 달랑 들고 나와서 향 한 곳은 인천공항이었다. 은채는 자신이 왜 여기 있는지 모르겠다 는 눈으로 공항의 높디높은 천장을 올려다보았다.

여긴 어디고 난 누구란 말인가. 그나마 안도한 건 공항에 박 실장 이 있다는 것이다. 막무가내 자기 멋대로인 도혁과 달리 인간다운 말이 통하는 상대.

은채는 박 실장을 붙잡고 하소연했다.

"제가 도서관에서 공부하고 있는데 권 대표가 억지로 끌고 왔어요. 도대체 저 인간이 저한테 왜 이러는 거예요?"

박 실장은 어색하게 웃으며 중국행 비행기 티켓을 들어 올렸다.

"오늘 대표님 중국 출장이라."

출장이라고?

그 말이 그녀의 뇌를 아주 강하게 때렸다. 그녀의 예상과는 전혀 다른 것이었으니까.

"출장이면 돌아오는 거잖아요. 완전히 가는 거 아니었어요?"

"아뇨. 일주일만 있다 오는 건데."

한 달도 아니고, 고작 일주일이란다.

은채는 자신이 완전히 속았다는 생각에 거센 몸짓으로 도혁을 돌아보았다.

"또 날 속인 거예요?"

"네가 멋대로 착각한 거지. 난 중국 간다는 소리밖에 안 했어."

이 인간의 뻔뻔함은 날이 갈수록 일취월장했다. 이젠 글로벌적인 사기까지 쳤다.

"그럼 취소예요. 나 안 해. 난 당신이 중국에서 안 돌아오는 줄 알고 그런 거란 말이에요."

도혁은 그녀의 말을 귓등으로도 안 들으며 자기 할 말만 했다.

"낙장불입. 이미 내 핸드폰에 저장되어 있어. 그러니 자세한 이야기는 중국 가서 차근차근 하자고."

"싫어요. 내가 왜 중국을 가요? 중국은 당신이나 가요."

도혁이 고개를 숙이더니 그녀와 눈높이를 맞추었다. 조각 같은 얼굴에 압도당할 것 같아서 은채는 뒤로 몸을 뺐다. 그래도 너무 가까웠다. 그가 내뱉은 숨을 그녀가 삼키고 있을 만큼.

"나보고 한국에서 살라며."

"그건 당신이 중국 도피하는 줄 알고!"

그녀는 꼭꼭 감춰왔던 자신의 마음을 들킨 것만 같아 어디로든 숨고만 싶었다.

"그러니까 날 걱정했다는 거잖아."

도혁이 말하면서 자꾸만 다가왔다. 은채는 계속 뒤로 피하며 부정했다.

"그런 거 아니라고요! 난 그냥!"

"그냥 뭐?"

도혁이 별로 크지도 않은 눈을 활짝 뜨며 그녀를 빤히 보았다. 그 시선에 갇혀서 그녀의 심장이 괴로웠다. 이 인간이 이젠 별 이상한 방법으로 사람을 괴롭힌다.

"저기, 비행기 시간 다 되어갑니다. 이젠 수속 들어가야 합니다."

박 실장이 중간에 끼어들어 두 사람의 팽팽한 줄다리기를 끊어놓았다. 은채는 안도하다가 바로 불안해졌다. 뭐야, 나 진짜 중국 가는 거야? 내가 도대체 왜!

우왕좌왕하는 사이 어느새 그녀는 중국으로 향하는 비행기 안이었다. 비자 없는 그녀가 중국에 가기 위해서는 제3국을 경유할 경우에만 무비자로 3일간 상하이에 머물 수 있었다.

그래서 그녀는 일부러 홍콩까지 가야만 했다. 끌려가는 입장치고 번거로워도 너무 번거로웠다. 그녀가 중국 출장에 꼭 필요한 비밀 병기도 아닌데 말이다. 그녀는 적성에 맞지도 않는 비즈니스석에 앉아서 계속 구시렁댔다. 꾹, 도혁이 두 손가락으로 계속 투덜대는 그녀의 입술을 집어버렸다.

"조용히 좀 해."

"읍읍읍읍."

"공짜 중국 여행하게 되었으니 오히려 나한테 감사해야 하는 거 아닌가?"

"읍읍읍읍!"

"고맙다고? 알면 됐어."

말을 할 수 없는 은채는 머리로 도혁의 어깨를 박았다. 그런데 도혁이 아파야 하는데 박은 그녀의 머리가 더 아팠다. 두 손으로 머리를 감싸고 끙끙대는 그녀를 보고 도혁이 재미있다는 듯이 웃었다.

은채 때문에 뒷자리에 탄 박 실장은 정말 오랜만에 웃는 도혁을 보며 생각이 많아졌다. 잘된 것도 같고, 문제가 더 복잡해진 것도 같고. 하여튼 계속 긴장을 늦추고 있으면 안 되었다. 상황이 급변했을 때 두 사람의 편에 서줄 수 있는 사람은 그뿐이었으니까.

18. 상하이 로맨스

도혁은 중국에 도착하자마자 일정이 잡혀 있었기에 공항에서부터 일정에 따라 움직여야 했다. 도혁이 가면 박 실장은 당연히 세트로 움직이는 거고, 딱히 그리하지 않아도 되는 건 억지로 끌려온 그녀뿐이었다.

"호텔에 가 있어."

일할 때는 같이 있어봤자 민폐였기에 도혁은 가차 없이 그녀를 떼어놓았다.

"호텔 가 있을 바에는 관광할 겁니다."

어차피 중국이다. 온 김에 진짜 여행 기분이나 내고 싶어서 은채는 혼자 관광을 한다고 했다. 그녀가 외국어를 잘할 리가 없기에 도혁은 바로 불안해졌다.

"중국어 아는 게 있긴 해?"

"그까짓 거. 보디랭귀지로 다 통해요."

그렇게 말하며 그녀가 다리를 들어 올리자 도혁은 눈을 가늘게 떴다.

"그건 무슨 보디랭귀지지?"

"내가 호신술 좀 할 줄 압니다."

"할 줄 아는 폼이 아닌데."

영 불안해 보였지만 은채는 자신 있다면서 먼저 떠나버렸다. 사기라고 난리 칠 때는 언제고 신이 나서 가버리는 은채의 뒷모습을 두 남자는 심상한 눈으로 쳐다보았다. 한국에서 사고뭉치가 중국에 왔다고 해서 똑똑해질 리는 없었으니까.

"영원히 안 돌아올지도 모르겠군요."

도혁이 중얼거리는 말을 듣고 박 실장은 진짜 은채가 걱정되기 시작했다. 중국이라고 했을 때 은채가 가장 먼저 생각한 건 중국 전통 의상인 치파오였다. 한국에서도 살 수 있지만 아무래도 본토에서 직접 사는 게 더 멋있을 거 같아서 가장 먼저 상하이에 있는 치푸루 시장을 찾아갔다. 그곳에 가면 다른 곳보다 저렴하게 옷을 구매할 수 있다고 했다. 막상 시장에 도착하고 보니 역시 대륙의 규모는 압도적이었다. 거기다 싸기까지.

쇼핑을 시작하면서 은채는 거의 정신을 놓았다. 남의 돈을 빌려 쓴다는 죄책감도 전혀 없었다. 값비싼 다이아몬드 목걸이 앞에서는 쿨할 수 있었지만 싸구려 시장 물건 앞에서는 유혹에 지는 게 서민의 서글픈 습성인가보다.

"좀만 싸게 해주세요."

중국에서는 아무리 물건 값을 깎아도 지나치지 않다고 해서 웃으면서 물건 값 깎는 데 열을 올렸더니 옷, 신발, 팔찌, 가방, 부채……닥치는 대로 사게 되었다. 재벌 도혁도 전혀 안 부러운 시간이었다. 싸면 어떤가. 사는 즐거움이 있고, 예쁘면 그만이지. 은채는 해가

져서야 박 실장에게 전화를 걸었다.

[마침 대표님도 호텔에 들어가시는 중이니 시장 입구에서 만나요.]

도혁이 일을 끝낼 때까지 그녀가 쇼핑했다는 소리였다. 쇼핑에 온 몸을 불태웠다고 보는 게 맞을 것 같았다. '훗, 난 후회하지 않아.'라고 생각하며 쿨하게 서 있는데 중국 상인이 다가와 대뜸 가방을 내미는 것이었다. 딱 봐도 짝퉁 가방이었다.

"싸요. 엄청 싸."

싼 물건이라도 너무 짝퉁 티 나는 건 피해서 쇼핑했기에 은채는 별로 흥미가 없었다. 웃으며 안 산다고 말했는데도 광대뼈가 도드라지는 중국인은 집요하게 그녀에게 가방을 들이밀었다. 안 되겠다 싶어 다른 곳으로 자리를 옮기는데 중국 상인이 그녀의 뒤를 쫓아왔다. 그녀가 들고 있는 쇼핑 물건들을 보고 그녀가 무조건 다 사는 쇼핑족이라고 확신했나보다.

"안 산다고. 쫓아오지 마."

그녀가 나중엔 화를 냈지만, 그는 한국어를 못 알아듣는 척했다. 자기가 먼저 한국말로 접근해 왔으면서 말이다.

"아이 돈 케어!"

영어로 말하긴 했는데 그게 맞는 건지 모르겠다. 이럴 때 중국 욕을 알아두었다가 써야 하는데 불행히도 아는 중국어라고는. '쎄쎄'뿐이었다. 한참이나 중국 상인을 피해 도망 다니다 보니 기다리기로 한 시장 입구에서 멀어져버렸다. 다시 삥삥 돌아 입구로 가보니 벌써 차가 도착해서 박 실장이 차 밖에 서 있었다. 은채는 반가운 마음에 열심히 뛰어갔다.

"죄송해요. 중국 상인 피해 다니다 보니까."

"괜찮습니다. 그런데 대표님 못 만나셨나요? 은채 양 찾으러 시장 안으로 들어가셨는데."

"그래요? 못 봤는데."

시장이 워낙 넓고 사람이 많아서 서로 엇갈린 것 같았다. 박 실장은 핸드폰을 꺼내 도혁에게 전화를 걸려 했다. 은채가 돌아온 건 알려야 했으니까. 그런데 은채가 서둘러 손을 들어 전화하려는 박 실장을 막았다.

"아, 지금 권도혁 무슨 일 당하고 있을지 저 알겠어요."

무슨 일을 당한다는 말에 박 실장은 의아한 얼굴을 하였다.

"제가 쇼핑족처럼 보인다고 가방 상인이 엄청 들이댔거든요. 권 대표는 돈 냄새 줄줄 흘리고 다니니 분명 더 심할 거예요."

아마 길거리 상인들이 다 들러붙는 진풍경이 일어났을지도 몰랐다.

"재밌겠다. 가서 구경해요."

모기 차 쫓는 아이처럼 다시 시장 안으로 뛰어가는 은채를 보며 박 실장은 한숨 섞인 웃음을 지었다.

"그런 싸구려들을 돈을 주고 산다니. 믿을 수가 없군."

그녀의 예상대로 상인들에게 집단 공격을 당하다가 그녀를 만난 도혁은 차에 올라타서도 기분이 좋지 않았다. 그래서 그는 은채가 산 물건들에다 화풀이했다.

"내가 신기한 거 보여줄까요?"

은채는 개의치 않고 쇼핑한 것 중 주름이 많이 진 아주 작은 옷을 꺼냈다.

"이거 꼭 아이 옷처럼 작죠? 근데 입으면 쭉쭉 늘어나요."

은채는 직접 옷을 입었다. 그녀의 말대로 작은 옷이 그녀의 몸에 맞추어 늘어났다. 그녀가 묘기 부리듯이 이상한 옷을 입는 모습을 기가 막힌 눈으로 보던 도혁이 한마디 했다.

"그래서 뭐?"

"재밌잖아요."

"보기 흉해. 벗어!"

"잠깐만 있어봐요. 여기 어울리는 모자도 하나 샀는데."

그녀는 호텔로 가는 동안 자신이 쇼핑한 것들을 하나하나 다 도혁에게 보여주었다. 끝도 없이 나오는 이상한 물건들 때문에 호텔에 도착했을 때 도혁은 굉장히 지친 표정을 짓고 있었다.

"박 실장님, 이건 선물이에요. 받으세요."

은채는 마지막으로 시장에서 산 소림사 스님 인형을 조수석에 앉아 있는 박 실장에게 내밀었다. 갑작스러운 선물에 박 실장은 당황한 표정을 감추지 못했다. 그리고 그녀가 아니라 도혁을 먼저 보았다.

"에이, 권 대표는 신경 쓰지 마세요. 싸구려라 싫어할 거 같아서 일부러 안 주는 거니까. 그러니까 받으세요. 설마 박 실장님도 이거 싸구려라 싫으세요?"

박 실장은 아니라며 그제야 인형을 받아 들었다.

"고마워요. 우리 손자들이 좋아하겠네요."

"우와, 손자도 있으세요?"

"네, 네 살이에요."

"우와, 귀엽겠다. 아들이에요? 딸이에요? 우리 언니가 결혼은 했는데 아직 아기를 안 낳아서 전 조카도 없거든요."

박 실장과 이야기꽃을 피우는 은채를 도혁이 못마땅한 눈으로 쳐다보았다. 호텔에 도착해서 차에서 내리자 호텔 벨 보이가 눈치 빠르게 다가와서는 그녀가 주렁주렁 달고 있던 짐들을 들어주었다.

"매너도 좋지."

그녀에게 촌스럽다고 구박만 했던 도혁을 흘겨보며 일부러 벨 보이를 칭찬했더니 도혁도 그녀를 흘기듯 내려다보았다.

"그래서 팁으로 소림사 인형이라도 줄 건가?"

"그래야겠네. 안 그래도 선물 뿌리려고 엄청 많이 샀어요."

호텔 벨 보이한테도 주는 인형을 그에게는 주지 않았다는 것이기에 도혁은 팔짱을 끼고 못마땅한 눈으로 그녀를 내려다보았다. 그깟 소림사 인형, 그가 가지고 있어봤자 쓸모도 없는 촌스러운 거지만 남들은 다 주는데 그는 주지 않는다는 게 은근히 자존심 상했다.

그래도 먼저 달라고는 입이 찢어지는 한이 있어도 할 수 없었다. 싸구려라고 구박한 건 그가 먼저였으니까. 이제 호텔 방에 들어가야 하는 순간에 도혁은 그녀의 앞에 호텔 키 두 개를 내밀었다.

"하나는 침대와 욕실만 있는 일반 룸."

호텔 방이 다 그렇지 않은가 생각했는데 도혁이 다른 키 하나를 설명했다.

"그리고 이쪽은 수영장에 스파 시설에 방도 여러 개 있는 스위트 룸."

은채의 손이 저절로 스위트룸 쪽으로 향하는데 도혁이 덧붙여 설명했다.

"대신 나랑 같이 써야 해."

스위트룸 키 앞에서 그녀의 손이 딱 멈추었다. '지금 날 놀려?'라는 눈으로 은채가 올려다보자 도혁이 빙글 웃으며 물었다.

"어느 쪽 선택할래?"

은채는 도혁을 노려보며 일반 룸 키를 꾹 움켜잡았다. 그녀의 선택에 도혁은 그럴 줄 알았다는 듯이 고개를 끄덕였다.

"현명한 선택이야. 아버지가 자랑스러워하시겠어."

은채는 호신술에 능하다는 보디랭귀지를 취하고 싶은 걸 꾹 참으며 도혁에게 푹 자라고 끝인사를 했다.

그날 밤 은채는 중국이라서인지 쉽게 잠을 잘 수가 없었다. 밤이 되니 살짝 아버지가 걱정되기는 했지만 어차피 온 중국이니 여기 있을 동안만이라도 아버지한테 혼날 걱정은 접어두고 여행 느낌을 맘껏 내고 싶었다. 그리고 도혁이 묵고 있는 스위트룸을 구경하고 싶었다.

방 안에 수영장도 있다는데 그걸 써보지 않으면 얼마나 아깝겠어. 안 그래도 방값이 엄청 비쌀 텐데. 그런 생각을 하며 침대 위에서 뒹굴고 있는데 방 전화가 울렸다. 집이 아니라 중국 호텔이었기에 은채는 놀라서 전화기를 보다 호기심에 전화기를 들어 받아보았다. 모르는 언어가 나오면 바로 끊어버릴 생각이었다.

"여보세요?"

[와인 마실래?]

도혁이었다.

그가 순수한 마음으로 와인을 같이 마시자고 하는 거 같지는 않았지만 그가 묵고 있는 수영장이 있다는 스위트룸을 구경하고 싶은 마음에 바로 거절하지 못했다. 결국 그녀는 오늘 시장에서 산 치파오로 갈아입고 도혁이 있는 스위트룸으로 올라갔다. 수영장만 구경하고 올 생각이었다. 수영장만.

달칵-.

문을 열어준 도혁은 아직도 슈트 차림이었다. 그에게 가장 어울리는 모습이기는 했다. 하지만 그녀와 같이 섰을 때 어울릴지는 모르겠다. 도혁이 그녀를 보고 살짝 미소 짓는데, 쓸데없이 멋있었다.

"들어와."

"목소리 깔지 마요. 소름 돋아."

"반했다는 말을 그런 식으로 하나보지?"

더 말해봤자 자신만 손해일 게 뻔했기에 은채는 도혁의 몸을 밀어내고 스위트룸 안으로 들어섰다. 수영장 구경이 목표였던 은채는 방 안에 들어서자마자 감탄사를 뱉어냈다. 상하이 시내를 앞에 두고 찰랑거리는 푸른 수영장이 바로 보였다. 문 하나가 열렸을 뿐인데 다른 세계가 그녀의 눈앞에 펼쳐졌다. 그래서 절로 감탄이 흘러나왔다.

"우와, 진짜 방에 수영장 있네. 들어가봤어요?"

"내가 왜?"

도혁의 대답은 심드렁했다.

"안 쓰면 아깝잖아요."

언제든지 이 방을 쓸 수 있는 도혁과 달리 그녀는 일생 마지막 경험일 수도 있었기에 도혁을 무시하고 수영장으로 돌진했다. 상하이 시내를 내려다보며 수영할 수 있는 환상적인 수영장이었다.

탁―.

도혁이 문을 닫고 돌아서니 은채는 옷을 입은 채 그대로 수영장 안으로 뛰어들고 있었다. 도혁은 놀라서 앞으로 몇 발짝 튀어나왔다.

"와하하하하하하하, 엄청 시원해."

물 위에 누워 둥둥 떠다니며 은채는 깔깔 웃어댔다. 수영장을 보자 놀고 싶은 기분이 되었을 뿐이었다. 그걸 도혁은 발을 헛디뎌 수영장에 빠진 줄 알고 놀랐다. 놀란 게 진정되자 도혁은 넥타이를 풀어내며 짧게 한숨을 내쉬었다.

"절대 그냥은 안 있는군."

도혁은 은채처럼 즉흥적인 감정에 빠지는 사람이 아니라서 옷 입고 수영장에 뛰어드는 행동은 못 했다. 술이나 한잔 하며 쉬는 게 그가 호텔 방에서 할 수 있는 여흥의 전부였다.

도혁은 준비되어 있던 와인 병을 집어 들었다. 은채는 수영장에 둥둥 떠서 하늘을 올려다보았다.

고층 수영장에 누워서 보는 밤하늘이 참 예뻤다. 이곳이 꿈인지 현실인지 구분이 안 되는 느낌이 기분 좋았다.

"설마 거기서 잘 생각은 아니겠지?"

도혁이 술잔을 손에 들고 수영장 근처로 걸어왔다. 재킷을 벗고 넥타이를 풀어 아까보다는 편해 보이기는 했지만 수영을 할 모습은 아니었다. 아마 지금껏 그에게 호텔 방 수영장은 그저 관상용 인테리어였을 뿐이겠지.

"나도 술 줘요."

"음주 수영은 안 돼."

"킥킥, 단속이라도 뜨나?"

"벌써 취한 거 아니야? 시장에서 술 마셨나?"

"아무것도 안 먹었어요. 안 그래도 배고팠다고요."

"그럼 나와서 먹어. 수영장이 어디 도망가는 거 아니니."

은채는 순순히 도혁의 말을 듣는 것처럼 수영장 가로 수영해 다가갔다. 그녀는 수영장 가에 우뚝 서 있는 도혁에게 손을 뻗었다.

잡아서 올려달라는 손짓이었기에 도혁도 순순히 허리를 숙여 그녀의 손을 잡았다.

그게 실수였다. 설마 옷 입고 수영장에 뛰어드는 광기를 보였던 그녀가 그리 순순히 수영장에서 나올 거라고 여기다니. 오히려 그를 당기는 힘이 잡은 손에서 전해지자 도혁의 얼굴이 굳어졌다.

"장난하지 마."

도혁이 경고를 했고, 은채는 사악한 미소를 지었다. 원래 장난하지 말라고 하면 더 하고 싶어지는 걸 왜 모를까 싶었다.

은채는 온몸으로 도혁의 손을 끌어당겼다.

도혁의 몸이 앞으로 기울며,

달빛이,

무방비한 얼굴이,

그녀의 품 안으로 쏟아져 내렸다.

풍덩-!

"Shit!"

물에 빠진 도혁은 흠뻑 젖어서는 욕을 했다. 드디어 가면이 벗겨졌다. 일을 벌인 은채는 재미있다고 깔깔 웃으면서도 도혁을 피해 수영을 했다.

도혁의 여유 만만한 가면이 벗겨진 게 재미있긴 했지만 그는 진짜 화가 난 것 같았다. 여자라고 봐주지 않을 게 분명하다. 이빨을 숨기고 사는 호랑이족이었으니까.

"같이 수영하자고 끌어당긴 거 아닌가? 어딜 가는 거지? 이리 와."

도혁이 또 여유를 가장해 말하고 있지만, 눈가에는 경련이 일어나고 있었다. 잡히면 물고문당할지도 몰랐다.

"나랑 놀고 싶으면 댁이 와요."

그녀의 놀리는 듯한 말에 도혁은 더 화가 난 것 같았다. 그의 입가에 가식적으로 걸렸던 웃음도 사라졌다.

도혁은 무서운 무표정을 지은 채 성큼성큼 걸어서 움직였다. 그는 키가 커서 수영장 안에서도 긴 다리로 걸어서 이동할 수 있었다. 하지만 은채는 불리할 정도로 짧은 팔과 다리를 열심히 놀려 수영을 해야 했다.

그녀가 계속 도망을 치자 도혁의 눈썹이 자꾸 하늘로 올라갔다. 어느 순간 작전을 바꾸었는지 도혁이 갑자기 물속으로 들어가버렸다.

도혁이 보이지 않자 은채는 움찔했다. 물속이라면 절대 그녀가 불리했다. 상어처럼 다가와 악어같이 낚아채는 걸 어찌 감당하겠나.

서둘러 나가야겠다고 생각해서 수영장 가로 혼신을 다해 헤엄쳐 갔는데 그녀의 손이 타일을 잡기도 전에 물속에서 그녀의 왼쪽 발이 잡혀버렸다. 진짜 무시무시한 악어였다.

은채는 놀라서 비명을 질렀다.

"까아아아아악! 사람 살려!"

누군가 들었다면 스위트룸에서 살인이라도 나는 줄 알았을 것이다. 하지만 철저하게 외부와 단절된 스위트룸이었기에 이 안에서 무슨 일이 벌어져도 사람들이 알기는 무리였다.

몸을 물 밑으로 당기는 손길에서 벗어나기 위해 은채는 몸부림을 쳤다. 장난 조금 쳤다가 완전히 물귀신에게 잡힌 꼴이었다.

"그만해요. 내가 잘못했어요."

끝없이 물속으로 끌려들어 가는 게 진짜 무서웠다. 그녀는 한 번에 잡아당겼을 뿐인데 도혁은 치사하게 점층적으로 공포를 주고 있었다. 얼굴까지 완전히 물에 잠긴 뒤에는 소리도 지를 수 없었다. 물속에서는 눈도 뜰 수 없었고, 숨도 쉴 수 없었다.

은채는 밀어내던 도혁의 어깨를 꽉 움켜잡았다. 밀어낸다고 밀려날 이가 아니었으니 그를 버팀목으로 붙잡아야 했다. 그녀의 저항이 멈추자 그녀를 잡아당기던 도혁의 힘도 약해졌다. 어느새 도혁의 손이 그녀의 허리를 감더니 그에게로 끌어당겼다. 은채는 그의 힘에 휩쓸려 가 그의 넓은 어깨를 끌어안았다. 물속은 지나치게 조용하고 단절되어 있었다.

두 팔로 그녀를 안고 있는 도혁의 존재만이 유일한 세상이었다. 그녀를 공격할 수도, 보호해줄 수도 있는 이기적인 세상. 위험하다고 생각하면서도 심장은 뛰었다. 두근두근. 제어가 안 될 정도로 격해졌다. 마치 불로 뛰어드는 부나비처럼 은채는 도혁에게 매달렸다. 그러자 하강하던 몸이 다시 위로 솟구쳐 올라갔다.

"하아."

다시 지상 위로 올라오자 그제야 소리가 돌아왔다. 숨소리, 별 소리, 달 소리, 그리고 숨소리. 도혁의 거친 숨소리가 그녀의 귓가 옆에서 불규칙적으로 터졌다. 은채는 사냥꾼에게 잡힌 작은 동물처럼 소리 없이 작게 떨기만 했다. 도혁의 손이 올라와 그녀의 뺨을 덮었다. 차가운 성격과 달리 뜨거운 손이었다. 그 온기의 차이에 은채는 흠칫 놀라며 몸을 더 크게 떨었다. 그의 손가락이 그녀의 얼굴을 더듬었다. 그 은밀한 감촉에 겁먹어 그녀는 눈을 뜨지 못했다.

그의 숨결이 그녀를 타고 흘렀다.

그녀의 이마에서, 눈가에서, 코끝에서, 그리고 입술 위로.

그가 아주 가까이 있음을 눈으로 보지 않고도 감각만으로도 알 수 있었다.

열병이 난 것처럼 들뜨는 기분이었다. 지금 이 열기를 참기 힘들어서 은채는 그의 어깨에 얼굴을 묻었다. 물비린내와 그의 체취가 뒤섞여 혼탁했다. 현기증이 났다. 세상은 그대로인데 그녀의 안에서만 지진이 나고 태풍이 부는 듯했다. 도혁이 떨고 있는 그녀를 안아 올렸다.

차박차박-.

도혁은 그녀를 안아 든 채 물을 가르고 걸어갔다. 물 밖으로 나온 뒤 그녀의 몸이 부드러운 촉감의 시트에 내려 앉혀지고 그녀의 머리 위로 커다랗고 향기 좋은 수건이 덮혔다.

그제야 은채는 눈을 떴다. 물에 흠뻑 젖어 단정하던 셔츠와 팬츠가 그의 몸을 뱀처럼 휘감고 있었다. 그렇게나 흐트러졌는데도 그 균열이 오히려 아름다웠다. 그는 한 마리의 관능적인 동물 같았다. 그가 움직일 때마다 물이 뚝뚝 떨어져 내렸다. 그리고 그녀의 심장 박동 소리는 쿵쿵 높아졌다.

"감기 걸리기 싫으면 젖은 옷 갈아입어."

아무 일 없었던 것처럼 도혁이 명령하듯이 말했다. 그래서 정말 아무 일 없었던 것 같기도 했다. 그건 그저 그녀의 착각이었을지도 몰랐다. 어쩌면 그녀가 용기를 내어 눈을 떴으면 어떤 일이 벌어졌을지도 몰랐지만, 이미 지난 일이었다.

은채는 하얀 수건으로 얼굴을 덮었다. 아직 식지 않은 열기 때문에 몽롱했다. 안도하는 것 같기도 하고, 아쉬운 것 같기도 한 난감한 기분이었다. 가볍게 시작한 물장난이 뜨거워서 데일 거 같은 불장난이 되어버린 꼴이었다.

똑똑─.

몇 번이나 계속되는 노크 소리에 은채는 천천히 눈을 떴다.

"은채 양, 자요?"

박 실장의 목소리였다. 은채는 일어나서 문을 열어주고 싶었지만 몸이 무거워서 쉽게 일어날 수가 없었다. 의사가 와서 진단해주지 않아도 알 수 있을 만큼 명백한 몸살이었다.

아무래도 지난밤 수영장에 들어간 게 화근인 것 같았다. 좋다고 들어가서 놀다가 큰일 난 꼴이었다. 집도 아니라 중국까지 와서 자기 몸 관리 못 해서 골골대다니. 진짜 그녀의 빈틈은 평생 채워지지 않을 것 같았다. 이렇게 될 줄 모르고 도혁까지 물에 빠뜨렸으니 말이다. 그래도 그는 남자니까 괜찮을 것이다. 그래야 하는 데 말이다. 둘이 똑같이 아프면 정말 가관이겠다.

은채는 무겁게 눈을 감았다. 어차피 그녀가 대답을 안 하면 자고 있다고 생각할 것이다. 도혁은 오늘도 일 때문에 바쁠 것이니 신경 쓰이게 하고 싶지 않았다. 그녀는 좀 누워 있으면 괜찮아질 거라고 생각했다. 어차피 열병 같은 거니까. 열은 결국 내리게 되어 있다.

도혁은 아침 일찍부터 중국 정부 관련 사람들이 참석하는 중요한 회의가 있었다. 회사와 그에게 굉장히 중요한 출장이었다. 이번 일을 성공하면 그룹 내 누구도 그가 권 회장의 뒤를 이을 후계자감이라는 걸 부정 못 할 것이다. 그는 평생 시험받는 위치에 있었고, 무조건 성공해야 한다는 압박감은 이젠 피부처럼 익숙해져버렸다.

늦지 않게 나갈 준비를 마치고 침실에서 나온 도혁은 커프스단추를 채우다 수영장 쪽을 보았다. 심장 끝이 까슬까슬한 기분이었다. 키스를 진짜 했으면 이런 기분이 안 되었을 텐데 하려다가 참았다는 게 난감했다.

뭐야, 풋내기처럼.

그녀가 싫어할 행동을 하면 안 된다고 생각했더니 웃긴 꼴이 되었다. 차라리 그런 거 상관 안 하고 그가 하고 싶은 대로 행동했던 예전이 나았던 것 같기도 했다. 하여튼 이은채는 여러 모로 그를 곤란하게 만들고 있었다.

지금은 리조트 일에 집중해야 했다. 그래서 도혁은 일부러 은채에 대한 생각을 지워버렸다.

게으름뱅이 이은채는 그와 박 실장이 회의에 참석하기 위해 호텔에서 나갈 때까지도 일어나지 못했다. 박 실장의 말로는 너무 푹 자서 일어나지도 못하고 있단다. 그런 일이 있었는데도 늘어지게 잠이 온단 말이지.

원래 불면증이 심한 그는 한숨도 못 잤다. 밤새는 거야 그에게는 다반사라고 해도 어제는 다른 불면의 밤과 달리 꼭 꿈속에서 헤매는 것 같은 혼곤함이 있었다. 이것도 승부라고 할 수는 없지만 여유 면에서 그가 졌다. 도혁은 오늘 일을 잊지 않겠다고 생각하며 회의장으로 향했다.

박 실장이 부탁한 대로 호텔 직원이 브런치를 들고 방에 들렀을 때도 은채는 열 때문에 아직도 침대에서 일어나지 못하고 있었다. 그녀의 상태를 박 실장에게 보고하려는 여직원에게 은채는 힘없는 목소리로 부탁했다.

"전화하지 마세요. 지금 일하고 있을 테니까."

하지만 중국 직원이 그녀의 한국말을 알아들을 리가 없었다. 그렇다고 그녀가 지금 만국 공통어인 영어를 할 수 있을 리도 없었다. 중국 직원은 뭔가 조처를 하겠다는 뜻인 것 같은 말을 하며 결국 박 실장에게 전화를 걸었다.

그리고 잠시 후 중국 직원이 전화를 그녀에게 넘겨주었다. 전화기 안에서 박 실장의 목소리가 흘러나왔다.

[은채 양, 몸이 안 좋아요? 미안해요. 난 그냥 자는 거라고만 생각해서. 내가 금방 갈게요.]

"아니에요. 그냥 일하세요. 살짝 열만 나는 거예요. 금방 내려요."

[아니에요. 갑자기 중국 데려온 것도 미안한데. 어떻게 아픈 사람을 그냥 둬요. 대표님은 일 때문에 무리겠지만 내가 갈게요.]

"진짜 괜찮아요. 박 실장님 오시면 제가 더 불편해요. 그러니까 제발 그냥 일하세요."

아픈데 사정하려니까 더 아파지는 것 같았다. 그녀가 진심이라고 느꼈는지 박 실장도 더는 온다는 소리는 못 했다.

[그럼 호텔 직원한테 의사 불러달라고 부탁해둘 테니까 의사한테 치료받아요. 저랑 대표님은 저녁때 돌아갈 거예요.]

은채는 알겠다고 대답하고 전화기를 호텔 직원에게 넘겼다. 그 작은 행동에도 몸에 한기가 들었다. 집이 아닌 낯선 곳이라서인지 아픈 것도 눈치를 보게 되었다. 은채는 이불 속으로 파고들었다. 다나을 때까지 자신의 몸을 꼭꼭 숨기고 싶은 심정이었다.

은채가 아픈 걸 알게 된 박 실장은 이걸 도혁에게 말해야 하나 말아야 하나 고민하게 되었다. 중국 정부에 벌목 허가를 받아내야 하는 중요한 회의였다.

이 회의를 위해 도혁은 몇 달을 준비했다. 권 회장도 결과가 나오기 전부터 반드시 중국 정부를 설득해야 한다고 신신당부했던 일이었다. 그럼에도 중국 정부의 태도는 미적지근해서 회의 분위기는 가파른 레일 위를 달리는 듯 날카롭게 경직되어 있었다.

일만 생각한다면 누군가 갑자기 죽었다는 비보가 날아와도 회의가 끝날 때까지는 섣불리 말할 수 없는 상황이었다. 박 실장은 결국 회의가 끝난 다음에 말하기로 했다. 은채의 말대로 그녀는 몸살인 것 같았고, 만약 그것 때문에 이 회의가 영향을 받는다면 후폭풍이 더 클 것이다.

쉽게 끝날 것 같지 않던 마라톤 같은 회의가 끝난 건 예정 시간보다 3시간이나 초과한 저녁이었다. 회의가 마무리되었을 때도 다시 검토해보겠다는 모호한 대답으로 끝이 난 것이기에 추가 계획을 더 세워야만 하는 상황이었다. 중국 정부가 벌목 허가를 거부했을 때의 2차 방안을 빠르게 모색해두어야 했다. 그리 밝지 못한 표정의 도혁에게 박 실장은 어렵게 입을 열었다.

"대표님, 사실 은채 양이……."

아직 호텔에 돌아가지도 않았는데 박 실장이 섣불리 그녀의 이름을 꺼내자 도혁은 못마땅한 눈빛으로 그를 보았다. 일부러 잊고 있었는데 눈치 없이 일깨워준 거나 마찬가지였으니까.

"이은채가 중국에서 무슨 사고라도 쳤습니까?"

은채라면 충분히 가능한 일이었다.

"그게 아니라 아침부터 몸살 기운이 있었습니다."

생각 못 한 말에 도혁의 표정이 바로 굳었다. 마지막까지 신중히 검토해보겠다고 했던 정부 직원의 말보다 지금 박 실장의 말이 그의 신경을 더 긁어놓았다.

"그걸 왜 이제야 말합니까!"

당연히 일이 더 중요했기 때문이지만 박 실장은 굳이 변명하지 않고 사과만 했다. 도혁도 그 정도는 충분히 짐작할 이성과 인격을 가지고 있었지만 지금은 그런 것보다 감정이 먼저 튀어나왔다. 그답지 않게도.

난생처음 중국에 왔는데 호텔에 온종일 누워 있는 게 아깝다는 생각도 못 들 정도로 그녀는 비몽사몽 시간을 보냈다. 그런데 사람의 몸은 얼마나 정직한지. 먹은 게 없어도 화장실은 가고 싶었다. 그러나 지금은 그녀의 몸이라도 그녀의 의지대로 움직이지 않기에 바로 지척에 있는 화장실에 가는 것조차 힘들었다.

참고 참다가 이대로 있다가는 침대에 쌀 거 같다고 생각했을 때 어쩔 수 없이 은채는 힘겹게 몸을 일으켰다. 침대에서 내려오려 했는데, 다리에 힘이 들어가지 않는 바람에 내려오다 바닥에 주저앉아버렸다.

쿵—!

"아야."

은채는 바닥에 엎드린 자세로 누워 있었다. 침대에 다시 올라가지도 못하고 화장실도 가지 못하고 그냥 버려진 듯 그렇게. 바닥에서 꼼짝도 못 하고 있으니 갑자기 아버지가 너무 보고 싶어졌다. 무서운 아버지도 그녀가 아플 때만은 뭐든 다 해주셨다. 그녀가 화장실 가고 싶다고 하면 업어서 데려다주실 정도로.

"아버지, 내가 잘못했어. 어엉."

한국 떠나 중국 땅에 와서야 자신의 불효가 사무치게 후회되었다. 이게 다 아버지에게 불효한 죗값을 받는 것만 같았다. 엉엉엉엉. 아부지. 나 아파. 아버지를 부르며 펑펑 울고 있는데, 갑자기 바닥에 널브러져 있던 그녀의 몸이 공중으로 솟구쳐 올랐다. 놀라서 눈을 번쩍 뜨니 도혁이 그녀를 내려다보고 있었다. 도혁이 못마땅한 목소리로 그녀에게 물었다.

"아프면 청승맞아지는 건가?"

진짜 아픈 게 맞나보다. 못된 권도혁조차 반가웠다. 은채는 하루만에 보는 도혁에게 울먹이며 말했다.

"나 화장실 가고 싶어요."

걱정되어서 한달음에 달려왔는데 그를 보자마자 그녀가 한 말에 도혁은 눈살을 찌푸렸다.

"거긴 내가 별로 남이랑 공유하고 싶은 곳이 아닌데."

"누가 공유해달래요. 화장실까지만 데려다달라고요."

"호텔 직원을 불러야겠군."

도혁이 프런트에 전화하려고 하자 은채는 기력이 없는데도 빽 소리쳤다.

"지금 당장!"

아픈 사람 앞에서는 보스의 지위도 별로 소용이 없었기에 결국 그녀의 요구대로 도혁은 화장실 변기까지 그녀를 데려다 앉혀주었다. 살면서 누군가의 화장실 시중을 들게 될 줄은 꿈에도 몰랐다.

"나가요."

그런데 이런 어마어마한 일을 시켰으면서 정작 당사자는 고마움도 모르고 이리 말했다.

"필요 없어지니 바로 버리는군."

평소였다면 바로 말대꾸했을 은채인데 지금은 아무 대꾸도 없었다. 무방비하게 드러난 정수리가 연약해 보이는 느낌이었다.

툭―.

도혁의 손이 머리 위에 올라오자 은채는 그 의미를 이해할 수 없다는 눈으로 올려다보았다.

볼일 잘 보라는 의미도 아니고. 갑자기 뭔가? 애완견 쓰다듬는 것 같은 이 손길은. 도혁도 자신의 행동이 실수라 생각했는지 바로 손을 치우고는 밖으로 나가버렸다.

급한 볼일을 해결하고 나니 도혁에게 화장실 시중 부탁한 게 창피해졌다. 돌아갈 때는 그녀의 힘으로 움직이기 위해서 은채는 어기적거리며 세면대로 걸어가 손을 씻었다.

쏴아아아아―.

무심코 보게 된 거울에 비친 자신의 얼굴이 너무나 흉측해서 은채는 놀라버렸다.

"헉!"

아무리 아프다지만 이건 너무 심했다. 은채는 물을 틀어 세수까지 했다. 열심히 세수하다보니 현기증이 일어났다. 더 하다가는 세수하다 기절할 거 같아서 수건을 잡는데 수건이 미끄러지면서 그녀의 몸도 같이 미끄러졌다.

쿵-!

그녀가 바닥에 넘어지는 소리를 듣고 도혁이 문을 열었다. 그녀가 바닥에 쓰러져 있는 걸 보고 도혁은 한숨을 내쉬며 한마디 했다.

"아프면 바닥이 좋아지는 건가?"

당연히 그럴 리가 없었기에 은채는 일어나려고 팔만 파닥였다. 다가온 도혁이 그녀를 안아 일으켰다. 흠뻑 젖은 그녀의 얼굴을 보고 도혁이 한마디 더 했다.

"세수한 건가? 목욕하고 싶으면 씻겨줄 수 있어."

"필요 없어요!"

그제야 평소처럼 소리치는 은채를 보고 도혁은 피식 웃었다.

"소리치는 거 보니 다 나았군. 내가 의사보다 낫지 않아?"

전혀 안 나았다. 환자한테 이리 독이 되는 간병인은 절대 사절이었다. 홧김에 내렸던 열도 다시 올라갈 판이었으니까. 도혁은 그녀를 화장실에서 옮겨다준 뒤에도 돌아가지 않고 그녀의 침대 옆을 지켜주었다. 그래봤자 소파에 다리 꼬고 앉아 아파서 골골대는 그녀를 쳐다보는 게 전부였지만 말이다.

"사람 간병해본 적 없죠?"

희귀 동물을 구경하는 듯한 그의 표정에 은채는 힘없이 물었다.

"있겠어?"

그나마 권도혁이 칭찬받을 점은 뻔뻔할 정도로 솔직하다는 거다. 거짓말이라는 게 남 눈치 보는 사람들이 잘하게 되는 건가 보다. 도혁은 다른 사람을 신경 쓰지 않으니까 거짓말을 할 필요가 없이 살아온 것인지도 몰랐다.

다음 날 아침이 되어도 그녀의 몸은 여전히 무거웠다. 박 실장이 온도계를 보며 근심스러운 표정을 지었다. 열이 쉽게 안 떨어지고 있었다.

"제 몸은 제가 알아서 할 테니까 두 분은 일 가세요. 바쁘잖아요."

은채의 말대로 도혁은 오늘도 출장 일정이 꽉 잡혀 있었다. 은채를 중요한 출장에 갑자기 데려온 것부터 너무 대책이 없는 일이었다. 그랬기에 그녀가 아파도 일을 미룰 수 없었다.

"난 저녁에 돌아올 거니까 그때까지 다 나아 있어."

그게 명령한 대로 되면 사람이 아니라 기계지. 은채는 아무 대답 없이 멀어지는 도혁의 뒷모습을 쳐다보기만 했다.

그가 문을 닫고 나가버리자 안 그래도 기운 없는 몸에 더 힘이 빠졌다. 사람은 아프면 너무 쉽게 약해진다. 일하러 가는 사람 등을 보고 왜 쓸데없이 슬퍼지지.

"……."

오늘도 은채를 혼자 두고 호텔 방을 나와 엘리베이터가 오기를 기다리며 서 있는 도혁은 고요했다. 거의 표정 변화가 없는 얼굴이지만 오늘은 좀 더 묵직했다. 오랫동안 도혁을 알고 지낸 박 실장은 도혁의 미묘한 감정 변화를 느낄 수 있었기에 조심스럽게 물었다.

"은채 양이 걱정되십니까?"

말없이 엘리베이터의 숫자를 응시하던 도혁은 '띵' 엘리베이터 문이 열리는 소리와 동시에 대답했다.

"네."

박 실장은 소리 없이 미소 지었다. 세상에 단 한 사람이라도 마음을 나눌 수 있는 이가 생긴다면 도혁의 불면증도 분명 치료될 거라고 박 실장은 믿고 싶었다.

역시 사람 몸의 자기 회복력이란 위대한 것이었다. 특별한 치료 없이도 몸은 조금씩 편안해져 갔다. 은채는 손가락을 움직여 보았다. 별 무리가 없었다. 이대로 괜찮아지면 저녁에는 이 침대를 벗어날 수 있을 것 같았다.

그럼 도혁과 저녁밥을 먹어야겠다. 한국으로 돌아가기 전에 마지막으로. 어차피 도혁도 금방 한국에 돌아올 테지만 그녀가 먼저 갈 생각을 하니 좀 아쉬웠다. 처음 와보는 상하이였는데. 시장에서 물건만 샀을 뿐 구경도 제대로 못 했다. 하지만 그녀가 아프지 않았다고 해도 도혁과 함께 상하이 구경을 할 수 있었던 것도 아니었다. 도혁은 공항에 도착한 순간부터 계속 바빴으니까.

은채는 손을 계속 꼼지락거렸다. 그와 함께 있으면 좋겠다 생각하는 자신이 낯설었다. 몸살 때문에 마음이 약해져서 그런 건 아니었다. 아프기 전인 수영장에서부터 그랬으니까.

도혁이 풍덩 수영장에 빠졌을 때 그녀도 그에게 풍덩 빠진 것인지도 모르겠다. 아니, 중국에 오기 전부터 이미 시작된 마음이었는지도 몰랐다. 그러니 먼저 그의 약혼녀 대타를 해주겠다고 한 것이리라.

도혁의 마음은 여전히 잘 모르겠다. 계속 그녀를 이용하는 건지, 그녀를 조금은 좋아하는 건지. 은채는 작게 한숨을 내쉬었다. 권도혁 같은 남자를 좋아하면서 과연 언제까지 버틸 수 있을지 그녀는 자신이 없었다.

차에서 내리며 도혁은 시계를 보았다. 벌써 8시였다. 회의 중에는 일부러 박 실장에게 은채의 상태를 묻지 않았다. 박 실장도 그의 성격을 잘 알기에 먼저 은채에 대해 말하지 않았다. 그래서 은채가 괜찮아졌는지 아직도 아픈 건지 알지 못했다.

이젠 직접 눈으로 보면 된다는 생각에 호텔 안으로 들어가는 그의 걸음이 빨라졌다. 성큼성큼 걸어오는 그의 기운에 호텔 직원들이 움찔거리며 인사를 했다. 도혁은 그 앞을 쌩하니 지나치며 엘리베이터로 걸어갔다. 걸음 느린 박 실장만 그 뒤를 쫓느라 종종걸음을 쳐야 했다.

달칵-.

은채가 묵고 있는 호텔 방 문을 열고 들어갔는데 침대가 비어 있었다. 아픈 사람이 외출했을 리는 없기에 도혁은 큰 소리로 은채를 불렀다.

"이은채?"

목소리가 들려온 건 욕실 쪽이었다.

"잠깐만 기다려요. 준비 중이니까."

준비? 아픈 것도 준비할 게 있단 말인가? 도혁은 의아해하며 욕실 쪽으로 시선을 돌렸다. 욕실 문이 조금 열려 있었다. 문틈 사이로 은채의 모습이 살짝살짝 보였다. 그녀는 잠옷이 아니라 외출용 드레스를 입고 있었다. 잘록한 허리선과 풍만한 엉덩이로 이어지는 몸의 유려한 곡선이 열린 문 사이로 감질나게 보였다.

은채는 그냥 기다리라고 했는데 도혁은 저도 모르게 그쪽으로 걸음을 옮기고 있었다.

뚜벅뚜벅-.

도혁은 열린 문틈으로 손을 넣어 조금 더 열었다.

끼익-.

은채는 그의 말대로 몸이 벌써 다 나은 듯이 외출 준비를 하고 있었다. 그녀가 두 손으로 긴 머리를 말아 올리자 뽀얀 목선이 드러났다. 도혁의 시선이 그녀의 목선을 따라 탐스러운 가슴 선까지 이어졌다.

탁-.

은채가 그의 시선을 느낀 듯 고개를 돌리자 도혁은 바로 문을 닫았다.

"흠."

도혁은 아무 일 없었다는 듯이 헛기침을 했다. 은채는 바로 욕실 문을 열고 나왔다. 시장통 싸구려 치파오가 아니라 그가 백화점에서 사 입히려고 했던 명품 드레스를 갖추어 입은 은채가 그를 향해 싱긋 웃었다. 저녁에 그와 식사를 같이하려고 일부러 박 실장에게 부탁해서 구한 옷이었다.

"부활 기념으로 권도혁 버전으로 꾸며봤어요. 어때요? 나도 좀 명품처럼 보여요?"

"부활했다고?"

의심하며 묻는 도혁에게 은채는 더 방긋방긋 미소를 날렸다.

"이은채 컴백 기념으로 야경 데이트 가요."

"그럼 열 한번 재보지. 온도계 어딨지?"

자신은 그녀를 훔쳐보며 딴마음을 품지 않았다는 걸 완강히 보여주려는 듯이 도혁이 온도계를 찾아 두리번거리자 은채의 얼굴에 걸려 있던 미소가 경직되었다.

"데이트 신청하는 여자한테 고작 한다는 말이 그거뿐이에요?"

좋은 분위기 만들려고 일부러 그의 취향에 맞추어 꾸몄는데 도혁의 반응이 생각과 전혀 다르니 그녀의 말투가 또 평소대로 돌아가고 있었다. 이봐요. 내가 웃을 때 넘어오라고. 나 참을성 쥐똥만 한 거 당신도 잘 알잖아.

"아프면 울다 발정 나나?"

"뭐라고요?"

결국 버럭 하는데 도혁의 손이 그녀의 이마를 덮었다.

"열 있네."

도혁이 그럴 줄 알았다는 듯 짧게 혀를 찼다.

"열 있어서 발정 난 거 아니거든요."

그녀는 억울해 죽겠다는 표정을 지었다. 돌아올 때까지 나으라고 명령한 게 본인이면서 발정 난 여자 취급을 하다니, 정말 너무했다. 아직 완벽하게 회복된 것은 아니었기에 바로 기분이 가라앉는 그녀의 얼굴을 들어 올려 도혁이 살피듯이 보았다.

"그럼 진짜 나랑 데이트하고 싶다고?"

도혁이 그리 물으며 깊은 눈빛으로 내려다보니 그녀의 눈동자가 겁을 먹고 다른 쪽으로 굴러갔다.

"당신이 아니라 상하이랑."

괜히 부끄러워서 은채는 상하이 핑계를 댔다. 상하이는 화려했기에 참 좋은 핑곗거리긴 했다.

"이번 아니면 다신 못 올 테니까."

"나랑 있으면 자주 올 수 있어."

그의 말에 은채는 피했던 시선을 움직여 다시 그를 올려다보았다. 도혁의 짙은 눈동자가 그녀를 진지하게 응시하고 있었다. 마치 진심만 말하는 듯이.

"나랑 있으면 도쿄도, 파리도, 뉴욕도, 런던도, 어디든 원하는 도시와 데이트할 수 있어."

속삭이듯 말하며 도혁은 손으로 그녀의 뺨을 부드럽게 감쌌다. 자신의 부를 과시하는 돈 자랑이라는 걸 알지만 프러포즈처럼 들리는 말이기도 했다. 그래서 그녀의 가슴이 조금 두근거렸다. 그가 돈이 많아서가 아니라, 그가 같이 있자고 해서.

도혁은 굳이 그녀의 대답을 바라지 않았다. 그저 아직 움직이기 무거운 그녀를 위해 자신의 팔을 내밀었다. 원래 매너가 익숙한 귀족 남이었다고 해도 그녀에게 보여준 적은 거의 없었기에 은채는 신사적인 도혁의 모습이 낯설었다.

아픈 그녀에 대한 배려일 뿐인지, 아니면 그녀에게 보여주는 마음 한 자락인지 혼란스러웠다.

"그런 드레스 입은 건 나한테 맞춰준다는 거 아닌가?"

그녀가 가만히 있자 도혁이 한마디 했다. 그제야 은채는 조심스럽게 그의 팔에 자신의 손을 끼우며 고개를 들어 그의 얼굴을 보았다.

"나한테 사교계 매너까지 바라지는 마요."

"어차피 아파서 얌전해졌으니 사고 칠 일은 없겠군."

"뭐라고요?"

습관적으로 소리쳤다가 현기증이 일어서 그녀는 그의 어깨 쪽으로 쓰러졌다. 도혁은 그녀의 몸을 지탱해주며 물었다.

"차라리 안고 가줄까?"

"됐어요."

은채는 몸을 다시 바로 세우며 거부했다. 그래도 팔짱 낀 손을 빼지는 않았다.

"왜? 여자들은 그런 거 로맨틱하다고 좋아하지 않나?"

"신혼 방에서나 좋아하죠. 평소에 누가 그래요."

"그럼 이 호텔 전부를 신혼 방이라 생각하던가."

신혼 방을 아무렇지도 않게 말하는 도혁 때문에 그녀의 마음만 달떴다.

"내가 쓰러지면 그때 그래주던가요. 지금은 내 발로 충분히 걸을 수 있어요."

자신의 발을 내려다보며 걷는 것에만 신경 쓰고 있는 은채를 보며 도혁은 입매를 길게 늘어뜨려 웃었다. 온종일 팽팽하게 긴장해 있던 신경이 이제야 좀 편해지는 것 같았다. 은채의 몸 상태가 멀리 갈 수 있을 정도는 아니었기에 묵고 있는 호텔의 스카이라운지에서 저녁을 먹기로 했다.

저녁 피크 타임이 지나서인지 식당 안은 한산했다. 식당 매니저는 도혁과 그녀를 가장 좋은 창가 자리로 안내해주었다. 도혁이 그녀가 앉을 의자를 빼내주었다.

오늘은 그도 신사답게 굴고 있었다. 과연 언제까지 그럴지는 모르겠지만 해줄 때 받아야겠다는 생각으로 은채는 도혁이 빼준 의자에 얌전히 앉았다.

식전에 마시는 스파클링 와인 잔에 자연스럽게 손이 갔는데 도혁이 그녀의 잔을 빼앗아갔다.

"술은 안 돼."

은채는 바로 고운 미간에 주름을 만들었다.

"선도부장 흉내 겁나게 안 어울리거든요."

"너야말로 아플 때 막 나가면 골로 갈 수도 있어."

표현이 적나라해서 그녀는 잠시 할 말을 잃었다. 그 사이 도혁은 그녀의 앞에 물 잔을 밀어주고는 와인은 자신이 마셨다. 좋은 건 다 자기가 하고 그녀는 물만 먹이고 있었다.

쳇, 뭔가 손해나는 기분인데 받아칠 말이 없어 억울했다. 빨리 몸이 나아야 그녀의 파워가 돌아올 듯했다. 지금은 그녀가 너무 밀렸다.

주문은 도혁이 맡아서 했다. 능숙하게 중국어를 하는 도혁이 새삼 엘리트로 보이기도 했다.

그를 만나면서 그가 의사보다 더 똑똑할 수도 있다는 생각은 단한 번도 하지 못했었다. 그녀에게 권도혁은 그냥 주구장창 못된 재벌이었으니까. 사람의 성격이 얼마나 그 사람의 이미지를 좌지우지하는지 보여주는 극명한 예가 바로 권도혁이었다.

"혹시 학교 다닐 때 공부 잘했어요?"

갑작스러운 그녀의 질문에 도혁은 절로 실소가 나왔다.

태어나 한 번도 2등을 해본 적 없는 그였다. 1등이 당연하다 여겨

온 사람에게 은채의 그런 질문은 한국인에게 한국인이냐 묻는 거나 마찬가지인 질문이었다.

"이젠 내 자랑 지겨운 거 아닌가?"

"오늘은 지겨워도 들어줄 테니까 어디 맘껏 해봐요."

"아프니까 너그럽네."

"그 아프다는 소리 좀 하지 마요."

그도 그녀가 또 아픈 건 싫었기에 그 이후로 '아프다'는 말은 쓰지 않았다. 사실 그녀는 아직 완전히 몸이 나은 게 아니라서 입맛이 별로 없었다. 그래서 아무리 맛있는 음식이 나와도 많이 먹지 못했다. 식사 시간 대부분 그녀는 도혁이 먹는 걸 보기만 했다.

그러고 보니 누군가 밥 먹는 걸 이리 유심히 본 건 처음이었다. 그녀는 항상 자신의 입을 채우는 것에 열중했었으니까. 도혁은 좋은 환경에서 자란 사람답게 식사 예절이 깔끔하고 멋스러웠다. 그래서 보는 맛이 있었다.

"요리는 비싼 것만 좋아해요?"

그녀가 사준 짜장면은 엄청 싫어했던 거로 기억한다. 그리고 햄버거는 거의 토할 정도로 싫어했었다.

"재벌이 돈을 쓰는 건 경제를 살리기 위해서야."

좋아하는 요리 물어봤다가 경제학 강의를 듣게 될 줄이야.

"그러니까 좋아하는 요리가 뭐라는 거예요?"

은채는 오기를 가지고 다시 물어보았다. 도혁은 스테이크의 질 좋은 고기를 썰며 시니컬하게 대답했다.

"좋고 싫고를 따지는 건 시간이 남아도는 사람들의 사치야."

"그러니까 자기가 뭘 좋아하는지도 모른다는 소리잖아요. 쯧쯧.

헛살았네."

그녀가 혀까지 차자 도혁은 어이없다는 눈으로 그녀를 보았다. 그가 얼마나 치열하게 살았는데 헛살았다는 건가. 그는 밤에 잠도 안 와서 남들 잘 시간에도 일했었다.

"어차피 지금은 나랑 같이 있는 시간이니까. 우리, 대화를 통해 좋아하는 거 찾아봐요. 잘 생각해보면 분명 하나 정도는 나올 거라고요."

은채는 식사 시간에 밥 먹을 생각은 안 하고 엉뚱한 걸 하려고 했다. 적어도 도혁의 입장에서는 그랬다.

"밥이나 먹어."

"쌀밥 좋아해요?"

누가 쌀밥을 좋아해서 먹나. 반찬 먹으려고 먹는 거지.

"쌀밥은 한국 집에 가서 먹어."

"아! 집 짓는 거 좋아하죠? 그래서 건설 회사 대표인 거죠?"

그가 건설 회사 대표로 시작한 건 세진 건설이 세진 그룹의 시작점이기 때문이다. 그의 아버지인 권 회장도 세진 건설에서 시작해서 그룹 회장 자리에 올랐다. 그러니 지금 그가 있는 자리는 그룹 총수가 되기 위한 하나의 단계일 뿐이었다.

서른이라는 젊은 나이에 대표 자리에 올라선 그를 두고 내부에서 말들이 많았다. 아무리 회장의 장남이라도 너무 파격이었다. 반대하던 이사진들에게 찬성표를 얻어낸 건 권 회장의 힘이었다.

권 회장은 아버지로서는 아들에게 무정할지는 몰라도 후계자를 키우는 사업가로서는 굉장한 지원자였다. 권 회장이 없었다면 지금 이 자리에 그도 없다는 걸 도혁도 인정할 수밖에 없었다.

아무도 인정해주지 않았던 서른의 검증 안 된 그를 굳게 믿어준 것도 권 회장뿐이었다. 그땐 박 실장조차 시기상조라고 권 회장을 말렸었다. 도혁 자신조차 맡기를 꺼린 자리였다. 그리고 3년이 지난 지금 그는 세진 건설 창립 이후 가장 큰 사업을 추진하기 위해 중국에 와 있다.

"우리 아버지가 사냥을 좋아하시긴 하지."

자기 좋아하는 거 말하랬더니 갑자기 아버지인 권 회장 이야기를 하는 도혁을 은채는 빤히 쳐다보았다.

"남 겁주는 걸 엄청 즐기시지."

그렇게 말하며 짓궂은 표정을 짓는 도혁을 보니 권 회장이 남 겁줄 때 어떤 표정을 지을지 보지 않아도 짐작이 되었다.

"당신도 당신 아버지랑 많이 닮았어요."

그녀의 말에 도혁은 얼굴을 찌푸렸다. 인정하기 싫다는 듯이.

"내일 한국에 돌아가는군."

도혁이 말을 돌리면서 하는 말에 은채는 지금 이 자리가 그와 헤어지기 전 마지막 자리라는 걸 깨달았다.

"난 한동안 계속 바쁠 거야."

그러니 중국 출장 마치고 한국으로 돌아가도 그녀를 만나러 갈 수 없다는 말로 들렸다. 꼭 만나야만 하는 사이도 아니지만 서운함이 생겼다.

"나도 할 일 많아요."

공무원 공부도 해야 하고, 피아노 학원에 가서 피아노도 쳐야 하고, 홍대 공연도 다시 시작하고, 그리고 이것저것.

잠시 두 사람 사이에 어색한 기류가 흘렀다. 둘 다 섣불리 말을 먼저 꺼낼 수 없는 분위기였다. 은채는 어색한 분위기를 참기 힘들어 고개를 틀어 창밖의 상하이를 보았다. 도혁은 고운 선을 드러내는 그녀의 목선에 시선을 두었다.

엇갈린 시선과 미묘한 침묵 속에서 먼저 입을 연 건 도혁이었다.

"그러고 보니 좋아하는 게 하나 생각났군."

이제야 생각났다는 말에 은채는 방긋 웃었다.

"뭔데요?"

도혁은 그녀의 얼굴을 보며 피식 눈웃음을 지었다. 길고 선명한 눈매가 호를 그리는 그의 눈웃음은 귀엽지 않고 섹시했다. 사람 또 긴장되게.

"한국에서 다시 만나게 되면 가르쳐줄게."

그냥 말해줘도 되잖아. 왜 사람을 낚아. 하여튼 성격 진짜 자기 위주야.

그녀의 몸 상태 때문인지 도혁은 식사를 끝내고 그냥 호텔 방으로 가려고 했다. 하지만 그녀는 드러누워 있어야 할 만큼 아프지는 않았기에 상하이 드라이브를 하고 싶다고 도혁에게 말했다. 그래야 상하이 데이트다웠으니까.

"그 실력으로 중국에서 감히 운전하겠다고?"

"누가 내가 운전한대요?"

어차피 중국에서 딴 면허도 아니라서 운전하고 싶어도 못 했다. 결국 그녀의 고집에 져서 도혁은 리무진을 불렀다. 고작 두 명 타는데 열 명도 넘게 거뜬히 탈 것 같이 넓은 리무진의 실내를 보고 은채는 놀란 표정을 지었다.

"이런 게 대륙의 스케일이에요?"

"그냥 이런 차야."

'대륙이 아니라 내가 준비한 거야.'라는 포스로 도혁은 다리를 꼬았다. 하지만 은채는 그가 아니라 처음 타보는 리무진의 실내를 구경하기에 정신없을 뿐이었다.

그녀가 리무진 안에 비치된 술에 손을 뻗자 도혁은 바로 경고를 날렸다.

"술에 손대면 바로 호텔로 복귀야."

은채는 선도부장 보듯 도혁을 흘겨보았다.

"당신은 모범생처럼 굴 때가 제일 안 어울려요."

"나도 아는데. 너랑 있으면 내가 그렇게 되는군."

그녀를 완전 문제아 취급하는 그의 말에 은채는 엉덩이를 떼어 그에게서 멀리 떨어져 앉았다.

넓은 좌석이 썩 좋기만 한 건 아니라는 걸 깨달은 도혁은 일어나서 은채의 옆자리로 옮겼다. 그가 쫓아오자 그녀가 다시 옮기려고 엉덩이를 또 떼는데 도혁이 그녀의 손을 잡았다.

그녀가 눈에 힘을 주며 쳐다보자 도혁이 씨익 웃었다. 그답지 않게 순진한 척. 아니, 어쩌면 이 순간은 그 순진함만이 전부인 듯. 날 좋아해요? 그리 묻고 싶어서 그녀의 입술이 달싹였다.

하지만 섣불리 묻지 못했다. 그가 아니라고 대답하면 정말 상처받을 것 같았으니까. 말하고 싶어 벌어진 그녀의 입술로 도혁의 시선이 고정되었다. 그의 눈빛에 금세 열기가 스며들었다.

"상하이와 데이트하는 기분이 어때?"

도혁이 낮게 속삭이며 물었다. 그가 묻기 전까지 그녀는 자신들이 상하이 시내를 달리고 있다는 것도 까먹고 있었다. 바로 옆에 있는 존재가 너무 강렬해서.

"좋아요."

당신이 좋아.

"당신도 좋아요?"

당신은 나 좋아해요?

"아니."

그의 대답에 그녀의 눈빛이 굳는데 도혁은 오히려 웃었다.

"난 키스할 수도 없는 도시 따윈 별로야."

도혁은 말을 끝내자마자 그녀의 입술에 키스했다.

19. 로맨스의 행방 in 서울

화려한 상하이.

첫 키스처럼 달콤한 키스.

다정한 도혁.

마치 모든 게 꿈같이 지나가버린 듯했다. 깨어나면 사라지는 그런 꿈처럼. 그래서 혼자 한국으로 돌아오는 비행기 안에서 은채는 쉽게 잠이 들 수가 없었다.

그녀가 연락도 없이 사라졌다가 집에 들어가자 아버지는 갑자기 가출한 그녀에게 화를 냈지만 공부가 너무 힘들어서 그런 거라 생각하고는 다른 때처럼 많이 혼내지는 않았다.

오히려 그녀를 설득하려고 했다. 공부가 재미있는 거였으면 다 잘했을 거라고. 재미없으니까 아무나 쉽게 못 하는 거라고. 좀만 참고 하다 보면 좋은 날 올 거라고.

그리 설득하는 아버지에게 은채는 오히려 미안해졌다. 중국에 있는 동안 공부한 것도 다 까먹은 것 같았다. 그리고 중국에서 돌아와서는 공부가 완전히 하기 싫어졌다.

도혁 탓을 하기에는 원래 공부를 재미없어 했으니 핑곗거리로 삼을 수는 없었다. 길을 잃었을 때 제일 안전한 길을 선택했는데 정신을 차려보니 제 길이 아닌 걸 깨달은 거나 마찬가지였다.

그래서 그녀는 공무원 공부 한다고 나가서는 그대로 피아노 학원으로 향하게 되었다. 집 근처라서 홍대보다 더 가기가 편했다.

"며칠 동안 안 와서 걱정했어요."

피아노 학원 원장인 정숙이 다시 학원에 나온 그녀를 반겨주었다. 아이들만 배우고 있는 학원에 어른이 갑자기 와서 피아노 배울 수 있느냐고 물었을 때도 이상한 사람 보듯 보지 않고 단번에 당연히 배울 수 있다고 말해준 원장 선생님이었다.

"잠깐 어디 좀 다녀왔어요. 오늘은 아이들이 별로 없네요."

"이 시간이 제일 한가해요."

일찍 왔더니 아무 피아노나 골라서 칠 수 있는 혜택이 있었다. 그녀는 학원에서 제일 좋은 그랜드 피아노를 골라 앉았다. 한가한 원장 선생님도 그녀의 곁에 앉아서 그녀가 피아노 치는 걸 들어주었다.

학원에 나와 피아노를 배운다고는 하지만 그녀가 원장 선생님에게 피아노 치는 법을 하나에서부터 열까지 다 배우는 것은 아니었다. 그녀는 악보 보는 법을 이미 알고 있었기에 감으로 치는 경우가 더 많았다.

가르쳐주지 않아도 그녀가 알아서 잘 쳐서 원장 선생님도 그녀가 틀리지 않는 이상은 그냥 지켜보는 편이었다.

한창 그녀만의 필에 빠져서 꾸밈음과 반음계적인 움직임을 연습하는 체르니 30번 연습곡 중 17번을 신이 나게 치고 있는데 원장 선생님이 그녀에게 뜻밖의 소리를 했다.

"혹시 피아노 학원 보조 강사 할 생각 있어요?"

은채는 놀라서 돌아보았다.

그녀는 그저 피아노가 치고 싶어서 학생 입장으로 왔는데 강사를 하라고? 거기다 정식으로 피아노 친지 얼마 되지도 않았는데?

설마 내가 피아노 신동이었단 말인가? 신동이라고 부르기에는 나이가 너무 먹었지만 말이다.

"내가 가르쳐주지 않아도 잘 치는데 레슨비 받기가 미안해서요. 그러니까 와서 초급반 아이들 좀 봐주면서 치고 싶을 때 치는 게 어때요? 많지는 않겠지만 아르바이트비 정도로 드릴게요."

은채가 대답 없이 빤히 쳐다보기만 하자 원장 선생님은 난감한 표정을 지으며 웃었다.

"싫어요?"

"그게 아니라, 언제 피아노 신동이란 말이 나오나 기다리고 있었어요."

원장 선생님은 그저 웃었다. 피아노 신동은 아무나 되는 게 아니라는 듯이.

밤에 방에 혼자 있으면 가만히 핸드폰만 보고 있게 되었다. 혹시라도 도혁에게서 전화가 올지도 몰랐으니까. 그런데 한국에서 만나자고 한 건 진짜 한국 돌아올 때까지 아무 연락도 안 한다는 소리였는지 도혁은 전화하지 않았다.

그녀가 몇 번이나 먼저 전화를 하려다가 포기했다. 그가 중요한 일로 출장 중이라는 걸 알고 있었으니까. 그가 먼저 전화하는 건 괜찮았지만 그녀가 먼저 전화하는 건 그의 일을 방해하는 것만 같았다. 은채는 조용한 핸드폰을 내려다보며 우울한 표정으로 중얼거렸다.

"전화 한 번 하는 게 얼마나 오래 걸린다고."

자기 전에 씻기는 할 테니 그 전에 잠깐 전화해도 될 것이다. 그럴 시간조차 없으면 몇 초만 써서 문자 한 통 보내도 되었다.

은채는 힘없이 침대에 쓰러졌다. 그래도 손에는 여전히 핸드폰을 쥐고 있었다.

어쩌면 그와의 사이가 그리 낭만적일 수 있었던 건 그곳이 그들이 살던 한국이 아니라 낯선 도시인 상하이였기 때문에 그런 건지도 모르겠다는 불안이 들었다. 사람은 여행을 떠나면 일탈을 하고 싶어지니까.

그러니 그가 다시 한국에 돌아오면 원래대로 돌아가게 되는 걸까?

은채는 한숨을 쉬며 눈을 감았다.

그러니까 전화 좀 하라고. 전화 한 통 하는데 중국 정부의 허락이 필요한 것도 아닌데 왜 못 하느냐고.

그런 생각을 해본 적이 없어서 한 번도 고민한 적이 없는데, 만약 그녀가 권도혁과 진짜 남자 여자 사이가 되면 항상 일 때문에 바쁜 그의 전화를 기다리는 게 그녀의 일상이 될 거 같았다. 그녀의 한숨이 더 깊어졌다.

'삼일천하'라는 말이 있던데, 그녀는 '삼일로맨스'란 말인가.

없던 일로 할 수도 없고. 답답하네.

그리고 출장이 일주일이라던 도혁은 일주일이 지나도 돌아오지 않았다.

피아노 학원 보조 강사를 하기로 한 뒤에는 그녀가 학원에 제일 먼저 나가 학원 문을 열고 청소를 했다. 밴드 활동 말고 그녀가 먼저 이렇게 열심히 하는 일은 처음인 듯했다.

피아노 배우러 왔던 그녀가 갑자기 가르치는 강사를 한다고 했을 때 어린아이들은 군말 없이 잘 받아들였다. 특히나 미취학 아이들이 혀 짧은 소리로 '선생님'이라고 부르는 소리는 굉장히 귀여웠다.

문제는 머리가 좀 굵은 동이 같은 아이였다.

"누나는 음대도 안 나왔잖아요. 그런데 어떻게 피아노를 가르쳐요?"

그러는 자기는 피아노 학원생도 아니면서 그녀에게 왜 지적질을 하는 건가.

그녀도 할 말은 있었지만 아이와 똑같이 싸울 수는 없었기에 아주 근엄한 표정을 지으며 설명해주었다.

"선생님은 피아노를 겁나 잘 치니까 가르칠 수 있어."

원장 선생님은 끝까지 신동이라는 말은 안 해주셨지만 그녀는 그냥 그런 거로 받아들이기로 했다. 음악과 관련된 건 그녀가 뭐든 잘하는 거로.

"에이, 내가 들었을 때 잘 틀리던데."

이 자식은 커서 권도혁이 되려나. 왜 자꾸 태클인가.

"그러는 넌 칠 줄이나 알아?"

동이의 유치함에 어른인 그녀는 또다시 유치하게 공격해버렸다. 까불던 동이가 갑자기 입을 꾹 다물었다.

그걸 보고 있자니 괜히 미안해진 은채는 슬쩍 당근을 던져보았다.

"누나가 아이스크림 사줄까?"

그녀의 말에 동이는 언제 마음 상했느냐는 듯이 활짝 웃었다. 아이들은 단순해서 다행이었다.

그녀가 정말 피아노를 잘 치게 되면 동이도 인정할 것이다. 그녀가 피아노 신동, 아니, 선생님이라는 걸.

"현이도요."

그래. 아이들 로맨스는 아이스크림으로 완성되는구나. 기다리는 남자가 중국에서 살았는지 죽었는지도 모르는 은채는 잠시 우울해지려고 했지만 아이들 앞에서 청승 떨 수는 없었기에 선생님처럼 근엄하게 말했다.

"현이까지만이야. 더 불러오면 국물도 없어."

동이가 아이 부대를 끌고 올까봐 은채는 엄포를 놓았다.

동이와 현이랑 함께 간 아이스크림 가게는 나름 즐거웠다. 아이스크림도 맛있고, 아이들도 그녀를 잘 따라주었다. 하지만 아이스크림을 달콤하게 먹다가도 상하이에서의 기억이 불쑥 떠오르며 저도 모르게 이를 꽉 물었다.

권도혁, 이 나쁜 자식.

"선생님, 왜 그래요? 아이스크림이 맛없어요?"

그녀가 아이스크림 먹다 인상을 쓰자 현이가 의아해하며 물었다. 은채는 일부러 울상을 지으며 손으로 턱을 감쌌다.

"이가 시려서."

"치과 가세요. 현이야. 난 치과 하나도 안 무서워."

"진짜? 용감하다."

현이의 칭찬에 동이는 아주 활짝 웃었다. 듬성듬성 빠진 이가 다 드러날 정도로.

결국 그날 밤 그녀가 먼저 도혁의 전화번호로 통화 버튼을 눌렀다. 만약 이게 주도권 싸움이라면 그녀가 너무도 쉽게 그한테 진 것이다.

Rrrrrrr-. Rrrrrrr-.

그럼에도 도혁이 빨리 전화를 안 받자 은채는 손톱 끝을 물었다.

[고객님이 전화를 받지 않아 소리샘으로 연결됩니다.]

"으앙. 진짜 나쁜 자식!"

은채는 전화를 침대 위에 아무렇게나 던져버리고 몸부림을 쳤다. 상하이 로맨스는 개뿔. 상하이 사기에 된통 당한 것이다.

Rrrrrrr-. Rrrrrrr-.

그녀의 전화가 울린 건 새벽 2시쯤이었다. 그녀가 도혁의 욕을 실컷 하다가 잠든 후였다. 전화벨 소리에 잠이 깬 은채는 손을 더듬어 핸드폰을 집었다. 알람인 줄 알고 끄려던 은채는 무언가 이상함을 느끼고 서둘러 핸드폰을 눈앞에 가져왔다.

도혁의 이름이 액정에 찍혀 있었다. 은채는 벌떡 일어나 앉아서 통화 버튼을 눌렀다.

[자다 일어났어?]

전화기 안에서 도혁의 목소리가 들려오자 은채는 울컥했다. 이런 일로 울면 진짜 바보 되는 건데도 그가 연락이 없는 동안 최악의 상황까지 상상을 해서인지 안도감에 울렁였다.

"일주일 출장이라고 했잖아요."

그녀는 그를 원망하는 말로 첫마디를 뗐다.

[일 때문에 일정이 지연되고 있어. 그래도 이번 주 안에는 돌아갈

거야.]

거짓말 같았다. 영원히 안 돌아올지도 모른다는 불안감이 울컥 올라왔다.

"그럼 전화로 말을 해주던가."

[네가 날 그렇게 기다리는 줄 알았으면 말했지. 왜 떠날 때 말을 안 했어? 나 기다릴 거라고.]

이 인간이 이제 와서 그녀 책임으로 몰아간다. 그래, 권도혁의 성격이 동화 속 왕자님처럼 키스 한 번에 사라지는 게 아니었다.

"키우던 개도 집 나가면 죽었나 살았나 궁금하다고요."

[그래서 내가 너희 집 개랑 동급이라고?]

그건 아니지만. 전화 안 한 건 너무하잖나. 이리 잘할 수 있는 거면서.

"우리 집 개 안 키워요."

[그럼 동네 개인가?]

"그, 그냥 말이 그렇다고요. 개는 전화를 못 하지만 사람은 전화할 수 있잖아요."

[네가 기다릴 거라 생각 못 했어.]

엄청 기다린 그녀로서는 억울한 말이었다. 무심한 남자였다. 이런 남자가 좋아진 그녀는 앞으로 어찌해야 할지 막막했다. 그녀는 인내심이 없고, 그는 다정하지 못하고. 과연 잘될 수 있을까 두려워지는데 그 순간 그가 말했다.

[그런 생각 하면 내가 조급해질 테니까. 조급해지면 일이 잘 안 될 테고, 이 일이 잘 안 되면 난 한국에 진짜 못 돌아갈 테고.]

중얼거리는 듯한 혼잣말이었다. 은채는 긴장된 숨을 크게 내쉬었다.

"못 돌아온다고요?"

[네가 기다린다고 하면 빨리 가고.]

무겁게 말했다, 가볍게 말했다, 정신이 없었다. 어느 쪽이 정말인지 혼란스러웠다. 정말 그녀가 그냥 기다린다고만 말하면 그 거대한 나라와 하는 사업이 다 해결된단 말인가. 말이 안 되었다. 그녀가 아무리 머리가 나빠도 그 정도는 알았다.

[기다릴 거야?]

도혁이 가벼운 어투로 물었다. 그녀가 안 기다린다고 하면 '그럼 말고.'라고 가볍게 돌아서 가버릴 듯한 목소리였다.

모든 여자가 자기한테 반한다고 그의 입으로 말했었다. 그런데 그녀도 그리되었으니 결국 그의 말이 맞는 게 되었다. 그는 세상 모든 여자가 자신한테 반하게 만들 자신이 있는지 모르지만 그녀는 그 한 명 자신에게 반하게 만들 자신이 없었다.

"내가 기다린다고 하면 진짜 빨리 와요?"

자신이 없는데도 그를 기다리고 싶다. 그가…… 보고 싶다.

[그래. 빨리 갈게.]

우선은 그가 빨리 돌아오는 것만 바라리라. 더 큰 마음은 그 다음에. 그렇게 조금씩 원하는 걸 늘이다보면 언젠가는 다른 연인들처럼 그리될 수 있을까? 그런 날이 올까?

달칵ㅡ.

상하이에서 전화를 끊은 도혁은 혼자 웃었다. 중국 정부와의 협의가 쉽게 나지 않아서 일주일이었던 출장은 자꾸 연장되고 있었다. 결코 좋은 상황이 아니었다. 중국 정부에게 이번 사업을 거부당하면 도혁은 아예 한국에 돌아갈 수 없는 처지나 마찬가지였다. 그의 아버지가 제일 먼저 그를 패배자로 몰고 갈 것이다.

그런데도 이리 웃고 있다니. 미쳤구나, 권도혁.

설레는 마음 때문에 불안해지고, 불안한 상황 속에서도 좋아하는 마음 때문에 웃게 되는 그들이었다. 나름 잘 어울리는 커플이라는 걸 서로만 몰랐다.

도혁과 통화를 해서 다음 날은 그래도 기분이 나아져 있었다. 학원에 학생이 없는 시간에 은채는 원장 선생님이 주신 떡을 먹으며 이런저런 이야기를 나누었다. 그녀는 홍대에서 밴드 하는 이야기를 했고, 원장인 정숙은 자신의 가족 이야기를 했다.

"아직 결혼 안 한 남동생이 있는데 우리 집 유일한 걱정거리예요. 의사라 공부하느라 시간을 많이 뺏겼거든요. 요즘도 너무 바빠서 여자도 못 만나는 거 같고."

의사 남동생이라는 말이 은채는 그리 낯설지 않게 느껴졌다.

"저희 형부도 의사예요. 정신과 전문의. 피를 무서워해서 수술을 할 수가 없었대요."

"어머, 우리 동생 친구 중에도 그런 의사 한 명 있는데. 의사들한테는 그런 게 흔한 일인가봐요?"

은채와 정숙은 신기한 공통점에 서로 재미있다며 웃었다. 그런 우연이 어찌 생길 수 있는지 깊게 생각 안 하는 건 둘 다 비슷한 듯했다.

"이 선생은 애인 있어요?"

정숙의 질문에 은채는 먹던 떡에 식도가 막힐 뻔했다. 안 그래도 끈

덕진 찰떡이었는데 그대로 넘겼으면 분명 호흡 곤란이 왔을 것이다.

"그게……."

정말 대답하기 곤란한 질문이었다. 도혁과 그녀가 무슨 사이인지 그녀 자신이 모르겠으니까. 도혁은 알고 있을까 싶었다.

"아, 말하기 곤란한 거 보니까 썸 타는 관계구나."

40대인 정숙은 아이들과 생활해서 그런지 나이답지 않게 요즘 언어를 자연스럽게 썼다. 썸이라는 말에 은채의 얼굴이 발긋해졌다. 도혁과 그녀의 사이는 풋풋한 '썸'이라기보다는 떨어지면 죽는, '작두 탄다'는 말이 더 어울릴 듯했다.

"이 선생 나이가 정말 좋을 때예요. 지나고 나서 후회하지 않게 질릴 정도로 연애하고 결혼해요."

연애 많이 못 하고 결혼한 게 평생의 한인 듯 정숙이 아주 힘주어 충고를 해주었다.

은채는 어색하게 웃었다. 후회하지 않을 정도로 질리게 연애를 하려면 도대체 도혁 같은 남자를 몇 명이나 만나야 하는 건가 싶어서 말이다.

도혁은 열흘 만에 한국에 돌아올 수 있었다. 그래도 중국 정부한테서 리조트 사업에 대한 긍정적인 반응을 끌어낸 것만으로도 다행이라면 다행이었다.

중국 출장을 마치고 한국에 돌아온 도혁이 공항에서 가장 먼저 향한 곳은 세진 그룹 본사였다. 권 회장에게 바로 보고를 해야 했다.

"중국 정부는 긍정적인 방향으로 결과를 내줄 겁니다."

"정부한테 우리 같은 사업체는 아무리 돈이 많아도 을일 뿐이야. 을 주제에 함부로 갑보다 먼저 결정 내리지 마라."

썩 듣기 좋은 말은 아니었기에 도혁은 굳은 표정으로 앉아 있었다.

"넌 네가 잘했다고 생각하는 거냐?"

"네, 실수하지 않았습니다."

"그리 중요한 출장에 여자를 데려간 게 실수가 아니라고?"

그가 은채를 중국에 데려간 걸 권 회장은 알고 있었다. 도혁도 굳이 숨기려고 했던 건 아니었기에 서늘한 눈으로 아버지를 쳐다보았다.

"그것과 일은 별개입니다."

은채 때문에 일이 예정보다 길어진 게 아니었다. 중국 정부가 문제였지.

"정신 빠진 놈."

권 회장은 그의 행동이 마음에 안 든다는 걸 숨기지 않고 드러냈고, 도혁 역시 아버지의 뜻에 따라 움직이고 싶은 마음이 없었다. 적어도 은채에 대해서만큼은.

"네가 그런다고 약혼식이 취소되지는 않을 거다."

도혁이 약혼을 하지 않으려고 일부러 은채를 만나는 거라고 권 회장은 생각하고 있는 듯했다.

도혁도 처음엔 그랬었다. 하지만 지금은 다르다.

"아버지 하고 싶으신 대로 약혼식 하십시오. 대신 제 옆에 서는 여자는 아버지가 생각하는 사람은 아닐 겁니다."

권 회장이 그의 뜻대로 계속 강행하면 도혁은 은채와 약혼까지 하겠다고 엄포를 놓았다. 권 회장은 그런 협박 따위 우습다는 듯이 도혁의 경고를 무시했다.

두 사람은 서로 똑 닮아서 양보란 게 없었다. 부딪혀서 부서질지언정 자기 뜻을 굽히지 않고 돌진했다. 그 싸움으로 피해 보는 사람만 불쌍한 꼴이 되는 건지도 몰랐다.

도혁의 전화가 걸려왔을 때 그녀는 학원에 있었다.

아이들에게 피아노를 가르쳐주다가 전화가 울리기에 주머니에서 핸드폰을 꺼내 발신자를 확인한 은채는 전화 건 사람이 도혁인 걸 알고 얼굴이 금세 밝아졌다. 통화 버튼을 바로 누른 은채는 전화기를 귀에 가져다 댔다.

"여보세요?"

[좋은 일 있나봐?]

민망한 소리 하고 있다. 그녀는 그냥 전화 받고 있을 뿐이었다.

"그런 거 없어요."

[어딘데?]

"피아노 학원이요."

[무슨 학원?]

그녀가 공무원 시험 공부를 한다는 것까지만 들었던 도혁은 갑자기 왜 피아노가 튀어나오는지 이해할 수 없다는 투로 물었다.

"공부하다 기분 전환하려고 치는 거예요."

[공부하긴 해?]

"한다고요!"

[그래, 공부하는 건 누구한테나 자유지.]

이 인간이 시비 걸려고 전화한 거야 뭐야.

"왜 전화했는데요?"

바로 퉁명스러워지는 그녀에게 도혁은 여전히 나긋한 어조로 말했다.

[나 한국이야.]

은채는 언제 화냈느냐는 듯이 가슴이 설레었다. 그럼 지금 당장 볼 수 있다는 소리였다.

[네가 올래? 내가 갈까?]

그녀가 당장 달려가고 싶었지만 쉬운 여자 티 내고 싶지 않았기에 은채는 가능한 자존심 세어 보이는 목소리로 말했다.

"당신이 와요."

[그래, 내가 갈게.]

도혁이 그답지 않게 너무 순순히 온다고 하니 떨리면서 불안했다. 그와 그녀 사이는 절대 순탄하지 않았으니까. 무엇이든 처음부터 쉽게 된 게 없었다. 그 때문에 처음엔 악연이라 믿었었고, 좋아진 뒤에는 쉽게 닿지 않는 진심 때문에 힘들었었다. 그래서 이번에도 온다는 말만 하고 안 오면 어쩌나 불안했는데, 그녀의 걱정이 기우였는지 어디서든 그 럭셔리함 때문에 눈길을 끄는 도혁의 차가 피아노 학원 앞에 세워졌다.

아이들이 볼까봐 미리 나와 기다리고 있던 은채는 도혁이 온 걸 보고도 먼저 선뜻 다가서지 못했다. 도혁이 먼저 차 문을 열고 내려섰다.

너무 오랜만에 보는 것이라서인지 차에서 내려선 도혁은 먼 나라

왕자님처럼 느껴졌다. 그녀가 쭈뼛거리며 다가가지 못하자 도혁이 차 문을 열어주며 매끈하게 말했다.

"타."

"……어디 가는데요?"

그의 전화가 안 왔을 때는 그가 연락 안 할까봐 내내 불안했는데. 막상 그를 만나고 나니 앞으로 그와의 관계가 어찌 변할지 불안했다. 사람 사이가 이리 어려운 건 줄은 예전엔 미처 몰랐다. 어려운데 그녀의 의지로 끝낼 수도 없다는 게 제일 난감하다.

"타보면 알아."

그런데 그는 그녀와 달리 전혀 불안하지 않나보다. 눈빛에 망설임이 없었다. 그게 남자와 여자의 차이이고, 권도혁과 이은채의 차이인 거 같았다. 그럼에도 서로에게 끌리는 마음은 똑같기에 이리 마주 보고 있는 것일 게다.

결국 은채는 도혁의 차에 올라탔다. 그는 만족한 표정으로 차 문을 닫고는 부드럽게 차를 출발시켰다.

"이제 어디 가는지 말해줘요."

그녀가 그를 믿고 차를 탔으니 이제 그가 그녀의 믿음에 대한 답을 돌려줄 차례였다.

"나 중국에서 돌아와서 본사에 보고하고 바로 너한테 오느라 아직 못 씻었어."

그녀의 귀에 씻는다는 단어만 콱 박혀왔다. 그러고 보니 그가 운전하는 이 길도 잘 보니 그의 집으로 가는 길이었다.

"그래서 설마 지금 씻으러 당신 집에 가는 거라고요?"

"응."

이 인간의 뻔뻔함을 잠깐 잊고 있었다.

"그럼 먼저 씻고 나 만나러 오면 되잖아요!"

안 그랬다는 건 분명 그녀를 자기 집에 데려가려는 수작이었다.

"그만큼 널 빨리 보고 싶었다는 뜻 아니겠어?"

그 입 다물라! 이 음흉한 놈!

차가 그의 집이 있는 타워 팰리스 지하 주차장에 세워진 뒤에도 은채가 차에서 내리지 않고 버티자 도혁도 피곤해서 한숨을 쉬었다. 중국에서 돌아오자마자 아버지를 만나 힘겨루기를 해서 심신이 많이 피로한 상태였다.

"설마 이 CCTV 많은 곳에서 나보고 납치범 흉내라도 내라는 건가."

"그냥 당신 혼자 씻고 나와요. 난 이제 당신 집 헬퍼가 아니니 당신 집에 갈 일은…… 엄마야!"

도혁이 갑자기 두 손을 그녀의 양옆에 짚고 불쑥 다가오자 은채는 놀라서 절로 죽은 어머니를 찾게 되었다. 그의 얼굴이 코앞에 있었다.

"설마 날 못 믿어서 못 들어가겠다는 거야?"

은채는 코에 주름을 만들며 인상을 썼다.

"자업자득이에요."

"네가 아버지한테 머리 잘리는 것처럼?"

"이씨."

그녀가 화를 내며 손을 번쩍 들자 도혁이 그 손을 잡아채서는 끌어당겼다. 도혁의 힘으로 그녀의 몸이 차 밖으로 나왔다. 도혁은 그녀를 데리고 엘리베이터로 걸어갔다.

그는 자꾸 끌어당기고 그녀는 자꾸 불안했다. 이대로 끌려가도 되는 건가 싶어서.

그녀는 그의 넓은 등을 올려다보았다.

그를 믿기는 힘들지만 그를 좋아했다.

반쪽짜리인 마음인데도 이리 설레면 완전한 100%는 도대체 얼마나 엄청난 것인가 싶었다. 그래서 이젠 진짜가 될까 무섭다. 그녀가 그만 아는 바보가 될까봐.

64층 펜트하우스의 문이 열렸을 때 이런 식으로 또 와버린 건가 하는 생각이 들었다. 도혁은 자기 집이었기에 거리낌 없이 들어갔고, 은채는 집 문 앞까지 와서도 이게 맞는 건가 싶어서 쭈뼛거리고 서 있었다.

저 남자는 왜 집까지 데려오면서도 다른 놈들처럼 사정도 안 하고 고백도 안 하고 사탕발림도 안 하고 다 안 하느냐고. 내가 은근슬쩍 묻어갈 구석이 하나도 없잖아. 진정 이대로 내 발로 이 집에 들어가야 되는 거냐고. 왜 나만 손해 보는 거 같지? 왜.

"왜 안 들어와?"

도혁이 거기서 뭐 하느냐는 투로 물었다. 도혁한테야 자기 집이니까 들어가는 게 당연한 일이겠지만 그녀에게는 아니었다. 헬퍼도 아니고 가출 처녀도 아닌 그녀가 이 집에 들어간다는 건 그의 세상 안에 그녀가 들어가는 것이었다. 그 세상이 얼마나 오만하고 철벽같은지 아는 그녀는 그리 쉽게 그의 집에 들어갈 수가 없었다.

"내가 이 집에 들어가야만 하는 이유 하나만 대봐요."

청소하라고 하면 당장 절교다. 하지만 좋아한다고 말해주는 것까지 기대하지는 못하겠다. 그가 그런 말을 할 줄 모르는 남자인 걸 뻔히 아니까. 그냥 조금만이라도. 그가 그의 마음 한 자락을 그녀에게 보여주면 좋겠다.

그녀가 대답을 강요하는 눈빛으로 빤히 보자 도혁은 주머니에 두 손을 찌르고 잠시 생각하는 표정으로 서 있었다.

"아버지한테 약혼할 거면 너랑 할 거라고 말했어."

도혁의 말에 은채는 심장이 '쿵' 바닥에 떨어질 듯 놀랐다. 그녀가 먼저 대리 약혼녀를 해주겠다고 말하긴 했지만 설마 도혁이 이리 빨리 그의 아버지에게 말했을 줄은 몰랐다. 그녀가 얼마나 무서운 일을 벌인 것인지 이제야 현실감이 몰려왔다.

그녀는 대한민국 경제계의 대부를 적으로 만든 것이다. 고작 남자 하나 때문에 말이다. 나 어떡해!

"서, 설마 아버지한테 보여주려고 일부러 나 집에 데려온 거예요?"

그녀가 떨리는 목소리로 묻자 도혁은 마른 웃음을 지었다. 그녀의 머릿속에서 어떤 망상들이 펼쳐지고 있는지 다 짐작된다는 듯이.

도혁이 그녀가 서 있는 현관으로 걸어와 그녀에게 손을 내밀었다.

"아니, 내 집이 제일 안전하니까."

은채는 흔들리는 눈빛으로 그를 올려다보았다. 도혁의 검은 눈동자는 그 어느 때보다 진지했다.

"네가 무서워할 필요 없어. 다쳐도 내가 다쳐."

그녀가 다치는 것도 무섭지만 그가 다치는 것도 싫었다.

은채는 도혁이 내민 손으로 천천히 손을 뻗었다. 도혁이 다칠 걸 알면서도 이 길을 가려고 하는 거라면 그를 혼자 두기 싫었다. 그의 옆에 함께 있어주고 싶었다.

그녀가 그의 손을 잡자 도혁이 힘을 주어 단번에 그녀를 끌어당겼다. 상하이 수영장에서 그녀가 그를 끌어당기던 힘과는 비교도 안 되는 파워였다. 그녀는 단숨에 그의 품에 끌려들어 갔다. 상하이의 로맨스가 다시 이어지는 듯 심장이 크게 뛰는데 도혁이 생뚱맞은 말을 했다.

"이다음은 중국에서 묻혀 온 먼지 깨끗하게 씻은 다음에 하자고."

도혁은 그녀를 집 안에 끌어들여 놓고는 바로 욕실로 가버렸다. 은채는 막 도착한 택배 상자처럼 거실에 혼자 우뚝 서서 욕실로 망설임 없이 가버리는 도혁의 뒷모습을 쳐다보았다.

너무 어이가 없어서 말도 안 나왔다. 이어서 하긴 뭘 이어서 하나. 그녀는 도혁이 중국 먼지 말한 순간 산통 다 깨졌다. 하여튼 까다로운 남자와는 로맨스 만들기도 참 힘들었다.

도혁이 씻고 나왔을 때 은채는 이 집에서 가장 애정하는 소파에 누워 잠이 들어 있었다. 그는 이제 뭐든 할 수 있을 정도로 산뜻해졌는데 말이다.

도혁은 소파 앞에 앉아 자는 은채를 구경하듯이 쳐다보았다. 전에도 은채가 이 소파에서 자는 걸 본 적이 있는데 그때와는 뭔가 느낌이 달랐다. 그땐 남의 집에서도 잘 자는 신기한 생명체를 보는 기분이었다면, 지금은 여자였다. 그가 안고 싶은.

그래서 그녀가 혼자만 편하게 자게 둘 수는 없었다. 그럼 그의 밤이 외로워질 테니까. 도혁은 천천히 은채에게 다가갔다. 아직 젖은 그의 머리카락이 그녀의 이마에 스치듯이 닿았다. 차가움을 느낀 듯이 은채의 눈썹이 찌푸려졌다. 도혁은 은채의 귀에 대고 속삭였다.

"우리 집이 안전하다고 했지, 내가 안전하다고 한 건 아니었어."

눈을 번쩍 뜨며 고개를 들었는데 그게 실수였다. 머리에 무언가 세게 부딪히는 느낌이 나더니 도혁이 신음을 흘리며 눈을 손으로 감쌌다. 도혁을 때려주고 싶다고 생각한 적은 많지만 이건 정말 사고였기에 가해자인 은채는 맞은 사람보다 더 놀라버렸다.

"까악! 괜찮아요?"

도혁은 눈에서 손을 떼지 못하며 중얼거렸다. 제일 위험한 게 그녀라고.

"어떡해. 멍 들 거 같은데."

얼음으로 그의 눈가를 찜질했지만 파랗게 된 살은 내일이 되면 까맣게 변할 듯했다.

"나 제대로 보이는 거 맞아요?"

안과에 가야 하는 거 아닌가 싶어 그의 앞에서 손을 흔들어보았는데 도혁은 살짝 눈을 찌푸리며 눈앞에서 알짱대는 그녀의 손을 쳐내었다.

"나한테 앙금이 있으면 말로 해. 몸으로 하지 말고."

그러니까 일부러 그런 게 아니라니까. 하지만 그동안 그녀가 일부러 한 보복성 행동들이 많았기에 그가 믿지 못할 만도 했다.

"내일 출근할 때 어떡해요?"

"선글라스 쓸 거야."

"네? 사람들이 연예인 병이라고 욕할 텐데."

도혁이 지그시 그녀를 쳐다보았다. 네가 그런 말할 자격 있느냐는 듯이. 은채도 양심에 찔려서 씨익 웃으면서 손으로 눈가의 멍을 가려주었다.

"잘생겼다."

아부는 이럴 때 필요한 거였나보다. 그녀의 뻔한 아부에도 도혁의 기분이 조금 풀린 듯 눈에 힘이 빠졌다.

"더 해봐."

칭찬은 까칠한 도혁도 부드럽게 만들었다. 그런데 문제는 칭찬할 게 그리 많지 않다는 거였다. 항상 욕을 해서 욕하라면 바로 술술 나오는 데 말이다.

"키도 크고. 다리도 길고. 돈도 많고. 중국어도 잘하고."

"좀 더 참신하게."

요구 조건도 많다.

"어떻게 참신하게요?"

"몸으로."

탁, 은채는 바로 도혁의 이마를 밀어내버렸다. 권도혁이 처음부터 지금까지 한결같은 게 딱 하나 있었다. 육체적으로 엄청 솔직하다는 것이다. 마음이 좀 솔직해져보라고.

멀어지려는 그녀를 도혁이 손을 뻗어 붙잡고 다시 자신의 앞으로 끌고 왔다. 그의 두 손이 그녀의 얼굴을 붙잡았다. 그가 또 키스하려는 줄 알고 그녀는 긴장했다.

"내가 앞으로 좀 많이 바쁠 거야."

그 말에 그녀의 표정이 굳었다. 왜 그와의 사이에는 이리 장애물이 많나 싶다. 그의 아버지. 그의 일. 그의 약혼.

이렇게나 번거로운 남자를 좋아하게 되다니.

"너 인내심 없는 거 너무 잘 아니까 하는 말인데. 그래도 기다려. 내 전화."

그는 이런 말을 할 때 오히려 목소리가 부드러워졌다. 못된 성격이다.

"싫어요."

그녀의 대답에 도혁의 눈동자가 굳었다.

"내가 전화할 테니까 당신이 기다려요."

도혁의 긴 눈매가 부드럽게 휘었다. 그의 긴 손가락이 그녀의 입술에 닿았다. 어루만지는 손길이 심장을 간질였다. 다정한 도혁은 그녀를 무방비하게 만들었다.

그가 앞으로 얼마나 많이 그녀를 기다리게 만들지 알 수 없지만 지금 이 순간만큼은 그녀에게는 부족함 없는 남자였다.

"공부는 잘되고 있는 거야?"

집에서 저녁밥을 먹는데 아버지가 궁금하셨는지 물어보셨다. 은채는 소고기 뭇국을 먹으며 건성으로 대답했다.

"잘 몰라."

공부 때려치우고 피아노 학원 강사로 돌아섰다는 건 아버지한테 말하지 못했다. 피아노 가르친다고 하면 좋은 소리 안 나올 게 뻔했으니까.

금세 질려 하는 그녀의 태도가 답답했는지 아버지는 참았던 잔소리를 쏟아냈다.

"이것아, 할 거면 좀 제대로 해봐. 네 언니는 알아서 일류 대며 대기업도 척척 붙던데. 넌 왜 그래?"

"그럼 언니한테 나 대신 공무원 시험 봐달라고 하던가. 그럼 나야 좋지. 공부 안 해도 공무원 될 수 있으니까."

결국 아버지 밥 먹던 수저로 한 대 맞고 저녁 식사는 끝이 났다.

툴툴거리며 침대에 누워 있던 은채는 핸드폰을 가져와 화면을 켰다. 부재중 전화나 메시지는 없었다.

"이 인간은 바쁜 척하는 거야. 날 까먹은 거야."

도혁은 바쁠 거라고 말은 했지만 며칠이 지나도 그의 연락이 없자 인내심이 부족한 그녀는 안달이 나기 시작했다. 그렇다고 그녀가 먼저 전화하기도 쉽지 않았다.

그녀가 매달리는 것처럼 보일까 불안했다.

안달하는 것처럼 보이는 건 싫었다. 그럼 도혁은 그녀를 쉬운 여자로 여길 것이었다.

그런데 비싼 여자였던 적도 없었던 은채는 비싼 척도 못 해먹겠어서 핸드폰에 대고 호통을 쳤다.

"전화하라고. 이 나쁜 놈아! 전화해!"

그녀의 호통이 통했는지 핸드폰이 울려대기 시작했다.

Rrrrrrrrrrr Rrrrrrrrr-.

그녀의 표정이 금세 밝아지며 서둘러 발신자를 확인했다.

문태경

은채의 얼굴에 바로 실망감이 떠올랐다. 이대로는 태경에게 미안해서 전화를 받을 수도 없었다. 그냥 없는 척 전화벨이 울리는 걸 듣고만 있었다.

태경의 전화가 끊기고 조용해지자 은채는 마음이 무거워졌다. 태경이 그녀에게 제대로 고백을 하지 않았다고 해도 이대로 있으면 안 될 거 같았다. 다른 사람에게는 도혁에 대해 말할 수 없어도 적어도 태경에게만은 꼭 말을 해야 할 거 같은 책임감이 느껴졌다.

도혁과 태경에 대해 번갈아 생각하느라 어지러운 마음으로 잠이 들었는데 늦은 새벽에 울리는 전화벨 소리에 은채는 잠이 깼다. 처음엔 알람인 줄 알고 끄려고 했는데 이상한 기분에 액정을 보니 도혁의 이름이 찍혀 있었다. 은채는 서둘러 일어나 핸드폰을 두 손으로 잡았다.

시간은 새벽 2시가 넘어가고 있었다.

전화 거는 시간도 참 자기 위주라는 생각이 들었지만 내내 그의 전화를 기다렸기에 은채는 제멋대로라는 욕도 못 하고 통화 버튼을 눌렀다.

"여보세요?"

누가 듣기라도 하는 듯 그녀의 목소리가 속삭이고 있었다.

[잤어?]

"당연하죠. 시간이 몇 시인데."

[그래, 난 이제야 일이 끝났어.]

어쩌면 일을 너무 많이 해서 그의 성격이 그리 삭막해진 건지도 모르겠단 생각이 들었다.

"그럼 자요."

기다렸던 전화지만 이리 늦게 전화하니 아무 말도 못 하겠다. 그가 불면증이 심한 걸 아니 이리 늦게 일이 끝나고 어찌 잠을 자는지 걱정만 되었다.

[어차피 아침 일찍 나가야 해.]

"그럼 빨리 자요."

자꾸 자라고 재촉하는 그녀의 말 때문에 도혁은 잠시 말이 없었다. 설마 잔소리처럼 들려서 귀찮아진 건가 싶었는데 도혁이 은밀하게 말을 했다.

[옆에 누가 있으면 바로 잘 거 같은데.]

평소였으면 꼬시는 거로 생각했을 텐데 지금은 꼭 약한 모습 보이기 싫어 일부러 이렇게 말하는 듯했다.

"그럼 박 실장님 불러요."

[미워.]

피식. 은채는 저도 모르게 웃고 말았다. 지가 카멜레온도 아니고 이젠 애교도 떠네.

세진 병원 건물을 올려다보며 은채는 깊게 숨을 들이켰다. 태경을 만나러 온 것이었다. 항상 먼저 연락을 했던 것도 그였고, 언제나 먼저 챙겨주던 것도 그였다. 그런데 그녀가 처음 자신의 의지로 그를 먼저 찾아온 날이 하필 그한테 안 좋은 말을 하기 위해서라는 사실에 은채는 마음이 무거웠다.

왜 누구를 좋아하는 마음이 누군가한테는 상처를 주어야 하는 일인지 모르겠다.

"은채 씨."

생각도 못 한 장소와 시간에 그녀를 본 태경은 놀란 표정으로 평소보다 목소리도 상기되었다. 은채는 웃으며 다가오는 태경을 향해 가볍게 손을 흔들었다. 그가 너무 반가워하니 정말 미안해졌다.

은채는 먼저 중국에서 사온 소림사 스님 인형을 꺼내 태경에게 내밀었다.

"제가 중국 다녀왔거든요. 기념품 선물로 돌리고 있어요."

태경은 손바닥 안에 완전히 들어오는 작은 인형을 받으면서도 얼떨떨한 표정을 지었다. 설마 이 인형을 주려고 그녀가 여기까지 온 것인가 싶었으니까. 그러기에 소림사 스님 인형은 너무 사소한 선물이었고, 은채가 그를 찾아온 일은 굉장히 의미 있는 일이었다.

"사실 중국, 권도혁 대표랑 같이 다녀왔어요."

은채의 말에 순간 태경의 표정이 굳었다. 그가 그녀 때문에 상처 입는 건 바라지 않았다. 그래서 그의 표정을 보는 그녀의 눈빛도 무겁게 가라앉았다.

"다른 사람한테는 말 못해도 문 선생님한테는 제대로 말해야 할 거 같아서요."

"다른 사람한테 떳떳하게 말 못 하는 남자를 계속 만나겠다고요?"

태경이 처음으로 그녀를 나무라는 듯이 말했다.

"권도혁과 대학교 동창이에요. 대학교 때 여학생이 권도혁 때문에 수면제 먹고 자살 시도했었어요. 그런데 권도혁은 자기랑 상관없는 일인 듯 굴었고요. 그런 남자가 은채 씨는 정말 좋다고요?"

태경이 하는 말을 듣는데 은채는 그냥 자연스럽게 도혁의 입장이 이해되어버렸다. 수면제는 불면증인 도혁이 살려고 먹어온 약일 것이다. 그런데 그걸 그 여학생은 죽으려고 먹었다고 하니 그가 공감할 수 있을 리가 없었다. 그리고 그는 자신이 잘못이 있든 없든 그냥 사람들이 그를 나쁘게 생각하게 내버려뒀을 것이다.

"그렇게 따지면 저도 좋은 여자 아니에요. 평생 아버지 속 썩이며 사는 철부지에, 툭하면 사고 치는 사고뭉치에, 인내심도 없고, 머리도 안 똑똑하고."

"은채 씨랑 권도혁은 달라요!"

"저랑 문 선생님도 달라요."

은채는 힘겹게 웃었다.

"문 선생님은 항상 저한테 좋은 사람이어서 많이 미안해요."

미안하다는 말에 태경의 눈빛이 정처 없이 흔들렸다. 미안하면 좋아할 수 없는 거니까. 미안하면 그저 마음에 빚만 생기는 것이었으니까.

"은채 씨가 상처받을 거예요."

그래도 태경은 그녀가 걱정되었다. 왜 하필 권도혁인가. 차라리 그가 인정할 만큼 좋은 남자였다면 이리 미련스러워 보이게 자꾸 그녀를 말리지도 않았을 것이다.

"사실 상처는 이미 받았어요."

상처받은 여자는 유리처럼 깨질 수도 있지만 그 위에 굳은살이 생긴 은채는 밝게 웃을 수 있었다.

"그 사람은 절대 안 된다고 밀어낼 때마다 상처받았어요. 그래서 이젠 안 그러려고요. 그냥 있는 그대로 좋아할 거예요."

태경은 더는 아무 말도 하지 못했다. 지금껏 보았던 은채의 모습 중 지금 그녀의 모습이 가장 그녀의 진심을 있는 그대로 보여주고 있는 거 같아서 마음이 아팠다. 그는 제대로 시작도 못 해봤는데 말이다.

그녀가 철부지든, 사고뭉치든 상관없이 그녀를 보면 기분이 좋아졌었다. 만날 때마다 마음이 한 뼘씩 늘어났었다. 그런데 이젠 그러면 안 된다는 게 그를 허무하게 만들었다.

아직 사랑은 아니었다고 해도 아픔은 있었다. 이 다친 마음에 새살이 돋으려면 또 얼마나 걸릴 것인지.

아버지의 주치의인 신경외과 오태식 교수가 그를 잠깐 만나고 싶다고 먼저 연락을 해와서 도혁은 박 실장과 함께 세진 병원을 방문했다. 아버지의 건강과 관련된 일일 것이기에 바쁜 와중에도 일부러 시간을 내서 찾아온 병원이었다.

"아버지 올해 건강검진 취소하지 않았나요?"

건강검진 받는 날 그가 아버지 신경을 긁는 말을 하는 바람에 병원 앞까지 갔다가 그냥 돌아왔다고 들었다.

"그래서 회장님 다시 검진받으실 수 있게 대표님한테 부탁하려는 건지도 모르겠네요."

워낙 고집이 센 권 회장이니 절대 남의 말은 안 들었다. 그게 설령 자신의 건강을 책임지고 있는 주치의라고 해도 말이다.

"그 정도 일로 감히 날 부른 거라면 당장 아버지한테 주치의 바꾸라고 해야겠네요."

나이 많은 박 실장은 결코 그 정도 일이 아니라고 생각했지만 아직 팔팔한 도혁한테는 말해봤자 피부로 느끼지 못하는 건강 문제일 것이라 그냥 잠잠히 도혁의 뒤를 따라 걸었다. 하지만 도혁이 갑자기 걸음을 멈추는 바람에 박 실장은 휘청하며 뒤따라 멈추어 섰다.

"왜 그러십니까? 대표님."

도혁은 대답 없이 에스컬레이터가 연결된 2층을 쏘아보고 있었다. 그 표정이 심상치 않아서 박 실장은 위로 고개를 들었다가 흠칫 놀라고 말았다. 은채가 그 남자 의사와 같이 있었다.

"아! 아버지 수술받은 거 때문에."

"언제부터 일반외과 의사가 디스크 수술했습니까?"

은채 대신 변명을 해주려고 해도 씨알도 안 먹혔다. 도혁의 목소리는 시베리아 벌판의 차가운 공기처럼 냉랭하고 날카로웠다.

은채가 등을 돌려 에스컬레이터로 걸어오자 도혁은 오히려 계단 밑으로 몸을 피했다. 그래서 박 실장도 덩달아 그 뒤를 쫓아가게 되었다.

왜 숨느냐고 묻기도 불길했다. 도혁이 이런 행동을 할 때는 엄청나게 부정적인 마음만 가득할 때니까 말이다.

"그냥 지금 은채 양한테 직접 묻는……."

"조용히 안 하면 제가 박 실장님한테도 무슨 짓할지 모릅니다."

박 실장은 깊은 한숨을 안으로 숨겼다. 이 삐딱한 '어른 아이'를 어찌해야 할지 근심스러웠다. 사랑으로 극복되길 바랐는데 지금은 그 사랑 때문에 뿔을 더 뾰족하게 세우고 있으니 말이다. 이젠 은채가 걱정이었다. 도혁이 아무래도 끝까지 못 본 척할 거 같지는 않으니까.

똑똑–.

은채를 만나고 와서 의국 소파에 깊게 몸을 파묻고 있던 태경은 노크 소리에 무겁게 대답했다.

"네, 들어오세요."

곧 문이 열리며 큰 키에 슈트가 기분 나쁠 정도로 잘 어울리는 남자가 들어섰다. 남자를 본 태경의 눈에 바로 힘이 들어갔다. 권도혁이었으니까.

도혁은 여유로운 미소를 지으며 태경에게 먼저 인사했다.

"또 보게 될 줄은 몰랐는데 말이야."

자기가 찾아와놓고 왜 그런 식으로 말하나 싶었다. 안 그래도 은채에게 받은 마음의 상처가 아직 아물지도 않았기에 그 어느 때보다 도혁의 존재가 태경을 화나게 했다.

도혁의 시선이 태경의 책상에 놓여 있는 소림사 스님 인형으로 향하더니 바로 가늘어졌다. 은채가 중국 시장에서 사재기한 그 싸구려 인형이었다. 마치 인형이 바람의 증거처럼 그 자리에 놓여 있었다.

뚜벅뚜벅-.

도혁은 태경이 아닌 인형 쪽으로 걸어가며 느릿하게 말했다.

"내가 누구인지는 이미 알 테고. 난 그쪽에 대해 별로 알고 싶지 않고. 그러니 한 가지만 확실히 하지."

도혁은 태경의 책상에 걸터앉았다. 똑바로 서 있던 인형이 그의 손에 눌려 쓰러졌다. 도혁은 소림사 스님 인형을 손바닥으로 짓눌러버리며 태경에게 경고했다.

"한 번만 더 이은채 만나면 너 내 손에 죽어."

태경은 복잡한 눈으로 도혁을 보았다. 권도혁은 여전히 사람을 대하는 태도가 삐뚤어져 있었다. 그런데 과거와 미묘하게 다른 점이 있었다.

모든 사람을 자신의 발아래 두고 살던 과거와 달리 도혁이 은채를 자신에게 속한 사람으로 여기고 있는 듯했다. 그래도 힘들 것이었다. 권도혁은 결코 남들처럼 평범한 사랑을 할 수 있는 사람이 아니었다.

"너야말로 은채 씨 상처 주면 내가 반드시 찾아갈 거야."

태경의 경고에 도혁은 마른 웃음을 지었다. 그야말로 하룻강아지 범 무서운 줄 모르고 덤비는 꼴이었으니까. 아버지 빼고 그가 세상에서 무서워하는 인간은 없었다. 태경의 협박 따위는 가소로울 뿐이었다.

그나저나 이젠 은채 차례였다. 그는 착한 척도 못 하는 인간이라서 이런 식의 배신은 결코 그냥 눈감고 넘어갈 수가 없었다.

오늘은 일찍 퇴근해. 우리 집에서 보지.

도혁의 문자를 받고 은채는 두 번 생각할 것도 없이 바로 도혁의 집이 있는 도곡동으로 향했다.

처음엔 이유 없이 그의 집에 가는 걸 경계했었는데 이젠 자주 만날 수 없다보니 그의 집이든 어디든 볼 수만 있으면 괜찮다고 생각하게 되었다. 역시 인간은 환경의 동물이다. 처한 환경에 따라 이리 마음이 달라지니 말이다.

"나 왔어요."

발랄한 봄 처녀 기운 듬뿍 풍기며 그의 집에 들어섰는데 도혁은 소파에 다리를 꼬고 앉아 와인을 마시고 있었다. 그걸 보고 은채는 바로 얼굴에서 미소가 찌그러졌다.

"왜 혼자 술 마셔요?"

그녀를 불렀으면 그녀가 올 때까지 기다렸다 같이 마셔야 하는데 말이다. 정말 예의 없다고 생각하는데 도혁이 입술을 길게 늘였다. 굉장히 고혹적이면서도 서늘한 미소였다. 은채는 뭔가 불길함을 느끼고 입을 꾹 다물었다.

뭐야, 왜 아버지가 나 혼내기 직전 같은 찝찝함이 느껴지는 거지?

"나 그거 가지고 싶어졌어."

도혁이 갑자기 자신의 희망 사항을 말했다.

"뭐요?"

그녀한테 달라는 말투 같아 은채는 그의 표정을 살피며 물었다.

"네가 중국에서 산 소림사 스님 인형."

그 싸구려를 왜 쓸데없이 많이 샀느냐고 구박할 때는 언제고 왜 이제 와서 달라는 건가 싶었다.

"그거 이미 사람들한테 선물로 다 돌려서 없어요."

마지막으로 남은 걸 태경에게 준 것이었다.

"그래서 나한테는 못 주겠다고?"

그게 마치 그녀의 잘못인 듯 말하는 도혁이었다.

이젠 그녀를 그만 괴롭힐 줄 알았더니 그녀의 오산이었나보다. 이 남자 진짜 너무하다 싶었다.

"뭘 어쩌라고요. 선물 줬던 거 다시 빼앗아 와서 당신한테 줘요?"

"응."

너무도 뻔뻔하게 요구하는 그의 말에 은채도 화가 났다.

"나 안 괴롭히니 심심해서 다시 이러는 거예요? 이런 식으로 굴

거면 다신 나한테 전화하지 마요."

그녀가 이렇게 화를 내면 도혁이 그만하고 사과를 해야 하는데 말이다. 그래야 안 싸울 텐데 도혁이 더 서늘한 눈으로 처다만 보자 은채는 겁이 나기 시작했다. 이 남자가 진짜 왜 이러나 싶었다.

"그때 산 소림사 스님 인형 다 가져와. 안 그럼 나도 너한테 전화 안 해."

은채는 부들부들 떨리는 눈으로 그를 처다보다 그대로 몸을 돌려 그 집에서 뛰쳐나왔다. 설마 중국에서 귀엽다고 산 그 싸구려 인형 때문에 그와 이렇게 싸우게 될 줄은 몰랐다.

도대체 그 인형이 뭐라고 내놓으라고 닦달인데?

은채 입장에서는 갑자기 인형 내놓으라고 한 도혁이 자기 멋대로 이고 못되고 나쁜 것이었다. 그런데 시간이 지나도 진짜 도혁이 전화를 하지 않자 걱정이 되기 시작했다.

설마 진심이라고?

은채는 차마 도혁에게 먼저 전화할 수는 없어서 제일 의지가 되고 도혁에 대해서도 잘 아는 박 실장에게 전화를 걸었다.

[은채 양, 괜찮아요?]

그런데 박 실장은 전화를 받자마자 그녀 걱정부터 했다. 마치 그녀에게 닥친 시련을 이미 알고 있다는 듯이 말이다.

"혹시 권 대표가 인형에 집착하는 거 아셨어요?"

[네? 인형이요?]

"그거 있잖아요. 제가 중국에서 산 소림사 스님 인형! 갑자기 그걸 가지고 싶다면서 내놓으라고 생떼를 쓰잖아요! 나이 서른 넘어서 진짜 왜 그러는 거예요!"

[혹시 그 인형 문태경 선생한테도 선물로 줬어요?]

은채는 흠칫 놀랐다. 마치 용한 점쟁이가 그녀의 제삿날을 맞춘 것 같은 기분이었다. 은채는 저도 모르게 목소리가 조심스러워졌다.

"박 실장님이 그걸 어떻게 아세요?"

박 실장은 무엇이든 다 잘하는 것뿐만 아니라 무엇이든 다 알고 있는 거란 말인가. 그런 거라면 진짜 무서운 비서였다.

[하아.]

전화기 안에서 박 실장이 아주 깊게 한숨을 내쉬었다. 불길하게 도 말이다.

"박 실장님, 뭔데요? 제가 또 뭐 사고 친 거예요?"

사고를 쳤는데도 그 사고가 뭔지 모르는 지경이면 아주 심각한 것이었다.

[은채 양이 병원에서 문태경 선생이랑 같이 있는 걸 대표님이 보셨 어요.]

"네? 어떻게요?"

은채는 정말 기겁을 했다. 권도혁이 동에 번쩍 서에 번쩍하는 길 동이도 아닌데 그걸 어떻게 본단 말인가.

[어떻게 보게 됐느냐보다 앞으로 어찌할지가 문제네요. 우선 은채 양이 나한테 준 그 인형이라도 돌려줄게요.]

이럴 수가! 그녀는 소림사 스님 인형과 함께 망했다.

중국에선 흔한 인형이었던 것이 한국에서 찾아보니 절대 찾을 수가 없는 희귀 물건이 되었다. 그 싸구려 인형 하나 사려고 비싼 비행기 값 들이면서 중국까지 갈 수는 없는 노릇이었다.

결국 은채는 선물한 인형들을 다시 돌려받기 위해 사람들에게 굽실거려야 했다.

"내가 사정이 좀 있어서 그러는데 인형 좀."

"줬던 걸 다시 빼앗아 가냐. 이거 비싼 것도 아니구먼."

아마 앞으로 두 번 다시 사람들한테 인형 선물할 일은 없을 듯했다.

권도혁 때문에 인생에서 절대 하지 말아야 할 일들이 늘어가고 있었다.

첫째가 계약서 쓰지 말기, 둘째가 인형 선물하지 말기.

창피한 거 참아가며 사람들한테 인형을 돌려받긴 했는데 차마 태경한테까지 가서 인형을 달라고 할 수는 없었다.

마지막이라 생각하고 상처 주는 말을 그렇게 많이 했는데 어떻게 그 인형 달라고 찾아가겠는가. 인간으로서 절대 불가능한 일이었다.

그래도 인형들이 많이 있으니 도혁도 인형 하나가 모자라는 건 눈치채지 못할 거로 생각했다.

그녀는 정말 할 만큼 했다. 그랬기에 돌려받은 인형들을 선물 상자에 담아 다시 도혁의 집으로 찾아갔다. 도혁은 아직 퇴근 전이라 그가 돌아올 때까지 한참이나 기다려야 했다.

엘리베이터에서 내린 도혁은 그의 집 앞에 있는 그녀를 보고도 표정의 변화가 없었다. 마치 집에 물건 팔러 온 잡상인 보는 듯한 시선이었다.

"자요, 당신이 그렇게 갖고 싶다던 인형."

그녀는 기죽지 않고 당당히 인형들을 내밀었다. 사실 태경에 대한 것도 그가 오해한 것이다. 그녀는 뒤로 호박씨 깐 게 아니라 호박씨 안 까려고 정리를 한 것뿐이었다.

그런데 인형들을 보는 도혁의 표정이 별로 좋지 못했다.

"하나가 모자라는데."

도혁의 말에 은채는 너무 당황하고 기가 막혔다. 진짜 하나가 모자란 게 맞았으니까. 그런데 그가 그걸 어찌 안단 말인가. 그녀가 인형을 몇 개 샀는지는 직접 인형을 산 그녀도 잘 몰랐었는데.

"아니에요. 전부 돌려받아 왔다고요!"

그녀는 우겼다. 어차피 이건 답이 정해진 수학 문제도 아니었으니까. 그녀가 우기면 괜찮아질 거라 여겼다.

"이젠 거짓말까지 하는 건가."

그러나 도혁은 호락호락하지 않았다.

"맞다구요."

그래도 은채는 우겨보았다.

툭ㅡ.

도혁이 가방에서 꺼내 던진 인형 하나가 그녀가 가져온 인형들 위에 떨어졌다. 그건 분명 그녀가 중국에서 사 온 소림사 스님 인형이었다. 도혁한테 그 인형을 준 적이 없는데 이게 왜 도혁의 가방에서 나온 건가 싶었다.

그녀가 놀라서 입만 뻥긋거리며 왕방울만 해진 눈으로 인형과 그의 얼굴을 번갈아 보자 도혁이 냉소를 지으며 한마디 했다.

"계약서 다시 써야겠군."

기껏 산전수전 다 겪고 목적지까지 왔더니 다시 처음으로 돌아가라는 말을 들은 듯했다.

"나 마지막 인사하러 찾아갔던 거라고요."

그녀는 궁지에 몰리자 절로 변명을 하게 되었다. 그리고 그게 정말 진실이었다.

"당신이야말로 내 뒤에 사람 붙였어요? 어떻게 그걸."

그녀가 따지자 도혁이 갑자기 핸드폰을 꺼내 들어 어딘가 전화를 하기 시작했다. 처음엔 박 실장한테 하는 거라 생각했다. 그러나 도혁이 하는 말을 들으니 그게 아니었다.

"오 교수님, 제가 그때는 갑자기 사정이 생겨서 못 찾아뵈었습니다. 아버지 건강 상태, 전화로라도 말씀해주십시오."

병원에 갔던 이유를 도혁도 은채의 말을 듣고서야 깨달은 것이다. 자신이 아버지의 주치의를 만나러 갔다가 그냥 돌아와버린 것을.

그날 그가 병원에 가서 한 일이라고는 은채가 태경에게 준 소림사 스님 인형 훔쳐온 것밖에는 없었다.

[아, 별말 아니에요. 권 대표, 그냥 회장님 연세도 있으시니 식사 잘하시고 운동 꾸준히 할 수 있도록 신경 좀 쓰라고요.]

고작 그 말 하려고 그를 병원까지 따로 불렀단 말인가.

도혁은 오 교수에게 손해배상을 청구하고 싶었다. 그가 그때 병원에 가서 겪은 정신적 스트레스를 생각하면 말이다.

인상을 쓰며 전화를 끊는 도혁을 보고 은채는 조심스럽게 물었다.

"회장님 어디 아프세요?"

"넌 계약서 쓸 거나 걱정해."

또 계약서다.

은채는 그를 경계하며 몇 발짝 뒤로 떨어졌다.

"난 절대 계약서 같은 거 안 써요."

은채는 그가 태경의 일 때문에 저번 같은 계약서를 쓰게 하려는 거로 생각한 거 같은데, 사실 도혁도 진심이었다.

이런 안 좋은 일이 생겼을 때 방어막이 되어주는 게 계약서였다.

"난 남들이 하는 식으로 연애해본 적이 없어서 계약서 쓰는 게 편해."

세상에 연애하자는 이야기를 계약서로 시작하는 남자가 몇 명이나 있을까 싶었다.

"그래서 지금 나랑 계약 연애 하자는 거예요?"

이 인간이 아직도 정신 못 차렸구나 싶어서 다 물리고 싶은데 도혁이 살짝 눈썹을 찌푸리며 계약서의 진정한 의미에 대해 갑자기 늘어놓기 시작했다.

"계약이란 건 서로의 관계를 정확히 하고 그걸 지키라고 적는 거야. 내가 너한테 원하는 조건. 네가 나한테 원하는 조건. 절대 하지 말아야 조건. 그걸 어겼을 시의 불이익."

도혁은 실수하고 싶지 않은 것이다. 그리고 불안하기도 했다. 그녀가 태경과 함께 있는 모습을 본 순간 그녀가 언제든 그를 떠날 수 있을 거란 생각이 들었으니까.

두 사람 중 바람은 은채였다. 그리고 그는 나무였다. 지금 이 자리에서 절대 움직일 수 없는.

그러니까 바람한테 넌 언제부터 언제까지는 꼭 내 옆에 붙어 있어야 한다고 계약을 해두는 게 그의 입장에서는 편했다. 계약이란 건 지키라고 쓰는 것이니까.

"난 계약서 쓰는 거 불편해요."

도혁이 쓴 첫 번째 계약서에 사인한 걸 그녀가 얼마나 후회했었는데. 그녀는 다신 함부로 계약서에 사인 안 할 거라고 다짐에 다짐을 했었다.

"난 안 쓰면 불안해."

"그냥 남들처럼!"

말을 하던 은채는 중간에 입을 다물었다. 그가 남들처럼 못 사는 걸 아는데 그보고 연애만이라도 남들처럼 해보라는 것 자체가 말이 안 되는 것 같기도 했다.

하지만 음악을 사랑하는 아티스트들만 만났던 그녀가 남자와 만나는 데 계약서라니. 이렇게나 서로 다른데 과연 잘될 수 있을지 시작부터 불안했다.

결국 도혁의 뜻대로 계약서를 쓰기 위해 두 사람은 그의 집 거실 탁자에 마주 앉았다. 이거라도 써야 도혁이 태경의 일에 대한 오해를 풀 것 같아서 쓰기는 하는데 여전히 찝찝함은 남아 있었다.

"이거 진짜 써야겠어요?"

"그래."

"혹시 계약서 페티시 있어요?"

도혁이 고개를 들어 그녀를 흘겨보았다.

"난 회사에서 매일 계약서에 사인해."

도혁은 하얀 종이와 펜을 주었다.

"우선은 네가 나한테 원하는 조건들을 써."

뭔가 도혁 멋대로 날림으로 썼던 처음 계약서와 달리 좀 구체적이라 은채는 의외라는 눈으로 도혁을 보았다.

설마 진짜 진심으로 쓰라는 건가?

"다 써요?"

"쓸 수 있을 만큼 써봐."

은채는 도혁을 흘겨보다 펜을 잡고는 시험 볼 때처럼 종이를 팔 안에 숨기고 몰래 쓰려고 했다. 도혁도 종이에 자신이 그녀에게 원하는 조건을 쓰기 시작했다.

은채가 훔쳐보자 도혁은 쓰면서 한마디 했다.

"계약서도 커닝하나?"

은채는 이를 드러내고 그를 노려본 뒤 아예 그에게 등을 돌리고 썼다. 그리고 둘 다 한참이나 서로에게 바라는 계약 조건을 쓰는 것에 집중했다.

술김에 했던 첫 계약과는 사뭇 다른 진지함이 있었다.

처음엔 이런 걸 쓰는 게 탐탁지 않았는데 쓰다보니 마음이 정리되는 것 같았다. 그와 그녀의 사이에서는 꼭 필요했던 일이기도 했다.

30분 정도 지난 뒤에야 두 사람은 서로가 쓴 것을 같이 보았다. 은채는 석 장이고, 도혁은 한 장이었다. 그리고 문서를 써본 사람과 안 써본 사람의 차이가 두 사람이 쓴 계약서에서 확연하게 드러났다.

도혁이 쓴 계약서는 프린트한 것처럼 글씨가 정갈하고 줄 맞춤이 정확했다.

"계약서 폰트는 10이야. 이건 30포인트 정도 되겠군."

"그런 건 대충 넘어가요. 어차피 우리 둘만 볼 거잖아요. 그래서 여기 적힌 걸 앞으로 지키면 되는 거예요?"

"계약서에는 이걸 안 지켰을 때의 위약금이 들어가."

"네? 나보고 돈을 내라고요?"

역시 이런 계약 따위, 음험한 것이었다.

"우린 사업이 아니니 돈이 아니라 상대방이 내리는 벌을 받는 걸로."

"벌칙 게임이에요?"

"벌 받기 싫으면 그냥 지키면 돼."

분명 처음 계약했을 때도 저 비슷한 말을 했다. 불길해하는 그녀의 눈앞에 도혁은 자신이 쓴 계약서를 들이밀었다.

첫 줄부터 임팩트가 있었다.

1. 바람피우지 말기.

진짜 뒤끝 작렬이다.

"당신이나 피우지 마요."

도혁은 은채가 쓴 장문의 계약서를 읽기 시작했다. 굵직한 포인트만 뽑은 그와는 달리 온통 사소한 것들뿐이었다. 그래서 글이 길었던 거다.

"도대체 냉장고에 음식 채워 넣는 게 왜 여기 들어가는 거야?"

"내가 당신한테 원하는 거 쓰라면서요."

"드라마는 내가 왜 봐야 해?"

"당신은 감정이 메말라서 그런 걸 주기적으로 봐줘야 해요."

"넌 절대 사업하면 안 되겠군."

"계약서 쓰자고 한 거 당신이거든요."

툴툴대던 은채는 도혁이 쓴 마지막 조건에 시선이 머물렀다.

10. 끝내고 싶을 땐 합의로 헤어지기. 일방적인 통보는 효력 없음.

철두철미하다고 해야 하나. 사업가 마인드라고 해야 하나. 헤어질 때까지 써놨다. 그녀는 연애를 시작할 때 절대 이별을 생각하지 못하는데 어떻게 마지막을 생각하며 사람을 만날 수 있단 말인가.

은채는 고개를 들어 아직도 그녀의 계약서를 읽으며 인상 쓰고 있는 도혁을 보았다.

"그러니까 이거 안 지키면 벌칙 받는다고요?"

아무래도 마지막은 벌칙 못 받을 거 같은데.

도혁은 계약서 끝에 계약 위반 시 그에 따르는 벌을 받는 내용을 아주 사무적으로 적어 내려갔다. 그거까지 적으니 진짜 계약서 같았다.

도혁은 먼저 자신의 사인을 하고 그녀에게 넘겼다.

"옆에 네 사인도 해."

진짜 계약이다. 또 계약이야.

막상 사인하게 되니 은채는 불안감이 밀려왔다. 사인 하나에 그녀의 인생이 좌지우지될 수도 있는 계약서였다. 이번에는 계약 기간조차 없었다.

"나 말고 또 누구랑 이런 계약서 쓴 적 있어요?"

"우리 아버지."

"네?"

"세진 건설 대표 자리에서 실패하면 내 자리 내놓겠다고 회사 들어가기 전에 계약서 썼었어."

이래서 가정교육이 중요한가보다. 집에서 계약서를 쓰니 사랑을 할 때도 계약서를 쓰자네.

은채는 두 눈을 꽉 감고 자신의 이름을 휘갈겨 썼다. 이건 그녀의

방식이 전혀 아니지만 그를 좋아하기로 마음먹었으니 그의 방식을
한번 따라보자 싶었다.

"하아."

사인 한 번 하고 길게 숨을 토해내는 그녀를 보며 도혁이 물었다.

"나랑 다시 계약한 기분이 어때?"

"보증 선 기분이에요."

한탄 섞인 은채의 말에 도혁은 낮게 웃으며 그녀의 입술로 다가갔
다. 계약 마지막에 지장을 찍듯이 그녀의 입술에 입을 맞추었다. 이
젠 하고 싶을 때 참지 않고 가질 수 있는 입술이었다.

〈2권에 계속〉

보스의 노골적 취향 1

초판 1쇄 인쇄 2015년 12월 18일
초판 1쇄 발행 2015년 12월 25일

지은이 이여운 ┃ 펴낸이 강성욱 ┃ 책임 기획 전주예 ┃ 기획 디자인 이선영 ┃ 기획 편집 송진아 김혜정
마케팅 손주영 ┃ 로고 김미현 ┃ 교정 서진영, 류혜선
펴낸곳 테라스북 ┃ 등록 제381-2003-000040호
주소 (134-826) 서울특별시 강동구 동남로 65길 13 2층
전화 070-4794-5826 ┃ 팩스 0505-911-5826
블로그 http://terracebook.blog.me ┃ 전자우편 terracebook@naver.com
ISBN 978-89-94300-50-4 (04810)
ISBN 978-89-94300-49-8 (전2권)

ⓒ 이여운 2015 Printed in Korea

테라스북은 오름미디어의 임프린트 브랜드입니다.

이 도서의 국립중앙도서관 출판시도서목록(CIP)은 서지정보유통지원시스템 홈페이지(http://www.seoji.nl.go.kr)와
국가자료공동목록시스템(http://www.nl.go.kr/kolisnet)에서 이용하실 수 있습니다. (CIP제어번호: CIP2015032007)

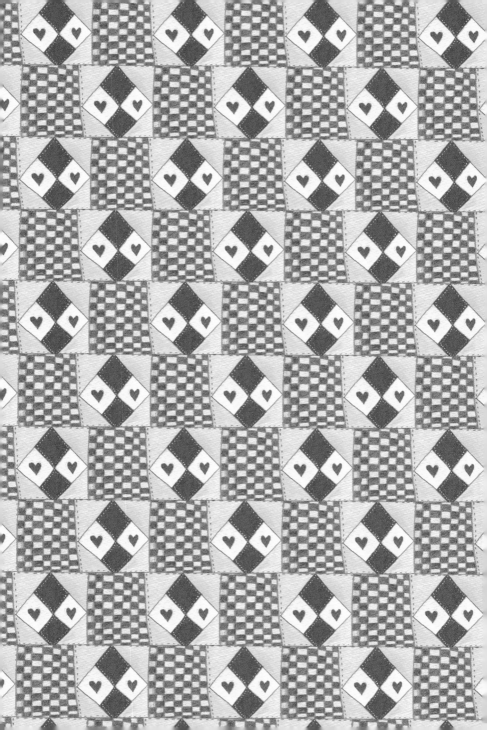

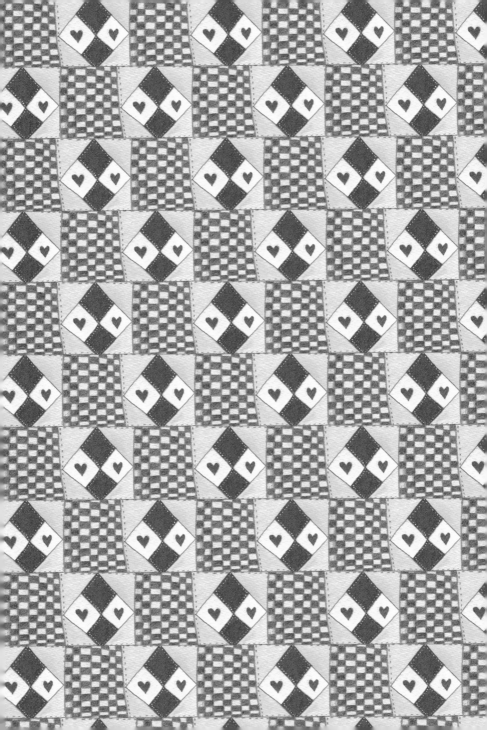